U0006529

鹿橋著

未央歌

臺灣商務印書館發行

未央歌

鹿橋

獻給

最親愛的父親
母親

願能把這些年離家的生活，及校中的友愛，寄回家去。

導讀序——

青春如斯的有情世界*

楊照（作家）

讀以往那曾於臺灣有過輝煌時代的長篇小說，得以暫時離開喧囂的、理所當然且反覆折磨我們的日常生活，我們進入一個不一樣的人間際遇、不同的人生經驗裡面，探頭看看自己對於人性的想像、時代的感受是否被今日的現實所限制住。鹿橋的長篇小說《未央歌》就曾經在臺灣瘋狂流行過，而這部小說從寫作到出版的經歷，部分反應了時空換變後所帶來的陌生性以及在這個陌生性中，值得珍惜的價值。

一九四五年的時候，鹿橋僅僅二十六歲，他在這一年完成了將近六十萬字的長篇小說。但是這份小說的書稿完成時，只是靜靜放在鹿橋的抽屜裡，要一直等到十四年之後、一九五九年，這份手稿才正式鉛字排印，而即使是初版，它仍然只是由鹿橋旅居在美國時，以私人名義的方式出版。在初版前後幾年，這本小說稍微在香港有一點發行，臺灣讀者沒有清楚明確的途徑去接觸到這本書。直等到八年後的一九六七年，這部書才由當時的主流出版社「臺灣商務印書館」正式出版，等到他終於出現在書市上，才真正蔚為風氣。約在二十年的時間裡，《未央歌》幾乎每一年都在臺灣青年的閱讀書目上名列前茅，銷售量也十分驚人。到了八〇、九〇年代後期，臺灣出版、閱讀及書店的環境徹底改變了，新興連鎖書店「金石堂」出現，開始做一種特別的促銷和服務讀者的方式——公布「暢銷排行榜」，而且在它的年度暢銷排行鎊上，《未央歌》幾乎年年上榜；因而，我們可瞭解這本書至少在那樣的時代，曾經於臺灣閱讀地圖上佔有如此龐大的領域。

戰爭爆發，流亡的大學

這部小說究竟寫了些什麼呢？從寫作背景談起，它完成於一九四五年，寫的是抗戰時期一九四〇年至一九四三年，在昆明西南聯合大學唸書的一群學生的生活。之所以會有西南聯大，正因為抗戰的緣故。何謂西南聯大？它由三間在中國現代高等發展過程中最早創立的名校聯合在一起：北京大學、燕京大學和清華大學。抗戰爆發之後，日軍正式佔領北京，於是這三間大學離開北京，分別南遷，在國民政府教育部的主導下，將這三間大學組合成流亡的聯合大學。這間流亡大學曾一度遷徙至江西，接著搬移到湖南，也途經重慶，最後落腳於昆明。由於校址定於雲南昆明，所以重新給這間流亡學校一個暫時的名字：西南聯合大學。

若講民國的歷史，尤其是一九一二到一九四九年間，這一段在中國大陸的歷史，西南聯大旋即變成一則美好神話，在那個戰亂的焦土中，日本人以超越中國龐大距離的軍力侵略中國，中國陷入最可怕的災難及挑戰，即使如此，竟仍有一間高等教育學院遠遠在後方弦歌不輟；就此而言，國民政府可以自豪地說：「即使在中日戰爭摧折下面對日本人的軍隊，即使日軍佔領區幾乎大過未被日軍佔領的非淪陷區，仍集資所有物力人力，維持這樣一流的高等學院，我們的高等教育從未真正停頓。」

在西南聯大，從教授到學生，不時做出驚人的學術成就，涵括中國文化研究及中國文化史、歷史、自然科學的研究，例如吳大猷等在物理學上有傑出表現的學者；這一批學者以學術的熱情，維繫高等教育的命脈，於是成就一則美好的神話。

歷史反諷，對照那一方淨土的想念

一九四五年，抗戰結束，中國現代歷史的折磨考驗到了終點，磨難結束，所有一切終將回到正常軌道，中國的高等教育理應能有更好的發展，但事實全然不是如此。一九四五年之後，國民政府前往中國各地日軍佔領區完成接收工作，過程當中各種混亂層出不窮，無幾，就爆發了國共內戰。國共內戰的傷害程度其實遠超過中日戰爭，因為抗日過程中，中國人有非常清楚的意識：我知道我為何打仗、我知道我的敵人是誰，我知道怎樣去應對此刻生命中的所有選擇。面對日本人的時候，中國人有唯一清楚的目標：明知自己可以用一種仇恨的方式、敵對的方式去對待日本人。

從戰爭的角度，國共內戰延續了八年抗戰，但是在戰爭方式及對象上，所有中國人卻陷入空前未有的混亂中；此時，你再也不知道誰是敵人、誰是朋友，在你面前攻擊你、想要奪你性命，或你不知誰何時會做出傷害你的事，而那個人是你自己的同胞。而後，更大的歷史混亂發生了，意謂著：原來的社會秩序無法維持下去，於是，那即使在戰爭中都能留存的高等教育遭到破壞，校園變得不安。國民政府眼中的職業學生在大學校園裡引發騷動，而從中國共產黨的角度，國民政府控制校園、整肅教員，譬如以暗殺手法脅迫那些不服從、不按國民政府需要的方式去教育年輕人的教員們。那是極其恐怖的敵對、相互叫囂與指控的情況。

一九四九年之後，這個狀況並未真正好轉，因為這年所建立的政權依照工農兵制的意識型態，意謂這套政權反對知識份子、輕視知識份子；試圖將過去高高在上、以知識的尊嚴及傲慢去壓制工農兵的統治階級，踩在腳底下，而知識份子被視作舊有統治者的同盟，既然舊的統治者應被打倒，知識份子也該被驅逐到邊緣。這其中牽涉到控制中國的毛澤東，他的意識型態與價值觀念。

中國近代史的兩個強人——毛澤東與蔣介石，他們有相似之處，但這兩人的統治手法卻截然不同。他們都不是知識份子，都未真正接受過良好教育。在中國現代史、教育史、學術史、思想史和文化史快速蓬勃發展的那段時間，他們處在邊緣，因而他們面對知識份子，都同樣有一種自卑感：他們深知知識份子鄙視自己。但握有權力之後，他們對待知識份子的方式截然不同；蔣介石雖也想控制知識份子，心底卻放不掉某種糾結——總有一天，這些頂尖的知識份子可以肯定自己、承認自己，所以蔣介石一面打壓知識份子，一面又忍不住討好知識份子。從此，即使是在最威權的時候，臺灣的大學校園仍然是個相對自由、或至少比外在社會還要自由的地方，某些關於自由民主的基本理念還能留存在校園裡。

相對地，毛澤東應對自卑感的方式，就是取得權力後，徹底把知識份子的脊梁骨統統彎折，幾乎到挫骨揚灰的地步。他要報復，讓過去曾在他面前耀武揚威的知識份子匍匐在他腳下；正因如此，中國大學在一九四九年到一九六六年間，無法逃離各式各樣的政治運動，校園無法自外於政治，知識份子遭遇格外慘烈的整肅。

於是，歷史的慘酷使得人難免懷念：竟有如斯淨土，就在西南聯大，在資源最貧瘠的時候，竟有那樣的一塊淨土。眾人的記憶與印象本就一直傳流，待到了一九六七年正式出版《未央歌》，時間點的落差，造成更高度的效果。

寫進抗戰背景，但絕非抗戰小說

臺灣五〇、六〇年代初期曾出現過一批抗戰小說，當時整個社會仍然擁有非常強烈且清晰的抗戰記憶，作家的筆是對著曾經歷過抗戰的人。但《未央歌》並非如此。鹿橋經歷過抗戰，但他是在西南聯大度過戰爭，等到小說出版後，抗戰結束已有二十年的時間，臺灣許多人皆未經歷過抗戰，即使是一九四九年來到臺灣紮根的人，十幾年的光陰也讓戰爭的記憶漸漸淡去。此時，新一代出現了，這些年輕人是《未央歌》的第一批讀者，他們沒有經歷過抗戰，他們絕大部分的記憶與生命經驗是在臺灣。

因而，《未央歌》雖寫出抗戰的背景，但絕對不是一部抗戰小說，為何？因為「抗戰」在這部小說中，僅僅是背景，而且是為了襯托出孤立於戰爭之外、躲在大後方的大學校園，宛如烏托邦。那是一個與戰爭隔絕的空間，其中的少男少女們從少年成長為青年，小說寫出這些年輕人在成長過程中的感情互動。

一九六七年之後的臺灣雖遠離戰爭，但戰爭的陰影持續籠罩臺灣社會。幾乎有幾十年的時間，年輕人無法好好成長，他們沒有正常環境去慢慢摸索「我」究竟是誰、要跟誰做朋友，又該如何發展「我」的感情，以及「我」究竟該變成怎樣的一個人。當時的青年嚴重缺乏正常的成長經驗、愛情體驗，而《未央歌》填補了這個空隙，因為鹿橋費盡筆墨寫出各種不一樣的青年之間，他們看待生活的方式，以及他們各有如何的感情糾結，他們又用怎麼樣的態度和方式思考自己的情感。

鹿橋在不同版本的《未央歌》書序及演講場合中，反覆強調——我們讀這部小說時一定要放在心上的一句話——他絕對不是在寫一部紀實小說。雖然抗戰的背景真實存在，西南聯大的校園也曾經存在過，但是他並未用寫實手法來寫這些人、這些事。他並非刻意去呼應現實，但恰巧，他筆下的西南聯大停留在眾人的集體記憶裡，完全契合於讀者腦海中的想像。鹿橋的寫作無寧是一則神話、大凡一部小說若是講個故事，那麼可以用人物、地點、情節搭成格局間架。可是《未央歌》另外有更重要的任務。

在一篇序言中，鹿橋明白地說：

《未央歌》不只是鹿橋自己的主觀，他無意將它寫成一部人物、地點、情節所搭成的簡單的小說。它另外有更重要的任務：

它要活鮮鮮地保持一個情調，那些年裏特有的一種又活潑、又自信、又企望、又矜持的樂觀情調。那情調在故事情節人物個性之外，充沛於光線、聲音、節奏、動靜之中。要寫出這個來，故事不但次要；太寫實了、太熱鬧了反而會喧賓奪主，反之一個情調可以選多少不同的故事來表達。故事困於時代、地點、人物，往往事過境遷顯得歷史氣味太重很是陳舊。情調由文字風格來傳達，往往可以隔了時代，因一代新讀者自身經驗及想像力而更替長新。我這不是說未央歌有多少文學價值，祇是說一個一般的道理，及寫未央歌時心上所期冀要表達的那份黃金也似的美好，身心發育時的生活。

一個寓言。

抗戰時期大家都感到世事變得特別加快（其實比現在慢得多！），寫這種小說更怕為身邊的變化帶著跑得喘不過氣來。戰時跑得最快的是物價，與日常生活最難分開的也是物價。為了一定要另創一個比較永恆的小說中的世界，我想只有用風快的刀一下把兩個世界割開。未央歌的世界裏貨物用品有質無價。全書沒有一次提到錢的數目。

這是事實，翻遍全書，你看不見《未央歌》描寫到金錢。這是鹿橋他自己在文學上的一個自覺的選擇，所以，他在創造一個非寫實、不存在於現實的一個空間。

在分明是最痛苦、最悲觀的生活中，他要對應出一個理想生活：年輕人們在這裡快樂追求自己的生命與理想；而正因為有外在的痛苦及悲觀，更令人覺得值得珍惜這個樂觀的天堂。所以鹿橋選擇寫出一部怎麼樣的小說？一個情調極其重要的長篇小說，這番情調不只是在情節、人物之中，還包括外在所有一切的現象；鹿橋說：光線、聲音、節奏、動靜都能夠反應出這樣的情調。我們讀小說時，看見他的文字描寫的風格，那絕不是一種寫實的文筆，對他而言，當我們讀小說時，我們最強烈的感覺就是一切幾乎都被擬人化了，說得更通俗一點，那是一個真正的有情世界。所有的一切、硬梆梆的現實都被染上了情感，譬如，他在形容夜晚來臨時，偏不直述黑夜，而是用極大的篇幅來描述夜晚：

夜整個是另外一個世界。在這裏「昨天」和「明天」在苦苦地掙扎著，撕擄著。夜裏是沒有「今天」的。

夜裏不但沒有今天，並且也沒有一切與「今天」有關的事。尤其是看曠野的夜更容易明白，那裏整個是另外一個國度；虛無縹緲地，在半空中浮沉地一個國度。也沒有人統制，也沒有人叛亂。只有些不著實際的現象幻變著，到了天色一明，白日就又佔領了整個空間。到了那時節，夜的一切不但找不到，聽不到，連想也想不起來了。

人睡著了之後自有他另外一個世界可去。這就是夜能佔有了這一段時間的原因。人的事務在睡時告了一段結束，在醒後才又開始。中間這一段，他便無從感覺起了。不但他感覺不到這一段之中所發生的事，他也無暇去想像這一段時間內除了他容身的這有限的一塊空間外，其餘地方是否存在。他甚至認為這一段時間可以忽略過去。因為他所關切的事正也忽略了這一段，而把前一夜晚與第二個早晨巧妙又習慣地連在一起的。

其實夜又何曾不如此呢。她不管你們醒時作的是什麼事。直到你夢裏見到她時，她才來伴你。是的，在夢境裏她來伴你，你自己曉得的。但是一覺醒來，她便棄你而去了。你覺不出半點痕跡。可是你覺得出她確實存在。並且你若永不醒來，便可永遠有她。

她對誰都一樣好，一樣熱心。可是她對任何重大，或瑣碎的事全一致地不熱心。因為誰都可從她那裏得到溫和的慰藉，可是誰也不可能由她那裏得到具體的幫助而代他完成任何一件芝麻大的小事。這樣一個題目是不容易做到的，夢卻嚴格地做到了。

這在《未央歌》裡，是非常典型的描述手法。他不只用此種方式來描述夜，他也用類似的方式、聯想及比喻，描寫昆明下雨的情景（而且他特別用女性的「她」來描寫雨）：

昆明雨季的雨真是和遊戲一樣，跑過來惹你一下，等你發現了她，伸手去招她時，她又溜掉了。她是有幾分女人性格的。像是年輕的女人。她又像醉漢。醉漢的作風是男子性格中少有的可愛的成分，而年輕女人正有著豐盛的這種成分。她是多麼會鬧！多麼肆無忌憚地鬧啊！她在晴明的白日忽然驟馬似的趕到了，又像是沒來由的一點排解不開的悲愁襲擊了她，她就又像是跺著腳，又像是打著滾兒盡與地大哭了一陣。淚水浸透了人家的新衣裳，躲也躲不及地全身被她打濕得往下淌水。頸子後面順了衣領，淌了下來冰冷了走路人汗熱的脊背，斜飄過來的雨點兒更把那隻握緊了帽簷的手上的錶也泡濕了。她是帶了風來的。她「嗚，嗚！」地哭得好不傷心！誰也會忘了自己的狼狽反而要去安慰她了，她偏是窮兇極惡放聲大哭，再也不肯停住。

忽然，你又發覺她已經收聲止淚了。抬頭找她時，除了一點淚痕外什麼也看不出來了，青山綠水，鳥語花香。大哭過後的女孩子誰不知道是分外嬌美？她在梳髮她在施脂。對了鏡子快樂地笑著。偶而回顧你一下，皓齒明眸，使你眼睛也明亮起來了。草木山林，路上的石板，溪裏的波紋都又輕快又明淨了。四野便那麼悄悄地靜寂可愛，耳邊只有輕輕的水滴的聲音，從自己的衣服上，滴落在路上的碎葉上，細沙上。

被淋得手足無措的人，惱也惱不起來，笑也笑不成功。她是無知的，無害的，無機心的。她更是美麗的呀！這一點惱只得貯在眉梢成為輕輕地一蹙，這一點喜也只好浮上嘴角成為淡淡地一絲笑。天色又晴好如初。

到了雨季最高潮，那身段姿勢就又不同了。她伏枕一哭就是一天！飯也不肯喫，覺也不肯睡！一天不盡興，就是兩天，兩天還不盡興，那麼就再多哭一天。三天以上不斷的雨水就比較少了。除非有時實在太委曲了，那就休息一下，梳洗一下，喫點精緻的點心，再接著來上個把星期給你一點顏色看看！雖然說是這樣，她也有時在早晚無人知曉時，偷偷休息一下。那時，那體貼的陽光，無倦無怠地守候著的，便露出和煦的笑臉來勸慰一下。昆明是永遠不愁沒有好陽光的。但是這一勸，窺穿了她底秘密，就惹起了更難纏的大哭大號啦！她披頭散髮地鬧將起來，又把陽光嚇走。跑得遠遠兒地，連影子也不敢露，心上「別別！」地跳！可憐的太陽！

鹿橋將昆明的「雨」假借比喻為一個女人，寫出了一種小說的風格，那是一個有情世界。

思辨小說，也是成長小說

《未央歌》是「思辨小說」，在思辨的特色上，臺灣文學、小說的傳統，其實並未非常強烈。當然，《未央歌》的思辨有時並不深刻，可是它藉由年輕角色們，對照出年輕生活裡任何點點滴滴的感情生活、情感細屑，這些年輕角色表現出來的最重要的態度，是他們不輕易的虛耗人生。他們有不一樣的個性和想法，而且有時候彼此在心上猜測著，有些時候則化作明白的語言，彼此對談。從這個角度，《未央歌》的價值更值得我們關切與留戀。

讀《未央歌》會讓我聯想到歐洲，那思辯小說的傳統——德國式的成長小說。在德國式的成長小說中，例如湯瑪斯・曼（Paul Thomas Mann）撰寫的《魔山》，每個人都在認真思考生命的意義究竟何在、人要活著或死去才是真正的生命狀態。他們用盡任何可能的哲學、音樂、藝術、思想，讓自己的生命活得如此豐沛、飽滿。雖然身處在抗戰那麼艱困的時代，西南聯大烏托邦裡的這一群孩子們，他們也有類似的生命經驗、一段可貴的時光，因為他們活得那麼飽滿。

鹿橋的另外一項重要成就，是將《未央歌》裡的每個角色都當作一個典型來描寫，所以小說流傳的幾十年裡，所有在成長過程中的年輕人讀到《未央歌》，都非常自然地在這一個又一個小說角色中去尋找——也許一開始的時候不是尋找我自己最像誰，但是很容易就會覺得：小說裡的這個角色彷彿我的哪一位同學，我身邊的某個人在某件事情上面，他的想法、他的反應多麼像小說裡的哪個角色。

若以事件和情節而言，小說的脈絡圍繞著一個小女孩——藺燕梅。藺燕梅在小說中極為搶眼，但是她最重要的功能是像一張白紙，極天真，也極清純，卻有著完全不可逼視的美貌，不只男生鍾情於她，女生也喜歡她。可是她如此清純，所以她不清楚自己究竟愛誰，也不明白應該用何種方式去對待愛情、選擇愛情。蘭燕梅這個角色在小說裡佔了最龐大的篇幅，但是她的作用其實部分是襯托出其他更具個性的角色，讓這些個性強烈的角色分明可見。因而，在蘭燕梅的襯托下，我們看到一個又一個有趣、有時候又讓人苦惱或心疼的角色。有時候，我們會看到伍寶笙——一個媽媽型的大姐姐，她一出場就已經大學四年級，負責照顧所有的人，而且她是最善體人意、腦袋最清楚的人。因為她如此善待每一個人，所以這個人的身上不會輕易發生愛情，她能夠對誰、對哪一個人動情嗎？這個問題變成小說當中一直存在的懸念。例如，我們在小說裡讀到了余孟勤，余孟勤是另外一個典型人物，他永遠為了知識、為了學術而活，簡直像是一個聖人，聖人有著非常執著、固執且無法變通的人生的基本規條；對他而言，人活著就是要努力逼迫自己去符合這些規條與訓律。余孟勤的人生哲學是：作為一個學生，你怎麼可以不認真追求知識跟學術，作為一個學生，怎麼可以不在一個大時代底下奉獻自己的所有一切，並壓抑自己私人小我的那一點點享受與欲念。這樣的一個人，原先抱持著非常堅決的獨身主義，因為對他來說，愛情是奢侈而且違背他的人生訓律，然而，這樣的人卻深受蘭燕梅吸引，他的自信與理性也吸引了蘭燕梅，這兩個角色於是就發生了格格不入的糾葛、令人無法阻止的一段悲劇。這兩個人，一個是反對愛情的人，一個是那樣清純、不知該愛誰的一張清純白紙，所以在他們之間滋生了許許多多的戲劇。

小說裡面還有另外一個非常搶眼的人物——小童（童孝賢），他是另外一種典型，永遠都在笑鬧著，由於是生物系的學生，所以隨時把上帝掛在嘴邊。他是道家型的人物，相信自然和上帝，但他口中的上帝絕非基督教式——一種控制一切的上帝。他相信人有一種本性，這本性不僅是善良且是快樂、愉悅的；人總是在所有一切事物中，找到值得珍惜、享受的一絲絲美好，他永遠都那般快活。但這樣用最樂觀的情趣來看待整個世界的人，總有些東西進不到他的心裡面。那些不是那麼愉快的東西能照進他的眼角嗎？像小童這樣的一個人，在成長過程當中輪番經歷挫折時，能夠永遠維持這種不變的喜樂嗎？這個問題也變成貫穿小說幾十萬字的另外一個懸念。

這個世界裡，不存在真正的壞人

小說中的另外一個典型角色：宋捷軍，他是現實世界的人，不小心跨界闖入到烏托邦。宋捷軍象徵抗戰時代的物質人生，他半途中輟學業，決心去追求商業上的利益，賺了許多的錢，當他返回西南聯大時，也捎來跟這個學校格格不入的市儈與銅臭，但也因為如此，對照出西南聯大這個烏托邦的純粹性。我們也看到追求文學、熱衷於小說創作的文學青年馮新銜，他寫出一本部分後設地反應《未央歌》的小說，他正是在寫：不論人活在怎樣痛苦的現實底下，我們終將維持樂觀。這樣一部小說在校園裡引發了龐大的爭議：我們應該面對現實，還是要懷抱理想？

小說中的其他角色，例如沈蒹、沈葭姐妹（她們的名字來自《詩經．蒹葭》），這對善良的姐妹對待這個世界，有某種逐漸成熟的態度。而另外一對兄妹——范寬湖與范寬怡，這對兄妹雖有著特別的缺憾，但他們都是好人，或者說，他們都是好人，但他們都有致命的缺點。范寬湖最大的缺點是他的虛榮，對他而言，人生就是表演，重點不在於他自己是什麼樣的人，而是他表演了什麼被眾人看到，或別人用何種方式看見他。范寬怡也是好人，但她的缺點是自私，永遠保護自己的家人，想盡辦法要把所有好事情（包括藺燕梅），聚攏在她哥哥的身邊；她的另外一項缺點是小心眼，所以她極容易嫉妒、看不得別人好。《未央歌》裡面沒有真正的壞人，那樣的小心眼與嫉妒也不會變為真正的奸詐，只是當這種缺點一旦發作的時候，就推動了這個烏托邦裡所有一切如此美好、完美的事物，因而發生戲劇性的變化。

如此，大概可以理解：為什麼幾十年來，《未央歌》吸引無數年輕人，而且，這本將近五六十萬字的龐大小說，從前那個時代的讀者可以那麼熱切地讀它。正是因為《未央歌》所設定的背景是大學校園，而那時代的臺灣社會有一股風氣，無論是大學生自己或是旁人，都將大學生們視為天之驕子。身為大學生，你可以深刻感覺到校園與這個社會存在一段距離，而且高於這個社會。進入大學校園或者是夢想進到大學校園裡的人，讀到《未央歌》時，會感覺到有個聲音在說：是的，大學生活就是如此不一樣。在大學校園裡面的成長是如此美好，像一場夢。

讀小說時，可以切身感受到那些角色的成長，栩栩如生在你眼前。沒有任何大學生進入那樣的情境，不被那男女之間的情感給誘惑，也不可能逃得過男女情感中所有不確定的成分所帶來的疑惑跟折磨。可是《未央歌》用那種新鮮而且是理想的筆法，讓你一邊讀著，心底明白：原來，如果你遁入那個情境、模式裡，就心知你自己是什麼樣的人、碰到的是什麼樣的人，你就可以用何種模式去處理你們之間的感情。還有，鹿橋隱隱約約在小說中沒有明說，但任何讀這本小說的人都會留存深刻印象，他在告訴你：Everything will be fine。因為你在大學裡面，你身處那樣一個理想的情境，再深再大的打擊，最後都會在那般情調、樂觀當中，被解救出來。

讀小說的人，可以從反面、負面的角度批評《未央歌》──那是一個完全不切實際、讓人逃避現實的理想烏托邦；讀了這本小說，可以讓你遺忘現實，而且將不會知道現實多麼凶險。這是《未央歌》的問題。但從批判的角度，也正因為如此，讓人知道《未央歌》的歷史定位或價值：當現實如此醜陋不堪、時代如此艱難，鹿橋卻說《未央歌》是唱不完的歌，將一直不斷綿延，不論歌聲如何細微，他給年輕人信心、給年輕人期待和希望。心裡知道：人，曾經有過這樣的可能性，不論他來自於現實或想像，人可以在自己的青春當中，如此樂觀的享受、好好的長大。

＊本文內容出自趨勢教育基金會與教育電台共同製播之廣播節目「文學四季」。

目次

鹿橋全集
出版緣起

臺灣商務印書館在一九六七年九月出版鹿橋（吳訥孫先生）的《未央歌》之後，立即成為暢銷書，風靡至今，歷久不衰，影響之大，難以估計。一九九〇年曾獲得時報出版公司票選為「四〇年代影響我們最深的書」第一名，一九九九年再獲亞洲週刊評選為「二十世紀中文小說一百強排行榜」的第七十三名。

鹿橋是一位創作嚴謹的作家，目前已出版的作品還有：《人子》（一九七四年遠景出版）、《懺情書》（一九七五年遠景出版）、《市廛居》（一九九八年時報文化出版）。

一九九八年，鹿橋七十九歲時，曾經致電臺灣商務印書館，希望將《人子》、《懺情書》、《市廛居》交給臺灣商務印書館出版「鹿橋全集」。由於著作權的歸屬有待釐清，一時來不及處理，鹿橋卻於二〇〇二年在美國波士頓去世，享年八十三歲，「鹿橋全集」出版事宜也就延擱下來。

二〇〇五年臺灣商務印書館編輯部門改組，擴大出版範圍，在王顧問壽南、吳顧問涵碧的建議下，重提出版「鹿橋全集」之事，並在二〇〇六年二月首先出版樸月女士編著的《鹿橋歌未央》，介紹鹿橋的書與人。

學哲素與鹿橋之子吳昭屏相識，經由電話聯繫，獲得他的口頭同意，於是開始研擬書面合約。二〇〇六年二月，負責管理鹿橋資產的吳昭屏正式簽約，授權臺灣商務印書館出版「鹿橋全集」。

我們不敢大意，懷著尊敬同業的心情，歷經一年的協商，原出版《人子》、《懺情書》及《市廛居》三書的相關朋友也願意同意或協助，讓我們深為感謝。如果不是各方好友的支持與協助，「鹿橋全集」不知何年何月才得以問世。

如今，鹿橋去世五年，《未央歌》在台灣出版四十年後，臺灣商務終於出版了「鹿橋全集」，讓我們向喜愛鹿橋作品的朋友獻上一份心意，也向協助我們完成這項心意的各界好友，表示最大的敬意與謝意。

前臺灣商務印書館董事長　王學哲　二〇〇七年

八版贅言

去年夏天未央歌第五版發行不久，道濟兄就寫信告訴我準備六版序免得要印書時來不及。那時我剛旅行回來，不但出門多日積下的事務、信件待理；所研究的題目，所採集的資料筆記，都亟須思考及溫習，一時實在抽不出時間來。八月間回到康州且溪延陵乙園去避暑也是避世，那時積欠的繁雜事務稍稍已整理出了一點頭緒，幾篇急需交卷的稿子也寄出去了，才把要著手的新故事，暫定名為「六本木物語」的，推在一邊，在慕蓮殷殷鼓勵之下，趕寫了一篇通訊當序，也減輕一下心上對隔了遠洋新舊朋友的歉疚。

也就是因為被我這麼一拖延，六版序寄到商務印書館時，六版不但已經出書，並且早已賣光了。為了應秋季開學的需求，七版都早已上市。道濟兄來信囑我準備八版出書事宜，我就決定把原為六版寫的再致讀者的信依原樣在八版中首次印出，只加這一篇短短贅言在前面好取信於讀者亦保原真。

耽誤了六版序不足稱為損失，為了等這篇通訊倒把陸國民兄的散民舞曲等到了，現在亦印在八版裏可以算是額外收穫。

前些時要想藉未央歌新版機會印幾支寫這書時譜的歌曲，及發表一篇討論讚美友誼的文章的，現在可不敢再拖延了。都等下次再增印時加入罷。

鹿橋

一九七三年二月五日清晨二時半

於神鹿邑家中

六版再致未央歌讀者

從發表「再版致未央歌讀者」到今天又是五年多了。這五年裏因為忙些別的事情一直未能好好兒地跟我敬愛的讀者再寫一封長信。從未央歌三版出書到第五版問世，都是因為路途遙遠消息不靈通，連連失去與讀者藉新版之便通個音訊的機會。說起路途遙遠，這話也不太公平；這五年多時光裏，我因研究美術史的關係又曾到台灣來了五次，停留的時間長短不一，每次聽新舊朋友說起未央歌我心上都暗暗默許：下次再出新版時一定趕寫一封致讀者書用以當序。可是每次新版都是在我未察覺時就印行了，於是五年來雖然無意荒疏，可是竟像是得了信不回一樣，從「再版致未央歌讀者」一文後，誰也沒聽見我出一聲兒。

這一次商務印書館周道濟先生與我保持連絡，預測六版出書日期，好及時寫序。王雲五老伯又特別給我們許可，此次加印精裝本若干以應收藏者的需要。館方亦準備另為新版設計一下以求美觀和改進。原來的紙型因為屢次製版已不堪再用，我們要找一個好本子製影印版。品煥妹丈同綺連妹慨然讓出所藏原版道林紙精裝本為照相用。大家如此幫忙，我心上對每一位都十分感激。

未央歌自從移到台灣商務印書館以來出了這許多版，得以和世界各地許多新讀者見面，要念到馬壽華老伯的愛護。五年前若是沒有他老人家把版權登記註冊及發行法規指點清楚，辦理妥善，後來出書也不會這麼順利。

商務印書館在王雲五老伯領導之下，走上了新出版事業營業正軌，使作者得有保障，給我一個新經驗。我謹藉此機會向全館仝人，自周總經理以下，每一位深致謝意。

在這一大串出版幕後的情況裏，只有一個細節似乎老不能按了拍板協調。這個步伐不能一致的小卒就是我自己，這個整年忙忙碌碌、跑來跑去的作者。今天我在延陵乙園家中連夜趕寫這一篇序文，心上完全沒有把握，來得及來不及印在六版新書裏。我為甚麼急著要和讀者通消息，又為甚麼未能把握好時間，容我分別慢慢述說一下。

今年春天我得到一個休假的機會，一邊旅行、研究、收集材料，一邊忙著還近來積下的文債。先在香港寫了一篇廣播講演，談中國人在空間觀念裏對自我的看法。這篇文既是要在無線電上播講，所用的便是口語文體。字裏行間雖然都是就近一家人談話的情調，同時也是提醒居留世界其他地方的中國人，及受到中國文化好處的人，這個文化所提供的自我觀是極具世界大同思想的。每次提到「人」，都是泛指人類每一份子。這與如今紛爭的國際情勢及野心的國際政客頭腦中分辨敵友的「人」，有基本觀念上的區別。所以用的雖是自家人談話的中文，而關照的是文化上國際間的趨勢及我們的理想，其對象是不分國界的。

三月底我到了台北，又是在旅館裏寫文章。這次是為故宮博物院寫一篇討論晚明山水畫的論文，以故宮所藏的董其昌作品為中心談那一個時期山水畫的演變。所討論的雖是歷史，而意在文化演變的靈機消息與潮流中的人物色相，其道理是不別古今的。

這兩篇文章的主題常在我心上，前次在「再版致未央歌讀者」中已略談過「個人」與「大同」理想的觀念。今天寫到這裏也就想起當時寫的另外一段：

中國思想界說保守確很保守，可是說活潑也很活潑。儒道兩家早就互相切磋，到了晚明連釋教禪宗加在一起真是波濤洶湧地好看。這正如那時期的山水畫一樣，局外人還在指指點點說中國山水畫幾百年都是因循抄襲呢，幾齣精采好戲就在不注意中都已演過去了而全未看見，真是：

「兩岸猿聲啼不住，輕舟已過萬重山！」

在台北時間甚短，寫這篇文章之外，還要校閱先已寄來另外一篇用英文寫的論文，那篇內容雖然與這一篇大致一樣而著重點、對象，及引用材料皆頗有不同。另有一點也值得一提的，就是這篇文章所用的中文文體是學術性的，與那篇廣播演講所用的就大不一樣了。

看到這裏，我想有許多讀者已經明白我為甚麼要敘述這幾件事，甚至已經原諒我為甚麼那時候沒能夠與大家多聚會或通信連絡了。不過請容我再寫下去，事實上比這裏才開始描畫的還要繁複得多。

寫文章，找參考材料，會學界先進與同道不祇為此一二篇文字。我的新研究目標此次恐怕篇幅不可能許我詳談，我祇能說為了了解我們的文化，我近年來從建築史上又重新把注意力轉回地形地勢上來。我早年就對風水及許多別的傳統的知識有興趣；未央歌一起首不是就有一位風水先生嗎？現在我更知道深埋在那些有時是故作玄虛的文字裏實在是許多積藏的地形地勢氣象水流的看法及經驗。我們文化在演進的過程中採用不同的字彙來對演進的社會表達這些經驗。今天我們因為採用了西方科學技術名詞之後，聽了這些過去的說法就覺得不科學。可是正如中國別的經驗一樣，如飲食衛生及醫藥，皆不可以無知而又兼自大的態度，認為迷信而一筆抹殺。何況風水醫藥以及社會習慣之實施都是歷代不斷的史實，怎可摒於歷史研究範圍之外？

研究書法繪畫不可不知紙、絹之質地，研究建築、城市、設計及沿革，怎可不顧地形地勢及所謂「風沙」的影響？同是「繪事後素」的道理呀！

所以，那一短時期之內，我在台灣、香港及日本忙個不了。

寫到這裏心上就更覺得自己對讀者朋友不公允了。這次旅行中見到的，多半已聽我說起這些事，現在他們看見這篇通訊自會有親切之感。這次沒有機會見面的，讀到這一段，不免加倍感到距離同生疏。這不是不公允麼？可是我們不要受造化機遇所左右，讓我奮筆再寫下去，把我急於通消息的原因表達一下。

第一先要解釋並求未能會到的朋友諒解的是這次在台灣停的時間很短。三月廿六日到了之後先趕文章，原定四月十二日去日本，偏偏四月十日報上登出我在台北的消息，看見的人不少以為我是回來長住，寫來許多信，打來許多電話，我因情境不許可，失去了寶貴的會見新朋友的機會。更令我不安的是我行程因為事務上的關係一再改晚，每次又祇是改晚一天或兩天，因之無法定約會，最後四月十六日走的時候心裏許下願要回的信又因幾個月來一直在搬動，改念想寫一封公開信在報紙上發表。未料到此中又因為趕寫了兩篇英文的學術性文字，沒有能達到這個心願，直到今天。

近年來好像潛意識地為自己的思想生活求平衡。凡工作以左、右劃分。「論文」與「詩篇」這個對比的說法，現在多為未央歌的讀者所採用。論文即是右手的工作，詩篇即是左手。不是真的兩手執筆，而是古、今、中、外都有的一種心理上的區別，常見在禮儀，甚至建築設計中，總之，以右代表理解、結構、正宗、太平時代的傳統，而左則是幻想、空靈、左道、動亂期間的破壞，也有他一個傳統。左右相成，是中國幾千年前就見到的道理。

話說回來，我寫文章先是論文詩篇交互著寫。又因為用中文及英文的關係想要不偏不向就要每個文字都要一左一右地寫。於是繼香港台北兩篇中文之後先在東京用英文寫了一篇泛論中國美術的文章為一個老朋友的新書作序，寫得輕鬆，算是左。回到美國又為王陽明五百年紀念哲學討論會寫了一篇晚明哲學、文學、美術潮流趨勢的短文，算是右。現在與寫致讀者的信及另外手頭一個文藝作品對比起來，過去幾個月寫的好幾篇文章又都可以算右了！這事多妙，多麼有趣！

沒有見到的同學、朋友們：這一股思想及這些材料，都是在台灣我們那些日子經常快樂地、吵著、嚷著談了好幾天的。幾次來台灣都沒有這次跟同學們談得玩得痛快。與我取到連絡的同學來自許多學校，記得有台北縣八里鄉的聖心女中、基隆的海洋專科大學、台南的成功大學，跟台大的幾個組織。

主要的一次集會是很偶然的；台大歷史學會有位丁爻在四月十一日跟我商量要為同學們開一個座談會。因為時間關係會期就訂在次日，用海報通知。時間是晚八點。次日同學到旅館來帶我去，我們到晚了一點。那天又偏偏在會前又停了一次電，一時傳言紛紛不知會還開不開。幸好同學們沒有散，還不斷有來的，我們到台大校園以前在場負責的同學臨時把座談會改到一個大講堂，窗台、門口都滿了人，真熱鬧了。當天講的話後來在台大《史系導報》上發表了，是由田肇毅、馬勵兩位同學執筆整理的。那些時日有幾個刊物發表討論未央歌的文章，可惜我匆匆離去未得向各作者一一致意。中國時報的邱秀文寫了一篇訪問，因此我同幾位中國時報的朋友也成了相識。各談話的內容既已發表了，這裏只如此記錄一下不再詳敘。主要的一點情緒是我由於同學們的鼓勵同友誼，又享受了幾天中國大學學生的生活。在台大講演的一晚我高興地說了許多話。看了一屋子年輕熱忱的臉，彷彿是見到了未央歌裏的人。我忍不住告訴同學們說：「台大很像聯大的後身，你們就像我當年的同學。」那時場中歡樂的響應，叫我覺得一晚上所說的話中以這兩句為最中聽了。若是果真中了你們的心意，同學們，我心上覺得光榮，覺得感激。

此後的談話裏，我才慢慢地由各方面知道這件與未央歌中人物傳遞燈火，承宗接代已是同學中流行的事。這一次見到了好幾位同學，他們及她們的外號都是未央歌中熟識的名字。未央歌既是只有愛沒有恨，只有美沒有醜的，因此以書中人名來作外號可以說都是「愛稱」。

未央歌在同學中間有如此滋長的影響對我說還是新近才真感覺到的。比前此所見的又廣大深刻許多。這一點據朋友們告訴我是因為大、中學的教授、教師不斷地推薦介紹，我願意在這裏向他們遙呼：「你們辛苦了，你們散播的種子已經發芽生長了。」不但是同學們，社會上就業的及不得升學機會的人，也有好多位是當初在學校的時候第一次與未央歌接觸。

把未央歌與生活打成一片的例子這次見到不少，這一封成功大學寫作協會由會長林治國代表來的信，可以說為我揭開了想也想不到的一幕：

我們是一群瘋狂地喜愛您的大學生。

許久，許久，由高中走入大學，帶著濃厚的愛，夢著永恆的青春，我們到處捕捉生活中甜蜜的影子，那些未央歌所散播的詩篇，就是我們的祈禱。

話劇社演出了未央歌；逛街、聊未央歌；為理想而掙扎時，想想未央歌；坐咖啡廳，也聽到未央歌……無數的迴響集中在那本綠皮的未央歌！

今早，從報上看到您回來的消息，我們興奮的說不出話來，我們犧牲了今早的期中考——我們如何考得下去呢？因為我們滿腦子是想著您啊!!

所以我們用顫抖的筆寫了這封信，我們知道您回來生活上的忙碌，但我們仍願禱告上帝，請您賜給我們一點寶貴的時間到台南來看我們，那怕是一刹那的聚會，我們也能抓住您的風采，您肯答應嗎？

那怕您是順道到台南來，您能來成大玩嗎？

我們出版的這一期「成大青年」有未央歌的介紹與研究，您能賜給我們您的祝福嗎？

我們決定從今天開始不睡覺，直等到您的回音！

好嗎？鹿橋先生，到成大來玩！

祝福您！祝福您！祝福您！

成大的同學們：你們知道嗎，我為了來不及到台南去拜訪你們，又不甘心只寫一封短信道歉——這個歉怎能道？——又想哪年才能再去台南，再訪成大？等到那時候到來，你們恐怕又早已畢業四散了！學校就是人生歷程的一個短期旅社——套那句「天地者，萬物之逆旅」，又偏偏這麼不留情。為了這無法排解的思潮，我才真叫你們鬧得好些夜裏沒有睡踏實覺！瞧你們用的字眼兒這麼窮兇極惡地：一邊佔了理不去考書，一邊嚇唬人說不睡覺！我想你們把信發了，興奮了一天，到晚上閉上了你們年輕的眼睛，一定一覺睡到天亮，連半個夢都沒有！

我呢，離開台北後在日本各地旅行，中間回美國在檀香山開了王陽明五百年紀念的哲學討論會，又回到日本繼續旅行考察，一切都很順利，想都是你們左一個祝福，右一個祝福給我的好運氣！

現在可別因為被我搶白了兩句，就生氣不祝福我了。——其實我很感激你們這封信，也很心疼你們這些口齒伶俐的孩子，小心我若是轉了壞運氣，我回過頭來咒你們！

現在咱們別鬥口了，能不能請你們收下這篇序權當回信？原諒我一直拖延了這好幾個月？我答應下次來台灣以前一定先給你們信——寫給誰？請來信告訴我你們是幾年級的學生，是不是要畢業了？同時請把你們的刊物寄給我。你們同許許多多別的學校的同學，在我對台大同學講演時，都在我的心上。我現在對你們說的話，也是為了他們大家才說的。寫信給我有兩個地址：春秋兩季開學的時候寄：

Professor Nelson I. Wu
Department of Art and Archaeology
Washington University
Saint Louis, Missouri 63130, U.S.A.

七、八兩月寄：

Mr. Nelson I. Wu
Yenling Yeyuan
1530 Notch Road
Cheshire, Connecticut 06410, U.S.A.

又是一右一左，一個論文，一個詩篇。左也好、右也好，我真盼望你們來信。

我想知道的事很多，例如你們逛街、坐咖啡廳都談些甚麼，更想知道未央歌上演的情景。我想告訴你們的事也多，例如懺情錄是怎麼一本書，我現在又在寫甚麼新作品，現在都不能細說。只可大概解釋一下，懺情錄本來是懺情書，這名字是書中所收二十篇文中一篇的篇名。這個小冊子可稱為準備未央歌的一個小素描文集，原要等我寫一篇序再印的，後來因為朋友及朋友的朋友一熱心，又不知就裏，我還不知道呢，已經發行了。現在我們還要加上序再出一個新版，這就是我在再版未央歌時提到作學生時所寫的稿子「也選出一部份來出版」的事。

在台灣有一天有一位陸國民先生帶了他所譜的「散民舞曲」來看我。我極愛這生動的曲子，本想印在這裏介紹給你們，現在也只好等下次加上他為未央歌作的其他樂曲一同發表。雖然這次來不及，不過可以這麼提一下也叫我心上好過一點。

「散民舞曲」採用的歌詞在本書三四四至三四八頁。我當年準備自己有一天為它譜曲子的。寫書時怕將來譜曲時忘了當初的大意，就把許多註腳寫到書中去，好提醒自己。如同：「這樣兩小節重複兩遍，調子是一樣的。」又如：「這四小節音調先揚後抑，彷彿一朵烏雲遮了夏日！」「然後節拍忽然改快。」等等。可是我聽了國民的曲子，實在太好了。又真摯，又流利。一點也不像時下捏手捏腳以城市人的口味硬派給村野古樸的山歌那種造作的格調。那天我屋中還有幾位朋友一同聽他的曲子，我當了他們說：「從此這支歌用你的曲譜了，我不用為它製譜了。」

國民並不是一位職業作曲家，據他告訴我他也沒有受過正式音樂教育，因為家境關係，早年停學，現在在裕隆汽車公司作裝配工人。未央歌他讀了好幾年，他也有同他討論這書的朋友，也有去自己思索的地方，他的地方不是咖啡廳，是村外山上的一個小破廟。這些都是細節，要緊的是我們大家處境不一樣，可是志同道就合，可以一見，甚至未見，即如故。

說起一見如故來，我在台灣還去看了好幾處村鎮同廟宇，恆春、台南是達海帶我去的，鹿港是我自己去的，那時若是已得了成功大學同學們的信，順道就去拜訪多好！去北港的一次有七位台大同學陪我，我們說了來回兩程的話，喫一路零食，笑一路。回程很晚了，仗著天黑，又藉口公路局車走起來聲音大可以掩蓋，我們足足唱了好幾個鐘頭的歌，把大家會的歌都唱完了。

這些新朋友常問我當年大學生活與目下的異同，我心上常想這件事實在在各人的看法。又問我各地山川人情之異同，在校與入社會的改變。我的回答也是一樣。這都是我愛談的事，都留到下次再寫。可喜的是大家都不是消極地只想這些環境如何影響我們，而是都有積極的事業在心上，希望影響環境。

比如說風土人情，我至今懷念雲南，若是說別的地方就不能叫我們愛，那怎麼可以！自然是因為從一個地方學會了整個的愛；愛自然環境、愛動植物、愛人、愛他們的心境，然後才知道怎樣去愛別的地方，去愛整個世界。

因此，今日大變動中的世界，震蕩中的中國文化都叫我們關心。今日的國界已不是昨天的國界，空氣、水源是大家要不分國界聯合起來一同保護的，疾病的傳染要大家一致來防犯的。這個世界恐怕我們趕緊愛都來不及，各個文化趕緊協調都來不及，更不要想那種舊式的攻城略地，開疆拓野的狹窄看法了。今日我所認為國無界，戰無勝的情況，其實非常接近中國先秦已見端倪的宇宙觀念及人世理想。宇宙是上下四方、古往今來，人居於青龍、白虎、朱雀、玄武之內。不知者為不知，而切身的事要負責任，兄弟之間，何曾要分彼此？

未央歌的讀者：不問你的鄉土甚至國籍，不問你頭髮眼睛的顏色，說話的聲音，咱們一同來嚐這個理想的滋味。這個理想是不能為消極的人所接受的。悲觀的人更會自以為經驗豐富譏笑我們幼稚。我們就說：「你們的陳舊的經驗已經變成了你們的累贅，快重新拂去思慮裏的塵埃再看見自己童稚的心！」

二十多年前原子物理剛為社會所聽說時，有一位採訪記者問我一位朋友說：「大家都說這個新物理原理非常難懂，您認為怎麼樣？」這位老教授說：「是非常難，說幾個鐘頭都未必能說出頭緒。」記者就問：「您是物理學名教授，一生研究物理已經多少年了？」他說：「差不多三十五、六年了。」「您想，」這位記者找到了一個門戶可以進窺：「若是用了三十五、六年的功夫，再要深入還這麼難，人生能有多少年，下一代的人先用去三十多年準備，再求進步，一生還剩下多少時候呢？」這位老教授點著銀白色的頭，慈祥地說：「不然！打破物理學下一個關節的人，今天不會有二十歲。他不用重新學我所學的一套，他也不必用舊術語來解釋新理論。對他說新物理反是容易的！」

這話多童稚得可愛！又多樂觀！

今天大家覺得樂觀難，其實未央歌中那些年樂觀又何嘗容易？所以一切還是在各人，一旦看見了這條明路，誰還能再閉上眼？

誰知道呢？再過二、三十年，也許有年輕的同學來問你們：「那二十世紀的七十年代不是很苦惱、很黑暗嗎？」你們怎麼回答呢？

一九七二年十月四日
於延陵乙園風雨樓頭

鹿橋

再版致未央歌讀者

八年前未央歌開始排版的時候，我正因為研究工作在東亞及東南亞一帶旅行。到現在那種雙重生活在記憶裏還很清新：未央歌的校樣一包一包地由人生出版社的醒園夫人從香港分批給我沿站寄到印度，我隨收隨校。每到了有郵局的城鎮就把已校對好了的寄一批回香港去打紙型。我這邊呢，火車到了要考察的地方就下車去訪尋古寺廟、山洞，攝影，記筆記。回到火車上就校閱未央歌。印刷樣張的紙稀薄得半透明，火車行走時風又大，那一場校稿功夫真不算小，幸喜吹破的張數不多，也沒有從車窗給風帶走的。

開始印刷要出書的時候我在日本京都。那篇「出版後記」就是在京都寫的。寫好寄去香港，印在初版未央歌最後面，算是交代了一下這本書出版經過，並且向讀者們介紹一下那一次旅行中認識的幾位愛護未央歌的新朋友。

未央歌從完稿到出版其中在我手裏先壓了十四年。許多朋友的鼓勵終於結束了這個隱藏時期，又是由許多朋友幫忙，這本書才在一九五九年問世。我當時心上想得很清楚：一部文藝作品必須自己去創它的天下，求它自己的評價。它得去受一段時間的考驗。同時我也是為我論文式的那一半生活忙得不了，覺得已經為這詩篇的一半盡了我的力，於是躲懶地在「出版後記」結尾說：

……原來還想借機會也點明一些書中埋藏的多少暗比、隱喻的。現在想想這種對文藝作分析、探索的態度又是太「論文」式而不「詩篇」性了，所以就此結束這篇後記，放未央歌自去這生、化轉變的大千世界裏浮浮沉沉罷。

我到底不是個忍心人，因為這最後的一句話後來這幾年頗有不少難題。我勉強自制地作了八年旁觀者看未央歌鼓勇泅泳於這時代的湍流之中。有時真忍不住要寫信去謝一篇盛讚的書評，有時難抑止不回答一封隔洋寄來的長信。可是我把剪報同信件只是珍藏著，沒有回覆。香港報上有一次說我是久居日本的華僑——想必是因為「出版後記」是在京都寫的關係——我也由它去。

在這一段時間內老朋友老同學們讀過原稿的與我可以說是在一個小世界裏，未央歌書的新讀者在另一個小世界裏。現在這一段考驗的時間過去了——新的考驗又開始了。

從現在起讓我們互通訊息，讓我們討論這本書也討論我們這大時代的文化藝術問題，讓每個小讀者世界中的朋友彼此認識，也讓兩個讀者世界中的朋友彼此通消息。我的新讀者們，讀這次再版的朋友們，你們可知道那些鼓勵我再版，再版了好買一本收藏的讀者要比你們年長八歲到十歲？這年歲較長的一代又比我在西南聯大那些同學們小上差不多二十歲！你們再算算看，書中那些師長們及以師長們作藍本移改配合所寫成的可敬愛的先生們，今天尚健在的都已是七十開外的人了！

寫到這裏，我何必再畏縮，讓我告訴你們，書中的董常委自然是聯合大學三位常務委員的合相，而是依了梅貽琦月涵常委的神情身量寫的。未央歌出書之後，我一家六口路過台灣去歐洲，正在台北市收到香港航空寄來的第一本新書。我們捧了書到金華街清華大學辦事處去呈給　梅先生。一路上說得高興，沒人注意一歲半的小昭楹，他靜靜自得地用新書磨牙，把書啃去了一角兒！那一天跟梅先生談得好不開懷！可是這一次再去台灣，就只有在金華街月涵堂瞻仰梅先生的遺容，在新竹謁梅園的新墓了！

未央歌是獻給我最親愛的父母親的，現在我的雙親都已故去了！朋友，未央歌還是未央，書裏書外的人物個個盡其在我地一陣陣後浪推前浪！

有一位新讀者最近來信說：

自從得同學介紹，在港購得未央歌一本（好不容易）後，一直心儀其作者。此書傳閱同學間，幾至散爛，大家都認為此書應為大學生必讀，能喜愛此書者方以為友……

想想罷：我們多幸運！該多麼感到鼓舞！我們彼此雖多半沒有見過面，可是在書中如聚一堂，就如在昆明城北的「新校舍」一樣。我們散在世界各處，我們年歲上下相差有半個世紀，也連鎖著天上人間！我們自覺有個性、有理想、自許有判斷，也樂觀。可以為友的人遙遙可以互相鼓勵。前浪後浪推擁裏，時代潮流混亂中，隱約依了這些弄潮兒的英姿、部位，也可以看出一些新世紀的秩序來罷？

這件做朋友的事裏面確有一段理由，且留在後面慢慢講。現在讓我先推心置腹，一總把八年來要談的幾個題目選出少數幾個重點簡單說一下，算是向所有好心問訊的朋友作個統一的回答。同時也把自初版到再版中間一些瑣碎的事記錄一下好看出些來龍去脈。還有就是這次既然要打通一氣連絡同好我們自然要公平。我這次在台北時應台灣大學歷史系之召公開講了一次未央歌，那麼我告訴一部份朋友的話應該讓別人也聽聽，也參加點意見。以下分段略談的幾點多半是就那天講演後記錄下來的筆記加上回憶寫的。我當初要「詩篇」與「論文」兩種生活在少年學習時分別養育生長。

現在在中年為事業努力時我要這兩方面合併纔好體驗人生。若不是因為這個新看法，我也許到今天還是一任未央歌去浮沉，覺得沒有我的責任。現在我百忙之中開了幾個夜車來思索這個問題，自己也感到獲益不少。

在我這次又因為研究工作回到了東亞之前，這七八年裏關於未央歌的事我都不大清楚。我只知道市上原版書不久就賣完了。兩種影印的翻版書也好幾年都不容易找了。這兩種翻版裏的一種叫做「未央曲」的有人寄給我留作紀念，另外一種分裝成上下兩冊的叫做「星月悠揚」，是這次到了香港見到老同學宏孝才由她找出來贈我。兩本書除了把原版改頭換面外並且截頭去尾，前面少了「獻辭」、「前奏曲」、「緣起」、「昆明西南聯大回憶圖」與「楔子」，後面截掉了「尾聲」、「謝辭」，弄得這書大章法的結構都連痕跡也看不出來了。至於所有附錄中的材料如「校歌」、「紀念碑」、「碑文」及最後的「出版後記」跟版權頁上印的我的幾個通訊地址更不用說都取消了。

少了頭尾這幾段自我內心傾吐出來的文字，真叫我看了這被割裂的未央歌傷心。去了附錄裏的材料，就如同撤去了未央歌的背景史料，也都令人惋惜。這次見到醒園夫人，她又告訴我市上還有過第三種。封面與原版一樣。可是我們趕緊去找，到現在沒有收買到，所以內容如何還不知道。

再回過頭來說我這次應新認識的台大歷史系許倬雲教授之邀去講未央歌的事。這個講演當然不在我來台灣工作範圍之內，可是我們臨時一高興就添了這麼一個節目。那時候我剛到台灣不久，剛聽見朋友們說這本書難找、難借。在東海大學據莊慕陵老先生告訴我，有時候簽名排次序的學生要等兩個半月才能輪到看圖書館所藏的一本未央歌。這些話雖然說得熱鬧，我們心上其實很沒有把握。不過既然訂了日期，到時候只要有三五個人到場也一定要講。三月十四日那天去開會的路上我們還不能想像會有甚麼人來聽。誰知未央歌的朋友們口口相傳，開會時講堂裏人都滿了，還有站著的。

我們大家都很興奮。同學們書還是真看得熟，舉例時書中人物，提名道姓一點也不費事。到場的人從年輕的大學生到當年西南聯大的教授都有，可以說是三代友朋初次聚首。

會後兩個星期之內，我又得別處許多朋友督促，已決定要設法再版了，所以從香港回台灣的時候就把當年存在康宏家的原版紙型帶到台灣來。康宏一家四口在香港住兩間小房，可是他們心中之有條理就如他們雖小而不亂的住所一樣。當年寄存紙型時他家的一對小兒女現在都已經就業了。康宏的夫人做了一桌鎮海小菜，三杯酒後主人指了桌下用小凳子架起為了防潮的一個木箱說：「連孩子們都時時記得，房子若是失火，第一先要背了未央歌的紙型逃！」

我們那天是五個人吃飯，我們豈是祇五個人！凡是愛護未央歌的朋友不是都會覺得親切地在一起，一同看了康宏一家人也一同望了桌下的那一只木箱嗎？

我又回到台灣之後，就像有個未央歌通訊網那樣，上次在台大講演的事已傳到別的城鎮去了。來訪的年輕朋友所問我的問題，以及敦促我趕快再版的理由都與台大同學同一聲口。我這時才感覺到這個朋友的圈子實在大，才感覺我對未央歌責任未完。

我幾年來感覺有好幾個關於未央歌的問題都不容易回答得滿意。對陌生人我祇有說未央歌是一部以西南聯合大學及昆明為背景寫的小說，描寫抗戰時期年輕學生的生活跟理想的。凡是讀過未央歌的朋友從旁聽了這話一定都會替我難受，也替未央歌叫屈。

大凡一部小說若是講個故事，那麼可以用人物、地點、情節搭成格局間架。可是未央歌另外有更重要的任務，它要活鮮鮮地保持一個情調，那些年裏特有的一種又活潑、又自信、又企望、又矜持的樂觀情調。那情調在故事情節人物個性之外，充沛於光線、聲音、節奏、動靜之中。要寫出這個來，故事不但次要；太寫實了、太熱鬧了反而會喧賓奪主，反之一個情調可以選多少不同的故事來表達。故事困於時代、地點、人物，往往事過境遷顯得歷史氣味太重很是陳舊。情調由文字風格來傳達，往往可以隔了時代，因一代新讀者自身經驗及想像力而更替長新。我這不是說未央歌有多少文學價值，祇是說一個一般的道理，及寫未央歌時心上所期冀要表達的那份黃金也似的美好，身心發育時的生活。

抗戰時期大家都感到世事變得特別加快（其實比現在慢得多！），寫這種小說更怕為身邊的變化帶著跑得喘不過氣來。戰時跑得最快的是物價，與日常生活最難分開的也是物價。為了一定要另創一個比較永恆的小說中的世界，我想只有用風快的刀一下把兩個世界割開。未央歌的世界裏貨物用品有質無價。全書沒有一次提到錢的數目。可是我想無人覺得有甚麼勉強的地方。這就是刀快可以不見血的好處。否則這麼一本以情調風格來談人生理想的書為通貨膨脹記起流水賬來，文字還乾淨得了麼？人物性情還能明爽麼？昆明的陽光還會耀眼麼？雲南的風雨還能洗脫心上無名的憂傷麼？

在這個風格中及理想裏，未央歌裏的地方、情節、人物就分外美。盡情地美，不羞不懼地美，又歡樂地美。有人說世上那有這麼美的？可是懂得未央歌的人抽不出時間來回答，因為他們忙著愛美忙不過來。也就因為這樣他們無言的回答比語言更有效。我們樂觀得忘了愁苦，健康得忘了創傷。經人提起時再回頭查看，愁苦的經驗早已無影無蹤了，創傷早平復了。於是又高高興興地去忙，去向更高的理想奔走。

上次在「出版後記」中提到的暗比、隱喻，這次還是不能都說出來。可是因為詢問書中人物都是怎麼來的人太多了，這兩件事要併在一起略為說一下。新一代的讀者容易把書中人物單個想像成特殊人格。老同學一見面就脫口猜謎。這次在香港宏孝不及寒暄就嚷：「你那個伍寶笙一看就是祝宗嶺！」伍寶笙當然是照了宗嶺寫的！書出來還間關越海地請我父親親自交到她手中一本謝她五年友愛中的深情及自然流露的智慧。可是新舊朋友都多少為故事所掩沒有看出未央歌所寫的心情是寄託在許多人的身上的。最明顯的是在四個人身上；這四個人合起來纔是主角。這主角就是「人」。是你，是我，是讀者，也是作者。這重點又是在年輕的一對上、在生長變化上、在我們不能忘記的、一生受用不盡的，那年輕的理想上。

因為描畫單個的角色時許多很重要的性格、想法、口氣、動作都不能盡情羅列，同時所要寫的這種情操又是在生長變化中才看得出生機無限，我才把一個人分成四個人來作主角，這主角才有機會施展出渾身解數！配角們都是間接地配合這個綜合的主角。我生怕同學們祇從表面聯想到認識的人，而忘了這些人共同的理想，所以才用雙重關係把這四個人聯繫在一起。伍寶笙是理學院的，童孝賢與她同在生物系。余孟勤是文學院，藺燕梅也是，可是她在外文系。她一陣因為愛求學而愛慕余孟勤，可是嫁給他的是誰也覺得合適的伍寶笙。小童追隨著兩位愛護他的年長同學，卻得到了藺燕梅的默許。從先進到後生，兩對年輕男女代表一個奮力上進的學生的四部份。彼此互相為至友、為畏友、有愛有怨、有笑有淚，可是一夥兒美麗地長大了，後浪推前浪地！

書中這個「我」小的時候就是「小童」，長大了就是「大余」。伍寶笙是「吾」、藺燕梅是「另外」一個我。一個年輕人生長進步真不容易啊！可是又多值得興奮！事後又多值得回味！

在名字上留痕跡這件事未央歌一動筆時就開始了。在「楔子」裏（翻版書我所見到的兩種都沒有「緣起」跟「楔子」）雲老派的親信去送風水先生回沙朗的本來叫做李發是紀念我在呈貢的一家姓李的好友。可是沒寫幾頁就回過頭去給改成了「薛」發，為了好與他挑的一箱子書一同預兆後來辦「學」的事。

中國思想界說保守確很保守，可是說活潑也很活潑。儒道兩家早就互相切磋，到了晚明連釋教禪宗加在一起真是波濤洶湧地好看。這正如那時期的山水畫一樣局外人還在指指點點說中國山水畫幾百年都是因循抄襲呢，幾齣精采好戲就在不注意中都已演過去了而全未看見。真是「兩岸猿聲啼不住，輕舟已過萬重山！」錢牧齋說得最親切：「本朝理學大儒往往假禪附儒移頭易面。」未央歌本著進取樂觀精神，及與自然接近所得的活力，正是主張援儒入禪，也援儒入道的。書中幾個和尚繼風水先生和雲老而來的先是解塵（誰又敢說解塵不是雲老呢？）後來是幻蓮及履善。幻蓮常常由學生們給他借圖書館的書來讀，年輕一代的和尚在世事緊急時又入世來作個出家的同學。他提筆直書寫字贈給七十歲的履善，提醒他：「莫忘自家腳跟下大事！」履善就憑了他的名字他也忘不了腳跟底下大事呀！何況他天天打草鞋「一生也不知道打了幾萬雙」呢！（第四〇〇頁）

如此這般地未央歌就展開了，為了地理上象徵的關係把與天人交通的或玄理與智理交通事都移到北方玄武的方向，因而鐵峯庵，而長蟲峯而去沙朗的大道風水先生之見首不見尾，都在北方。為了這個緣故我把幾座廟宇挪動了些地位。至於從蟄伏到飛昇的事都要到南方朱雀的方向去，不能親身去也要由一封信代表自己去。於是他們就到車里、到文山，到馬關去走一遭。小童走得最晚，恐怕也去得最遠，到現在也許還沒有回來呢！

這些文字有它精密費心思的地方、更不少順手拈來的樂趣，讀者千萬別太死心眼兒追究，入了魔道迷途我不管救。若跑到滇南去尋未央歌故跡找不見文山的大教堂可別怨我。若是居然找出謎底來，不用告訴我，可千萬不要告訴別人。

現在說明了幾件重要的文字裏的過節兒，就如同解扣兒似的，一個鬆了，別的也容易了。未央歌既是一本重情調及風格的書，裏面的角色及故事又多是為了方便抽象地談一種理想而隨筆勢發展的，因此自始至終雖然寫的都是這個「我」，反而全書精神是真正「無我」的。沒有各別的我，只有那個樂觀的年月中每個年輕人的面面觀。單就這一點說，未央歌就與紅樓夢完全異曲也異趣。紅樓夢沒有談這個抽象的我，可是是一個我的回憶。處處是各別的我。紅樓夢裏面人物「自我」的成分極重，寫得極下力，比情節都出色，而又是寫得極成功的。

我常想新文藝小說往往免不了被人拿來比紅樓夢，這裏面也有一段近情的道理。中國舊文學寫男人又範圍大又入微，又變化多。女人則往往寫到幾種類型而已。突出與深入的都不多。從史記到聊齋多半是這種情形，例子真是舉不勝舉。可是紅樓夢一部大書把女人寫到入微範圍也廣，變化曲折無不佳妙。新小說寫新社會怎麼能不寫女人？不是新作家比舊文學家會寫女人，而是新社會裏的女人突出得多，既然看得清楚，觀察的角度多，她們活動的範圍廣，寫出來自然也就突出多了。批評家沒看到這一點，於是就跳不出與紅樓夢相比的這條老路來。

說到這裏我一定要聲明我最私淑的兩部舊小說是水滸與儒林外史。我在未央歌裏屢屢暗示我多年來細讀這兩部書之樂。我像小孩遊戲那樣把這兩部書給我的影響作成暗號留在未央歌裏表示我對這兩部書多感激。金聖嘆說水滸傳得力於史記這話是不錯的。水滸描畫精細時便極精細，放手時又不著一塵乘風而去如驚翔白鷺不著半點泥水。金聖嘆更不斷指出水滸傳裏面各種抽象的章法，我是越讀越覺得他說得有道理。這種章法恐怕不是讀紅樓哭情節嘆身世、咏詩文的人肯苦求領略的。這種章法上抽象之美頗近乎音樂。而儒林外史裏這種抽象結構更是全書不懈。儒林外史影響未央歌的地方太多太明顯了，不用指明了。

我們的時代到底不是水滸、儒林外史，也不是紅樓夢的時代。舊的章法，描畫、種種技術可供學習，可是今日的心理，今日思想時所用的文字，今日對話時所發的語音，各種身分不同的聲口，都不是那麼便宜可以向古人借貸或是由外國進口的。我們又生在五四之後，在白話文運動中生長，被迫接受一個很貧乏的新文藝的試驗室！未央歌是我主張、提倡，力行實驗我所謂「新文言」的一篇試作。文言是中國文學的寶貴的遺產，不是包袱，各國文字也都有它的文言。我不愛辯，且容我簡單說一下。未央歌每在情感一上昇的時候文字就往新文言方向走。到了第十三章，全書最短的一章，文字還是可以上口，可是離口語就越來越遠，或化成散文詩或是帶了韻。文言一時與一時不同，也不必同。可是或優或雅、或激昂或流鄙，都不可躲懶。抄襲古文言就不免有代今日情操繳械的危險，全限制用白話口語更是故自菲薄，苛令新文學不得飛騰！

新文言要經過時間淘揀，那些被引用的，被摹倣的，上人口的，記在心的，為人背誦的就會合成洪流另展一片新山水。五四運動以來可稱好的新文言實在不少。這條大路已經明白地擺在我們眼前，邁開大步走罷！古典文學，外國名著，各地方言，各行術語，我們都應該採用。心上情感的波濤也要有海洋這樣廣而厚的水來響應震蕩！

這件事這次在好幾個地方同許多年輕朋友談過。在國外二十幾年沒想到國內發音變了這許多。喜歡讀未央歌的朋友能把書中句子背給我聽，可是我聽的卻不是當初寫這書時我耳中的聲音。我們幾個朋友談了談覺得也許應該灌製幾段唱盤，若是贊成的人多，說不定我就作他一個試試。一小本選讀，一個唱片，大家都是一家骨肉，只當是一封錄音的家信來聽，就如同這篇序就是一封信來讀一樣。我一向深信不但文學應該「聽」得見，連思想心聲都是也聽得見的。這些聲音在品質與特徵上彼此都不同。不忠實地採用這聲音的寶藏，卻不顧與古文言文或日用口語的距離，硬把我們的思想翻譯成半文半白的文字真是罪過。看的人不免要再翻譯回去！在這一點未央歌只是盡力的作了一番試驗，慚愧距想像的成績太遠。

可做的事情實在太多了。我們雖然還看不見一個澎湃的新文藝潮流。可是已經覺出來，非努力產生一個不可了。因為借貸及進口這種便宜辦法太不經濟，也太浪費寶貴精力了。一個創作及批評的交流也許明天就會到來。就據我親眼所見，親身所歷，在建築，在繪畫，在文學，在音樂，在論文這好幾方面都有長足的新發展，還沒有為大多數人察覺就是了。快樂的朋友，時代的弄潮兒，帶了下一個轉變而來的急溜恐怕速度比你所經過地都還要快！不要被沖散了，不要失去聯繫。一定要彼此鼓勵。

中國文化，不只是文學藝術，自從受西方影響衝激以來，一連打了好幾個漩渦。一個潮流在打漩渦的時候，聲浪也許很震人，氣勢也許很激昂，可是從歷史來看是在左旋右轉，依了衝激合流以前所賦予的方向在打圈兒還沒有向新路上發展。多少才華不是成了古典回憶的流芳，就淪為西洋經驗的重演，都不是今日我們所希望的。我們必須分辨得出漩渦與前途，大著膽子，睜著眼睛，冒了危險，爽直地，渴慕地向著善、愛著美。一面試驗著新生活，一面構造新倫理道德的間架。別人問我們千古大問題，我們自然不能一口氣答得出來。可是只要邀他一起努力，在不放鬆我們時代及歷史的責任時，我們也就以行動表示了自己的立場了。

在漩渦裏容易想起許多現成的說法：甚麼真、善、美是一回事啦，美是有文化條件的啦，真也是很難說的，甚麼都是相對的啦，可是不要忘記，我們可以創造文化條件，我們事實上無時無地不在分別善惡。

在漩渦裏還有人垂著長長的頭髮，帶著蒼白的臉色。哀怨的眼光中有說不出的憂情。在挫折中已養成悲劇的嗜好，咀嚼不盡那裏又酸又甜的詩意。可是不要忘記猛抬頭還有進取時雄壯的樂章待唱！

二十世紀的西方影響比十九世紀的更叫我為中國文化傳統覺得可惜。我不怨這個潮流的本源，祇要是源流就有動力。可是我不贊成為這一支文化動向跑龍套。就小說與電影兩項表現來說，其中的一副猙獰地獄相是西方過去一場經驗的瘡疤，是今日生活營養失調的病症。文化發起地帶起了帶頭作用，可是波紋所及的地方也有自己的源流，不必重演這些壞經驗。何況人家有的已經又跟我們東方學了乖又改了方向另覓新路徑了呢！效顰捧心已失之誠實，執迷不醒更常常弄假成真。

今日中西文化之辯已是半歷史性的爭執。而過去與未來之分是我們實際的課題。許多學者愛說中國過去閉關自守、妄自尊大，四海之內只有中國。今日中國不過是許多國家之一，那些舊日的辦法觀念就都沒有意義了。這話前一半不錯，我們都是多數之中的一個，可是後一半話，在新世界裏倒很要仔細考慮。

中國人在天圓地方的結構之下在自然的大圈子裏面劃出人的方的世界，一規一矩，給幻想、神奇與理智儀節以互不妨礙而互相激勵的發展生生無盡。人在中央，以惻隱之心、忠恕之道調節他的世界。「不語怪力亂神」也不受「原罪」的迫害。他在家族與社會裏找感情的坐標點，在歷史上追求他的評價，在他人的心目中照著自己一舉一動的影子。在這種情形下演化而出的大同思想會是狹義的一個中國的麼？誰不可以到這個世界中來，面南正坐、想人生個體的崇高理想與群體的永恆協調？這種觀念裏的「人」，正是與未央歌裏面抽象的「我」是一樣：是「人人」，不但是今日各國各地的人，而且是近人、古人，及將來的人。這個大同世界理想中的國度，是宇宙的「中國」。

多少神話、宗教傳說裏面的主角都是那些傳統在所謂閉關建設的時候歌頌自己的英雄而形成的。可是文化何嘗一日閉關？人何嘗一日無理想？又何嘗一日不是歷史上的英雄？

今日我們可做的事，該作的事，要趕快小心準備又努力不屈不撓要作的事實在太多了！

這次文化合流衝激出的漩渦實在太多了，也太洶湧了。兩種文化都有源遠流長的潛力，合流改向也特別湍急。可是一旦自拔奔波出去，必是其疾如駛。大夢一醒過去周折就都渺茫了！朋友，我們千萬不要在文化劇台上跑龍套隨人粉墨一場！不要忘記，過去固然輝煌，將來更無限浩蕩！

在這種興奮的心情裏我在四月初由台灣又回到日本來。這次在香港經人生出版社的王道先生及醒園夫人一再鼓勵，亞洲出版社的張國興同李大纓二先生給我各種再版手續上的方便，更有商務印書館王雲五老伯賞識，及兩位新朋友徐有守、金耀基二先生慨然接過去出版發行的事務，要看未央歌的人就又有這書可看了。

這次印書是用的原版紙型，只改了幾個排版的錯誤。為了許多讀者表示一切設計、尺寸、封面要與原版一樣！我們決定儘量不改。原來一種封面用的墨綠色紙與書的內容調和，可是紙質太鬆太不經久，另一種淺一點的又不對題。原版精裝本更有三種不同裝訂法，這次商務印書館要另選合宜的紙料及裝訂，我也同意了。

每回台灣來一次就得與查勉仲先生在一起話舊論新。舊師長已不多了。我就一古腦兒把敬愛的心情都放在他老人家身上。從他的關切裏重溫作學生的日子。

在台灣又看見了久別的顧獻樑和李達海兩位同學，得以向他們先透露未央歌浮沉了八年之後要再登前程的消息。讀過原版的人都知道當年若不是獻樑一再敦促，我是不會把這部稿子拿出來出版的。達海是我西南聯大的同屋，也許有一天我把那時寫的稿子也選出一部份來出版。看見達海，那種甚麼事都不難的生活態度就又有伴了。

於是這篇再版致讀者的信又是因緣注定在日本寫了！我愛這蘆屋川上山明水秀，可是我別處還有研讀我們先哲思想、宣揚文藝教化，鼓吹休明的事情要做，不久就要離開這裏了。無論我們相距多遠，共同推波驅浪前進的時候會見到的。若是那時忙得騰不出手來握一下，咱們就打一聲忽哨，破破沉寂。

鹿橋

丁未年五月二十二日丑時

於日本　蘆　屋川　上

前奏曲

在學生生活才結束了不久的時候，那種又像詩篇又像論文似的日子所留的印象已經漸漸地黯淡下來了。雖然仍是生活在同一個學校裏，祇因為是做了先生，不再是學生的緣故，已無力挽住這行將退盡的夢潮了。

為了一向珍視那真的，曾經有過的生活，我很想把每一片段在我心上所創作的全留下來，不讓他們一齊混進所謂分析過的生活經驗裏，而成了所謂鍾鍊過的思想。又為了過去的生活是那麼特殊；一面熱心地崇景著本國先哲的思想學術，一面又注射著西方的文化，飽享著自由的讀書空氣，起居絃誦於美麗的昆明及淳厚古樸的昆明人之中，所以現在記載時所採用的形式也是一樣特殊的。這精神甚至已跳出了故事、體例之外而泛濫於用字、選詞和造句之中。看罷！為了記載那造形的印象，音響的節奏，和那些不成熟的思想生活，這敘述中是多麼荒唐地把這些感覺托付給詞句了呵！以致弄成這麼一種離奇的結構、腔調，甚至文法！最後為了懶，挑了個小說的外表，又在命題時莫名其妙地帶了個「歌」字。「懶」也是那時的一位好友，現在已失去了，是實在值得紀念的。能夠無所顧忌地，認真的懶是多麼可驕傲呀！我們知道小說的外表往往只是一個為紫蘿蘭纏繞的花架子並不是花本身，又像是盛事物的器皿，而不是事物本身。所以這裏所說的故事很可以是毫無所指的。

不過這麼一來話就繞彎了；盛事物的器皿，和紫蘿蘭花的木架，是可見的。而事物本身，和那可愛的紫蘿蘭花卻逃脫了我們的觀察，這豈不是個大笑話嗎？二十世紀的人是太忙了。沒有工夫去讀談思想的書，可是卻有空閒去讀一本五六十萬字的小說，再從那裏淘煉出那一句半句帶點哲學味兒的話來，豈不更是大笑話嗎？

一九四三年十二月十六日於重慶郊外山洞

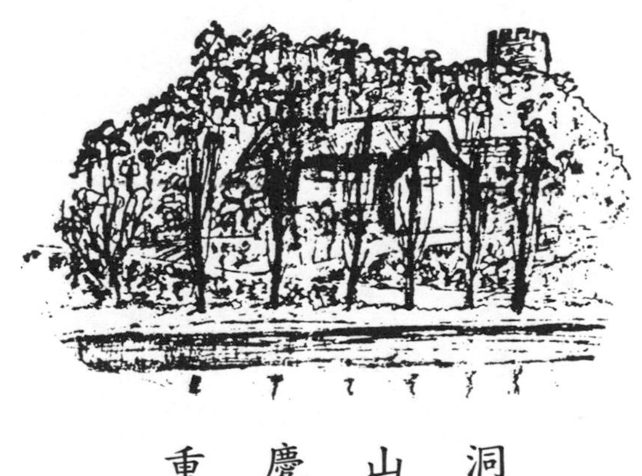

重 慶 山 洞

緣起

在這大學裏最大的一片青草坪中央有一個池塘。幾條小河在這裏聚匯。這些小河在雨季裏是充滿了急流的水的。因之修整校園的人對他們也不敢輕侮，由著他們任性地在校園中縱橫地流著。小河們既是順了水勢而盤旋，小池塘的形狀也便生得很不規則。池塘中有個半島。半島上生滿了野玫瑰的多刺的枝條。這些枝條守護了由半島上去採擷的人必經之路，誰也不許通過。即使僅僅想伸一下不該伸的手也必得到應議的處罰。若是不妄想摧殘呢，那麼到池塘對岸去那裏有一片清新的美景可看。每年五月之初，這茂盛的花叢便早已長滿了精緻肥嫩的綠葉子，伸著每枝五小片的尖葉，鑲著細細的淺紅色的小刺，捧著朵朵艷麗的花。花朵兒不大，手心裏小的可擺下四朵，顏色不太紅，只是水生生地。塘水把看花人隔開一個最好的距離；也就是五六丈遠罷，站在那裏，看枝葉、花朵，都剛剛合適。望望花叢上雨季晴日時特別潔淨的藍天，或是俯視水中那種迷惘閃爍的花影子，都叫人當時忘了說讚美的話，走開後回想起來，才知這是不厭人的一種至樂。這一叢亞熱帶氣候育養之下的雲南特產的野生玫瑰，因為被圈在校園裏了，便分外地為年輕的學生們眷愛著。這些小朵朵的玫瑰！這圍著半島長上這麼一圈兒的！

每年花開的時候，不論晨晚，雨晴，總有些癡心的人旁若無人地對了這美景呆呆地想他自己心上一些美麗而虛幻的情事。只要這些花兒不謝，他們的夢便有所寄托。這些花與這些夢一樣是他們生活中不可少的一部份，是他們所愛護的。因此他們不用禁止，而人人自禁不去折花。這習俗既經建立，便在學生們心裏生了根。一年年地過去到了今天，如果有一個學生為了一時衝動，向花伸手，

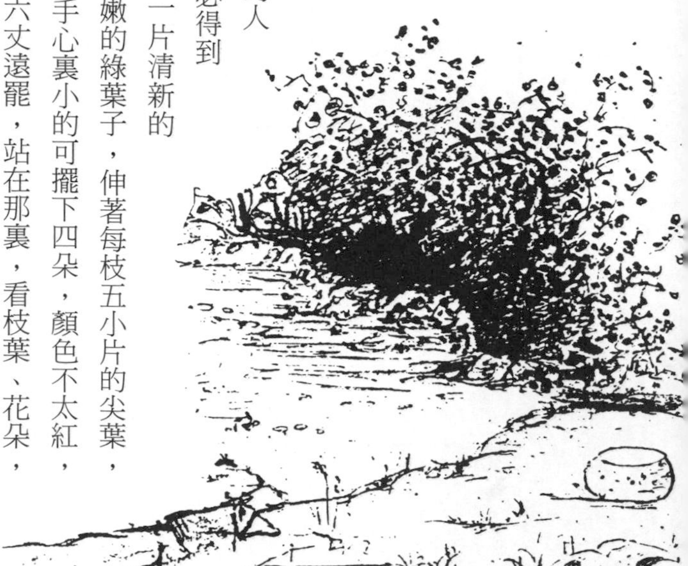

不要說別人將如何責備他，他自己亦不免戰慄、心跳，甚至不能站得安穩，馬上失足落到水裏去。

花開的日子不長，六月底，學校將舉行大考時，在大家忙碌中便不為人察覺地那麼靜悄悄地，水面上就慢慢為落紅鋪滿。雨水漲了，小河們把花瓣帶走，送到插了秧的水田裏去，送到金汁河裏去，送到盤龍江裏去，也許還流到紅河裏去罷？她們就走得遠遠地，穿過那熱帶的峽谷，帶著窒息的叢草的熱味，流到遠遠的地方去了，再也看不見，再也看不見了！小池塘上又是一片澄清，池塘水上只剩了灰色枝葉的影子。一片空虛就留在大家心頭，直到明年花開的時候。

很少幾個人是不信這叢野生的玫瑰是有一種靈性的。他們相信每度花開必皆象徵著一個最足為花神所垂顧的女孩子，這女孩子的命運必是雖晦澀卻詳盡地為這一度花開所表露盡淨。每年花季初來時也必有些朕兆。那些心中竊竊戰慄著自信為是被顯示的女孩子們，時時都不忘在水邊仔細察看花開的情景，猜疑每一片風，每一絲雨的旨意。那一瓣柔心就忍不住隨了嫩枝條顫抖。她們輕聲盤算花開花謝的日子默查蜂蝶數目，各人有各人問卜的方法。她們必每天為這叢花祝福為自己祈禱；求花開得長久，求一季沒有風暴，求逃免粗心人作踐，總之，求好景破例長留。

男孩子們呢？則在一邊細細地尋覓。他們自以為旁觀者清，各人有各人的判斷；一面找那真正為今年花朵所代表的人，一面嘲笑那些不為他們所看得上眼的。在尋找時也多少找到了些夢也似的經驗。所以有時他們也暫且收住野馬狂風似的心，為他胸中一泉春水默禱。他們粗直的禱文裏，倒也裝得滿滿地熱忱的句子。

這樣的風俗與迷信是已生了根了。當初有這麼一段故事：

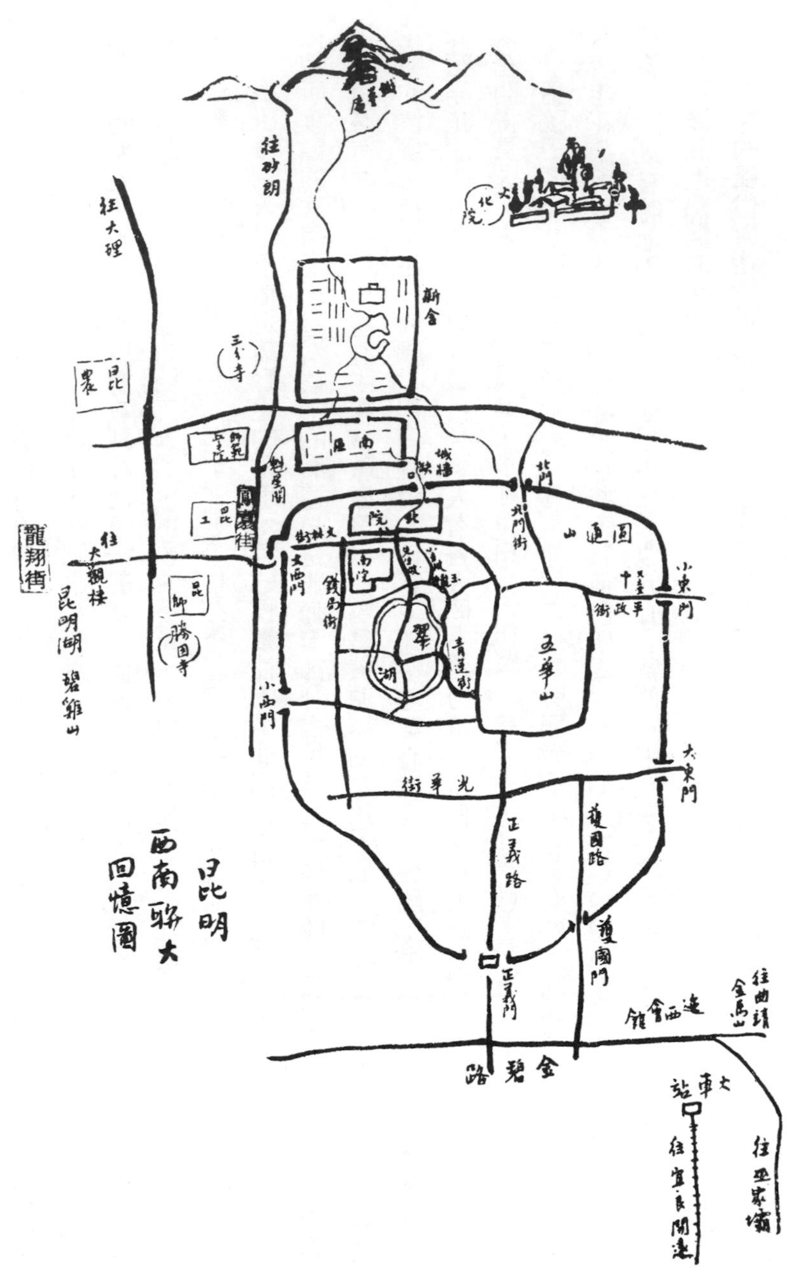

昆明
西南聯大
回憶圖
往沙朗
往大理
新舍
三分寺
昆農
南區
北院
城牆缺口
北門
北門街
圓通山
小東門
平政街
文林街
大西門
錢局街
南院
翠湖
青蓮街
五華山
小西門
昆工
昆師
龍翔街
往大觀樓
昆明湖
碧雞山
大東門
光華街
正義路
護國路
護國門
正義門
迤西會館
往曲靖
金馬山
金碧路
火車站
往宜良開遠
往巫家壩

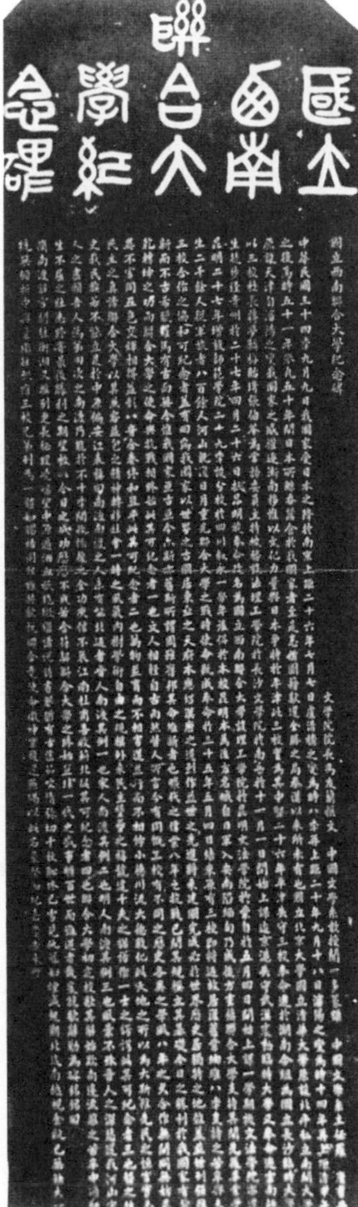

國立西南聯合大學紀念碑

楔子

當初是在多少年之前，誰也說不清了。那時有過這麼一件神妙的事；既然這事無恙地傳說下來了，還追問它的來源幹什麼呢？在昆明城內一家大戶人家作了幾十天上賓的一位風水先生這天辭了主人要回沙朗他自己的家裏去。他早上起來，在庭內閒步看見主人走來，他就向主人說：「雲老，府上花園裏的石榴花全紅得耀人眼了。想鄉裏又快到忙的時候。我來了這幾十天，老太太墳上能盡力的地方也早已點畫明白了。可否放我回去，照看長工們忙水忙禾，待中秋節後再上來賞府上的秋海棠？」

那文靜雍容的主人，便睜大了眼睛說：「怎麼，正要好好奉陪老先生消遣兩天呢，如何便說出要走的話來？我是斷不能放的。」

「哈哈！」這先生就大聲笑了起來：「不用多說了，過節一定來的。如要強留，學生就此告辭了。雲老曉得我無戲言的。」

雲老計算去沙朗雖不算遠，不過到底要翻過北邊這一層山。騎個牲口大半天也儘夠走的。他便說：「那麼不敢勉強，我這裏要先生指教的地方正多，先生不棄下次務要早來，並且要多住些天才好。今天還早，叫他們備下馬。我們早飯後再說走的話罷。」

風水先生說：「馬是不用的。我騎了去怎麼叫他自己回來？飯是要喫的。只消一個長工挑挑我的行李，陪我走走算了。」

雲老想想說：「也罷。這竟不成個禮數了。飯後，我要親自送先生一程。」隨著他便吩咐備酒飯，並叮囑親信隨從薛發也要飽喫一頓，送先生上路。然後他們便又談了一時沙朗地方人情，尤其是天生橋、溫泉諸勝，雲老很稱讚了一番。

雲南地方早飯上午九十點鐘就喫了的，下一頓要到下午四五點鐘才喫。他們喫了早飯，薛發跟先生到書房裏挑了行李出來，雲老看時，是一個竹篾的書箱，一個毛氈的行李捲兒。這裏雲老著人把備好的一份禮，並糖食、糕點等物也搭在擔子上。許多賓客皆來相送。先生一一告辭，便和雲老走出門去，扭頭向雲老說「知交何必又客氣？」雲老笑了笑說「不成敬意。」說著走出了大西門。這天正趕上街期，向北走上鳳翥街那裏挑販、馱馬，真是擠得水洩不通。二人一邊看著街子上風光，一面笑談著從大街邊上挨著往前走，薛發在後面跟著好容易擠到街北口。看見了去普吉，沙朗的石板正道。道旁一片好水田，繞了一座大寺院。東面更是綠油油五六十畝大一圍大菜園子。足足養了二十多家人家。先生叫薛發把東西放下歇歇肩。遂對雲老說：「雲老，你不見麼？那路一直指向山裏去了。上下坡路不大好走。今天正是街子，來往人多，請放心回去罷。我們今晚必可趕到。我留薛發住一天，明天打發他回來。」雲老說：「既然如此，我們且就這樹蔭底下小坐一會。多談兩句，再上路不妨。」

他們無言相對了一會兒，忽然雲老說：「先生上次提醒我的話，此刻又想起了。你看，這土山上一座座的墳，這邊街子上擠得滿滿地人！」先生不答，他又說：「這幾年，托上天的福氣，風雨調和，地方富足。到處都是快活的樣子。大家也就忘了禍亂的時候。太平日子過慣了的就忘了修福積德。大家都不想想，有什麼是能跟了自己帶進墳去的。更不用說，好景難長，萬一世事有什麼變動，今天笑不夠的，明天就哭不夠了！真是愚冥得可嘆。」

「雲老！」先生忽然鄭重起來：「你這第二句話，非比平常！你只閒閒說起。你可知確是轉眼要有大變故嗎？」

雲老當初說話的意思是這一次先生來後很叫他參透了不少人生道理。風水之事，他原本是人云亦云，盡人子一份心。不想這位先生竟是博學得很，閒談之中很點破了些興衰世事的幻境。因之離別之時，不禁感觸而舊話重提。現在聽先生這麼一說覺得話裏有話。遂問道：

「先生，你這話怎麼說？」

「你看眼前這一片菜地怎麼樣？」先生往前指，慢慢地說。

這裏田畝井然，溪流清冽，各種菜蔬種在其間行行列列，夾著些高大挺直的松樹、柏樹，幾家茅舍，雞犬，村童，直是一幅完整的豐年村景。雲老看得眼目清爽，不禁欣然，幾乎忘了先生問的話。久之，他才說：「這安樂的田園，還有什麼可說的嗎？」

「不然，」先生轉過臉來，「比方說人家肯放開，讓給你。不用問，你是想買下的了。我卻要勸你擱些時看看！這塊地方大有文章！不瞞雲老你說：方纔談起人心世事之時，我也想到近來屢屢看出治久必亂的朕兆來。不過每每想到，我們地處天南，幾十年來不曾見過大刀兵，終不信會有一天哪裏的人物會擾到這一方來！但是眼見的事也不容你不信。方纔街子上，雲老，你不見鄉人作踐五穀糧食麼？上白大米，也肯灑在地下，這皆是凶兆。就說這塊地罷，我一坐下來就覺地氣旺得很！非比平常！眼前這菜園裏日後必聚集數千豪傑，定是意外之際會！」

「此話如驗，那必是一番大變動了！」雲老到底是做過官的人，深知人事若如此改變其影響必是很可觀的。

「如何此地會聚上這許多英傑？這事憑空臆測不出的。不過此話靈驗也不在久，可憐那些莊戶人家的菜也種不長了，豈但此也，那邊山上的墳也不得安靜的！」

雲老聽得此話不覺愕然，又益發感到人生無常喟然太息，遂又說：「先生，在下心許一愿，若當真這些苦命人的菜園種不長了！我如今打算竟買下他們的來，一旦有事，也放他們一條生路，莫絕了他們喫飯的土地。這塊地若有了變化我一家家業尚損失得起！」那先生聽見此話改容敬道：「先生這一句話，勝做多少功德。我看這菜園雖說種不長久，而地氣旺卻決非壞事，先生有心為善亦已足矣。我們三人在此地一席閒話也不是無緣，看薛發挑的是我一箱書，一個鋪蓋，莫非也應在這話上？竟是聚集多少負笈學子亦未可知！」

雲老聽見心中歡喜，便說：「如此小可決計買下此地，來日辦學！」

先生說：「有福之人自有有福之路！這話驗與不驗尚不可知，倒是雲老你這一席話大動人心。不過這個學恐非一二人之力所能辦。我們且觀後果罷。時光不早，雲老請回，我就此辭過了。」當下雲老看著薛發挑了東西送先生走過小山頭，才慢慢踱回去。一路上思潮起伏，那時街上人已漸少了。心上更是滄桑多感，又見時已過午，不該放先生上路。直在家裏急了一夜，次日下午薛發回來，帶來先生相謝手札這才放心。原來那時正值晝長，先生到家時天色尚未全黑。

後來雲老果然買了那塊菜地，先生中秋上城過節，雲老特陪先生去看地。先生每日指示鄉民疏通水路，按列植下松樹柏樹，又把中央一個水塘開擴清淨。順手把東一叢西一束的野玫瑰花移植在塘中一個半島上，看了怡然向雲老道：「你這一件功德不小。改日再找石工開兩方青石，做幾個石凳。我們在這山花蔭下品茶，說古，等候世事風雲罷。」雲老也笑道：「上天旨意世人未必個個能察覺。我們既然如此相信，本也該豫為道地的。我竟明日便著人夫催造石凳！」

上述故事，至今昆明大西門外龍翔，鳳翥街上茶館裏還常常有人提起。那位風水先生故居已不可尋。雲老下落，則有人說便是城內雙眼井巷方家，有人說是錦章巷房家。當初傳說時既未說出雲老的姓氏，現在又有方、房二姓，也不易辨別，只有這麼由他去了；也奇怪竟沒有人去這兩處地方詢求的。

後來到了中華民國二十六年，正值公元一千九百三十七年，夏天北方日本人入寇，起了大亂。這裏地遠只稍稍聽到一些戰訊，轉年春天情形便大不同了。先是中央航空學校在昆明城東南巫家壩地方建了分校，然後長沙臨時大學遷來，於是北方三所名大學北京，清華，南開，在此地正式合併成為國立西南聯合大學。暫借西門外昆華師範，及昆華農專新建的幾所大樓上課。工學院為了設備上關係分到東門外拓東路的迤西會館、全蜀會館去。文法學院高年級學生尚且在蒙自地方成立了一個分校。蒙自地處迤南，來往昆明乘火車尚要一日半的旅程。偌大一個大學間關越海遷來了昆明，真是叫正義路上充滿了外鄉口音年輕的笑語，金碧路邊平添了遊子們輕捷的足跡。他們一共何止數千人口！次年暑假蒙自分校又併到昆明來，乘假期之中，大家離家皆甚遠，舉行一個集中軍事訓練把學生全分到各兵營中去。

昆明地方在民初時曾由地方上辦過一所航空學校，不久因故也停了。後來民航機的郵線通了航才又見到飛機。航空軍官學校遷來之後，天上才嗡嗡地總有飛機在盤旋。或大，或小，或三五成群，或是獨自一架在翻跟斗。昆明的太陽是最叫人愛的。那些驕傲美麗的飛機就常常在晴空之下舒展翻轉他們耀目，銀色的翅膀，下面看得快樂的人們眼也花了。就在本年九月裏，空氣逐漸緊了，先後舉行了兩次防空演習，第二次演習過後一天的下午便當真地鳴放了警報。這天是九月廿八日，那時節戰火已遍燃國中。東南，東北，半壁江山已是稀糟一片了。

昆明城內雖然也有些小山坡坡，但是紅土的多，岩石的少，城外河溝縱橫松柏成行，四周一二十里地方，縱有些丘陵也還要算是平壩子。西南臨近昆明湖及正南往呈貢縣一帶更是坦蕩蕩的田地。故很難建起防空洞來，有了空襲，大家只是四散在城外算了。好在城圍不大。即使居住在城中心半小時也儘可走得出去，找好隱蔽的地方藏下。這天警報發出時正是上午九點多鐘光景，是大家早飯時候，嚇得多少人飯也不敢喫，東西也不及拿，慌慌地彼此拖拉著就跑。一路上皆是行色倉惶，扶老攜幼的百姓，塵土帶起多高，個個面目愁苦不堪，看去煞是可憐。昆明共有城門七個，北門，大小東門，大小西門，正南門及護國門，加上南城幾條大小出城的街道，全擠滿了人向外湧。這時又發出了緊急警報，警察，憲兵，丁勇趕忙制止人民亂跑，哪裏制止得住！膽小的人腿雖早已輭了，偏是放心不下，東挪西遷地不肯老實藏下，忙亂之中飛機聲音已很大了。

九月的昆明天氣極是晴淨無雲，視線爽明無阻，順了機聲找去，就在西北角上天邊襯著藍天橫著一條略有波折的白線，大家正指點著已見這白線斷作三截，再漸漸變寬，成了三隊一共九架轟炸機。這時城西北上已升起多少火柱、濃煙，炸彈響聲震地而來，飛機也改向低飛壓頂而過如一片灰雲。這當兒裏，有眼快的人指著天上，急忙喊著說：「看那些小的，上下直竄的是我們的戰鬥機呀！」這一聲，大家才聽見機關槍彈正劈劈拍拍響得好不清脆，小小戰鬥機賽同小蜜蜂一樣在來襲的機群內穿梭上下。下面看的人有人興奮得走出掩藏的地方來呆望，有的聽見槍聲生怕中了流彈，忙找地方蹲下，心中暗暗佩服空軍人員的英勇。更有身邊有槍的士兵、武人禁不住舉槍也向上打。

機群向東南去，又在那邊投了彈，小戰鬥機也咬緊了牙在後邊追。有一架轟炸機拖了一條白線長長劃過青空。於是又有人喊：「當心我們的飛機在後面吃了他們的虧！那架飛機放的是毒氣呀！」也就有人忙掩了鼻子怕他自己中了毒。這時間天上又清淨了。西北城外的一片煙已消散，倒是東南郊的黃土飛揚得高，兩邊的灰塵都很大，不過煙火是沒有了。正中天空，若細細找還可看出那一縷白煙的痕跡。也不知是毒氣還是什麼病菌武器，無論如何當時說是傳單的話此刻大家不見有東西飄下來，都曉得是錯了。

警報解除之後，各災區忙了救人掘物。積善之家這古老的山城之中極多，他們便忙了施茶施水，各學校，寺院便打掃地方為受難人安息過夜。到了晚間，輕重傷者也都有了治療，喪失家屋的人總也粗粗有個安置了。

受禍最重的便是沿西城往北一帶。晚間消息傳出，原來來襲的飛機繞從西北而來，我機一經發現他們繞道進入的陰謀，馬上迎頭痛擊。當即有數架受傷，他們為了減輕載重以便逃逸，所以等不及飛到巫家壩就不顧死活一齊把炸彈投下！這一帶地方，可憐全是民房舖面，便橫遭慘劫。天上那一條為人猜測的白線便是受傷兇機的油箱噴出的汽油。這次百姓受災確是慘重。好在城內精華無損。

西城外一共兩條街，一條向西伸出，是往迤西，大理府，騰衝府的大道叫做龍翔街。另外一條順了城牆往北便是鳳翥街。這兩街死人最多，一時竟清理不出來，直到三五日後，還有屍體陸續掘出。可憐靜雅安詳的一座古城竟有天外飛來之一場橫禍。

在鳳翥街北有一座大寺院，坐落在去沙朗大道的西邊。高大堅厚的紅色廟牆外，整整齊齊一轉兒水田，廟內古木參天，松針遮掩，太陽都難曬透。內裏三進大殿，香火鼎盛，住了近三百僧眾。住持解塵已是年近八十的老和尚了。傳說他是半途出家，原來是城內數一數二富室，少年時中過進士，胸中文墨才情是極好的。後來也作過兩三任官。無奈塵心日冷，未到革命起事便罷官還鄉了。他回到昆明來先是常到四外這些大寺中參禪，後來索性一年三百六十天裏倒有三百天住在廟裏。弄得終了家人零落星散，不成局面，他本人也帶了一部份家產在這三分寺內出了家。西城外共有大寺院六處。華嚴，太華，筇竹，皆在西山。海源寺在去西山的路上。城根外就是這三分寺為大。另在龍翔街上有勝因寺也很偉麗。勝因，三分二寺自來是由一個住持總管。到了後來解塵既作了方丈，也便主持了兩座廟宇。解塵年高望重，禪機妙參，拯人若渴，極得人望。所以二寺香火日熾，而解塵卻輕易不得會到。他常說「作事祇要求盡才盡力，若談到成就，則常誤人道心，不可不慎。」所以他獨沒有大寺院住持那種機心。因之更叫人覺得難得。不過一到有甚急事時他也免不了現出才幹經濟來。這天警報解除後，解塵知道災害不輕，便到四處查看，勝因寺已炸得零亂不堪。三分寺地處稍遠，雖亦有震燬的去處，屋宇尚完整，他便督促僧眾打掃出大小殿廊，鋪好草薦，一面燒粥燒水，一面分派接應，然後在街上出了告示，廣收災黎。為了他胸有成竹，故臨時毫不慌亂。傷的有病的，及老弱都已安頓好，才叫各家未傷男丁來領了和尚們去助他們向各人家裏掘挖財物衣服，掩殮死人。到了晚間，這災區雖是受禍最烈，倒不見有一人在街上呻吟。雲南是出產土藥的地方，更有一種白藥救血症、外傷最為靈驗。解塵亦頗通醫理，漏夜還為災民敷傷。平日他們居處雖近在咫尺，但解塵深居簡出，有些百姓此次尚是第一次見到他。但見雙眉多長，已通通白了，而身體剛健，挺直如四十許人。他正在大殿上看小和尚為一婦人洗傷，那邊上坐著一個老婆婆，挪過坐墊來打個問訊，向解塵說：「師父，您好事是做了！可是擾亂了佛殿淨地，這罪過不小！誰來擔當？」解塵正色說：「當初黃虎屠四川長壽縣時，老和尚為了救那方一縣人口，尚且答應張獻忠喫一口狗肉呢！他說得好：『為救十萬生靈老僧何惜如來一戒！』我這何罪之有？」那老婆婆聽了不住地點頭。解塵又嘆口氣說：「今天的事不過是開個頭兒罷了。明日曉得這座廟宇還在不在呢！」

從那天之後，空襲便常常有。各地戰事也是激烈得很。到民國三十年太平洋也不太平了。星加坡被日本人奪去後，緬甸也相繼淪亡。野人山那邊不毛之地，亙古少人行走之去處，也有了強寇進來。那風水先生當初所說的話，竟一一驗了。惜他只看準了三分寺外這塊地氣，未往遠處多想。也或許他早有見地，不肯亂說亦未可知。這些話且不管他。再說空襲後的事：

這年國立西南聯合大學仍在原地上完了課，暑假後為了地方不敷應用，便想找一塊地自建校舍，苦不能覓著好地方。眼看寒假要到，若再沒有地皮，等著房子建起時必趕不上暑後上課時新生入學了。一天校中常務委員會舉行之後，董常委悶悶地向家中走，為了一眼貪看落日美景，向西沿了環城馬路走去。他想：「這也不過多彎點路，也好散散心。」他是打算回篆塘新邨他的疏散住宅去的。一時來到三分寺外，看寺垣也被炸壞不少，有些露出土的牆上當年春天長出的野草又已秋黃了。想想去年轟炸時這一帶老百姓多虧老和尚解塵拯救，當時也有許多學生來幫他的忙，因之他們也還見了幾面。現在不知他怎麼樣了，好在心煩，事閒，便順腳進了廟門，打算去碰碰看看能否遇見。若是解塵正在潛修，便不聲張，儘自回來。正在想著大殿上鐘鼓齊鳴，一聲磬響，散了法事，董常委不好藏身，直挺挺站在殿前，正和解塵打個照面。解塵依然精神飽滿，和藹帶著笑容，見到大喜，便邀到裏邊拜茶。才約略說了幾句閒話，解塵便起身道：「施主且坐，容老僧去取一件東西來。」董常委想他必是有話，只得坐在那裏等著。不一刻解塵捧了個小拜匣來，笑吟吟地放在案上。一手按了匣蓋向董常委說：「施主今天來得巧，小寺正是有點事情，本待事後明天專誠去拜望的。今天佛使施主自行來了。老僧在此住持屈指算來已有三十多年的時光了，不久便當離去。去年一度空襲，勝因寺那邊廟裏竟炸得蕩然無存，這兩處僧眾也發遣得剩不多了。老僧打算只留十來個和尚在這三分寺內添香，其餘廟裏的事都想清理一下，只是一樣心愿未了。」說著輕輕拍了一下那紅漆拜匣：「這裏面滿滿是一匣文契，當初一位施主留在此地的，文契管的是隔了去沙朗的大道那邊近百畝菜園。現在由本寺派人收租。當初本主許的是捐地興學，幾十年來沒有好緣法。如今風聞貴校在尋覓地皮，不管尋著與否，這塊地總是用得著的。就此奉贈也是老僧代人了卻一件善功。」說著開了匣，竟取出一匣文契來，看時都是原契，並無後來施主一總買來時添上的姓氏。

董常委耳中聽得解塵一席話說得確切，眼見這一匣文契，竟有些茫然。這時天色已晚，白天一日忙碌，此時頗覺昏沉如夢。迷惘之中眼前老僧解塵的貌相竟如一位天降的尊者。

當下解塵把文契擺列整齊，把菜園四至解說明白。又重新裝好匣，交給了董常委。董常委才清醒過來，因說道：「如此一來，那邊我記得有十多戶人家豈不是要無處安身了。」解塵笑道：「施主心善，傳聞不差。這一點無須勞心，老僧早已打算好了。勝因寺廟產尚在，原有歸僧眾自耕的，現在便派給他們。不但足償所失，還怕他們種不完呢！這早已安排好了。施主把工匠找來去起造房舍時，恐怕園中已不見人家了。」

董常委一時竟不知說什麼好。解塵又道：「施主天色已晚，小寺齋已開過，我竟不多留。施主請回，改日再敘。」董常委素知解塵說話直爽，又因年歲自己小著一小半，聽了解塵這話，毫不見怪，反覺待自己親熱，便告辭出來，一路上才恢復神志，抱了拜匣把事情重新想念一遍，知道不是夢。

次日一早會齊了另外幾位常委去拜解塵。到了三分寺，小和尚早在門口相候，看見來了，便飛跑進去通報。一位法號幻蓮的和尚出來迎接，說住持解塵今早五更天色便出寺雲遊去了。留下話叫「好好接待」。幾位先生聽了肅然。也便進寺，見一切照常，只是高人他去。幻蓮獻了茶並重述解塵對興學期望之殷切。末了並說若有任何地產上事他可代表廟方出頭。當下各常委便在廟中粗粗議定了個手續，準備向地方當局登記產權等等，然後一同回來。這聯合大學便是由常務委員會決定一切校務，沒有校長的，這是為了校體龐大，而又是三校合組成功之故。幾位常委皆是海內知名碩學之士，這次入滇便覺天下學問文章正是無窮奇妙，今次遇見此事更覺辦教育一事益發難憑一己之見解，一路嗟嘆不已，倒都增了萬分事業上的敬意。

此日之後校中便積極籌備起建校舍之事來。到底是各方融洽，辦事有經驗一切順利。年底便興工築舍，校中人人聞知莫不喜形於色。學生們課餘飯後也紛紛來散步，談心，指指點點，說些日後校舍建成便如何如何的話。

這片地方可六七十畝，若連後背，北邊上一片小土丘算進去的話就還有得多，並且地形甚方正，地勢都算平坦。小河小溝，水皆清冽，一個小池塘更加了不少秀麗之氣。尤其可喜的是園內頗多高大松柏，這園子有錢可以買來，這樹木卻非一朝可有。從此，如何排列宿舍，如何安放教室，如何把圖書館及各辦公室建在最方便的地方，皆成了大家討論的題材。結果決定：一律建最廉價的土房，草頂或鐵皮頂。既省錢，而聯合大學又不是永遠如今日這種逃難性質，說不定將來又回到北方去。同時把昆華中學在城內及西北城外現在借用的各校舍也都保留。便儘先把校本部辦公室及圖書館、課室先安放在自己的地上。宿舍只一半男生在內。女生及一年級新生，還有小部男生，仍分住各處。工學院原址既已安放得差不多了，決定照舊不動。這麼一來，這塊天賜的地皮，雖說不大，竟也正好合這麼大的一所大學校的需要。這樣一決定，那廉價的房子，蓋起來也快，不到暑假必可完工，剛剛趕上用，也用不著像蓋大建築物那樣畫圖打樣，費時費事去計議了。

聯合大學建校的這段經過現在是盡人皆知的事了。在那種年輕的快樂的日子裏，那種多幻想，求奇蹟的青年人們，竟自自然然，大大方方地消化了這麼一件奇異的幸運。似乎「意外的好運」永遠該是意中的。而「逆境」兩個字竟不知該做什麼解釋。他們眼看著校舍慢慢起了架子，幫著工人們搬木材挑土，說俏皮的笑話來形容宿舍矮小簡陋。看著圖書館高大了，又逞能地計算著說木料用得太多了。然而他們心上是真正的愛他們的學校，青年人生活的彈性，又保證著他們是真正有資格去過不挑剔的日子的。他們說話刻薄，祇因為太年輕了。

木匠架起了一幢宿舍的架子，準備由泥工裝土磚了。這地方一般的房子多半是這麼蓋的，因為氣候良好，土質合宜，土磚的房子也很可經久。可是學生看見了，就有了笑話材料。這個說：「你們猜，將來住進去之後，一放警報便有什麼結果？」大家七嘴八舌地搶著說：「房子坍了。」有的說：「炸別處，它自己坍了。」有的說：「大家一跑它便震坍了。」問話的人就說：「也還可以不坍，不過只剩了木架子跟現在未裝土磚時一樣！因為牆太不結實，是浮砌的土牆，警報一響，大家一跑，不覺就從牆中衝出來了。解除警報之後才發現只剩了架子。」另外有學生就寫信告訴遠方的親友，信中他鄭重的說：「我們現在是新石器時代的人了！多麼古雅！我們住在利用太陽熱力曬成的土磚築室。而是有窗洞無窗門的。」雖然如此，他們眼看著校舍一日日建好。心中的喜悅已快盛不下了！於是又早計劃好了暑假中搬進去後的生活；養小動物，種花，修路搭橋。早上作早操。圖書館坐乏了，怎麼去小山那邊轉一轉。他們更想好了誰若是功課為大家公認為最好的，便封他為「校園之王」。不過這個名字大家認為不好聽，後來改稱號為「園丁」，才都同意。至於最驕傲的人要罰去那明鏡似的小湖邊照一照他的尊容的建議，則譁然一聲馬上通過了。

日子過得也快，寒假中算是動了土；春假完了，菜園子一片地已整個改觀。到了雨季開頭，房子都大概有了頂，不怕雨水了。

第一章

廿九年夏，昆明國立西南聯合大學便建好了西北城外三分寺新校舍。這年度的課業是準備在新校舍內開始的。這年度由聯合招考而錄取的新生就是要在這新校舍裏與北京，清華，南開三大學的學生攙在一起，而為昆明國立西南聯合大學的學生的。開學日期定在九月底，而暑假尚未完了，陸續負笈而至的男女學生們已早早地把這城的西北角點綴出了個學校區的樣子來。街道上最先有的是小喫食店，然後就是茶館應坐客之需要把茶具弄得清潔些。慢慢再開設的是舊書店，最後，是小成衣店，他們代客翻改衣服，及漿洗店，那是洗衣服的婦人們擴充了舊有的營業也成了的店舖。這種小漿洗店是管補襪子的。學生在路上走來走去的日多一日，九月快過完了。

昆明的九月正是雨季的尾巴，雨季的尾巴就是孔雀的尾巴，是最富於色彩的美麗的。新校舍背後，向北邊看，五里開外就是長蟲峯，山色便是墨綠的。山脊上那一條條的黑岩，最使地質系學生感到興趣的石灰岩，是清清楚楚地層層嵌在這大塊綠寶石裏。山上鐵峯庵潔白的外垣和絳紅的廟宇拼成方方正正的一個圖形，就成為岩石標本上的一個白紙紅邊的標簽。四望晴空，淨藍深遠，白雲朵朵直如舞台上精緻的佈景受了水銀燈的強光，發出眩目的色澤。一泓水，一棵樹，偶然飛過的一隻鳥，一雙蝴蝶，皆在這明亮、華麗的景色裏竭盡本份地增上一分靈活動人的秀氣。甚至田野一條小徑，農舍草棚的姿勢，及田場上東西散著的家禽、犬馬，也都將將合適地配上了一個顏色。一切色彩原本皆是因光而來。而光在昆明的九月又是特別盡心地工作了。

學校內的設備是多麼難叫學生滿意！可是學生們心上卻把圖書館、試驗室放在校外山野、市廛中去了。外文系的學生說：「警報是對學習第二外國語最有利的，我非在躲警報躺在山上樹下時記不熟法文裏不規則動詞的變化。」社會系學生有走不盡的邊民部落要去。地質系的更不用說了。暑假初出發去西康邊境的旅行團尚未回來，近處的早已把海源寺一帶尋獲的三葉蟲化石整理完又出發去澂江看冰河遺跡了。喏！那裏不是正有一個學生用白色紗網在水田裏撈些什麼小蟲嗎？他又用小瓶子在田溝裏裝水哪！他原來是生物系的，他們的教授正領了些同學出發到南方車里去採集，據他們來信告訴他說，人家已經在車里附近找到一種大蛾子，翅子近乎一尺長，綠茸茸有白絡，完全如一片大白菜葉一樣。他心上不服氣，他分明在昆明也見過，只是沒有那麼大罷了。他並且還曾捉到過一隻肥厚的蛾子，有麻雀大，顏色也差不多，據他的農夫朋友告訴他說：「那是別人家放的蠱！放了他！放了他！」他拗不過才放了，因為回來述說這事，還叫同學們奚落了一場。現在他不滿意試驗室水槽裏養的水蝗，正想在田裏找一些新的出來回去觀察。並且希望在南遊的學生們回來之先研究出個端倪，然後在不久將來能把他的名字藉了個新的，長長的，拉丁學名，什麼「雲南水蝗」而傳給未來的學者。他耐心的在這悅目的田野溝溪裏尋覓，也順手招惹一些可以目見的水蟲。他卻忘了自己也湊成了行路人眼中的一片美景。

昆明這個壩子可以算是難得的一片平地了。雖然面積不大三分寺這一帶已到了平地的北端，可是想想這裏是層峯疊巒的山國呵！這生物系學生背後便是一小片家墳，幾株蒼老的松樹直挺挺的拔起地面多高，站在那裏。顯得比散在田野的油加利樹尊貴得多。又比那路邊上排得整整齊齊長得又粗又大的濃蔭白楊清閒得多。下面田裏稻子已經是燦爛的金黃色的了。前一個月尚在田中辛勤車水的老農夫，此刻正躺在他家墳場前草坡上休息了。躺在松聲、水聲裏，慢慢地燃吸著他那長長黝黑的煙袋。身邊站著的是他的小孫女。一片綠油油的芳草正襯著她大紅布襖，光澤而是古銅色的小腿，小手。拖著一條烏亮的髮辮，閃著一雙圓圓大大的眼睛。眸子清明黑亮得又和她頭髮一樣。那個學生知道這小姑娘是誰，也知道她的小名叫什麼。因為她的母親每天早上帶了她在校門口擺攤子賣新鮮豆漿。她的祖父卻不去。因為他算不過賬來。可是到了十點多鐘左右，老人家就拿了根扁擔來，把攤子挑回家去。原來，擔子是由他挑回去的。早上挑擔子來的是他的兒子，午時必是在田裏農忙了。所以一家人全和學生們熟。此刻這學生望見了他們便向小孩子打個招呼。老人家欠起身來看見了他，也問了好。又重新躺下笑容泛在臉上。這老人心上必是什麼都很適意罷？身後一塊礪石上刻著是他祖先的名氏，這字是他所不認得的。但是這又有什麼關係？不久他也要躺在那底下，也頂上一塊青色石碑，不用車水也不用吸煙去睡他的大覺去了。接近土地的人是多麼善視死亡和世代啊！在他手裏稻子已傳下去六十多代了。舊的翻下土去，新的又從這片土裏長了出來。任他再看得仔細摸得輕巧，或是放到嘴裏去咀嚼，他都查不出這些穀子和他年輕時的，小時的，及經他父親、祖父手中耕出收穫的有什麼不同。他躺在那裏，和他的祖先只隔了一層土，他覺得安適極了。正如同稻子生長在那片田地裏一樣舒服。又正像他的小孫女偎倚在他身邊一樣快活。他有時也想起來，他的祖父是他看著他父親埋下去的。他的父親也是他自己抬來，深深地埋在這肥沃的，有點潮濕，也有點溫暖的土壤裏去的。

他覺得一切生物的道理都差不多，他也知道什麼東西若是違反了這道理，出新花樣，不按時候生，不按本色生活必沒有好結果。他不但知道稻子的生活，並且知道許許多多農作物的任何小脾氣。他知道蠶豆花開時，飛著的是粉白的小蝴蝶，不久便該是大翅子墨色的梁山伯與彩色的祝英台了。這生物系的學生恐怕要查書才能找出各種不同的蝴蝶發生的季節罷？那日期還許是美國加利福尼亞州的。無論如何他們心中的想法雖那麼不同，他們仍能處得很好。他一邊採標本一邊也走到那大樹下去休息。玻璃瓶子裏水裝滿了，他的心上的快樂與因工作而得的滿足也裝滿了。他雖忘不了上次就是這老人迫他放去那隻有麻雀大的飛蛾，他也無從把他對這一小瓶渾水的野心，說給這老農夫聽，他們仍快樂地談了許久。他這樣一個離家很遠的學生是很容易把愛父母，愛家庭的一片熱情，一古腦兒傾在一個陌生慈顏的老年人身上的。老年人也喜歡年輕人有耐心，有禮貌。他們彼此都覺得作個鄰居很不錯。

風在樹枝上輕輕地嘆了一口傍晚將臨時誰都會因一日將逝而生的嘆息。太陽雖依然明朗地照著，熱力卻似忽然失去了。大家都覺得要回到溫暖的窩裏去。便都站起身來拍落身上的土及草莖、枝葉，告別，散開。校裏花草坪上的蝴蝶也減少了。那裏橫七豎八躺著曬太陽的學生們，或是因為手中一本好書尚未看到一個段落，或是為了一場可意的閒談不忍結束，他們很少站起身來的。他們躺在自長沙帶來的湖南青布棉大衣上。棉大衣吸了一下午的陽光正鬆鬆軟軟的好睡。他們一閉上眼，想起迢迢千里的路程，興奮多變的時代，富壯向榮的年歲，便驕傲得如冬天太陽光下的流浪漢；在那一剎間，他們忘了衣單，忘了無家，也忘了饑腸，確實快樂得和王子一樣。

夕陽倚著了西邊碧雞山巔了。天空一下變成了一個配色碟。這個畫家的天才是多麼雄厚而作風又是多麼輕狂喲！他們這些快樂的王子們躺在地上，看見許許多多奇形怪狀的雲霞在迅速地更換衣裳。方纔被山尖撕破了衣裙的白雲，為了離山近，先變成了紫的。高高在天空中間的一小朵，倒像日光下一株金盞花。這兩朵雲之間灑開一片碎玉，整齊、小巧、圓滑、光潤，如金色鯉魚的鱗，平鋪過去，一片片直接到天邊。金色的光線在其中閃燦著。天邊上，橫衝過來的是疾捲著，趨走著的龍蛇猛獸，正張牙舞爪眩耀他們的毛色。濃黑的大斑點，滾在金紫色的底子上。那些金色魚鱗若是工筆細描的地方；這裏則是寫意大落墨處了。靠近落日處的長條晚霞，就把刺目的金針投到驚嘆的眼睛裏叫人俯首。慢慢地一切變暗，那些魚鱗也變成金紅色然後再消失了。晚景可愛的晴空是一抹蔚藍的天幕，均勻地圓整地蓋了四周的景物。一切都呈現得模糊了。只有黧黑古老的城牆與牆根成行的大樹，及天空沙啞飛叫著的鴉陣更顯得清楚，成為鑲在藍天上的鏤空黑紙剪影。高高飛著的白鷺比烏鴉還要醒目些，尤其在他們盤旋翻身展翅時向光的一面便是亮亮地一個白色三角形照耀得很。可是白鷺也漸漸少了。他們一隻隻投到老樹枝上，一斂翼便與黑色枝葉隱在一起，找不見了。

碧雞山也從淺綠變成深藍，終於攙進了墨，成了深灰色。但是始終不是全黑的。因為日光還從那後面散出來。彷彿能從龐大，黑煞神似的山影中滲透一點光來似的。紅色的石壁老早就是赭褐色的了。近處那些長著翠綠色馬尾松的小紅土山也全分遠近別濃淡的溶為深淺的灰色。他們好像呼出了一口沉重的氣去安息那樣，太陽下山之後，他們一齊變矮了許多，也躺得平穩得多了。

那麼石壁下的昆明湖呢？湖上的風帆漁舟呢？是不是湖水別離了陽光，換卻了明淨的水波而映著漁火，閃著一條條金色的飄帶了呢？漁船也藉了紅布燈籠一點點微光，照著汊港蘆葦間的水路纜到老柳堤下了？人也上岸到村店去飲三杯解乏的酒去了罷？

透過了蒼鬱的古木枝條，看見天色寧靜極了。晚霞，山水，花草，一切因日光而得的顏色又都及時歸還了夕陽。什麼全變得清清淡淡極為素雅的天青色。西天上那些不許人逼視的金色彩霞完全不見了。他們幻為一串日落紫色的葡萄也溶在朦朧的一片中了。這醉人的一切是昆明雨季末尾時每晚可得的一杯美酒。為它而沉醉的人們會悄立在空曠的地方，直到晶晶的星兒們瞇著眼來笑他的時候才能突然驚醒，摸著山徑小路，漆黑的夜色裏，蹌蹌踉踉地回家。

昆明的氣候就是這樣，早上天初明時，夜晚日剛落後，不管白天是多熱的天氣，這一早一晚，都是清涼涼地。這兩道寒風的關口，正像是出入夢境的兩扇大門。人們竟會弄不清，到底白天還是夜晚，他們是生活在夢幻裏！怎麼才因這陣寒風驚醒了這個夢而發現身已又在另一夢裏了呢？正像話劇舞台開場與閉幕兩度黑暗一樣；叫人弄不清哪一個階段裏他纔是真正不在戲裏。

夜當真來了。她踏著丘陵起伏的曠野，越過農田水舍，從金馬山那邊來，從穿心鼓樓那邊來，從容地踱著寬大的步子，飄然掠過這片校園，飛渡了昆明湖，翻過碧雞山脊，向安寧，祥雲，大理，保山那邊去佈她的黑紗幕去了。夜當真來了，一陣冷風，枝上遲歸的小鳥凍得：「吱——」的一聲。抖了一下柔輭的小羽毛，飛回家了。到處都是黑的。牧豬人趕了豬群回來，前面的牧豬人嘴裏「囉，囉，囉」的喚著。後面的用細竹枝「刷，刷，刷」地打著。一群黑影子滾滾翻翻地從公路邊，成行的樹幹旁擦過去了。公路上還有車輛，還有人馬，也都看不見了。只聽得「索索」聲音，大概全想快點走完一天的路罷？

這夜景是一個夢開始的情形呢？還是一個夢結束的尾聲？這是才落下的一幕呢？還是將開的一幕？那些走動的聲音就是舞台幕後倉忙佈景人的脚步罷？這無時間可計算的一段黑暗就是幕前的一刻沉默罷？

喏！燈光亮了！校園中的總電門開了！圖書館，各系辦公室，各專門期刊閱覽室，讀書室，各盥洗室，及一排一排如長列火車似的宿舍整齊的窗口，全亮了！所有的路燈也都亮了！窗口門口，能直接看到燈的地方，更是光明耀眼！曲折的小河溝也有了流動的影子。校園內各建築物也都有了向光，和背光的陰陽面。走動著的人物也都可以察覺了，黑色的幕是揭去了。

第二章

明天是十月一日。明天學校就要開學了。這個晚上顯得多麼亂，又多麼靜！多麼沉寂，又多麼興奮啊！夜晚的校園顯得空曠得多了。可是學生們心裏，七上八下的許多新計劃，新打算，新感觸正是擠得塞也塞不下，捺也捺不住了。

人與人之間是有許多不同的，無論性情，氣質，或是觀念，辦法。比如說這樣一個興奮的夜晚，有的人心跳得彷彿到了喉嚨上面，滿腔雜亂的情緒，說是因為離家遠，心事多，難過罷？不對。因為又開學了，這種艱難的日子裏，居然又有一年求學的環境或是離畢業又接近一年了，是喜歡罷？也不對。這樣的人便如沈蒹、沈葭姐妹，她們明天起就都是四年級學生了。姐姐沈蒹學歷史，妹妹沈葭學經濟。她兩個在城郊有家，今天下午才亂烘烘地搬到學校裏來。看看那光光的木板床，空著，心上便又是新鮮，又是寒冷。姐妹倆，趕緊把行李打開鋪上，這才好過一點。看屋子裏牆角上都是灰。牆上光禿禿地，想起家裏牆上電影明星「羅勃泰勒」及「秀蘭澄波兒」的相片也忘了帶來，馬上又愁起來了。既不知道同屋住的將是誰，院子裏又靜悄悄地，好不淒涼！大概大家都出去玩去了。姐妹倆彼此看看不知做什麼好，攤開書念罷，不但念不下去，簡直不像那麼一回事。動手收拾房間罷，才從家裏來，收拾房間的技術又退化多了。並且為了明天開學，離家時太興奮了一點此刻也太乏。姐妹兩個談談罷，誰也沒有一句話好說。這樣再呆下去，非相抱痛哭一場心上不能暢快。

她們想：「非找一個地方熱鬧一下『換換腦筋』不可！」「換換腦筋」是她們的口頭禪。她兩個是最不肯「傷腦筋」的。一遇見麻煩費思索的事時，她們就說：「與其『傷腦筋』幹嘛不去『換換腦筋』呢？」這時妹妹忽然想起今天南屏電影院演「樂園思凡」是查爾斯鮑育演的。有一次她聽見一個男同學叫做朱石樵的告訴過她說，這個查爾斯鮑育竟要比羅勃泰勒還要好。便提議道：「姐姐！咱們看電影去罷！我心好亂！我好心慌呵！」姐姐也正茫然沒有主意。好在電影院是去慣了的地方，去那裏至少沒有錯。姐妹倆就看電影去了。這時距她們來校尚不足半小時。她們走到門口，心上便輕鬆多了。姐姐問：「葭，看哪一家？什麼片子？」妹妹快樂地說：「南屏！看沙爾斯鮑窪依愛！」她正確地讀出這明星的法文名字。這時去看電影雖說太早，可是在路上可以一路喫零食這也是個消磨時間的好辦法。她們可以不愁了。

女學生們是住在昆華中學南院的。南院、北院，兩座宿舍都是向昆華中學借來的。兩院隔了大西門裏的文林街相對著。北院是一個大操場。另外是一年級男生及一部份教職員宿舍。北院背後便緊靠了城牆根。城外就是新校舍。新校舍又跨著圍繞城外一周的環城馬路，成了南、北兩區。為了溝通這兩塊校園，也為了警報時附近居民疏散方便，特別把城牆拆了一截成了個通道。這裏灰黑的城牆中包了深紅色的土。像是包了蔻蔻奶油的蛋糕。城牆缺口範圍了城外一片山景和青蔥的林木，真是美麗極了。這通道是在南北院住的人去新校舍必經之路。學生自己把所有校舍全算作城外。把看電影，買東西的繁華區域，甚至往東往南走一條街全算做進城。新舍距南院這麼近，又全算了城外，可是沈蒹、沈葭姐妹還覺得城裏近，新舍遠。也許是新舍到底是個新地方罷？她們確實有「日近長安遠」的感覺。無論如何她們總算進城去了。她們用電影驅走了心上不寧靜的感覺。

城牆缺口外邊，新舍男生宿舍裏就住著朱石樵，他的性格確實有點古怪。他對付這麼一個開學前夜的方法便與沈氏姐妹大不同了。他想到明天開學了。他心倒平靜下來，他暑假中「用功」太多了，許多問題在心上解不開。他的用功是思索。他是真正「思而不學則殆」。他也是歷史系的。比沈蒹低一年級。他的分數比沈蒹可差多了。沈蒹的筆記是他看不起的，可是沈蒹考試時光看筆記便可以考在他一二十分之前。他今夜想：「明天可開學了！這才能省點我的事，光是上上班，聽聽講。可是開學又是什麼註冊，選課，改系簽字！白費好幾天的時候！」他看不下許多人興奮的樣子。他在屋裏悶坐了許久，聽見有人走來，便從那邊的門出去了。他走出新舍後門，走到小土山上。太陽已下山了。正是雨季末尾昆明郊外最美麗的時候。這年輕的思想家便坐在一個墳頭上，一隻手托了他過分大的頭顱，思索起來……思索些什麼？誰也無從臆測。

夜來了，黑暗的一片裏，忽然有了光。新舍電燈亮了。就在那長排的宿舍之中，第十八號宿舍外，有一個走動的人影。這些宿舍全是長形直甬道似的茅草房子，兩端開門，兩邊開窗。十八號是東西橫著的一幢宿舍。黃澄澄的一片燈光直瀉出來，照在門外地上，成了一塊長方形明亮的地方。門口兩邊那裏有一片小花圃。那一個走動的人影走到門口便停住了。他的身材不高。小孩氣的動作，笑著的臉，一隻手還在整理衣裳，他眼看了地上的美人蕉說：「取歪！我都完了事又來了。老太爺！作不完的拿到茶館去幹成不成？」屋裏出了回聲：「稍微等一下就完，你瞧我的美人蕉夠多好！」

門口這一畦地上摻雜地種著美人蕉、蝴蝶花，也有西紅柿和紅辣椒。這塊原來是菜園的地方，土地是十分肥美的。如果不去管他，莠草憑了亞熱帶的風，直可以長到一人多高！如果肯用一點心，那麼一片好花圃或是一季菜蔬是不用費事就可有的。新舍每一幢長形茅草房子要住四十個人的。雙層床密密地排在那兒將將一邊可排十個。四十個人裏總不短幾個愛好花木，手腳勤快的人，所以這三十多幢宿舍每幢門口都還弄得像樣，只是作風不同而已。十八號宿舍門口的果蔬、花草皆長得像一回事，也栽得齊整，過路的人只要肯留心必可知道這宿舍裏定住著一個勤快、健康，剛強，有耐心，也有趣味的青年人。

現在蝴蝶花已過時了。美人蕉倒還不寂寞。若不是保護得好，這一片難得留住一半。就是這樣還不免有許多花瓣兒已生黑漬了。門口這一個看了一回花，順手就摘下了一朵，一邊往胸襟上插。一邊說：「取歪！你到底是想喝水去不喝？要是不想：乾脆說句明白話，我自己走了。」

「你不是才來兩趟麼？總要三顧茅廬才能請得出名角兒來。」屋裏那一個說：「白蓮教又獨自個跑出去了，你要是不等我，我也只好今天不喝水了。」

外面這個一聽白蓮教又走了。他本來簪上了一朵大紅花就怕這外號白蓮教的朱石樵看見奚落他的，這下子膽子大了。他問：「朱石樵什麼時候出去的？你怎麼知道是獨自一個？」

「我們幾個人才一進屋，那也就是一個多鐘頭的事，看見他從那一頭門裏出去了。後來他們各人去玩了我這才做活。」

「取歪，又是做活計，大姑娘似的。出來看看這兒罷！我又請下你一個女兒來了。」這一句話屋裏的那一個聽了才真著了急，趕出來看。他手中正補著的襪子還套在左手上，一根針被線繫著在下面悠蕩，一閃一閃地。原來，他在補襪子哪。他看見這一個叫做童孝賢的把他的花又摘了一朵下來，他就說：「小童！昨天才告訴你花兒不能再摘了，現在代表三十三天的三十三朵花又叫你摘下一朵兒來，成了三十二朵，算是怎麼說呢？」童孝賢永遠是笑的，他說：「跟白蓮教住在一塊兒已經有了點邪氣了。什麼三十三天？你聽著，你宴夫子名叫取中，依我們山東話『中』就是可以的意思，取中就是請摘花，我便採一朵。可是我有時喊你取歪，就是因為你老折磨我。我就要罰你。我一喊取歪，就要罰一朵。現在……」

宴取中不及童孝賢手快，早又被他採下一朵。他接著說：「所以你要我等，我每喊一聲不論取中或取歪，我全等於向你聲明取了一朵。」

「現在剩了三十一朵了。」宴取中說。

「正好！明天十月一號開學。十月大，我一天一朵！總比叫他們枯死了強，反正花過不去下一月。」

宴取中是個直爽人，歲數也比這童孝賢大些。他生長東北。祖上是河北省人。在北平讀的中學，一口純正中聽的北平話。身材高大，氣色健康。他誠然十分愛花，可是他就有這麼一個脾氣；花在地上長著時他盡力愛護，並為他們起了各種名字。一片花圃便是他的一個家庭，一團骨肉，在這裏他寄上了無限鄉思。可是一旦花摘下了，他便把這些想法都收拾起來，只去照顧他那些仍生長在土上的。他是過去的事決不追究，人事已盡的憾事決不傷感。他也是「不傷腦筋」的，他常說：「決不傷那無謂的腦筋。」他待人極其周到。這小童孝賢更為他所愛。他見童孝賢把第一朵花簪在制服上左胸口袋上，便把左手上套著的襪子取下來，將這第二朵花拿在手裏，又把小童已戴好的那一朵摘下來一併捏緊，俯下身去為他插好。他自己知道對於已經摘下來的花他尚不及小童有情。他說：「什麼取中，取歪的。別找白蓮教聽見笑話你了。撇開你那不通的『二難題』罷，你去年邏輯才考六十六分。我還記得呢！走，喝茶去！」他順手把未補完的襪子繞成一個球，向屋內床上一扔，就同童孝賢走了。

他們轉過一排樹，沿了小河邊一條小徑向校門走去。這裏是沒有路燈的，草徑黑暗一片。而他們卻熟悉得像有夜明眼一樣，讓開了路上的老樹根、蔓草，走上大路，出了校門。

「大宴，」童孝賢說：「人就不應該在上帝所給他的東西之外再添上些什麼。其實人除了煩惱之外，又何曾添上過什麼呢？」

「不過據我看來，上帝並未給人類去添什麼的力量。到現在為止，世界上所有的東西還是和創世紀時一樣。」

「別找岔兒，」小童笑了。「我是說你不必穿襪子。人憑空把上帝安排好了的世界改了樣子。這改變就是文明。文明給你的是什麼？是身體要求的物質環境，同心力要求的知識。這兩件都是痛苦的來源！你要穿襪子，還要補襪子，又要買襪子，又要掙錢買襪子，別人又要織襪子換錢，媽呀！你看我，到了昆明就沒有穿過襪子，先是為了游泳方便，後來是雨季來了到處找不到乾地。現在是得到解脫！這就是我進化的三部曲！昆明是比較接近上帝的地方，才一年我已經懂得了這許多，將來我還要到更接近上帝的地方去！」

「你確實懂得了不少。」宴取中說。他心上又笑他，又喜歡他：「可是上帝不見得懂得你。也許他還要給你不少釘子碰！我覺得如果有上帝的話，他並不是造了個世界就走開了。他一直在造。他先造了人，又假手於人來造。至少，我們在按捺不住那一點知識慾同創造慾時，是可以感覺到上帝力量之存在了。我們的一切都恰巧與他的定範相合。我們的挫折，與因挫折而改變的結果也全是他那個大本子上早寫好了的。我們若是有了開倒車的念頭，就是個逃學的孩子。也許又正是他挑選出來加以懲罰以儆戒別人的人。不過……」他說到這裏，看了童孝賢一眼，童孝賢正仔細聽著：「不過這個話我說遠了。當然不見得不穿襪子就是開倒車。事情並不這麼簡單。」宴取中到底大了幾歲，他代童孝賢想了一下，才加上這麼一句。

童孝賢卻不讓他：「那麼你是喜歡束縛？生活中每一小節你都要在上面花一點精神？頭上能頂上些什麼便頂上些一種叫做帽子的東西。身上能添點麻煩便也趕忙添上？各種帶子，衣服，裏裏外外的？見到人要招呼寒暄，感情要受支配，一舉一動全在一定的格式內走！不敢出去一步，像褲子扣兒似的少扣一個也不成？這也是上帝的旨意？」

「上帝的旨意！」宴取中變嚴肅了。「是個好名詞！上帝只給了旨意不曾規定細則。我相信，我們從人情中體會出來的道理是履行上帝的旨意最可靠，最捷近的路。因為人情是上帝親手造的。許多人們最後演化出來的繁文縟節原是為了顯示或裝飾人情的，鬧得後來喧賓奪主，人們捨本逐末，不談人性，只講究儀式了。這個原本是錯的。然而因此便把文明的功績一筆抹殺也不公平。現在把這個與快樂痛苦連在一起說，因為你的話不結在快樂和痛苦上是不肯罷休的。我想一個彬彬有禮的社會是較一個雜亂無則的社會容易處些，也和穆快樂些，因為人情究竟是相差不多的。依了人情行事是會使最大多數的人快樂的。你也不見得真會到什麼更接近上帝的地方去。人家若是真心對你好你也會希望他見面時招呼你一下。不是一低頭過去。這是壞事嗎？」

「那麼順從大自然是錯了？怎麼從盧梭、沙多勃易盎起人家也喊了那麼些年回到自然去呢？」童孝賢這回是認真的問。

「順從自然，就是要你乖乖地做人！用一切新方法求更新一步的進步！有了電燈便用電燈光來作事，有了氦氣，就用氦氣來做高空氣球！因為一切都是順了自然才有的。到了今天，要想不穿衣服，茹毛飲血倒是違反自然了。你的態度叫做矯情。這是危險的不安定的情緒的來源。會叫一個活潑好動的心靈走到牛角尖去轉不過身來！矯情是不對的。那多少帶點意氣用事。人時時應當查考他自己的思想是否轉動自如，而不受任何壓力？如果有不能考慮，或不堪考慮時，便是離開正道了，需要清醒，趕緊尋路回來！有人說跳崖、投海的人全是犯罪而不自知。所謂一時心窄也就是矯情的意思。如果在他那千鈞一髮的時候，他先把頭向四周自由轉動一下，他必可想得開了。我們另外一方面尊敬那些從容就義的先烈、志士，與義無反顧的沙場英魂。他們也是死，而他們死時是四面八方都想到了。只有死是正路才死的，是從容死的。還有一種死，英雄是英雄些，如同太史公筆下的任俠之士，與常提到的溺死橋下的，所謂尾生之信的故事的主人翁，便屬於這一類。他們作人情之事，做過火兒了，也是矯情的一種。這一點我的話就刻薄了。」

「然而英雄、俠客、詩人，也都有大過人的地方！」小童也嚴肅了。「一件東西的美，就在他所誇張表現的一點情緒上！希臘那些半人半神的英雄們就叫人不由得地景仰。叫人覺得是空中的神像，不是可以比肩稱論的凡人。我們用情時也誇張一下，這不能就說是矯情。總之，你是凡人，我是詩人！你補襪子，我不穿襪子。」他又笑了，笑得那麼開心。其實他永遠也不會是詩人。他祇是個頑皮的小弟弟。他今年將是二年級生了，大宴比他高兩班。他學生物，大宴學心理。他才十九歲，聰明，也用功，他就是喜歡在大宴面前找岔兒抬槓，他也因抬槓知道了不少學識。大宴也喜歡他的思想怪快捷的也常認真地和他辯，不過辯到要緊關頭，這童孝賢又常常忘了是說什麼反去招惹些別的話題去了。

大宴現在聽到他引到這種過於人情的輝煌的人格上來，也順從了他的話說：「誇張幾乎是藝術所必需的。然而我們要把對誇張的需求也要算在天賦人情之內。我們談的是生活，一句老話『人情』！『聖人者』也不過是『人情之至也』。就是把『人情』兩個字作得最到家，並不是到了家，又從後門衝出去。」

童孝賢此時早已不聽他的了。因為他們出了校門順了公路往西走已到了鳳翥街北口。這裏一路都是茶館。小童早看見一家沈氏茶館裏坐了幾個熟朋友喊了一聲就往裏跑。在茶館裏高談闊論的很少。這幾乎成為一種風氣。在茶館中要不就看書作功課，若是談天只能閒談些見聞，不好意思辯什麼道理，所以大宴要趕忙結束這一路來說的話，而小童已衝進茶館裏笑語一片了。大宴也笑著跟進去。

學生們坐茶館已經成了習慣。為了新舍飲水不便，宿舍燈少床多，又無桌椅。圖書館內一面是地方少，時間限制——憑良心說人家館員可夠辛苦了，早上、下午，晚上都開。還能不叫人家喫飯嗎？——或是太拘束了，他們都願意用一點點錢買一點時間，在這裏念書，或休息。這一帶茶館原來都是走沙朗、富民一帶販夫，馬夫，趕集的小商人們坐的，現在已被學生們侵略出一片地土來，把他們擠到有限的幾家小茶館去了。

大家正坐著閒談。忽然白蓮教進來了。小童坐的地方臉向外，第一個喊起來。「白蓮教！你一個人上哪兒去了？我們談明天晚上迎新會的事呢！他們請你變戲法了沒有？」

「看看你自己罷！」白蓮教是個男低音，說話沉重有力得很。大宴一聽說白蓮教來了，便沒有回頭一直看著小童胸前那一對鮮紅的大花。他一聽見這話大笑起來了。

「看我自己怎麼樣？」小童成了眾矢之的，也有點窘。

「怎麼說？」白蓮教問：「今天又是王爾德啦？一天哥德，一天盧梭，一天雪萊的！王爾德一朵紅花還戴不住呢！你兩朵！明天會上有你的文明戲嗎？」

朱石樵伸手想把花給搶下來。小童手急眼快，一手護著胸前，另一手把朱石樵的手一推。這一鬧，把茶碗潑翻了兩盞。一桌子的水。店老板娘忙來收拾。小童說：「沈大娘，多謝你家！」說著作了個揖。大家都笑了。

「方纔我去後山上坐了一回兒。」朱石樵說：「我想開學後未必有從前那麼好玩了。憑空添了四五百生人。你們想，就是舊人不減少不是也被許多新面孔沖淡了濃度麼？多認識生人便是我一件大煩惱！」

「對啦，我倒想起一件事。」這是另外一個人說的，他叫馮新銜，開學也四年級了，和大宴同屋。「明天迎新會上看見有不順眼的就警告他一下。」

聽見了這句話，坐在馮新銜旁邊的宋捷軍，就對了心思。因為除了打諢、玩笑之外，這一群人談話時，他很少有插嘴的機會，有些話是他不大懂的，插不上嘴，又有些時他懂得，但是他的意見往往是最不通的，碰的釘子太多已有點心怯了。他平日最佩服白蓮教。因為白蓮教說的話他不懂的地方最多。今天聽說白蓮教不喜歡生人。而馮新銜是頭一個說出這個主意來，他想想大概可以沒有危險了，便直嚷出來：

「喝！小馮！真有你的！」說著「拍！」打了馮新銜一巴掌，打在肩膀上臂之間。「這麼著，我附議。我說朱石樵，上次我們去路南賽球，同濟附中那個“Left Wing”，大個子，混蛋，這回也考上了。我今兒個在正義路上還碰上他了，咱們就明天給他開個小玩笑。別叫他『臭不拉幾』地瞧不起人！」說得興奮，想起自己上次賽籃球丟臉的事，不覺猶有餘怒，一時之間竟把自己是師範學院公民訓育系學生的身分完全忘了，並且咧開了嘴，瞇上了那雙小眼的單眼皮兒，哈哈大笑了起來，十分自得。

馮新銜是外國語言文學系的，他叫宋捷軍這一掌打了個發昏，又聽他把「左前鋒」說成「左翼」，並且粗濁的天津口音又把這兩個英文字讀成「賴夫特，聞」。尤其後面一個字嘶啞的「V」字聲音，招惹了他的脾氣。他說：「別假公濟私，你明天要是一拳打死了人，別人就要問『賽！米特兒宋！借以濃壓縮的？』了」【註】

【註】「Say! Mr. Song! 這是怎麼說的？」從天津口音說出來的腔調。

「怎麼會打人呢！」宋捷軍興致正高，又想起他的道學身分，公民的導師：「我們是要教訓教訓那些趾高氣揚的人！那些不知天多高地多厚的！給他個小難看，下不來台。咱大夥兒再一鬨，樂喝一下。」

「樂喝一下給你那個何仙姑瞧瞧，對不對？」小童不痛快地插嘴。「不佔便宜不吃虧，你出手這麼一下，又像上回似的叫人家大個子好意用手一攔，來個大仰扒叉，也好叫何仙姑給找個地縫兒叫你鑽下去！」

「全是廢話！」白蓮教哼著鼻音說：「我不願意多和生人來往，也不能說就把生人全打出去！這成了什麼話？學校的新生也不能不進來，一切事都非這麼著不可，我沒有辦法，你沒有辦法，誰也沒有辦法，全是廢話！」

童孝賢要說什麼是就說什麼的。他接下去：「明天下午開了迎新會。」他繪聲繪色地：「一切經過良好，到了散會宋捷軍就一下子跳到台上，也不管台上台下坐的先生們，來賓們，他就把兩手亂搖，像個啦啦隊長似的，喊：『大家注意，我們要給一年級新生上第一課訓育課，我的意思是整飭校中軍風紀！』下邊大家一聽，半通不通，沒人搭腔。他就又喊：『比方說，有的人太驕傲了。我們叫他小心點！』大家就更沒話說。他自己沒有台階兒下台，就跳下來，走到那個大個子范寬湖前面，一隻手拉了人家胳膊，一隻手又在空中搖起來：『這位范寬湖同學，是同濟中學高材生，打籃球打左前鋒，打得好，游泳也不錯，女朋友多，功課也好，就是太驕傲，說話愛帶德文字兒。我們要警告他！』人家范寬湖就很神氣地站在那兒不動，比咱們宋先生高兩個頭，臉上正經得很。宋先生救世心切，慈悲為懷就說：『范寬湖！我告訴你，你以後禮貌一點！』喝！那個范寬湖站在那兒身若金剛，眼光如電，聲賽洪鐘：『你也要禮貌一點！』說話的神氣完全表示：『你們聯合大學就是這種作風?!我不上聯大都不要緊，也要教訓你一下。』大家看出來了，哄堂一笑。先生們順便散開，憑輿論自己解決。女同學除了何仙姑，全走開了。何仙姑臉一紅也走開了。咱們宋先生就說：『怎麼樣？不聽好人言？』那意思想把人家唬下去，人家說：『走開！』宋先生自己要揍人啦，反倒先說『你要野蠻？』跳起來就給人家一拳。一拳卻正打在人家肚子上！……」

大家嘩啦，全笑了起來，鄰座的同學也都笑了。大宴為了怕宋捷軍難為情生了氣，把玩笑弄得不愉快，故特別笑得聲音高，而且長。

宋捷軍說：「瞧瞧你這副嘴，這麼能說，怪不得金先生上班愛問你呢！」

這種攻擊，童孝賢完全不放在心上。他接說：「我這是講情面了。我若是說何仙姑也跟別人一樣溜了，才沒你的臉呢！」

「其實你們全錯了。」大宴慢慢地說：「這種玩笑不會有了，今天上午金先生以系主任資格，用心理系辦公室召集了個會議。說今年要用保護人制來改進新生行止，如果新生行動有需要改正的地方的話。每一個新生都要認一個大哥哥或是大姐姐。比方說，順口說粗話啦，隨地吐痰啦，襯衣放在褲子外面啦，什麼不愛洗臉，不梳頭啦，都由他們的哥哥姐姐來指導。明天來不及了，否則，上午註冊選課也都要哥哥姐姐陪著跑的。這種開玩笑的辦法，金先生說毛病很大。若是碰上了誤會，兩邊不讓，我們是養成高年級學生以眾凌少的惡根性呢？還是壓迫新生放棄他們的自尊心呢？尤其是在如今這兵荒馬亂的年頭！」

朱石樵聽了問：「怎麼認法呢？哪年級的學生才有帶領新生的責任？不幹行不行？」

宋捷軍就怕聽大宴的長篇言論，便拉小童出去一同買花生。小童要聽，不去。他就拉馮新銜。馮新銜是個老好人。就一塊兒去了。

「這經過挺有意思。」大宴說：「金先生說頂好是女生認哥哥，男生認姐姐，並且是先儘著同系的認。這時候那個余孟勤哲學系的老大哥因為考上研究院了，正來找金先生有事，大概是借用我們系的書，也就插嘴說：『這打算是對的，行起來一定不通。』金先生聽了笑著請他列席，他說這種辦法與今天校內風氣不合。他狠狠地說：『這種利用異性吸引力的好處的事，校內只見摧殘，沒有聽說建樹。而偷摸胡來反不敢說沒有，並且似乎無人攻擊！』金先生不許他亂說。他又接著道：『要想推行保護人制度，而又要利用異性的獻媚心理，那只有像菜市場那樣，新生和願作保護人的舊生各佔一排，來個自由選擇，強迫馬上完成交易！否則不要說將來，光這一認的手續也要半天完不了事。若用硬派的辦法，迎新會上頂多介紹一下。散了會誰還去找誰？』他這一套一說，大家都覺得有理。後來金先生說，先進行自告奮勇制度，他自己再去找些平日人緣兒好的，來作哥哥姐姐。最後迎新會完事的時候，他在會場上宣佈，再多添上些臨時參加的。一個高年級學生不限只帶一個新生，性別也聽便。所以這麼一來也沒有出佈告也沒有發通知書，成了個半公開的了。」

「余孟勤這個人真是豪傑之士！」小童最喜歡著春秋：「怎麼哪一位先生也都看得重他呢！金先生有一次告訴我說，余孟勤考研究院主張錄取的投票是全體，這情形是空前的。他說話就是這種味兒。硬朗朗地，找他的碴兒，休想！」

「他說的是真情。」朱石樵說，他和余孟勤是好朋友：「他自己要不要也做一個保護人呢？」白蓮教嫌大哥哥大姐姐地難聽，肉麻，他才用了這麼個名詞。大宴和小童都看出他的意思來，就都笑了。大宴說：「余孟勤散了會還和金先生談了許久。我也在那兒。他說臨時分派，不容易。不如先把必可邀到的人姓名開出來，再把新生大概的分派情形內定一下，臨時就簡單了。一年級新生反正都在這邊。那麼拓東路工學院高年級學生不必邀請，只消把工學院新生派給理學院舊生就得了。金先生問他要不要帶幾個。他說他也是新生。暑假前是舊生。放了假是畢業生。開了學是研究院新生。金先生笑了。他說他自己雖不帶新生，他可以介紹一個人來，準合格。金先生答應了。」

「那麼他自己要個大姐姐來帶？」小童說。

「別胡攪。大宴，他介紹誰？」白蓮教說。

「他介紹生物系四年級伍寶笙。他還擔保伍寶笙一定答應。」

「是誰又提人家伍寶笙了？」宋捷軍喊著進來。後面馮新銜正抱了一大包花生在剝著喫。宋捷軍手裏還有幾個梨，順便放在桌上又說：「又提人家伍寶笙！人家長得漂亮。人和氣，英文說得好聽，穿章打扮都大方。想人家，找人家去呀！背地裏說人家幹什麼！」說完了又忙著剝花生喫。

小童不理他。從口袋掏出小刀來削梨。仍改不掉他那頑皮話頭。說：「那麼，余孟勤正好由她帶。」

朱石樵瞪了宋捷軍一眼也去喫花生，話題就轉到別的地方去了。宋捷軍也沒有聽出來他接的話驢脣馬嘴對不上。馮新銜精神常常不濟也就懶得多嘴。

時間晚了，他們從茶館一群往回走，走出鳳翥街，還不到環城公路的地方，便是昆華工業學校校舍，是聯大借來安放師範學院的。這幾所省立學校全以昆華為名，校舍皆相當的好。宋捷軍的公民訓育系屬師範學院的，他一個人先走去了。

上了環城馬路，後面另外一夥兒從茶館散出來的學生裏有一個追上兩步拍了宴取中肩頭一下說：「大宴！」宴取中回頭一看是法律系的傅信禪。這個傅信禪是湖南人，他熱心地問：「方纔在茶館聽你說今年對新生要用保護人制度，何解我聽周體予他們還計劃在迎新會後出佈告聲明新生須知什麼的呢？」

童孝賢聽了忙說：「誰？周體予？大宴，這不糟了嗎？」

大宴說：「不要緊，周體予明天忙還忙不了呢，金先生開會時說也要邀他做大哥哥。他管體育一組。要他組織一年級新生，成立至少一種球隊來賽高年級新生呢！我想，傅信禪，你是什麼時看見周體予的？」

「一早。」

「那就對了。」小童說：「現在恐怕金先生已找著他了。」

到了新校舍，宴取中，朱石樵，馮新銜三個同年級的一起往十八號走，別人也自散去。小童回到他的五號宿舍去，他自有一幫同年級的同學住一屋，這個小孩子每天晚上到了時候就睏，玩夠了回到屋來，還不等上床，呵欠就先來了，他是一覺就到天亮，夢也不作一個的。

他養了一對小兔子，四隻鴿子，養在宿舍外面。鴿子用一只木箱掛在牆上，分成兩個窠。兔子也是一只木箱，養在地下，這種木箱是白松木板釘成自美國裝汽油桶來的，一箱可裝兩隻五加侖的桶子，每只箱子都是一般大，二尺長一尺多寬和高。航空學校用了許多油，便把箱子給了聯合大學。小童拆開一只箱子作另外兩只箱子的隔板，他省下這三只箱子不放書，他說：「弟弟他們就是我的書！」「弟弟」是一隻小白兔的名字，因為他會在地上拱起背來再翻一個跟斗。小童喜歡得什麼似的，就管他叫「弟弟」。

現在「弟弟」他們早已睡了。他們是天一黑就都睡了的。鴿子也是一樣。小童晚飯後就把木門給他們關起。不遠的一棵松樹上住著一窩松鼠，看見天色黑下來，小童來關了他們的木門走開時，他們就藉了排得緊密的大樹，從這一枝到那一枝地跳了過來，小心地把兔子，鴿子喫剩的東西喫光。這時候校園內幾隻寄居的野狗也回來了，他們要經過這裏，走過那邊一座小橋到食堂空房裏去睡覺，他們有時也嚇唬小松鼠們一下。松鼠就要趕忙回到樹上去。這一關過了，他們就可以放心地再下來玩。有時到很遠的樹上去會親戚朋友。有時去偷大宴種的西紅柿或別的菜蔬。至於辣椒他們是不喫的。他們一夜也忙碌得很。有時月亮好的夜晚，他們簡直一夜不睡的鬧。地上花影樹影的也看不清他們。他們就跳呀跳呀一刻也不肯休息。這園內沒有貓，近處也沒有貓頭鷹，他們簡直什麼也不怕。真是一群頑皮的小東西。

遠遠的長蟲峯那邊還有時在夜裏有狼叫。因為昆明城外的開拓到底還是最近幾年的事。前五六年的光景，據西門外居民講，晚上豬若是不早早趕回欄裏來是很可能被狼撕了分食的。夜裏的事不是人能在夢裏管得了的。待他醒來管時那時對他說又不是夜了。

夜整個是另外一個世界。在這裏「昨天」和「明天」在苦苦地掙扎著，撕擄著。夜裏是沒有「今天」的。

夜裏不但沒有今天，並且也沒有一切與「今天」有關的事。尤其是看曠野的夜更容易明白，那裏整個是另外一個國度；虛無縹緲地，在半空中浮沉地一個國度。也沒有人統制，也沒有人叛亂。只有些不著實際的現象幻變著，到了天色一明，白日就又佔領了整個空間。到了那時節，夜的一切不但找不到，聽不到，連想也想不起來了。

人睡著了之後自有他另外一個世界可去。這就是夜能佔有了這一段時間的原因。人的事務在睡時告了一段結束，在醒後才又開始。中間這一段，他便無從感覺起了。不但他感覺不到這一段之中所發生的事，他也無暇去想像這一段時間內除了他容身的這有限的一塊空間外，其餘地方是否存在。他甚至認為這一段時間可以忽略過去。因為他所關切的事正也忽略了這一段，而把前一夜晚與第二個早晨巧妙又習慣地連在一起的。

其實夜又何曾不如此呢。她不管你們醒時作的是什麼事。直到你夢裏見到她時，她才來伴你。是的，在夢境裏她來伴你，你自己曉得的。但是一覺醒來，她便棄你而去了。你覺不出半點痕跡。可是你覺得出她確實存在。並且你若永不醒來，便可永遠有她。

她對誰都一樣好，一樣熱心。可是她對任何重大，或瑣碎的事全一致地不熱心。因為誰都可從她那裏得到溫和的慰藉，可是誰也不可能由她那裏得到具體的幫助而代他完成任何一件芝麻大的小事。這樣一個題目是不容易做到的，夢卻嚴格地做到了。

遠處的狼又叫了。這些兇猛的野獸難道不睡覺嗎？他們住在荒山裏，他們攪亂了各地夜的國土，又趕走了夢的腳步。農人們有的驚醒了。他們破舊的被蓋，單薄的墊褥，湫溢的農舍，無窗的家屋都沒有妨礙他們的睡眠，一聲狼叫卻直叫到他們心上。他們醒了就馬上開始了白日性質的活動。分明記得關好了牛欄，壓牢了雞籠，並且豬的哼聲還清楚地聽得見，他們的心還是卜卜地跳得很緊張。他們又睏，眼又睡得朦朦地，心上卻緊張著，直要在床上輾轉半天才能再睡。他們畜養的牛羊，及野地裏的兔子、獐子也都醒了，他們重新考慮所藏身的地方是否安穩。家畜雖然明知不會有危險。但仍逃不掉幾萬年來，他們野生時的祖先們，從血液裏傳給他們的本能的刺激。他們因這一點警戒的習慣也心驚肉戰著。

狼又叫了。因為夜的風是向這邊吹的。一隻松鼠幾乎從樹上驚落下來。那面土山上的一片墳墓似乎也不甚安穩了。因為誰也曉得曾經有許多屍體是因為子孫未能好好裝殮也未能深深埋葬，而被狼拖出喫了的。許多單薄的小墳都在心驚，怪他們自己也怪他們的兒孫。

狼還在叫。夜裏的天空似乎比日初落後要明亮一些。風在夜裏叫人摸不出大小。只叫人因了夜裏那點微弱的光可看見樹是搖著的。樹的搖動和白日那種看見枝葉的又不相同。在夜裏是整棵的樹在動。有時似乎向你頭上壓來，好不怕人！夜裏，最重大的東西，像是山那種穩當的東西，似乎也會動。一切白日裏靠得住的東西都靠不住了。夜是靜的，夜裏又確實有聲音。那些聲音極為清晰可是真難找出是什麼地方傳來的。也許是另外一個世界！夜是多麼接近「那一個」世界呵！狼還在叫！狼還在叫！夜真不穩當！夜真遙遠！夜真可怕呵！

風更覺得冷了。風漸漸可覺得出方向了。風更變得冷，天色又變黑下來。狼的叫聲好淒厲啊。它穿出山林，穿出雲層，順了風在高高的天空上飛走，它殘忍地撕裂著柔和的小動物們的心。它俯衝下來，尖銳地，迅速地，直從天上衝下來，越離地近越快，冰涼涼地一下，刺到這些戰慄著的心裏了。他們的魂兒便散了，散了，再也聚不起來，在半空中受著可怖的聲浪衝激，不能自由地漂流，歷盡艱辛，流放，遍看了深谷高山上，仰天長嘯的狼們的猙獰相貌。然後慢慢又收歸心竅，柔弱無助的問：「天色為什麼還不亮啊？風為什麼還這麼冷啊？」

睡在新校舍五號牆外的這一對小兔子也不免害怕。他們想：「木門快打開罷，木門快打開罷！」他們不像山上的小兔那樣祈禱：「天快亮罷，天快點亮罷！」因為天亮了，童孝賢不來把他們的木門打開，他們仍是要關在木箱裏不能出來證實天真亮了的。童孝賢的臉就是他們的太陽。童孝賢的臉也確是一個太陽，紅撲撲地，笑著的。

天終於是亮了。然而誰都幾乎放棄了天必會亮的這一點信念。所以天色不為人所察覺的那樣，竟已亮了起來！

跑啊，跑啊，那些散佈恐怖的精靈啊！那些製造迷宮的魔法師啊！消滅啊！消滅啊！白日來了。藏躲是沒有用的，你們只有消滅啊。夢啊！夢也要醒啊！這一切是黑色的世界是要重新繪製出來啊！

太陽光照上樹葉，樹葉醒了。看看自己是綠色的，便笑了。它又照到小鳥身上。小鳥醒了，看見自己的羽毛自樹幹的灰色中分辨出來，他便展開翅來試試，「吱——吱！」飛了。水就流，花草就長。重大穩定的山嶽也慢騰騰地笑逐顏開。

我們的小野物兒又不大相信夜的恐怖是真過去了。他們東跑跑，西跳跳。小洞穴裏看一看。恐怖不在那裏。掀起地下大片的枯芭蕉葉看看，恐怖也不在那裏。轉過自己的頭去捉自己的尾巴。這些小獾子，小麂子，小猬豬，在地上兜圈圈地轉，也看不見恐怖的影子。他們就馬上忘了一夜恐怖的經驗。

城牆缺口，那條城內外為學校所開的美麗的通道那裏，已經有農家放出來的第一隻小羊在覓食了。它「咩——」叫了一聲。並沒有人應它。它還是高興得了不得。兩條細小的後腿荒唐地踢了一下，又踢一下，那個可笑的小白尾巴撅得多高啊！

從城牆缺口裏走出了一個姑娘，她修長的身材，健康的步伐，就走得那麼輕盈，那麼快樂。她是這隻小羊今天出來遇見的第一個人，它想，這個人為什麼也起得這麼早呢？

美麗的東西、健康的東西是最接近自然的。她方纔轉過彎來，就一眼瞥見了小羊自己在那兒跳著玩。她就愛極了。她本該忙著往新校舍走的卻停了下來，向路邊上小羊那裏走去。小羊看她真走過來了，就把小頭那麼一偏，望了她。也不怕，也不躲。她走到小羊跟前就俯下身來拍拍小羊的頭。小羊便喜歡了，就用它那未長出角的小頭抵著她的手。她柔和的手心裏覺到小羊的體溫，撫摸著小羊銀色光澤的細毛，便甜甜地笑了。她索性蹲下來，叫小羊偎在她胸前。叫小羊擦著她雙頰。她從雪白的小羊背上望過去，遠遠望見疊疊青山，無論遠近，山色濃淡，都清明如洗。她微微閉上了眼，心上舒適得很。她眸子清明正比山色更要潔淨，她兩眼有湖水晶瑩。她展目四顧，看見原野一片好風光，心上就有了許多快樂要向人吐訴，她需要一個最溫柔的人來聽。可是此地沒有，只有懷裏的小羊，她就把手臂伸出去把小羊圈在懷裏。她卻不向小羊說話，只親愛地向小羊笑。小羊就仰起臉來要親親她。因為她自己就是那個最溫柔的人。她快被小羊親著了，她便放開小羊站了起來。小羊的臉仍是仰著。她想：「這個小羊！他多淘氣喲！可是他那小臉，多白，多乾淨呀！」

她看了看手腕上的錶。已經是六點三刻了。她就快快向新校舍走。她走到新舍五號門口，忽然怔住了。她有事一大清早來找人，可是她怎能知道人家起來了沒有呢？地上牆上鴿子的門兔子的門都沒有打開。童孝賢一定沒有起來，她怎麼辦呢？

屋內童孝賢忽然醒了。他一醒了就笑。他想：「這又是快樂的一天！」他又可以看「弟弟」翻跟斗，打滾。他又可以找大宴去瞎說。他又可以這樣，又可以那樣。他就一陣風似的穿了衣裳，扣子也沒有扣好，翻身就跳下床來。

他睡的是上層床。他能看準了昨夜擺好的鞋，縱身一跳，那雙精赤的腳就正好踏在鞋上，不會沾上地下的土。他跳下來。就要依了平時的習慣，開門出去。一腳撥開「弟弟」的門。順手支起鴿子的門。手再向門內一撈，「潑拉拉！」鴿子就飛出來，飛到半天空去了。他再蹲下用臉擋了「弟弟」的門故意叫小兔的柔毛擦著他的臉出去。他用臉擠他們，甚至可以覺到小兔的體溫。

今天他一竄出門去，看見「弟弟」門口正蹲了一個人。

「咦！伍寶笙！你把弟弟的門打開了？」小童一邊扣鈕子，理衣裳地說。

伍寶笙把頭一偏，嬌嬌地奚落他：「怎麼這麼個慌裏慌張的樣子？當著人家穿衣裳！」

「喝，今天運氣一定不好，一清早就聽訓話，可是，你剛來呀？」他又去提上鞋，又蹲下去整鞋帶。他是不理伍寶笙說的那一套的。站起來，又去開鴿子的門，他說：「躲開！小心鴿子翅膀扇著眼睛！」說猶未了，鴿子在籠裏早已聽見就「咕！咕！咕嚕」地叫了。門才一開就「劈劈拍拍」地全飛了出來。伍寶笙看見鴿子又這麼可愛，就伸手向半空裏招，想叫他們飛來停在她細緻的手臂上。童孝賢早跑進屋子裏去抓了高糧同剩飯來餵。看見伍寶笙可憐地好像央求鴿子下來似的樣子，就說：「你瞧這兒！」說著指指放在籠子門口的鴿糧。「他們的情面可比你大多了。他們能叫鴿子看見就馬上停止早操，下來。」說著又用飯去餵兔子。

童孝賢方纔也覺出伍寶笙的風采儀容的美了。他想：「鴿子，你招不下來，若是天上飛的是人，早就像下雨點兒似的全掉下來了！」他就先不去偷大宴的西紅柿，仰起臉來看著伍寶笙說：「伍寶笙，昨天晚上我聽見人誇你長得美來著！」

「你這孩子！越長越沒有心眼兒了。什麼話聽來都跑來告訴我說！」她還是輕輕地帶著笑說的：「方纔我從城牆缺口過來時候，看見一隻小白羊，人家恐怕還喫奶呢，可比你乖多了！你也不想想這種話說出來叫人怎麼答？說！下回不這麼說了！說！」

童孝賢想起昨天晚上是宋捷軍亂說的。心上也很抱歉就不覺順了她也說：「不說了。下回不這麼說了！」

「小童。你聽我說。」伍寶笙這才說到正事：「今天一大早找你有兩件好事告訴你！」說到這裏卻又不肯說下去。只笑著看了他。童孝賢就楞了一下。忽然衝口而出：「是好事？」她點點頭。

「水螅！」小童跳了起來。

她就抓了小童的手放在手心裏，拍了幾下：「很有希望！記得住上次是在哪一條水溝舀的水嗎？再去找點來看。過一兩星期，農夫把水放乾了可就完了！這些水螅很大，仔細用眼也可以找到的。瞧你這份粗心勁兒！」

小童歡樂得也忘了問第二件好事是什麼。掙脫了手就在地上跳。又順手把才落下來的鴿子又給鬨到天上去。

「你倒是聽呀，不聽呀？」她又說：「還有派你一件差使，如果做得好，有兩種賞！」

小童就不鬧了。她就說：「今天下午開迎新會。金先生規定用保護人制來管理新生。」

「我知道，還有你！」

「你聽著！」她說：「一年級導師一共四個，我們系的陸先生也是一個，他昨天接到金先生通知告訴他來通知我。我本來要佈置會場的，這下子又要去整理新生名單去了。你現在幫我一個忙行不行？」

「先說什麼賞！」

「先說幫不幫！」

「先說賞！」

「唷，不幫就算了！」她回身就要走。「水螅我也不管了！」

「哎呀，伍寶笙！你快看！」他忙把「弟弟」提在手裏：「你瞧！」說著放下它來，它就先把粉紅的小圓眼四下裏看一下就把背一拱，一下子翻個跟斗，沒想到翻歪了。正滾到伍寶笙鞋邊她就忙笑著扶住，抱在手裏，也不走了，說：「你要到陸先生園子裏去儘量把不要緊的花採一籃子。下午去就行。別一早上採下來又枯了。送到南院小禮堂。沈蒹沈葭她們準在那兒。交給她們，問她們有你的什麼事做！」

「陸先生的花園！那些同心蘭！他鎖著門哪！」

「鑰匙在這兒哪！」她輕輕放下小兔子，掏出一把大鐵鑰匙遞給他：「別丟了。也別叫別人進去。陸先生說，同心蘭的子三代出來，每種送你一棵！」

「嗬！嗬！子三代！一樣一棵！我算算，至少三十多棵！嗬！嗬！」

「別吵，這是我跟陸先生說情的！咱們一人一半行不行？南院沒有地方種，全種在你這兒。再用細竹子做個籬笆，別叫『弟弟』他們來喫了。」

「咱們也做子四代！」

「這才是一種賞，還有第二種！」她笑瞇瞇地。「現在南屏演“Garden of Allah”五彩的。是 Charles Boyer 和 Marlene Dietrich 演的。Marlene Dietrich 有我這麼高。男明星的表演更好。他的心情就像一首詩似的。我明天下午，若是你今天作得好，就請你看！」她說著就走了。

「你家裏寄錢來啦！」小童全喜歡得呆了。他喊。

「昨天下午才到！」

「那麼還有五芳齋雞油大湯元！」他又喊。

「還有雞油大湯元！」她走了。

童孝賢看她走遠了。低頭看看手裏一把大鑰匙。快活得什麼似的。唱著去拿臉盆洗臉去了。他想：「運氣還是不錯！」

他一進洗臉室，大宴正在那兒刮鬍子。大宴專門和本地，四鄉人來往，他不用外國保險刀刮鬍子。他去鄉下市集上買小剃刀刮。他沒想到在雲南小村子中，買到了一把刻了「廣東機器仔精製」的小剃刀。他再看一攤子上都是這種的。他是細心人，便想了許多遠遊商人的血汗事業。他一刮鬍子就有心事。大宴心上裝得下十倍也不止於小童的心事。

「大宴！」小童一看見他就嚷。「我今天有了好事！好消息！」

「你的消息？」大宴抬起頭來看他。

「我的消息！好消息！大——消息！」

「水螅有了？」

「喝！有了。大個兒的！」

「在哪兒？大個兒的？你裝在漱口杯裏帶來了？」大宴聽得連鬍子也不刮了。

童孝賢一聽，笑得蹲在地下，「哪兒的事，在試驗室裏，我還要再去多找一點來才行！」

「在試驗室裏？你一大早跑到試驗室去了？」

「不是。」

「那是誰告訴你的？」

「不知道！」

「嗨！又是騙我。是作夢，夢見找到的罷？」大宴也很失望，又去刮鬍子。「夢裏的水螅比醒時的蟲還不可靠！」

這下子童孝賢急了。他喊：「伍寶笙告訴我的！我從不會做夢！」

「伍寶笙？她來了？」

「她一大早來了告訴我的。現在剛走！她還要請我看南屏呢！」

「她來就為了告訴你水螅有了？為了慶祝你就請你看南屏？」

「就是這樣！」

「那才不對呢！人家費了好幾天的事，在顯微鏡下觀察你的水螅，完了還要請你？」

「你不信？你看明天我看得成，看不成！」

「也許。反正決不是方纔我說的那一個理由。」大宴也不再問。「其實我也有人請。這會兒還早，我洗完臉澆一會兒花，就到校門口去。白蓮教也去。余孟勤請我們喫早點。」

「有我沒有？」小童問。

「你去就有你。」大宴說：「反正是周大媽攤子上那些，豆漿、雞蛋、糯米飯之類。誰像你呀，又是南屏電影還有五芳齋雞油大湯元罷？」

「大宴！」小童湊過來低聲說。「你怎麼知道，你看見我們了？」

「誰知道呢？」大宴也不容易被套出話來：「我還知道人家彷彿遞給你了一點什麼東西！」

「你真看見了？」

「她遞給你的是什麼東西？看看行不行？」

小童忽然看見大宴鬍子已經刮完了。心上一計算時間，知道是上了當就說：「她又送給我了一對兔子，這麼大的東西你會沒看見！還騙誰呢？」

「若是兔子才怪！」

「若是被你看見了才怪！方纔說伍寶笙來了，你還吃一驚呢！」

「她若是沒遞東西給你才怪！方纔說看見有東西時，你嚇得不敢大聲說話了呢！」兩個人都大笑了起來。小童就從口袋裏把那把鑰匙取出來，向大宴說：「大宴瞧，陸先生花園的鑰匙！」

「什麼？」大宴看他那個鬼鬼祟祟的樣子吃了一驚。「去偷同心蘭！別胡鬧了，留著大家看看罷。陸先生種了兩年多還沒有作完這個試驗，你又要去偷花！伍寶笙是怎麼了？」

「別吵，用不著偷。不久我就能有每一種的子三代！別告訴別人！到時候你幫我種？」

「一定！鑰匙是不是伍寶笙給你的？」

「她叫我去採別的不要緊的花的。陸先生叫她採了去佈置下午迎新會場的。她忙。轉託我的。同心蘭也是她找陸先生分的，我想大概作子四代太費事，她幫陸先生忙做的。我也正想養些根，明年開了春好去種。」

「你什麼時候去摘花？」

「喫完早點就先去看看。下午再摘。」

「帶我去行不行？我幫你摘。」大宴是真愛那個花園。

「伍寶笙說不叫別人進去，怕陸先生不高興。」

「帶我去不要緊！我懂得他的試驗。」

「你是不是想看同心蘭？」

「就是因為要看同心蘭，也怕你一個人去摘花，把花摘亂了。你全沒個算計。」

「那也行。」

「那你快洗臉。我走了。」

「我上哪兒找你們喫早點去呀！」

「在我屋！」大宴收拾起東西就走：「快點來！」

「大宴！」

「什麼事？」

「你瞧。」小童低聲說。「淨是人家請我，我什麼時候也該請伍寶笙一回了。她告訴我說，有時候請人，回請，都是好心人做的事。你說我該請她一回罷？」

「得！這回該我有理了。」大宴又走回來。「昨晚上你的話還像是說友情是不用費一點心思的，怎麼她的話就這麼管事呀！」

「不是，我是這麼管著。」

「覺著！這就對了！『覺著』就是順了自然的一種現象！你要請客也是順了自然的一種行為！你可以請她，也可以不請她。你正正經經地跑去邀請倒會把她弄糊塗了。這麼著罷，你現在有錢麼？」

「還沒有寄來！金先生抄書的錢他也沒給我！」

「金先生的錢，總不出這幾天。等錢來了再說請客的話罷。快洗臉！」

「我不洗了。大宴，我不洗臉了，行不行？」

「你昨天洗了沒有？」

「昨天下午還洗了！」

「那可以了。走罷。」大宴知道這小孩子的習慣。他們走出洗臉室，大宴說：「不洗臉，也跟不穿襪子一樣？是接近上帝？」

「差不多。我現在真不想洗。我要出了汗才能洗得痛快。」

小童回去放好了臉盆，來到大宴屋裏余孟勤已經在那兒了。他們笑白蓮教的頭髮梳不平，大宴說：「白蓮教是要梳抓髻兒的。梳這個分頭就沒本事了。」

余孟勤說：「白蓮教是梳抓髻兒的？你怎麼知道？」大宴笑著說：「也就是那麼一說。」小童摻進來說：「是不是余孟勤你知道？」余孟勤說：「我也不知道。這些不知道的事太多了，一個人一生不作別的，光對付他這一點求知的心就對付不過來！」

小童說：「是不是喫早點你請客？」余孟勤笑著說：「是。」又摸摸小童頭上說：「你的頭上也梳不平。」小童說：「那是我的商標，鳳凰毛為記。鳳凰頂上毛是這樣，這個我可知道！」余孟勤說：「你說的是孔雀罷！你見過鳳凰？」小童說：「我見過畫上的。」朱石樵說：「如果我畫一個鳳凰頭上沒有翻毛呢？」小童說：「那就是外國雞！不是鳳凰！」

大宴笑了說：「別罵人！你知道喫早點有你沒有？」

小童忙仰起臉來問：「大余！有我沒有？」

余孟勤說：「有。我起來就先去找你，後來才上這兒來的。你已經出門了。」

小童就頭一個搶出門去。走在前面。朱石樵說：「你忙什麼小童！余孟勤錢不多了。有是有你，可是你不能有雞蛋。」

「我不喫雞蛋！我們不能同族相殘！」

他們走在一起。余孟勤身材最高。除了小童穿制服，三個人都穿半舊的深色藍布長衫。余孟勤面色白淨，肩平額方。小童常說：「給余孟勤畫像，簡單！用一把尺就可以畫了！全是直角！」余孟勤長得確是方正，不過也很神氣，並不呆板。他是相當體面的，兩眼尤其有神。

到了校門外已經有許多人在路旁攤子上喫東西了。小童一看見周大媽的攤子，就跑過去。對周大媽笑了一笑說「早呀！你家！」又對她身邊忙著洗碗的那個伶俐的小姑娘說：「貞官兒！來一碗豆漿煮糖雞蛋！」

這裏有許多賣早點的攤子賣的東西樣數也多。學生們又好出新鮮主意，小販們也能迎合心理。所以生意倒都不錯。在這裏路邊上喫東西其實不大好，不過此地偏僻，學生上下課又忙。到別處去喫也來不及。這公路上常有急馳的車輛把土揚得很高，學生們就只有用手掩了碗。也有的車子肯在學校附近開得慢一點。學生們便暗地稱讚車上人聰明。新舍南北區只隔了這一條環城公路。學生來往非穿過這路不可。其實車子是應當開慢一點的。

這時從西邊轉過一輛簇新的黑色轎車。車上的裝飾在早晨的太陽裏雪亮耀眼。車子式樣是最新的。開得也飛快。後面帶起一大片塵土。叫陽光照得昏濛濛地一片，又好像孔雀拖了一條未開屏的尾巴。從西往東到這方來。

小童忙掩了碗，說：「這輛真新，開得好快！」

「管他呢！」余孟勤皺了眉毛，怒目而視。

忽然，到了鳳翥街北口那裏車子慢下來了。一直輕輕地滑了過來，停在校門口。一點塵土也未帶過來。車門開了，大家都向那邊看。走動的學生也停下來看。

先下來的是一個中年軍官。待他走開一步，裏面跳出一個十七八歲的小姐來。她下來了，又向車內一探身拿了一件披肩。她穿了淺色的時裝，小圓點子花。一雙淺色半高跟皮鞋，最引人注意的是薄薄的絲襪裹悅目的一雙腳。

「媽！車上下來的那個小姐長得多美呀！」小貞官兒在極端寂靜的一幕裏銳聲的喊。那圓潤的小孩嗓音叫人人有了笑容。

那個車上下來的也聽見了。她一手挽了披肩，伸出去拉住軍官的手臂，一手假裝做掠一下那輕垂的柔髮，偷偷扭轉頭來向小貞官兒這邊來看。她那還有孩氣的眼睛正看見這邊一個青年男子穿了藍布長衫，一雙濃眉正壓緊了一雙銳眼向她釘著。她喫了一驚。怯生生地想躲。不想回身猛了，一腳踏到地上一個小水窪兒。吃了一閃。又靈活地讓了過去，沒有跌倒。她那大大的眼睛便看了地下，再也不敢抬起，只頭也不回，輕輕地說了一聲「媽！我跟爸爸去啦！」就走進校門。

這邊幾個人又來喫他們的早點。小童早把嫩嫩的蛋，一口吞了。他心上還有著方纔那個俏麗的影子，他不知怎麼地忽然想起伍寶笙來，他說：「余孟勤，是你介紹伍寶笙作新生保護人嗎？」余孟勤說：「你怎麼知道？她作保護人一定特別好罷？」大宴說：「她還會請人看電影呢，小童怎麼會說不好！」朱石樵說：「我也要說伍寶笙做起來一定好。」

「你們說誰？」忽然小貞官兒問。

「伍小姐。」小童說。

「伍小姐美，還是將纔這個小姐美？」小貞官兒問。

「都美！」小童說：「貞官兒，你說呢？」

「我也說都美！我分不出來！」

「小貞官兒，你也美！」余孟勤說。

小貞官兒抿著嘴兒笑了。周大媽也笑了。說：「傻丫頭子！你還笑呢！」

「大宴！」小童說：「我說剛才這個有一點比伍寶笙好！你猜是哪一點？」

「哪一點？」余孟勤問。

「伍寶笙老穿襪子。人家就沒穿襪子！」小童說。

「小童！你說將纔她差點踩到水坑那一閃。是不是比白鴿子展翅膀還好看？」余孟勤說。

「我也覺得。」小童說：「她的腿真是最美的。她那樣子就不像會跌倒的！她一定會打球！」

「她也許是新生？」朱石樵忽然說。

「也許！」大宴說。

「走罷！大宴。」小童已經喫完。又把手上的糖漬放到嘴裏去吮。

「走！」大宴說。

「你們上哪兒去？」朱石樵問。

「別告訴他！」小童趕忙喊。拖了大宴就走。那邊余孟勤也拉了朱石樵去大西門洞去看牆上貼的當日報紙去了。

小童和大宴沿了公路直向東走，走完學校的圍牆，上了一條小路，這時雖還早，山坡上小路已經曬熱了。一會兒，到了三分寺的火化院。這火化院隔了新校舍與三分寺相對。三分寺現在是一部份研究室，及書庫。許多和尚讓了出來住在火化院這邊空房子裏。火化院的菜園很大，劃了一大塊用柵欄隔起，作為生物系的培養苗圃。他兩個進去，正看見幻蓮和尚在那兒曬太陽。幻蓮認得他們便起身招呼。小童喚了一聲「師父」，就往裏跑。宴取中就站下來說話。幻蓮說：「宴先生，今天學校開學了。」宴取中說：「對了，師父也曉得了？」幻蓮說：「今年度是誰來管圖書館？」宴取中說：「還不知道。師父又看完什麼書了？」幻蓮說：「也沒有什麼。乘放假機會借了幾本平時借不出來的指定參考書看。等一下宴先生回去的時候，我叫他們交宴先生兩本書代還一下。」說著一合掌就走進屋去了。大宴就鞠了個躬，也向後花園裏來。一看門已大開，鎖和鑰匙都扔在地下，大宴順手撿了起來放在袋裏。往裏走時，只見一畦一畦各種的花，看不見小童。他把熱帶性的大寬厚葉子，大朵兒的花全看完了，才在那邊同心蘭旁邊見到小童。他正從井裏提出一桶水來。看樣子臉已洗完了，正在脫鞋挽褲腿兒。大宴說：「你的鑰匙呢？」

「在柵欄門上！」

「我進來時候怎沒看見呢？」

「那一定在你口袋兒裏！」

大宴看他又洗完了腳，也不擦乾就穿進鞋裏。兩個人就同看同心蘭。這片同心蘭佔地方甚大，足足有半個園子。依了不同花色及朵兒大小排在那裏。去年花色已經不少。今年又添了有斑紋的。這種花試驗遺傳最為方便。那些單色的花雖然美，他們去年全看過了。什麼殷紅的、深紫的、青蓮色的，還有黑的，全像有茸毛似的，華麗極了。另外淺色的有的極淺。有一種淡黃的和另一種淡青的，又薄得像透明一樣。有些花萼也有花似的顏色。一朵朵在太陽光裏全像笑盈盈的臉。看到子二代的花床時就有許多奇怪的花了。有一種深黑的花，有絳紅色的斑紋。大宴看看說：「這種頂名貴。」小童說：「外行！還不是都一樣！」大宴說：「你就不數一數！這種的只有兩行！別的都是三行！」小童一看，果然。他又看見一種淺黃的有紫色點子的，他就說：「不對！陸先生一定是看這種怪髒樣兒的，他就拔去了一行！你瞧那種黃的有點子的多神氣！」他們就又跑過去看黃的有點子的。小童又給花澆水，弄了自己一身是水。

兩個人跑了半天，也跑乏了。看看什麼花也捨不得採。有一小片美人蕉同雛菊又嫌不好看。又看見些繡球，太少，不夠。正發愁，又聽見有人說話聲音。大宴說：「聽！有人來了。」小童一聽說：「誰？你猜是誰！」大宴說：「喫早點時看見的那個！」小童說：「我聽著她聲音也像！」正說著那邊走過來了五個人，那個見過的軍官走在前面，那個小姐走在一位富泰的太太旁邊。還有一個短裝的人，領了個小男孩子。那個軍官看見了他們，便回頭說了句什麼，腳下就快了一點，走到他們這邊來。他倆一看這軍官相貌有些地方與那小姐一樣，記起早上那位小姐說的話，知道是她的父親。也就很規矩的招呼了。來的人說他姓藺。大宴就說：「我叫宴取中，他叫童孝賢。」那邊四個也走到了，也都站住不說話。藺先生就說：「兩位認得陸先生罷？我們是在美國時的同學。」小童說：「我就是陸先生的學生。這個花園就是陸先生作試驗的。藺先生也學生物？」藺先生笑了。小童偷看那邊；藺太太、藺小姐也笑了。藺太太正看著他。藺小姐眼看著地下。

「我是學機械的，現在在航空學校。這個花園我來過。今天順便看看，正巧門是開著，我們就進來了。」藺先生說。大宴聽了看小童一眼。小童正看著大宴。

「我們是陸先生叫來摘花的。摘花去佈置迎新會場。」小童說。

「摘花？」那邊藺小姐吃驚地說：「爸爸，摘掉這些花？」

「不摘這些個。」小童說：「這是陸先生試驗遺傳用的同心蘭。我們摘別的小花。」

「迎新會場？」藺小姐說：「什麼會場？」

「今天下午在南院小禮堂開迎新會歡迎新同學的。」大宴說。

他們年輕人三兩句就說上話了。藺先生同藺太太看了笑。說到這裏藺小姐就用眼望了藺先生。藺先生一見說：「哦！我倒忘了。我來給你們介紹一下。這位是宴先生，這位是……」

「我叫童孝賢。」

「對不起忘了。」藺先生笑著說：「這是小女藺燕梅。是你們新同學。今天剛註了冊。」

「宴先生！」藺燕梅伸手出來，大宴就和她握了手。

「童先生！」她又伸出手來。小童一看手是濕的，便點了點頭，說：「我手太髒，才剛弄水來著！」說著把手在衣服上擦。

「不要緊！」藺燕梅說，她手一直沒有放下。小童也握了手。她又說：「這是我媽媽。」兩個人都上去叫了「伯母！」藺太太就拉過那個小男孩來，說：「叫，哥哥！」小孩叫了「哥哥！」藺燕梅抱起他來在小臉上親了一下，又放下來說：「他是小弟，才三歲。」

童孝賢說：「我也有個弟弟，也是三歲，不在這裏，我家在重慶。」

藺先生看了藺太太笑。藺燕梅看了看她的父母親，又說：「迎新會是不是新生都要去？不去行不行？」

「新生都要去，不去不行。舊生不一定都要去，禮堂小，都去三千多人坐不下。」小童說。

「新生也不一定都要去，誰告訴你要都去的，小童？」大宴說。

「我就是說這個。」蘭燕梅說：「媽咪，方纔註冊時，我聽見兩個男生說開完了迎新會，他們就要欺負新學生了！」

「我們不會！」小童說：「我們今年要用大哥哥、大姐姐制度了。」

「是不是保護人制度？」蘭燕梅問。

「就是保護人制度。」大宴說。

「那就不對了。」蘭燕梅說：「我聽他們說了。他們挺兇地說：『不要保護人制度！咱們按老規矩。』嚇死人了。」

「不至於的。」大宴說：「這次是由心理系金先生管的。」

「他是心理系的。」小童指了大宴說。

他們又一邊說一邊走。又繞到了門口。小童說：「咱們還是現在摘還是下午再來？大宴。」大宴說：「現在沒有籃子。」小童說：「找幻蓮師父借。」大宴說：「別又去麻煩他。方纔他託我還書，還說一會兒由小和尚交給我呢？別打擾人家修行。」小童說：「那就下午再來。」大宴說：「對！省得誤了午飯。」大家走出了園門。大宴掏出鎖來把門鎖上。

「你們全在學校裏包伙食呀？」蘭太太問。

「對了。」小童說：「非在校內包不行！」

「又是非這麼不行，非那麼不行！」大宴說。蘭燕梅這回也笑了。

「我看……」藺太太向藺先生說：「咱們叫燕梅也在學校裏喫包飯！」

「我早說要這樣！」藺先生說。

「媽！我也沒說不在學校裏包飯！」藺燕梅嬌嬌地搶了說。說著看了一下他們兩個。

「你們喫得還好罷？」藺太太問。

「怎麼不好？」小童說。

「飯菜是差一點。」藺先生說：「這個我知道的，不過年輕人怕什麼！還有飯廳沒有凳子，喫的時候大家是站著的。」

「對了，我們是站著喫的。可以端了碗走來走去地喫。」小童說。大家都大笑了起來。

走到了前院，一個小和尚聽見了，送過兩本書來交給大宴。大宴說：「知道了。」小童問：「什麼書？」大宴一看說：「兩本都是哲學系的。一本是柏拉圖對話錄五種，一本是理想國。」

小童聽了就問：「藺燕梅，你是哪一系的？」

「外國語言文學系。」藺燕梅一個字一個字地說。

「外文系就夠了。」小童說：「我們認識外文系一個姓馮的，挺好的一個人。過兩天遇上了就介紹給你。他是個小胖子。常常笑的。跟我一樣。」

「是不是也穿一件跟你一樣的制服？」藺燕梅試著問。小童聽了就想起件事來，他低頭看看胸前，昨天戴的花大概在晚上脫衣服時掉了。他放了心，說：「也是這麼一件破制服，比我高一點，比大宴矮一點，也不戴眼鏡。」

「叫馮什麼賢？」藺燕梅說。

「馮新銜！新舊的新，官銜的銜。你認得他？」

「就是他！就是馮新銜！我註冊的時候，就是聽他跟另外一個小個子說的。是那個小個子說要打倒保護人制度的！」

「他沒說罷？」

「他倒沒說。他說不要保護人制度，他是外文系的，他說：『我才不當什麼保護人呢！』那個小個子就說要打倒保護人制度了。」

「他不會說的。他是個好人，他懶這是真的。他懶得當保護人，也懶得欺負人。那個小個子什麼樣兒？有一點兒小麻子？尖下巴？頭髮梳得挺亮？」

「我沒敢看清楚。」

「說話天津口音？」

「對了，天津口音。說英文也一樣。兩個人都是天津口音。可是那姓馮的英文就特別好！」

「更對了，你看那小個子怎麼樣？」

「我不知道。」

「他淨搗亂！你別怕他。」小童十分愛惜這個藺燕梅，直怕嚇著她。其實他們差不多年歲。身材也差不多高。若是分開了站，看去藺燕梅竟似還要高些。

「你就順著嘴瞎說罷！」大宴瞪他一眼。

藺太太就笑了，說：「童先生說話直爽！」

藺先生就說：「燕梅怎麼這麼喜歡批評人？」他們兩個聽了就都吐了一下舌頭。

他們說著就走到了公路邊上。汽車在那裏停著。藺先生讓他們一下說：「一同去便飯？」大宴說：「謝謝！不去了。」小童說：「你下午來開迎新會不來？」藺先生說：「燕梅！你說來！一定來！這許多同學，上學多好！」藺燕梅就說：「我下午來。」他們先上了車。那個短衣的男人是司機，他把門關好。問：「主任。還是去剛才送太太去的那裏？翠湖東路？」藺先生點了點頭：「是宋家。」說著又摘下帽子向他倆搖了搖。他們看車子開了，才走。

「小童，」宴取中說：「你發現你一點錯誤沒有？」

「什麼？」小童說：「說錯了話？」

「怎麼，你也在乎起說錯了話了？不是現在說錯的，是早上說錯的。」

「什麼話？」

「藺燕梅穿了襪子的！很薄很薄的絲襪子！」大宴把兩本書在手裏拍著說。小童笑了，「我沒看出來。」等一下他又笑了說：「我想她一定會打球，我忘了問她！」

他們回去正趕上喫午飯，傅信禪和他們在飯堂門口遇上。小童知道傅信禪和馮新銜是一桌的，他就問：「你們桌上今天有空沒有？」傅信禪說：「有。周體予被陳先生請去喫午飯去了。宋捷軍他們一幫打籃球的都去了。只有我和馮新銜在，怎麼樣？」小童說：「我正要找馮新銜。」他又向大宴說：「我跟傅信禪一桌喫去了。」

他們分開了走。小童就問傅信禪，「怎麼宋捷軍是師範學院的，他們管飯的呀，為什麼跑到這兒來喫了半個暑假？」

「他們本來暑假裏有工作的。派定了工作的就不開飯了，另外給飯錢。宋捷軍一算計，他就服了一半務，拿了錢又到這兒來喫飯。」

「這種人！」

「明天他就要回去喫了。今天是暑假伙食團最後一天。」

「馮新銜！」小童一看見馮新銜已經先來了。他就喊：「你今天看見了那麼一個你們系的新生沒有？」他們一邊又忙著喫飯。

「看見了！」馮新銜說。

「你知道我說的是誰？」小童說。

「人家在我手上註的冊，學號聯字二七二五，我還不知道！」

「是男生是女生？」

「我準知道你說的這個是女生。查去罷。二七二五。」

「長得什麼樣兒？」

「我沒敢仔細看！」

「那一定對了。我和大宴在陸先生花園裏頭碰見她了。他們一家子。她父親在美國時和陸先生同學呢！」

「她的保證人就是陸先生。」

「你們為什麼嚇唬人家？」

「我嚇唬什麼了？」

「你們說迎新會完了就要收拾新學生！」

「我沒有說，我管外文系新生註冊，我還要附帶通知他們去參加迎新會的。周體予負責組織新生，下午開會前還要賽球呢！把新生全嚇跑了還打什麼球？」

「你們辦註冊事情時宋捷軍在不在？」

「對了，是他說的。我忙得一塌糊塗，他跑來幫老周組織一年級球隊的。范寬湖註過冊了，就是這個藺燕梅來。我看宋捷軍說什麼打倒保護人制度，一半是看周體予和范寬湖太親熱，一半也是故意惹人家藺燕梅注意。我說：『別瞎鬧了，金先生要管的。』他說：『按老規矩！什麼保護人制度！打倒！』準是這個話，把人家嚇著了！」

「喝！我這好一陣子勸才把人家勸得放心了。」他又敘述了和藺燕梅的對話。

「何必你這麼熱心？迎新會也沒有什麼參加頭兒！我就不去。」

「這是你懶！迎新會是給新生第一個印象的地方。」

「新生的印象是隨時得到的，哪有這種人專門準備到迎新會上才收集印象的！你一不留神人家便有了印象。還有印象貴在正確。那種人為的印象是要不得的。」

「我是盡我一份愛校的心！我是宣揚我們的好校風！思想學術自由，尊師重道，友愛親仁！」

「校風也用不著宣揚。好校風也不是建在大多數無知無覺的群眾上，更不是幾個敗類能破壞的。校風好像是個有生命的靈物，他自生自滅，一點也勉強不得，又一點也不是偶然的。他是實實在在最公平的菓實！」

「什麼菓實！結在什麼樹上？喫飯罷！」傅信禪說。他其實很喜歡聽這馮新銜的言論，當馮新銜興奮的時候，他也確實有些言論。可是他的話易流入寓言。傅信禪就嫌麻煩了。

「可惜這種菓子是不具形體的！」馮新銜接著說：「不過他也有一種顯現的辦法！或者是成為一種半神似的偶像，或者分別幾種不同的性質由幾個不同的人格來支持！若成了偶像，那種力量就埋伏在一校的愛好的學生們心裏。這魔力會支配學生言行、嗜好，及理想。使得到他的人氣味相投，使旁觀的人從他們的總人格中見到校風！若是他寄託在幾個性格明顯強烈的學生身上，這些學生就部份地代表了這偶像，他們被人崇拜，受人談論，他們被模仿，為人稱道，在有人使『西子蒙不潔』

時，會忘掉自己去救護真理！比方我們單純地愛戴功課好的人，大家就會在心理上給一個功課好的人一種崇高的地位。那地位不是偶然的。於是這一校的校風便是讀書空氣濃厚了。如果崇拜運動健將，那校風就是另外一回子事了。」

「那麼校風就只在幾個人身上？」小童問。

「若是這種英雄崇拜的情形，校風的的確確是只在幾個人身上。其餘的人也不能沒有，他們的功勞在建造這光榮。他們是納稅人。而這光榮是用他們血汗建的輝煌宮殿。那些英雄們是他們不知不覺中所選的地基！納稅人每人所獻有限，所以也不覺得。而存心破壞的人，如同叛徒，因為無人或很少的人向他納稅，所以也反叛不成。」

「那我是什麼呢？」小童說。

「你是個納稅多點兒的人罷了。」

這時大宴走來了。對小童說：「快點罷，我方纔算計了一下。我們喫完飯就快去摘花都有點來不及！」

「我們摘些什麼呢？」

「花在地上長著不顯多，摘下來就不少了。三種小花摻著摘再夾點香草。」

小童聽見忙著扒了一碗飯就同大宴走了。他們先借籃子，想一想籃子不夠，小童說：「讓我把被單拿來兜！」他就把自己床上被單揭了。兩個人一路說笑著去把花摘了。果然，地上的花不見減少而被單裏已是一大包了。小童又配上點柏枝，說：「叫沈蒹沈葭她們去配上一點柏枝子，用線紮一紮，新生一人一朵。」兩個人走出園子來，大宴說：「你一個人送去罷。」說著鎖上了園門，把鑰匙交給小童。小童接了過來，笑了一笑，大宴幫他忙把一大包花扶到他背上，看他走了。他自己在山上轉了一回兒，又看見朱石樵在山上。朱石樵也不想去參加迎新會，也不想看賽球，他兩個就又去喫茶。

小童一個人揹了個大包，下了小山，走了一小段公路然後轉上新舍南區牆外的小路，走進城牆缺口，穿過北院，過了文林街到了南院。一路上人家全瞅著他，偏偏他熟人又多，只得一路解釋。一進南院迎頭就碰見伍寶笙。伍寶笙今天也稍微打扮了一下。她天生的有一份尊貴氣象，這一妝飾更顯得華麗。她見了小童就說：「你上南院找洗衣裳房來了？揹了一大包髒衣服？」

「花！什麼髒衣服！沈蒹沈葭她們呢！我犧牲了自己的被單！」

「媽呀！那是你的被單！原來是白色的罷？」說著又一伸手。

「那是很久以前的事了。最近他全是這麼一種可愛的淺灰色的。」小童笑著就往裏走。「拍」地一聲把花園鑰匙打在她伸出的手上。

「明天午飯後我等你呀！」她也有事正往新校舍那邊去：「洗洗臉來！」她轉過了院牆到了門口文林街上，嘴角上還掛著笑。

小禮堂地方很小。禮堂樣式也不好。但是女學生們想：「既然答應了負責佈置會場，也只有盡力佈置。」等她們佈置得有了個樣子，她們又想：「實在怪好看的。若能夠永遠這樣，別拆卸下來多好。」後來經大家合作佈置好了，她們每個人都這麼想：「若是沒有我！哼！這回……。」

小童進去時。大家正著急這花兒了。該放花的地方全空著呢。小童一進禮堂就喊：「喂！怎麼？這樣就算完了？連朵花兒也沒有？」這一句沈家姐妹可慌了。

「怎麼沒有花？」她們說：「伍寶笙說下午你準送花來！」

「聽他的！」一個又瘦又高的女生說。她兩肩下斜別人看她古美人兒似的就叫她何仙姑。她姓何叫何儀貞：「他背上揹著的是什麼？」

「髒衣服！」小童說。

大家大笑起來。便過來搶。「別忙！」小童說：「有些石竹是要你們配上柏枝子，用線紮起來，給新生一個人一朵的！」

「我們來紮！」沈葭說：「先生們也一人一朵！」

小童就在禮堂打轉轉。忽然看見那身材特別高的金先生進來了。他就上去喊了一聲金先生。金先生一看是他就說：「正好，」一面從口袋掏出一副寬邊眼鏡，又搖出一個大名單來，說：「孝賢，你能不能在臨時會場上告奮勇也當一個大哥哥？」

「我？」他嘴張得大大地。「我真想試試！」

「金先生！」金先生聽了一回頭，看見是沈蒹在喊：「讓他當個弟弟還差不多，你瞧瞧，地下這塊髒布是他的被單！」

金先生大笑起來。他原不過是玩笑一句，他乘這時掏出一個紙包來，遞給小童。他說：「孝賢，這是暑假你抄《佛洛依德釋夢研究》的。」「哎呀！謝謝！」小童快樂地接了。

「我看看這名單成不成。」沈蒹說。幾個在紮花的女同學就都聚攏過來。

「我也要看看。」小童把一包鈔票裝到制服口袋裏。

「你裝好了！」沈蒹說。

「哎呀！」小童忙又去解口袋。「這是漏的！我用手捏著罷。」

「你這樣太不行了。」金先生說。「這樣你是太懶啦。不會動針線？」

「我會，金先生。」他說：「平常我是裝在那邊口袋的，那邊的不漏，有一個口袋夠了。」

「他也不懶！」沈蒹說：「他是太忙，金先生，忙著玩！」

「沈蒹……」小童喊。

「不用說了。」沈蒹攔著他：「下面準是罰我替你縫！」

「正是這樣。成不成？」

「看完名單再說罷。」她接過名單來，順手遞給金先生一朵已經紮好的花。

他們一篇篇的看。一共有五百多新生。大家頂多認得一兩個同學的弟妹，許多都是一點也不知道的。小童說：「我知道三個人。這個范寬湖是同濟來的。人挺不壞。范寬怡一定是他妹妹。還有這個藺燕梅！你們等著看罷。」他一看藺燕梅的大姐姐正是伍寶笙。他問金先生：「怎麼這麼巧？正跟我想的一樣，藺燕梅是外文系呀！」

「陸先生特別叫伍寶笙照應她的。她是陸先生一位老同學的女兒，你認得她？我們還把她插在伍寶笙屋裏。」

「我今天才認得她，認得她不算，還認得他們一家。」

「長得什麼樣兒？」沈葭插進來。

「你們聽好！」小童四顧一下準備大講一番。不過他並不能描畫得多好。平日他對女人的注意又太簡單，不夠用來描繪，他想說什麼「絲襪子」，又是「或者會打球」，也全不像一句話。他實在覺得滿腹絕妙詞藻，可是就說不出來。

大家看他樣子不像玩笑，越是要聽。

「她美罷？」沈葭說。

「噯！太美了。」小童說。

金先生看見這些女孩子們太認真了，覺得不大好。就說：「人的美是很難說的。算了罷。你們的花紮完了。他們賽球大概也差不多了。趕快，趕快！忙著開會啦。」

「金先生，那個藺燕梅實在太美。」小童說。

「不要再說了。」

後來，終於大家把會場完全弄好，人已陸陸續續地來了。演講、遊藝都過去了。新生也點了名。大半都到了。認了哥哥姐姐。金先生又擔保決無欺負新生之事。范寬湖的姐姐就是沈葇，范寬怡是沈葭。伍寶笙有兩個弟弟，一個妹妹。就是妹妹藺燕梅沒有來。會散了。哥哥姐姐分別談了一會兒，沈家姐妹又去拆卸會場。小童說：「我來爬梯子。你們給我縫破衣服罷。」沈葇想了起來，她手裏正忙，就喊她妹妹幫忙。沈葭接過衣服來說：「伍寶笙，你領小范去找宿舍罷。」又把范寬怡介紹給伍寶笙，然後忙著去縫衣服，顯得又熱心又勤快的樣子，她想：「這樣也好作個榜樣給新同學看。」小童看了笑，他故意對金先生說：「保護人制度真是好法子！這鼓勵比懲罰是更有用！人必人尊之而後自尊之！」一句話說在沈葭心上，她一針把指尖扎出了血。

伍寶笙問明了她的兩個弟弟都已註冊了，沒有甚麼別的事，就說：「我住這個南院十一號。你們住定了宿舍也告訴我，有事可以來，沒事也可以找我玩，可是不許一直闖進來，要在門口告訴周嫂她們傳？聽見沒有？」她親切地說。那兩個男孩十分拘謹，一直不說話，聽完了，鞠了個大躬走了。他們兩個倒因為同認一個姐姐，馬上熟識起來，一個說：「蔡仲勉，方纔這位是不是一位先生？」那一個說：「我也不清楚，看去像是的。你的名字叫什麼薛什麼超？我忘了。」「薛令超。」頭一個說。

這邊伍寶笙帶了范寬怡進了南院裏邊一進的院子。范寬怡活潑得很，梳了兩個小辮子。伍寶笙一邊走一邊就問她：「你是哪一系的？」

「地質！」她快樂地說：「我父親就是學地質。他是中央地質調查所的主任，在重慶，我們一家全是學理科的。」

「你有多少兄弟姐妹？」伍寶笙看她有點太愛說話，就想知道她在家裏排行第幾。

「六個！」她說：「我頂小。我，還有五哥范寬湖，還是學生，其餘都畢業了！只有四姐大學沒上完，生病死了。」

「你一個人上學不想家？」

「不知道，也許想，也許不想。我也不是一個人。我還有個哥哥，今年也是新生。我有他作伴。」

「你還有個哥哥，也在聯大，也是新生？」伍寶笙是代她高興，不料招惹出更多驕傲的話來。

「范寬湖！你沒看見？新生男生裏頂高，頂神氣的一個！」她也覺得不大對：「我是說很神氣，不，總之還不錯的一個。他在同濟永遠考第一的。這回為了歐戰了，爸爸怕不能送他去德國才叫他轉聯大的，他什麼功課全好。運動也好，音樂也好。若不是我這回跳了一班。他比我高一班的！我考的是同等學力！我才高中二，我中學差一年才畢業！」

「我派到一位小妹妹你沒看見她。據她的保證人說也是考同等學力的，年紀也很小。下次給你們介紹一下。」伍寶笙說。

「她叫什麼名字？長得也好看罷？」

「她今天沒有來。名字介紹時再告訴你罷。人我沒看見過。今天她沒有來。」

「她是學什麼的？」

「學外文的。」

「外文？哦！考文學院容易一點罷？」

「我不知道。考試是先評總平均分數才分院的。」伍寶笙是極有忍耐的，她不願用尖酸的話刺破她眼前這小女孩的驕氣，她索性實說：「不過以考的功課來說，文學院少考一門高級算學。」她又加一句。

范寬怡還想說些什麼，伍寶笙看出她不免要碰釘子，卻不願叫她真碰上而傷了感情。她就用幾句話把她壓住。她說：「小范。我們這樣叫你好罷？」

「好。」小范又有許多話要說：「我從中學起，人家就一直叫我小范，因為我一直是班上最小的……」

「好了。」伍寶笙說：「小范，樓上是十四號，你的房間是十四號罷？」

「你怎麼知道？」

「你自己手裏有住宿證，我不會看見嗎？現在上樓去罷。那邊是到小院兒的通道。向左轉是洗臉室，向右轉等下你自己會知道了。」

「一定是廁所！」

「別這麼喊！女孩兒家的！我也知道是什麼地方。好了。我住十一號，有事，來找我也行。回頭見！」伍寶笙依然一團和氣地說了這些話走了。她心上想：「這樣一個孩子偏派給沈葭，叫她怎麼帶得了！」她想著便往自己屋裏走，上了樓走到門口，她想：「我可要休息一下了。」忽然，她聽見屋裏一個陌生的聲音，在哭。哭的聲音十分細小。她再注意聽時，哭的人已經聽見有人來，止住哭聲了。她一想：「藺燕梅！」她想起來了。她住的是一個小房間，只住三個人的。那一個史宣文尚未來。再一個就是早上陸先生告訴過她的藺燕梅了。她忙開門進去，看見那第三隻原是空著的床，已經整整齊齊地鋪好了床單，枕頭全是潔白的，一律緣了墨綠色的大寬邊。一床湖綠色的被，和一床上好羊毛毯也全疊得齊齊整整地。書架上一小打新筆記本子，也全用厚綠紙包了書皮。桌上鋪了一塊和床單一樣的白細布桌布，也有綠邊。桌上一個矮矮大口的絳紅花瓶是細瓷的，一瓶子粉色石竹花。花前一本厚冊子，冊子前一瓶新墨水，還是裝在盒子裏的。瓶中插了一支黃桿新鋼筆，冊子上有幾行字。冊子邊上桌布上有一塊是陰濕了的，大概是淚水罷。那個藺燕梅正倉促地想用冊子把它遮住，她順手作出闔書的樣子，然而伍寶笙已經看見了。書合上了也是綠紙包的。她趕忙站起來很規矩地。

「真是像白雪公主一樣呀！」伍寶笙想：「我這個山裏的隱士忽然在回家時發現什麼佈置都變得漂亮、耀目了，又多了一個神話中公主似的小姑娘！」

「呀！這個進來的我好像在什麼地方見過！」藺燕梅想：「她這麼溫柔，尊貴，又是這麼親切的樣子，就像聖誕節夜報喜訊的天使！白衣服，頭髮上有耀目的光！」

伍寶笙心上喜愛極了。她方纔在迎新會上未能遇見的一點空虛補上了。方纔被那個小范氣的那點不痛快，消失了。她看見桌上的淚痕心上不忍問她傷心的緣故，怕又惹得她哭。看她規規矩矩地站在那兒，小可憐兒的也不知道說什麼好。她是有很好的口才的，可是此刻直找不出話來說，因為她兩眼不斷地不由自主地在打量，讚嘆這小女孩無一不美的整個一個人。她若開口，便會不知覺的說出讚美藺燕梅容貌的話來。所以她怔了半天才說：「屋子改了樣了，真漂亮！你什麼時候來的？」她挑了一句稱讚的話來說，又用一種親熱的口氣，生怕這小女孩怕生。她說話時的態度更是叫人看了舒服的。因為她永遠是顯得那麼平易近人的。

不料，這樣小心的話還驚嚇了這個更小心的心靈。「我來了有半點鐘了。我是這麼鋪著試試的。

是我把桌子改了個樣兒？」她怯生生地。好像怕她才進宿舍時那點興奮，使她大大的整理了一下屋子而得罪了她未見到的屋子舊主人。

「真是！」伍寶笙簡直一半是嘆息了。「你真是太小心了。你是我的小妹妹呢。咱們坐下來說說話兒。咱們不是生人呀！」她握了藺燕梅的手一齊坐到她那又新又漂亮的床單上。她帶著笑，又真像姐姐似的：「我早知道你了。你聽，你叫藺燕梅。你是考同等學力取的，上外文系，保證人是我的系主任陸先生。新生保護人，就是我，我叫伍寶笙是你的大姐姐。」

「姐姐。」藺燕梅叫了一聲，仍是怯生生地，不過卻像含了無限喜悅。她垂下的眼皮，與捏了伍寶笙兩手的小手，一切，全像輕輕地說：「我真願意有你這樣一個美麗的姐姐！」伍寶笙又看到她垂頭時那圓圓的兩肩。一頭柔髮。

「姐姐，」藺燕梅抬起頭來。「你是不是也住在這屋？」

「就是這屋。陸先生特別把你派在這裏的。他也是新生導師的一個。」

「還有那一位呢？這裏一共三個床。」

「她叫史宣文，還沒有來。不要緊藺燕梅。人人都會喜歡你的。」

「你也是學外文的？」

「不是，我學生物，史宣文學心理。」

「啊，真是，我忘了陸先生是你們系主任了，又問你。真對不起你，姐姐。」

「別這樣。弄得我也拘束得很了。你喜歡上大學嗎？」

「真喜歡！姐姐！我真喜歡！我心上快活極了。我……」

「你還會喜歡你的先生，你的同學的！你在大學裏一定快活的。你想家罷。」

「不！」藺燕梅不知所措地說。她又用手去觸了觸才合上的冊子。「不是，我也有點想。我方纔寫了一點日記，我才想起家裏。」停了一停。又說，有一點作嬌的樣子：「你不喜歡人哭罷，姐姐？」

「別說了！」伍寶笙又握了她的兩手偎在自己臉上：「我聽見你哭，又看見你這個小心樣兒，我真想……我真想……藺燕梅！我有時候也哭的。」

藺燕梅就鼓起小嘴，把眼睛睜得圓圓地，望著伍寶笙點了點頭，彷彿是說：「可不是嗎？」兩個人就歡樂的笑了。

「我是姐姐，」伍寶笙說：「你叫得怪甜的。我叫你什麼呢？小藺？」

藺燕梅不說話。等著。

「不好。」她接著說：「小什麼，小什麼的太俗了。我就叫你燕梅。」

「好。」燕梅說：「我家裏都這麼叫我。」

「你的家不是也在昆明嗎？陸先生說的。」

「在。在巫家壩航空學校。遠得很哪！」

伍寶笙點了點頭。

「姐姐，聯大的學生好極了，中午我還遇見兩個男生在陸先生花園裏，他們待人也真好。姐姐，怎麼還有人說要欺負新生呢？」

「我也不信。」伍寶笙笑眯眯地：「會有人來欺負你。」

「沒有！是沒有罷？」

「一定沒有！我問你中午在陸先生花園裏你碰上了誰？」

「一個高的姓宴，一個矮的姓童。」

「是他們說要欺負新學生？」

「沒有。姐姐，他們才好呢！他們沒有說。若不是那個童孝賢給我解釋了半天，下午真不敢來開會。」她說著不覺想起早上那一雙銳利的眼睛，她才到聯大門口一下車，便把她幾乎嚇得不會走路的那一雙眼睛。那一件深色的藍布長衫和使她心悸的一幕經驗。她初到學校，心上一團高興。才一露面就聽見一個小姑娘的聲音喊她長得美。不料為了看這小姑娘就遇上了那雙男子的眼睛。真可怕呵！她接著說：「早上我註冊時候聽那些男生說『打倒保護人制度！』口氣好兇呵！」她說著小聲吐了一口氣。

「對了。下午開會你為什麼還不到呢？你不是聽見別人解釋了嗎？」

「我來晚了，在爸爸朋友家喫午飯，人家不放我走。我說勤務兵已經把行李送來了沒有人收，才放我來的。」她說時看見伍寶笙看了桌上的花一眼遂又接上：「這花也是他們給的，我進門看見已經開會了就沒進去。一個人真想家。」

伍寶笙因為跟她熟了，就儘管愛惜地看著她的小嘴在說話也忘了回答。

「爸爸說，今天還叫我回家住，明天才住學校。今天因為答應說來開會不能不來。早知道來也是晚了，我不來了！」她又猛然覺得這話頂撞了這位好心的姐姐。又忙說：「爸爸說馬上來接我的也沒有來！」

「燕梅！」

「姐姐？」

「燕梅！」伍寶笙的聲音竟像一個慈愛的母親。這個可愛的孩子才與她相處了不過幾分鐘，便把她幾年來作學生心上未感覺到的一種纖巧、微妙的心理引動了。

伍寶笙的美麗是天生的，她自己從未感覺到它。她太用功，又太聰明，所以她心地淨明如鏡。開心的笑，快樂的夢，給了她無牽無掛的三年黃金也似的學生生活，使她在光輝又輕快的日子中忽略了少女的一份情操。她的容顏，她的心腸，她的一切，說什麼好呢？……她的笑罷，全太是天堂的了。忽然在這膚色鮮麗的女孩身上，她找出了女孩子另外一份幸福，是她一直不曾追求過的。那些幸福又像撩人的芒草，撩不到她這非世俗非人間的女兒的心。她看了藺燕梅半晌說：「燕梅！你真美！」

「姐姐，」燕梅的聲音都有點顫了：「你真美！我沒看見過這麼樣叫人愛看的。」她兩個不覺都有點想哭。不覺抱在一起。又都覺得不像。放開了手。看了一看又甜甜地笑了。

「伍小姐！」樓下周嫂銳聲的喊。伍寶笙就說：「看看是什麼事？」說著跑了出去。到了門前。這裏是一個長樓廊，房間的門便是一排開在廊上。

「你家。陸先生找你，在會客室。」她永遠是那種平淡，無動於衷的樣子。

伍寶笙告訴藺燕梅等一下。就跑下樓去了。她們的房子是守著樓梯口的。聽著伍寶笙輕捷的腳步下了樓，藺燕梅便覺出這個姐姐太感動人。她兩手緊壓著自己的胸前。她真想說感激的話卻不知向誰說好。她覺到喉間有許多快樂壓著。同是這間空屋子，她初來時淒涼的感覺已沒有了。

伍寶笙到了會客室，一看，陸先生陪了一位中年軍官、兩位太太在說話。三個都是不認得的。陸先生看見了就說：「寶笙，給你們介紹一下。這是藺先生藺太太還有宋太太。這是伍寶笙。燕梅的大姐姐！」兩位太太一見了伍寶笙這樣人品，馬上不絕口地稱讚起來。伍寶笙紅著臉，忙笑著叫了「伯父，伯母，宋伯母。」說：「聽燕梅說今天要接她回家的。兩位伯母願意不願意進來看看我們宿舍？」兩位太太說笑著就跟了來。藺先生也想進去。被陸先生一把拖住說：「慢著！入了紫禁城作父親的也進去看不得了。」說得伍寶笙也回過頭來看了藺先生笑。

一路上兩位太太問長問短，竟比要給伍寶笙作媒還要周到。伍寶笙不等走到樓梯口，就喊：「燕梅！你看看誰來了！」

藺燕梅一聽見從門口走到走廊上一看，喊一聲：「媽咪！」就飛下樓梯，依在母親懷裏，推也推不開了。叫她帶上樓去看看也不肯，叫她去拿大衣，怕晚上涼，也不肯，還是這個新姐姐給拿的。伍寶笙拿下大衣來看她還在撒嬌，就笑著羞她說：「想不到你還有這麼一手呢！」藺太太說：「伍小姐，叫你看見了不要緊。下回索性撒到你懷裏去呢！」她聽了看看藺燕梅，藺燕梅正把臉藏起來也偷看著她笑呢！

她們走到外面，藺先生陸先生迎在一路，大家說笑著走出來，伍寶笙送他們一齊上了車。藺燕梅看看弟弟不在車上，說：「還到宋伯伯家？」宋太太說：「這麼忙著回家？」藺燕梅笑了一笑對伍寶笙說：「我有個小弟弟，下次叫你看看，姐姐。」藺太太說：「對了，下次我叫燕梅請你來我們家玩。」伍寶笙笑著點頭，車開了。

在車上，藺太太說：「燕梅！美了這十幾年了，可叫人家伍小姐比下去啦！」

她聽了只笑著不說話。

「伍寶笙人好得很。」陸先生說：「功課品行，人緣兒，全是第一等！」

「我姐姐人才好呢！媽咪！」她說：「我沒見過這麼美的！」

「不想家了罷？」宋太太問。藺先生也用玩笑的眼光卻又認真的看著她。

她點了點頭。低下了。

她又想起那一霎那的淒涼。離開了家，又還沒見到伍寶笙，獨自記日記的那一霎那。才離開父母半小時，就心上淒涼得一直溫暖不過來。她不覺又依緊了母親一點。忽然她又想起伍寶笙的容貌，聲音，一絲溫情流上心頭，她打了一個冷戰，彷彿又回到春陽裏，心花又放了。她抬頭看看藺太太。藺太太推她一把笑著說：「笑了，小心眼兒上想些什麼？過兩天該賴在學校裏喊不回家了！」作母親的自己說著不覺也有點心酸：「別這麼擠我！都上了大學啦！」

一車的人都笑了。

第三章

第二天一早，大宴起來去找小童，因為他昨天晚上知道小童有了不少錢是金先生給的，他不放心那錢叫小童自己帶著。到了五號宿舍門口，他並不進門，一直往東牆外面找。小童果然蹲在地下和兔子玩。手裏拿了一本德文文法。大宴看見就喊他：「小童！請客罷。金先生錢給你啦！」

「哎呀！你怎麼知道？」

「馮新銜說的。」

「馮新銜？更奇怪啦。」

「傅信禪告訴他的。」

「媽呀，我還沒看見傅信禪呢！」

「他昨天晚飯時聽周體予說的。」

「我不信了。」

「周體予是宋捷軍告訴的。」

「宋捷軍昨天一天沒在這邊喫飯。」

「宋捷軍是何仙姑告訴的。」

「何仙姑？」

「是你告訴的。你自己喊的。現在差不多熟人都知道啦！」

「大宴！」小童悲哀地說：「我實在想表演一次守秘密！這回又完啦！」

「你的事就天生的秘密不了。這是上帝厚待你！」大宴想起他說的那些什麼接近上帝的話來：「金先生把錢遞給你時你就一嚷。沈家姐妹就猜了個八九分，用話一試探，偏偏你就口袋也是漏的。真洩氣！」

小童一聽，忙去口袋裏一摸，錢不見了！他慌了起來。大宴說：「你起來各處找一找呀！丟不了，準是順手放在什麼地方又忘了。怎麼？蹲在地上不肯站起來？」

「我沒放在別處。」小童說：「一定在身上。」他還是蹲著。

「你右邊口袋裏是什麼鼓著？」

小童伸手往右邊口袋一摸。有了。他笑著說：「我想起來了。昨天沈葭替我縫好了兩邊的口袋。本來我右邊口袋早漏了，很久不裝東西了。昨天裝了進去。所以今天想不起來。」

「那你昨天怎麼想起裝進去的呢？」大宴問。

「我為了要養成新習慣，好利用兩邊口袋。」

大宴又大笑起來：「現在又有一個新問題。你為什麼一直蹲在地下不起來？」

「我和弟弟玩。」

「那麼，我來替你放鴿子。」

「鴿子已經放了。」

「哦！」大宴說：「你原來不怕我這一計。我索性拖你起來罷。」

「別！別！」小童忙喊：「我起來，你可別笑我。我今天特別有事！」

「我早知道！」大宴說：「就是要你一句老實話。誰叫你裝什麼腔？」

小童站了起來，大宴一眼就看見他腳上有一雙灰色運動襪子。他的褲管很寬。然而很短。蹲著看不見襪子，站著可清楚極啦！

「我今天作客！」小童又是笑嘻嘻的了。

「一早就把臉洗了？」

「洗了！」

「白費事！」大宴說得確確鑿鑿的。「電影是下午才開，到那時兩手，一臉，準又都是髒的，還得重洗！」

「我就重洗！」

「你哪裏來的襪子？」

「喝，箱子裏翻了一早上！不過有一隻是破的。」小童就像對自己說似的：「左腳的不破，左腳的不破，左腳的不破。記住了。」

「又是什麼鬼？」

「練練記性。」

「這裏還有毛病。」大宴說：「你又離上帝遠一點了。近來你已經快找不到上帝了。」

小童忽然想了起來：「到底是你怎麼就把我的大秘密知道了？」

「一共有三條路線！」大宴像發表演說似的：「第一，你一嚷，何仙姑在場。宋捷軍打完球去找何仙姑。何仙姑和他兩個都是沒話可談的，就這麼一講。他聽了，很得意，就到處講。他告訴周體予，說晚上不來喫飯，說他見到了何仙姑，就順便搭上這麼一句。周體予聽著好玩，喫飯時就告訴了傅信禪。傅信禪和馮新銜一桌喫飯，當然知道啦。他兩個一塊去泡茶，我去晚了，傅信禪已經走了，馮新銜一個人在看書。我兩個喝完茶走時，馮新銜說叫我給錢，他口袋裏剩的一點兒錢要今天喫早點用。我給了錢出來，他說若是你在場就好了。我問是怎麼回事？他說是你得了金先生給的暑期工作的錢。又告訴我這一大串。回來，余孟勤看見我，問我看見金先生了沒有？我說沒有，他關照我說金先生對他講你用錢太沒算計。他怕你暑假裏功課少淨玩，錢就用得快，故意積到開學時給你，怕你開學愁錢念不好書。又知道你愛請客，怕人敲你，所以給你時還來個暗手法兒。偏偏你一下子就弄穿了！他笑得不得了，說叫我替你管著點，這是第二條路線。怎麼樣，老法子？」

小童的錢一向是放在大宴那裏。大宴管著他用。大宴比銀行還好。並且他也不能存銀行，他的事永遠沒有固定準兒，說不定什麼時候用，又老是記不住銀行辦公時間。大宴總是早替他想好了，按時給他。他常常奇怪地說：「大宴生活兩個人的生活。」他想起老法子來，就把錢遞給大宴。大宴一看，不少。又數出一部份給他，說：「下午去看電影時候請伍寶笙幫你挑一雙鞋。這雙破得不值得再補了。」

「哎呀！你真行！早上我還想著下午買鞋呢。給你錢時就忘了。」他又接過那一部份來：「這次買鞋該算是我自己想起來的！我早上確實想了半天！」

「你的事沒有半件不在別人意料中的。別人猜不到的你又早早鬧得滿城風雨！」

「冤枉！冤枉！」小童喊：「最近我確實是好多了。這回錢的事還不是都是別人說的！」

「慢著！」大宴說：「我要先說這也不是什麼壞事。好了，我將纔只說了兩條路線，第三條，是你自己得意時告訴人的。得意的時候小心撞了別人的傷心事。想想！你昨天對誰說了？」

「我已經想到了。」可憐的小童慢慢地說：「朱石樵不高興了？」

「他不會的。他跟你很好。不過你昨天太得意了。」宴取中真不忍說他：「你請他喫東西不要緊，何必說什麼暑假應該工作！什麼抄論文也可以長見識之類的話？他現在窮得要死。又偏偏暑假中本來也有工作可做，可是你知道他是忍受不了抄書這種工作的。」

「我真是沒有壞心！」小童痛苦地說。

「我當然知道。他也知道。」大宴說：「可是人做事到這一步還不夠。比方說你心上不願意叫他難受，你就該在沒壞心之外再加點好心。用點心思作人罷！如果你本心並沒有想叫人難過。蓄意不算成功，成事才算成功。」他還想說：「這也不算離上帝遠。」不過他不忍說了。

「我真是不成！」小童說：「大宴！他現在窮我也不知道。怎麼也看不出來？」

「全像你呢？」大宴說：「什麼都叫人看得出來！」

「我想，」小童眼光灼灼地說：「我不買鞋了，把錢給他！」

「又來了。」大宴笑了：「昨天晚上聽了余孟勤的話，找你找不著，你就已經請了客了。你晚上又沒有喫東西的習慣，他是夜晚用心思的人，喫了不消化的。兩個人喫那麼些是幹什麼？現在又要把錢給人了。你給得起？你晚了一步，我一早已經給他了。」

小童聽了，放了心，就不想這件事，他說：「好險。我又差點忘了還周大媽上個月豆漿錢。」他是聽了大宴的話把早點包給周大媽的，這樣免得他沒錢去喫早點時就挨餓。不過這並不妨礙別人請客；蛋另算錢，豆漿照價扣除。

「走。」大宴說：「今天我請你喫罷。把下月的豆漿錢也給了。晚上回來有新鞋給我看就行了。」小童把德文文法從窗子丟進屋去就一同走了。

下午三點鐘，準準地，小童到了南院。他沒有錶，他足足看了五次南院門口警衛室的鐘。他找到周嫂。周嫂說：「找伍小姐？」他點了點頭。周嫂早已往裏走了。

伍寶笙下午沒去試驗室，她喫了午飯就躺在床上看一本書。藺燕梅一直到兩點鐘還沒有來，門一開史宣文倒來了，提了個小包，順手扔了個小扁紙盒給伍寶笙，正打在她身上。她「哎呀！」一聲，翻身起來，一看是一盒紙牌。

「新橋牌！」她喊。

「我叔叔送我的。」史宣文說：「昨天我和我叔叔一邊，我父親和我弟弟一邊。叔叔說，我們贏了牌就給我，他們贏了就給我弟弟。叫我給贏了來！」

「咱們來玩！」伍寶笙說著就往外跑。

「人不夠呀。」

「我這就是去找人去！」她說著跑了。她去找沈蒹沈葭，正好范寬怡在那兒。她說：「小范你也來。我三點鐘有人來找。到時候人就不夠了。」

「我這就出去。」小范神氣地說：「我跟哥哥去看『樂園思凡』！」

伍寶笙就跟沈家姊妹來了。一進門，史宣文就說：「這屋子怎麼漂亮起來了？」

「來了漂亮的人啦。」伍寶笙說：「藺燕梅，這個床就是她的。小孩兒，才好呢。我真想我自己怎麼就沒有個妹妹！」

「藺燕梅！」沈葭說：「我還沒看見人，耳朵已經裝滿了她的名字了！」

「是什麼樣兒？」沈蒹說。「怎麼不在屋？」

「念什麼系的？」史宣文一邊把花瓶拿開。一邊戴上了一副大眼鏡。

「外文系！」沈葭說：「我早聽說了。外文系男生有好些個都準備著了！」

「別糟蹋人！」伍寶笙說。她們一邊坐下來打橋牌，一邊談話。談的全是藺燕梅的事，伍寶笙處處說藺燕梅可愛。沈葭說：「夠了。已經說得成個公主了。我大概今生不會見到這麼個美人了。」

「你至少至今不曾見到過！」伍寶笙淘氣地把嘴一撇：「而且我一直覺得她就是白雪公主。」

「哼！」沈葭嘆氣說：「白雪公主！我就是愛那樣的人！寶笙姐，你叫我認識她罷。這些男生裏那裏有人配愛她！」沈葭是個好心眼兒的女孩子，她又淨是些不著實際的幻想。她並沒有看見藺燕梅，依她這性情單憑「白雪公主」四個字，加上一點她自己的幻想，她就能若醉若狂地愛這個人。伍寶笙不會這麼快想到愛情的。沈葭卻是專門聯想到鴛鴦蝴蝶的夢上去。伍寶笙看了她這個癡神氣就說：「你跟那些男生醋什麼勁？今天她一定會來。來了你認識她還難？她也一定喜歡你。我看你們性情倒一樣。」她們說著話已經打完了一個雙局。又開始第二個了。

這時門上一響，不等回答進來了一個人，身形瘦瘦的，短短的頭髮，布衣裳，可是一片聰明神氣就從兩個眸子裏向人逼射出來。

「凌希慧！」伍寶笙說：「來得正好。我恐怕馬上就出去了，已經三點多了。你替我打。」她站起身來：「我叫了兩個黑桃，是我第一個叫。」

「我正是來找你的。」凌希慧說：「童孝賢在門口找你，周嫂叫我替她叫你的。」她說著坐下來：「這個叫法不好。你怎麼叫得這麼高？我改成一個好了。」伍寶笙和史宣文是一邊的，上一個雙局她們輸了。史宣文玩和念書是同樣用心的。她看見精明的凌希慧把伍寶笙替下來心上十分高興。她說：「我們要贏回這一個雙局。」

伍寶笙一邊攏頭髮一邊笑道：「老姐姐，對不住，等等叫凌希慧來贏罷。我去看電影去了。」

「就是你鬼機靈！」史宣文說：「一句話也逃不過去！」

「所以啦！」凌希慧說：「她天天說我口齒逼人，自己也是一樣。」

「我是跟你學的。」伍寶笙一直是微笑著。凌希慧卻不多說。

「看電影？Garden of Allah？小童請你？」沈葭說。

「我請他。」她一邊說一邊走了，順手披了一件夾外衣。她身體長，穿的外衣是件男人西裝樣式的，顯得很英武：「我帶點心給你們喫。」

她走出去了。沈葭說：「伍寶笙身材好，穿什麼衣服都好看。」又說：「怎麼聽她說起來，那個蘭燕梅比她還好看？」

「什麼好看？」沈蒹正作牌，她抬起頭來問：「『樂園思凡』？我看並不好看。你怎麼今天又說起好看來？」

「伍寶笙！」沈葭說：「我說蘭燕梅不會比她好看！」

「我根本不信什麼蘭燕梅是會那麼個樣兒！她不定又弄什麼鬼。」沈蒹說。史宣文聽了說：「不會，伍寶笙神氣是說真話的。」

「打牌不打？」凌希慧說：「一天到晚好看不好看的！」這時沈蒹才發現凌希慧的這一局已是贏定了。

伍寶笙同小童一道走出來。一路走著，一路計劃都作些什麼事，他們說好的兩件事之外，伍寶笙想在過光華街時順便看看商務印書館有新書沒有，生物系專門期刊閱覽室是由她管的，她也管收集圖書。他們從翠湖中間穿過去，到了翠湖東路的頭兒上，上了青蓮街的大坡，走完華山西路，南路，到了正義路。伍寶笙忽然向小童說：「金先生把暑假你抄論文的錢給你了？聽說還不少呢？」

「怎麼啦？丟啦？」伍寶笙喫了一驚：「沈葭說她為給你縫口袋還把手指頭尖扎出血來了呢！」

「嗨！」小童嘆了一口長氣。

「不是丟了。」小童說：「大宴說我一點什麼事全鬧得滿城風雨。」

「嚇死我了。」伍寶笙也鬆了一口氣：「我說，還是小心一點兒好。別真丟了，又是滿城風雨。你的口袋靠不住。我昨天替你想想。分出一部份來買一雙鞋。瞧瞧你腳上這雙破鞋！那一部份交大宴給你收著！也用不著存銀行了。」

「完了！完了！」小童跺著腳索性不走了。

「又是怎麼啦？」

「我的事不但一釘點也出不了你們算盤，而且也都用不著我自己想啦！」小童說：「大宴早上說的就是這麼一套！我已經全照辦了。給你！那一半已經在大宴那兒了。」說著把錢掏出來給伍寶笙放在皮包裏。他說：「我滿想自己記著買鞋的，偏偏又忘了。」

「錢帶出來了，好。馬上買。」伍寶笙說：「走，那邊就是一家鞋店。」

伍寶笙替他挑了一雙最堅固而不算頂貴的鞋。叫他試，他坐在那裏發起呆來了。伍寶笙說：「試呀！」他說：「別吵。我想想看。」

伍寶笙低頭一看說：「咦？今天穿了襪子？」他聽見不好意思起來。店裏看見這麼一個漂亮的女顧客，就有兩三個閒店員過來看。

「還說襪子！」小童氣憤憤地：「我就是在想是哪一隻襪子不破！」一句話大家哄然笑了起來，弄得伍寶笙臉上紅成一片。小童說著脫下左腳鞋來，襪子並不破。他更生氣了：「早知能碰巧，也不在傻想了。」一氣，把兩隻鞋都脫下來。把襪子扯了。扔在地下。大家又笑，有人還故意高聲怪叫。

伍寶笙說：「算了，算了。」便把皮包挾在腋下，蹲下去把新鞋替他赤腳穿上。一看剛剛好。說：「就是這雙罷。」便付了錢。小童找著那個怪叫的店夥說：「怎麼樣？沒有見過破襪子？送給你罷！破鞋也不要了！」那店夥氣得要命，漲紅了臉卻不會說話。店主人是個老者，走出來，向小童道歉，把那個店夥喝退。伍寶笙向小童說：「走罷。你專門替我惹事！」

走過了光華街口也忘了去買書，就一直到了南屏電影院，看見已經開門賣票了。伍寶笙把錢交給小童。小童去買了票來。看看五點才演，還有大半個鐘頭。座位買得很好，兩個人都很高興。小童說：「雞油大湯元！」伍寶笙笑著說：「你就是喫忘不了！」兩個人就去喫。小童要兩碗，一下子喫光。伍寶笙才喫完一碗。每碗四個。伍寶笙看了小童笑笑說：「不夠罷？我今天也能多喫一點。再要一碗，我分你兩個好不好？」「你真能猜我的心思！」小童讚美地說。

時間差不多了。他們去看電影。果然如伍寶笙所說，表演得十分好，尤其是描寫那個男主角從修道院逃出來，那些複雜心緒，描畫得深刻。他一方面不耐修道院生活，一方面又適應不了外面的環境。那個女主角的性格和心理因那個滑稽的導遊一襯也十分引人深思。那沙漠的景致，土人的習俗，還有那無邊大漠上的風！那大風！那無處來，無處去的大風！一直敲在看的人的心上，使他們感覺出神的力量。在末尾，男女兩個又各自回到修道院去時，看的人反倒才覺得心安似的。這樣一部片子又偏偏是天然五彩的！小童看呆了。伍寶笙說：「宗教的力量在中國日常生活不大感覺得出來。難怪沈蕙她們說不好。其實應當用人家的眼光來看。」

「沈蕙沈葭這種地方不大成。」小童說：「沈蕙還念歷史呢。光念筆記本兒！朱石樵比她強得多了。」

「對話也特別好。」伍寶笙說，她的英文是出色好的。

「那個男的有時嘟嘟囔囔地我也聽不清楚。女的聲音真好聽。」

散了場大家往外走。小童看見前面是周體予、傅信禪、馮新銜三個人。跑過去叫在一起。他們三個是聽了朱石樵的話來的。這時伍寶笙也看見了范寬怡，和一個高大衣飾整齊，相貌也挺聰明的年輕男孩子在一起，那個男孩子直向伍寶笙看。伍寶笙覺得彷彿見過卻不認識。小童說：「范寬湖！伍寶笙你認得他？」她低聲說：「哦，我認得的是范寬怡，他的妹妹。」這時范氏兄妹走過來了。范寬怡看見了伍寶笙就說：「伍大姐，這就是我哥哥，五哥，范寬湖。」伍寶笙和他拉了拉手，就把小范介紹給大家。小范要介紹她哥哥。小童說：「不用了，全知道了。」就去拉了手，他轉身向伍寶笙說：「范寬湖你一定見過。去年我們春假遊路南石林。宋捷軍他們和同濟打球，被人一把，不留神，給來了個大跟斗！就是他，他身體多好！」小童實在羨慕范寬湖的身材。他自己比伍寶笙還要矮一點。

周體予便笑著向范家兄妹說：「你們全是學地質的罷？」

「我學物理。」范寬湖說：「她學地質。」

「咦！你怎麼問得這麼巧？」范寬怡奇怪起來。

「地質調查所范教授我是知道的。隨便問一句玩。」周體予說。

「你怎麼認得？」小范接著問。

「我們有一次野外工作比賽，是由范先生評的分數。他還給過我一封信呢。」周體予是厚樸、謙謹的人，他客氣的說。

「周體予。」范寬湖對他妹妹說：「寫『昆明地理』得第一的，你忘了！」他又對周體予說：「我父親還有一封信叫我們帶給你呢。大概是收集材料的事。正好遇見了。」大家談得起勁，小范尤其高興，邀周體予三個一同走。因為小童和伍寶笙要去書店找書。他們一幫人便走了。伍寶笙回頭看看對小童說：「范寬怡是個厲害腳色。你看著罷。」他們兩個又往南走下去了。

剛走了幾步，小童說：「伍寶笙，我實在餓了。」

「我說你這個肚子真厲害。」她說：「你喫的湯元抵得過小飯量的一頓飯了！」

「你餓不餓？」

「我也有一點。」

「別說了。」小童看見一家小館拖了伍寶笙便進去：「乾脆。」

他們喫著飯，小童想起採了一下午花，報酬竟如此豐富。又想起和大宴說過要請她一次的話，就看了她笑。把人家笑糊塗了。

「不許這麼個傻樣子！」伍寶笙假作生氣說：「也不管這兒有多少人！」

「大宴說我該請請你了。可是又不許我專門去請你，怕弄得你不好意思。現在我想不是正好嗎？」他快樂地說。

「大宴淨不教你好事。」她說：「不過這話倒是該教給你的。這樣罷。今天不算數，全算我的。下回你正經來請我一回。」她玩笑地說。其實小童想請也辦不到，錢在伍寶笙皮包裏。伍寶笙拿著皮包對他笑一笑，又說：「今天臉也洗得乾淨，居然還穿了半天襪子，要不要我告訴你應該打扮成什麼樣子去找女孩子玩？」

「我不找女孩子玩！」

「那也不行。」伍寶笙太懂得這小孩子的心理了：「明年二十歲是不是。我幫幫你的忙。」她又馬上感到她對這小孩子一經提起，便無從放下的責任。

這時小童仍在想大宴教他如何做人等等的事，他見了大宴，一切便是大宴，見了伍寶笙，一切便都是伍寶笙。有時，他把兩個人的意見也比較一下，他就有更多的收穫。這時又是一個問題到了他心上，這問題他曾想了昨天一晚上，現在又差點忘了問：「伍寶笙，又有了問題。昨天中午馮新銜給我說，說一個學校的校風，是英雄崇拜式的，那英雄之一切，就是校風。」他說時，心上的英雄就是她、大宴、余孟勤、朱石樵這些人。

「那意思就是說，崇拜運動選手的學校，校風是運動好。崇拜風頭人物的學校，就顯得氣質淺薄？這話是對的。」她說。

「對了。簡直就對。並且，這話當然也包括英雄可以不止一個的意思。一個英雄也不見得便代表所有的英雄性。」

「當然。這話都對呀！還有呢？」

「他又說，群眾，庸庸碌碌的一般學生是無作用的。他們不過是納稅人。每人只納一點稅來建造那名譽的宮殿。這宮殿是攔阻不住要被建起來的，一兩個人反叛也不能成功。」

「當然。而且這宮殿的建築是個合力。每一份小力量也都有他的意義。或是改了宮殿的外形，或是創造力的方向。這宮殿之成功，不管你喜歡他不喜歡，他是最穩固的，因為他是最公平的產物。」

「照你這樣說，他的話都對。」

「都對。」

「沒有別的了？」

「有。他是對，可是不完全。不過也難說，這是我們的意思與馮新銜的意思不同的地方。拿他的性格、態度來說，他的話是全了。」

「還有，昨天我們摘花時……。」

「哈！你可要露馬腳了。我早知道了。我沒問你呢！要不打自招了。」

「什麼？」

「你是一個去的嗎？」她說：「我說好不叫別人進去的。」

「是大宴。沒關係罷。伍寶笙，全虧他才把花採好。」小童知道她不會怪他：「不過你怎麼知道的呢？」

「有耳報神。不管這個，你先說你的。」

「大宴聽了我把馮新銜的話說了一遍，他說那太消極了。他說，還有一種人是工程師，這些人必是個性極強，又極明顯的人，他們指導納稅人工作的方向，他們領導納稅人。納稅人比方是一條牛，他們是一根細繩。牛很可以把這細繩弄斷，可是它卻被這細繩牽了鼻子走。細繩自己作不成事，可是有力的牛一到，地上便深深的耕了一條溝。」

「大宴比馮新銜積極些。」

「話是這麼引起的。」小童說。他想說他力勸蘭燕梅信賴保護人制度的事。可是蘭燕梅的倩影驀地上了他心頭，他呆了。「我們早上在陸先生花園裏遇到了一個新學生。」

「還有她一家人？」

「你藏在花裏了？」

「用不著。蘭燕梅和我住同屋。我全曉得了。」

「那樣全省事了！我還知道你是她的保護人。」小童說：「就為了宋捷軍他們說打倒新制度嚇著了她。我拚命解釋。馮新銜說很不必。宋捷軍如果失敗，那麼在這一點上說起來，新制度就是校風。他如果成功，就是他的納稅人多，他就是新校風。我是多餘的。不過頂多頂多是一個大的納稅人而已。大宴說的簡單，說金先生提倡新制度，他便是工程師，是牽牛的繩。我是打牛的一條鞭子，如果誇張說的話。伍寶笙，這樣就完全了麼？」

「依著這條線兒想，只能想這麼許多。」她慢慢地說：「他們思想的方法很好，走直線，你得學一學。不信，你就聽聽剛才你說的話，多亂。換一個人未必能懂。走直線是第一步，是學著思想的保險辦法。」

「你的意思是他們說的不完全？」

「我只要替你說一句話就夠了。」她用手指了小童說：「你不祇是一個納稅人，或一條鞭子，你在納稅，出力之外還是個保衛這牛，這細繩，這耕出來的溝，這整個宮殿的一個兵丁。」

「真好。喨，真好。」小童說：「不然我冤枉死了。不但我一個人冤枉死了。很多這種一片熱心腸的人全埋沒了。他們愛護一件真理，常常甚於愛他們自己。他們不能忍受外力對這整體的摧殘，更要自動的去打退毀謗。得失利害，他們全不計較，他們一片真愛是沒來由的！」小童嚴肅起來。

「別停！快接下去！看看還有什麼收穫！」

「不止有兵丁，有義務宣傳的人，並且有專門去發現的人，如同海濱上清晨去拾海星、貝殼的。有肯用自己的血液去培養一種動物幼苗的人，如我們試驗中用血液培養心臟的橫紋肌，還有人肯在惡劣環境下去保護他所相信的使它能以渡過這一陣攻擊，如細菌能有胞子的厚衣那樣，然後在環境良好時，把它發揚光大，保護的人或已經犧牲了，像春秋時候的故事『和氏璧』！」

「兵丁有時候也犧牲了！」

「犧牲了正好。犧牲本身竟是一種快樂，又是他個體的目的！這話並不激烈，因為他用犧牲給了他自己生命以意義！這一切是無法攔阻的。因為那愛是沒來由的！」

「我給你個大動章罷！」伍寶笙看他太興奮了：「你已經打勝了一仗了。你本了這沒來由的愛已經做了一件好事。就因為你不打算得報酬，所以你也不去找你所作的事的結果。可是，我，一個旁觀者卻發現了。」

「我！」

「是你！是應該嘉獎的！昨天蘭燕梅從心裏說出她覺得聯大的學生好，她是從心上覺得的。因為你們在花園裏真摯地同情了新學生。我想，有另外一點，你也未必覺得。新學生是應該受愛護的，至少不是開玩笑的對象，因為每一個學校都是新生的，不是舊生的。你看，她將在這學校裏生活四年，而我只今年一年了。」

「我只三年了。」小童想想三年仍是個夠長的時間，所以還很快樂。他又說：「每一個學校的舊生若全像疼自己兒女一樣疼他們的新生，他們就是保養教育，保護國家，救人類。」

「順著這條線兒想，到此地已經夠了。」伍寶笙好像看著孫悟空那隻胡鬧的猴子在手心上展本領：「咱們再談『樂園思凡』或任何一件文藝上或人類幸福上的勞蹟，你怎麼說呢？」

「那就是只有真理是目標，盲目的群眾或者親手殺害了他們的領導者，然後又走上了領導者留下的路。同時支持這領導者的人一定也有；也許同時代而不相聞知，也許連時代也不同。他們也都肯沒來由地犧牲。他們人數太少了，能認識真理的才有幾人呢？而世界這麼大，人類彼此又這麼隔膜，時間又是沒頭沒尾的。這幾點燐光浮在這無邊的黑暗裏便難相遇了，所以哥白尼、蓋里留、倍根、馬丁路德，一生苦況還該算幸福的，因為還有人知道！『樂園思凡』有朱石樵宣傳，有我們贊助。不知道的人說我們所為何來呢？我們卻得了無上的快樂。」

「話說得真亂，可是我明白。再問你，那麼個人的毀譽呢？」

「正像一本名著一樣，走同一的命運。作者本人很可不必介懷，那種偉大的靈魂本身已是整個人類的財產，不是他自己的了。上帝假手於他去顯示一個奇蹟罷了。」

「他也要作一個鬥士去衛護他自己了！他若自暴自棄，他是毀壞世界的產業！他無資格這麼作的！所以『天才』是『苦工』的天生領受者！」

「所以，」小童快樂地說：「『文章本天成。』」

「『妙手偶得之！』」她接上去。

他們喫了飯出來，看看時間不早，天已全黑了。便不去買書，慢慢走回來。小童看伍寶笙在尋思些什麼事，他也就不說話，走到南院門口，要分手了。小童說：「再見！我們今天說的那種：『文章千古事』的感覺，真是太美了！」

「我就是要告訴你這件事。」她說：「這是一種自然現象，無所謂好，或者壞的。你不見無聊的人們捧戲子嗎？那個勁頭兒也差不多呢？」

「壞了！」小童說：「又夠我想一晚上的了！」

「再見罷。」伍寶笙說著從皮包裏把剩下的他的錢給他：「拿著這個，用不著交給大宴了，學著自己管錢。」她笑了一笑走進南院去了。

小童一個人不會慢慢走，要不就跑，就跳著跑，要不就站著發呆。他覺得非馬上去找著一個人談談不行；大宴，朱石樵，馮新銜。今天頂好是找余孟勤。因為余孟勤比他們全懂得多。他想大概到鳳翥街茶館裏一定可以找到幾個。於是撒腳就順了文林街向大西門跑去了。

出了大西門，沿了鳳翥街往北跑，到了沈氏茶館，老地方，老座位，幾個人都在，還有宋捷軍。大宴臉向外坐著，一看見他衝進來，說：「站住，先別坐下！」大家一齊都看他。他站住了，大宴站起來，隔了桌子看看他腳上果然是新鞋，奇怪地說：「我見你手上沒拿鞋盒子，以為你忘了。那麼舊鞋呢？」

小童便講買鞋時那些氣人的事，大家都笑。宋捷軍說：「新鞋踩三腳！」便要踩，又不及他躲得快，踩在地上。大宴說：「伍寶笙也真是的，她就肯叫你把舊鞋丟了！下一場雨你不就又完了？」小童說：「若不是她，我險些又忘了買。」余孟勤說：「你們要這麼想想當時情形，那種亂烘烘裏，她又那麼受人注意，她要快走是難怪的。」

「喝！人家伍寶笙給小童穿鞋！」宋捷軍把眼睛瞇成一條縫說。

大家不說話。

「小童你真行！怎麼樣，今天晚上不用想睡著覺了？」宋捷軍又加一句。小童聽了不理他，他下不了台，想拍小童一下，小童早提防了，身子向前一讓，「拍！」一聲打在馮新銜背上。馮新銜和宋捷軍又同鄉又是中學同學，他最喜歡和宋捷軍開玩笑。宋捷軍比較口齒鈍些，只能說天津話，不如學外文的馮新銜，偏偏能說各地方言。他挨了這一下，就又用天津話說：「怎麼樣，密特兒宋，咱倆又該買花生米去啦！走！」

「走也行，不過得找小童要錢。」宋捷軍說。大家都贊成，便由小童給了錢他倆走了。小童就講關於校風一段話的下文。朱石樵說：「馮新銜是道家者流，大宴是孔子，伍寶笙是耶穌，各人說本份的話無好壞可論。」余孟勤說：「不倫不類！胡亂比喻！不過自古聖賢多寂寞是真話。可是一個女人懂得這許多幹什麼？這在女人不是幸福的。」

「也不一定。」大宴說：「伍寶笙的頭腦天生合邏輯。她是聰明。她也未必一天到晚想這些。何必咒人家薄命相？」小童聽了才放心。

「伍寶笙相貌一點也不薄命。薄命相的人是輕飄飄的。」朱石樵是喜歡些玄玄妙妙的東西的。

「伍寶笙不是輕飄飄地，誰知道？」宋捷軍正好回來了，他說：「你抱過她？」

「討厭！」余孟勤的聲音真是威風得很！宋捷軍作個鬼臉，老實了。小童本來想起了伍寶笙和蘭燕梅一屋，正想談蘭燕梅，被宋捷軍一句粗話嚇著，不願說了。

伍寶笙回到南院一心祇想到屋裏去看蘭燕梅，進屋卻只見史宣文在伏案用功。她走近一看是替金先生校對《佛洛依特釋夢研究》。她看見電燈離桌子太遠，順手給弄到一個合適的距離，說：「老姐姐，你的眼睛再不愛惜點，你那副眼鏡該換成小酒杯那樣兒的了。」她們管金先生戴的那種深度數的近視鏡叫作小酒杯。她又說：「蘭燕梅，咱們的新同屋回來了沒有？」「還說呢！就為了等她，我打完了橋牌也一直沒出去！一校這稿子不要緊，飯鈴也沒聽見！」

「你還沒喫飯？」她吃驚地說：「快！出去喫米線大王去！我陪你。別又鬧得胃疼！」

史宣文吐了一口長氣，站了起來，她用功過度，身體不大好。不過她不摧殘自己健康倒是胖胖地。她說：「咱們帶上凌希慧她們。兩個人喫沒意思。我請客。」便去找了凌希慧，又找了沈葇沈葭。沈葭說：「再帶上我妹妹。」她們又去找小范，她未回來。

她們走了出來。史宣文說：「我們後來一連贏了兩個雙局！」

「別氣她。」凌希慧說：「看把她氣著了下次不和你打，你又要去求她！」

只要是在雲南省就不論哪個小縣份，小鄉村裏都不難喫到三樣用米粉作的食品。依本地土名叫來是：「米線」，「餌鈌」，「捲粉」。「鈌」字讀如「塊」，吃食店裏都用這個「鈌」字。「捲粉」，讀如「剪粉」，這是方言的關係。三樣東西的做法在起初都差不多；先把白米淘淨，煮一過，只要煮熟，不必煮爛；搏在一起，成了軟軟的一團。做米線時，只消把它從有篩孔的板中壓過，那有平常粉絲泡開了那麼粗細的一條條的白線，就是米線。不做成線，把它整個像做豆腐乾那樣樣壓成磚樣大一塊整的，也差不多有磚那麼硬的東西，就是「餌鈌」，餌鈌平時要泡在清水裏。喫食再取出來切成片，或絲。不用時一定要泡在水裏。切好的也至少要用濕布蓋上，否則它失去水分就會乾裂開來。捲粉是把已成米糊攤成薄薄一片有一個蒸籠那麼大的一張餅。再蒸一下，然後捲成一捲。用時橫著切下一截截的來。三種東西都可以有各種喫法，放的作料卻差不多。有肉末的，叫做川肉，有燜雞的就叫燜雞，這兩種喫法最多。比方川肉米線、燜雞捲粉之類，都是有湯的。此外炸醬的，紅燒羊肉的等等不一而足。餌鈌因為是硬的，所以還有炒餌鈌的喫法，味道不讓炒年糕。這些喫法全有很多辣椒在內。初來雲南的沿海省份的人多半有點不習慣，但是用不了多久，他也會由兩腿走進隨便一家小米線館：「來碗川肉米線！」看大師傅在用手抓作料就說：「少放辣椒。」大師傅若聽不清楚，小伙計幫忙喊：「免紅！」「免紅」就是免辣椒的意思，他就要抗議：「要辣椒！」很自負地，又順便饒上一句：「多青！寬湯！」那「寬湯」的意思就是說：「只要湯多點，有辣椒也不怕！」「青」是說青菜，這菜則要看季節而定，春秋是豌豆尖，夏冬是菠菜，什麼都沒有時，韮菜是一定有的。雲南青菜是四季皆多的，在冬季喫一碗雞絲豌豆是一件平常的事。

喫法原則是如上述，在實行上也很有改變，有的學生愛出新鮮主意，他硬逼了人家炒米線來喫，結果炒成一鍋碎米粉，並且有許多乾胡了貼在鍋底上。這當然不便算做一種喫法。另外有一種冰糖餌鈌，或牛奶餌鈌，這也沒有什麼特別。三種吃食做法，原料皆差不多，故其不同之點實在是在感覺上，米線鬆輭，滋味易入，捲粉稍有韌勁，捲成的捲兒煮開了便如寬麵條兒。餌鈌最難嚼，可是也就是愛喫它那股子硬勁，覺得這才有個嚼頭兒。另外有一種餌絲。做就的絲，細得很，偏有餌鈌硬！是鶴慶地方名產。就比較難得要算珍品了。

三種吃食都是很便宜的。而且幾乎每條街都可以買到。文林街上有一家，原是在文林街一個叉路往南的錢局街上的。有一次大轟炸，燬了他的店，他馬上在文林街口又開一個新的。學生們喜歡照顧他，他也就特別討好。於是生意鼎盛，而有了米線大王的綽號。另外一家在南院東面，文林街，府甬道路口上。也有人捧，便是米線二王。為了地點偏了些，喫的人總不及這邊多。其實學生們正在年輕的時候也閒不下來去問什麼烹調術。無非是誰肯多放調味粉，誰的米線就容易喫得口滑，就愛喫誰的。

這些東西全是由一種小作坊製備好了，送到店裏去煮售的。一斤米好做斤半餌鈌，或一斤十兩左右的米線、捲粉。利錢全在生米和成品的差價上。小吃店就專在配料上打主意。這些年來物價日高，燜雞之中難得有雞骨頭，多半是肉，且是牛肉，不過蒜瓣是不少的。川肉則亂七八糟的肉全放進去。好在學生伙食中根本不見肉，所以米線大王生意依然興隆。而因此，他的炭火也更划算了。

史宣文她們一大群，不約而同往米線大王這裏走。似乎米線與大王是不分的一個名詞。再有便是這種館子甚小，女孩子也不願意到處去和別人混坐在一起。米線大王店裏是難得羼進非學校的人來的。她們一坐下便鬧成一片。要滷豆腐干，要燜雞湯中煮的雞蛋。又有的要把滷蛋整個煮在碗裏，有的要切了喫。免紅的，免韮菜的，多要煮爛的蒜瓣的，多要湯的，亂七八糟，也虧老板娘記性好，米線大王有耐性，全沒弄錯。沈家姐妹要的是米線，史宣文、伍寶笙要的捲粉，凌希慧說：「沒勁！我來碗餌鈌，什麼青啦紅的韮菜大蒜都要。燜雞餌鈌！」她們坐著喫得高興，一個勁兒的添。

伍寶笙問道：「沈蒹沈葭，你們帶的范寬湖、范寬怡兄妹是什麼樣的人？」

「那個范寬湖就是昨天見了一面，問他什麼他都知道，我想用不著我費心。」沈蒹說。

「我那個小范，更是精靈，也倒愛找人玩。今天大半天在我屋裏。」沈葭說。

「那個小范愛唱歌得很，我在她隔壁，聽她唱個不停，看情形似乎跟她同屋全弄熟了。」凌希慧說。

「她唱些什麼歌？」伍寶笙說。

「還不是些電影歌。」凌希慧說。

「她在我們屋就不大唱。她看出顏色來。」沈葭說。

「她怕喬倩垠不愛聽？」伍寶笙說。喬倩垠是個身體很壞的孩子，個性又鬱悶，一天到晚不合人玩。

「這個小傢伙是個厲害的！」凌希慧說。

「我就是要說這個。」伍寶笙說：「我們去看電影去遇上他們兄妹了。我越看她這孩子越不好惹。」

「沈葭你管不了她的。」史宣文這才開口。

「姐姐不是一定要管妹妹，有時妹妹神氣起來，也要逼得姐姐要強，這是保護人制度另一面的用意。」凌希慧說著大笑起來。

「其實念書是誰也不能替誰念的。這事不能靠人管。」史宣文說。

「這也不祇是說念書一件事。」凌希慧是決不讓人的。

「這孩子成績準壞不了。」沈葭說：「念書的事她聰明有餘。」

「不過也許就被聰明誤。」凌希慧又接了過去：「她的神氣彷彿是上了大學太興奮了。」

「對了。」史宣文說：「那個藺燕梅我等了一天沒等著，還不知道怎麼樣？」

「我們還不是也等了一天！小范都問起好幾回！」沈蒹說。

「告訴小范！請她放心！」凌希慧一針見血，尖酸地說：「比她好看的多！不過一樣：太嬌！」

「你嘴裏的人沒有十全的！」史宣文說。

「人就沒有十全的。」她反抗：「說別人十全，就是說自己迷了心竅！」

「別吵。」伍寶笙說：「你看見她了？」沈家姐妹也望著她。凌希慧說：「這還會是假的？我昨天一早在學校門口喫早點，看見她下車。那神氣是好，模樣可愛，多少人全看呆了。那個大個子聖人余孟勤，兩隻眼睛全直了。他們幾個人看得連豆漿都忘了接！不過歸根結底一句話：太嬌！」

「她下車？下什麼車？她有汽車？」沈葭問。

伍寶笙攔住她說：「她家有車。」又問凌希慧：「你怎麼知道就是她呢？」

「我還會放過？我心裏馬上記住了。一去註冊看見是我們系的，馬上就知道名字了。」

伍寶笙聽了，才知道藺燕梅一到校便有那麼一幕，她想：「余孟勤的眼睛有些太嚴厲，其實人倒滿好。不知道燕梅是不是也被他驚著了。」

她們喫完了。伍寶笙一看喫得太多，便搶先付了錢。史宣文也不爭。大家一路說笑回來，各人回到屋裏。她和史宣文到了屋裏看見藺燕梅還沒有回來，便準備睡了。史宣文說：「寶笙，真虧了你。我帶的錢不夠大家這麼喫的。」伍寶笙嬌嬌地笑了一笑。她在史宣文面前又像個妹妹了。史宣文比她才大一歲。

正準備去睡，大家鋪好了床，去取盆，準備下樓洗臉。門一開，藺燕梅進來了。

「咦！燕梅！你什麼時候回來過的？」伍寶笙喊。忙著介紹給史宣文。藺燕梅一身睡衣。披了件浴衣，手裏拿了盆。聽見忙放下盆，來和史宣文握手。

「怎麼你全換好了衣服，我們還沒有發現你回來呢？」伍寶笙奇怪地問。這時才細看出藺燕梅真是如凌希慧所說太嬌了。她站在那兒嬌滴滴的。

她穿了一身雪白有褶的寬大綢睡衣褲，又是繡了銀色的花。一件浴衣是薄絨的。深綠的顏色，寬翻領是白的，也都有小碎花。鬆鬆地繫了一根帶子。她似乎已經和伍寶笙十分親密了。稍微低著頭，臉上卻是笑著。她一邊用乾的輭毛巾擦臉擦手臂、頦子，一邊說：「我剛來不久，才洗完了。」說完又笑，又踢著她那雙小小的拖鞋。墨綠色拖鞋裏一雙美麗的孩氣的腳。這脛踝真白，細，像大理石的雕刻。

史宣文從來沒看過這麼細嫩的皮膚，華麗光澤的品貌，和那一對晶明清淨、水生生的眸子。她在燈下閃爍著像快樂之神的造像。又像一隻不避人的柔羽小雀。她隨身的一切無不好看；那薄薄的睡衣，雪白的臉盆，一塊方格花紋的新毛巾，肥皂盒。

「你怎麼，脫下的衣服也看不見呢？」史宣文也不覺和她親近起來，就這麼問。

「我疊好了放在那床單底下了。」她輕輕地說：「我想大概是睡覺以前床上都是要用床單蓋好，被子放整齊的罷？」

「哎喲！」史宣文喊：「才不一定呢！你看我們被窩兒全鋪好了。還有些人一天都不理床。」又向伍寶笙說：「人家真規矩。咱們也得學點兒了！」

「我說的不錯罷。」伍寶笙看了藺燕梅笑。藺燕梅又歡喜，又有點難為情便不說話。她又想起方纔喫米線時的事，又說：「有好些人等著看你呢！看你穿了睡衣，散了頭髮這個樣，不知要怎麼愛你呢！」

藺燕梅一聽，慌了。忙要換衣裳，說：「姐姐，是先生們要查宿舍嗎？」

「別聽她的！」史宣文抱怨伍寶笙說，又瞪她一眼：「瞧你把人家嚇的！明天再告訴沈蕃他們。以後同學，見面日子多著呢，值得這樣。叫凌希慧聽見又是話柄！」她又對藺燕梅說：「睡罷，我們下樓去就來。」

伍寶笙也不知道自己怎麼說了那麼一句興奮的話。她們下了樓又上來，看見藺燕梅已經睡在床的話來。

上。眼睛卻睜開等她們。伍寶笙說：「燕梅！你怎麼找到洗臉室什麼的？」她想起范寬怡那個孩子

「我昨天一來就先看好了。」她說：「那水缸真大呀！我真怕掉下去！」

她們上了床，一直不能睡。淨問藺燕梅的事情，藺燕梅的一切。她所會的，她所愛好的，及她的過去似乎全太好了。偏偏她又謹慎謙虛，故每件事皆不多說。倒是她反問了她兩位姐姐許多新生該知道的事。上課的事，選課表上那些課程的名字怎麼講。她問：「姐姐，歷史不就完了嗎，怎麼叫『中國通史』呢？」「為什麼我們念外文的，一年級除了英文之外沒有什麼有關係的課呢？」「為什麼又要念一個生物學或者別的理學院的課呢？」「為什麼不分班，光分課程呢？」「為什麼看功課表上老要跑來跑去換教室呢？」伍寶笙和史宣文都愛聽她的聲音，也都爭著給她解答。她們三個人一直快樂地說乏了，才一齊睡去。藺燕梅她自己並不知道，在她一覺醒來時便是全校師生心上惟一的紅人了。

學校不覺已經上了半學期的課了。每年上課時的學生們都是同樣地匆忙又快樂地從事一個學生應有的活動。新舍南北區，昆中南北院，多少學生，一天之中要走多少來回，沒有人計算得出。新的人，舊的人，都一天一天地把對校舍有關的景物的印象加深。又一天一天地，習慣了，認識了，愛好了，這校舍中的空氣，送他們出進校舍的鈴聲，早上課室內的窗影，公路上成行的楊樹，城牆缺口外一望的青山。一片季候風，一絲及時雨，草木逐漸長大，又隨了季節的變換而更替著榮枯。他們也因了忙碌，一天天地發展他們求知的結果，終於最末一場考試的鈴聲送他們出了校門。一任他們在辛勤艱苦的人生旅程中去回想，去戀慕這校中的一切。

他們熟悉了先生，師長的面顏，又認識了同窗、同室的學友，或是同隊打球的伙伴，同程遠足

的遊侶。吵過架的，拌過嘴的，笑容相對的，瞪眼相同的，都是一樣，走出校門時，只要有機會再遇上，便都是至親密友，竟似脈管裏流著同樣的血，宛若親骨肉。

師長同學也還罷了，他們甚至要想到那呆慢的搖鈴老工役，那表情比他手中的鈴的外表其冷酷，或無情皆不在以下。而同一鈴聲常是表示不同的情感的。他們也記得那送粉筆的老婆婆，她每當看見了一支粉筆是斷作兩截時，她心痛的樣子直令人以為是她頭上一枝玉簪折斷了。學生糟蹋粉筆若被她看見了她就會走過來，伸了手，要了去，收起。她那無聲的步子，沉默的手，慈顏的怒，誰都覺得是在受祖母的責備，便會慚愧地把粉筆頭給她。然而祖母是愛淘氣的孩子的。所以學生們偏愛在她看不到時用粉筆亂畫，使她到處去捉。她便想：「這些孩子多頑皮！不過他們會寫多少字了呵！」她便覺得不寂寞。

還有那衣服不合身的警衛。門口匆忙準備早點的小販。還有呢，還有洗衣婦和她身後的大筐子。球場上劃白線的小球童。甚至偶然捉到的小偷兒。還有，還有，他們都無法忘記。他們一天一天地叫這濃烈、芳馥的學府中的一切浸潤了個透！

終於，誰也免不了那麼一天。被送出校門了。笑著送出去，淌著淚送出去。甚至，是在另外一種原因下，不得不走，也許是無聲無息地偷偷走掉了。從那一天起，他便要重新去感覺人生了。那時誰能沒有感觸呢？有人要大哭一場。有人要拚命工作來增加這可愛的學校的光榮。也有人就嗚咽出一些美麗的文字來，讓它去激盪每一個有同感的人的心。讓他們時時不忘那些黃金似的日子。叫他們躲避引誘，尊重自己心上一片美感，逃免墮落的陷阱。然而這些感覺都是離了校才發生的。在學校中時那年輕的心對學問都是又貪婪、又無厭如幼小的獅子，又喜愛尋樂、遊玩如蝴蝶，更愛一天到晚的笑，笑得那麼沒有個樣兒，像黑猩猩！這也難怪，想想那年月，那生活，本來是快樂的。

半個學期過了。全校的人都熟悉了藺燕梅的一切。遠遠地便可以認出是她的身型。看熟了她的腳步，默察出她的聲音。學生們很多能背得出在一個星期六天之中，哪一小時，她是應當在哪一個課室上課的。也看熟了她那所有都是用綠色包書紙整潔地包好的書和筆記本子，她那拿了這些本子的手，那手是因了墨綠色包書紙之襯托便如綠葉上的一朵白牡丹。「她到圖書館去了！」別人如此耳語報告著。「她到系辦公室去了。」別人這樣傳說著，或者：「她今天上體育穿的是白短裙子！」有一個人說：「還有綠綢短袖的衣服！」另外一個人補充：「上面是小白點子的綠衣服！」更有人不忍忘下任何一件，即使是再細小的地方！

「她進城了。」「她回家了。」「她今天好像有點不舒服。」「她今天沒有喫早點。」「她今天上課先生問她問題了。」這樣的材料是誰都關切的。至於：「她今天在城牆缺口走出來時，我看見她跟伍寶笙撒嬌呢！」這樣一句話就會馬上使聽到的人屏息來聽取一個詳盡的描述。

談起她的人口裏都像是說自己的妹妹那樣喜愛偏疼。又像自己的情人那樣癡情，執迷，又像是自己夢中的一位女神，自己只配稱讚她，而也只能稱讚而已。

也就因為她像是女神似的出現在校園裏，所以才能叫大家不爭執地同來稱讚。

大家心上記掛著她，眼睛裏愛惜她，口裏念著她。她是這樣被介紹到大家心上來的。小童大宴他們在茶館中、食堂裏不是談起過藺燕梅嗎？就像這樣：「藺燕梅！」三個字就在許多人耳裏生了根。伍寶笙她們不是在米線大王描繪過她嗎？「藺燕梅」三個字就在大家腦子裏發了芽。金先生陸先生更是逢見得意弟子便介紹這個新學生，於是：「藺燕梅」三個字便在所有的人的心上開了花！因此藺燕梅在不覺之中，忽的一下子，為全校的人所認識。誰對她都同樣不陌生。

陌生的眼光常為同樣的陌生眼光所回答。而這種往來是誤會的開端。親切關懷的一瞥則是友情的先驅。藺燕梅在學校裏除了使她羞澀的那種驚羨眼光之外，她沒有遇過陌生的注視。所以她一進了這園地，便如一匹快樂的小羊。這裏跑跑，那裏跑跑，到處只有愛護她的人在等著她。

女同學們覺得宿舍裏有一個藺燕梅是她們的光榮。男同學中沒有一個人覺得藺燕梅有特別注意他的可能。所以無人來攪擾她的清靜。而她也正是對這種攪擾也還茫然的年紀。頂多頂多，她在攬鏡自賞時心上會因快樂而戰慄著。

藺燕梅常因她自己出眾的容貌而暗暗心驚。莫名其妙的恐怖著。別人也勝於愛自己那樣來關切她。運動場上向她飛來一個急球，或是看她騎在自行車上轉一個小彎，大家都屏息的守候著生怕上帝後悔他曾造了一個太美的女孩子，便把她的容顏姿勢再取回去。藺燕梅又偏偏愛玩。她網球打得最好。騎車又愛騎得快。駛出城牆缺口，滑向公路那一大段下坡路時，輕捷如燕子。

人家說得好：「『手如柔荑，膚如凝脂，領如蝤蠐，齒如瓠犀，螓首蛾眉。巧笑倩兮，美目盼兮。』我們無法把一些嫩草，乾油，蠶蛹，瓜子之類的東西湊合起來，產生一個美人的意象。但是：『巧笑倩兮，美目盼兮』八個字就馬上給了一個明亮的好女子的神韻。【註】」所以藺燕梅的膚色，鬢眉，及她綺麗的姿容，秀美的動作，聰明的口齒，嫻靜的神態只給了學生們一種圖畫。而真正叫他們無法忘的，是她生活片段各種動人的剪影。這些常活鮮鮮地在他們心上重演，差點跌交的一閃，仰首對那飛來網球之一擊。考試時課室上眉尖的一蹙。圖書館燈下凝神的一瞬。

學生們熟習了校中，校外附近一切的景物。這些便是在來日他們回憶學生生活時的背景。他們

【註】朱光潛論詩與畫。

也同時在心上刻下了藺燕梅的音容笑貌。在她身上也寄存大家戀校心情的一部。這樣無一人不覺得她是屬於全校的。大家對她的讚美如狂風下的小草，都是一面倒的。其中只有有限的幾棵大樹。比方朱石樵喜歡看相，自有一些相法上的講究。馮新銜說她今日是《哈夢雷特》裏的奧菲莉亞，將來也許是《奧賽羅》裏的德士黛夢娜。這也都只足以表示他們還未被大風吹迷糊。至於這話裏有什麼道理沒有，連他們自己也一笑置之。余孟勤說自古一個女孩子美到這步田地，便往往抵抗不了無窮竭的迫害。他便強調地說：「現在我們是學生。我們生活在學校裏，我們要竭盡本分的力量，利用良好的環境，造成個十全完美的故事！這工作本身原是教育。這故事傳下去便是講義！我們要打破命運的說法。一切皆事在人為！」

小童卻跑去和伍寶笙說：「你瞧，我說你頂會走路了。你身材夠長才夠走路的材料。從前校舍小的時候，看不出來。現在有新校舍了。你一走，多好看！多叫人看了舒服！」伍寶笙又像評閱小童的課業似的，好像忘了所描說的便是自己。她只不說話，靜聽著。她本也是無愧的。小童接著說：「那個小藺燕梅也走得好。可是走得多麼不同呀！她淨是變化。偶然的一跳一閃，手臂一舒，身子一轉，全說不上規律，說不上法則。不像你。可是也真好看。」

「敘述故事用散文。」伍寶笙說：「這種美在節奏上的意象，要用音樂來表示。至少要用詩。」

「你一個人走，便好看。有些女孩子不敢一個人在大家注視之下走一條大路。她會忸怩起來。她不有一個人伴她，女伴也好，才能走得成一條直線。藺燕梅也是能走得直的人。她有她的原因。她不曾注意到別人愛慕的眼光。彷彿太陽是為她照著，白雲是為她浮在天上的。她當然可以走得好。你是因為心細，聰明。走得好。因為你們各有性格，所以你們兩個人走，便如合聲；一個人走，也有獨立的韻律。你們走在一起。伍寶笙！真好看極了！」

「這就壞了。」伍寶笙笑著說：「一分析這美感經驗，你就成不了詩人啦。」

「我不是詩人。」小童說：「可是藺燕梅和你確是仙子。她來了，比得女孩子們都沒有了光彩。卻偏偏會依在你懷裏撒嬌。我想這樣的女神們全是從流水學來的腰肢，行雲教會的步法。那調和，靈巧的節奏，就像影子同花枝的不差節拍。」

「夠了！」她說：「說著說著詩就來啦。用節奏協調來理解動作是對的。可是『腰肢』兩個字太繪形了！其實自然界原本沒有不美的動作。小貓的爬，大貓的蹤跳。松鼠的攀援，飛鳥的展翅。哪有一樣是不好看的，還有你說的行雲流水。只有人，有的兩肩不平，也不注意是生活中什麼地方不對勁。肢體僵硬便索性不運動。不但慢慢自己舉動不美，不久也分不出什麼舉動是美的，什麼舉動是不美的了。」

小童當然不是詩人，藺燕梅也不是女神，她祇是個惹人憐愛的小女兒。引起小童一片讚譽的也就是這明淨伶俐的女兒心境。如果是天上一位女神下凡，那麼天人相隔，誰又關著誰的事？伍寶笙常在藺燕梅身上找出她所喜歡的小童的那一派真摯的情感。她常願有她在身邊。小童開學是二年級了。試驗室佔有了他。他也顧不得去找伍寶笙淘氣。藺燕梅便在伍寶笙那裏替了他。天天「姐姐！」「姐姐！」追著伍寶笙叫。

說起功課來，女孩兒在這一方面的聰明如何是很難判斷的。她們心靜下來，一塵不染時，真是冰雪聰明，竅竅通澈。一旦心上有了排解不開的事，那份糊塗勁兒又叫人生氣，又叫人可憐。她就很可能救也無從下手救地一瀉而下，再也掙扎不上來了。這種地方也難怪先生們喜歡粗手粗腳的男學生或是模樣平常的女孩子。說來也是，像伍寶笙那樣人品，獨往獨來無牽無掛地四年用功能有幾個呢？

余孟勤是個好管閒事的人。他先見藺燕梅竟有伍寶笙之美，心中不服氣，他想也許不致有伍寶笙那樣成材具。「一個小姐，一個嬌小姐罷了。」他想。而他是只看重學業成就的。不料他聽說，藺燕梅思路是那麼靈活，文筆又極敏捷。這些是天生的資質厚，也不談他，沒想到她為學態度正派，拘謹小心。只拿上課來說，她從不缺課，筆記是又整齊又乾淨。參考書必讀，圖書館按時去。因為她心靜，心專。事半功倍，人人誇獎。余孟勤耳朵聽得熟了。心想：「會有這樣的事！」有一天他見到金先生，便閒閒地談了起來：「金先生，保護人制度實行以來，才發現一個重要的問題。」

「一點也不錯。」金先生正在寫一些東西。一句話問在心上，便抬起頭來摘了眼鏡：「不但實行上有了問題，連這制度的名字竟都要改。」

余孟勤聽了大笑起來。他笑聲朗朗震人。口中一排嚴整的牙齒也都雪白有光：「比方說，沈葭帶范寬怡罷。一起先，很明顯地，這個小孩還沒有完全弄清她的新環境，她很聽話，也很柔順。這不過是她的一種表演罷了。現在她漸漸露頭角了，就不服人了。沈葭是個好姑娘，處處不防人。有時一兩句玩笑話，范寬怡不肯讓，她能尖酸地把沈葭說哭了！」

「你以為范寬怡的心理是怎麼樣呢？」金先生說：「這情形沈蒹告訴過我了。」

「我看。」余孟勤說：「也沒有什麼。她在家大概是驕縱慣了。又天生偏偏也有些可驕的地方。加上氣質不淳厚，便處處想爭強。不能忍受別人當面去恭維他人。伍寶笙告訴我說，幾次都是因為沈葭忘其所以地稱讚藺燕梅她便說刻薄話。」

「所以我想，保護人制度一個名稱竟不如童孝賢說的大姐姐大哥哥制度好。哥哥姐姐是可以叫弟妹氣哭的，但是對帶領弟妹不妨礙。」金先生笑著說：「不過你提起伍寶笙來，她倒是極成功的一個。藺燕梅不用說了，就像她自己的妹妹似的。又像是到大家心上來做她的替身的人。她明年畢業走了，大家心上可以不致空虛。蘭燕梅竟似她的小時樣子。至於她帶的那兩個弟弟呢，一個蔡仲勉，本來很害羞的，現在也很肯玩。聽人家說，他還參加比球，一定要拖伍寶笙去看。另一個薛令超，方纔還在這兒，到我們系裏來看雜誌。我問他：他的大姐姐好不好？你猜他說什麼？他說：『伍大姐真奇怪，什麼全懂，蘭燕梅學外文，那英文她教得了，我學國文，說話用字全不及她帶神。我看看心理系裏能找到什麼東西考考她不能！』他還說他母親要他把伍寶笙請回家去看看。是誰家的小姐使他們孩子誇成這麼個樣兒！她真能！就會把感情弄得這麼好！」

余孟勤看金先生說得高興，便也不敢攔。一聽見說到一個段落，忙引回他的題目上去：「伍寶笙是個成功的。男生裏也有些很成功的。說起蘭燕梅是她的小影兒來，我想起，蘭燕梅此後在學校的動態，是大家要代她考慮的。這是上蒼有意派的一件責任。我們不能失敗。她的處境已不甚好。」

金先生聽了說：「不過她現在很用功。她的心情大概還是很簡單的。我們不必插手。」

「就是這個話。」余孟勤鄭重其事的：「方纔提起的范寬怡便顯然有嫉憤的心理。那可以看得出來，不久或者今日大家所愛的人，來日為大家所妒！」

「這推理是可能的，可是太簡單了。」金先生說：「何致如此？這個關乎個人性情。以蘭燕梅的好性情來看決不致的。不過我們仍有工作可做，你說是不是？」

「就是！」余孟勤說：「今日蘭燕梅還是幼女的心理。我們要像看護一個危險期中的病人。要到她平安渡過了這時間到了伍寶笙那種有見地、有了解的境界。」

「你說應當怎麼辦？」金先生又問。

「我就是來向金先生問這一件事的。」余孟勤下了他的結論：「她現在非常用功。而她在別人眼目中又被看得很高，這種尊榮可以延續她用功的力量。很可能她今日如此是因為初入大學十分興奮，同時環境太新，使她覺得只有專心讀書是最簡單的適應辦法。我們乘此使她養成習慣，暫時不妨加重她功課上的負擔，一面灌輸學術尊榮的心理，不久，她習慣成自然，那時學業便是她的保護人。她可以有東西來維繫那很可能受到干擾的心了。」

「女孩子的心無時不是在受干擾的。」金先生說：「這是一種本能。你想用書本來轉移天性又何必呢？我們可以保護她叫她能保護自己。我們不必用學術來造成一個壁壘把她鎖在裏面。我們頂多可以引起她對課業的興趣，如發起文藝創作之類。不必教她帶髮修行！我說一句重點兒的話：我寧願看她成績平平，而風頭極健，為同學指示人生的另一方面成功。不願用她來作一個死讀書的代表，頭也不梳，衣服也不講究，過不了兩年戴了副大眼鏡像我這樣，然後又用如簧之舌去蠱惑後來千千百百新來的藺燕梅。」

「那麼金先生想她未來的結果如何纔是理想的？」

「出嫁，嫁一個年貌相當的！」金先生感慨的說：「我們學校裏可稱為理想的情侶是很少的。不知道那些好男生都作什麼去了。是不是用功太過度？也成了帶髮修行？只讓些運動員、紈袴子弟出來，追女同學，胡鬧？」

金先生這些話不是無所指的。他常說，就是因為好男學生不出頭交際，便越使潔身自愛的人不敢涉足情場，自為因果此情形更弄得可怖。戰時生活本身困難，又加上一層束縛的原因。既然缺乏豪傑之士出來打開僵局，促成戀愛的自然發育。當然更使紈袴子弟們來表演無聊的活動。余孟勤就是在這方面性情太偏激。他好比是性情焦躁的古董收藏家，為了保藏不小心，把一隻花瓶弄了一點殘缺，他便索性把它打得粉碎。他不曉得這花瓶可能是只此一隻。而人是個有生命的東西，人生的一切是在隨時改進的。他現在攻擊戀愛，他是消極地攻擊而無積極地建設。偏偏他心思周密而辯才又是一時無敵的，結果害了人也害了自己。他只贊成三種活動，便是念書，念書，還是念書。

金先生是他所佩服的。金先生獨身到如今已是四十歲的人了。一生著述極豐且復孜孜不倦。但他的心得代替了他的本能，使他很有在最近尋覓結婚對象的可能。這很使余孟勤失望，似乎這樣一來，他的獨身主義也有點動搖了，至少是沒有同伴了。所以他要救自己使自己不至崩潰，便是攻擊金先生的凡人必須結婚的說法。他知道金先生看中了歷史系四年級尊貴有少婦型的沈蒹。「男人若是娶了一個有頭腦的女子，便是消滅了一個文化的工作者。金先生若是娶了那少婦型的沈蒹，就是這話的反面；自己放棄了工作。」這話當然傳到金先生耳朵裏。金先生說：「我起碼要做兩件事；」他說著便笑了：「第一我要作他的先驅，結了婚，不論是和誰結了婚，儘可能造成一個完善的家庭。第二步叫他也放棄獨身的看法。」這話，余孟勤也聽到了。他的偏執的想法更動搖了。

今天他本來只想說出如何用對學業的興趣來保障藺燕梅在學校生活的寧靜。沒想到被金先生一句話將傳來傳去的一場辯論給揭明了。他有點措手不及。他鎮靜了一下，說：「情形因人而異，藺燕梅若是在合乎金先生的理想的明天出現，那我贊成金先生的意思。可是今天仍是今天，好男生還在帶髮修行，她可能遇上的還是紈袴子弟。我們不願意把她保護得好，使她成為伍寶笙嗎？」

「看看我的鬍鬚。」金先生說：「我四十歲的人了。還要想得比你積極些。你不會叫今天變成明天嗎？那麼說，叫藺燕梅這麼一個人為了明天犧牲了我都覺得比用死知識把她消滅了值得。也許非待這麼一個人人關切的人，不幸地作了犧牲者，這輩少年老骨頭醒不過來！可憐的藺燕梅，只有犧牲你了。」他看余孟勤態度顯出不忍的樣子，他接著說：「還提伍寶笙呢！伍寶笙的下落該是什麼樣子才能稱你的心！稱你這種吹了號筒領導別人一批批的去捨本逐末，不追求人情，卻追求人情之末，那道學之心！我看伍寶笙抱了一匹小羊，或是一匹小兔，往試驗室走的神氣，我心便當真恐怖起來。

可是細看她天生溫柔的面貌，又覺得她必會把一個小孩抱得舒舒服服地睡在懷裏。她只是在試驗室那一霎那之間是『非人間』的。而她實在該抱一個小孩。她今年有二十四歲了。你不難把藺燕梅在三年之內也造成這樣。那樣更成功了。三年後藺燕梅才二十一歲！」

這些話余孟勤完全懂得。他想的事本來不止這一端，不過這一方面也是他愛聽的，所以他聽了便默默地走開。他心裏想，不談戀愛的事，藺燕梅的問題也實在多得很。她一下子由一個嬌養在家中的小姐，考了個同等學力，入了個這麼多同學的大學。這種環境她如何適應？還有那自然而生的嫉妒的人如范寬怡，她會不會遭遇誹謗，她將如何應付？這些難道都是金先生一句：「關乎個人性情」幾個字便解決了的？這些話是另外一個題目。他認為有再談之必要時便要再提出。而他的解決辦法還是不分心，專去念書。事實上在一個學校最單純的生活方法本來也只是專心念書。

范寬怡的想法固然也有一部份為人家看得出來。另一方面她也是有些心眼兒的，故她也是為風吹不歪的一棵大樹。她自己有時想起來也很得意。不過那種不為風吹，卻乘風遨遊的伍寶笙心上是一種什麼境界，她便未必能懂了。范寬怡見到了藺燕梅心上也是暗暗吃驚。她吃驚之餘，倒也不就是生了嫉妒。人祇是在有所爭時，或有觀眾時才會有妒嫉的心理。范寬怡她覺得不必討這個沒趣。她很少接近藺燕梅。後來她想到一個念頭，她覺得能如藺燕梅的女孩子實在很少，她何不攛掇起她哥哥的野心？這樣，以她哥哥來看是件很有希望的事。對她自己來說，對手變成助手。她是想到便實行的。她很攛掇過她哥哥幾回。但是藺燕梅心上一塵不染，誰也摸不清頭腦。她的學生生活還是美麗得如水中的花影，霧裏的山川，夢中的年月，那種引人憧憬卻又是茫茫然不著實際的。

一個學期總是很容易過去的。轉眼大考完了。每個學生都多少有了些變化。范寬湖功課甚好，得到很多稱讚。范寬怡偏偏有兩門功課沒有及格。大家也都看出她有心事來。蔡仲勉也成了有點小名氣的人物。因為運動場上出了風頭，薛令超的談吐也與以前大大地不同。一個新生是不難造成自己身分的。他們也都是成功的人物。小范雖說不得意，但是大家皆知她得天獨厚，這點打擊說不定便奠定了她成功的基礎。

余孟勤是大家崇景的一個人物，他的作業是穩紮穩打的。他常被人談起，大家的口吻全像翹起了大拇指說：「此，我校之千里駒也！」伍寶笙則是個十全的人物。性情不偏激，人緣兒好。學業，及試驗工作簡直是她一種心愛的遊戲，至於她平常永遠是活潑、健康的樣子，那一副快活的神氣，叫誰見了心上也高興。她是快畢業的人了。她也有論文要忙。但她的一切全是那麼從從容容的。不似余孟勤那樣一切全是苦學深思的。

此外各人也都有一學期的成績及寒假後的打算。寒假與暑假不同。它不是一個假期，倒是緊張工作中的一個接濟站。馮新銜下了決心不懶一次。也下決心拋下書本一次，在寒假為他這整個大學生活寫個片段描寫的小集子。朱石樵雖是才三年級則要把早已擬好的一篇論文動筆。他是不管學校課程進行程序的。他自己想做什麼便作什麼。有時即使是考試，他心上若實在有丟不下的要思索的問題，他是可以連考試都不去參加的。

周體予很受范氏兄妹的鼓勵。他出身貧寒，但向上要強心切。他與傅信禪是同鄉，兩個苦幹的湖南人。他心上有點羨慕范氏兄妹良好的家庭。他想平地一聲雷，也要打出一個局面。一學期來，球也打得少了。倒是范寬湖常去找他出來沒事運動一下。

藺燕梅是個生活得最平靜的人。她輕易地適應了她的新環境。她成功得很，這倒是叫余孟勤很奇怪的。他暗暗佩服金先生穩健的看法。藺燕梅慢慢地使大家對她那些與眾不同之點習慣了。她衣飾逐漸與大家一樣不那麼像明星似的了。不那麼美艷得叫人覺著濃得化不開的了。但是天生麗質也自有她掩遮不住的地方。然而這既經改造，化合後的風韻，便是全校公有的一份驕傲了。誰全會沾沾自喜地誇獎：「我們的藺燕梅！」

藺燕梅的母親起初很不放心她寄宿在學校裏。也怕她在學校裏受不了苦。起先常常來看她。後來藺燕梅便害羞別人打趣她，說她還要喫奶，就求著母親不來看她。有時父親有事，來到文林街米線大王這一帶昆明的拉丁區來，便有時也把女兒接出來。後來看看女兒很愛這新環境也便隨她去了。作母親的也有時想起學校中的飯菜不會好喫，便常著人送來，或者在女兒回家去時自己帶來。她拗不過才帶了來。帶到學校便分給大家喫。這本是最受人歡迎的事，不過在藺燕梅便不同了。她的家庭如此出色地好，使她顯得這麼與眾不同，倒叫她怪羞見人的。別人喫她帶來的東西還要說惹她著急的話。玩笑的事說說也就罷了。偏偏那個凌希慧每逢叫她去喫那些精緻的點心時她的閒話就多了。有一次她說：「燕梅的媽媽像把女兒送進了地獄似的，想給女兒點心喫，偏要撒點在四周，餵餓鬼，怕女兒搶不著。」她不知道一句話傷了人家的心。她回家又說不得。下次再有東西強她帶來，她便在文林街上偷偷送給洗衣婦給她孩子喫，不敢帶回宿舍來。有時小童找她要喫的，她才特別給小童帶。他們孩子的心，倒是合得來的。

她的媽媽不許她把衣服交給學校中的洗衣婦，說：「她們把什麼男人的衣服放在一塊兒洗！衣服別怕麻煩，帶回家來洗！」她便不肯，便說別人會笑話。媽媽就說：「有了學校就什麼都是學校好了。我全依你。只有衣服非帶回來洗不行！髒死了！要是嫌麻煩，用汽車去接你！」「我帶回來！我帶回來！媽咪！」她就趕忙哀求：「千萬別拿汽車接我！」說著她就會往媽媽懷裏撒賴。媽媽就摟起她來笑著說：「算了罷！別裝大學生幌子了。瞧你這個樣兒。頭髮全鑽亂了。還要媽咪梳辮子？」女兒就只是笑，不說話，直要在媽媽懷裏蘑菇夠了時候才起來。

可是衣服她聽媽媽說了也不大敢亂交給人洗，大件的帶回家去，小件的便自己學著洗。有時把手洗得又酸又疼，也咬牙作。這樣回家時，回校時還都要帶著大包包。伍寶笙便笑她說：「燕梅嫁到聯大來還好，離娘家近。若是嫁遠了，這一趟一趟地回娘家也夠累死人了。」

寒假未到。大考才考完這下午，那輛大家熟識的車子便來了。母親名正言順地來接女兒。蘭燕梅也早收拾好了坐在屋裏等著。大家都到她房來送她。看了她那穿戴整齊了等候的樣子，又像是由學校嫁出去似的，在等花轎子。沈家姐妹早日已回家了，淨剩下些沒有家的。大家看了，彼此心酸，弄得蘭燕梅也不知如何才好。史宣文的床上已是空的了。她想再搬空了一個床真不知道叫這慈愛的姐姐怎麼受。凌希慧是自小父母雙亡寄養在叔父家由叔父教養大的。叔父是個單身漢，做著很大的生意，家裏沒有年紀相仿的姐妹，她寧願留在校裏，找無家可歸的姐妹玩，不願回去。今天她也來送。還有多病寡言的喬倩垠，也因為蘭燕梅是第一個使她樂意交友的人。因為有了蘭燕梅她才有了朋友，也羞澀地來參加這非正式的送行。范寬怡又是同她哥哥去玩了，沒在這裏。

母親到了。她自己找到了宿舍。一下子多少女孩子來喊「伯母！」都是這麼長的大姑娘。作媽媽的心都是一樣的。累得她拉拉這個，看看那個，都是笑嘻嘻地，她才放心女兒在這裏實在不錯，而且她人緣必定甚好。她接了女兒走，大家提包拿件地一路送出來。她認真地邀大家去她家裏玩。免得女兒在家裏想她們。

「我們來便一夥兒都來！」伍寶笙說：「我們可是要喫的。」

「當然，當然！可疼死我了。請都請不到的。」她真是疼這個伍寶笙。

「媽！」燕梅說：「過年時候來！他們都是沒處過年去的！」

「過年來行。」媽媽說：「可是不能大年初一來。那成了叫人來給你爸爸拜年了。這樣罷，年初三來。到時候要一定都到！」

「年初三！」伍寶笙說：「一定！」

「年初三可以！」凌希慧說：「年初一我得回去給叔叔拜年。」

這樣蘭燕梅才歡歡喜喜地鑽進了汽車門，車開走了。

「蘭燕梅回家了！」「蘭燕梅的母親到宿舍把她接走的。」「蘭燕梅一個寒假都要在家裏，在遠遠的巫家壩附近那小洋房裏了！」「蘭燕梅走了，伍寶笙哭了。」「伍寶笙哭了還是那個不說話的幽靈似的喬倩垠勸的。」「喬倩垠其實也哭了！」這樣的話便傳開了。這樣誰都知道校園內一時看不到她了。誰的心上便都覺得她在校時該多接近她，偷偷守候著她。到如今一個長長的寒假她都要在家裏過了！大家心上便泛起一點惆悵，一種漫無心緒的感覺一直要到明年開學的時候。

懶得梳洗的人，又恢復了憊懶的神氣，因為校園中沒有蘭燕梅來看他了。愛說粗話的人又試著說粗話了，因為校園中沒有蘭燕梅來聽他。那些用功過分，或過度疲勞有憂鬱症的人便又愁眉喪臉了。因為沒有蘭燕梅向他笑。沒有蘭燕梅那明眸皓齒的一笑，他打不起精神來，馬上為憂傷打倒。

然而蘭燕梅開學終會來的。她會重新和他們共同生活的。並且她臨走時還說要請客呢？請的都是誰？有我嗎？

第四章

「士別三日便當刮目相看。」寒假中的學生，很不少是忽然蟄伏起來，各自經營一點小道理的。但是能夠一下子幾天找他不見的究竟還是少數。因為環境這樣限制了人，有誰能有這樣的經濟能力，把他自己藏在個整個與學校、朋友隔離的地方專心致志於他自己的工作？所以許多人到了每天晚上仍不免出現在鳳翥街的小茶館裏，又為了青年人的一點直爽勁兒，就在他的工作才有一點兒端倪時，便把它夾帶著顫抖的快樂心情洩露了出來。然而這習性是不大好的。有人的工作便僅僅為了洩露出來了，就聽到了讚美的話，看到了羨慕的神色，得到了一部份的滿足，而停頓了進行。輕易地用回憶，夢想，安樂，葬送了他的野心。

這種洩露在女學生之中尤其容易。所以能像伍寶笙那樣孜孜不息，連自己也不明白哪裏來的這麼個耐性的，真如鳳毛麟角。因之使旁觀的人看來，與其去傷這種無結果的腦筋，遠不如用第一個寒假去傻玩，參加音樂歌詠演奏會，第二個寒假去相思，談戀愛，第三個寒假去為愛人織毛線，和匆忙地寫家書，第四個寒假明目張膽地準備嫁衣裳。她們隨時隨地，像打一個寒噤那麼容易就說出心上的秘密。不過這件事與作工作不同。不致因為快樂地說了出來，得了讚美便吹了。所以她們倒常是成功的。她們也用不到找著茶館才洩底。她們很少去泡茶館，只消一斤花生米或一斤糖炒栗子，在宿舍裏圍著桌上一喫，便什麼都成了大家的話柄了。

這天晚上朱石樵又是獨自從校園外小坟山上回來，一件舊黑色布棉袍上又是沾滿了土和乾了的小草、樹葉，腳高步低回到鳳翥街來。道經沈氏茶館，他看也不看，急急走過去，手裏捏了一卷紙，心上起伏著無限思潮，他想找個生疏的茶館把這紙上的零亂記錄整理一下子。他另外一隻手提了袍子的下襬，因下面的一個扣絆脫落了，不提著它，大襟便會斜掛下來，他本來有一件藍布長衫可以罩在外面，也好幫他約束一下這穿走了樣子的大袍子的，但是這長衫又被他賣了。因為他沒有心思作假期工作，他又要錢包飯。鳳翥街茶館雖然很多，但是學生更多。忽然他走過一家光線很暗的茶館，裏面黑壓壓地全是人。全是白日裏下苦力，趕馬，拖車的人，他們來這裏只是為了一杯茶和一個晚上的休息。所以他們不用明亮的燈光來看彼此的臉。而一桌上又可以擠上許多人。只要不妨礙彼此把腿放在凳子上把膝頭抱在胸前，能夠多有幾個人聚在一桌閒談便滿足了。所以這樣茶館人便最多，聲音最嘈雜。昏暗的燈下一屋子煙霧迷濛地。大竹筒做成的雲南水煙筒呼呼地響著。「拍！拍！」一聲聲地把煙蒂吹在地上。朱石樵想：「這裏也可以了，有一杯茶，有水來澆熄一天的焦渴，燈光再暗些，只要能看見自己的字跡不就夠了麼？」他是把健康放在最後考慮的人。他不愛惜目力，他常說：「鷹的眼睛再好也沒有了。人便把鷹放在手腕上，在打獵時由它去捉兔子。馬是跑得最快的了，人便騎了馬去追取獵物！」他這樣的話是說給那些運動員聽的。

他低了那極重、極大的頭走進了這個茶館，在靠燈近的地方找個空座擠在大家一桌上。他也不理別人，也不看別人。他是一心的心思。直到老板發現了他，才叫伙計給泡了一碗茶。伙計把水滴了一滴在他寫綱要的紙上。那是劣等的土紙，紙上便陰濕了一大片。他瞪了伙計一眼，冒火似的憤怒。伙計忙走開了。他又編他的文稿。

閒談的人並不注意他。他們見得慣滿街的學生。大家都是一杯茶的飲客，誰也不必顧忌誰。他們仍是：「一盒黃煙！」然後把大竹筒子傳來遞去地「呼！呼！」地吸。有人坐夠了，起身付錢時你拉我搶地也常碰亂了他的字跡。他倒能忍受這些個。大概到了八九點鐘，他把他的工作作了一個段落。他想再喝一會兒茶，再呆想一會兒，便回去趕一個夜工，今天的一章又有了著落了。他便把眼睛釘了那盞燈在仔細溫習一日心上所得。那盞燈是蓋滿了塵網的。這時候進來了一串兒三個人。一個小孩子，呆慢的在前邊走。第二個是個黑衣服，墨鏡，臉容削瘦的男人，他用手扶了這小孩的肩膀，大襟下拖了根竹杖，已是磨得晶黃的了。第三個人手又扶了他，也拖了根杖。穿了深灰色的袍子。沒有戴眼鏡，便露出了光光的灰色無眸子的眼球。背後一把南胡裝在布袋裏，從兩肩上露出來。老板向小孩點了點頭，小孩也不發一言往一個方桌前便走。轉過身時看見他背後也有個青布袋子，裏面是一個梯形的木盒。兩個瞎子就了位。小孩把木盒放在桌上打開，是一個洋琴。他兩個便合奏起來。黑衣的打洋琴，同時又念了四句定場詩。聽也聽不清楚，大概有什麼「滄桑不忍重回首，瞬息白了少年頭。」兩句。南胡便伴奏起來。大家仍是談各人的話，有的人便偏近了聽，眼光全落在打洋琴的手上，或是那小孩剃得精光的頭上。小孩生得呆得很，只白了眼往前看。

朱石樵受不得干擾的。他的思路打斷了。他索性專心去聽一段書。原來說的是一段歷史。歪曲史實，添枝加葉地叫他很生氣。

「這是戰長沙罷？」旁邊一個短衣漢子說：「聽他說什麼『好過關』的。等一下關公就出來了。」朱石樵聽了更氣，他很想走。他起身來一看，纔發現那邊臨街一個桌子上坐了宴取中、童孝賢、余孟勤三個人。余孟勤正向他笑。他原來不肯上沈氏茶館去便是怕大家遇上一閒談，工作便無法進行。現在事已差不多，此地又一亂，正想找人談了。於是正好，便端了茶走過去。

「朱石樵。」余孟勤說：「完事了？」

「還要回去趕夜工。」他說。

「方纔你一進來，我要喊你。」小童說：「大余不叫我喊，說你有事，說你作文章批評一個劉知幾。劉知幾是誰？」

「是個史家。老頭子！」朱石樵說。

「不過你是中西的史學史一塊兒念的。」余孟勤藉機會說：「批評只能用提供參考的口氣。劉知幾不是可以隨便批評的。」

「這倒不一定。」大宴說：「若是這樣，不必自己用功了。沒有誰是批評不得的。反正現在是作學生，只當是一種練習。」

「對！」小童說：「批評就是一種自傳。這批評不過是借別人一塊地基來表示自己的建築理論罷了。要不然怎麼讓先生了解你的見識如何呢？劉知幾若是和先生意思全一樣，這文章寫好了還可以給別人再看呢！」

「算了，算了！」余孟勤說：「我一句話有了漏洞，馬上就鑽進兩隻老鼠來。大家都不講，聽聽朱石樵作何感想。」

「大余並沒有不許我寫這篇文的意思。」他說：「不過我的態度確實要放緩和些。」

「怎麼樣？」大余說：「文章是由人來寫的。白蓮教這麼一個人大家還不明白嗎？我是針對了他的性情而發的。並不是說劉知幾，或某一個別的人，或別的事，是不可置一詞的。瞧瞧你們倆！」

大家一齊笑了起來。朱石樵說：「別吵。別人還要聽琴呢！」小童說：「你一個人坐在那麼靠裏，空氣多壞，這裏臨街，空氣好些，寫文章時也免得寫得那種經咒似的，彆彆扭扭地！」大家又笑。朱石樵說：「我不過是打個草稿。」這時外面有兩個學生走過，一個說：「咱們聽說書。」小童一看是薛令超，那一個是蔡仲勉。他們進來便坐在一起。大家都面熟。但是年級差得太遠，一年級又是住在北院，不認得。只有小童是從伍寶笙那裏見過的，便介紹了一下。薛令超說：「我們早知道余孟勤。」小童說：「你們光知道名字。至於這三個字後頭有多少智慧，還夠你知道半天的呢！」大家又笑。這兩個新生也笑。余孟勤也不說什麼，只用眼打量了他們一下。大宴說：「小童什麼時候也會裝大人了？」小童說：「早就大了。不過這一句話是才剛有感而發的。一個劉知幾我便是今天才知道。人可以自大麼？」薛令超說：「是作《史通通釋》的？」朱石樵說：「對的。不過多說了兩個字，他只做了《史通》。至於《史通通釋》是後來清朝浦起龍的作品。」蔡仲勉說：「你說來聽說書的。你淨打擾別人！」大家就又聽。余孟勤看蔡仲勉身體、相貌皆不錯。一臉靜靜的神氣。心上想：「一年級真有人材。」又想：「又是伍寶笙的光榮。帶得這麼好兩個弟弟。」

薛令超說：「這說的是過昭關？」

「對了。」朱石樵說：「是『文昭關』。你不愧是學文學的。方纔在那邊我聽見人家硬說是『戰長沙』，沒把我氣走了！」

「『不惜歌者苦，但傷知音稀。』」余孟勤說：「這雲南說書，我才能懂一半。」

「我也只懂一半。」大宴說：「可是我們不說話，仔細聽。你看我和蔡仲勉，一聲也不出。」

「人家就沒希望大家全不說話這麼聽。」小童說。

「人家希望到時候給錢。」蔡仲勉說：「我沒有錢，便捧個人情場。」

「你外行了。」小童說：「茶館是分類的。有說書的，茶錢便多些。用不著單外給。」

果然，「文昭關」已經說完了。又接了一段「戰宛城」也沒有來要錢。朱石樵說：「好險。我身上只剩了一支洋蠟錢了。給了他我就不用開夜車了。」

「我捐助。」余孟勤說：「一支蠟太暗了。又犯了老毛病，不愛惜自己！在此地寫幾個字的草稿也還罷了，回去哪能這麼幹？身體也是要緊的。比方你學業剛剛有點根基，便『不幸短命死矣』，我們對你的批評是要很苛刻的！」大家聽余孟勤義正詞嚴，便都望了朱石樵，很愛惜的樣子。余孟勤又說：「你寫這篇文章我每晚助蠟一支。你自己點一支。有這支蠟照著時你筆調就要緩和些。」

「好呀！」小童說：「我也助一支！白蓮教，你不用買了！」

「又來啦！」大宴說：「你別又一支了。我來半支，你也半支罷。不給現錢，給現貨。」

兩個一年級學生聽得入神，也都暗暗為朱石樵歡喜。朱石樵只是說：「也好，也好。好！好！」

余孟勤又說：「那個傅信禪也不知道怎麼樣了？前些天說要翻譯威爾遜的一本國際公法。我說那本書太淺太教科書味兒了。他說他是不得已。惟其是教科書味兒才好賣錢，他太窮。我想也算了。他英文很差。翻一本書也可以有許多好處。你們知道怎麼樣了？」

「我看翻不成功。」大宴說：「他的目的在錢，便無從得這推動力。他根本買不起這許多紙。翻好了，又不見得準有人給出版。他便會心冷了。況且，國際公法看譯本不及念原文。」

「傅信禪的情形不同。」余孟勤說：「他是孤兒教養院出來的，那個地方天生地不許人有野心。他便看出魄力不夠來。」

「我們這個又野心太多了。」朱石樵說：「你們看小童。他不但渾身上下全是野心。並且盡是白日夢。」小童聽了看著蔡仲勉薛令超笑。

「不過他是一員福將。」大宴借了才從說書的那裏聽來的一個名詞：「他們學理科的一切事有程次。按部就班的走，就是了。」

「你的題目到底是什麼？」余孟勤問。

「我們是好些人一個題目。」小童說：「二年級一入系，便由先生看學生興趣派定了。這一作就是三年。畢業時就是論文。不分寒暑假全要作。自己單外還可以有題目。現在這個總的，是陸先生指導的遺傳上的東西。」

「要一氣作三年試驗？」蔡仲勉吃驚地問。

「三年！」小童說：「還是短的哪！我們用的是荷蘭鼠，是生殖快的。若碰上了長壽的，像龜。

人的壽命還熬不過他呢！」

小童他們對於用心已經是成了習慣，沾上了一點學術味兒的東西全愛好，所以，大家雖然學的不同，談起來一樣投機。聯合大學的工學院，獨自放在城東南外，拓東路上，學生們便覺得吃虧。他們功課既已相當緊迫，看課外的書時候便很少。談來談去，全是工程同計算，不及這邊幸福，談天之中等於上課。講說，胡扯，甚至賣弄，對他自己說是溫習同訓練對自己知識的組織力。對聽的人說是增長學識。事實上也是讓學生們閒在點兒才好。何苦把他們好奇心最強，求知慾最盛的年歲給忙過去，等到人老了，再回頭找學問，真是「時過而後學則勤苦而難成」了。

環境是環境，作不作還是在自己。宋捷軍寒假後考試成績發表，大家一看他缺考及不及格的功課過了所限的分數。開除了。去看他時他早已不在校裏。馮新銜曉得，後來才講出來，原來他在學期開始之時早已念不下書去了。因為這時通緬甸的一條公路貿易正發達。混水好摸魚，亂七八糟的白手成家人真不少。有野心而不想走正路的年輕人就趨之若鶩。宋捷軍在校中時為了找工作便作到一家貿易行去。沒有多久，茶館中就看不到他了。他衣裳也穿得漂亮了，課也不常上了。口袋裏似乎有掏不完的錢，並且常有新東西送人。金先生和他沾點遠親的關係的，有時很嚴厲地問他將來打算怎樣？是否從此不用再上學了？他只說現在完全是一種作事補助學費的意思。這裏比校內許多工作省事，而且掙錢多。不料麻醉人的享樂日子過慣了，他便走上了投機商人的路子，有時竟曠課遠去，到緬甸去經營貿易。他對求知的慾望也不強。對學問的目的及需求，也茫然得很。校中除了打球之外，也沒有他得意的事。開學之初，他的功課便已是一塌糊塗，英文尤其壞，馮新銜還有一門社會科學與他同班，便追著他要給他補習。他卻和馮新銜說：「不用補了。補也白補。念完四年畢了業，能夠掙多少錢一月？現在教授們的收入還及不上一個汽車夫。你再跟他們學能學到多少？」

馮新銜聽了氣得想打他。他又說：「運輸貿易是個新興事業，三百六十行，行行出狀元。什麼事不能做？」馮新銜便由他去了。後來大家聽說他弄得很不錯，自己有點錢，有些輛車，並且常川住在仰光，有事才坐飛機走上一趟，又弄了個公務員的名義。學校裏的朋友本來還很惦記他。金先生說這又是關乎性情的事，說他是個心思浮淺，思想不能出奇，只會模仿不會創造，並且不能刻苦。這好像很成功的局面完全是環境趨勢所造成。同時是個沒有根基的幻象。而且以他不能創業的缺點來說，想他能成功地守業也不大可能。所以常說給別的意志不堅強的學生們聽，勸大家別為外面繁華景象所欺，誤了自己腳跟下大事。他說：「做事要挑阻力大的路走。事業大小，便幾乎以做起來時之難易來分。同時人要抵抗引誘。而引誘是永遠付不出抵抗引誘那麼大的酬勞的。宋捷軍順從了引誘，你們已經看見的酬勞是如此。你們試試抵抗引誘看！也許那時才懂得什麼是真值得追求的。如今緬甸公路上遍地黃金，俯拾即是。這太容易了。倒是不肯彎這一下腰的，難能可貴。」現在寒假快到完結的時候，已近舊年了，誰也不理會這個半途思凡的和尚了。三個月在用功，與三個月的改行，其中差別有多大呢！「為學如逆水行舟，不進則退。」

這天晚上大家在這有說書的茶館中正談得好。忽然余孟勤向外一看，馮新銜正走過來。余孟勤現在主編當地中央日報學術副刊。在這上面按期發表馮新銜的一種分段的閒筆，形容學校中生活的，順便介紹許多在大學中的功課性質。他正要找馮新銜給他正月份稿費，卻一天未找到他。於是就喊他進來，沒想到馮新銜身邊一個人也跟了來，並且向他們招呼，原來是宋捷軍，只因為神氣裝束全改變得太多了，竟一時未看出來。一群老朋友見了面，總是很高興的。一陣招呼，拉手中，蔡仲勉、薛令超兩個人悄悄地起身走了也未覺得。

宋捷軍穿了一身深咖啡色有小花點，及深色格子的西裝。料子實在細緻，淡淡地閃著毛茸茸地光。厚厚地一件大衣，顏色更深一點，料子亦是同樣的好。淡青色的襯衣領子，簇新地，潔淨，板平由衣服一襯十分顯然，中間一個深紅色領帶。渾身上下，奇奇怪怪地一陣陣發出香水的氣味。

他坐下來，倒還不嫌桌子板凳髒，才坐定不等說話就從口袋掏出一個紅的小扁鐵盒子，給余孟勤，說：「給你來一盒『克來文愛』！」余孟勤由他放在桌上，說：「算了罷。我早已改抽雲南土雪茄了。你買這一盒香煙的錢，夠我買一條五百支雪茄的了。別叫我抽壞了嘴，再改回來難！」

「別忙，有的是，」說著順手把手中半截煙住地上一扔，一口煙向天一噴。那扔了的煙蒂有個金色的頭兒，在空中一閃，劃了半個光亮的拋物線：「這是『三九』，我們在仰光全是抽這個。不貴。不過『克來文愛』煙盒兒好看，我帶了來十來盒，全在馮新銜那兒，是送你的，找你們一個也找不著。沈氏茶館裏也沒有！」說著又掏出兩支新式派克鋼筆來，一支深色的給大宴，一支紅的給小童。還有一個精美的彩色硬紙盒也給小童。小童一看是一盒蔻蔻糖。上面印的是許多凸起的小人兒。實在好看，便捨不得喫，交給大宴替他收著。宋捷軍又說：「這盒子漂亮，可以收著玩。巧克力糖還多得是！待一會兒再分，全在馮新銜那兒。」

「馮新銜，」余孟勤問：「他送你些什麼？」

「筆。」他答：「是一套。一支自來水筆一支鉛筆，也是新派克。另外我寫信託他買的書也買了些來，有一部份你用合式，轉送你罷。不過看樣子咱們買書的事還是不能樂觀！要什麼書，沒有什麼書。仰光文化事業不成，單是個商埠罷了。」

「仰光新書也多得很，“Gone with the Wind”我就買了兩本，有一本由小童去送給伍寶笙罷。仰光看電影也都是新的。」宋捷軍說。

「“Gone with the Wind”你看了多少，那本書挺厚罷？」朱石樵說。

「喝！白蓮教！瞧我這個亂勁兒，把你忘了。這本書我看不下去，淨是生字，等你們用功的把它翻成中文我再看罷。我可另外給你帶了幾本書來，一本看相的書。別人告訴我好，我特別買來給你的。裏面講看手相、脾氣、字體的都有，也在馮新銜那兒。這兒還有一件好東西。」說著又從大衣袋裏掏出一個小長紙盒來。打開一看一隻手錶。

「這可對了勁了。」小童喊：「朱石樵不致於再一個夜車開到天亮才發現了。」

「也不一定。」余孟勤說：「他若是連看錶也忘了，便怎麼好呢？」

「那只好帶個鬧鐘了！」小童說。大家譁然全笑了。

「鐘錶剛到中國來的時候，是當一種珍玩看待的。」朱石樵說：「這也難怪。你看他這麼一個小玩意，帶在手上，就能把人管理了。」他一邊說一邊翻來覆去的看這個小錶。

「你聽！」小童也拿過來研究一番：「他在裏面丁丁東東地好忙呵！」

余孟勤聽了笑著說：「從一個錶也可以看出中國這幾年的國運了。最初到中國的錶上面刻的是羅馬字。錶面上我見過的都是外國美女，或是風景畫釉燒在真瓷上。後來就改用中國時辰了。子，丑，寅，卯地刻成雙行。是外國人迎合中國人的需要。到了近來中國自製的錶也是阿拉伯字了。」

「這其實是文化的一種趨勢。」大宴說：「羅馬字的也不多見了。阿拉伯數字真不知道多少國家在用。而阿拉伯文並不是一種很有武力背景的文字。」

「這話對我心思。」馮新銜說：「科學家現在已經不怎麼分國界了。一片鋅片擲在稀硫酸裏，在英國，也出氫氣，在德國，也出氫氣。今天出，昨天出，明天準定還出。所以科學現象無言地說服了人。文學呢？只是作家，批評家自己覺得是做一件整個世界、全人類的事。可是看的人也許就不全同。文學是容易有主見的。不像一隻錶，丁東丁東地走，等你自己去明白。」

「這錶是好牌子。」宋捷軍這才插上一句：「『西馬！』」

「我倒差點忘了。」余孟勤說：「馮新銜，正月份稿費有了。」說著遞給他一個信封袋。「你方纔這幾句也湊成一篇罷。這些意思是很要緊的。」

「這些意思寫一篇原來也沒有什麼不可以。」他說：「不過要說的話太多了，草草寫出來，太擠，也太可惜。看看再談罷。」

「什麼稿子？」宋捷軍探出頭向余孟勤問：「你給稿費？」

「余孟勤現在編中央日報的學術副刊。」小童搶著說。宋捷軍的頭正伸在小童前面。一句話嚇了他一驚。他說：「瞧瞧你這緊急警報似的！」

「我這是隱惡揚善！」小童說話決不讓他。

「我真羨慕你們！」宋捷軍說。「我是為了經濟困難上不成學。現在弄成這麼個神氣。你們別笑話我。」

「得了罷。」馮新銜用老朋友的口吻諷刺他。「你現在像是南洋去發洋財的人衣錦還鄉了，還得意得不得了呢。何必說這種話？」

宋捷軍也確實有點得意。他嘆了一口氣說：「我也是先為經濟壓迫的關係。也沒想到有今天。」

「防微杜漸。」余孟勤說：「本來戰時誰的生活都要撙節一點。經濟的困難是誰也不免。不過不是這麼個應付方法，這裏可說的話便多了。先就掙錢來說罷。當初的困難是一個單位的錢可以解決的。一下子掙了十個單位。這花費也增到了十個單位。那時雖說錢多，但是壓迫仍然存在。這樣一來沒有底了！」

「現在叫我再幹學生。我也真有點幹不了。」宋捷軍覺得余孟勤所說竟是他的真情，也覺得無言可對。

「不過這原來也是勉強不得的事。」余孟勤說。「你出去給這些瘋狂了的發國難財的商人作個好榜樣，也是好事。政府正有依賴你們運輸力量的地方。」

「方纔馮新銜也是說這個話。」宋捷軍說：「不過我也有我的困難。我們一起幹的還有些人，他們是不管這一套的。」

「沒有一件值得一作的事是一點困難也沒有的。」余孟勤說：「各人盡力罷了。」

他們一幫人因為宋捷軍又回昆明來了，便起勁的談到很晚。宋捷軍講了許多雲南西部橫斷山脈的景致，擺夷、猺民的風俗。許多運輸上的艱險。大家也覺得怪不容易的，很有冒險的滋味。尤其是關於開闢滇緬路時許多事蹟，大家便把宋捷軍當了那些可敬的無名英雄那樣看待著。

時間晚了。宋捷軍付了茶錢，大家起身要走。小童看余孟勤不拿桌上那盒「克來文愛」，就說：「大余，你忘了那盒煙。」便拿起來交到余孟勤手裏。說：「這種煙盒子留著給我！」

走出茶館來，宋捷軍進城到旅館。大家分了手。他們幾個便往北走，回新校舍來。小童說：「我準知道宋捷軍還有一份禮也要送到學校裏來。」大宴說：「這還用得著你說！」馮新銜說：「那份禮大概不輕。他和我商量了半天。還問我何仙姑訂了婚沒有什麼的。」「這確實有問題。」余孟勤說：「傅信禪和她很接近，他們又是同鄉。」馮新銜說：「宋捷軍確實是另外一個路數的人，他連談戀愛的方式也都特別與大家不同。不去管他。方纔他來的時候找你們一個也不見，有許多東西全堆在我那兒呢。」

「大余。」大宴說：「朋友是朋友，別那麼給人家過不去。宋捷軍若是再沒有我們罵著點，就很生問題了。你何必絕了他的後路？」

「這樣罷。」馮新銜說：「那些『克來文愛』和書明天我給你送去，你自己先回屋去罷。」進了校門，大家又和余孟勤分了手。

馮新銜、大宴、朱石樵住同屋。都是十八號。小童隨了他們去。一看東西真不少，還有些新襯衣之類。大宴說：「小童給你點巧克力先喫著，一件襯衣去換了，先睡覺去罷。」小童笑著一邊喫著糖，腋下夾了襯衣回去了。朱石樵說：「我也乏了。今天晚上放了假算了。」

第二天一早。小童縱下床來，照例出去放了鴿子，餵了兔子。自己一想，昨夜還有點巧克力沒有喫完，伸手往袋內一掏。「哎呀！」他喊。手指在袋底穿出來了。一看就是因為這點糖引來了老鼠，把糖喫了，把衣袋咬了個大洞。他一想可不得了，忙忙往大宴屋裏跑，進了十八號的門，到了大宴他們門口這一小組一看，只有大宴剛起身。他不敢喊，只著急的向大宴說：「不得了，耗子！」

「你的糖昨晚上沒捨得喫完？」大宴一邊扣扣子，一邊說。

「口袋叫耗子掏了！」他說。

「昨晚上就差這麼一句話沒告訴你！」大宴嘆口氣說：「朱石樵說不用告訴，他說你一定一氣喫完了纔睡，沒想到你捨不得喫完。」

「不是捨不得。」小童說：「已經夠膩得慌的了。我回去先換上新襯衣，涼颼颼地，就趕忙鑽進被窩去。咳，全不對勁。領子太硬！離上帝更遠得多了！」

「誰在這兒鬧？」朱石樵醒了，故意這麼問。

「小童衣服口袋果然叫耗子咬破了。」原來那邊馮新銜早已醒了，他接著說：「你的鋼筆小心丟了。」

「鋼筆？」他自己摸了摸。「不會！」

「他的筆倒是不會丟的。」大宴說：「他身上那支舊的似乎已經用了不少年了。不過小童，你帶兩支幹嗎？我給你收著一支罷。」

「我正要兩支！」他說：「新的紅桿兒灌紅墨水。舊的黑桿裝藍墨水，上班畫圖就省事了。」

「你看這兒。」大宴指著桌上扣著的一個臉盆說：「我們把別的東西收好，單把糖放在桌上，用臉盆一扣。耗子前爪最沒力氣，就是掀不開。」說著拿開臉盆。帶了漱口杯，喊小童也去拿盆洗臉。小童順手又喫一塊糖說：「耗子前爪沒力氣怎麼知道呢？不過這麼大個盆，它是一定掀不開就是了。」說著就走了。

喫過早點，小童把那個美麗的紙盒裝的蔻蔻糖找大宴要了來，放在另外那邊沒破的口袋裏，他又帶上了那本"Gone with the Wind"去找伍寶笙。先到試驗室去看，不在，他就一直往南院去。走進門，到會客室一看，宋捷軍在那裏。穿得又是另外一套西服，更講究。領子換了雪白的。身體大小紙包、紙盒有四五個。小童說：「找何仙姑來了？」「別喊！」他說。小童找到周嫂去請伍寶笙，便坐下來看他的禮物，又是衣料，又是大衣，披肩，化妝品，鞋。確是豐富。小童說：「這夠開個小百貨店了！」

正看著東西，伍寶笙出來了。小童聽見說話聲音，便向宋捷軍說：「何仙姑大概也快出來了。」便跑出會客室來，正看見伍寶笙，旁邊是藺燕梅。藺燕梅正看了他那個永遠改不了的慌張勁兒笑。

「找一個，出來倆！」小童說：「真上算。」

「你又喊！」伍寶笙怪他：「再喊一個也沒有了！來罷，咱們三個出去走走，燕梅來了半天，淨在屋裏坐著了。」三個人就往南院外走。伍寶笙提議去翠湖轉個小圈兒，他們就下了西倉坡，到了湖邊，在堤上慢慢地走。小童一有了話想搶先說他就會走到她倆前面，回過頭來指手劃腳地說。

總是伍寶笙把他拉回來。

「小童。」藺燕梅喊他：「伍寶笙說我回家不到一個月，又變了樣子。你看看我，我變了沒有？」說著，三個人就都站了下來。她站定了，又轉了個身。「叫小童多看看！」伍寶笙笑著說。

小童看不出多少變化來。只覺得衣服比在學校裏又穿得漂亮些了。是一件深紅，有絳色格子，及黑點子的衣服。一件藏青色長毛的大衣，輕輕輭輭穿在外面。人也許胖了一點點。更標緻了。衣服穿多了，下面一雙鞋，一雙絲襪子裏的腿，那一雙圓潤悅目的腿就更顯得好看。

「看不出來。」小童說：「說胖了罷，腿像又細了，這簡直不像百米能跑十四秒的了。說瘦了罷，臉上又像是好東西喫多了！我真看不出來！」他還是真認真地。

藺燕梅笑得拉住伍寶笙喊：「姐姐！」伍寶笙忍住笑喊道：「別說了，別說了。你就算了罷。叫你看真算是倒了霉！你就不會說『更漂亮了！』？」

「我今天進城作客。」藺燕梅跟小童說：「我媽媽叫我打扮起來。爸爸說『馬馬虎虎算了。』媽媽說『那可不行，咱家就這麼一個女兒還不打扮得熱熱鬧鬧兒地?!』我就把頭髮這麼一梳，你瞧。也沒有什麼特別，我這個姐姐就說好容易半年功夫才把我改得跟大家差不多兒了，一個月又恢復了原樣兒！你說作人難不難？三下裏湊合不好！」

「哦！頭髮這個樣兒了！」小童很用心地看著說：「不過從前什麼樣兒，我又記不起來了。」

前半句才說完，藺燕梅點了點頭。一聽後半句，忍不住一下大笑，差點沒有嗆了氣。伍寶笙又要笑又要氣，她說：「你的眼睛真是太不管事了。人若是都像你，也真夠把女孩子們氣死的了。白打扮，都看不出來！」

「我的眼睛不管事才怪！」小童簡直不能服氣。「你說說看！哪一次新的小荷蘭鼠生下來不是我先看出新鮮花樣的毛？」

「打他！姐姐！打他！姐姐！」蘭燕梅笑得都淌眼淚：「他罵人！姐姐！」

小童是真的沒有留神，他趕忙說：「蘭燕梅，不生氣，不生氣。荷蘭鼠好玩極了，有時候比人都好。他們不是壞東西。你記得他們才這麼一點點兒大。毛這麼長，或者這麼長。小眼睛才圓呢！這麼一睞睫一睞睫地！」他又用手比，又睞睫眼，忙個不了。

蘭燕梅也是小孩脾氣，她也曾看見過一兩回小童養的荷蘭鼠。不過是小童偷著帶了她去看的。小童只開了門鎖許她進去用小嘴隔了鐵絲籠去吹一下小荷蘭鼠的毛，兩個人又趕忙收拾好躲開。小因為生物系不准人隨便看，怕這些小動物太好看，招惹別人來偷。所以她看得都是匆匆忙忙的。小童答應在有用不到的時候送她一對。她一直念念不能忘。她今天聽小童把她比成小荷蘭鼠，心上也不氣，倒想起自己若是一個小荷蘭鼠，養在小童的籠子裏不知道有多好玩！她又看見小童的那個樣真像一匹最小的小荷蘭鼠，她就出神地看著。伍寶笙早就聽人說過小童半年來也會做夢了，夢裏全是荷蘭鼠。屋裏，樹上，箱子裏，課室裏，甚至衣服口袋裏，被窩裏全是荷蘭鼠。大的小的，黑，白，花兒的，純色兒的，夾攙了黃花兒的，長毛的，短毛的，知道他養荷蘭鼠養得入了迷。什麼水螅，蟲，都因為學力不夠轉給別人去研究去了。陸先生分給他同心蘭的根乾脆是大宴代他培的。看了他學荷蘭鼠的樣子，兩個小孩子都像荷蘭鼠似的。她把蘭燕梅挽在身邊說：「小荷蘭鼠，別忘了，一會兒還要去作客，叫人家奇怪，哪兒來的小老鼠！」說著三個人在堤上又向前散步。

「我想起來了！」小童喊。

「我想起來了！」蘭燕梅喊。

「你又想起什麼來了？」伍寶笙問小童：「你先說，燕梅後說，她要說的事我知道，我先替她記著，省得她說後，你自己又忘了。」

「就是這個，」小童把手指頭從衣服口袋下面伸出來給她們看。小童永遠是那一身破制服。冬夏一樣：「這就是小老鼠鬧的，我昨天把衣服掛在床頭上就叫小老鼠掏了個洞！喏這個！」他想起昨天宋捷軍分送東西的情形，好不神氣：「我有兩件東西，你們一人一樣！」他一邊說一邊往另一個口袋裏掏。

「你把小老鼠裝在口袋裏了？」藺燕梅眼睛睜得大大地。她真愛小荷蘭鼠，可是小童若是就這樣遞給她，她又有點害怕不敢用手接。

「唳！」伍寶笙嘆氣：「你們兩個怎麼得了喲！會不會一個說完了，一個再說？淨插嘴！」

小童掏出了那盒蔻蔻糖。藺燕梅纔放心。「這個給我？」她說。便喜歡地接了。

「給你。」小童說：「昨天存在大宴哪兒的，要不然，也叫老鼠咬了。」

「姐姐！」她聽了「大宴」兩個字，又想起她要說的話來，她進城來本是作客，又附帶請客的：

「你讓我說了罷！我憋不住！」

「好！你說，你說。」伍寶笙真像她的姐姐似的：「一句話也存不住！」

「小童！」藺燕梅說：「媽媽和爸爸要我來請客！大年初三，下禮拜天，請你們到我家來玩一下午。好玩著呢，這兩天都把我忙壞了。有你，有大宴，我姐姐，范寬怡跟她哥哥，喬倩垠，凌希慧。方纔姐姐說還加上蔡仲勉，薛令超。這些人都用不著你管。你去告訴大宴。別忘了。」

「伍寶笙，你也加上兩個客人？」小童很少在校外有宴會。他很奇怪地問：「是不是聚餐？」

「別傻了！」伍寶笙明白他的心思：「你是不是也要加客人？我替我妹妹問問你。說話以後不許這麼個傻神氣。學點作客人的樣子，省得叫人家女孩兒笑你呆。」

「只加一個！蘭燕梅！」他向小主人說：「本來要加三個。馮新銜、朱石樵這兩天神出鬼沒地不去攪和他們。我加上余孟勤。你說行不行？」

「余孟勤？姐姐，那個聖人？」

「就是他。聖人。」小童說。

「就是那個長方臉，濃眉大眼的。」伍寶笙說。

「有點像先生似的！」蘭燕梅一直記得開學那天那一雙眼睛把她看得差點走到小水坑兒裏的。她一直沒有和他正式認識，不過在宿舍裏閒談，常常聽到他許多事：「也請他。也是你去找！朱石樵、馮新銜也請請看。」

「燕梅跟他還不認得呢！」伍寶笙說：「你去請請看罷，反正都是同學，不過我看他未必來。」

「準來！」小童說：「他常常說起你來呢！蘭燕梅。這個聖人什麼都知道，有他就特別好玩。」

他們說著走著已經又轉到了翠湖東路和青蓮街口。伍寶笙看了看錶說：「燕梅！我們送你上了坡，你去坐車走罷，該吃喜酒去了。」他們上了坡看她上車走了。兩個人走到回來的路上。小童纔又想起方纔一陣說笑忘了腋下這一本書，他們腋下挾書挾慣了，誰也不注意誰。小童說：「伍寶笙，這兒還有一件東西。這是宋捷軍送你的。」

伍寶笙接過來看了一看說：「這本書我看過了，存一本也不值得，我就怕東西多。方纔那一盒糖也是他給你的罷？」

「也是。都是！」小童興高采烈地：「還有新襯衣，還有新鋼筆！你看！」

伍寶笙看他高興的樣子，又見他破制服裏的新襯衣，便和婉地說：「你們是老朋友，無所謂的。我不要他這本書，謝謝他罷。」

「怎麼？不要？」小童覺得奇怪：「他說知道你英文好，英文書看得多，特地買了托我送給你的。」

「小說呀，」她說：「看過也就算了。讓他送給別人罷。」

「我就這麼告訴他？」

「嗯。宋捷軍這個人的東西，不好收他的。」她看小童在等著聽下文，便接著說：「他現在已經不是我們同學了。方纔藺燕梅來的時候，看見他抱了大包小包許多東西往南院走。凌希慧從裏面出來三個人遇在一起。宋捷軍請凌希慧代他去找何儀貞。又和她兩個說要請她兩個看電影。凌希慧說話是不留情的，她替燕梅回了他，說下午沒功夫。她倆又走進來告訴大家。我們出來時，何儀貞還沒有決定見不見他呢！可憐何儀貞這半年大概用了他一點錢，他那神氣，和來信的口吻竟像人家何儀貞是他的人了似的。我們出來時候大概他是在會客室裏罷？」

小童聽了心上不很好過，說：「那麼藺燕梅接了那一盒糖。」

「那倒是沒有什麼關係。」她說：「是你送給她的。她心眼兒好。別給她裝上許多心事。」他們走到文林街上，遠遠看見宋捷軍和何儀貞走了過來。伍寶笙低了頭，小童想想不高興，想過去把書還他。伍寶笙已經察覺了，拖了他一把低聲說：「別這麼莽撞。你沒見那大包小包的還在宋捷軍手裏拿著嗎？」果然何儀貞走過來時臉上坦然地。宋捷軍倒也得意洋洋，並不以送禮人家不收為意。小童和他打了招呼，大家走過去了。

小童回去通知大宴余孟勤說藺燕梅請客的事，大家都羨慕得很。馮新銜、朱石樵太忙，不想去。大宴的事情他自己安排得好好地，說可以放一天假。余孟勤也真想去，不過他那天在報館要當班，去不成。他說：「咱們自己也玩一天。過年三十晚上，咱們自己聚一聚！」大家都贊成了。

余孟勤回去自己計算一下：童孝賢家境不錯，這些天也收到了錢，大宴工作辛勤，用錢節儉，都不成問題。朱石樵、馮新銜都是有一天沒一天地，還有傅信禪，似乎永遠挺慘似的。就是這三個人不知這聚餐該怎樣才好。至於周體予，倒是個有打算的人，永遠有辦法。余孟勤想著心上決定不下怎麼辦才對。想：「難道連過年都不喫點好的？」

他又想，學校裏能有范寬湖兄妹的家庭，或是有藺燕梅那樣幸福的人，究竟是少數。但是物價一天天地高，繁華的引誘一天天地具體化，發國難財的人似乎都聚到昆明來了，把古樸的昆明城弄成了個暴發戶的樣子，而學生中到底變節走上了宋捷軍的路的仍是少數。

「到底我們還活著！」他憤憤地用拳在書桌上一擊：「我們消極地成功是沒有凍死，或者餓死！我們並且積極地工作，求學。這個新學校的成績，又像紙裏包著火，自然地燒出來了！」這時學校裏各方面全顯出不停的努力，似乎是對外界大壓力的一種反抗。

同學之間的感情也受了這種新處境的影響。從前在太平日子裏，每人都把私人的事用禮貌保護起來，不叫別人過問。那時節大家的生活問題似乎不怎麼需要應付，問起人家的經濟情形似乎是一件過分親近的事情。在那樣環境裏窮學生固然只好自己蟄伏起來，稍好些的，又苦於裝那裝不完的腔。現在這一層幌子是不用裝了。一個人有了錢，人人都曉得，一個人挨了餓，誰也不會袖手旁觀。余孟勤曾經說過「彼此關懷那裝得半飽的肚皮甚於兄弟」。金先生笑著補充他的話說：「噓寒問暖，過於夫妻！」所以誰也不曾有當真過不去的情形。

大家之間那一層礙於情面不好探問的心慮既經除去，便可以放膽地去幫助別人，或是接受別人幫忙，這改變不知道包含多少躑躅或者誤會。然而新風氣一造成，便被大家實行慣了。離開了學校，分別了許久也都不會改變；我仍可以給你一支洋燭去伴你寫文章，你仍可以把半舊的襯衣截下一塊布來給我做襪底。我們決不會彼此看了好朋友手中有價值的工作被生活艱難劈面奪下來。

余孟勤第二天想起一個辦法，他去找米線大王商量，能不能特別為他們忙一個年夜。米線大王的高興出了他意外。老板娘一聽有小童、大宴、朱石樵等等的名字，竟似聽見自己一家人可以團聚似的，這些事便迎刃解決了。余孟勤心上又是高興又是感慨。他先瞞了大家不說，還一面催大家準備錢，說：「三天之內沒有錢，只好喝開水過年了。」

年夜日，錢的事大家依然故我。馮新銜是有大宴代他存了一點稿費。其餘，有的還是有，沒有的還是乾瞪眼。其中朱石樵最妙，他說：「我三天來，每夜省一支蠟燭，今夜再不用。一共五支，由大宴折乾買回去吧！」

余孟勤說：「我已經想好了一個主意，大家去米線大王那兒湊成一桌，一人一碗米線罷。」

「米線大王今天不會開門的。」大宴說。

「試試看！」他答。說著便走，大家也都無所謂。誰又都是一向不住嘴愛閒談的。也沒有空去提議別的，就浩浩蕩蕩一大隊往鳳翥街走。一共是九個人，余孟勤，宴取中，朱石樵，馮新銜，童孝賢，周體予，傅信禪，蔡仲勉，薛令超。本來還有范寬湖。後來他說他妹妹堅持要他一同到一家親戚家去，便不能來。小童最佩服范寬湖，高大，爽直，好打抱不平，功課好，念書不費勁，課外活動樣樣比人強。就是這樣怕他自己的妹妹，叫他生氣。他為了喜歡范寬湖，便特別討厭他妹妹。說她是魔鬼。

他們九個人走到街口，已是天晚了。家家門口燃著香燭。有的地方鞭炮已經開始響了。店舖都把門板上好。門板雖是上了卻又不像是平常休市的街道，因為那上面一年來的積塵已經一掃而淨，代替的是紅紙，金花，春聯，符籙。門上神荼、鬱壘的像也有；戚繼光、狄青的畫像也有。五光十色，還是昇平景象。

到了文林街，也都是一樣，馮新銜說：「過年過節的時候對於在家的人是特別快樂，對於旅人特別殘酷，我們何必趕這一場淒涼？不用問，米線大王是不會開門的。我們又不是真的無處可去！我們一如平日不是一樣嗎？」他特別容易感傷，離家又遠，酸辛的鄉思不覺流上心頭，他悲憤地這麼說。薛令超和蔡仲勉也有點這種意思，尤其是薛令超，他家本來是在昆明的。後來他父親為了職務的遺調才搬到雲南西部一個縣份不久，這次對他說尚是離家第一次。他本想熱鬧一下，來排遣感懷的，聽了這話就不覺難過起來。小童說：「還是范寬怡厲害！她看準了這一點便把她哥哥拖走了。咱們別這麼哭喪著臉行不行？又不是開追悼會來了！」蔡仲勉是有話不搶著亂說的。他說：「我和薛令超都是上了大學才算離開家的，一種新環境給的興奮，我覺得可以代替舊情感的留戀。你們這種傷感不是辦法。將來分散了，又該想念同窗，朋友了。一輩子都過不了快樂日子！」

「聖人！」大宴說：「蔡仲勉不得了。說好了，是豪傑；說狠了是曹操司馬懿一流人物！」

「這些話，」余孟勤笑著說：「都是應時應景的文章，說說正好。說哪一方面的看法也都不要緊。可是同一處境人仍有苦樂之分，這就看人而定，自求多福，誰也幫不了誰的忙了。」

「不過感情上的一切變化全是一種享受。」薛令超說：「『太上忘情，其下不及情，情之所鍾，正在吾輩。』我連悲傷也當作一種權利，要仔細享用！」

「你看看！」余孟勤聽了對大宴說：「反響來了罷。真悲傷的人咱們這九個人裏恐怕還沒有呢。」

「那麼馮新銜呢？」老實的傅信禪問。

「他是喜歡做文章罷了。」周體予打趣地說。他的話是有意的。

「簡直是對！」朱石樵像是試探似的攙進一句：「文人有幾個是愛真摯的情感甚於愛華麗的詞藻

的？」

馮新衡聽了知道是為了他昨晚上看了朱石樵的稿子，說文句太不肯修飾之類的玩笑話，朱石樵故意來嘔他的。他便不說話，想以無言來辯勝口才。不料昨晚的事發生時，周體予，大宴，小童全在場，今天一聽，都明白了，便大笑起來。余孟勤問是怎麼一回事。小童說了出來，大家更笑得開懷，不覺已經走到了米線大王門口。

這門口也是關著的，門上也是悄悄地。有春聯，有符籙。小童一看說：「大余！春聯是你寫的！」大家一看果然！上聯是：「人門南唐金葉子。」下聯是「街飛北宋鬧蛾兒。」大家覺得新鮮。「是你自己做的？」小童問。「不是。」大余說：「是清末一個陳維崧做的，在他烏絲詞裏一闋憶江南中找的兩句。」

「陳維崧？」薛令超說：「我們正念中國文學史，在陸侃如、馮沅君的《中國詩史》上，他的詞是劣作。」

「我覺得這個說正月的景致，怪不錯的。」朱石樵說：「《中國詩史》是部好書，可是無論看什麼書全要有自己。」

「咱們走到這兒，看看米線大王的春聯也就算過了年罷！」周體予說。

馮新衡看出了一點意思來說：「這個大門雖然也是關著，可是就叫人覺得是早春的荒野一樣。寂寞的後面那一團藏不住的熱鬧卻透過來了！」

「又作文章啦！」朱石樵說：「你怎麼曉得？」

「詩人是不曉得什麼的。」余孟勤笑著說：「他是感覺到的！」

小童忍不住了，撲上門去就拍：「米線大王！客人來了。」

門呀地一聲開了。裏面香霧繚繞，燭火高燒。大紅的「天地國親師」宗位。窗戶，門楣上飄著紅紙剪的符籙、甲馬。四壁上多少「漁翁得利圖」「鯉魚躍進門」「聚寶盆」「麒麟送子」還有「老鼠娶婦」許多彩色的年畫兒。地下鋪了厚厚一層松毛，老板娘穿了舊緞子的衣裳，也光閃閃地。米線大王，穿了一件新的陰丹士林布罩袍，簇新得耀眼。大家喜歡得又笑又鬧，喊成一片。米線大王的母親，一個蒼蒼白髮的老婆婆聽見，知道客人來了，便扶了一個小孫女走出來見。大家上去問好。慌得她忙讓開，一邊又還禮不迭。一團和氣歡喜裏，米線大王夫婦抬了個大圓桌面出來按好，大家圍了坐下。這些同學們高興、詫異，還沒有和緩下來，裏面竟端出十幾個整整齊齊的蓋碗茶來！

「唷！媽呀！」小童簡直嘆氣了：「這成了神話了！我們簡直是走進了那個神秘的小木桶裏了。大吃大玩，然後又忽的一下子，什麼都沒有了，還是一個小木桶子。」那個老婆婆聽了笑得攏不上嘴。她張了無牙的口，問道：「這位小先生今年二十幾了呀？」

「他二十。」大宴替他回答。

「才二十！」她聽了喜歡：「你們都年輕得很呢！又都上了大學，又都怪聰明的，難得又這麼客氣！」她兩鬢疏疏落落的銀絲在燈下暉著光輝，慈祥和藹，誰也覺得是自己祖母那樣。

酒菜，都上來了。雲南風俗下養成的慇懃敬客手段是不能抗拒的。每人碟裏都是喫不完的菜。盞裏喝不完的酒。小童被老婆婆叫去坐在身邊，他的碟裏各種菜肴，雞，魚，鴨，肉，堆得小山似的，他忙喊：「別再堆了，救命！我全看不見對面的人啦！」一句話把老婆婆笑得喘不過氣來。大宴忙叫他老實一點。

米線大王夫婦看見母親高興心上也都喜歡，大家吃喝說笑，都有點微醺了。馮新銜酒量不大。

今天是特別用的開遠雜菓酒，甜甜地容易下口，一氣喝了許多杯。米線大王夫婦忙著給斟。老婆婆止住他們說：「不要斟了，酒多了招呼出門著了涼。」馮新銜也說：「不能再喝了。」

大家看馮新銜果然不大成了。便把飯喫了，又喝茶談天，這天大家都多少有點鄉思，各人皆說了點故鄉風土，傳聞。老婆婆聽了喜歡，不覺談到很晚。老婆婆也講本地習慣應該擺年飯在地下坐了喫的，所以地上才鋪這麼一層松毛。大家聽了才明白。余孟勤看馮新銜面色轉白，知道酒喫多了，提醒大家告辭回去。老板娘忙檢出一個竹籃子，把茶碗全洗好，裝在籃裏，交給他，大家再三辭謝了出來，老婆婆還埋怨她媳婦不該這麼快洗了茶碗叫她留不住客人。

走到沈氏茶館門口，余孟勤敲開了門。還了茶碗。大家才算把一個啞謎弄明白。一頓年飯是米線大王請的。

「這地方人情自來多麼厚道！」小童說：「全叫新興投機商人弄壞了。」

「不止這一個地方！」傅信禪說：「什麼老地方都一樣！湖南許多好州縣也都變了味兒了！」

「中國就比方昆明或者湖南什麼小州縣，也都走的是一樣的途徑，變得不可愛了。」薛令超說。他氣憤憤地。

「這問題可就大了。」蔡仲勉說：「新同舊，與好同壞怎麼就有連帶關係呢？這許多話真難叫人服氣。」

「蔡仲勉是了不起！」余孟勤說：「你若有心這是個值得尋思的問題。你似乎能把情感的因素分辨出來。其餘的工作便好下手了！」

大家七嘴八舌地說這一餐快樂的年夜飯。都覺得這種陌生人的好意竟比親人的團聚還要可喜幾分。

馮新銜一直沒有說話。走出鳳翥街來，迎面一陣風，「哇！」一口吐了許多酒在地上。大家忙扶著他。余孟勤說：「雜菓酒味兒甜，容易喝，其實力量並不小。」大家把他扶回去。看他睡在床上，又說了許多醉話，全是想家的話。朱石樵聽了心上又難過起來。大家也不散。待他兩個都又高興了。馮新銜取水漱了口。蔡仲勉、薛令超兩個才打夥兒走城牆缺口回北院一年級男生宿舍去。

過了年轉眼到了初三，這天下午小童已把他的制服洗好，壓平，雖然也壓出一些不大好看的褶兒來，總比平時光鮮多了。他穿好衣服，找上大宴，便一同往城牆缺口走，剛上了小路看見迎面出來了范寬湖兄妹。走近了聽見范寬湖對他妹妹說：「你看，不是小童和大宴來了！」小童他們從那天在米線大王那裏喫酒起就沒有見到范寬湖，所以一看見就跑上去想告訴他年夜飯的事。不等他開口，范寬怡先發了話，把他嘴堵住了。大宴心裏想：「好厲害，小童也碰上個說話比他快的了。」

「先別忙著走！」她說：「是上藺燕梅家去不是？她今天請客有周體予沒有？」

「沒有。」小童說。

「我記得是沒有！告訴你，你不信！」她哥哥說。

「你的記性靠不住。」她說：「小童！那天藺燕梅來請客，我不在宿舍，是她告訴伍大姐的，伍大姐第二天遇到我哥哥說的，有我們可是沒有周體予。昨天我哥哥才告訴我。宿舍裏不被請的同學全比我自己先知道，你說有這種道理麼？我不信沒有周體予！你說的也不能算數，非等我去問了周體予不成。」

「得了罷！」大宴說：「看你這個霸道神氣！辮子，辮子！」

小范就怕大宴的這兩句話。有一次她和陸先生爭分數。她的普通生物學沒有考及格。其實她可以考及格的，但是考試時搶頭卷心切，把題目答漏了。那時她看辦公室沒有人，便和陸先生爭分數。

陸先生人是滿和氣的。可是給分數時，你若是差半分及不了格，他便還你個五十九分半。臉上還是滿和氣地。「外國規矩！」他會笑著說。小范爭得不得下台，便搖著頭要哭。小辮子甩得兩邊飛。辮子下面的大花綢結也掉了。陸先生仍然是笑著說：「下學期考好點！」這時正巧大宴到生物系來取一籠他們心理試驗室裏養的小白老鼠。一下走進來看了這一幕。陸先生和他對面，便和他打了個招呼。小范忙轉身來看，又氣又羞。她原想爭個及格分數好光榮一點的，不料惹了雙重羞辱。生氣地問他：「你幹什麼來了？」

「我？」大宴說：「拿小老鼠來了！瞧瞧你！」他指著地下那塊花綢結子笑著說：「辮子！辮子！」

她心上真崇拜這些學校中皎皎發光的星，大宴他們的名字是在先生同學口中時常提到並且被稱讚的。他們也都是自己哥哥的好朋友。可是她心上又恨他們，恨因為這些名字把她自己過去在家中，在中學裏同樣的聲望給遮蓋下去了。她還小，還不大覺得出這是一種淘沙取金似的歷程。雖然也有好金子被忽略了，大多數總是被選中的。一次一次的淘洗，家中，小學，中學……。像她這樣一粒金沙，被驕傲自滿所蒙蔽，在大學中已不算是什麼了不起的了。所以她免不掉恨。那種恨也是無可如何的。正像全國運動會上失敗了的曾在地方上優勝過的選手心理一樣。不過她是個硬朗的腳色，她準備苦幹一下再抬頭，她打算吸取這種選擇辦法的好處。

那天在陸先生那裏她受的打擊太大了。她又不好和大宴動氣。大宴常和她開玩笑的。他們走出陸先生的辦公室來，她望了望大宴手中的一籠小老鼠，恨恨地瞪一眼說：「來拿耗子！『狗拿耗子！多管閒事！』」跺一下腳便回頭飛跑。不料方纔在陸先生辦公室裏沒安心紮緊的辮結，這一跺腳，一跑，把結子又掉了。大宴笑了個前仰後合，又把她喊住：「辮子！辮子！」因此，她一聽見大宴一提這事就老實得多了。

「你不用去問了。」大宴制伏了她：「藺燕梅來請客只告訴了伍寶笙同小童兩個人。小童在這裏還會錯嗎？至於謠言，那可多了，有人傳說請全體外文系同學呢！人家幹嗎請那麼些個？不過你打算加上周體予我都能代表答應。本來還有余孟勤，他有事去不成。這都是無所謂的事，全是同學，一齊玩玩罷了。」

「我就是要帶上他！」她說。

「沒說不許你帶呀！」她哥哥說：「人家誰說不許帶了。周體予這會兒誰知道在哪兒？」

「這個我可是知道。」她說：「問題就在這兒！昨天下午你告訴我這事，我晚上就碰見了他，我就告訴他了，我說一定是你記錯了。現在他在他們系圖書室自己開了門進去念書等著呢！他這個寒假管系圖書館，走，去找他去。」說著向大宴作了個鬼臉，他們走了。大宴和小童也進城去了。先到南院會合了伍寶笙，喬倩垠，凌希慧。伍寶笙說：「咱們在這小操場等一會兒，我的兩個弟弟馬上就會來。」正一邊說著一邊曬著那昆明冬季永遠不會缺乏的太陽，那兩個來了。也都穿得齊齊整整。都是制服。大家都站起身來走。

「還有范家兄妹倆，和周體予。」大宴說。

「不用等他們了。」小童說：「並沒有約定。小范精靈得很，他們自己會去。」

他們便一路走出來，伍寶笙問關於周體予也去的事，她說：「小范據說到處找我，偏說一定也請了周體予。我今天又是去陸先生花園去收同心蘭的根去了，在火化院待了一上午，飯也誤了喫，她是聽誰說的有周體予？」

「是她自己猜的。」大宴說：「我告訴她沒有什麼不可以，原來她早已約好周體予等她，聽了這話便去找去了。」

「小范是個獵人。」凌希慧說：「她每做一件事，必須有所得，而她也都能有所得。比方說這件事罷，幾乎是她整個抓住了周體予，由她一個人來操縱這戀愛似的。把周體予哄好了，一起玩幾天，看周體予有點得意了，有點憊懶了，又氣他一下，叫他悶幾天。在她沒看清周體予時，初開學那些日子，她把行跡弄得神不知鬼不覺，等到她看準了周體予為人忠厚老實，對她有真心，便一下子把事情弄明了，好像大家都要明白周體予是她的了！她的這一手真虧她，小小年紀。」

「我別的不佩服，單就她這一天到晚精神虎虎地，我就辦不了！」喬倩垠說：「看她一天費這麼多心，做這麼多事，還是一點也不少玩，一點也不少唱，鬧！她就能不累！」

「可是功課就不及格了。」蔡仲勉說。他和她同班讀生物。

「這一次考試不能算。」伍寶笙說。「她聰明有餘，你不信，看下一次！」

「這種駕馭人的手段本身無所謂好壞。」大宴說：「只要看用這手段時的居心。我覺得她待周體予真是好極了，周體予這半年功課也特別有進步，做人也會做得多，這些地方全看得出她的成績。這種方式的戀愛，確實是一個聰明女孩子的行徑。我們都曉得她愛周體予是因為周體予工作成績好。她便盡力幫助他保持這可愛之點。所以愛情有點手段也不是錯的。」他這話是故意說給小童聽的。

「所以啦！」小童就應聲回答：「心上覺不出真感情時，戀愛還可以照規矩進行！上帝一看人類如此，就用把大刀自殺了。」

「不許這樣說話！」伍寶笙看他那副鬼臉模仿自殺的樣子，笑著制止他：「怎麼能空口白舌地說人家沒有真感情呢？我正要說除了大宴說的那種外表上看得見的手段之外，她心上真是一片純愛，這愛情雖說是自己因為對人家尊敬才誘發的，但是力量也確實很大。沒有一個推動力，哪裏會有照了規矩去戀愛的？瘋了？」

「你怎麼看得出來人家心裏的事呢？」小童問。

「還要我舉例子嗎？」她笑了：「你的心事，我連看也不看都能知道！」大家都笑了。小童的話才一出口就知道不妙，他就一個人跑到前面去了。

「其實她跟我說過。」喬倩垠說：「有時她氣了周體予一下，自己心上也不忍，她性子又硬又不願去跟人商量就只有用撲克牌自己算卦。算得好，或是不好，又都不相信。看著也真可憐。她有一回忍不住了，問我說：周體予會不會明白她是真愛他？我告訴她說，大家都明白，但是周體予自己或者反倒迷糊。我說：『你別叫他誤會。和好了罷！』她說：『不行！我定好這一次要氣他一個星期。誰叫他敢動手摸我的辮子！』她就果然一個星期不理他。周體予來找也不見，在路上看她眼皮兒也不抬，低頭就快走。拉住一個女同學一塊，叫周體予不好上來講話！她另外一面也想得真周到，她這一個禮拜也不玩，也不看電影，也不去和別的男生玩，就乖乖兒的。等到一個禮拜過去了，又看見那個周體予舒服得什麼似的，小心翼翼地陪著她了。兩個人形影不離，上圖書館，打球，喫米線大王。」

「我看周體予真有點配不上她，論外表，論聰明。」大宴說：「還累她費了這許多心思。」

「這正是她聰明的地方。」凌希慧說：「她何苦抓住一個叫別人看來是她自己配不上人的呢！一天到晚提心弔膽地直怕夢飛了！」

「其實戀愛也真有省心的。」伍寶笙說。

「沈蒹！」凌希慧接著說：「她這一段兒真是別有風味了。范寬怡是獵人，她真正是獵物。不過也不壞。金先生似乎只請過她兩回，也許還打過兩回 Bridge。人人都說金先生喜歡她，她自己也就那樣相信著！好像淨等著畢業金先生必來向她求婚似的！」

「真是『戲法人人會變，各有巧妙不同！』」小童又跑來插嘴：「不過這種當獵物的辦法省事是省事，有點碰運氣。危險！」

「真不得了！」伍寶笙做出大人神氣：「小童變得多了。對於戀愛也有了意見了！你是什麼論調？聽聽行嗎？」

「我是比當獵物還省事。」他頑皮地說：「我乾脆不打獵。」

「你是『瞎貓碰死耗子！』」凌希慧專愛找口齒上討巧的人拌嘴：「碰上誰是誰！」

「就許連死耗子也不容易碰！」小童是不大輕易套住的。何況他又才吃過一個虧：「瞎貓太多了。死耗子也少了。何況不瞎的貓也放不過死耗子去！」他說這個完全是和凌希慧拌嘴，他的心也是不大容易為玫瑰花的刺扎著的。他有了引他入勝的功課和試驗，又有很好的人緣兒，大一點的女孩子全把他當弟弟似的看待，他便想不起戀愛來了。他正是在這麼一個糊塗的年紀。

「說得怪可憐兒的。」大宴看了他那一步也不能好好地走，蹦蹦跳跳的樣子說：「近來確實懂事多了，也長高一點了。伍寶笙給他留神找個死耗子罷！你們耗子領耗子，說不定還能領個活的來！」這一下子，女孩子們可吃了虧了，都罵凌希慧討巧不成，讓人家佔了便宜。

「這也應該。」伍寶笙說：「等小童再長高點兒，肯勤著洗臉，肯穿襪子還要細心點兒能留神女孩子頭髮樣子的時候，我一定給找！現在這副神氣，這份粗心，還用不著。」大家聽了問這「留神女孩子頭髮樣子」的典故。她便講了，大家就笑。說起了藺燕梅的頭又談到范寬湖似乎常去接近她。凌希慧說：「范寬湖是個不錯的，比他妹妹強多了，可是這一點上卻不大成。他的心思他自己也弄不清楚。藺燕梅也是個傻丫頭不知事兒，真是怎麼鬧的！」

「所以聰明丫頭們，就都很知事兒了。」小童突出一支奇兵。凌希慧竟招架不及，把臉一沉說：「人總是愛惜自己認為好的人的。所以不覺話說多了。咳，忠厚的話也要防不忠厚的人聽！」

小童已經知道這是以攻為守了，便不管她。因為忠厚兩個字他倒想起米線大王一夕盛會，便口若懸河地講了起來。這事女孩子們也微有所聞。現在才有機會見到全豹，都聽得津津有味。就分外覺得街上走著的昆明口音的人可愛了。他們是多麼想家，又是因為年輕多麼容易把一片對故鄉的愛移植在自己寄居的土地上啊！

他們走完正義路，出了近日樓，上了金碧路，從金馬牌坊下穿過，走完金碧路過了拓東路聯大工學院，到了去巫家壩的公路上。藺燕梅的家是一幢小洋房，在這公路旁，距巫家壩航校一半的地方。這樣算來距學校已經有近五公里的路了。

走上了巫家壩公路，道路兩旁便都是田地了。遠遠望去可以看見飛機不停地起落。航校正加緊訓練保衛祖國領空的戰士，星期日也不休息地上著課。喬倩垠的身體不大好，她走乏了，要求大家都休息一下，她說：

「我實在累了。大家休息一下吧，走得臉紅氣喘地到人家家去也不好。」

伍寶笙看她額上已經見汗，怕她著了涼就用手絹替她擦了，又把自己的大衣給她披上，由她倚了路邊一棵白楊樹休息著。

「這地方就像我們杭州一樣。」薛令超說：「筧橋中央航空學校就是這個樣子。一片田，那邊飛機一個勁兒地起落。背後一片山。」

「水田又像我們吳興一樣，也是河溝，也是樹，不過，河裏太狹不能走船。」喬倩垠說。

「我想何處不是中國？」大宴說：「我們這一輩的人鄉土觀念已輕得多了。我們不但愛昆明人，問題太大了！」

「那麼說來，何處不是地球！」小童興奮地說：「全人類都是一樣！又何處不是宇宙！媽呀！也能什麼地方，及什麼地方的人都愛！」

「少作點夢罷。」凌希慧冷冷地說：「耳朵裏聽著航校的飛機，心上還會想得這麼遠！這才一個星期沒有警報！人類還不是那麼聰明呢！他們不會把目標放得那麼遠。他們頂多會一段一段兒地走。今天的目標是明天的出發點，然後又有了新目標。太聰明的人，指示了遠一點的目標是危險的，因為人人都要反對他。你若放下了武器去找日本軍閥攜手說：『算了罷，你不用打了，黷武主義早晚要失敗的，何必大家看不明白，一齊受損呢？』他要不是一鎗把你送回老家才怪。有了這麼一個糊塗的起來搗亂，大家只有跟著倒楣，我們沒有發起戰事呀！可是你忍心勸我們的軍隊不要打，受日本軍閥宰割去等待他們覺悟嗎？」

「那樣其實在人類進化上是一種罪惡。」伍寶笙早在一邊想了半天了：「這種愛人的道理有點似是而非。人類所以有今天不是偶然的。從一個初有生命的變形蟲，或是一小片原生質進化到了人類，不知道走了多少險路。我們從生物進化裏不知道看見了多少戰爭了。有了戰事，就該盡力的打，一定要使勝利難得，要使勝利可貴，要用盡心力開發，用盡富源打上一打。打仗是一種權利。好像是競選的資格一樣。誰要是說洩氣的話便是個棄權者。也許就因此把進化遲延了。努力競爭，纔是愛人類。這愛是大的。而人類進化又是無止境的。用不著假定一個目標便到那裏去休息。這麼說吧，我們看人類的身體構造還很有可改之處。但是這個看法是今日人類的看法。一旦改良了不會又有新需求嗎？人類本身如此，更何用說人類力量能駕馭的其他東西呢！」

「不過一個人生命有限，他只跑接力賽跑中他自己的那一段。」大宴說他是絕對不作夢的。他也不是純科學家。如今這個世界正是他的世界。他有科學上極豐富的知識。也有歷史的眼光：「這樣說來，我們應該看準了自己這一段的目標，努力跑就是了。這樣，凌希慧也不必生氣。人生本是一段一段兒跑的。可是這個接力賽跑以我們有限的生命來看還看不到頭，所以伍寶笙說的放棄便是罪惡的話也是對的。你想，在你這一棒裏跑得慢了，豈不是累了萬代子孫成了千古罪人！但是說能力不夠的戰敗者在進化中的功能，就僅在增加戰事勝利的可貴，我就不贊成了。大家都努力跑，進步一起都快，就是戰事常促成發明的道理。不過，今天你慢，也許明天在另外一個情形下你又比別人快了。也不見得就總是可可憐憐兒地當個陪綁的人。只要先前後看清了路線，跑起路來，腳步清楚！當然這話是用戰爭作比喻說的。」

「好了！」喬倩垠站起來說：「我也休息夠了，你們這種談話我聽了就累！我尤其反對優生學。這個世界已經夠忙的了。你們把人類又改良一下，再忙一些。人生還是人生。我記得有一張戰前縮減軍備會議時的漫畫。畫了英，美，法，德，意，日列強每人揹了一尊大炮，為這軍費負擔壓得汗流氣喘，另外畫一張誰也只背上一根步鎗，仍是勢均力敵，題目是：『何不如此？』這就是對你們這種情形的人的一種諷刺。『天下本無事，庸人自擾之。』」

蔡仲勉用不忍的眼光看著她說：「人的思想都是有來源的。你的這個想法恐怕都因為你身體太弱了。注意點健康罷，別叫思想、健康互為因果，就不好辦了。」大家都知道喬倩垠身體差。很以這個話為然，不過也不好再說什麼，怕她難過。看看蔡仲勉臉上充滿了陽光血色的快樂樣子，希望她自己能體會到健康的快樂就好了。

話正說得熱鬧，已經看到了淺黃色的一所小洋房在路右邊。矮矮地一圈白色小木柵圍了不大不小一片青草地。這樣的小草，在雲南是四季長青的。木柵的門，雖設常開，有一對栗色長鬣獵狗在田野裏追逐著玩。看見他們幾個人走上小路來，就向他們跑來。伍寶笙是來過的，知道這一對狗不胡亂咬人，就拉了喬倩垠在身後，自己走在前面。小童、大宴幾個男生在後面慢慢走。那一對洋狗就跟了他們腳下轉，鼻子在各人腳下嗅個不了。凌希慧膽子大，不在乎。喬倩垠雖然也相信牠們不致咬人，卻仍不免一手按了心口，一手拉了伍寶笙，兩隻腳，一步高，一步低。看看走近了小木柵門。房門開了，藺燕梅一手按了未扣好的大衣，就飛跑過來，輕盈地跑下石階，轉過階前一個小圓花池，過來撲在伍寶笙身上。

大家都走進柵門。圍了說話。兩隻狗偏在大家腿下鑽。她看見喬倩垠害怕，就捉住牠們一家一只大耳朵，彎了腰，用一隻手一併捏著。笑著對伍寶笙說：「你們纔來。小范他們三個早來了！」

「有周體予沒有？」小童問。

「有。」她說：「上回是我忘了請他。你們走來的？他們騎車來的。咦！余孟勤呢？小童？」

「他有事來不成。」小童說。

「真是！」她真像個小主人，好似一位老交情的朋友來不成那樣。說著大家一起往房裏走。她放了狗，又把手一揚，牠們又跑了。

「看燕梅。」伍寶笙對凌希慧說：「在家裏又是一個味兒的了。」

「糟糕！」小童說：「我又看不出來！」

藺燕梅聽了伍寶笙的話，剛瞪了她一眼，一聽小童的話又笑了，說：「不聽她的。我都是一樣。」

「像你呢！小童。」伍寶笙說：「到哪兒也跟在學校一樣！」

進了門，一個過路，兩邊是衣帽架子。有一面穿衣鏡，看見范家兄妹的大衣在那裏。女學生有大衣的也脫下來各人掛上。男生們都沒的可脫，便攏了破衣袖幌著進去。

這裏一個小廳堂，右手一個寬寬的樓梯，圍了牆，轉上樓去，栗色地板，白色欄杆。都潔淨得無塵有光。牆上，順了上樓的高度，掛了一個個的鏡框。裏面全是晴空白雲裏翱翔的各式飛機。從廳堂向左轉，是一間寬敞的客廳。四圍有深色的沙發，也有些放了厚墊子的籐椅，窗上有絳色窗帘掛在白漆窗框上，桌上有花色的絲絨桌毯，瓶裏有花。大家走進來看范寬湖同周體予在看一本大畫報，是美國出版宣傳航空知識的，因為小范被蘭太太拖住了手在一個長沙發上問長問短。他們看見進來了這許多人就都站了起來。蘭燕梅都領到母親面前說：「這是我媽咪。」又跟小范說：「有的媽咪認得有的沒見過，你介紹一下，我去找爸爸去。」她說著又跑上樓去了。

蘭先生在家裏有一間工作室，是他作圖、設計機械的地方。女兒一進門，看見他還在伏案描圖就不高興，嘴裏咕嚕咕嚕的像一隻撒賴的小貓那樣。背倚了門，也不叫爸爸，也不走過來。蘭先生聽見聲音，抬頭看見女兒這個樣子，就笑了。說：「客人都來了？」她還不說話。爸爸又說：「爸爸腿都坐痲了，站不起來，還不過來拉一把？」她才高興了。跳著過去，把父親從鋪了皮墊子的籐椅裏拉起來。皮墊子上有燙金的圖案。是美國痲省理工學院的紀念品。女兒最愛這椅墊做得精緻，當她在陸先生的椅子上也見過同樣的一個時，心上才真對這位先生像對父親那樣崇拜。

大家在樓下看見蘭燕梅拉了她父親下得樓來。蘭先生在家穿了便裝，一身深藍色的綢袍子。他身材高大，穿了很好看。隨了女兒進門來。

大宴，小童，伍寶笙是認得的。蘭燕梅介紹了其餘的。大家都喊了「老伯！恭禧！」

「下來晚了！對不住大家。」他笑容可掬地說了，自己坐在一個小沙發上：「恭禧！恭禧！」

「不拖還不下來呢！」蘭燕梅說。「下來了，又說這樣的話。」他聽了又笑了。

「弟弟呢？」伍寶笙問。

「他要睡午覺的。」她說：「讓他晚點下來。他能鬧著呢！」

周體予問起航校的事，問何以總是沒有新飛機，叫我們航空員吃虧。

藺先生說：「這種消息連我們管工廠的人都不能去打聽的。總之，目前一定有困難。不久，我可以確定地說，是不能讓大家這樣常常跑警報的。」說著又問問大家跑警報的情形，各人學的功課等等。各人都說跑警報並不怕。有些功課還可以帶到郊外去念。

「可是看看老百姓，扶老攜幼的樣子，也真心慘。」蔡仲勉說。

藺先生聽了點點頭。小童說：「對我們也夠慘的。過了喫飯時候，不解除，餓了肚子真不好受！」大家都笑。藺太太說：「真是可憐！」小范說：「有時考試正要開始，警報來了，又真開心。」

藺先生大笑起來說：「做學生都是一樣的。」

「爸爸！」藺燕梅說：「小童他養了好些，好些小荷蘭鼠，白的，花的。」

「對了。」藺先生說：「燕梅說，你要送我們一對呢！」

「再有幾天就有了。要等牠們斷了奶。」

「別造孽！」藺太太說：「叫寶貝牠們咬死了。怪可憐的小東西！我不許燕梅養。」

「不要緊。」藺先生說：「我來教牠們不咬。你看牠們就不咬客人。」又向大家說：「你們來的時候，那一對獵狗沒有鬧罷？」

「他們不鬧，」喬倩垠說：「可是把我還是嚇壞了。」

「藺燕梅也是在家才不怕狗。」凌希慧說：「在學校裏就跟喬倩垠的膽子差不多。」

藺先生聽了，看了女兒笑。伍寶笙就說藺燕梅在學校的事。大家都有許多話說。小童又提起她初入學那天大余對她看的事，說：「後來她自己也說了。差點沒一失足走到水坑裏，嚇得像個小老鼠似的。」她聽了逞強，向爸爸說：「今天也請他了。他有事沒有來。」

「下次再請來。」藺先生說：「男孩子有點威風也好。『君子不重則不威，學則不固。』」

「他比這兒這些人都高。」小童說。

大家玩得舒服誰都不覺拘束。伍寶笙對凌希慧說：「你看燕梅誰也不招呼，可是人人都招呼到了。在學校裏長大的難得有這本領。」

那邊范寬湖看見牆角上有一架立式鋼琴。老早想去玩一玩。初來有點不好意思。現在自在了。說：「藺燕梅，你彈鋼琴？」

「你來試試好嗎？」她過去揭開了琴蓋：「還不錯的聲音呢。」

「哥哥，你唱。」范寬怡說：「藺伯母才彈得好呢。」

「媽不彈。」女兒說：「媽媽等一下兒彈。你彈，小范。叫你哥哥唱。」她把小范按在琴凳上。用手順便敲了一個音。說：「聽啦！范寬湖唱歌。」作了個介紹的樣子又輕聲問了他一句。再提高聲音說：「唱 Santa Lucia。」說完退到一張就近的椅子上坐下悄悄地。

「偏喜歡唱這個！」他妹妹輕輕地罵他一句：「你是個次中音也不管。」

他們兩兄妹是場面上的人物。小范彈得一手好琴。她兩手的節奏和微偏的頭，都秀美好看。范寬湖聲音雄厚得很，唱時兩眼神采奕奕很有表情。一節歌將唱完，回頭看看妹妹，妹妹點了點頭，又彈了一個開頭，他把第二節也唱了。全客廳一絲聲氣也沒有。靜靜聽他唱完，大家熱烈地鼓掌。

小童高興地跑過去跟伍寶笙說：「不假罷？他是唱得有這麼好！在宿舍常唱的。今天有了鋼琴，簡直跟唱盤一樣！」藺先生聽了笑著說：「是唱得好。歡迎，歡迎。」藺燕梅過去問：「再唱一支好罷？」范寬湖早就技癢，恨不得總叫他唱。小范笑著說：「等等再唱罷。別人也玩玩才好。」她說著站了起來，走回自己座上去。

「京戲也好聽的。」藺先生說：「有人能唱嗎？」

「喬倩垠！」凌希慧喊：「上過台的！」大家聽了鼓掌。薛令超尤其帶勁。蔡仲勉坐在他旁邊，拉了他一把。

大宴坐在藺燕梅旁看見不活潑的喬倩垠有點窘，知道粉墨登場與這個對面就唱不同，便問藺燕梅說：「有胡琴嗎？沒有托的，恐怕不好唱。」藺燕梅正要過去。這時伍寶笙見大家掌聲不停，有心要叫喬倩垠和大家多接觸，便把她推了起來，又笑著說：「喬倩垠小姐答應了，唱『賀后罵殿』。」藺燕梅便小聲對大宴說：「她現在已經活潑多了。叫她練練膽子罷。等一下多鼓掌。」大宴笑著點頭。

「改一個『販馬記』罷，沒有胡琴。」喬倩垠輕輕地說。她便開口唱了。唱得真是字正腔圓，絲絲入扣。幾個彎兒嗓子便直轉上了雲彩眼兒裏，又細又高，偏又抑揚自如得很。初一唱，聽得出膽怯，有點顫抖，過一些時，看大家聽得入神，就放開喉嚨，唱了「聽刑」一整段。忽然一聲都歇。大家還寂靜的等下一句呢。藺燕梅喜歡得跑過去抱住她。她輕輕咳嗽了兩聲。藺太太說：「真累著了。快來我這兒歇歇。喬小姐身體不大好罷！」藺燕梅扶她過去。大家掌聲之烈更盛過方纔。

「燕梅。」藺先生對女兒說：「我們肚子都餓了，你有什麼好吃的給我們喫？」

「咦！」她叫：「我倒忘了。聽得太高興啦。」說著就跑了。

等了一下，有一個僕役，一個老媽，一個拿茶盤，茶具，一個拿了壺，每個人前面都擺了一份杯，碟，小叉子。等了一下，又端出許多香噴噴的糕點來，又好看又還都冒著熱氣。又待了一下。藺燕梅領了弟弟出來，她手裏一個大盤子，是塊大奶油蛋糕，弟弟拿了一把叉，還有一把刀，敲敲打打地。

「別敲豁了刀刃兒，弟弟！」她說。兩個就都走進來。

大家此刻早都一點不拘束得像在自己家一樣了。有的圍上桌去誇糕點好看，有的去和弟弟玩。弟弟一個個都見了。蘭燕梅要他去收集碟子，由姐姐切開糕，並且擺上點心。弟弟把第一盤給了媽媽。第二盤給了爸爸。姐姐說：「傻孩子！客人呢？」弟弟就笑。把手中一碟糕差點傾在地毯上。

小童一邊喫一邊直喊好。蘭先生說：「是真好罷。可以說出來了罷？這點兒東西把燕梅忙了一天！」

「爸爸就多喫兩塊罷！」她說：「要你宣傳！」大家知道是她作的，都驚叫了起來。她只是輕輕地笑，慇懃地讓大家多喫。

「用不著讓，燕梅。」伍寶笙說：「準定都會當飯似的喫飽了。你若是不信，有多的小童都能帶回家去呢！」

「你看你早說了一句！」蘭燕梅說：「我當真預備了一盒給他帶回去呢！」

「真的？」小童說。蘭燕梅已經跑出去捧了個大紙帽盒來。大家圍過來看。蘭先生蘭太太也不知道她搗的什麼鬼。帽盒一揭開，啊！

「一隻蛋糕荷蘭鼠！」大家不覺一齊說。這隻荷蘭鼠胖胖地有兔子大，真是非常可笑的神氣。白的奶油，和巧格力，作成一隻花的荷蘭鼠。兩隻小眼是兩粒蘭燕梅自己的鈕扣。小童發了愁。「這怎麼捨得喫呀！對不對？」伍寶笙看了他說。大家都笑。誰也覺得喫了可惜。那樣子實在做得太好看了。

「真是好。」蘭先生說：「把爸爸的帽盒也給送了人啦。」大家聽了又笑。小童忽然想了起來就跳起來說：「送給米線大王！」

這一聲大家歡呼起來。伍寶笙叫大宴把這米線大王宴請學生的事告訴藺先生藺太太。范家兄妹也是第一次聽到。藺先生聽了嘆息。藺太太直掏手絹擦眼睛。

茶點喫過，大家竟有飽餐一頓飯似的感覺。藺太太對藺先生說：「燕梅確是長了不少見識。她的主張真對。你的客人來三十個也喫不了這許多蛋糕！」藺先生大笑著看他們，男學生也笑，女學生才有那麼一釘點兒難為情起來。

「燕梅！」藺先生看他女兒收拾了桌子，又給大家添了茶，就說：「你，琴也聽了。唱歌也聽了。又煩了喬小姐唱了一段奇雙會，你用什麼招待人呢？淨讓大家誇你荷蘭鼠做得好？」藺燕梅聽了忙用手勢叫她父親不要說。她父親偏不肯停。急得女兒直央求：「爸爸！爸爸！下回罷！下回罷！」鬧得大家都聽見了。伍寶笙過去問她是什麼事，她不肯說。藺先生說：「我要來催場了。」他便走到鋼琴前在琴蓋上取下一個提琴盒子來開了琴盒，拿出琴便試了試音。藺燕梅羞澀地向大家閃爍著她明亮烏黑的眸子，說：「不要笑話呀！」便跑上樓去了。藺先生試好了音，過去請了藺太太來坐在琴凳上。先合奏了莫札特的一個小舞曲。藺燕梅下來了。

她換了衣服，穿了輭鞋和長長的白紗舞衣。把頭髮散下來，一隻手提了衣裙走來了。大家看得太著迷了，都不知道怎麼好。她的小嘴也微微張開了，因為心跳太厲害了。

「開始了！」藺先生說。燕梅就把腰略一彎行個禮。音樂一響，她輕輕一聳舞步便旋轉起來到了琴台前一塊沒有地毯的光滑地板上。她跳的是一種不急躁也不滯緩的表演舞步，正合她身分年紀。她舞來如閒話那樣自然，如顧盼那樣明媚，如蜜蝶那樣快活，如白雲那樣悠暇，如麂鹿那樣靈巧，如家鴿那樣優美。她舞起來就不覺手足無措那樣窘了。在舞步沒有規定眼睛一定要看什麼地方時，她也敢看了大家偷笑一笑。作父親的也還她個高興讚許的鬼臉。

音樂快了起來，她的步法也隨了加快，同時拍子還是那麼清楚。忽然，提琴鋼琴都停，她便如棲息昆明四郊古樹上的白鷺那樣，輕巧地落在樹巔，無聲息地歛起了美麗的白翅。

她再站起來行禮，母親便把她攬在懷裏，坐在沙發上。由她伏在懷裏，跪在地上，長長的白紗衣服鋪在淡黃有光的地板上。大家只曉得拍手，不知道說什麼好。弟弟看了姐姐也愛。他就用了小孩那蹣跚的步子，也跑過去撲在母親膝頭。姐姐伸開手臂抱了弟弟的小頭，遮了羞臉。半天也推她不開。她的臉上此刻倒泛起了一片桃紅顏色。

外邊日色漸漸暗下來，窗影長長地拖在客廳內椅子上，桌子上，地毯上，人身上。夕陽已經啣山了，像是做了一場美麗的春天的夢那樣。人家戀戀不捨地起身告辭。蘭燕梅就穿著舞衣送他們出來。這時看她穿了這長長的衣裙又不顯得不同。正似如她這樣顏色，再美些的衣服也好家常穿那樣。范家兄妹和小范代周體予借的三輛自行車也由佣人推出來。大家說一同唱唱走回去罷。蘭燕梅和父母親送到柵門口。一對狗直送到公路上。

小童捧了大紙盒，大家快樂地一路唱了許多歌，走進城已經是很晚了。大家仍是在一塊兒走去文林街，找到米線大王。商量好了，誰也一言不發往後院直走。見到老婆婆才由伍寶笙說明原委，把紙盒遞上。老婆婆感動地流著淚，把兒子媳婦喊了進來，叫他們再三謝了，要他們在門口把這荷蘭鼠擺三天。

一傳十，十傳百，昆明城西北角上這個拉丁區裏，藉了這段佳話，學生和居民的感情要好無間便真如水乳交融一般。

第五章

寒假開學後不久，出了一件引得人人惋惜的事。

那天在蘭燕梅家茶會之後大家都為了蛋糕製的荷蘭鼠一事高興得不得了。凌希慧課外在一家通訊社作記者。她特別用這個題目，從大轟炸燬了米線大王的老店起始描寫了大宴他們那九個學生的年夜飯，直說到送蛋糕報恩。因了這故事的線索，順手介紹了聯合大學學生生活。又特別讚揚各地移居雲南的同胞與土著聯絡感情的行動。一篇萬多字的文章寫來盡情盡理，娓娓動人。更起了個標題叫做「荷蘭鼠啣環記」說得這些學生的生活真是叫人同情。受了人家好意，肚裏雖擱得下這豐盛的一餐飯，心上卻忍不住那溫熱的一片情。於是口頭時時傳述著，心上時時記掛著，清貧的日子裏，罕能得到一點珍貴的東西，可以來相贈。正巧有了這個大蛋糕。誰也捨不得喫，可是提議作一番慷慨的贈予時，就馬上一致贊成了。末尾是伍寶笙的一篇致詞，凡是天下作父母的人聽了都不免下淚的。那樣長得羊脂淨玉似的女兒，對了一個陌生的老婆婆傾吐出自己一夥年輕人背鄉離井，辭別父母的一腔酸辛話來，誰聽了也不忍的。這文章刊出後報紙上傳誦一時。馬上有專門描述戰時學生生活的徵文，又不知有多少人來到文林街上看那個荷蘭鼠和瞻仰老婆婆的風采的。偏偏在這熱鬧的場面裏誰也找凌希慧不到。

開學一個星期了。寒假開學比暑假不同。大家按了舊功課表習慣地去上課。按了下班時間習慣地找同樣無課的人玩。誰也找不到凌希慧。大家開始奇怪了。只有一個可能就是因為徵文描寫學生生活的事使她一陣忙亂中，無暇來上課，但是總不致於忙亂得到學校來註一個冊的時間也沒有。因為誰也沒想到精明的凌希慧可能忘了註冊日期。忙碌之中也沒有人去找她。不料註冊截止了。公佈出被認為是休學的學生名單上已經有了她的名字。這是鐵定了無可挽回的命運了。

註冊剛過期第二天，凌希慧單身一個人來了。迎面碰見蘭燕梅挾了筆記本子正要去上課去。她拖住問：「你姐姐在屋裏不在？」蘭燕梅說：「在呢！」她說：「好，我去看她。」蘭燕梅見她神色不同平時，也便不去上課跟了進來。到了屋裏一看，沈蒹，沈葭，史宣文，伍寶笙都在屋裏，大家一齊都站起叫她。她再也強忍不住，兩行眼淚撲簌直流下來，索性放聲大哭了。

原來凌希慧處境很與別人不同。她自小父母雙亡，一個奶媽聽了她母親臨終遺言說：「這孩子自幼死了父親，我苦了這些年也沒有能看見她長大，親戚朋友中恐怕還沒有一個像你這麼疼她的。我把她托給你，你帶她上省城去找她叔叔去無論如何求他看顧！」又說：「她父親死後這些年，家裏的產業全是由她叔父經管，我沒有過問過一句話，給一個花一個，少一個省一個。現在索性我也去了。只剩一個孩子，要他多費點心罷。」這個奶媽是個有良心的人。幾年來看了凌家產業兩房如此不同，心上不平，滿想，這位小姐長大，也掙一口氣，不料又飛來橫禍，太太也死了竟要成個無人理的孤女。她哭著答應了。看著本家們埋了太太。自己帶了省城捎來未用完的錢同了小姐從蒙自搭了小火車到了碧色寨，換乘滇越路車直往北來。本家人見到遺囑，聽到凌太太臨死的遺言，因之並無一人攔阻。反倒有些知道奶媽忠心的，肯另外贈她旅費。奶媽心中感激，都一一記在心上，準備他日報答。

凌家在蒙自原是大族。多少代下來各房也都分得遠了。各房景況也都平常，只有凌希慧的父親叔父兄弟兩個人肯要強，不願守了那點長不多，變不大的祖先遺產和年年添加的人口爭糧食吃，自小就跑到省城昆明來作生意。據說是從挑小擔子賣針線洋貨作起的。到了三十頭，靠四十歲上，都成了昆明首富。兄弟倆在金碧路上比肩建了兩所大樓，一家萬昌源，一家萬隆源兩個大百貨店。萬源兩字是凌家堂號，昌、隆是老大，老二兩弟兄各人的名字。兩個大店包辦、批發了全省洋貨的生意。走到各州縣的洋貨店去問，沒有不知道省城凌家弟兄的舖子的。批發生意作多了，門市上，倒都不在意了。

老兄弟兩個，都近四十了還沒有娶親，提媒的人把門限也踏穿了。弟弟說：「這樣事要辦，二十多歲時就該辦，現在過了年頭，不必辦了。」老哥哥卻不大贊成，他說：「咱們若是不從老家出來，咱們祖先還不致絕了後，現在發達了，倒要作出這不孝的事來，你我將來伸腿一去，這一生辛苦所為何來？」當時作哥哥的大概已經看上了也是一家同行的廣東商人的女兒，便決定娶她，弟兄兩個就算鬧翻了。

據本地傳說弟兄兩個當初來到昆明時斷了盤纏，睡在大東門城門樓上時，曾經有神人托過夢。說他們弟兄命是連在一起的，都是妻子、錢財天生的不能兩全。辛苦一輩子也是如此，勉強不得。如果有心求財，就要斷了娶妻生子的念頭。如果在來日發了財，又想娶妻，必致二人皆遭大災。所有產業由上天收回去。兄弟兩個第二天早上醒了。一對證，做的夢皆一樣就奇怪起來。兩個人商議一下子，覺得這夢很有道理。兩個人即使是討飯回去，也必可有一碗靠得住的飯喫，有間房子住。娶親生子都是當然的事。若不然，只有狠上心在省城作生意。弟弟說：「家鄉裏不短傳宗接代的孝子賢孫。我們既然辛辛苦苦出了來，萬無這樣回去的道理。苦上幾十年掙個家業分給同族也是好的。到那時候兩個老頭子了，還娶什麼妻室呢！」哥哥想想也對。眼看都要討飯了，先許下這個發財的心願再說。顧不了那麼遠。

他們當下叩了頭許了願，果然辛辛苦苦家也不想，本分地做起小生意來，一個錢也不亂花，掙了後來那樣大的家業，親戚本族都沾了光。哥哥自己眼看著錢變成的錢，沒有一個小錢是平白來的，算盤精了，知道不是神道的力量，覺得娶親的事也不妨進行。弟弟看法正相反，就極力反對。這事真假無人能曉，總之，哥哥提出一筆大現款來，娶了那個廣東女兒，回老家去，再也不肯辛苦作商人了。把兩家字號都交給弟弟。

到家第二年，生下一個女兒來，還沒有等她會喊「爸爸」自己就得了一場病，死了。誰也不明白死人當初的打算。家中的錢坐吃山空，只靠弟弟寄錢度日，雖說不多，總是不受窘就是了。

那小姐過不得苦日子，在女兒長到五歲時也就過去了。所以凌希慧就是五歲上由奶媽帶上省城的。這些話都是奶媽講給她聽的。她也同她奶媽一樣不信什麼神道，不過她倒也不在意產業。入了聯合大學以來只想努力求學，那怕家產全和她斷了緣也好，只要她能和她叔父那個古怪的老頭子也斷了緣就成！她叔父供她上學，見她聰明也很喜歡她。只是一切事完全替她作主，沒有她的自由，她不痛快。她插班入的聯大，自己還在外面作著新聞採訪員。也不管叔叔對她的打算。

這年舊曆年她回去跟叔父拜年，叔父叫她見了一位卅多歲的商人模樣的人。並且留了那人在家喫了午飯才走。從藺燕梅家茶會後回去的晚上，叔父便告訴她一個可怖的消息，說是已經把她許配給那個人了。

無論她怎麼說，怎麼求，她叔父毫不為所動。並且說一個月之內就要把她嫁出去。並且把她父親留下的萬昌源也陪嫁給她。凌希慧聽了簡直呆了。她的夢，她的打算，全完了。她的努力，她的人生意義都要放棄。又要回去守那份產業，作她父親在這樣年紀時不肯做的事了。然而她是從五歲起便服從叔父的話成了習慣的，竟不知如何反抗。她跑去和奶媽商量，奶媽說她叔父把這話和她商量過的。這復產一節是她多少年來每日祝禱的，她極端贊成！於是凌希慧便是孤立無援的了。

她身裏還傳了她父親另外一種氣質，那點創業的慾望，加上她幾年來的教育，她悶了兩天之後決定抗命，但是事機不密，她是有被拘留的危險的。她便裝做順從，竟連上學的話也不提出。她的叔父也是精明人，在曉得聯大註冊已過期的第二天，聽她來說要上學來看朋友，也就爽快地答應。

她便獨自跑來了。

見了親愛的同學，想想藺燕梅家的歡會。看看大家歡欣地又開始了一個學期的課業，自己思量一下今後的打算和來日的艱難。人生幸與不幸竟差得這麼遠不覺就大哭起來了。

大家聽她說了叔父逼嫁的事都不平起來。伍寶笙說：「怕什麼呀！你現在求不著他！註冊上學好了。他能怎麼樣？」凌希慧聽了止住哭，說了她的歷史。

「你們不明白我叔叔的心理！」她說：「他的想法和當初我父親一樣。只是比我父親見到得晚了這二十年。他到現在大概感覺到自己老了，娶妻生子是來不及了。平時他覺得我還好，很想也算做他自己的女兒。所以才肯這樣獨斷地壓迫我。你們想想看，這兩家店在雲南有多大名氣，有多少人知道他是無後的，在轉這兩爿店的主意。他也覺出他死後無力抓住這局面。我也是不會作生意的，所以才想出這麼個辦法來，想在他還有精神的時候一手做成了我的婚姻，並且叫他心上看中的那個人，在他手下接頭管理這買賣。他是毫無壞心的。」大家聽了靜下來。

「從過去的事看來，」她恢復了平日說話的口氣：「也可以使人信得過他的。我父親結婚時，一下子抽用了一大筆錢，幾乎相當於一家店子整個所值。做這種批發生意其實受不了這樣大變動的。那兩年又趕上歐戰，洋貨價高，貨少，不易周流，他自己一爿店幾乎也被帶倒。他們對這些消息是諱莫如深的，所以對經濟之不寬裕，並不解釋，倒叫家人，外人，誤會了許多年。特別是我母親，總以為當初婚姻的事，他反對過。想他必是乘我父親去世來欺凌寡母，孤女。誰想到那時他借的大筆款項到今日才算連本帶息還清，恢復了舊業。這一次波動，使他覺出老了，纔有逼我結婚的意思。這事從他立場看來，是一點不對的地方也沒有的。說老實話，我心上也是知道感激的。

「可恨環境不是由人自己挑選的。我的處境也許還有人羨慕。不過我自己確實常常怨恨。寧願我沒有這叔叔，這值得同情的叔叔。也沒有這家財，這值得眼紅的家財。但是我能有什麼辦法！

「過去平靜的日子，是不穩固的。小學，中學，而大學。我早就提心弔膽地，中學畢業就是一個大關。幸喜我插班考取了大學，使他高興。北方三個大學的名氣說服了他，才准我入學，到了今天也算念了一年半了。那年秋天，昆明遭遇第一次的空襲，他心上那種無常的感覺也叫他有了一點變，也肯聽我一點主張。我便抓住這機會立定了自己的看法。有一天機會，努力幹一天。根本不敢希望直到畢業不發生事故。

「然而今天事情果然發生了。心上還是不甘。我想除非放棄自己的理想，否則不免要受點歷練。因為這大戰爭中的商業，經營起來與太平日子裏大不相同。叔父對於他的生意有點覺得靠不住了。他的保障要早點尋覓到。

「我是不想就這樣放手的。在他看來，我的功用就是接受他們的產業，我讀書，求學，就是為了增加身價來方便他找更好的姪女婿。我更忍受不了舊年那天，那個人渾身上下打量我的那一雙小眼睛！

「我的打算也許不對。不過做好做壞自己承當，也心甘情願。由人擺弄，將來事不順心，代人受過。算是怎麼一回事呢？

「我的學眼前是定規上不成了。」她結束了這一段話：「我不願和他有衝突。藏在學校裏是早晚弄得不能了局。或是鬧翻了，或是乖乖地隨他回去。一個女孩子的事，別人特別愛添枝加葉。自己不能不小心。我暫時恐怕要離開昆明了。

「我在新聞社的工作很叫他們滿意，我曉得現在緬甸那邊要用採訪員。我今天去和社裏接好頭。行期一定，抽身就走。我再留一封詳細的信告訴叔父。說明我不是糊塗孩子，請他放心。先斬後奏。

人不在跟前他也無可如何。那個人那裏，他為了自己姪女關係還要代我圓說呢！我叔父身體其實還結實得很。我有的是日子報答他。

「學校裏面，不免有揣測的話，我今天來可是親自解說明白了。伍大姐，你們和我同學近兩年，可憐我不能完成學業，又知道我的底細，有人胡說，就替我分辯兩句。若是有謠言傷了我叔父的心，我在遠處心也不安！」

「燕梅！」她看了淚眼盈盈的藺燕梅說：「你的環境太幸福了。不是人人能有的。好好多用功罷。新生裏，你頂叫人疼。我真捨不得離開你！」說著大家都哭了。凌希慧平日為人熱心直口，聰明絕頂。誰也想不到會因為這樣的緣故輟了學。今天一分手，不知道哪天再見。沈家姐妹是受不了感情上一點兒激動的，哭得特別難過。伍寶笙和史宣文也想不出比凌希慧自己決定的更好的方法來也只有無言拭淚。藺燕梅從來不知人生有不如意的事。心上恨不得把自己的幸福跟任何不幸的人調換，才能平安一點。現在竟覺到多生活一天多痛苦一天。連學校中也不完全是快樂的，恨不能早點死去。

凌希慧看大家一哭，倒把自己的難過解脫了一點。她說：「我的思想，手段，全是環境逼出來的。一個人本來也該彈性大點。別替我難過罷。倒是眼前幾天還要忍住一點，不要宣揚出去害了我的事。我走後，家裏一定會到學校來找。答對說話要小心。別頂撞了老人。我今天不能多待了。」

大家知道這事情關係大，不敢胡來。忍淚送她走了。回來誰也不敢聲張。果然過了沒有三天，有人來找伍寶笙。帶了凌希慧的字，一看是個老人。光頭，灰布長衫，眉毛都白了。自說是凌希慧叔父。伍寶笙從她那信中知她來學校的第二天就有一個機會走了。她先靜聽老人論調，竟是明達得很。口氣之中有點失悔這事做得太急。惦念凌希慧的安全，放心不下。

「希慧是有才幹的。」伍寶笙說：「她出去，我們都特別放心。有了這樣女孩子也該叫她出去得意些時。她走前來過學校。說話之間只怕你老人家誤會她，再三要我們幫助解釋，生怕傷了你老人家的心。我們替她求求情，原諒她先斬後奏罷。」

「我倒沒有怪她的意思。」這作叔父的說：「她脾氣也太硬了。只是有一件事，伍小姐你別瞞我，希慧在學校裏有常接近的男朋友沒有？」

「你老人家大概也看得出來！」她明白這是個費力的題目，不敢大意。否則便虧負了凌希慧的友情：「我們誰能上了幾年學不認識幾個男同學？看見有男生在一起，倒也不能決定便是有什麼特別感情。希慧的情形又特別不同。她常說她要念的書，要作的工作太多，上學的機會不容易。不肯荒廢時光。一年多，兩年來，她真可以說是能夠不分心認真用功的一個。我不會用話來相瞞的。現在雖說是她人已走了，追也無處追去。但是事情總有水落石出的一天。我何必說假話呢！」

老人聽了盡情盡理，也便不說什麼，看神氣似乎有另外一點話有點不便說出口。伍寶笙見了，便說：「希慧在學校裏就是和我們幾個人要好。您有什麼話儘管說，我們都願意盡力。」

老人聽了，露出讚譽的眼光看了伍寶笙一下，說：「別的也沒有什麼。一個女孩兒家名字要緊。方才伍小姐說的話，我都相信。學校裏面，若有了傳言，也請代解說一下。我姪女兒早晚回來，也是感激的。」

伍寶笙聽了這話才鬆了一口氣。便商量好了，由伍寶笙代他姪女收拾一下東西，交來人帶了回去。伍寶笙帶著跟來的人進宿舍辦好這事，送凌希慧叔父出來。

學校裏面，人人曉得凌希慧行徑。聽說有了這樣下落，那開學之初的猜疑倒平息了。兩個多星期後，伍寶笙她們一夥兒收到了她從仰光來的信，說一切都好。並且為了這一次出來廣了不少眼界。

詞句都是興奮得很。她的工作太緊張，太繁重，使她的信，不能寫長。伍寶笙把這信在校內壁報上公佈了。她又去見了凌希慧的叔父。那天報上又披露了凌希慧第一篇通訊，寫得又詳細又動人。叔父也高興了，說是他一族中僅有的傑出的晚輩，留了她晚飯才放回來。並且把他收到的信也交她帶回來公佈。這兩信一通訊是同日發出的。材料差不多，口吻三個樣。

這一學期大家的心境都特別戀校。為了凌希慧的輟學，都感覺到烽火遍國的今日，能這樣絃歌不輟在昆明的日子誰也不多，學校的一切都分外可愛起來了。誰敢保他的學業不會中輟呢？這個學校從廿七年遷到了昆明，到今年夏天已經開了三年的課了。他們與昆明所遭遇的第一次空襲同來，帶來了戰時的一切。不安定中不曾叫他們失去什麼，除了戰前大學生活中那些優閒的成分。同時他們不但產生同樣的成績，並且在空襲下建起了新校舍。今天要在新校舍裏辦第一次畢業典禮了。許多人感覺要好好地熱鬧一回。要恢復課餘的遊藝，要恢復昔日生活裏的優閒成分。還要惜別許許多多在奮鬥中的凌希慧。這樣一個歡送會，性質便與從前有點不同了。不是在校的學生歡送離開學校的，而是每一個人都要藉了這麼一次會來加深學校生活的印象的。

根據往常的習慣，知道畢業生在學期中便已開始忙碌得不可開交，所以這個會定要在春假後，考完第一次月考便要舉行。熱心的人，自己早早就在月考前奔走籌備了。其餘的人也都熱烈地討論這個消息。

藺燕梅舊年的一次茶會，放寒假前就是談話的材料。會後米線大王門前一隻荷蘭鼠，一面給了大家正確的消息，另一面也在大家腦子裏繪出有聲有色的茶會一幕。她的家庭，她的父母，她的詞令，舞步，以至她的弟弟。想到這些時似乎每個人都親臨了她的家。經驗了她輕易地便準備好了的歡樂。閉上眼就有她的白色長衣。心一靜就聽見范寬湖的歌和喬倩垠的曲子。有了這些印象，不覺把遊藝標準提得很高。準備起來就分外難了。籌備的人一邊滿心藏不住快樂，一邊又竭力保守秘密，怕把精采節目傳了出去。都像是國家之中負責國防秘密的人，走到哪裏，神秘也隨到哪裏。一舉手，一投足，以至於脣齒之一動，都有人猜測是否與遊藝會有關。大家都竊竊耳語著。

這情形就像這個季節一樣。和暖明媚的春陽裏，校園各處都有了花，又有了碧綠油油如蠟色光澤的嫩葉。年輕人的身上早已換掉笨重的冬衣，像是和著春天的小快板那樣走著輕快的步子。清水從小溪裏流來注在校園中央的小湖裏，白雲乘風飄來在清明的湖面上顧盼自己的容顏。三兩句愉快的對答，一片如許青天，幾句新春默禱，無一不是呈現著怡悅的景象，這樣還不夠。

有一種似乎是聲音，又似乎是一種蠕動的存在叫人時時察覺著；是蜜蜂嗡嗡地哼他工作的調子？是新燕在傾訴他們說不盡的喃喃細語？是春蟲掙扎出蛹，是蜻蜓試他急速震動著的新翼？他們在什麼地方？藏在嫩枝葉底下？藏在天邊青山谷裏？在溫暖的泥土裏面？還是在每一個察覺得到的人心上？

這就是年輕人春天的感覺，春陽所教的歌曲。這也是學生們對這次遊藝會的期待，是那些不可預知的節目所暗示的。春天所給的禮物，他們盡情享用。他們又作出自己的表現來報答這大好春光！

這天是個星期六的上午。伍寶笙在試驗室中工作了一個早晨，聽見下課鈴響了。她就站起來把用具收拾起來，把桌子理清。把紙張，圖表疊起來，一面脫下白色試驗衣服，嘴裏輕輕地唱著歌。回頭一看，見到方纔工作的窗前桌子上正由陽光從窗外送進一桌濃蔭交錯的李花影子來。她看了獨自笑著。笑自己竟會一上午忙得沒有發現。這間試驗室只她一人。她心上的話無人可訴。便呆呆看了桌上花影忘了脫衣裳。春陽是暖的。桌上的影子裏似乎還有蒸蒸上昇的地氣，使影子有點閃動。

她心也一動，走到窗前順手在桌上鋪了一張白紙，用來拾取這一幅春窗的圖畫。她隨手用鉛筆在白紙上鈎這些花枝的姿勢。心上頗有些說不出的感覺。她手就不敢停，她怕靜下來不知道作什麼好。

每個星期六上午，她都要等候藺燕梅下課來找她一同回南院宿舍的。聯合大學上課時間一直是很特別的。早上七點到十點半。下午兩點到五點半。為了中間一段時間有空襲的時間太多，所以清明愉快的上午剛開始，就是大家都沒有課的時候了。而冬天的早晨，大家簡直是披星戴月地去上早課。

她正在有心無意地鈎花影。一個人像燕子似的從窗前過去，她面前的紙上暗了一下再一抬頭，藺燕梅已經到了試驗室裏了。她一看，藺燕梅穿了單單地一件花衣服。一雙輭鞋，一點聲息也沒有就進了試驗室。手裏抱了一大疊書。她看見寶笙就說：「姐姐！」

「呃？」

「姐姐！」她湊近了她的姐姐，兩隻眼睛直在姐姐臉上找尋著，她把書攤在桌上，人順了兩隻手臂一滑也就伏在桌上。仰起臉來呆看著她的姐姐，把姐姐看得難為情起來。

「燕梅！」她說：「你這麼看人是幹什麼呀？咱們走罷，回宿舍喫飯去。」

「不，姐姐。」她說：「你有什麼好事兒瞞著我？你一個人在屋裏怎麼笑得這麼好？」

伍寶笙聽了心上喜愛這個孩子會體貼人，就捧起這個近在脣前的臉親了一下。把自己的眼睛讓過橫在眼前的人向窗外天邊遠處望著。把頭一偏，說：「我手裏描著花影子，心上想著一個人。」

她的聲音就像是背誦一首短短的抒情詩。

藺燕梅也就像作戲那樣說：「我的好姐姐，你心上想誰？能不能告訴我？」她說話的神氣就像是翻身從雲間落下，輕輕停在手上的一隻鴿子。

兩個人都笑了。一同走出來，看了地上清楚的自己的影子，穿出新舍南區小門，順了城牆根花圃的外沿向城牆缺口走。春光到處呼喚著行人的注意。耀眼的光明，什麼角落都是歡樂的。

「我想我的一個妹妹！」伍寶笙用一隻手臂攬著藺燕梅的肩頭，一邊走著說：「我的藺燕梅。」

「她在教室裏也想著你。姐姐。」

「我想她不是在教室裏。」姐姐說：「她應該是在遊藝會的台上。穿了細紗的衣裳，跳著輕盈的步子。」

「她不敢去。姐姐。她膽子小，她怕當了那麼許多人。」

「她跳得極美。她還輕輕地唱著。」

「她也不敢唱，她要躲到姐姐懷裏，她的小心兒要跳出口來。」

「她應該玩，應該唱，應該舞。既然她是人人愛慕的，又是人人想念的。何況又是春天，何況她又正是在快樂的一年級？」

「她也不敢玩，也不敢唱，不敢舞。她小小心心地用功。她明天就要去配一副眼鏡，一副大大黑邊眼鏡戴在她的小臉上！」

一句話把姐姐嘔笑了。她們已經走到了文林街上。來來往往都是學生。姐姐笑出聲來，便用力把妹妹往胸前一壓纔放開她。妹妹偏偏懂得，便由著姐姐抱她一下。然後瞇瞇地笑著看了姐姐，好像是說：「當了這一街上的人，姐姐，你敢再親我一下嗎？」

伍寶笙斜睨著她，那樣子就像是要說：「你就盡興地頑皮罷。你這副叫人疼的笑臉，這張能說的小嘴。跟姐姐撒個嬌，姐姐疼你。若是到台上露一下，瘋魔了那些粗得怕人的男孩子們，以後麻煩的日子夠你個小藺燕梅受的呢！」

蘭燕梅一瞅姐姐的眼神兒，明白她若說出來不會有好話，就打了她一下，自己往前頭跑了。姐姐只是笑，也不追，她心上想：「在大學裏，念書的日子多著呢。一年級的小孩子們，功課根本不能多選。還不乘時候多玩一下！」她自己呢？從一入大學，便沒有一事分心，一直孜孜勤讀到了今日，眼看要畢業了！

午飯過後，兩個人一起上樓回到屋裏，蘭燕梅把書往桌上一堆。震落了瓶中春茶花不少花瓣。一片片紅的，夾了白的。落在書上和潔白的桌布上，還有她自己的手上。她手上的是一片粉紅的。她不忍拂落了它。便舉在眼前仔細地看。看花瓣上脈理排得極整齊。顏色極嬌，彎彎的，輭輭的。她就小聲兒對它說：「乖，不生氣，不生氣啊。她壞！她把書摔得太重，把書書也摔疼了。咱們不跟她玩。打她。乖，不哭，不哭。」

「她壞，真壞。」伍寶笙聽見便接下去：「咱不理她。看她現在欺負人唦。明兒，別人就欺負她。讓別人把她捉在手裏，不管她心上多不願意，還得老老實實兒地聽人家，乖啊，乖的囉唣！」

蘭燕梅聽了舉手就打。手一揚那瓣兒花飛了起來，在半空裏滴溜溜地轉。兩個人都抬起頭來看，它忽的向下一落，正落在妹妹頭髮上。妹妹乘勢往姐姐懷裏一鑽說：「不管！姐姐給摘出來！」把姐姐也一頭撞在床上，她自己也伏在姐姐身上，頭髮也亂了。

兩個人就索性不起來，姐姐輕輕順著她頭髮說：「妹妹。人家請你在遊藝會表演你當真去不去？」

「是姐姐畢業，歡送會上妹妹當然去。」她的小嘴偏偏這麼會哄人：「叫唱歌，就唱歌，叫跳舞，就跳舞。可是還有那麼些人呢？還有那許多張了嘴，呆了眼，流著口涎的人呢？也叫他們看？也叫他們聽？憑什麼平白地便宜了他們？」

「姐姐也覺得怪委曲的。」姐姐說：「可是姐姐想，我有一個妹妹，年紀小，長得美。能唱歌，會跳舞。她又愛我，我請她表演，她就肯。別人請她表演，她就把小嘴一撅小頭連著搖。我想著心上就高興。心上的高興裝不下了，就覺得，如果不請她真表演一回，別人若是撇著嘴笑姐姐是給自己臉上貼金，多難為情呢？」

「姐姐！我真能去表演嗎？一個女孩子不去出風頭，光是人家的讚揚就可以把自己害了。妹妹還能去找風頭出嗎？」

「妹妹這樣人品，能有幾個？天生的人材，一定有他的特別用場。妹妹，學校裏今後是你得意的地方，有姐姐呢！姐姐畢業作助教，不離開學校的，看有誰敢欺侮你！」

「姐姐，他們來請過我好幾回了。」藺燕梅這纔說出來：「我不敢答應。現在就算是由姐姐代答應的罷。我就不肯跟他們點這一個頭！他們太氣人。口氣裏就像是不答應就是犯罪似的。」姐姐不等她說完就要親她一下，她一閃，跑開了。

「藺燕梅答應了這次遊藝會跳舞的節目！」這消息再也密不住了。藺燕梅的母親就忙著譜一個新譜子。她是在美國專攻音樂的。結了婚之後，就全心用在照顧一個家庭上。她的樂曲便是在兩個孩子柔美的心上。現在為女兒譜的曲子譜好了，缺少一個唱的。藺燕梅的父親就記起那天茶會上的范寬湖來。為了不想由母親自己去伴奏，便索性請范寬怡來。每星期練三次。由父親用車把三個人接到家裏來演習，並且父母兩個人一同檢討女兒的動作姿勢，小到每個小指尖的運用。他們三個人，也是興奮得很。平日都是湊在一起，也有時研究出個小意見，便提供參考。每逢有點心得，藺燕梅見到伍寶笙時，笑得便特別嬌，好像是說：「姐姐要我跳舞，我就盡心跳。」可是又不告訴姐姐說。

范寬湖是天之驕子，壯健得像一匹小野生斑馬。天生的華麗的嗓音，說話的音調也是那麼震人心弦地優美。寬厚的胸脯，有力的四肢，兩臂的力氣怕能敵得過一頭小牛罷？他因為天賦優厚，就像無憂無慮的王子那樣，很容易同情一個蜘蛛網上的蜜蜂。他便不知不覺地同情起所有的人來。他的朋友極多，人人也都喜歡他。他卻待誰皆一樣，不肯留神別人的感覺。有時也會踏上一株仰起歡樂的臉來讚譽他的小草。他不曾覺得這些人是他的朋友，只當他們做自己的子民。只要他肯愛他們，扶助他們就夠了，不用他們作自己的朋友。比如有人跌傷了，他會跑過去把那人馱在他那壯健有力的肩上送到校醫室去。在受傷期內，也能和那人親密地長談。不過待那人痊癒來謝他時，他早已忘了那人的名姓容貌了。再比如有人借了他的東西忘了歸還，發現時趕著送還給他，並且準備了謙卑的道歉的話。他便會和藹地收下歸還的東西，也和藹地受了那些話。不回答什麼。別人如入五里霧中不知他是否有慍意，他又覺得沒有解釋的必要。比方他自己得罪了人，他只憤恨自己的行為也居然有失誤的地方，這是不可以的。下次一定要注意。如此他便自足了。他真想不起來別人需要他的道歉。

戀愛對他似乎是一件不可能的事。他既是至高無上的。有誰能來配他呢？他寧願尊榮地寂寞著，他不可能墮入愛情裏。

他並不是寂寞的。他有自尊伴著。不是伴著，而是天生地沒有缺憾。他感覺不到對別人有什麼需求。不是他這樣地去發展他的思想，是上蒼這樣安排的。說他驕傲，是太冤枉他了，他對自己的情感是無知的。說他侮慢了別人，是虛妄的；因為他極彬彬有禮。說他是強制自己的愛情是冒昧的；因為他不知道怎麼和別人親熱。他雖不寂寞，他心上卻是孤獨的。他也只有孤獨，他實在適應不了群體的生活。

藺燕梅卻如一顆明星耀進了他的眼睛。

他不是偽君子。他也愛看蘭燕梅美麗的腳踝，這是他僅見過的最美的足。這足的旋轉，正確地落在他歌唱的節拍上。這共震給予了他說不出的美感。他又愛看藺燕梅的眼，那是他僅遇到的女孩子眼睛能不躲他自己秀美的雙眼的注視的。這雙眼睛的流盼，使他起了無限遐想。他又不是衛道的冬烘先生，她身上的氣息，她動用的化妝品，她吻過的鏡子，也都叫他戀愛；他也常朗朗帶笑地說出自己的心思來。不過那為他所不知覺地採用的文句，又全是崇高，倨尊而不可親近的。他說：「蘭燕梅真是難得，少有的美人！」可是這一句話裏便包括了：「她是很美。」「與我無關。」「有生以來看見的以她為最美的了。」「我的見識還要再推廣。」「她的跳舞來伴我的歌聲倒是能夠合適的。」之類的含意。他如此想也就如此想而已。如果問他會不會因此而戀愛蘭燕梅。他就會不覺地失笑了。

蘭燕梅無瑕的心，也不會戀愛他的。蘭燕梅想不起在跳舞節目之外有什麼話會和他講。有時雖然他們三個人在去巫家壩的路上，看到河邊蘆葦上一隻翠鳥，她也會高興地喊：「看！范寬湖！一隻翠鳥！」這並不值得注意。因為這是她的習性。這是她天生的，可愛的動作。旁邊如果是小童，比方說的話，她也會說：「小童！小童！一隻翠鳥！」比方說是伍寶笙，她就會在把翠鳥指給她看之後再作出最媚的樣子，偎在姐姐身邊問：「姐姐，翠鳥好，蘭燕梅好？姐姐，你說，你愛誰？」比方旁邊並沒有人，只有她的兩隻狗，她也會抱起兩隻狗來，揭開它們垂著的大耳朵，悄悄地告訴它們說：「不許嚇著牠，也不許嫉妒牠。我愛牠。誰敢大聲叫，把牠驚飛了。晚上就沒有牛肉喫，不信你們就試試看！」

蘭燕梅、范寬湖的性情既然是這個樣子。他們就誰也不以為這次表演對他有什麼了不起的影響。好像是陪了大家玩。范寬湖覺得若不願看低劣的表演，只有自己去來一下。蘭燕梅覺得第一是伍寶笙要她出台的，第二是她不大敢真拒絕了大家的情面。第三，第三是什麼呢？她小小的心兒裏也不知道。也許是因為春天的陽光太好了，她心裏高興，也許是因為有一篇美麗的抒情文要寫又懶得動筆。她便運用一身發育得勻稱的線條，繪在觀看的人的眼裏。

只有范寬怡想法不同。她是要強，爭勝，也喜愛聽人讚美的人。她天資不可說不高，然而她用心太過。她也美，她偏要別人明說出來。所以三個人走在一起時，她整個注意力在路人的驚羨眼光上。想起表演時，她就一刻忘不了那天她應穿戴著什麼衣飾。看見了跳舞時的藺燕梅，和歌唱的哥哥時，就想起，這個是哥哥，那個是嫂嫂。他們的家庭一定又是使人人羨慕的。

轉眼間，季節便更換了。晚春把節令傳遞給了初夏。原來是生長著的，此刻是葳蕤茂盛的了。發狂似地茁長的小樹及野草，在原野裏擠得滿滿地。公路兩旁濃厚的楊樹綠蔭及校舍建築受光與背光的陰陽面，全是強烈的光與暗的對比圖案。雨季慢慢地就要來了。先遣的陣雨常常突然來襲，可是又常常不等躲雨的行人站穩它又倏地晴了。青蛙的卵得到了水便流出他們藏躲的地方成了蝌蚪，在春天求到了配偶的雄鳥就把他的妻室在蜜月旅行之後，領到卜居的地方來阿諛她築巢的技巧。屋脊上的貓兒們早已不再出來吵人，而在哺下一代小貓的奶了。花朵都盛開著，笑臉迎接陣雨。蜜蜂、蝴蝶急促地撲著翅膀，飛到葉下去躲一陣雨，又出來曬一陣太陽。田裏的稻子變成深深的，捲心菜的心也摸得出是實實的了。一陣雨過去，就如魔法的棒一揮，所有的植物都長大一些。四野山上紅色的土壤便為綠色馬尾松的針葉或是高大的橡樹葉子遮滿。油加利樹那可笑的會脫皮的白樹幹，也為新生的小圓圓葉子遮住，看不見了。

人是最不會玩的動物，他們忘了春季給他們的一點荒唐可愛的念頭。也不慚愧自己不如一隻鳥，一隻貓或是一株小樹。他們又轉過頭來描寫讚美夏季的雨水了。

雨水下在山尖上，下在樹葉上，淌在山澗裏，也從草根旁滑過去。兩滴雨珠撞在一起，嘻嘻一笑，誰都再也分不出誰了。兩支小溪流撞在一起更連笑都來不及地又要趕路了。他們流下高峯，流過了無人到過的深谷，故意擦過稀見的黃萱花，又激越過聳立中流的石塊。河道轉彎時，又偏要碰那面的堤岸一下。最後終於像頑皮逃學的學生，逃不過教師的手，捉住了小小衣領，帶回學校去那樣，一齊匯注在昆明湖裏。

水在什麼地方都是那樣頑皮。他們流過土壤，惹得小草忍不住要生長。流進池塘招得小魚耐不得要跳躍。他們是無處不去的。待他們果真到了一個地方，又是誰也指不出哪一滴水，是從什麼地方趕來的了。

雨季的開始，在昆明是五月。

在草木隨了陣雨生長時，校園裏縱橫的小河溝也就漲滿了水，那乾渴了一季的小池塘，就又充滿了。池塘中一個半島邊沿上那一片野生玫瑰的枝條，便開始綠了，拳曲的五片成組的小葉帶了嫩紅的葉邊與柔輭細小的刺，便慢慢地可以被察看得到。不久就舒展開來。有的還舉著小花蕾呢！

遊藝會馬上就要到日子了，負責的學生幾乎都整天在禮堂內，在市街上，忙著借道具或佈置會場。上課的課室內看不見他們了。畢業生們也是一樣地忙碌，這個會是他們全體的成績，誰也要參加一份勞力。藺燕梅的舞蹈也純熟了。她似乎隨時都可以應了音樂起舞。她正如范寬湖、范寬怡一樣起初是練習曲譜，背誦曲譜，去表現曲譜，現在是已經了解了曲譜，和曲譜在感情上有了交流，到了以曲譜來表現自己的一種最快樂的境界了。比方說，在起初，她們還不能熟悉其中的一段節奏時，她們用一個流行又被她們喜愛的曲子來比較：「喏！這一段就和那一段差不多！」現在她們已經熟悉到另一種階段，比方她們之中一人見到了一個好看的女孩子，她們就用這曲譜來形容給另外兩個人知道：「她眼睛那一垂，就和第三節，第四動那神氣一樣！」

為了準備這會場和節目，學生們一面忙成那樣，又用心成這樣。禮堂門外，隔了一片草地，一個小池塘，那與禮堂的門遙遙相望的半島邊沿上的野玫瑰們，她們依了天色，季節，氣候，雨水的指示只是悄悄地，悄悄地，也就從從容容地把她們的舞台佈置好了。花蕾們固然不敢太早露面，卻也怕臨時有些趕不及，所以早早地把自己的花瓣兒染好了應有的顏色。又預先貯存了香甜的蜜水，已經有了一朵盛開的玫瑰差不多的重量了，便忍耐地低下頭。花萼細尖的萼片還是緊緊的合著，瓣尖吃力地擰成一股兒，像蔴繩一樣。葉片們的工作更是繁重。他們趕緊生長，一天天地長大變多。染綠，更綠，更深的綠。他們忙忙地拉起手，重疊了身子。不久花枝叢下已經不再透過陽光，又過了幾天，這一片花叢已是一道堅固的綠牆了。葉子們妥善地掩遮了花蕾，行將出台的花蕾。

玫瑰花生長的半島上住著兩家田鼠。兩家田鼠支系全很興旺。小田鼠們已經會啃玫瑰枝上的嫩葉了。為了這點利益是共爭的，所以常常使兩家傷了和氣。不過每年雨季來到，他們便合作了。因為枝上的尖刺永遠能防止他們偷喫未長成的花蕾，叫他們渾身刺破了，也嚐不到那整日整夜在自己頭頂上散發著醉人香氣的蜜汁！他們不會啃斷枝條，拖出上面生了花朵的嫩莖，他們只是衝動地向上竄一下。然後被刺痛了，就馬上洩了氣。垂了失望的眼光回到地穴裏去。枝上的刺一天銳利，剛硬一天。也一天多似一天。聰明敏捷的小鳥，也鑽不進花叢裏去了。這時一叢濃綠色的牆便陣陣地，安全又放肆地發出蜜香來了。他們也佈置好了表演的場所。只待日子一到，就顯示出那美艷奪目，如雪如雲的花朵來。讓看的人魂魄也消，心神為移。她們只是無言地，靜悄悄地，享有著她們應該在台上的每一秒得意的時光。她們如春風裏的燕子。

這天下午，稍稍有一陣細雨，空氣裏的塵埃是濾淨了。碧空如洗，湖面如鏡，晚霞如野火燒山。歡送畢業生的春季晚會開幕了。

校委董先生，代表學校致了詞。他儒雅安詳，微笑多於言語。學生代表宴取中致歡送詞，興奮多於矜持，熱情勝過感傷。畢業生代表出台致答詞了。

出來的是伍寶笙。她的走路就夠令人有感觸的了。每位先生都想：「她進學校時是那樣一隻羽毛才長齊全的小畫眉，現在是這麼一個嬝嬝婷婷的姑娘了。我都難相信我自己有這魔法，能調理出這樣一表品貌來。」她開口了。不待她用秀媚的眼光來邀致同學的愛慕，人人心裏就說：「不走罷！伍寶笙。留在學校不畢業罷！伍寶笙。把你的智慧給我們作指針。用你的工作給我們做楷模。用你的手來按撫我們幼小的創傷，用你的笑來培養我們的勇氣！留在這裏罷！伍寶笙！還要用你眉尖的一蹙來裁判我們的錯誤。用你芳馥、輕微的嘆息來寬恕我們那小小的罪過！」

然而遊藝開始了。大家又都興高采烈起來。畢業生和在校同學是一致地。笑，一同笑，呆，一同呆，不曾分過彼此，似乎歡會的日子正復長長地等待著他們。

其中有一節是史宣文出來背誦詩篇。她的背誦是有著解釋傳達的意味的。有人說過：「看了注釋，翻了參考書還不能了解的詩篇，或是能知道其中含意而體會不出美感的詩篇，聽史宣文一念就都了解了，領悟了。又好像對於詩的理解欣賞能力不是得自詩人本身，也不是得自白紙上的黑字，而是得自史宣文的聲音神色。因為只有經史宣文選了出來，朗誦過的詩，才能像瘟疫那樣所向無阻地風行了全校。」又有人說：「她什麼樣的詩篇都曾選過。所以她是最了解人生的人。所以她也是最難滿足的人。」

她今天穿了唱詩班的黑袍，頸間圍了白紗披肩。戴了寬邊眼鏡，走到幕前台上正中央，合起掌來。全場寂靜得如祈禱時的教堂，耳朵裏便有了勝似音樂，勝似歌誦的聲音。史宣文傳授了他們但丁《神曲》中「淨罪界」一開始的三節。大家都受陶冶了。燈光一暗她悄然退去。

這是伍寶笙為她心愛的妹妹佈置的空氣。幕開了，范寬怡一頭柔髮在銀色的燈光下閃著，她用手在琴上奏出了舞曲第一節：教堂的鐘聲。那曲調如初晴的早晨，鐘樓上的鴿子把鐘聲帶到四野去。野地的草葉上還有昨夜的雨珠，正順了葉尖滴在地下。

頑皮、伶俐的范寬怡這時在大家眼目上成了虔敬淑雅的修女。一曲已了，不過只是序幕。歌唱的范寬湖，與舞蹈的藺燕梅都還沒有出來。

燈光暗了一下。再明亮時，台下發出輕輕地一陣嘆息，嬌艷的藺燕梅已經是站在台中央了。照明了她的燈光直射透了她那如夢幻也似的妝束。薄薄的白紗衣既輕又輭，長長的委在地下，胸前有一個小小的金十字架。她一副又莊嚴又無知的神情，倒看得出是快樂的。她妝束如同在修道院中長大的女兒。僅僅那高聳的院牆內小小一個天地便滿足了她。早晚幾陣鐘聲，教堂前一片花卉，幾首美麗的讚美詩和牧師慈祥的臉似乎便可使她快樂無求地獻出她的青春在這修道院裏了。那怎能叫人不嘆息呢？

范寬湖寬平的肩膀上披了傳教士的法衣。絳紫色的綢袍上繫了金色絲絨的帶子。胸前一部銀色長髯飄在黑色外褂前面。白髯下面隱約地可以看見一個聖主受難金像。頭上戴了黑絲絨的圓帽子。

台上是修道院花園的景致。范寬湖流水似的歌聲便如春陽下解凍的山泉。藺燕梅的嬌嫩就如同東風裏出谷的乳鶯。她似乎還沒有察覺到青春的感傷，快樂地看了這花花綠綠的大千世界。范寬湖的歌詞大意是說：「你的母親把你交給了我們修女的道院。那時我正因宣教來到這裏。你裹在高貴的白緞子裏不住地啼哭。我們想：『這是貴族家裏的嬰孩，為什麼撇棄了人間的尊榮來增加天堂的禮讚？』聽了這話你就笑了。我們驚異你平安地由嬰孩長大。你由牝羊學會哺乳，由蜜蜂學了辛勤同安分，又從鐘聲學會了歌唱。現在又要從花朵學會愛嬌了。」

這圓潤的次中音，穩妥靈活地襯托了藺燕梅的舞。她由天真的甜笑裏變成含苞初放的少女。幼年的心情便如春天早上才逝去的美夢那樣，不可追求了。

這時藺燕梅的步法是摹倣小黃羊，摹倣小麻雀。她有著渴望蹤跳，或遠揚的姿勢，實際上卻像是才會走路的小孩。那種拿不十分穩的行路樣子，那種討人喜愛的天真婉好的神情，叫人恨不能把她抱起來，順了她東指西指的小手，依了她「衣——衣，呀——呀」的兒語，抱了她東走西走。她對一切景物都露出了驚喜的神色。鋼琴聲裏常常在一個旋身時給一個清脆、高調的和聲，她便依了這個跳起的聲音表現一種在新發現了什麼好東西時那樣歡樂。令人想像彷彿是從那樂音裏她看到了鑽出土來的一朵小花，閃過她眼前的一隻小雀，橫在天邊的一道長虹。她從這音樂的敘述中已長成為一個少女了，她已經從自然的色彩裏養成了對於美麗的東西的愛好。看的同學馬上便習慣於這種有表現性質的舞了。他們或她們都在想，這樣年齡時的女孩子心理體態，正是藺燕梅最能體會的。

在這一節裏她已經得到了成功的保證，看的人已入迷了。她用左右顧盼的雙眼介紹了那象徵景物的樂音，使人人彷彿也看見了那花，那鳥，那虹一樣。

鋼琴奏了一個短短的快捷的旋舞曲子。燈光又暗了一下。再看見藺燕梅時，她胸前多了小小一朵粉色的花。兩頰的顏色更要嬌過花朵。音樂節奏光明，清楚，跳動得多。范寬湖嘹亮的聲音便先淙淙後澎湃如夏季暴雨後的山洪。藺燕梅興奮舒展，踢開腳下的長裙如開屏的白孔雀，合掌祈求，渴慕如子夜的杜鵑，睜目遠望，癡情如月夜唱到天明用心頭熱血去換一朵紅玫瑰的夜鶯。看的人心情沉重了。他們希望這美麗得過了份的修女幸福，然而他們更希冀她平安，他們擔心了。台上的藺燕梅雙頰紅熱，兩個眸子灼灼如一對小火燄。台下伍寶笙忘了這是舞蹈，以為是她妹妹的魂靈，她掩面，心跳，不敢看了。她心上因為藺燕梅又能表達這另一種心而高興，也因此而害怕。

范寬湖的歌詞裏說：「魔鬼不會捉住你的，我的可愛的姑娘。這個世界如此美麗就是因為他們要襯出你的顏色。遊賞這繁花的五月罷，只要別忘了你的讚美詩，讓蝴蝶誤認了花朵，落在你的手上，讓乳燕的黃口來親你的嘴，讓青年熱情的男子在你窗下唱到天明。讓你不覺地也諦聽到天明，忘了愛情的火燄會灼傷了你少女的心。」

鋼琴聲第三次蓋過了范寬湖的嗓音。燈光又暗一下。這次藺燕梅胸前的花仍在，而髮上多了一頂修女的帽子。大家鬆了一口氣。知道這在修道院裏長大，也祇適合生活於天堂裏的女郎沒有冒險走出院牆來，並且也做了修女了。范寬湖的歌聲如教堂的經文，他說：「是什麼力量澆息了你心上的火？是什麼力量濾清了你的夢？來罷上帝的新娘，你的美麗是天上的。你的美麗是天上的。」最後一句的樂章一直婉轉重複著。

藺燕梅便如倦遊還岫的白雲，又如長飛凌波的海鷗，更似曾經窮歷無限蜃樓海市多少幻境的信天翁，滑向汪洋萬頃中一個小珊瑚礁上時那樣。她兩臂兩手在頭上向空中和緩地迴旋著，如同從天空不可見的地方接到了些什麼，又如同攀到了空中伸下來的一隻援引她上天堂的一隻手。然後那渴慕的眼睛忽然露出了滿足、怡悅的光來。她又如停下來落在湖邊沙上的白鷺鷥那樣，斂起了刷亮的翅膀，跪伏在台上。再起再伏，表現出一片靜穆和平的氣象。她穩定依皈如得救的靈魂。

鋼琴又是幕啟時的鐘聲，一場虛驚如夢，一場美景更如夢。大家欣喜愉快。不知如何是好。當初因為開場是緊接了史宣文的誦詩，所以多少鮮花未能先送上，此刻送到台上的花籃，擲到台上的鮮花便繽紛如雪。藺燕梅起身道謝，花朵兒順了長衣滾下。掌聲這才四起，震得歡呼也如隔牆聽不真了。三個人鞠了躬退下去。幕拉闔上了。有誰捨得走呢。鼓掌一直不停。

忙壞了後台的人，直到從前台請進了藺燕梅的姐姐伍寶笙進去。主席宴取中才報告請大家等待一下。

伍寶笙到後台一看，這個小藺燕梅正披了一件大衣，坐在化妝台前。沈葇、沈葭，許多女孩子愛惜地照料著她。方才三幕舞蹈累得她兩頰還是紅撲撲地。

「姐姐！」她看見就喊：「姐姐！我給你跳了我所最喜愛的舞！」她要走過來，她們忙扶著她。伍寶笙把她攬在懷裏，看她激動的樣子，又是那種感傷的聲音，也不忍問她是否願意再給大家點什麼。也不忍問叫她到後台來有什麼事。只有屏息默數那緊貼在自己胸前的心跳。

「伍大姐。」沈葭說：「他們沒想到要預備兩個。哪裏有跳舞也能跳兩遍的呢？范寬怡和她哥哥都累得不得了，在那邊房裏休息去了。何況一直跳著的藺燕梅呢？你來替燕梅說句公平話。她實在不能再跳了。」

「台前的人不會散的，燕梅！」姐姐說：「你出去隨便說幾句話都是好的。他們跟姐姐一樣，不放心你是不是會累著了。燕梅，出去露一下就成。姐姐在後面守著你，就在台門口。妹妹一下台就可以撲到姐姐懷裏來。和現在一樣。」

「不！姐姐。」藺燕梅抬起臉來說：「去台前面請我媽咪來罷。我要唱一支歌，我有滿心的話要告訴我的好同學。請我的媽咪來罷。我要唱黃自作的『玫瑰三願』。這支歌的伴奏，媽咪不看譜也記得熟的。」伍寶笙聽了就示意沈葇過來偎著她，又向藺燕梅說：「好好兒地休息著，我去請媽咪來。」

到了台下，看見藺太太在陸先生藺先生中間坐著正在說話。她心上當然是惦念女兒。她料想著女兒是在出什麼鬼主意心上也不在意。看見伍寶笙進去又出來向自己走過來，倒覺得有點不同了。她忙站起身來問什麼事。伍寶笙馬上明白了，她也不及向陸先生、藺先生說話，先笑著慢慢說：「燕梅請媽咪去伴奏呢！」一句話聽在旁邊人的耳朵裏，便如春風裏的麥浪，一排一排的向後傳，全場都知道藺燕梅又肯出台了。

媽媽向爸爸招呼一下，便隨了伍寶笙從小門往後台走。「這就是藺燕梅的母親！」「這就是藺燕梅的母親！」台下又竊竊耳語著。掌聲便如驚醒了薔薇花的春雷。

不久幕又開了。像一個獨唱節目那樣，母親坐在琴前面等著。女兒自自然然地走著尋常的步子，仍是那一襲舞衣，卻又是人間的兒女。帶著笑。盈盈來到台前。微微地欠了一下身。回首看了母親。她的眼睛是能說話的。台下就寂靜得可以聽見禮堂外面校園裏溪水流注池塘的聲音。

鋼琴到了藺燕梅母親的手下，便如同有了生命，它委婉地，謙和地給了一個引子。

「是黃自的『玫瑰三願』！」台下懂得的人馬上明白了台上這出色美麗的女兒心上的事。

她在台上對了這些師長同學唱。每人卻覺得她是仰了臉，真摯又孩氣地在和自己一個人說話。她只輕輕地張開了口，歌聲卻似被生了翅膀的小精靈帶了在室中飛走，繞在人家心絃上，溜到校園外深山裏的青苔上，又鑽到雲層上去傳給諦聽的月亮。台上的藺燕梅只是輕輕地唱。她那鬆鬆輭輭的小嘴唇是不會用力的。

歌詞的最後三句，一句迫切似一句。藺燕梅在台上祈求著：

我願那妒我的無情風雨莫吹打；
我願那愛我的多情遊客莫攀折；
我願那紅顏常好，不凋謝！——

這真是藺燕梅在說話。她是一半求天，一半求人。她本分地述說自己應有的一點希望。這希望也是一半為人，一半為己。這又是方才在大家面前皈依神主的修女在說話。她聲音珠圓玉潤，希冀之中又有感傷，她感動了神？至少她感動了人，同時她更引起了自己無限柔和的情操。她神韻多詞句少。

她緩緩抬起了雙手，拖了長長的舞袖。兩眼似乎看見了夜的天空上的神靈。誰能硬了心腸拒絕這淑婉的女孩這一點點請求呢？她是這樣虔誠地用了歌聲又邀致了這許多真摯的年輕人的同情心為見證來祈求的。她聲音忽地增強。又似氣力已盡，血淚已乾那樣，掙扎不起。又如極細的鋼絲那樣輕巧地在人不能察覺時歇了音響。她唱了最末一句：

好教我留住芳華。

幕徐徐落下。彩聲四起，人人不覺拍熱了雙手。禮堂大門齊開。外面月色正好。人慢慢地散出去。情形頗與平常散會不同。評說，高論的人少；沉默的人多。他們，她們心上想：「不管情形怎樣。我要緊緊記牢此刻心情。誓為『玫瑰三願』的衛護者。」

這樣這個又是歡送畢業同學又似歡迎新開玫瑰的春季晚會，散會了。

幕後伍寶笙忙迎上前來，接住了激動得幾乎站不穩的藺燕梅。一面看了從琴前站起來的藺太太。藺太太說：「燕梅還是那種叫我不放心的樣子。這麼容易動感情！」燕梅不動也不響，也聽不見母親向姐姐說的話。母親告訴女兒說：「好孩子，等一下讓你姐姐給你披上件大衣，夜晚涼呢，早點休息罷。媽媽回家了，可以嗎？」

女兒無力地點了點頭。又偏起臉來讓母親吻一下。由著母親走了。女孩子們幫忙藺燕梅收拾了化妝台子。伍寶笙說：「衣服不用換了。反正回去就睡覺了。我陪她坐坐。你們忙罷。」她們就去幫忙收佈景。疊衣服。乒乒乓乓台上亂嘈嘈地。不久，也清靜了。看她倆還不想走，便隨了大家一路唱著，踏了月色先走回宿舍去。

藺燕梅恢復了，又是有說有笑地。姐妹兩個攜手走到台上。佈景幔幕都撤去了。一看，四壁蕭然，一無所有竟是這白慘慘怕人的樣子。台上取走了地毯，白木板上積了多厚的灰塵。空蕩蕩地一個大禮堂，一千多空座位。地上零星丟著的紙。台上台下的燈也熄了一半。冷冷地望了她們便如面對了盲人那無神的眼珠子。想想這片刻間的變化。自己仍是這一襲舞衣，美艷得賽過新婚的皇后，可是景物全非。站在台上方纔扮了修女的地方，訴說三願的地方，一滴酸辛流到鼻上，不禁落淚痛哭起來。姐姐也沒想到這時禮堂的淒涼景象。心上也不知此刻與方纔是真是假。也不知此刻是剛剛散了會，還是已到了千百年後人去樓空，兩個幽魂來憑弔故址。心上也不覺駭怕起來。藺燕梅只是抵抗不了一陣寒戰而哭，雖然她的幼小的心上還不曾學會這種聯想。

這是熱鬧後的冷落，成功後的寂寞，聚會後的散場，獲得後的空虛，歡笑後的淚水，滿足後的悲哀呵！不論她這樣年紀能不能理解這個，以她的天質她是感覺到了！無可奈何地感覺到了這個寒戰的力量！

兩個人急忙走出禮堂來。一到了外面又都莫名其妙地快樂了。新舍整個籠罩在和風惹人的春夜裏。四野飄來許許多多不知名的野花香。地上小草吸了一日陽光還是暖暖的。月光如銀鍍在屋頂上，樹梢頭，向上的小樹葉上，姐妹倆窈窕的身上。她倆緊緊偎靠著向前慢慢地走。偶然想起了散會後的禮堂心上還不免戰抖。

這樣一個夜晚，不用你去想什麼詩人的句子，你自己就走進詩篇裏去了。她倆都不說話。不覺走到小池塘邊。

池塘的水正清明冷冽。溪流的灌注似乎也比白日裏緩慢一些了。月光在水面上浮動著。姐妹倆不約而同地坐在池邊青青草上。眼睛在夜裏是會慢慢放大瞳孔的。她們漸漸看出對岸，近在五六丈的地方半島邊沿上那綠牆也似的花叢，把它濃蔭的影子正倒映在水裏。月光微柔地夢也似的照著。四野是靜悄悄地。

忽然，蘭燕梅伏到伍寶笙肩上。兩臂緊緊抱了姐姐。心跳氣喘，如同在夜晚園中遇上了花妖！把伍寶笙也驚得毛骨悚然。也問不出什麼話來！

「姐姐！姐姐！快看那水裏的影子！」

伍寶笙忙定神看時，偏巧一尾魚吐了一個泡又鑽下水去。弄得池面起了一層層的圈兒，映了中天高照的明月，亮亮地跳動著看不清了。

「姐姐。」蘭燕梅極微小的聲兒說：「我忽然看見對岸花叢影下又有了一個我的影子穿了一樣的白衣裳，頭上顯眼地多了一個玫瑰花圈。笑得挺嬌地。」她說著不好意思起來，就往姐姐懷裏撒賴。姐姐才定下心來。兩個人又笑了。

剛才一陣虛驚又過去了。直如同空氣中突然有幽靈來臨又飛走了一樣。兩人身上的寒慄還不曾下去。

對岸的玫瑰花一朵朵兒地開了。黝黑黯淡的影子裏多了淡淡地，銀白如霧的花朵。白色的玫瑰在日光下恐怕水生生地是粉紅色罷？她們一朵又一朵地靜悄悄地展開了花瓣。才一會兒功夫，香氣便包圍了美麗如早夏薔薇那樣的一雙姐妹。花枝繚繞如牆的對岸朵朵兒的花兒已數不清了。姐妹倆再也想不到有這麼醉人的眼福。不覺互相抱得緊緊地。輕輕地喘著。這樣景色真正奪人魂魄！

「妹妹！」姐姐說：「高興起來罷！這美麗的玫瑰一定是為你纔開的。今天起，我的好妹妹要開始她在校園裏快樂的日子了。人生一世，花只開一春。燕梅，你的『玫瑰三願』呢？在這兒唱一遍罷！」

「不！我的好姐姐。」她如在舞蹈的第三節那樣澈悟了一些什麼：「『紅顏長好不凋謝』是不應該的，也不可能的。我們貴在會凋謝，我們因此才愛護容顏。我明白了。我不妄求了。姐姐，我冷，咱們回去罷。」她神氣反倒平靜了。

姐妹兩個都想到了這一點。不覺嘆息了一聲便相扶著站起身來，浴著月光，走到新舍門口。這纔想起還有不短的一段路才能回到溫暖的宿舍，去睡到柔輭的床上。不禁又害怕起來。伍寶笙看了守夜的警衛正依了門打盹，便把他喊醒讓他送她倆回去。

到了屋裏，見史宣文早已睡著了。月光透進窗來，屋中可以不要點燈。藺燕梅鋪好了床，換好了睡衣，卻站在床前不上床去睡。

「燕梅！」姐姐一邊在換著睡衣一邊說：「睡罷！別發呆了。涼著你！」

「姐姐！」她只是不動。嘴裏喊著姐姐。

伍寶笙穿了睡衣走了過來，說：「是不是這個小孩子要姐姐吻一下才肯睡覺？」說著便輕輕地吻了她頭髮一下。她頭髮裏還不停地散出玫瑰花香來。

藺燕梅不說話。下面她的小手卻緊緊捉了姊姊睡衣的衣裾不放。伍寶笙正貼近了妹妹紅熱的顋。斜睨過去看了那動人的眸子在月窗下明亮著。心上明白了這個小孩要姐姐。便輕輕地打了她一下說：「真把姐姐纏死了。放手罷！都依你了！這孩子！」藺燕梅才放了手睡到床裏邊去。這時月色已落，近天明了。

第二天一清早，池塘邊新開的玫瑰，早已盛妝了，絢爛地等著驚訝的稱讚。這消息頃刻傳遍了全校。「玫瑰三願」一曲在校內便風行一時。清水池塘邊，從早到晚不曾斷了人影。

細細一絲風，微微一陣雨，都有人擔心。莽撞的土蜂在校園內是處處不能存身的。誰也會舉起筆記本子來驅逐，怕他惹到池塘邊的花。夜晚若有了風暴，天明便會有多情的人起身早。他們披了衣裳便到涼習習的晨風中，對了花，默立著。使他們心安的是玫瑰花朵正不曾受到夜雨的摧殘，帶了雨珠，晶晶閃閃，更艷麗了。

採折的人，是一個也沒有的。

這是校內繁花第一年。第一個玫瑰花開的春天。

第六章

一個學校有這麼好幾千學生，成色便難得這麼整齊。先就這護衛「玫瑰三願」來說罷。其中也就有不近人情的好事子弟。政治系三年級有個學生，叫做鄺晉元。春季晚會上看見了藺燕梅一出台，他看呆了眼順口說了個：「嘖嘖！看看小藺燕梅這穿章打扮兒，這個惹人疼的小眼神兒！真是會想得出來！真真俏皮！」他一句話沒有說完，旁邊坐著的傅信禪那個老實人便因厭惡生了憤怒，沉悶如鐵錘地警告了他一聲：「閉嘴！」

他也自悔失言，不過平時以老實，笨拙，拘謹出名的傅信禪居然給他來了個不能下台，令他心上實在氣悶。一直到散會，他因受了全場肅穆感傷的空氣所震懾，也透不過這口悶氣來。偏偏散會了，傅信禪又補上一句：「你以後說話小心點！」他差點氣昏過去。他浮躁調皮，體質極壞，陰私多詐，不敢和人打架，也就膽小貪婪。當場只有受下這口氣。

後來玫瑰花開，艷稱全校。人人比它做藺燕梅。他心上很是遷怒於這些花朵。不過懾於眾人如風的輿論，從不敢當真去糟蹋一朵花。有一天下午上課的時候池塘岸上沒有別人，他正在那裏草地上準備下一課政治學系比較政府的考試。看看花，看看水，很沒有心情念書。無聊起來抓起小石子去擲對面的花。有的丟進花叢，有的落在水上。偏沒有一顆正正打在一朵花上。他氣憤起來，索性撿了一大把石子，站了起來想砸一個痛快。

不料後面走上一個人來。一手抓了他的衣領，一手提起他的腰胯，把他吊在半空中。兩手兩腳都一點什麼也抓不到，也蹬不到。他便亂糟糟地罵了起來。後面的人索性彎下腰去，把他放在水面上。說：「再罵，我就把你丟下水去，叫你清醒清醒！」他才聽出這聲音來，是那有力如虎，正直嚴厲的范寬湖。

下課鈴偏偏響了，校園中便充滿了人。真夠他窘的，許許多多人圍了上來，聽見范寬湖責備他的話都用厭惡的眼睛也責備他。他無恥地又告饒起來。不料這一句求饒的話使范寬湖彷彿是發現了自己是抓著了一件穢物。急忙一鬆手。「撲通！」他倒真落下水去了。

池水不深，他卻呆笨得爬不上來，平日用了交際舞的步子，在女同學前面招搖的身段不知道到哪裏去了。傅信禪也在場，還虧他伸出手來把他拖起。他滿面羞慚拾起了書，鑽出了圍看的人，走回寢室去換衣服去了。

這事發生不久，校內便全曉得了。不過傳說一共三種。第一種說是，他和范寬湖在池邊爭吵起來，被范寬湖一拳打下水去。這傳說到了余孟勤他們耳中，便無一人相信。小童和范寬湖要好，他說：「范寬湖從來不愛用嘴吵架的。若是動手打，也不會打這個乾巴猴兒。」後來問了范寬湖真情，他們才努力作正觀聽的宣傳。這是第二種。

第三種是在女生宿舍裏傳說的。她們說范寬湖在池邊看花。同時還有許多人。他狂言這花是由他保護的，誰敢亂動他必打他。一句話說得不好，惹得那個一向穿漂亮西裝的鄺晉元不服氣，才用石子扔。范寬湖便把他推下水了。弄濕了全身的衣服，還是傅信禪看不過去了，才給拉上來。這便是藺燕梅所聽到的一種說法。這很叫她難堪。她覺得誤認了一校同學。她向他們訴說三願是多餘的。

不過年輕人是富於正義感的。小童他們的宣傳終於撥開了雲霧，漸漸人人都知道了真情。六月來臨了，花朵不曾再遇到無聊人的騷擾。大考舉行了。池面平平地滿鋪了花瓣，香馥馥如一池玫瑰醬，悅目如一塊玫瑰色花氈。

學生匆忙準備考試時，池水已送走落花，又復明淨地反映著青天上的白雲了。

暑假就要開始了。這一年熱熱鬧鬧地畢業了許多人，沈家姐妹，伍寶笙，史宣文，傅信禪，馮新銜。成績特優的如伍寶笙，馮新銜，全由學校留下來作助教。史宣文接了重慶一個學校的聘書，等個把月也就要走了。傅信禪要去昆明地方法院做事，做個書記官。沈蒹沈葭上學有一小半是消遣性質的。畢業考試時就覺得是行將失業了的樣子。最後一門考試完畢。沈葭走出考場來遇到了馮新衘，馮新衘說：「考完啦？」她說：「考完啦。」馮新衘說：「我們再也不是學生了！」她心上本來已覺得很難過。聽了這話心上煩倦起來，她真不知道明天以後的日子怎樣打發走。鼻子一酸，回頭就走。馮新衘以為自己失言忙追過去。沈葭又怕一個跑，一個追的難看。又只有站住。她想從此再沒有這樣一個好玩的環境，看看竟是低年級的同學無憂無慮的快樂。也顧不得被馮新衘看見，掏出小手絹兒就哭了起來。還是越哭越傷心。馮新衘一個學文學的人，心思是靈活的，他看了沈葭這個樣子，想想她方纔走出考場時還是好好兒地，料想毛病必是出在這幾句話上了。他們平時也常接近，有些功課上還彼此幫過忙，同學四年眼看要分離了，也不免有點依依之情。便向沈葭說：「沈葭，別這樣哭了。誰畢業時都有點不捨。你哭得我心上也不好過起來。是不是我話說錯了？我們到後山上去散散步罷！」

沈葭心上煩了是常常哭的。哭過了也就雨過天晴，沒有多少心思。她聽了馮新衘的話也就止住了哭。她說：「不散步了。昨晚上我開夜車睡得太晚。現在累了想回去休息。」

「我們一塊兒走罷。」馮新衘說：「我也正想進城。」倒是他的感觸多些。

沈葭聽了點點頭，他們就一同走了。路上遇見伍寶笙和小童。四個人就走在一路。馮新衘看小童注意到沈葭的紅眼圈，便說：「方纔沈葭把我嚇了一跳。我說一聲：『大考完啦。』她就哭了起來。現在眼圈還在紅呢！」

「那還得了！」小童說：「我正高興地和伍寶笙商量這兩天該怎麼痛快地玩一下呢！考完了還得哭，剛考的時候豈不要生病一場才對？」

沈葭看了小童笑著說：「你到了四年級考畢業考的時候就懂了。」

「那伍寶笙、馮新衔為什麼都不哭？單是你哭了？」

伍寶笙聽了就對小童說：「算了罷，過了暑假也是三年級的人了。還這麼小孩似的刨根問底兒的。人家眼看要離開學校了，考試散場的一陣鈴聲就把畢業生送出了大門。在這兒生活了四年臨走能不有點難過嗎？拿我自己來說罷，畢業了雖說還是留在學校裏，雖說我的工作並不因為畢業有什麼更動，祇是因為快要不是那沒有責任，沒有心事的學生了，我都恨不能多在學校做幾年學生。」她說著眼圈兒也紅了。

小童看見忙說：「別哭！別哭！你們這一哭我也要哭啦！咳！剛考完大考就碰上了大出喪啦！」

伍寶笙聽他一勸，眼淚倒收不住了。聽他說的話可笑，又忍不住笑了起來，淚珠便掛在頣上，生氣地問小童：「真是能搗亂！你也要哭的是什麼？」

馮新衔看小童神氣不是玩笑，便說：「大家這麼和和氣氣，相敬相愛地在一起，畢業出幾個去，誰也免不了難過的。」

「天靈靈，地靈靈。淚珠兒別掉下來。」小童竭力止住自己的淚水。卻仍免不掉頑皮，沈葭又在擦淚。伍寶笙溫和地笑著和小童說：「你真是個好孩子。願上天保佑你！」伍寶笙仁愛的樣子是小童從來沒有看見過的。

「我好？就是因為我也會哭？」小童說：「我是最討厭哭的。」

「不是。」伍寶笙說：「是因為我想起幾樣事來：記得范寬湖把鄺晉元扔到水池裏的事嗎？那事礙不著你一點兒邊，你就那麼拚命地宣傳真相。還有米線大王那次，你把藺燕梅給你的大蛋糕荷蘭鼠送給老太太。別以為這些事情小，事情小卻可以見到大的地方。學校裏有這種可愛的同學，誰能夠在畢業時不戀校呢！」

「伍寶笙。」小童也有所感觸的說：「你記得去年暑假後開學的時候，我們去看『樂園思凡』？我們討論過校風的事嗎？你說我是鬥士。我得的印象深極了。我有生命一天便要為正義鬥爭一天。藺燕梅跳的舞，表現的故事又太像『樂園思凡』裏的情節了。我怎能不那麼拚命到處宣講！」

「聽見了沒有，沈葭。」馮新銜說：「伍寶笙說她的工作並不是因為畢業便停頓了的。小童說他的志氣是與生命同存的。我聽了很有感觸。我覺得有了這樣看法，大家很可以不必傷感了。如果是感情用事，那不必說是畢業這麼大的事，人每分鐘每秒鐘都應該為過去的一分鐘，一秒鐘悲泣。我們高興起來罷！」

沈葭用感激的眼光看了他，點了點頭。她是那種善良，和婉，柔順的女孩子。她想馮新銜這許久還惦著她的情懷，便生了無限感激。這些道理她聽了也明白，也得安慰，但是她自己是不會去這麼想的。她得的安慰與其說是得自這道理不如說是得自向她解釋這道理的人。這種性情的女孩子常常是這樣的；把一宗道理給連上一個人的相貌才能牢牢記著。她日後想起來時，不說：「這事有一個道理是如此，如此。」而是說：「某某人，對我說過，那道理是這樣，這樣；真使我忘不了。」說著還會追憶當時情景，而神往久之。那種神往的眉眼常是非常動人的。

馮新銜看了沈葭的一點頭，他心上想：「她真是那種癡情的孩子。不知道將來是誰得到她，那個人一定是幸福的。」他又想：「我怎麼會想到這地方上了？莫非是伍寶笙所說留戀同窗的情操？」因之他也放任自己的眼睛流連在沈葭那種感激，滿足的神情上許久。

走到了南院門口，小童問了馮新銜知道他是進城去報館領稿費，他自己沒事情做就跟了他一同進城。伍寶笙同沈葭一齊走回南院宿舍去。在路上伍寶笙向沈葭說：「你姐姐比你大幾歲？」

「大一歲。」

「姐姐如果今年出嫁了，那麼妹妹呢？」

「鬼！問話有這種繞彎兒的？」她要打她。

「我們學科學的人是逢事都希望找出個規律來的！」伍寶笙笑著說：「我今天可有了正確消息。」

「唷！」沈葭是忍不住要問的。她明知道金先生是有心來娶她的姐姐。可是眼看都考完畢業考試了。消息倒沉寂起來，真不如傅信禪和何儀貞的事。何儀貞現在已整天心不在書上。似乎頗有點秘密，高興得嘴裏藏不住似的。她聽了伍寶笙的話，心上一動，又偏要裝鎮靜，她說：「要告訴就告訴。別這麼自己憋不住了，還要等人求著才說！」

「我的脾氣都叫你摸熟了！」她故意笑著說：「真是同學四年的好處。算了罷。我也就不用說了。咱們談點別的罷。聽說傅信禪在地方法院做事了。」

「哦！」

「他現在好像就可以和何儀貞結婚似的。」

「哦！」

「當一個法官的太太也不容易！」伍寶笙嘆息，凝神，如親眼看見一樣：「比方說，老爺判了個罪名，別人想起太太心輭，去哭著求。何仙姑又菩薩似的。叫她怎麼做呢？再比方有那麼個二十多歲兒的小媳婦兒，出了點事帶到法庭上來。老爺剛要判罪，她就這麼掏出小花手絹兒來，一抹眼睛，又哭，又鬧，撒嬌撒癡起來。不說老爺見了可憐。太太在家裏也放心不下呀！嗳唷！媽呀！」

原來沈葭看她有聲有色的越扯越廢話，心上氣極了，狠狠地擰了她一把。

「叫你拐彎兒說繞頚子話罷！」沈葭說：「這一下擰在你身上，還不知道疼在誰心上呢！」

「我說你不懂我的脾氣呢！」伍寶笙說：「我會叫你一摔就服你支使了？」

「姐姐！好姐姐！」沈葭作著鬼臉說：「這兒說話不方便，我請你去喫米線大王去罷！」

伍寶笙聽了大笑起來，說：「虧來法官太太不在這裏，如果她告訴了法官說我受了賄賂便怎麼了？」

伍寶笙是當真得了一點消息的。不過她要斟酌怎樣說出來。方纔她是從陸先生那裏來。正和陸先生談著評閱一年級生的生物考卷的事，金先生一推門進來了。陸先生說：「正好！」說著把身子向後一靠，靠在椅背上，又從抽屜裏取出煙斗和一盒煙絲來兩人各自裝了一斗。

「寶笙。」陸先生說：「金先生是和我約好了這個時候來和我商量一件事的。你在這兒正好，不必走，大家談談。」他又向金先生說：「這種事我們過了時代了。還是問問她們小姐們知道得多。」

金先生素知伍寶笙聰明懂事。看見她正對自己望著，便忙說：「請坐，請坐。歡迎，歡迎。」伍寶笙原是站著的。她知道兩位先生一裝上了煙斗便起碼有一個鐘頭好談，正準備走，聽了這話，便坐下來。對陸先生說：「陸先生，是你叫我旁聽的。我可不知道是什麼事。恭敬不如從命。」

「好！我來起個頭兒。」陸先生說：「金先生依了他的時間分配表，同時也看到了一個女孩子的性情，決定在這個時候容她安心考完了大考，然後這個四十歲的老頭子要辦他的終身大事啦。」

「還沒有這麼快。」金先生笑著說：「陸先生太樂觀了。我是這麼打算著。這裏面問題多得很呢！」

「金先生自己的問題？」伍寶笙問。

「我的問題也有一點。」金先生說：「主要的是還沒有和人家談起這件事呢！」

「哎唷！」伍寶笙笑了起來。她不好說什麼。她心裏想，這樣兩位先生，約好了時間來談話。

談的卻是一件連影子也沒有的事。撇開他們的年紀、學問、地位不談，光就這件事來看，真像兩個小孩子。

「金先生正是來問我，是直接跟她本人說呢？還是先託人問一問她的家裏。」陸先生說：「我也同樣拿不定主意。」

「二者各有利弊。」金先生逢上了講述理由的事，話便長了。他正要講下去。伍寶笙聽了，更是想笑。她露出了笑容不敢再笑。只好用眼看了地下，心上想：「全是廢話！」

「先別講道理了！」幸虧陸先生攔住了金先生：「早晚是要說的。家裏也要說，本人也要商議。我們準備一下，如何說來纔是正好。」

「就是這個道理啦！」金先生忙說：「如果不成功，至少要別鬧成笑話。所以詞句，及當場情況，都要先佈成一個局格！我就是為了這事躊躇不決！」

兩個人越說越遠。看去好似是談到正經題目上，興致正是高得很。不過依了這樣說下去，說到明天，也是不會真把事情弄成。只有約期另談。伍寶笙想起凡是動物都有求偶本能。一位心理學家，一位生物學家倒沒有了辦法，她便有話想說。陸先生看出來了。就問她：「寶笙，你也聽了半天了。這個困難你有辦法解決沒有？」

「金先生。」她說：「如果陸先生是那一位小姐，恐怕早答應您了。背地裏說求婚的話；人家想答應也無從答應起呀！真是叫我聽了擔心。說不定有那麼一天，金先生當面給人家提起了。人家點頭答應，金先生還看不出來，鬧得難為情呢！」

兩位先生大笑起來。

「別忙！」陸先生說：「這話有學問！我來問問看如果那樣便怎麼好？人家會不會已經表示過

了！」金先生聽了也著了慌，忙忙思索有沒有這樣的經過。

「我來走個近路罷。」伍寶笙心上早已知道了：「這樣的事光就一邊兒來說怎麼會有結果？我打聽打聽那位小姐是誰罷。」

「怎麼樣？老金？」陸先生看了金先生說：「告訴她罷？」

「是你們同學。」金先生說。

「咳！」伍寶笙又要氣又要笑：「金先生！倒是能知道不能知道呀！」

「是沈葇！」還是陸先生代說出來。

「早說不就早省事了！」她說：「金先生比一位小姐還害羞呢！」她心上有了把握便存心奚落這善良的老教授一下。因為這時人的心情是喜歡聽人談自己的事的。雖是心理學教授金先生也不能免俗。他高興得很，陸先生說出名字來，他如釋重負。雖然全校的人誰也說得出這個名字來。

「你有什麼好意見？」金先生聽了她的話，果然不以為忤，這樣問她。

「求偶是一種本能。對不對呀，陸先生？」她說：「不過為了怕不成功而遲疑起來，也是人之常情。別人不敢說。沈葇用情是可愛得很的。金先生去試試看罷。十成裏有十成，是要樂得閉不上嘴回來的。那時候可別忘了請我吃喜酒。」她可得了一個機會一吐心中憋了許久的話。

金先生還想問什麼。她卻攔住了：「不許再多心了。人家沈葇一心一意地等著呢！咳！虧來我今天在這兒，若不然，真不知道要商量到哪一天才完事！坑死人了！」

「老金！」陸先生也精神了起來，用煙斗指了金先生說：「信她的話！局勢從此或可一變！鼓起勇氣來！」

拍！拍！兩聲。金先生把煙斗裏未吸完的煙也給扣了出來。他站起身說：「『自古沒有場外的舉人』！我是非這樣試一下不可了！」把伍寶笙聽得笑了個前仰後合。她說：「金先生！成功啦！非有這麼一下子不可的！您這一擺身段兒真叫我想起唐詰訶德先生來呢！下面沒有我的事了。我要走了。」

「別！別！」金先生忙著攔她，那神氣果然顯得年輕得多。看來此事成功大有希望：「還沒有謝你呢！同時我還有問題！」

「寶笙你別走！」陸先生也幫著喊，他也站了起來：「我們這兩日來頗討論些實際問題：比如說要不要先訂婚呢？不訂婚不像一回事，訂婚呢，不但費時費事且復所費不貲！……」

「怎麼？」她驚訝地說：「已經這些都討論到了？那又太快一點兒啦！」

「還有！」金先生又接著說：「是用宗教儀式呢？還是借用飯店的禮堂……」

「媽呀！」她嬌羞地喊：「這又太樂觀了呀！留一半跟新娘子商量好不好？」

「問題多得很呢！」金先生似乎是這才遇見第一個能拿主意的人：「我認識人不多，伴娘哪裏去請呢？」

「今天也用不著呀！」她一直是往門口走：「放著現成的沈葭呀！」

她笑得喘不過氣地跑出門去。留下兩位老教授用讚嘆的眼神看著她美麗的背影。這個女學生是一個思想，性情，容貌，身體全發展得極優美完善的人。她自己的事是一個什麼結局呢？

伍寶笙也有一點感觸，她走了沒有多遠，迎面小童跑了來，欣喜地告訴她說他都考完了。並且十分得意。他又想暑假中用全力飼養荷蘭鼠，又想找一個同系的同學幫忙，輪流守著，另一個去參加夏令會。小童歡笑的臉叫她忘了自己的心事，又習慣地盡心為他籌劃起來。遇上了沈葭同馮新銜，提到戀校傷心的事，她把自己心情寄託在學問上才勉強忍得住悲愁。現在沒有別人，她便想起透個消息給沈葭，也好促成這事一點。又覺得不大好說，又看見馮新衘對沈葭很有意就又要想馮新衘的眼神，同時還想準備一下詞句，遂順了愛逗著玩的習慣說了許多繞彎的話。現在她只告訴沈葭說在陸先生那裏聽到金先生很認真地談起了對沈蕫的心思。大概不久便見分曉。沈葭問了好幾遍，她都叫她老老實實地相信，說這是個千真萬確的。至於金先生怕沈蕫考試時不能安心，不願早提出等等的事，她覺得也是金先生膽怯，也是沈蕫弱點，她不願多嘴。所以一幕喜劇便沒有宣揚出來。

伍寶笙分別了沈葭獨自回到屋裏，看見收拾得清清楚楚一間屋子，又特別顯得明亮似的。藺燕梅半跪在窗子前面她自己的床上。原來窗子紙被她都撕盡了。她看見這個孩子明媚的一雙眼睛正噙了淚，一隻手指放在嘴裏，那一隻手也握了這隻手。窗台上半個大大的西紅柿。她忙跑過去抱了她說：「燕梅？你怎麼一個人，聲兒也不響地在屋裏哭？」

「你看，姐姐！」她拿出嘴裏的手指頭兒來：「手指頭都咬破了！」

「喲！破得這麼深！」姐姐疼惜地說：「你是怎麼了？咬自己的手？」

「不是我！姐姐！」她說：「是松鼠！我餵牠，牠還咬我！好痛呀！」

什麼全明白了。這窗外有一排大樹，樹上有許多松鼠。松鼠叫起來，「咕咕，呱呱」實在不好聽，可是這個小動物翹起大尾巴，在小枝上一跳一跳的樣子又實在好看。藺燕梅總是從窗紙的一個破洞裏去窺看的。她常想在有空閒的時候就把窗紙全換成玻璃紙好看一個痛快。今天她便把窗紙全撕去了。房子也收拾好了。還不待她糊紙，她看見一隻小松鼠就在不遠的樹枝上跳。她的果籃裏正有新鮮的西紅柿，又大又紅。就拿一隻來引牠。她喊牠來，牠就來了。牠想咬一口便跑的，不想因此咬重了。也咬了西紅柿，也咬了藺燕梅的手。咬得傷口好深呀！

「松鼠的牙不是鬧著玩的！」姐姐說。她看見一捲玻璃紙還在桌上：「姐姐先給你一點白藥紮起來罷。等一下姐姐替你糊窗子。下回只許看不許餵了。」說著順手把半個西紅柿扔了。拉了這個小指頭到自己床前來找白藥。蘭燕梅隨了過來。疼痛也似乎好得多了。

「沒有東西包怎麼好呢？」伍寶笙倒上了白藥，止了血，問。

「我的箱子裏有藥棉花。」蘭燕梅說：「紗布倒沒有。扯個小布條兒罷。」姐姐依了她的話，找了出來給她包好。說：「洗手的時候，找姐姐來！別自己弄濕了。」說著又給她擦乾了淚。

妹妹聽了，心上感激。問姐姐道：「姐姐，你沒有棉花？」

「我也許有？」姐姐在這種地方不像妹妹那麼精細：「我也記不住了。又少進城，進城又老忘了買。還有藥房的伙計頂討厭老是問人家要不要買！」

「姐姐！我送你一磅！」妹妹說：「你看，我有兩大捲兒呢！」

「你的這麼細！」姐姐接了，誇道：「什麼地方買的？」

「是家裏帶來的。」妹妹說：「上街買東西真不如回家拿又省心，又好。」

「別讓姐姐難過了。」姐姐說：「到你家裏每去一回就叫我想家好幾天。你還說呢！」

「我的家也快不在昆明了！」妹妹說：「前好些日子我爸爸說要在緬甸邊境深山裏頭建一個飛機工廠。他要到那裏去辦公。媽媽同弟弟也就都去！」

「什麼時候？」

「還不知道。」

伍寶笙看她眼圈兒又濕了就說：「還不知道？不提他罷。你看，燕梅！你把玻璃紙換上晚上又得用窗簾了！」

「窗簾我早跟媽媽要了。媽媽說送來，一直沒有送來，我等不得了。今晚上先用床單，我明天就回去拿。」

說著話，史宣文進來了。「咦？」她說：「屋子亮了？燕梅。門口有個兵，拿了封信，彷彿是你家裏來的，他說什麼航空學校的。有一個箱子帶給你呢！」

「窗簾來了！」她快樂地喊。「姐姐，咱們一塊兒下去！」

「好。一塊兒下去。」姐姐已經知道妹妹昆明也沒有家了。

晚上，許多人都知道藺燕梅的家搬到中緬邊境的飛機製造廠去了。她的父親怕她傷心，事先沒有告訴她知道，只在搬走後差人送了她一箱東西，和一封信來。她這一暑假也要同許多遠地來的學生同住在宿舍裏渡假期了。一些好朋友，沈蒹沈葭，喬倩垠，范寬怡，何儀貞都到她屋裏來慰問。伍寶笙史宣文都在屋裏伴著。大家一看，這屋子簡直同皇宮一樣。窗上新窗紗裏面還有一層不透光的厚窗簾，全是上等材料，圖案顏色皆美麗悅目。燈上有新燈罩。床上許多新東西，五光十色的。地上打開著一隻箱子。許多衣物外，還有些罐頭食品。糖漬櫻桃啦，烏梅醬啦，代奶粉啦，阿華田，麥片，咖啡的，不用說啦，光是看這些簇新發亮，漆著漂亮圖案的罐子也夠舒服了。可是這宮殿裏的公主，卻只是拿了封父親給的挺厚地一封信，不快活。

「燕梅！」喬倩垠說：「藺伯伯託誰招呼你呢？」

「學校裏託了陸先生。這兒有一封信叫我交給他。」她說：「同學裏叫我凡事依著姐姐。錢放在翠湖東路宋家。託了三下子三個地方。」

「不錯呀！」沈蒹說：「你有什麼不樂意呢！」

「不錯呀！」小范說：「走了一個家，來了三個家！」

「我不喜歡！」她說：「我還要媽媽，還要弟弟。我還想暑假好好在家玩呢！我好容易盼完了大考，以為能夠一塊兒去呢！」伍寶笙看情形不能多提家，提多了怕她哭，就說：「看罷！這些東西夠多好呀！」就把大家注意力全引到一箱東西上來了。

這裏最惹人注意的是一件新雨衣。是綢子的。斗篷樣兒的。一色兒的墨綠，又華貴有光澤。那個雨帽才叫人喜歡，頂是個尖尖的有個花邊。大家要藺燕梅穿上看看。伍寶笙就把她抱起來放在凳子上。沈葭給披上衣服。沈蒹給戴上帽子。喬倩垠歪在床上看了對何儀貞說：「你看燕梅穿上了這斗篷像什麼？」她說：「真像個娃娃。」

「你才像娃娃呢！」藺燕梅聽見了抗議。

「玫瑰花都謝了！」她也抗議。

「像玫瑰花藏在綠葉兒裏！」范寬怡看了藺燕梅小臉蓋在帽子底下那個樣兒說。

「我來說罷。說對了有什麼賞？」伍寶笙說：「就像藺燕梅穿了爸爸給的新雨衣。」藺燕梅聽了說：「好姐姐，連人都交給了你罷。你說，這朵花兒什麼時候謝？」她便伸了手，由姐姐把她抱下來。

「這朵花兒不會謝！」姐姐說。「可是她太淘氣，叫松鼠咬了一口。再沒有姐姐看著，我看你要把自己都餵了松鼠啦。」藺燕梅笑著不許說給大家聽。大家忙著問，伍寶笙躲在史宣文後邊讓她打不著。把事情講了出來。大家笑得不得了，才知道玻璃紙糊的窗子還有這許多故事。大家笑得藺燕梅沒有地方藏，她衹有伏在床上，用斗篷遮了臉，像駝鳥把頭藏在沙洞裏，不管身體那樣。范寬怡看見那個包了白棉花，纏了布的指頭露在外面抓了斗篷的邊沿，就說：「你們誰看見那隻小白老鼠了？」大家又是一陣笑。伍寶笙看藺燕梅也忘了家，高興地和大家玩，心上也快活起來，過去護了她，拉了她起來，順了她的頭髮，說：「好東西多著呢！才看了一樣就鬧成這樣。別的收著明天慢慢看罷。」

這時，門推開了。一個女佣人提了一個大壺來灌開水。藺燕梅說：「咱們沖牛奶喫！姐姐！大家一起喫？」她在家裏凡事問媽媽，在學校裏凡事問姐姐。並不是她自己沒有主意，她的主意並且常是很好的。只因為她小，有這麼一種問的習慣。

「好呀！」伍寶笙說：「怎麼不好呀！」她叫佣人把一壺開水索性都留下。又拍著手向大家說：「聽著呀！小孩兒們都回去拿各人的杯子來！」忽！地一聲。像一樹小麻雀一樣，吱吱喳喳地都飛了。不一會兒各人都拿了杯子來。藺燕梅說：「光喝？沒的喫？」

「捐錢！」伍寶笙說：「抽籤去買！」一下子把錢湊夠了。決定買小麵包同米粉糕，這兩樣都便宜又好喫。後者更是南院門口一家小舖子做的，晚上才出新鮮貨。偏偏喬倩垠抽到了去買的籤。她近來身體毫不見佳，平時便少走動。何儀貞心眼兒最慈悲。不等別人先說，就拖了她說我陪你走一趟。兩個人下去了。這裏伍寶笙，小范幫了藺燕梅開罐頭分奶粉。因為藺燕梅的手不得勁。

何儀貞同喬倩垠才下了樓，藺燕梅想起，如果買了花生米剝了丟在牛奶裏喫還要加倍好。忙告訴伍寶笙。小范聽了說：「事不宜遲，我說一，二，三，大家一齊喊『花生米！』快！」大家也不用等商量，小范喊：「一，二，三。」

「花——生——米！」真是嗓子大，伍寶笙，藺燕梅，史宣文，小范，沈家姐妹一齊喊。

「一，二，三。」

「花——生——米！」這一聲更大。門一開。舍監趙巽如先生進來了。

「小姐們。」她笑著說：「這嗓音真嚇得死人哪。我從樓下上來，嚇得差點沒滾下去。才考完大考，這麼高興呀！」

趙先生平日便待同學如女兒。從來沒有責罵過。同學如有事她無不盡力幫忙。她有話大家也都肯聽。所以南院宿舍裏倒是一團和氣，喜融融地。學生不但從來沒有見了舍監望影而逃的事，反倒都會迎上去，有幾句話說。心上高興呢，也告訴她，氣苦呢，也告訴她。不見得是什麼大事情，比如說：「趙先生，我的新衣裳！」說著在她臉前打個旋身兒，不等回答又跑。趙先生總是說：「家裏來的呀？」「媽媽給的！」說這話時，那個孩子早跑遠了。所以這句話多半是喊著說的。或者：「趙先生，您瞧，她們又一夥兒來氣我一個！」趙先生總是拉住她說：「你別生氣。同學都是這樣。離開了又要想她們！」「我不理她們了。離開了也不想她們！」趙先生就說：「算了罷，這句話算你沒有說。省得過兩天又在一塊兒玩，一塊兒鬧，叫我看見了難為情！到我屋裏來玩玩罷。」她的屋裏不知道有多少學生的紀念品，像片，她的床單，桌布，枕布，花瓶，鏡框無一不是學生送的。有些學生直到走了很久還是把心裏的事寫信來和她商議。她原是學校在北方時的舍監，如今已四十多歲了，還沒有出嫁。可是她手裏不知道扮出多少美麗如花，或者淑靜如觀音玉像的新嫁娘了。她對付愛吵架的學生總是講述過去學生吵架和好，或失悔不及的美麗的故事給她們聽。末尾，她便有一點點心給剛哭過的女孩子喫。等她們又笑了，才叫她們洗好臉，扮好了，放她們出去。

今天下午她遇到了陸先生。陸先生告訴她金先生的事。她是來看看沈蒹的。並沒有什麼事。只如同母親在聽到了女兒的喜事時便耐不住地要自己一面用心尋思著，一面用眼打量著女兒才好似的。她來找沈蒹。聽老媽子說沈家姐妹都在伍寶笙樓上，便往這兒來。不料才一上樓碰上了兩聲尖銳的喊叫「花——生——米！」喊完了又是大笑。她也笑了。「不知道這些女孩子們又在瘋什麼了？不知道伍寶笙在屋子不在？這個鬧法兒的！」她想。「藺燕梅也比去年會鬧得多了。」她又想。

她進門一看，屋子裏真是光彩奪目。佈置得漂亮，人兒也都漂亮。一個個笑嘻嘻的。一桌的杯子，大大小小的。又是許多罐頭。六七個姑娘圍著鬧。看見她進來，都有點覺得方纔喊的聲音實在是太大了，有點不好意思。她一看，伍寶笙，史宣文，沈蕙三個大女孩子都在場，也都有點窘。藺燕梅簡直都有點害怕了。她倒覺得十分過意不去，才說了那麼一句話，只是輕輕地責備。這完全是：「放心玩罷。高興罷。只是別再這麼直著嗓子喊了！女孩兒家的！」這種意思。

「我們簡直是開會。」史宣文說：「正差一位先生，趙先生，請上坐！」大家便笑著把她捧在一張椅子上坐下。藺燕梅在一邊忙著輕輕地告訴伍寶笙說：「杯子！杯子！姐姐，杯子不夠！」「咱兩個夥著用一個。」她也輕輕地回答。

趙先生坐下了誇獎奶粉香，屋子佈置得好看。女孩子們爭先恐後地又要告訴趙先生說藺燕梅的爸爸多好，又要說她的手指頭差點餵了松鼠，又要說窗上是玻璃紙糊的，又要說還有何儀貞喬倩垠去買點心去了，又要說藺燕梅有一件新雨衣，七嘴八舌的都要先說。鬧成一片。

「去！去！去！」趙先生笑著推她們：「學斯文點兒，這群小蜜蜂！不許都擠著我的臉！」大家又笑成一團。剛剛安靜了一點。她偷眼去看沈蕙。藺燕梅低眉信手地又去調牛奶。

「到底你們喊花生米是怎麼回事？」她問。

「趙先生！我說！」

「趙先生！我說！」這群小蜜蜂又都擠上來，一個也不少。又自己都失笑了。話還是沒說清楚。這時候去買東西的回來了。一進門就喊：「可累死我了！」兩個人一起把兩個大紙包往桌上一堆。忽然發現趙先生在這裏，又都吐舌頭。再一看大家都鬧烘烘的，也就放了心，又吵起來：「你們猜罷！」何儀貞說：「我們還買了點什麼？」

藺燕梅打開紙包一看只有米粉糕，小麵包，和一種蛋糕也是新做好的，都又新鮮又香，只是沒有花生米。她說：「姐姐！咱們白喊了。她們沒聽見！」伍寶笙說：「我們喊花生米叫你們帶來的，你們沒有聽見？你們還買了什麼了？」

「喊得好大嗓子了。」趙先生說。「會沒有聽見？」

「咦，」喬倩垠詫異地望了何儀貞：「你聽見了沒有？」

「我沒有。」何儀貞說：「這怎麼好呢？」

「別理她！燕梅。」伍寶笙說：「我和沈葭一個人抓住一個。你來制她們！這兩個壞蛋。」

藺燕梅在趙先生眼裏看來果然頑皮得多了；她看沈葭同伍寶笙走了過去，她把兩隻大眼睛那麼一瞪，裝做挺兇猛的樣子，把兩隻手，帶了手指上那塊包紮了傷口的布，就放在嘴裏呵著氣，說：「叫你們兩個裝腔！」也走過來。她越裝成兇猛的神氣，偏偏越顯得小樣兒，一點也不能叫人怕。大家都笑了。喬倩垠怕癢卻怕她真過來，忙說：「花生米在何仙姑大衣袋子裏呢！我笑得腰都酸了。」

大家都先讓趙先生喫。又把阿華田罐子打開各人隨意加。藺燕梅說把花生米泡在牛奶裏好喫。一試，果然，也都先剝到趙先生杯子裏。全顯得多勤謹，又多乖巧的。伍寶笙和藺燕梅共喝一杯。藺燕梅還忙著問這個，問那個「加糖不加？加水不加？」這時候大家才沉得下氣慢慢地說一天的笑話。伍寶笙又告訴趙先生說畢業了大家都想哭的事。

「你們這會兒真是正高興的時候。」趙先生說：「同樣是在學校裏，做了助教，當了先生就不同了呢！比方說方纔你們扯著嗓子喊罷。待你們當了先生，上了課，那嗓子就該窄得連頭一排的學生也聽不見了！」

「史宣文！」伍寶笙說：「說你呢！聽見了嗎？」

「伍寶笙！」史宣文說：「是說你呢！」

「我們生物系助教是不上課的！」她說。

「我上台背詩聲音都是大的！」她說。

大家又笑起來。趙先生又講了許多學生畢業時的事情。大家聽了又興奮，又感動。東西都喫完才散。不住在這屋的幾個，都是要從那門口的樓梯走的。大家陪了趙先生下去。伍寶笙她們也走到廊上來，看見她們影子消失在花陰裏，笑聲留在院子裏。

三個人又走回來。一邊忙著收拾東西，又忙著鋪床，拉上窗簾。「又多了一件事，」伍寶笙說：「窗簾天天晚上別忘了拉。」

「她忘不了的。」史宣文說：「你記得她才來的那一天，那份兒小心勁兒！睡衣都換好，還不敢把床單揭起來呢！真是快，又一年了。」

「燕梅。」伍寶笙說：「快鋪床。話多著呢。史宣文也快點。就要熄燈了。」三個人忙了一陣才鋪好床。還來不及下樓。熄燈了。

「不洗臉了。」伍寶笙說。「躺在床上說話。」

「窗簾可以拉開了。」藺燕梅說：「今天月亮正好。」

「下弦月了。」伍寶笙說：「拉開罷。」

藺燕梅拉開了一層厚窗簾，留了一層窗紗。隔了樹影，窗紗，一片月色直瀉進來。青空藍淨。大家都看呆了。靜得聽見窗外樹葉子動的聲音。

「我接著說，燕梅。」史宣文說：「伍寶笙同我都是今年畢業了。四年前來到學校的時候已經比你今天還大一兩歲。對不對？伍寶笙？」

「我沒有睡著。」伍寶笙說：「你先說罷，我也有話想說呢，你先說罷。」

「我說，這四年一幌就過去了。我們埋下頭去用功，彷彿是抬起頭來看看鐘那樣纔發現已經畢業了！」史宣文說：「書呢！浩如淵海！哪天纔念得出個頭兒來？從前以為拚命念四年等到畢業就算學成了，現在才知道學問真是終身的事。如今一夢醒來自己已經是大人了。後悔在學校這幾年沒有分出精神好好玩一玩，自己又要板起臉做先生去了。」她沉靜了半天。

「還有呢？」蘭燕梅說：「史宣文？」

「我就想起你來，燕梅！」她說：「我總覺得你不像是應該跟我們走同一條路的。我想不起來你將來是什麼樣子；守了一屋子的書？拿了一支筆？寫莎士比亞『對開本』的研究？我覺得不像。另外一條路呢？你看你的母親。有這麼樣一對兒人人喜歡的孩子，學了那些年音樂，為自己女兒譜一支歌，叫人人羨慕！我也覺得不像你。不過以今天的我回頭來看，我覺得還是生活本身要豐富些才好。至少也別像我們這樣單純簡陋。不過我也不贊成冒險。我想，一個人總要隨時四下裏看看，別把自己範圍住了。什麼事情要是按照自己高興去做，吃了虧，也甘心。是自己要那麼做的。人生下來，只有一段有限的生命。就像有限的錢一樣，固然也要考慮，同時也要任性的花！」

「姐姐！」蘭燕梅聽了就問伍寶笙：「你說呢？」

「史宣文跟我想的都是差不多的事。」她說：「方纔聽她說的時候，我有點替你擔心。她說的那種感覺確是我們這會兒想的。也非如我們這樣埋頭傻念了四年書不會感覺到。然而回頭來有這種感覺是不要緊的。比如今天的你一下子不考慮就接受了這思想，我就不敢說是安全的了。進學校不是為了求學的，難道是為了玩才來的？學問不是終身的，難道是學了四年便丟了？四年功課向我們索取了四年好光陰，真是一件傷心事。但是這種制度下的大學教育如今全世界哪一國不是同樣的情形！有時候我會覺得用不到這許多大學。更不必糟蹋這許多女孩子來上大學！有時候我又不服氣，不服氣光是男學生才念書，便拚命去爭。從這一點來說，我倒也未曾失敗過！」她想起的事情太多了，也一時接不下去話了。

那邊藺燕梅不大懂了，她問：「不是說現在大學生還嫌太少嗎？照你說怎麼辦呢？」

「這個問題是簡單的。」伍寶笙說：「比如這一年，我們經濟系有五百四十多個學生。中國一國也用不了五百四十個經濟學者。可是一個中國銀行，大小分支行，就要用不止五百個懂會計的人。一個學者，同一個技術人員是太不同了。我們換過來用，好比用斧子開門用鑰匙劈木柴一樣。換過來製造也是同樣的弄不好。大學是培養專門學者的地方。如果我們造就的經濟學者都出去當了記賬員豈不太可惜了？偏偏鑰匙又不能劈木材！所以他們畢了業在銀行裏做事，還趕不上一個學徒出身的記賬的。這些話不談他。你是學文科的還沒有這些麻煩。說你不必上大學罷，我也覺得不像一句話。那天春季晚會散會的時候，我們在池塘邊，乘了月色看玫瑰花開，我想正是花好月圓的時候，便替你想了點心事；上學是玩兒罷，也對。好品貌也要培養在好環境裏。是做學術工作罷，以你的資質，耐心，也一定能成功。兩樣都做罷，那便也許兩樣都不成。想不出個結果來。方纔史宣文的話，我先是怕你聽了之後生活態度一變，走了一條有風險的路子。這一點你明白。你在遊藝會之前說過，風頭對於一個女孩子是個危險的信號，我所以為你擔心。依我們的路罷，又怕你將來回頭後悔時，說出與我們今日相同的話。

「現在我忽然想到了一點，覺得你有另外一個使命。這樣，無論你走的是一條什麼路，學校裏有了你都是應該的。這話說來話長，有一次我和小童談到校風的事，小童是個有思想的人，他能在腦子裏把校風比成宮殿，或是紀念碑，或是一條無知的牛，我想未必人人能有這樣的想像力。我贊成他另外一個說法，把校風就建築在幾個人身上；讓大家崇敬，愛護，又摹倣。這個人必要是一個非凡的人。她或他，本身就是同學一本讀不完的參考書。這書也許有失誤的地方。為了大家對這書的厚愛和惋惜，這一點失誤的地方更有教育性的參考價值。所以你無論是走一條什麼路，全是好的。即使是有風險的！」

「別這麼說，伍寶笙！」那邊史宣文說：「事後有了這樣結果，那是沒有辦法，如今好好兒地，說了叫人害怕。年輕人愛美感，我們可以自自然然地造成一種崇拜高潔靈魂的風氣。我總覺得率真地盡了人性去做，都是動人的。你看余孟勤的固執與剛毅，小童的率真，大宴的厚樸，不都是常有人提起的嗎？事前不要教給燕梅什麼。由了她的天性。她天生是可愛的。」

「別說我的事，」藺燕梅深思地說：「我一進學校，碰見你們和他們還有多少先生，都是叫人敬愛的。這校風一定是分在許多人身上的。是不是？姐姐？再接著講下去罷。」

「就是這樣說的。蔡元培先生有一篇演講稿說美育的，他說可以用美育來代替宗教。不知道你看見了沒有？伍寶笙！」

「看見過。」她說：「這力量一定是很大的。蔡先生才故去不久。大家對他的景仰哀悼，就可以比做校風的發生情形。」

「想起來了。」史宣文說：「為了愛護池塘岸上的玫瑰花，范寬湖都把酈晉元扔到水裏去了呢！范寬湖的正直，尊嚴勁兒也是一粒耀眼的明星。燕梅，你覺得他怎麼樣？」

「也不怎麼樣。」藺燕梅說：「他唱得實在好。說他的人品罷，功課，做人，也都好。不過我卻覺不出他怎麼特別能引人注意。用個性的明顯來說還不如余孟勤，小童，大宴他們。依你們方纔的話看，學校裏差一個余孟勤真可叫人覺得是一家裏缺了個承宗，傳業的長子。少一個范寬湖只如同少了門前一對炫耀於人的石獅子。價值不同得多了。」

「說得好，燕梅。」伍寶笙說：「學校裏有了你，又有了人人對你的愛。又感謝上帝給你這樣一個人以出眾的判斷力同口才。有了你，就不難造成一陣披靡一切，除垢掃污的大風！我們都是愛校的人。真要替學校感謝上帝。」

「姐姐，你今天是怎麼了？」藺燕梅怪不好意思地說：「直向我進攻？我的話還沒有說完呢！學校裏有了你就如同有了個持家理業和上睦下的一個大兒媳婦兒！」

這小妹妹心靈舌巧，姐姐竟想不起話來回敬她，那邊笑壞了個史宣文。她看見伍寶笙笑著要起床去找藺燕梅算賬。那邊藺燕梅也看情形要壞忙擁了被坐起身來。史宣文說：「明天再算賬罷。別鬧得隔壁的人也不得安寧。」三個人都是吃吃的笑著不敢聲張。

襯了有月亮的窗子，細紗花簾前床上坐著的藺燕梅的影子特別好看。伍寶笙看了就輕輕地說：「這穿了鬆鬆的睡衣的圓臉小花妖，什麼時候從月亮光裏飛進了我的窗子來？」她們常順嘴說散文詩。

「她無在，無不在。」史宣文說：「是不是她原來就在這裏，我們沒有看著？」

「我是來落在你的頭髮上。」這頑皮的玫瑰花神說：「落在你的頭髮上呵！我最親愛的大少奶奶，獎勵你持家的一片辛勞！」

「史宣文！」伍寶笙氣得向大姐姐告狀：「你管不管她？剛才是你不叫我過去的！我聽你話了她還不完！」她自己也夠會淘氣的。她把頭髮在枕上亂揉。

「燕梅。」史宣文擺出大姐姐的身分來說：「我若是管你，你服不服？」藺燕梅一聽，心上明白，若是不服，那下子放過伍寶笙來可不得了。她就低聲下氣兒，乖乖地說，「要打，妹妹就挨打。要罰，妹妹就認罰！都服！」

「她壞著呢！」伍寶笙恨恨地說。

「那麼。燕梅。」史宣文說：「我真愛聽你的『玫瑰三願』。現在什麼人也都一天到晚『我願！我願！』地。聽得煩死人了。你這會兒給我們唱一遍行不行？真正老牌兒的。」

「我就唱。」她說：「我正想唱。我細聲兒地唱。」她就坐在窗前唱了「玫瑰三願」，聲音真細，就如隔了夢聽見小花妖唱的那樣。

「姐姐要求你做一件事行不行？你這個滑頭的小玫瑰？」伍寶笙看了她的影子越看越愛。

「都行！都行！」

「姐姐要她過來跟姐姐道歉，小心陪不是。」

「妹妹真該來，真該過來。」她說：「就是怪不好意思的。」

「這個孩子！」史宣文說：「我背過臉去。把天下交給你們罷。真會頑皮！」她笑著背過臉去。藺燕梅伸了下舌頭，做了個鬼臉。跳下床來，赤了小腳鴨兒，跑到伍寶笙床上去。史宣文回頭來說：「這麼快呀？明天早上看你找拖鞋哩。」她聽了，光是笑不說話。伍寶笙說：「有姐姐呢！」

在另外一間宿舍裏，沈蒹沈葭也因為心上感觸多，沒有睡著。姐妹兩個，有一半的時間也是省出一張床空著的。她們心上每逢感覺到空虛，就非擠著一個人不行。妹妹聽聽同屋的都睡著了。偷偷地把白天伍寶笙告訴她的消息告訴了姐姐。姐姐聽了說：「葭！你看這事怎麼辦呢？我心慌得很呀！」

「你答應他不答應？」

「你說我答應不答應？」

「我想回家去問問罷！」妹妹出主意。

「我也是想回家去問問。看看能不能這樣；一個學生嫁給一個教授。」姐姐說：「也許是伍寶笙造謠呢？」

「我也想，」妹妹說：「也許是伍寶笙造謠呢！」說著又不把這事放在心。便睡著了。

時間不是一個殘酷的神。她嚴厲的性格常常被人誤會為冷酷。如果說她殘酷，有許多人的事，自己不動手，全靠她來幫忙解決呢。然而她嚴厲起來，又真是可怕。這一夜過來，許多人就已經不是這學校的學生了。

暑假開始了，學生一時都還不打算忙什麼大計劃，不是忙著惜別聯歡，也要自己給自己一年辛勤之後一個短短地休息。范寬怡的成績果然不出伍寶笙所料，進步得叫人難以相信。不過比起在成績公告板上藺燕梅那個人人知曉的聯字二七二五學號下所記錄的分數可就還差得很遠。只因為藺燕梅她心靈敏，這點點一年級的功課也不見她怎麼動，就輕輕易易地出色的好。這一點很叫余孟勤注意她，因為余孟勤又曾想起過幾次金先生的話，覺得女孩子的一生本身該有她與男子不同的地方，不該全做了修女，但是他想：「如藺燕梅這樣的，是一個不同平常的材料。應當另有軌道，不見得便要落俗。」余孟勤自己是極用功的。先生們從來重視他，和他平輩稱呼，不曾當自己弟子看待。學生們在稱藺燕梅為校園裏那一叢玫瑰時，早依了從前的規定稱他為園丁了。至於那個春衫薄，誇年少，顧影自憐的翩翩公子鄺晉元，一向出言俗不可耐，面目又極可憎。大家本想請他去池邊照照尊容的。既已被范寬湖給丟到池裏，也就算了。

依大家的年輕人習慣；乖僻的，傲慢的，固執的，遲鈍的，刻薄的，精明的各種性情都可忍耐，惟有虛華不實，竊名附雅的人一旦為人發覺。便人人掩鼻而過。

暑假裏，藺燕梅因為住在學校裏，伍寶笙不願看她天天念書。等她把一年級必修科的幾本指定參考書先念完了，就常常催她出去玩。她總是出去走走。獨自一個人發了些時呆，便又回來。有時接了家信，便用一個下午寫回信。一寫就是十張二十張紙。伍寶笙心上暗暗著急。這時沈家姐妹回家了，史宣文又走了。她去試驗室時，只留了她一個沒有人陪。喬倩垠本來常來伴她。近來喬倩垠因為時常在下午發燒，經醫生檢查，說是肺病已經到了第二期了，非療養不可。她家裏寄錢來，送她到西山一個療養院去調養。藺燕梅也不能常常見她。藺燕梅似乎看見大家畢業的畢業，散的散，心上也很有些心事。功課因為放了假，沒得可忙，便只有多預備下學年的書解悶。家又不在昆明了。想家時只有多寫信。除此兩件事外，她什麼也不想做。

這天上午，纔七點多鐘。伍寶笙起來又到學校去看一個試驗結果去了。這個還是屬於她畢業論文的一部份的。她一進門看見小童也在那兒。她看見小童的制服口袋裏，左右各裝了一隻小荷蘭鼠。那一對小東西，剛剛能把小頭伸到口袋外邊來驚奇地望著，小眼珠子真圓，真亮。小鼻子直嗅個不停。

「你幹什麼小童？」她說：「大清早起的就來惹他們？」

「我有公事！」他說。順手把兩個小頭往袋裏一按。這些小東西已習於小童的愛撫。吃這一按倒也不反抗。「我今天要旅行一天！陸先生要我把這一對花的送到大普吉農業研究所去。」

「有誰陪你去沒有？」

「本來有大宴。後來沒有了，只我自己去。因為馮新銜忽然有人請去西山一家人家做補習教師。大宴同朱石樵送他去了。他們兩個順便去看看喬倩垠。」

「真是你們有舒服日子過。」她看了小童嘆息地說：「好天氣，好閒暇，好旅行。」

「旅行還有壞的？」小童說。

「你以為走路的人全是快活的？」她說：「等下你去大普吉，那裏是去沙朗、富民的大路。你留神看看，有幾個人是像你這種安閒旅行的？或是進城請醫生看絕望的病，或是打官司爭田產，或是奔喪，或是投靠親友。前些日子喬倩垠搬到西山去養病，也不知道什麼時候回來！眼看下學期未必能上學了，這也都是旅行。」

「伍寶笙。」小童也感傷起來：「你什麼時候也這樣愛說喪氣話起來？」

「好小童。」她說：「人長大了。眼裏看得多了。許多意外也是無可奈何的事叫人看在眼裏記在心裏，不覺也受了一點影響。比方說罷，史宣文走了。她和我同學四年。如今分別了。她來信說想我，我去信說想她。這種事叫人心上怎麼會好受呢？她是去做事。不能算壞呀！可是我們還不免這樣。我彷彿覺得好朋友要終身在一起才行。餓了，一起喫。冷了，一起穿。笑，一塊兒笑。哭，一塊兒哭。可是這件事就是誰也做不到。喬倩垠病了。這個人這麼聰明，又好心眼兒，便要孤零零地去養這種難纏的病。校裏熟悉的面孔，一天天少了。我怎麼能不難過呢？不過我平時還常用心。也還看得穿這一點。想想也就算了。可是最近屋裏這個小藺燕梅天天在我跟前愁眉苦臉的。我只有她這一個寶貝了，叫我怎麼不每天愁不斷呢？我在系裏面心上惦記著她。走回去看她，什麼時候回去，她什麼時候在屋。不是念書就是寫信。攆她出去玩，纔一會兒就又回來了。歌都少聽她唱！我心力再強些，也不容易一天到晚抵抗得了哀愁的侵蝕呀！人也有疲困的時候。疲困時就更不得了。」她自己也不知道怎麼見了小童會一下子傾吐出這許多心事來。

「伍寶笙。」小童說：「人工作不能一直這麼不休息地幹的。四年來你太用功了。天天聽你試驗這個，試驗那個的。我們先治標看！你就不會也來個快樂的旅行？這種憂鬱症發展下去會害死人的！伍寶笙！走！我們一塊兒來一趟大普吉！讓我報答你兩年來扶助我的恩惠，我把我的快樂分給你一點！」

「小童，你是長得大多了。」她是被提起了一些精神，事實上她方纔傾吐之中已有自己察覺憂鬱症之口氣。不過這正是這樣心情下的人常有的行徑。索性多說幾句感傷的話，過一下憂鬱的癮：「不說你的思想學識，單說身材罷，比你在一年級時高半個頭了。現在咱們差不多高了罷。這制服袖子才剛剛過肘，褲腿也短成那樣兒。伍寶笙現在是真要小童幫助了。他心上是不是也變大人多了？」

「走罷！我們！」他說：「在這兒彷佛一時改不了話題似的。他們兩個在我口袋裏也待不住了。」小童指了口袋裏那一對荷蘭鼠說。

「我會調理我自己的。從今天起一定把這種憂鬱症當一個敵人來對付！」她說：「今天固然是應該出去走走，不過顯然地作壞了這個試驗，還要引起更多的心煩。我早已把我自己許給試驗室了。現在你去替我把蘭燕梅找出來，領她去玩一天，也算是幫了我的忙了。」

「還是一塊兒去罷。」他說：「我又從來沒有單獨去找過她。」

「我實在離不開。」她說：「要不就你先把荷蘭鼠放回去。我在這兒等你，你先去找她到這裏來。」

「也好。」小童放下了這一對小動物便大踏步走了。伍寶笙從他的後影中想到兩年來他們的友情，心上得到很多安慰。她想：「光是性格本身便是足夠的安慰。不必有安慰的表示，或是詞句。當初因為同系，偶然認得，便因為他率真直爽，個性喜歡和人接近便容易和人熟識。因為他又認得不少朋友。為了他，自己也曾小小地代他高過興，發過愁。現在他是個小大人兒了。時間多快啊！他已能轉過來用道理勸慰我了！這個大孩子，想想他的事，他是多頑皮，又多愛惹事！給我闖過多少亂子！又引我掉過多少淚呵！」她想想又鬆快了。

沒有多久，伍寶笙還沒有把她今天觀察的結果記錄完，藺燕梅已經同小童一路說著來了。小童是永遠快樂的，這句話倒是不假，他人大心不大，走到哪裏，哪裏就是有說有笑的了。

「燕梅你來了。」伍寶笙說：「等我一會兒。我也放自己一天假。登記了這幾行字，咱們一塊兒出去走走。」她又指著一個鐵絲籠子告訴小童說：「用那個裝荷蘭鼠，別放在口袋裏。」

他們兩個就來捉這陸先生指定的一對荷蘭鼠。

「現在注意！」小童看了那個又膽怯，又想捉的藺燕梅說：「先伸一隻手擋了它的頭再用另一隻手從後面捉。第一隻手壓下來，兩隻手一塊抓住它！」

「我害怕！」

「不行。」他說：「它不咬人。它還怕你呢。我非看你捉一回不可！這是專門的方法。」

「不，小童，」她哀求著說：「你捉著它讓我順一下它的小花毛就夠了！」

「今天一天都不離開這兒！」小童說：「如果你不敢捉。」

「我敢。」她說：「可是我抓不住有什麼辦法呢！」

「這樣子罷。」他神氣得不得了：「原諒你是第一次捉。先隨便捉住一隻就及格。」

小童是這麼一種脾氣，他不懂得女孩子這點愛嬌，他看了藺燕梅這雙羨慕的眼睛，同縮著的一雙手覺得很不調和。他簡直有點生氣了。現在他看藺燕梅實在有決心去捉一捉試試，便說這樣的話，希望藺燕梅先隨便捉一隻，好壯壯膽子，不必一定伸手進去，從許多小鼠中間挑出那一對來。可是這樣還是不行。她手還沒有碰到人家，人家一跳，又嚇得她抽手不迭，嚇得半天還心跳。

「唷！」小童嘆氣了：「這下子不怨陸先生不許我把他們送你了。如果送給你了，你還不敢給他們巢兒裏換草呢！看你真是一輩子也不容易學會了。現在用最初級的方法教你！聽著！閉上眼！伸直了手！一直往前伸！先不練習抓，先練習去碰碰他們！」蘭燕梅聽了心上生氣。又無可如何，祇有瞪他一眼。

「別這麼板著臉訓我！」她說：「這也太容易了！等人家辦不到的時候，你再說教訓人的話。」她說著把心一橫，兩隻手一直向前伸。先出手時還快，越伸越慢。小東西們看見有手伸過來，早早地躲到另外一邊去了。她還閉著眼探手呢！小童看了直替她悲觀，想把這一雙手領著去找。他伸手一拉她的手。

「媽呀！」她的手抽回來比電還快，小童倒吃了一驚！「他們咬了我了！」

「什麼咬了你了？」他問。

「你會沒有看見？」她抱怨著說。看看自己的手沒有破，也就不生氣了。她得意地告訴小童：「幸虧沒有咬破！不過我總算是碰著他們啦！你還有什麼說的罷！」

「你碰的是我的手呀！」他說：「你看！你就這樣，摸魚似的。又像熄了燈在桌上找洋火兒時候，怕碰倒了桌上有水的杯子。荷蘭鼠若是木頭做的，你纔差不多可以碰得到。」他說著就閉上眼學她那個樣子。特別把樣子學得可笑，氣得蘭燕梅就打他。他又假裝碰到了蘭燕梅的手又學她忙著縮手的樣子，又自己吱吱喳喳地怪叫。

「誰叫你不先告訴我說你也伸手呢！」蘭燕梅羞得自己也笑，笑得喘不過氣來。「我又沒有那麼怪叫！」她說。

「咱們實行強迫教育罷。」小童說。他是幹點什麼事都是一樣熱心的。他看不慣畏縮的樣子，即使是這麼嬌的一個女孩子他也不管。如果蘭燕梅一直不敢捉，他是一輩子想起來也憋得慌。

「沒有法子了，依你罷。」她乖乖地說。

「不許再搗亂了！咬著牙！」

「不搗亂了！我就咬著牙！」

他就捉了她一隻手，拉著去摸，她的手仍是不免想抽回來，可是敵不過這個年輕男孩子的力氣，只有隨著。

一隻小荷蘭鼠忽然跳過來，用後腿站起來嗅了嗅，小童忙用力往下拉藺燕梅的手。藺燕梅又差點喊出來。小荷蘭鼠又跳開了。小童因為又是她一用力抽才沒有碰到，心上氣極了。不管三七二十一，拚命拉了她的手四處在木箱裏追。她嚇得亂喊亂叫。伍寶笙聽見了忙跑出來看。她嘴裏：「姐姐！姐姐！你看小童呀！」地亂喊。一下子，小童用她的手按住了一頭小鼠。她已經嚇哭了。

伍寶笙看見了罵小童說：「你這個人怎麼這麼粗呀！你把她嚇著了怎麼了！」小童心上還在生氣。不過已經算是把這件事辦成，心上狠狠地想：「你把姐姐喊來了，又怎麼樣？」他捉了那隻小鼠在手裏順著毛，不說話。

「你膽子怎麼也就會這麼小呀！」姐姐又去責備妹妹。妹妹抱歉地看著小童。小童就把小鼠遞給她，出人意料地她居然大膽地接在手裏了。兩個眼睛含了淚水，顋上還帶著淚珠，看得出心跳尚急，可是已經又笑了呢！

「不管你們的事了。」姐姐生氣地說。「還是小童該來制你！我要快點進去。時候不早了，該走了。」

他兩個快樂地在外面和荷蘭鼠玩，藺燕梅嫌小童粗心，她小心地把草鋪在鐵絲籠裏，由小童捉了那一對來，放進去。伍寶笙走出來，三個人便一同走出這南區校舍來。小童拿了籠子，藺燕梅笑著不時伸進一個小手指去給小鼠的小牙咬。

才走到新舍門口，迎面來了余孟勤。還是一件藍布長衫，天熱了是單的。長長的身子，手裏拿的一本書顯得特別小。他看見伍寶笙點了點頭。對小童說：「怎麼一早晨就找你們一個人也不見了？」

「伍寶笙，咱們邀大余一塊兒走罷？」也不等她回答，小童就說：「今天眾英雄都有事不在家。我們去大普吉送這一對荷蘭鼠。你也一塊兒走走罷！」

「一對荷蘭鼠三個人送？」他是無論什麼事一覺得不對勁就要問的。

「三個人還嫌不夠呢！」小童說著就拉了他一同走。他也沒有事，便把書放在袋裏，隨了腳步走在一起了。有這麼一對天使似的女孩，哪一個年輕人會拒絕同行呢？

那邊藺燕梅拉了伍寶笙衣服一下，也不知道說了些什麼。伍寶笙笑了起來。說：「你們誰還不知道誰！還用介紹？大余，這是我妹妹。這是聖人余孟勤。」妹妹想伸手的，大余卻只點了個頭算了。小童說：「真真怪事！園丁今天才認識他的花！」

「你的話偏多！」藺燕梅低了頭說。

「我們本來也沒有必要的事叫我們認得。是不是？」聖人更不懂女孩子心理。他覺得小童的話太多。他只是憑了推理來說話。他是在春季晚會後第一個見了藺燕梅沒有興高采烈，忘其所以地談跳舞的事情的人，也是第一個認識了藺燕梅沒有顯得特別喜歡的人，也是第一個沒在她面前不知不覺誇張表露自己的人。小童大宴第一次見到藺燕梅，不覺話多了。史宣文、伍寶笙就顯得特別姐姐樣兒的。宋捷軍曾經在一次賽球時因為她忽然來看，便特別多跌兩跤。鄺晉元，常常不自覺地用手指去撥弄他的新領帶。是余孟勤覺不出藺燕梅特別美嗎？何以連范寬湖那孔雀樣的少年都是不絕口地稱讚她呢？這一點是很特別的，實在說余孟勤是非常懂得美的人。可惜他一年來，不等他先認識她，就已經對她另外有了一種印象。希望她是一個修女，一個無人能接近的修女。又希望她能成為個偶像，一個人人都崇拜的偶像。這種希望便把他自己約束起來，這層約束蔽了他的眼睛。藺燕梅的容貌已經刺不傷他，而對他另外有一種意義了。春季晚會後，他曾寫過一篇近千行的新詩，來讚美這音樂及跳舞，用一個不為人所知的筆名刊在壁報上。范寬湖把鄺晉元擲到池塘之後他也曾把這事的真相以他無敵的口才辯白過，他之愛藺燕梅，如果可以用愛字來說的話，是過於任何人的。他之受藺燕梅顏色的影響也不下於任何人的，不見他在第一天看到她時全看呆了嗎！

如果他們當時便認得了。以他的任性與她的崇拜高年級學生的那種孩氣心理，他們必會馬上很接近的。不過結果如何，很難講得定。也許他會不等她念完了大學便娶了她，如他自己所云：一個有理想的男子放棄了他學術上的責任早早成家。也許認識不久便又因誤會而分開了，並且以他在學校中的地位，同辯才，成為她的一個死敵。這二種不同的態度發生在他這樣一個人身上，是同樣的可能的。

現在這個男子既不曾可喜地放棄了他的責任，也沒有變成她的死敵，那種一舉一動，一衣一履全要批評或攻擊的死敵。兩個人一直未相往來偏被別人稱一個為園丁，而另一個，一朵花。這兩個稱呼是多麼不切實喲！園丁今天才認得這朵花。並且這朵花的栽培並沒有直接由他得到好處。

藺燕梅從來不愛這稱呼，偏今天一見面就被小童說了出來。她本想抬頭看看大余是什麼神氣的，又一向害怕他那一雙眼。現在既然身旁有姐姐，便拉了她同走，偷著看他。大余走在伍寶笙那一邊。小童精神總是有富裕的，便提了籠子一會兒跑前一會兒跑後。走到了去沙朗的石板路，路漸漸上了山，他們話講得不多，到底是因為有了大余，他和兩個女孩子不大熟。還有小童在他跟前也比平常老實得多。蘭燕梅一向是個討人喜歡的角色，有她在場本來不應該這樣大家話少的。她至少有些話可以說，比如問問大余研究院是怎麼回事呀，有幾次他發表的文章，她都不大看得懂呀等等。但是她不開口，因為第一她料想大余多半不會喜歡一個太愛交際，專會沒話找話的那種場面上的小姐們。第二她不想先開口去和大余攀談。本來她想和姐姐或者小童胡扯的。現在看人人都祇是正經地說點學校裏的事，她也就不開口了。

不久，走到一個小山頭上。這裏是他們躲警報常到的地方，閒時倒很少來，伍寶笙說：「休息一下罷。這兒可以看見整個新校舍。」山頭上有一個碉堡，他們便走到碉堡前面一片草地上來。蘭燕梅拉了伍寶笙陪她坐下來。小童把籠子放在地上四處看。新校舍的小房頂，一塊一塊的小長方形，整齊地排在那裏。從這山上看是很好看的。

「大余。」小童忽然說：「我覺得你比伍寶笙差得多了。你用功，她功課也好。可是人家會玩你不會玩。」

「這話完全對。」大余笑著說：「可是你是怎麼忽然想起來的呢？」

「你看這新校舍一大塊地方。」小童指著說：「我若是想像你在那裏面，不是在圖書館裏面，就是在系辦公室裏面，或者是課室裏邊宿舍裏邊甚至廁所裏邊。總而言之，那一些小長方形的屋裏，不管是哪一個，你永遠是被一個屋頂扣著的。伍寶笙呢！她有時候跟蘭燕梅在那邊球場上打網球，有時候跟我在小池塘邊上放小船，有時候去幫大宴收同心蘭的花粉，看我的小鴿子，還會找城牆缺口的種菜園老陳家的小孩一齊放小羊，也有時候找小貞官兒的祖父找菜籽。總而言之，看了校園這一片地方處處彷彿是有她的影子。禮堂的房頂下誰也記得她出來請蘭燕梅媽媽去彈琴時的樣子，生物系那邊人家也沒有少看顯微鏡。」

「還有呢？」大余看他還有話沒說完。

「還有就更嚴重了。」小童說：「你也不會跟人玩。比方說藺燕梅在伍寶笙那兒就有說有笑的。有了你在跟前就嚇成這份兒可憐神氣！」大余聽了大笑起來。

那邊姐妹兩個一直聽他們說話的。藺燕梅伏在姐姐耳朵上說：「大少奶奶，小童真懂得你的好處！」姐姐就打她一下。兩個也笑了起來。余孟勤向她們說：「是笑我罷？我的生活是太死板了！可是有什麼辦法呢！這樣還直愁人生有限，用功來不及！聽小童的話，我也要學著去玩。」他又單對藺燕梅說：「你是怕我嗎？我真是沒有覺出來。也許是因為還生疏罷？」藺燕梅只用眼大膽地看了這張嚴峻的臉，只是笑，不說話。

「要不要我教你怎麼說話？」伍寶笙說：「沒有說是開口就喊『你』的。人家有名有姓兒的！」大余又笑了。藺燕梅看這張寬額濃眉的臉笑起來時便是一種無所顧忌的大笑。覺得不是一個應該害怕的臉。她說：「不要緊的。總比在校外見到人稱什麼小姐還好得多。」

「咳！」小童看不慣了：「你這句話索性連個『你』字也沒有啦！休息夠了咱們走罷。」

「傻你呢！小童，」伍寶笙一邊站起身來一邊又伸手去拉藺燕梅：「我還記得纔認得我第一天的時候，還挺生地呢，就不知道喊了多少聲『伍寶笙』。什麼話都說了。我還記得你告訴我你媽媽最愛喫對蝦呢！第二回見面就連我的姓都忘了！」

「哎呀！」藺燕梅笑得站不起來，又坐下去了：「你一天到晚怎麼淨是笑話呀！真難纏死了。不聽罷又想聽。聽了又笑得難受！」

余孟勤看了青草地上坐著的藺燕梅笑成那個樣子。自己嘴角上也不覺地帶出笑來。他想：「這樣快活的女孩子也真幸虧有伍寶笙調理她，看護她！」

他們又開始走了。從這裏再走便是下山路，轉過山角一個村子叫汪家店子的，就上了平路，可以走得快些，那時也就看得見普吉村，路也算是走了一半了。小童提起籠子說：「我最公平，現在該左手提了。」蘭燕梅聽了又是笑。

「伍寶笙。」大余說：「金先生告訴過我，他非常稱讚你證實了保護人制度的價值。」

「還用得著等金先生說？」小童也是一個擁護保護人制度的。他得機會便吶喊助威。

「他還另外說過一句話。」大余說：「他說他很難想像你這樣一個好心的人，會心上一動也不動的就把一隻小兔子解剖了。」他說這話時也覺得金先生的論調很對了。

「我也不知道是怎麼回事。」她笑了說：「不過這也不是一下子就如此的。我記得第一次解剖一隻活的青蛙時心上難過了半天。後來有一次解剖一隻老鼠就覺得不怎麼樣了。」

「姐姐！姐姐！」蘭燕梅忙著問：「這一對荷蘭鼠是不是送到農業研究所去解剖的？」

「不是。」小童說：「是分了去養的。將來他們就是家長了。做父親做母親，再做祖父母，慢慢就成了老祖宗了。下面一大家子人家！」

蘭燕梅又想起大少奶奶的話來，就看了伍寶笙笑。余孟勤聽了這話心上一動。他說：「我們常常在書上看到討論自然最合理的生物傳代現象。可是放下書本也就忘了自己也是生物的一個。這現象很普遍，比如說盧梭著了一本《愛彌兒》討論教養小孩，成了一本名著。不管說得對不對，他強調主張小孩子應當吃母親的奶在家養大。可是他自己卻連這一對荷蘭鼠都不如，生了幾個私生子。連母親一起都不管。孩子由孤兒院養大！」

「所以你們學哲學的人也該念念生物！」小童說：「與其接近聖人不如接近上帝。」

「我也覺得看生活比看小說好。」蘭燕梅也參加說話。她近來把二年級該讀的小說讀了好幾本了：「歌士米的維克非牧師傳便也是一本說同樣話的書。批評的人說他這本小說感動人的地方在他不用什麼轟轟烈烈的奇事來炫耀。而能平淡地刻劃了一個平常，無野心的牧師三種值得稱讚尊敬的美德；為人師，為人夫，為人父。一個平常的男人都可以做到這三點的。這其實已經是很夠了。但是歌士米本人卻是個獨身漢，不曾留下一個兒子。」

「他起碼寫了這一本好書。」小童說：「這書我看過的。我說自然全是好的，只有人類最壞，還有的人不但不實行也不說，並且還攻擊『自然老母』呢！」

「其實自然現象是無所謂好，也無所謂壞的，他只是這麼進行的，也說不出意義來。」伍寶笙聽了說：「有一種蛇在配過之後，雌蛇便把雄的吃下去做為營養料。活著便只為了傳種，也看不出有什麼大意義來。」

大余本來是有心人，聽了藺燕梅和小童一遞一句的說著，不覺心上不自在起來。又聽了伍寶笙的話才鬆動一點。不過問題依然存在，他沒法決定到底是什麼才有意義。他便不接口。只順便告訴小童一句：「人的存在也是自然現象呀！」

小童左手提了鐵絲籠子悠著走。一下子把籠門弄開了，掉出一隻小荷蘭鼠來。小東西並沒有跌傷，反倒要跑。伍寶笙忙把籠子接過來，用手掩了籠門。叫小童去捉。大余，藺燕梅也都來圍著。它是不大跑得快的。一下子便圍住了。它往藺燕梅腳下鑽。大余想她未必敢捉，便忙搶過來抓。被石板路上的馬糞一滑，險些跌倒。荷蘭鼠被藺燕梅捉住。大余捉到了藺燕梅一隻美麗的腳。

「我說怎麼樣！」小童說：「兩隻荷蘭鼠三個人送還不夠呢！」

「還不是你自己沒用！」藺燕梅說：「給放了出來！」她抱怨著同伍寶笙把小鼠裝回去。

「大余才沒用呢！」他笑著說：「捉荷蘭鼠，會捉到一隻活耗子！」

「算了罷！」伍寶笙說：「沒人懂你的話。」余孟勤聽了問是怎麼回事。伍寶笙告訴他們說：「有一次我們去藺燕梅家，在路上說話，小童他說他的戀愛態度是『瞎貓碰死耗子』式。大宴就叫我給他領個活耗子來。就是這個典故了。」藺燕梅聽了生氣。大余又是大笑。他今天笑得特別多。

「藺燕梅不生氣！」小童說：「我沒有說那話。是凌希慧硬編派的。」

「這個討厭鬼！」伍寶笙說：「這會兒他的記性又好起來了！算了罷。老實點走罷，籠子由我拿著好了。」

「我當初就沒打算用籠子。」小童也一句不讓：「我本來是裝在口袋裏的。若是我一個人去，這會兒早到了！」

提起了凌希慧來，又想起喬倩垠來，大家一路談著。伍寶笙也不似早上那樣難過了。她提議說這樣的天氣真要多走走；改一天再一起去看喬倩垠，再旅行一回。大家都贊成。說著不覺已經走到普吉村外了。

農業研究所在普吉村外邊，他們索性從村外繞過去。這研究所是生物系分出來的。伍寶笙怕熟人太多應酬起來耽誤了自己玩的時間，便把籠子交給小童說：「我們不進去了。你送下就出來，別蘑菇。這籠子本來他們的，給他們一齊留下罷。」小童接了籠子說：「那麼是不是說你沒有來？」伍寶笙說：「你不提，也不會有人問的。」小童說：「不行。我說不了瞎話。如果有人出來碰見了你呢？」

「急死人了！小童。」藺燕梅喊。她一邊把小童往大門裏推：「我們順了大路往那邊慢慢走著。不在這門口等，總行了罷？這麼一點小事，真是的！」小童便進了大門順了苗圃中央一條大路向那邊三五間草房飛跑。這裏因為地方偏僻，園裏果木很多，所以用了幾個門警，輪流守門。現在門口這個門警為了天氣熱，是半睡著的。他們幾個在門口說話，他還沒有十分清醒。經藺燕梅的尖嗓子一喊，大家一笑，他才完全清醒過來，看見小童往裏飛跑，就大聲吆喝說：「站住！你是幹什麼的？」

「我回來再告訴你！」小童不停。

「站住！我要追啦！」他生氣了。

「追呀！不等你追上，我早到了！」

伍寶笙怕他在小童出來時找小童的麻煩，便忙告他他說：「我們是學校裏來的。沒有關係。有我們在這兒等著呢。」他看了看她倆。張了嘴呆了半天。又看看大余。大余的一雙逼人的眼睛正狠狠地瞪著他呢！

「哦！」他「哦」了一聲也不知道他是什麼意思。被大余一瞪嚇得不敢再問。又縮回他的警亭裏去了。過了一下。小童又跑回來。先從警亭那邊窗洞裏探了一下。一看他已經又睡著了。便輕輕溜了出來。四個人走遠了，才放聲大笑起來。

「伍寶笙。」小童說：「發生問題了。」

藺燕梅看了姐姐笑。姐姐說：「先別笑，問問他是什麼事？」

「你們看，」小童說：「我是公差出來。陸先生給了我一頓午飯錢。現在一下子來了四個人，這怎麼辦呢？」

「這真是糟糕！」伍寶笙說：「我們以為總可以有一頓飯喫呢？這下子只好看著你一個人喫了。」

「那怎麼成！」小童當了真：「這樣罷，我去買餅同鹹菜，大家在茶館裏喫。有開水一泡也可以撐一下午。」

「真是好孩子。」大余說：「我們心領了。我帶著錢了。到村子裏喫飯罷。」

「余孟勤。」伍寶笙說：「你看我妹妹不依我了。她早和我商量好了，她要請小童的。我們也讓她請罷。」余孟勤心上想，還是她們是熟朋友，自己是新認識的。不要搶著請女孩子。他又想：「這個藺燕梅真細心，怎麼就悄悄兒地把事情商量好了？」

小童轉著圈兒看了藺燕梅半天。不見藺燕梅帶了錢。女孩子都是一身單衣服，沒有拿皮包。小童想問又怕人笑，心上想，至少余孟勤身上有錢，不必擔心。

在一家小村店喫飯。才要了菜坐下。又過來幾個生意人，坐在鄰近一張桌上吃。也是外省口音。一個一臉上黑油嗞了一嘴金牙，乾巴精瘦。一個穿了灰布長衫，光頭，年紀大一點。另外兩個西裝的也年輕得很。菜是由小童點的。只三個小炒菜一個湯。大家坐著說笑等著。這四個人一進來。那個金牙的，便拖了灰衫的往他們旁邊一張桌子上讓。他自己衝了小童他們這張桌子坐著。偏偏伙計又跑來把菜名重說一遍問問對不對。一共是西紅柿炒蛋，炒豬肝，小炒豆腐，和菠菜粉絲湯幾個價錢公道的菜。那個金牙的就把伙計喊過去，故意提高聲音說：「有雞鬃菌沒有？」伙計說：「生意小，不敢預備多了，怕放不住。你家今天來晚了。」他聽了便向那穿灰布長衫的說：「真是對不起！這個今天又喫不成了。這東西只是雲南一個地方有。鮮美無比，名貴得很。」又向伙計說：「有什麼可以喫的菜？」伙計說：「愛喫菌子還有北風菌，青頭菌，牛肝菌，都是新鮮的。早上纔採的。」他說：「北風菌罷。另外一隻清炖雞。先炒一碟腰花，打酒來。有滷菜也切來。菜作得好，酒錢多賞。青頭菌，牛肝菌那種便宜菜不必提，不喫！」

他們一進來時，這一桌還不覺得。待這個金牙的往這邊呆了眼一看時，藺燕梅正和他打了個照面。她心上生氣，便低了頭，也不說笑了。後來大余聽他把伙計喊過去，說些混話。他大怒起來，握了拳頭便要向桌上一擊。

小童也早覺出不對來了，他知道大余脾氣，如果那邊這個無賴漢再說下去，他會抄起木頭凳子劈頭打過去的。打出了人命他也不管。所以他一見大余握起了拳頭，便馬上伸出一隻手來攤在桌面上。往上一迎，如同接一個壘球那樣剛剛接住。但是大余力氣太大了。小童的手背還是敲在桌子上。痛得「呀——」地一聲叫了起來。伍寶笙同意小童的意思，乘機便示意大余，不要鬧起來。大余叫小童把手一接，氣也氣不成，笑也笑不成。又看見了伍寶笙的眼色，也知道鬧起來，女孩子更難堪。只有氣憤憤地坐著，飯來了也喫不下去。

那邊桌上正在風魔著。金牙的滿口噴唾沫星子地講許多猥褻的笑話。兩個年輕的跟了笑。那個長衫的見伙計的臉色都有點過不去了，也就勸阻他說：「不要酒了。伙計拿飯來。你今天喫多兩杯了。」他還裝醉弄傻地說：「對了好花，不可以無酒呀。」

伍寶笙同藺燕梅放下了碗。余孟勤也站了起來。小童沒有喫飽，也只有起來準備走。那邊伙計端了一盤饅頭來，站在金牙的身邊說：「今天實在晚了。飯沒有了，饅頭行不行？」不等他回答，余孟勤順手接了過來，遞給小童說：「你沒喫飽。給你。」他一開口，火氣不覺又衝上來了。向兩個女孩子說：「你們跟小童先走。我來教訓教訓這個混蛋！」小童知道大余一個人對付他們四個也富裕。又知道此刻勸不了他。便向藺燕梅說：「走。咱們先讓開。」又說：「一人一個饅頭。一邊喫一邊看打架。」

兩個女孩子嚇呆了。不覺也伸手接了饅頭呆呆愣著。

那邊伙計忙忙拖了大余袖子。那個穿灰長衫的也來用身子擋著。他說話倒還中聽，連說：「看我面上，看我面上。他年輕，他醉了。高抬貴手！高抬貴手！」另外有幾桌上的人也有不平的，都過來罵那個人無聊，來勸大余。大余比這些人都高著一頭。站在那裏好不威武。他倆手一分。一個伙計一個灰衫的，左右兩下裏全推出多遠。伙計也想看大余打那個小流氓，便只虛勸著。灰衫的怕出事，磕磕碰碰地又跑過來擋著。再看那個金牙的呢。不見了。

大余彎腰一找，原來躲在桌子底下。他便從灰布衫人的肩上伸出手去攢緊了拳頭在桌上大敲：「不要臉的東西！你滾出來不滾出來！」震得碟子、碗都跳起多高叮噹亂響。那個金牙的也不說話也不出來。睜了小眼，老鼠似的。這時別的客人有的怕余孟勤出了事，便推出一個年長的來向伍寶笙說：「這位太太，請您去勸勸您先生去罷。不值得同那樣人計較。打壞了人，那種東西會放賴的！」

伍寶笙氣得發昏。心上也替大余擔心。嘴裏說不出話來，只用手推一推小童。小童說：「怎麼啦？就饒了那傢伙？」他不走。那老年人見灰布衫的已是筋疲力盡，快叫大余抓住那個金牙的了。忙央告小童說：「這位先生！打死了人不是鬧著玩的。」小童才懶洋洋地同了他過去。大余也不好意思推這鬍鬚花白的老人。又被小童從後面抱住倒拖回來。伍寶笙被那人一聲「太太」喊得有點不好意思起來，倒是藺燕梅過去拖了大余一同出去。到了外面，一看一人手裏還拿著一個饅頭呢。不覺笑了起來。藺燕梅拿出錢來交給小童叫他去付賬。小童又順手拿了那碟饅頭。跑過去很想奚落那個才從桌子底下鑽出來的幾句。那個年長的又忙來央求。小童要付賬。灰布衫的反攔了伙計不准接說是他會了。說如果是小童一定要付，便是瞧不起他，便是不肯原諒他們這一次。小童說：「本來不是這小子請你嗎？怎麼你會起賬來了？」他慌亂地說：「好！好！罰他，由他請！由他請！」小童說：「才不喫他的呢！」他又忙忙說：「好！好！不吃他的！我請！我請！」門口早圍了好幾層人。那看小童亂七八糟地扯不清。那個灰布長衫的又打躬作揖地攔了伙計不准接錢，便哄然大笑起來。那個勸架的長者看了小童也喜歡，便拖開他說：「算了罷。走罷。」小童一邊喫著饅頭看了他一眼。那個慈眉善目的老頭兒笑瞇瞇地說：「別把人家碟子也帶走了！」大家又是大笑起來。小童才放下碟子。

蘭燕梅心上生小童的氣。她想快走。小童偏偏事多。她就喊：「小童，走罷！走罷！別淨惹人著急了。」一大家本來有一多半是為了看這兩個標緻的女孩子的，聽她這一喊，更是齊齊的看她。小童走過去。把錢還了蘭燕梅。四個人從幾層人裏找路走了出來。幾個年輕，年長的村婦嘖嘖稱讚說：「這兩個小媳婦兒多好看！」又說：「這兩對兒小兩口兒多整齊！」兩個女孩子紅了臉低頭快走。走出了村子還有小孩跟在後面叫。大余回頭大喝一聲。小孩們跑開了沒幾步，就又追上來，更是叫得響。小童說：「你不會制他們。你看我。」他跑回去捉住一個抱在懷裏，就走。那些小孩嚇得忙各自往家裏跑。懷裏這個一看別人都跑回去了便大哭起來。小童給了他一個饅頭。把他放在地下，他腳纔一站地，就飛跑回去了。

「這叫做『欲縱之故擒之』。」小童說。

「沒有這個說法。」大余說：「完全是瞎編。」

「那麼就算是『肉包子打狗一去不回頭』罷！」小童高了興便順嘴瞎說。誰也不料他出了這麼一句，笑了個人仰馬翻。蘭燕梅笑疼了肚子，蹲在地上喊媽。大家總算快樂地結束了這次旅行。傍晚回到了學校。

第七章

晚飯桌上小童看見大宴同朱石樵都已經回來了。他們都很疲倦，只喫了一點飯便說出去喝茶。於是一齊又去找大余，他說他口袋裏一本書裝了一天也沒有看，晚上要用功了。不去。小童說：「反正你是命定了蓋在小方塊屋頂下的！」便不邀他。大余說：「你是命定了天天跑，不得休息的。」他今天很高興，一直是笑著。小童他們自去喫茶。又到沈氏茶館。

兩起旅行都有不少事要說，三個好朋友大家搶著說。小童從他們那裏知道馮新銜教的是一家相當富有的人家。那一家人為了免得躲警報，疏散在鄉下自己的別墅裏的，一共是兩個中學的孩子。每天只上上課。他們送下了馮新銜又去看過喬倩垠，正值喬倩垠午睡。護士不准打擾，他們便留了個字回來。小童講了大余打架的事！又講了大余捉荷蘭鼠滑了一跤捉到藺燕梅腳的事。大家開懷大笑了半天。大宴說：「大余這個人就是對愛情一件事沒有正當的認識。其餘的事他都有明確的看法。不幸他偏偏是一個特別需要女人扶助的一個。」

「你是說沒有伍寶笙跟藺燕梅，他今天便不發脾氣？那我真正不信！」小童說。

「當然不是這個意思。」大宴說。

「我不以為然。」朱石樵說：「沒有她兩個，大余今天必不會出事而且現在定在這裏泡茶了。」

「絕對不會！」小童忿然地說：「就是不關他事的幾個人，遇上這種流氓被他看見也逃不了一場難堪的！」

「你著什麼急！」大宴明白了，解釋給他聽：「沒有她兩個，也就不會引起這流氓的興致了。」小童聽了，也明白過來。他又一想：「還是不對，這一點小聰明何必表露一下呢？這不像朱石樵做的事。」他仔細一想，就問朱石樵說：「大余出去玩了一天。晚上要用功了。何以你說若不是因為有她們兩個，大余現在便也一同泡茶呢？」話才出口，他自己馬上明白了。大宴也向他笑著。他知道大宴也明白了。他又說：「不過你若是說大余是為了接近她們才一同出去玩了一天這話纔有點委屈他。這件事完全是巧合也完全是偶然的。他早上找我們一個也不見。遇上了我之後，我一拖他就一同走了。這是極自然的事。」

「『這是極自然的事』這一句話是對的。」朱石樵說：「什麼巧合，偶然的話是說不得的。『巧合』，『偶然』，全是懶人的字眼兒！我的想法是這樣。一個園丁，一個玫瑰，是全校兩顆晶亮的明星。一年，至少，從春季晚會說，有三個月了，他們會沒有遇上，真是一件不近情理的事。范寬湖沒有遮了玫瑰的芬芳，伍寶笙又和余孟勤在北方就是老同學，藺燕梅天天依了她姐姐。她早晚會遇上他的。今天沒有巧合，或者偶然，明天必會有。明天沒有後天必會有。這是一件早晚必會發生的事，便說不上巧合或者偶然了。」

「遇上了便怎樣呢！」大宴說：「你的話似乎還沒有完。」

「兩個人在沒有接近之先，彼此所有的已經都是好印象。」朱石樵說：「見了面之後又有一種群眾心理和談論催促，鼓勵著。一個是有著男生之中無人能比的聲譽的。一個是女孩子裏最出眾，光耀的。藉了神話似的玫瑰花做個詩意的背景，又聽著園丁，玫瑰這種相連的稱呼。別人又偏偏誰也攪不進去。這時間，背景，人物，整個適合一幕順利的戀愛喜劇的需要。」

「小童你說怎麼樣？」大宴是自己有意見的神氣。他先問問小童。

「我覺得那樣的話，藺燕梅怪可憐的。」小童說：「藺燕梅一定會寂寞。她是要快樂的空氣來培養的一朵花。大余像是狂風或是霜雪。熱烈起來，又甚過夏季的太陽。」

「我也這麼覺得。」大宴說。「藺燕梅喜歡唱歌跳舞。大余是個知音是個懂得藝術的人。藺燕梅功課好。大余是個重視課業的人。她又會打球，大余是個喜歡發展平均的人。大余系出名門，祖父以上三代全是清末國家幹臣。蘭燕梅的父親也是在學術上有地位的人。蘭燕梅心思柔和靈巧。大余也正需要照料，並且調和一下那逼人的火氣。這麼說來全很合適，其實似是而非。大余能夠最懂行地稱讚蘭燕梅的舞蹈，可是他的太太決不會有機會登台。蘭燕梅也決不會走到一個學者的路上去。大余更不會陪她去打球。門當戶對，而且在學校裏旗鼓相當，正是不好，他們不會幸福的。」

「不過形勢是如此發展下去的。」朱石樵說。

「這個我也同意。而且我敢說，一旦他們開始接近，如同今天便可以算了，那感情的發展一定是非常之快的。」大宴說。

「我閉上眼也能看到這一點。」小童說：「他們似乎還不認識便已在人人心上是默許的一對了。一旦碰到，馬上發出一個美麗炫目的火花。從那以後，別人便只有呆看的份兒了。誰也得死了那一份癡心。不管是女生對大余的心思還是男生對蘭燕梅的心思！這真是動人，光輝的一幕。兩個人的人物真是空前的！」

「所以這悲劇是注定的了。」朱石樵說：「我覺得這是女孩子的缺點，她們容易為幻覺所迷，容易不考慮地走上最簡單最不用心的路上去，再吃那等待著她的苦果子。還有更糟的就是這樣一身維繫的大事，她們常常是被動地走著。蘭燕梅今日的風采是不會被人忘記的。所以將來的悲劇也必是人人會知道會感傷的。大余是人人對他將來的期望很大的。到那時一個不快樂的家庭也許就害了他。使大家也只有失望。這樣的結果也許能有一樣好處，就是犧牲了兩顆巨大光明的星辰，而把教訓長久地留在後世年輕的男女的心裏！」

「這不過是一種希望罷了！」大宴說：「這教訓是沒有用的。戀情時的人，不論男女，都是不會沒有一點糊塗勁兒的。否則，全清楚起來，人類恐怕早已絕了種了。你能說哪一對夫婦是百分之百合適的？他兩個平白犧牲掉，是半個後世年輕男女也教訓不了的。該錯時，還是照樣的錯。你看我們並沒有看見他們犧牲呀，現在不是也可以預先看出這教訓來麼？」

「這話是對的。」朱石樵說：「方纔我那一句話有感情成分在內。我覺得平白地犧牲了他倆，沒有留下什麼有價值的事，是怪冤枉的。」

「這也是自找，別人救不了。」小童說：「比方范寬怡同周體予，我看是一點壞處都沒有。對兩個人都有利的。在這種地方，藺燕梅就不如范寬怡。大余也比不上周體予。還有方纔聽你們說的一致的意見，藺燕梅、大余的光采在我心上就比不上伍寶笙了。更顯得她崇高，不凡，純潔。我一直覺得她是一個天使。藺燕梅的修女不如讓給她當罷！她今天說因為疲倦了，才感覺到一點感傷。從今以後要把憂鬱症當一個敵人來對付！她真是一池靜水。她的專心和成績叫她輕蔑地一邊笑著就把感情的煩擾排解開了！對！越想越對！從今天起正式歌頌伍寶笙！要領導成為一種有益的風氣！」

「伍寶笙是好的。」大宴說：「歌頌也增加不了她的光榮，誹謗也毀不了她的聲望。二者也都不能影響她的生活態度。她的生活太像一個修女的生活了。因此她跟哪個男生很接近也從引不起半句流言。」

「可是今天打架的時候人家稱她作太太哩！」小童想想笑了。方纔他講述故事的時候忽略了這些笑話。因為他的興趣全在形容桌子底下蹲著那個流氓了。他非常欣賞大余拳擊桌子的一幕。現在便補敘了一句說：「那個老頭本來是來請伍寶笙去勸架的；稱她為『這位太太』呢！」

「這點我也這麼覺得，」大宴說：「她是有點尊貴美麗的少婦風度的。」

「伍寶笙同藺燕梅有一個共同的好處是很多人沒有的。」小童說：「她們兩個的姿勢是最美最自然的。這是大余說過給我聽的。我光覺得她們舉動，或是打球，小到從地下拾起一隻鋼筆來時，手腳身子都有合宜的動作，我最怕看女人渾身像是螺絲釘扭得太緊了活動不靈便的樣子。大余說希臘時代美的標準是全身的。而健康活潑是第一條件。在這一點上，人要發展得像小獸似的才行！現在的美人好像是平面的繪畫。希臘的美人要像電影。希臘的美人要用雕刻來表示。現在呢，一張四吋半身相片就行啦。」他說著自己大笑起來。

「別吵！」朱石樵說：「大宴，你覺得怎麼樣？余孟勤我看也是同伍寶笙一樣是個不會被阿波羅的箭射中的。也許他是在以藺燕梅來當一本新書來念呢！」

「我也這麼想過，」大宴說：「不過方纔你說的那一句話厲害。這是形勢要逼他們走的一條路。他們又誰也沒有提防，誰也不是故意，也沒有第三者有資格參加競爭。他們是要不知不覺的走到這個結果上去的。」

「何不去告訴大余？」小童說。

「這時候說，顯得太早，到有了影子時再說又一定太晚了。」朱石樵說：「並且這件事是決不容明眼人說良言的。同時大余自己的事從來不跟人商議，也討厭別人插嘴！」

「若是我的事我一定歡迎人插嘴！」小童說：「不談他們了，咱們回去罷！我今天省了一頓午飯錢，茶錢我給了罷。」大家也就站起身來，看他付了錢一同走出去。

「你自己歡迎別人插嘴，所以也悶不住要去干預別人的事，這兩件事倒是一個調和的個性可以同時有的。」朱石樵說。

「這是小童的美點。」大宴說：「他這樣纔可以不寂寞。這樣性情的人生活必定快樂而且多朋友。我常常這樣告訴他說的。不過就是要提防一件事，小心遇到打擊。一下子傷了心，很容易一變而為極端的冷酷的！」

小童聽了，打了一個寒戰。他說：「我現在既已順了天性走了這許久，現在又幸而尚未遇到打擊。從此以後要有意地認定這個目標，同時準備著受打擊！」

「喝！」朱石樵說：「你現在簡直是一事通百事通啦！也肯人為地去發展修養你的個性啦！怎麼也不指望上帝了呢？」

「上帝仍然在我心上。」小童說：「我這保護自己的樂觀態度便是順了上帝的意旨才發生的！你能駁這句話嗎？還有我們學生物的人，早晚也不免走到人跡少的地方去，去那裏尋覓些什麼標本。在那種荒山裏，或者在忘了人間現實社會的顯微鏡下，我們所能感覺到的只是無所不在，微妙之至的上帝的力量。所以這觀念你是從我腦子裏拔不出去的！」

「也別使勁兒拔他！」大宴笑著對朱石樵說：「小童全指望著這種聽其自然的好天性發展呢！如果把這樂天知命的習性打掃了出去，我真擔心他的生活會不會一下子成為有風險的呢！」

三個人說著已經回到新校舍。小童是見了朋友便不想散的，便隨了他倆也走到十八號宿舍來。進了宿舍，一看桌上有幾封信。並且有三個是粉紅的信封，一看就知道是喜帖。

「余孟勤和藺燕梅的！」小童一把搶在手裏也不看，就亂鬧：「真是人生如夢，不亦『快』哉！」

「簡直是滿嘴跑舌頭！」大宴說：「我看你今天有點風魔。人生如夢，怎麼就不亦快哉呢？」

「前一句好講。」小童說：「不亦快哉就是說非常之快的意思。」三個人笑著一看，喜帖原來是金先生同沈蒹的，兩家還都是家長出名呢！三個喜帖是朱石樵，宴取中，馮新銜的。小童說：「沒問題，我屋裏一定也有一個了！」說著就一刻都等不得。跑回去也拿了來。

「小童！」朱石樵看他一進來就喊：「我今天雙喜臨門！」

「有一個蜘蛛掉在你腳面上？」小童說。

「我發財了！」

「朱石樵濶峰起來了。」大宴高興地說：「他們景先生給了他一封信，說他的書可以出版了。」

小童抓過信來一看，原來朱石樵寒假開始寫的一篇論文，本來題目很窄的。他越寫話越多，寫成了一個小冊子。景先生是教他們史學方法的，又是歷史系主任。朱石樵是他最器重的學生。他見了這篇文章之後提議把它索性改成一篇有頭有尾的東西。材料不動，只是重新有秩序地排列一下。也算是一點成績。如果費時間太多，當作四年級的論文也可以。朱石樵聽了高興得很。日夜地幹，飯都不大想喫。才一個月不到功夫已經整理好了。這稿子一直在景先生那裏。現在景先生給他一封短信說正好有一家書店在編一種史學叢書，向景先生索稿，他看看性質很合適，就把這稿子給了書店了。並且告訴朱石樵說他這種書是相當專門的。不會賣得太多。抽版稅不如賣稿子。便代他拿主意賣了。通知他過幾天來拿錢。數目也確實不小。

「瞧瞧這裏！」小童高興地指著信上最末一句說：「景先生也真好！『此種初學時所寫之文稿，賣斷之後並不足惜，反可促進更深一步之論著。對文稿而言固等於未曾出售也。終不成一生只寫此一本小冊子！』誰看了能不忙著再寫大部頭的東西去呢！」

「也要有材料才寫得出來！」朱石樵一向陰沉的臉也露出了一絲歡樂。

「馮新銜的稿子在副刊上也登了不少日子了。」小童恨不得這幾個好朋友全有點喜事。他說：

「怎麼也不出個單行本。」

「用不著你愁。」大宴說：「他到了鄉下，送我們出他的大門時才說他要另外寫一個長篇小說。一半是為了自己要先練習一下寫作才好談了解別人的作品。一方面也是為了要把學校生活的經驗留一個整的印象。說不定咱們，大余，藺燕梅，伍寶笙，宋捷軍也全進了小說呢！報館已經預先答應他出版了。」

「人家叫你守秘密你又給說出來了。」朱石樵是十分嚴謹的。

「左不是為了怕寫不成，被人笑話！」大宴說：「說出來了，他不好意思不咬牙寫完，同時又可以鼓勵別人。」他是永遠說話有教育意味兒的。

「想起一件事來。」朱石樵說：「現在也可以省事了。馮新銜不是差一本字典忘了帶去叫咱們送去嗎？咱們把他的信同帖寄去，他到時候來城裏吃喜酒就可以自己拿字典回去了。」

「信？」小童說。

「就是這一封？」大宴說：「一看就知道是沈葭給他的。」

「沈葭？」小童說：「我倒不知道他們要好。」

「全叫你知道了，也就沒戲唱了。」大宴說。

「這樣看來！」小童很懂事的神氣說：「恐怕在他的書裏沈葭要蓋過藺燕梅，沈蒹要蓋過伍寶笙了。」

「也不見得。」朱石樵說：「馮新銜的觀察挺清楚的。他對沈葭的態度是非常聰明的。這個等他將來自己證明罷。」

「睡覺去罷，小童。」大宴說。

「小便去。誰去？」他說。兩個大的也都說去。三個人又一道兒往廁所走。

「大宴。」小童說：「你的工作是什麼呢？」

「我的工作就是工作。」大宴笑著說。

「怎麼講？」

「這還不明白？」朱石樵說：「我們是寫書，他是作實際的事。」

「我怎麼不懂？」小童說：「立德，立功，立言。作書就是立言。大宴要立功。這也要考我？」

「不得了。神氣起來啦！」大宴說：「今天你大概是出口成章，引經據典地，滔滔不斷。我來考考你罷。行不行？」

「他引的典不少，可惜這纔對了一次。」朱石樵笑著說。

「伍寶笙立的是什麼？」大宴問。

「立德。」小童說：「她的話，她的實驗都在這時退為立德的旁例。怎麼樣？」

「馬馬虎虎。」朱石樵說。

「藺燕梅呢？」

「她現在便已經立了德。」小童說：「她像是一個傳教士用好品格，言行，來使人愛慕。」

「如此說來她也立了功。」朱石樵說：「因為她已經建立了一種愛美及尊重公共意見的風氣。」

「那麼說她還立了言啦！」大宴說：「她唱過『玫瑰三願』呢！並且有范寬湖作她言的信徒，把鄺晉元開了刀呢！」三個人笑著散了。

小童回到自己屋裏，睡在床上聽聽風聲很大。覺出氣溫降低了。他知道雨季中的陣雨又要來了。他心上有許多心事，便慢慢地一件件地思索著。他覺得這個學校的環境是好的。凡事皆值得思索。他便不睡，等雨。他愛躺在床上聽風，也愛聽雨。尤其是夜晚的雨。

昆明雨季的雨真是和遊戲一樣，跑過來惹你一下，等你發現了她，伸手去招她時，她又溜掉了。她是有幾分女人性格的。像是年輕的女人。她又像醉漢。醉漢的作風是男子性格中少有的可愛的成分，而年輕女人正有著豐盛的這種成分。她是多麼會鬧！多麼肆無忌憚地鬧啊！她在晴明的白日忽然驟馬似的趕到了，又像是沒來由的一點排解不開的悲愁襲擊了她，她就又像是跺著腳，又像是打著滾兒盡興地大哭了一陣。淚水浸透了人家的新衣裳，躲也躲不及地全身被她打濕得往下淌水。頸子後面順了衣領，淌了下來冰冷了走路人汗熱的脊背，斜飄過來的雨點兒更把那隻握緊了帽簷的手上的錶也泡濕了。她是帶了風來的。她「嗚，嗚！」地哭得好不傷心！誰也會忘了自己的狼狽反而要去安慰她了，她偏是窮兇極惡放聲大哭，再也不肯停住。

忽然，你又發覺她已經收聲止淚了。抬頭找她時，除了一點淚痕外什麼也看不出來了，青山綠水，鳥語花香。大哭過後的女孩子誰不知道是分外嬌美？她在梳髮她在施脂。對了鏡子快樂地笑著。偶而回顧你一下，皓齒明眸，使你眼睛也明亮起來了。草木山林，路上的石板，溪裏的波紋都又輕快又明淨了。四野便那麼悄悄地靜寂可愛，耳邊只有輕輕的水滴的聲音，從自己的衣服上，滴落在路上的碎葉上，細沙上。

被淋得手足無措的人，惱也惱不起來，笑也笑不成功。她是無知的，無害的，無機心的。她更是美麗的呀！這一點惱只得貯在眉梢成為輕輕地一蹙，這一點喜也只好浮上嘴角成為淡淡地一絲笑。天色又晴好如初。

到了雨季最高潮，那身段姿勢就又不同了。她伏枕一哭就是一天！飯也不肯喫，覺也不肯睡！一天不盡興，就是兩天，兩天還不盡興，那麼就再多哭一天。三天以上不斷的雨水就比較少了。除非有時實在太委曲了，那就休息一下，梳洗一下，喫點精緻的點心，再接著來上個把星期給你一點顏色看看！雖然說是這樣，她也有時在早晚無人知曉時，偷偷休息一下。那時，那體貼的陽光，無倦無怠地守候著的，便露出和煦的笑臉來勸慰一下。昆明是永遠不愁沒有好陽光的。但是這一勸，窺穿了她底秘密，就惹起了更難纏的大哭大號啦！她披頭散髮地鬧將起來，又把陽光嚇走。跑得遠遠兒地，連影子也不敢露，心上「別別！」地跳！可憐的太陽！

這樣一度大激動之後，她便感覺到疲倦了，她慢慢的哭得和緩了，眼皮兒慢慢地垂了下來，沉重地壓住了淚水。淚珠兒還掛在腮上，她便已經安睡了。

這時的雨景便如夢如畫。細密的雨絲如窗紗、如絲冪。橫飛著的雲霧乘了風斜插進來又如紗窗門幕外的煙雲幻景。濛濛一片裏山村，城鎮都有無限醉人的韻致。

走在這樣的雨中，慢慢地被清涼的雨水把烈火燥氣消磨盡了之後就感覺出她的無微不至的體貼，無大不包的溫柔來了。浸潤在這一片無語的愛中時，昆明各處那無名的熱帶叢草便瘋狂地長高長大了。

看雨景要在白天。看她跨峯越嶺而來，看她排山倒海而來，看她橫掃著青松的斜葉而來，看她搖撼著油加利樹高大的軀幹而來。再看她無阻無攔，任心隨興飄然而去。聽雨要在深夜。要聽遠處的雨聲，近處的雨聲。山裏的泉鳴，屋前的水流。要分別落在捲心菜上的雨，滴在沙土上的雨，敲在紙窗上的雨，打在芭蕉上的雨。要用如紗的雨來濾清思考，要用急驟的雨催出深遠瑰麗的思想之花，更要用連綿的雨來安撫顛躓的靈魂。

小童睡在床上想：「代價與取值常是公平無私地，無私得可怕！人要本了性情去做。評議，論斷，毀譽，曲直，自會發芽，抽條，開花，結果。是非公道在人心裏。」他快活地想：「伍寶笙到底被所有的人認出是一位天使。她當初哪曾立志說：『我要做天使！』她是真叫人愛慕！明天一早起來去告訴她去！還有，她一定也收到沈葦的喜帖了。約她那天一塊兒去。」「這些受人稱讚的人細想起來都是有特別值得人稱讚的地方的！」他想得開心，自己笑了。外面雨聲正大，他翻了個身，雨聲敲敲打打裏睡著了。

第二天一早雨晴了，他起來拿了臉盆去看大宴，問了問時間，他是沒有錶的。大宴告訴他時間還早。兩個人洗了臉之後，他便在大宴那裏給馮新銜寫了封信，又在空白信紙上畫了許多小兔子，小鴿子，小松鼠，還有許多小荷蘭鼠，尤其是小荷蘭鼠畫得才叫像真的一樣，鬧了半天，把朱石樵吵醒了罵他，他忙拿起臉盆跑了。

他回到屋裏，整理了一下床，就去找伍寶笙，走出了校門，小貞官兒喊他喝豆漿，他說：「等會兒再來！」就跑到南區去了。他先到試驗室去找伍寶笙不在那兒，他便出了小門往城牆缺口走。那時地上還留著晶晶發亮的這裏一塊那裏一塊小水坑兒，所有的景物都被夜雨沖洗潔淨了。空氣清新極了，一陣陣飄過野花香來。

走到南院，找到伍寶笙，他說：「我是來發獎的！」伍寶笙聽了莫名其妙。他就講他們昨晚上談了許多學校裏的人物。覺得最深刻動人叫人景仰的就是她。而他自己是最得到她的好處的。他指手劃腳地講得高興，也不管旁邊上有人聽，也不管人家伍寶笙被他當面這一誇獎弄得多麼不好意思！最後他說：「我所以要請你喫早點！」聽的人，許多許多女學生一齊大笑起來了。

「小童。」伍寶笙說：「你這些怪主意是哪裏來的呀！是不是又是大宴教你的？」

「不是！」他說：「我今天一早就起來了。一夜惦記這件事！」大家又是笑。

「好了，好了，」她說：「別再鬧了。我去帶上藺燕梅一塊兒去，行不行！」

「好。」他說：「她是第二名。」大家更笑。伍寶笙就跑進去了。

小童在外面等著。這些女孩子裏許多都是認得的。也就因為這個她們才這麼開心地笑他。也來和他說話。他說話卻是不留情的，他直接了當地說：「學生不管是男或是女，我認為都是該用心的。

自己用心而沒有成績的就該用他那一份力量來做鼓勵別人的工作。為什麼你們笑我？」大家不笑了，他又說：「我來這裏請伍寶笙，你們應該注意她，怎麼注意起我來了？她是一塊紀念碑，我是作成基座中的一塊小石頭。你們看紀念碑時也是這種看法嗎？」

這種話她們聽了並不生氣。因為同學們說話常常都是如此的。小童尤其是以好爭辯而有名的。誰也免不了在理短時挨他的罵，同時，誰也多少有過一兩件好事被他知道而大吹大捧起來。因此挨他罵時從沒有人生氣的。女學生比較不了解這種性格。她們有時不樂意了，便稱余孟勤為「盲目投彈」，因為他為了一點小事不平便猛烈地攻擊人，同時他又是性烈如火。她們又稱馮新銜為「神經病」，因為他時常和人相處半日衹聽人說話自己不說。偶然說幾句，又是挺難懂的。其中有時也有些美麗的句子是為她們所了解的，便使她們快樂地原諒了那些離奇的話。她們便稱他為「神經病」，或者：「神經。」而覺他是很討人喜歡的。小童的話是率直而無機心的。她們便快樂地喊他：「小瘋子。」朱石樵幸虧已經先有了「白蓮教」的綽號，所以對於他那些玄玄妙妙的議論也就不用另想別名了。

過了一會兒，伍寶笙同藺燕梅出來了。他們三個便一齊往外走。伍寶笙問：「大老遠地把我們找了出來，請我們喫點什麼好東西呀？」這一句話把小童問怔了。

「喫豆漿呀！」他說。

「還得跑那麼遠一大截路呀！」藺燕梅故意地說：「姐姐，我不去了。」

「真是的！」姐姐說：「這個小童！咱們白高興了半天！」

「你們說呢？」小童窘了起來，也怪可憐的。

「我出主意罷。」伍寶笙說：「到府甬道，米線二王前面菜街子上買雞蛋、西紅柿去荷花舍喫麥片去。買的東西他們肯替煮的。」

「荷花舍的麥片你們喫！」小童說：「我看著好了。那一釘點兒麥片，放好些水，又是死甜的沒有牛奶！」

「你肯看著就行了！」蘭燕梅小聲兒跟她自己說。

「真是！就怕你看都看不周到。」姐姐聽見了附和著說：「我進去找我妹妹，說這是一種光榮，要尊敬人家好意一點。燕梅聽了我的話，灑了一點香水，還塗了一點口紅呢！都看不出來！」小童聽見笑了，他覺這類似的情形似乎什麼時候曾發生過。他們走到菜街子上，先買了西紅柿又買了雞蛋。看見有一隻大公雞羽毛十分好看。

「看這隻大公雞。」伍寶笙說：「頂多兩年，便長得這麼神氣了。你呢？小童。一天到晚鬧笑話。你什麼時候才長大？」

「我已經長大多了！伍寶笙。我至少比才進學校的時候高半個頭。喝！也是一隻漂亮的大公雞了！」

「走罷，走罷！」蘭燕梅說：「別吹了。你看看這兒；這個籠子裏裝著的半大雞。你就是他們，吱吱喳喳地，剛換毛兒，才叫難看呢！」最後一句是她輕輕兒說給自己聽的。

三個人走進荷花舍，把蛋同西紅柿交給他們煮，先叫來麥片喫。伍寶笙告訴伙計說煮成三個雙盆兒的。少放糖。對小童說：「這個成了罷？」小童笑了。等一會兒煮好了拿了來，一人面前一盆，直冒熱氣。蘭燕梅身邊拿出一個潔白的信封袋兒，倒在每人盆裏一大些奶粉。小童太高興了，便先喫起來。喫得好香。他一氣喫下半盆，抬頭一看，蘭燕梅手裏的白磁羹匙邊上染了一塊口紅。他嘆口氣說：「這個玩意兒有什麼用！光是添麻煩！虧你帶了奶粉來，不然我要罵你們耽擱時間久了！」

「什麼事你也管！小瘋子！」藺燕梅無可奈何地說。

「我倒想起一句話來。」伍寶笙說：「剛纔找我們的時候，你何必那麼大吹大擂地？刺激了別人情緒對我們也不是好事。」

「你自己覺得怎麼樣罷？」小童說。

「我私下裏高興。」伍寶笙說：「因為我留戀我的學生生活，我也愛這個學校。」

「那就夠了。」

「別人呢？」

「誰糊塗，就攻擊他！」

「小童！」藺燕梅說：「別費事罷！省點精神行不行？」

「精神我省不下來！」他說。他的一盆麥片早喫完了。這時雞蛋同西紅柿才煮了來。他又多喫了她兩個一人分給他的小半盆。

談起了沈蕱的婚事，大家都挺高興。覺得居然這麼快當，不像沈蕱的本色。

「不過畢業也確實是一個刺激。」伍寶笙說。

「那你自己呢？」藺燕梅問。

「我嫁給血清培養了。」她說。她的話是叫人相信的。而她一向的作風也是如此。還有她的韻致也令人想不起誰能配她。

說著話，商量定了婚禮那天大家去幫忙。送一點花，不送什麼貴重的禮。沈家很有錢的。不用他們去顯窮。只要他們一個人情便夠了。小童付了錢，藺燕梅規規矩矩地說：「謝謝。」他臉紅了。正要出門，門一開傳信禪進來了。

「小童，有事沒有？」他說，神氣之間很有心事的樣子。小童便告訴她兩個說他要在這裏陪傅信禪。藺燕梅本來要說點抱怨他請人出來又不送回去的話的，話到嘴邊改口說：「真忙呀！又要請第二批客了！」她兩個也看出了傅信禪神色不對。祇向他打了個招呼便先走了。

「既然這麼說了，你便當真請我一請罷。」傅信禪說著便要了包子同麵。他知道小童是只要口袋裏有錢便先花了再講的，他從不計算。

「你剛才從哪兒來？」小童問。

「南院。」

「看何仙姑去了？」

「看見了。」

小童看他心上有事，偏又不肯講，問一句答半句，心上又可憐他，又氣他這種提不起精神來的脾氣。他說：「畢了業就做了事，跟著沒多久搬到了法院裏去，少說罷也有一個月了。難得見一回面，這種有氣無力地，真叫我彆扭得慌！」

「別忙。」他說，「等我喫完了，外邊說去。」

「鬼鬼祟祟地！」小童罵他：「當了司法界的人怎麼能有這種見不得人的做法！」他雖然把傅信禪罵了，傅信禪卻並不生氣。他卻也耐性地等他喫早點，不再催他。喫完了出來。小童把錢放在桌上告訴伙計說：「別以為我今天過生日！」走到外邊，傅信禪說：「小童，有一件秘密，告訴你，你要幫我的忙，可是別告訴人。」

「不成。」小童說：「我存不住話。這樣罷，你告訴我要我作什麼事，我給你做，至於是什麼秘密，不要告訴我，這辦法好不好？」

傅信禪想了半天，用感動的眼光看了小童說：「也好。我短錢用。你有，便借給我。你沒有，就替我在學校熟人裏想想辦法。我校外又沒有幾個朋友，工作又是死板板的不能常出來。」

「你要多少？」

「我們法院裏是有伙食的。只要一個月的零用錢。」

「放心。」小童說：「你看神氣不神氣！這個有辦法。」他說著把口袋裏的錢全掏了出來，一看還不少，全給了他，說：「朱石樵現在已經有了錢了。我不愁用。等他錢到了，我再找他要來給你送去。我的你先拿去。」

傅信禪接過看了看說：「已經差不多夠了。我省著點兒罷。朱石樵的錢來了你自己用。等我下個月發了薪水還你。」

「對啦！」小童說：「你該拿到一個月的薪水了，怎麼窮成這神氣？」

「咳！不提他了。」

「對不起，對不起！」小童忙說：「講好了不問這個秘密的。不過大概是給何仙姑買東西了。」

「我問問你。」傅信禪說：「朱石樵怎麼有錢了？」

「這件事是不必守秘密的。」小童偏刺激他：「朱石樵寫了一本書，景先生看了說『好。』給他出版了！」

「咳！我的一本國際公法才翻譯了幾章便翻不下去了。」

「大余說過，那本書不翻也罷，你既然願意作翻譯的事翻點兒別的也好呀。」

「咳！也要心緒好呀。」傅信禪還是提不起精神來，他們說著話已經走到翠湖邊上。兩個人就又順了翠湖北路走下去。

「要想心緒好，也不難。」小童偏藏起半句話來。

「怎麼樣呢？」

「少咳兩聲就行了！」小童一下子說破，便索性罵他一頓：「你是自己不願意心緒好，這是誰也沒辦法的。給了你好心緒還對不起你呢！『咳』個一兩聲，別人同情你。不過等別人來同情已經夠沒出息的了，你偏一路『咳』下去！彷彿顯得多可憐之後才過癮似的。天下事有哪一件是能用嘆息來完成的？不去做去，光在嘆氣！算了，算了，你算是完結了。」

「別罵，小童，我有許多感想是你不知道的。」他說：「你們在學校裏是快樂的。我看了真羨慕！」

「又來了！你才畢業幾天呀！酸不溜丟兒地，說了難聽！別接著說了。」

「我是看你們一個個兒的成績，心上慚愧。馮新銜在報上每天有文章。你們跟陸先生作的遺傳實驗，聽說編成了記錄，加上說明要在國際上有地位的科學雜誌上發表。朱石樵一鳴驚人，還作學生已經有著作了。我呢？咳！」

「你也不錯呀！」小童冷冷地說：「你會了個敏捷，頻繁的『我呢？咳！』了呀！」

「咳！我確實是有一點煩惱！」

「咳！我叫你鬧得也有啦！」小童是板不起臉來的。他又想頑皮了。

「我索性把秘密說出來罷！」

「我不聽！」

「偏要你聽！」

「我不能替你守這秘密。」

「不要守了！」傅信禪眼神又恢復了平日樣子。

「不要守了？」小童再釘一句。笑了：「說出來罷！」

「我碰上了一個魔鬼！」他恨恨地說。

「先別罵人，是你自己錯，還是別人錯？」

「當然是他錯！沒有他來引誘我，我決不會倒這個霉！」

「哦！你原來是受了引誘了？」小童拖長了聲音慢慢地說：「那你至少有一半兒錯，也許是一大半兒錯。魔鬼祇是自己心上有，他不是在外面遇上的。而引誘是一定要投人的脾氣的。否則怎麼會上鈎？這脾氣就是你心上的魔鬼！接著說罷！」

「他是魔鬼！是流氓！是惡棍！壞蛋！賭徒！」傅信禪天分是差一點，他不能鎮靜，常常發這種沒道理的詛咒。

「看這個樣子，他吃的虧還不小！」小童像戲台上小丑旁白似的自己說。

「宋捷軍騙了我一個月的薪水去！」他憤然地喊。

「我不信。」小童說：「你大概是吃了他的虧才說出這樣話來。看這情形還多半是賭錢輸的。宋捷軍聽說有一回一夜晚賭輸了三輛卡車。你一月能有多少錢薪水？還不夠買半隻輪胎的呢！他值得騙你的！你老老實實兒地說出來罷！」

傅信禪好賭是有名的。小童攻擊的也果然是正中要害。他聽了老朋友的罵，氣平了些，也不那麼暴躁了。小童就裝成老頭子的口氣說：「在神父面前懺悔是不能欺心的。欺心了就算是白懺悔了，沒有用的。聽見了沒有？」看了老朋友這種親熱的樣子，誰不覺得懺悔是一種快樂呢？

事情原來是這樣：傅信禪生性好賭。他景況一直不好，因此他便常常計較輸贏。輸了錢常常自己恨自己。然而待他刻苦多時，又恢復了元氣時，又按捺不住地要去賭錢。偏偏又是輸的時候多。

在學校裏，他口袋裏沒有錢，功課也忙，便還好些。現在自覺是有了收入的人了，心境便白不同。法院在市中心區偏南一點。宋捷軍的住所便距那裏不遠。傅信禪因為何仙姑的關係很少去和宋捷軍來往，見面也只是打打招呼。還有宋捷軍在學校裏名聲很不好。除了幾個老朋友外，人家也不理他，他也不理別人。傅信禪是那種常常立志做好人的人，那種常寫些格言貼在案上床前的人，也就很習慣地鄙夷宋捷軍，不肯和他多來往。作了事之後，他的座右銘上多了一條，大意是說要練習寬容，並且要能和社會上各色人等接觸等等。後來他又聽說宋捷軍所以不再來找何仙姑麻煩是因為他已娶了一個半英國半緬甸的混血女兒。才十幾歲。常常打扮得花枝招展地同宋捷軍出入遊藝場所。這兩個因素還不足使他去和宋捷軍接近，最有力的還是最後一條，宋捷軍家裏時常有賭局！賭局！賭局！喝！一夜裏想，賭大了呢贏了錢就可以作富翁，那一下子什麼都解決了。不過輸了呢？輸了便怎麼好呢？

輸了也有輸了的辦法，他是早打聽得清楚了的。那個鄺晉元便常常在宋捷軍家玩。有時候宋捷軍兩口子要出門，而賓客不願散便是由他陪客，他自己有時也賭，贏了拿走，輸了，宋捷軍也不要他掏錢。這便是傅信禪打算中最後的逋逃藪。他的希望是從那些發國難財的商人身上拔下一根毛兒來，自己也好鬆動一下。萬一輸了，他就走鄺晉元的路子。不過那到底是很難堪的。然而這種有了魔鬼寄居在心上的人，怎會有審慎的考慮呢？他想：「不會輸的。一定不會輸的。」

雖然他把宋捷軍家裏的情形打聽得這麼清楚，他卻始終沒有去過，因為他口袋裏還是連一點本錢也沒有。宋捷軍新婚燕爾，為了一種他自己不瞭解的心理作用便常在遇到傅信禪的時候和他找些閒話談談。每次也總有意無意地提起何仙姑來。傅信禪呢，則常常用話探一探宋捷軍家裏平時大宴賓客的情形。待宋捷軍邀他也去玩玩時，他又心跳面紅，把話岔開了。這種情形又有半個月光景。這前後短短一個多月的時光，對他已顯得比一年還長了。

終於昨天發了薪水。偏偏正要到學校來看何仙姑，路上就遇見了宋捷軍，又是老套談起來了。宋捷軍又邀他。他興奮得簡直有點氣喘還是拒絕了。最後宋捷軍說：「這點老朋友情面也不給了？我又是知道你平時也愛玩的。這不是看我是開除了的學生便不和我來往嗎？約了你不知道多少次了。來走走也不會就和我們同流合污了呀！」這句話太重了。傅信禪抵抗不了。何況這樣句子裏正有著阿諛的成分呢？

小童把他的話聽到這個段落，便插嘴說：「這麼看來宋捷軍對你這次的事責任很小了。」

「算了。我也不和你辯了。」他說：「後來我就只有隨了他去。到了他那裏客人果然很多，一介紹，都是跑緬甸作生意的商人。名字我也不大記得。這天鄺晉元不在那兒。他介紹時說我是他的同學，在聯大的，如今在法院做事。那時他的神氣得意得很，我倒覺得不好意思起來。覺得對不起學校，對不起朋友。」

「替你想想也確實很難辦。」小童說：「不去罷又怕得罪了他。其實學校裏他就是和我們幾個來往，我們誰也沒上他那裏去過。前些日子他的情人從緬甸來了的時候，他到學校來找過我們，還拚命地要拉馮新銜去他的所謂『家』一次。馮新銜昨天反倒去西山了。你把他家裏情形說一下罷。至於你怎麼輸光了那一點點有限的錢的經過，可以不用談啦。」

「他家的情形簡單，反正是挺不錯的。那個女的叫做什麼白耶，長得滿好，滿聰明，很能招呼客人，不過不大能說中國話。宋捷軍的英文又是那個要命的發音。他們兩個怎麼鬧的真是天曉得！這個沒說頭。倒是我這錢輸得真氣死人。話長得很！」傅信禪說。

「真是沒辦法！天生的賭鬼性子！」小童說：「你講罷！左不是先贏了一點，然後就輸了，越撈越撈不回本來！」

「這完全是運氣不好！」他神往地說：「那裏有麻將，也有牌九。我先是一定不肯來。他們說隨便押押牌九，談天也方便些。押多少也不拘！誰想到我一帆風順，大贏之下！那邊麻將桌上，都有人放下牌來看！我押哪一門哪一門就贏，九點是常事，連天王對子也出過！多少人跟了我押全得了利！我若是那時候住手或是改小點碼兒也就好了。那手氣真不得了。莊家拿八九點，我準是對子！家家拿敝十叫莊家小二三點兒吃了，我準有那麼個四五點兒贏他！」

「不用接著說啦！」小童聽煩了：「若是一直是那樣，你今天還會這個神氣嗎？」

「咳！我下回真要戒賭了！」他想接下去。

「贏錢就想賭，輸錢就想戒，你這種天天立志，又天天悔過的人，是永遠戒不掉任何壞習慣的。比方大余有時候也喜歡打牌，這本是玩意，不傷大雅的。一個男人沒有點好賭的氣質有些時就顯出懦弱。一個人只要能把持得了自己，什麼地方也陷害不了他。你不從這種地方想，竟致想指望從賭博成家立業，不是太可笑嗎？」

「這回好像是有神意！」他說：「我一直贏到夜深，大家都不想翻本了。我自己說再推一把罷。這回我也老行家似的做起莊來，輸了再來，輸了再來。剛剛輸完了我所有的籌碼！正好掏出身上的薪水！宋捷軍不肯要我掏錢，我怎麼能答應？那點錢，誰也都因為差不多翻回本了，不要，就賞給了佣人！」

「你還罵人家宋捷軍呢！」小童也聽得入神，覺得很像一篇小說。

「我如果沒有去他家玩這一晚上，那就多好！咳！」

「又是『如果沒有怎樣便多好！』又是『咳！』」小童見他精神已鬆快了許多，便這樣對他說：「我看你真是事後有先見之明！下次發薪別又去啦！你真該有個本分，小心的太太管著。怎麼樣？什麼時候結婚？」

「今天我還是送一封家信給何仙姑看呢。」他又得意起來：「大概一切沒有問題，等她畢業再說罷。咳！今天看過了她，沒有請她出來喫早點真是難為情。不知道她會不會誤會。」

「你沒有告訴她？」

「沒有。」

「她也不知道你輸了錢，不會誤會的。是你心虛。」小童說：「不過你何不去告訴她一下，心上也痛快些。」

「有理！」傅信禪臉上那最後的一點陰霾也不見了：「叫她知道了，下回也好管著我一點兒！」

「說走就走！」小童說：「勒轉馬頭向學校！」他便作出一個騎馬的姿勢。然後一跳，回過身來，算是勒回了馬韁。傅信禪也快樂了，兩個人很快地又走回學校。傅信禪到南院門口便和小童分手，走進去了。小童自己也回新校舍去。

過了幾天，金先生喜期到了。那天一早馮新銜就從西山回來了。去夏令會的蔡仲勉、薛令超也都回來了。把夏令會中好玩的地方形容得天花亂墜，小童又下決心請人幫他忙去看守荷蘭鼠，他也要去玩一兩個禮拜，繼而一想沒有錢了，只有忍痛犧牲。朱石樵的錢書店又遲遲付不出來。婚禮是下午才舉行。他們大夥兒上午倒自己先歡聚一場，喫米線大王。馮新銜請客。因為他教書的那家人家甚好，又見他教書認真，自己又用功，很看重他。在他說要進城的時候，便先送了錢過來。馮新銜不想收的。人家說：「收下罷。這早晚也是要給的。你們聯大學生窮苦是有名的！千萬不要客氣！

年輕輕的，出門人！」講了這些。同學們聽了就都開懷大笑起來。

有子女的人，很容易有愛小孩子的習慣。看了別人家的孩子已經能來教自己的孩子讀書，做父親的便會特別愛這人家的孩子，做母親的就會來問人家的家世。離家多遠？不見父母親有幾年？一類的話。這樣的情形，利用假期出去做家庭教師的學生常常遇到。在他們年輕人這方面，便又如同夢裏回到自己家裏一次一樣。

下午大家一起去南院好約上女孩子們一同走。到了那裏，老媽子交給小童一張紙條兒，是伍寶笙寫的。說等他們不見來，她自己和范寬怡，藺燕梅，范寬湖，周體予幾個人先走了。因為沈葭來過，約她們去幫忙。小童看了，說：「咱們恐怕去晚了。」大宴說：「到了那兒非挨罵不可了。等咱們去幫忙，今天婚禮不用舉行啦！」

「你們真是叫人笑話！」大余說：「去年暑假開學，給人家幫忙摘一點花兒，還是先叫人許下酬勞才去的。現在是沈葭忘了說請客了，就把時間給玩過去了。還記得去年你鬧的笑話罷？金先生給你錢，你的口袋破了是誰給縫的？」小童一聽，不好意思起來，就一個人跑到前頭去了。大家在後邊笑他。

婚禮在東門外太和街太和招待所舉行，那個地方是很考究的。大家先向東門走。走到城門樓下，小童指著城門樓和大家說：「這就是四五十年前凌希慧的父親同叔父在上面睡覺做那個有名的夢的地方！」

「夢不夢的，不管他。」大余說：「一個獨身的人做點什麼事業是容易成功些。那時候兩個有野心的年輕人的心理，是容易造成這麼一個夢的。」

「有一樣事你決辦不到？」小童說：「獨身並不是萬能的。」

「生孩子！」蔡仲勉搶著說。大余聽了也笑了。

他們又聽這兩個低年級的學生說夏令會的生活。小童是最愛游泳的。聽見那邊有一個好湖，還有沙岸，便問長問短。不顧他倆口中形容的風景趣聞，單問水裏的事；水深水淺，有風浪沒有？有什麼魚？

大宴聽了說：「咱們鼓勵金先生來個蜜月旅行，參加夏令營。」

「金先生的事情全是按了他自己的時間分配表走的。」大余說，現在大余和金先生接近得很：「臨時插進一個節目恐怕不可能。」大宴原來也就是那麼說一說。聽了這話，便笑了一笑。那邊小童正和兩個夏令營回來的談得熱鬧。

「你現在怎麼樣了？可以游得多遠？」他問蔡仲勉，然後不等回答又問：「學的是什麼式？快不快？」大余、大宴兩個聽了笑，他們笑小童提起游泳來這個亂騰騰的樣子。蔡仲勉身體發育很好，曬得黑黑的皮膚，顯得牙齒特別白。聽了小童的話，白牙齒便閃閃發光地笑著。蔡仲勉有些地方很像范寬湖，又有些地方大與范寬湖不同。比方說罷。兩個人的健康，有力皆是一樣。蔡仲勉便像一個年輕快樂的自耕農。范寬湖便如大仲馬筆下的一個劍客，達特安。兩個人都是剛正不阿的。蔡仲勉是不恥衣褐，不屈威武的學子。范寬湖是受了良好教養，自尊自傲的貴族。

蔡仲勉又是最愛管閒事的。這次夏令會中差不多人人都認識他了。不管是夜半起來捉小偷，或是深水裏去救人，他全是在事情一發生時便馬上出頭而且是精神虎虎，永遠沒有人看見他疲倦過。在夏令會中游泳是第一件要會的事。蔡仲勉出身在農家，小時在河溝裏也學會過游泳，只是姿勢不好看，並且慢而不能耐久。這半個夏天憑了他健壯的筋肉，和膽識，很快地便學成了第一流選手。湖邊上的遊戲堆中不再有他的影子了，他總是遠遠的浮在波光耀日的湖心裏，岸上的人只能看見一個小黑點，一會兒出現在這裏，一會兒出現在那裏。

他聽見小童這樣問他，便笑了，不知道怎麼回答好。薛令超便替他大宣傳一氣。薛令超的詞令已經很好了。大家都忘了閒話，聽他一個人在描述。不覺已經走到了。

這裏早已佈置好了一個喜氣洋溢的結婚禮堂。沈家家境是相當不錯的。金先生多少年來也有點點積蓄。所以在這裏倒是一點點兒寒傖氣也看不出來的。這些學生衣服雖然是太舊，太破，但是他們都有年富力強那種青春時特有的樂觀心境與笑容和無所顧忌，開懷暢快的談吐，倒也能使人注意不到他們的衣飾。這一堂佳賓，都是智識份子。叫人覺得一花，一錦，佈置得都不俗。眼前沒有可厭的面目，耳中沒有絮聒的無聊應酬。整個禮堂便是十分可人意的了。

這裏，那裏都是芬芳的花：石竹，月季，夜來香，繡球百合，金銀花，緬桂，香草。雪白的桌布上，擺好了耀目的銀質刀叉，玻璃器皿，乳白色的瓷盤。這裏用的是西式喜筵。灑在桌布上及白色窗紗上的是嫣紅，絳紫的薔薇花瓣。

女孩子們的衣服總考究美麗些。她們便都引人注視。她們還有一種特殊的質性；就是最愛在別的女孩子婚事裏盡力幫忙，所以此刻她們便如一群花蝴蝶在這花園裏枝葉繚繞中穿來穿去的飛著。絲質的衣服，在明窗下閃閃發光。女太太們，便在前言不搭後語的寒暄中分出精神來打量她們。臉上露著笑，心上想：「這小妮子！多逗人愛，不知道有婆婆家沒有！」

這幾個男學生走了進來一看熟人不少，便分頭閒話，幫忙做事去了。伍寶笙同藺燕梅則不在禮堂裏。范寬怡說：「她們在後台呢！」

馮新銜才走進來，同小童在一起沒有走幾步，那邊過來了沈葭。沈葭今天打扮得嬌艷得很。「咦！」小童說：「你不是伴娘麼？怎麼不在後台？」她笑了一笑說：「不忙。」便拖了馮新銜一同去見她父母親去。他們還不曾會過的。見了之後馮新銜挺規規矩矩地，和老人家談話。沈葭在旁邊倒顯得伶俐得多。一同過來見的有小童，大宴，朱石樵等，便在一邊笑。說起馮新銜和他們幾個人在學校主修什麼功課時，小童順便就說：「馮新銜已經是助教了，他功課好得很。還常常寫文章呢！」沈先生說：「日報上的隨筆罷？我見過的。」

「那是短篇。」小童最是隱惡揚善不遺餘力：「現在長篇作品已經開始了！」馮新銜想攔也來不及。急得直絞手指頭。

「長篇？唉！是小說罷？」沈太太接過來說：「我就是愛看長篇小說。沒寫完罷？我看得慢，寫一段兒看一段兒也成。」

「剛剛動筆。」馮新銜說。他當了沈先生沈太太也不好怪小童。也不好怪大宴，朱石樵。這一面又要和沈太太說話：「寫得不好，是學學寫作的意思。一點兒關於學校生活的事。」

沈葭是一直睜大了眼睛在聽著的。「新銜！」她說：「原來你是跑到鄉下去寫小說去了！學校裏的事？有我沒有？」

「寫小說倒也是件好事情。」沈先生說：「稗官者流，史書也要借重的。今日春秋校事明日便月旦政局了。」說著便笑起來。這位老先生一笑起來，那嚇人的嚴冷氣便消失了。雖然說的話還是不大叫人猜得透究竟用意何在。

「我們在學校學的是文學。讀的是批評，和鑑賞的理論，看的是別人的作品。幾年過來，眼界也許高了，手下卻確實低了。」馮新銜說話固然是本份得很的，然而一句也不肯嚥下去的。他不管沈老先生意下如何，問題既談到此地，他倒也不緘默：「所以我想：自己不去實地也寫作寫作，去經驗一下文學生活，那些研究終不免隔靴搔癢之譏，同時學校的環境也使人留戀，戰時的學生生活也要個寫照，纔決定動筆的。」

沈老先生聽了，不加可否，只是點頭微笑。沈太太已經又和別人談笑去了。沈葭聽了特別興奮。她問：「要寫多長？」

「十幾萬字罷。」他說：「總要勉強能算個長篇。」

「啊唷！」她喊：「這麼些字！出版不出版？」

「寫好再說罷。」他說：「如果看得過去，倒也不想燬掉。報館裏答應過給出版的。」

「可以出版！」她說：「快寫罷！用真名字用假名字？」

「還是那個筆名。」

「也好。」她想想又說：「故事是真的是假編的？是不是愛情故事？」她還想再問得確鑿一點的。臉上一紅，不問了。

「主要的是學校生活的情調。」他說：「故事是穿插罷了。算了，還沒寫多少呢！連我也不知道。寫完了給你看就是了。」

沈葭還有許多話要問，范寬怡和伍寶笙跑來找她了。她還不肯去化妝換衣服。她兩個也知道是什麼事了。小范就催她走，說：「快換衣服去罷，他的書上一定是說：『沈葭美得就像一朵花，作伴娘只消換上白緞子衣裳，什麼化妝也不用的。』」沈葭打了她一下就跑了。她看沈葭走遠了便問馮新銜道：「是不是寫許多人的事？也有我罷？給我的名字取難聽了，我可不答應你！」

「還說別人呢！」伍寶笙拉她走：「還不去找你的鋼琴譜！」

「早放在琴裏了！」她用那晶亮的眼睛瞟了馮新銜一眼，隨了伍寶笙跑了。她一頭柔和細髮，是很美的。

不久，司儀便宣佈行禮了。來賓謙讓登堂，濟濟滿廳。許久這才大家站定。耳中仍不斷有綷縩衣服的聲音，和碎步的聲音。真是一個隆盛的結婚典禮，而喜氣又彷彿是由人多纔能造成似的。

證婚人，主婚人，介紹人都就席了。婚禮進行曲便流水似的從范寬怡的手下送出來，每一個音符，全是一個快樂的小精靈，飛來撞在人心上，似痛似癢誰也說不出是什麼滋味，便都笑瞇瞇地。

金先生同男儐相進來時，笑容可掬，一雙大眼睛在眼鏡後面也是笑的，他還和熟朋友點頭招呼。後面把一個沈蒹恨得要命，她咬了唇氣得跟身邊的沈葭說：「告訴他低頭走，他偏東張西望的。看他這個得意樣兒！」沈葭呢？她也不低頭，也是笑，她正由那邊猷望著的馮新銜眼光裏找到了自己容光之艷麗。她只輕輕地回答姐姐說：「別咬嘴唇，小心口紅掉色兒。」

他們走到證婚台前了。音樂停了下來。

整個婚禮進行的時間中都不斷地有太太小姐們小聲兒嘖嘖地稱讚這新郎新娘是好一對兒。而這種稱讚確實是發自真心的。大家覺得這樣一個婚禮是他們所願意參加的。而這樣一個新成立的家庭也是他們所願意常常往來的。這婚禮是具有重要的社會意義的。

其實婚禮到底是為了怎麼一個野蠻的，或是宗教的原因而有，我們不必去問他。光說它已經有了今日這些社會意義之後，給我們一些什麼想法。一對在二十歲左右聰明，美麗的孩子，男孩子常常說些敏感的話，女孩子常常用那帶了淚水的眼睛在她遊伴的臉上尋覓的時候，使我們想到在暴風雨的黑夜無人的海岸下，雪白的浪花撞在黑色猙獰的礁石上時，這一對為幻想所推動的年輕人，解開了那隻預先藏好的小帆船，乘了旋轉的疾風駛出港去。十對中頂多有一對能令人放心他們的下落罷？他們的戀愛是一種冒險，他們的婚禮是只有人以外的生物來參加。他們確也對後來的人有些貢獻，也許是一首短短的抒情詩，也許只是一聲嘆息，然而這種私逃是並不考慮這些富有教育性的後果的。他們的證婚人也許是一顆星兒罷？這時我們覺得一個稍稍著重儀式的婚禮還是好些。

一個富商在計數他的財富生了疲勞感覺時，半生的荒唐生活使他對應酬場上的來歷不明的女客們也不感興味時，於是向一個可靠的心腹人囑咐了幾句話。一個多星期後，一城中各名紳家裏便都有了一張精印的喜帖，那個經人介紹纔相識不到一兩個月的女孩便無知地作了新娘。鋪張奢侈的喜筵在報紙上要用一個星期纔講述得完。然後在市郊一所宮殿似的別墅裏他訓練出一個驕橫又會使氣的太太。不論這女孩子原來質素有多可愛；他不難在很短的時間內用無味的調笑與無恥的諂媚把她改造成這樣。然後再使他自己問心無愧地去胡調。這結婚對他不過是一件購置，而這件貨物與別的不同的地方僅是他未曾預先想好如何脫手罷了。不過話雖是如此說，越是驚動得人多的婚禮，越帶得這種氣味重。使我們又不願走進喜堂，因為那氣象彷彿在說：「看！我有這樣大的力量來啟請這麼許多人給我證明產權！所以我是可以結婚的人了。」

然而蛇也有時遇到專門喫牠的刺蝟。這種人有時也娶來一個能抗拒他的毒素而馴伏他的人。因此，那個可尊敬的女性也便得到了一個可稱讚的生活，並且把這生活也分潤給她丈夫一點。同時把她的丈夫也教得聰明一點了。

無論如何我們仍不願因為對婚姻制度這一點點不平的氣忿，鼓勵人人把結婚當一件任性冒險事業來做，也不肯低下聲氣一任交易手腕猖獗在情感的領域裏。同時這是一件相當關係到旁人的事。所以審慎而帶點尊重別人意見的辦法就為人所鼓勵而贊助了。用詢問的口氣和親友談論自己的情人時，便看見笑容了。用喜帖去邀請客人時，便收穫到賀詞了。依了他們的標準而成立了新家庭時，新客廳裏便常常有賓客了。以後受到侵害時，也有人出來說不平的話了。雖然那不過是幾句空話，倒也是有些人所需要的。

如果結婚僅僅是這樣幾種，我們也沒有什麼可說的了。我們願意看見另外一種正面的，積極地需要的，合乎情理的結合。事實上我們確也常常看到。那種結合，是不一定要依著什麼儀式，也不一定要迎合什麼第三第四第五第六者的想頭纔舉行的。這種喜訊傳來時，我們便得到了一種預期的快樂。這種結合破滅時，我們也感到失望和悲傷。這種快樂與悲傷並不是從對婚禮的描述與賓客的數目得來的。

但是人生舞台的情節變幻常常有甚於烏木盒下旋轉的骰子。有限的幾個數字，也夠人消遣一生。那不可為我們探索的一點兩點的增減，也足供我們嚐味的了。

金先生同沈蒹的結合看得出是一個美滿家庭的開始。婚禮行過了。新人換裝出來道謝賓客，大家看了帶羞的沈蒹學作女主人就引起了向他們敬酒的興致。喜筵上笑語一片。倒叫人相信這種快樂的婚禮中紀念與尋歡的意味多於法律和社會習慣的力量。

女孩子總喜歡聽人家誇獎她容貌生得美的話。尤其愛聽帶了比較的口氣所說出的勝利結果。吃喜酒時更是可以放心地打扮得花枝招展不受人指摘，反得主人高興她所增加的洋洋喜氣。然而在她們有心無意的爭妍裏及誰也不肯容讓的情形下，有一個例外的人，就是新娘子。惟有她，是只接收稱讚，不會受到批評的人。因此，做新娘子確實是一件開心的事。沈蒹既是長得很端麗的一個，這一天的歡樂可想而知了。

沈葭今天更快樂，她是新娘子未婚的妹妹。父母親新畢業的小女兒。她的柔順溫和又是親戚中最為人眷愛的姑娘。她平日即帶有幾分易感的氣質的，今天更是快樂得想哭。她以主人的資格勸同學們用菜用酒，又是妹妹的身分，順了賓客的笑語和窘住了的姊丈玩笑。大家不斷地一陣陣圍上了新郎新娘的一桌來聽新的笑話。一席酒喫了一個多鐘頭，大家興致還正高著呢。

司儀是一個體面的中年人，沈老先生的朋友，方纔大家已經聽見過他那清脆的嗓音了，此刻又站起來喊：「請大家聽著，現在我們收到賀電一封！」這簡直是錦上添花了。大家歡呼起來，一聽是史宣文從重慶拍來的。同學們又鬧著代表史宣文敬酒。金先生來者不拒已經有點醉意了。沈蒹惱她妹妹淨領頭兒惹事。沈葭聽了說：「喲！纔行過了禮，就不向著自己的妹妹啦？」旁邊一位太太聽了就愛惜地看著她說：「都是這樣兒！嘻嘻！不怨姐姐。你有了婆婆家也是一樣兒，嘻嘻！真是的！這些小姑娘們！都作了人家了，還鬥口呢！」說得聽的人大笑起來。金先生說：「她也快了。瞧她還能淘多久的氣？」沈葭氣得漲紅了臉。一陣笑鬧裏，被人從金先生那裏問出她的事，親友們煩男同學從門外抓回馮新衔來，要他和沈葭用吃酒來代替回答。若有此事而不好意思認賬可以喝酒。沈葭瞪了馮新衔一眼說：「你敢喝！」

馮新衔裝作不知所措的樣子說：「不是我不喝，是她不許喝呀！放了我罷！」

沈老先生看他有趣便大笑起來。許多女太太們便擠上來，七嘴八舌地說：「有老丈人呢！喝罷，喝罷！」他聽了看著沈葭。沈葭想從人縫中鑽出去逃掉，卻被人按住了。他拿起杯子說：「我還是不大敢喝。可是讓我試試看！」他舉起杯來，一飲而盡。大家鼓掌起來。沈葭呢，她兩眼含情脈脈，紅紅的雙頰，閃著快樂和感激的光。

於是又有人向沈老先生、老太太致賀。老先生說：「好了，好了。」他笑嘻嘻地：「豈有此理，豈有此理！謝謝，謝謝。」卻又把敬的酒喫了。沈太太也把酒喫了。

散席後，許多女孩子隨了車去新房去玩。男生多半走回學校來。他們幾個老朋友便邀了馮新衔回到老地方去喫茶。坐定了之後大家喫了點茶纔慢慢地找到了自己要說的話。

「新衔，你是一個快樂的人。」大余說：「你自有你快樂的辦法。」

「快樂不快樂原是要看各人的作法的。」他說：「我不願意找彆扭。我今天為明天的快樂打算，明天又為後天計劃。我倒也相信這幸福是靠得住的。」

「你這樣就算是訂婚了罷？」朱石樵問：「別人至少已經承認了。」

「我在這以前就承認啦！」他笑著說：「很少有在訂婚儀式舉行時纔承認的呀！」

「這實在不壞！」小童說：「兩件喜事，一席酒。雙喜臨門。我想不出有什麼不合適的地方。馮新衡好比寫小說。不妨熱鬧一些。」

「這種場合不是我造成的。」馮新衡說：「等我發現這形勢不壞時，何必忸忸怩怩的呢！對不對？」

「對！」幾個人一塊兒說。

「對於沈葭呢？」他說：「我的看法是這樣：我不是個英雄，她也不是什麼天香國色。所以我們沒有表演什麼哀艷情節的責任，同時也省掉了一段迴腸盪氣的大收場的煩惱。我覺得她怪可愛的，怪女孩子氣兒的。她用起情來聰明專心，而不是精到利害。她也很能幹很愛出風頭，倒又不是那種我最怕的什麼什麼社會運動的領袖，那種叫人撲朔迷離的女性。我常覺得，把她娶了來作我的妻子，一定更可人意。我常常這麼想。她一定也會發現她自己是那麼一種可愛的角色！」

「我想她也一定是。」朱石樵說著笑了：「可是我敢擔保她自己卻不會想到！」

「正對！」馮新衡也笑了：「跟女孩子說笑久了便忘了老朋友談話中這種嚴謹的地方。我說漏了。她正是一個不大知覺的人。她的可愛也在這種地方，她真像易卜生筆下的諾娜一個又叫人愛，又叫人無可如何，只有盡心地去保護的妻子！不過，」他用一個手指點著說：「是閉了幕後的諾娜！」

「你的第二本書我已經知道是什麼名字了！」大宴笑著說。

「第三本書名，我也知道了。」小童說：「第二本是：『選妻心得』，第三本是：『育兒須知』！」

說著都笑了。

大余在一旁沉默了半天，這會兒也笑了。馮新銜問他道：「你覺得我的話怎麼樣？如果是要結婚便只有這個理論。娶一個電影明星，天天演活戲也不大是味兒罷？」

「事實不可免時，也只有盡力演。」大余說：「不過很多好女孩子是被別人攛掇上舞台的。其實她們也都有沈葭的好處。也都應該做個好妻子！」

「好呀！」小童喊：「大余近來也比較更像一種生物了！」

「我來說罷。」大宴說：「這話初聽起來不像大余這種獨身論者所說的。事實上是一種心理的兩種表現。也許從前他的獨身主義正是積極的贊成結婚，因為求全責備太苛刻的緣故使他寧願獨身，又從而找出許多言論來辯護自己。這些言論說不定不久又是擁護新說法的生力軍呢！」

「怎麼樣？大余？」小童說：「人家是學心理的。分析得你意下如何？」

「沒有，沒有，」大余說：「還沒有那麼快。」

「這樣說來，」朱石樵說：「雖說是沒有那麼快，大概也不遠了。」

「越說越遠了。」大余笑著攔住他。

「學心理的人一分析，就如同我們一解剖一樣，看見那隻小蛤蟆的心這麼撲登撲登地跳！」小童說：「跳的神氣和書上記載的一點兒也不差！」

大余聽了也不生氣，他用手拍拍小童，意思是讓他先別鬧。他對大宴說：「這樣你可要回答我一個問題了。關於這件事從來沒看見你有什麼事蹟，這是怎麼一回事？」

大宴沒防備他這一句，一下子不知道如何回答才好，他說：「你也沒見過朱石樵有什麼故事，怎麼不問他呢？」

「他是白蓮教。」小童說：「另當別論。你是一向講究什麼『正常』，什麼『人情』，又是攻擊什麼『矯情』的。」

「今天該我壽終正寢了。」大宴笑著說：「不要逼出人命罷。改天再談行不行？朱石樵倒是值得談一談的，真的，改改話題罷。」

「怎麼啦？」朱石樵說：「參加了一個婚禮，又聽見馮新銜也了卻一件大事，吃下兩杯喜酒。都有點顛三倒四的啦？」

「也好，」大余說：「你也說說看，除了小童是小孩子，都要說。」

「小童也不小了。」朱石樵說：「至於我呢？我覺得這件事彷彿是落不到我頭上似的。我也不去惹人，也沒有人惹到我。我大概是這麼一個結果，我不曾搖旗吶喊的要獨身，結果也許一不留神發現自己六十歲了還是一個光棍。」

「不大像！」小童說：「你是還沒碰上你的運氣；也許有那麼一天你彷彿是夢裏出遊遇見了下雨。臉上這裏一滴，那裏一滴的。睜眼一看，是一個女人的眼淚。又像是掉在泥坑裏提左腳也提不起來，提右腿也提不起來，低頭一看是一群小孩子！抱了腿在鬧……」

「就像是你看見了似的。」朱石樵笑著說：「女人怎麼就要哭呢？」

「女人就是要哭的。」小童說：「並且是不顧輕重的。這便是女人兩大特色了。她也許一下子就用你的文稿給小孩擦了屁股，並且還嫌紙上有字呢！」

「完了，完了！」大余說：「一場談話算是叫你給攪散了。我把預先想好的結論說了罷。年輕的男女都要有一個階段有獨身的傾向。這是愛情發展的一個過程，這時期內，他們愛自己甚於愛異性。他們在這時期內所說的要獨身的話也是真情。不過卻甚不可靠。」

「不打自招。」小童說：「你的結論就是這個呀？」

「這是書本上的知識。」大宴說：「倒不怪他。他未必便是說自己心跡。」

「書本上的知識！」小童說：「正對呀！就跟組織構造的書上說的一樣！那隻蛤蟆的心撲登撲登地跳著！」

大家笑了起來，大余也無可奈何。時間不早了。一起回到新校舍去。

大宴這一夜沒有好睡，彷彿在夢裏又參加了一個婚禮，婚禮時間非常之長，新娘看去又似沈蒹，又不似沈蒹。有時彷彿記得是伍寶笙，又像是藺燕梅。不過藺燕梅又似乎不在場，好像是看見她在一個極大的花園裏玩，又唱歌，又和小動物玩，不像是新娘子。不過他記得藺燕梅穿的是白緞子極考究的禮服，還披了白紗。新郎是誰，記不清了。來賓非常之多，走路都覺得擁擠。好像都是熟人卻又只覺得人影在動，華麗的衣服在發光，記不起確實有誰來。早上夢醒了，神志還是暈暈的。

他躺在床上想想自己笑了。便先不起身，索性多尋思一下。這樣一個夢他自己曉得應該如何解釋的。不久，通頭澈尾明白了之後，也就不以為意了。忽然他想到了近身的幾個朋友，用昨天喜筵上的情形來說罷；周體予好像是已經生活在溫柔鄉裏了，范寬怡整個吸引了他的注意力。他常常會無故的看了她笑。想想他在運動場上的氣概真令人有「百鍊鋼」與「繞指柔」之感。「幸福不幸福呢？」他想：「其實那滋味如何不必去管他，只要人家自己願意，便可以說是幸福了。」不過他對這解答並不滿意。「無論如何這裏面有一種空虛的感覺的。」他又想：「不用談幸福的生活本身便是一種虛幻的東西，光看幸福中人的神色罷；周體予簡直是被人豢養的一頭獅子，可憐的傳信禪更如白癡一樣了。何仙姑不叫他吃酒，他便又歡喜又感激地不喫了。有人來寒暄，也竟是她來答對！什麼：『他是在法院做事。』又是什麼：『才畢業，不過是見習的意思！』而那個應當自己答話的書記官傅信禪只有快樂地在一旁欣賞她詞令的份兒！」他想想又生氣了：「瞧他那份兒傻笑的神氣！」

「朱石樵是一個幸運者！」他又想：「他所說的什麼這件事裏沒有他的份兒，以及小童編派的什麼一不留神已經是許多孩子的父親了。二者都是非常可能的。同時也真證明他今天心裏是很簡單的。」

「不對！不對！」他又想：「朱石樵這種不是辦法。他對女人太無知了。這樣是盲人瞎馬！余孟勤又是一個太精明的馬師。因此騎馬對他是一件旅行工具，而不是興味本身也太乏意趣。馮新衙呢？馮新衙？」

「他是熟讀了千百篇小說的一個角色。有意地去做戲，可是必定如學地質的人去旅行那樣，瑰麗的山川，只能引起他想到地殼初形成時的『造山運動』及一些岩石學名。」

正想著小童進來了。看見他還沒有起來，便舉起手裏的小白兔子對他說：「起晚啦？把它給你放到被窩裏？」

「你這個小鬼！」他想：「是什麼福氣？是你性情好罷！這便如同有財富的人一樣；越有錢，越能變出更多的錢。你的性情快活，便能有好的遭遇，而性情便更加快活。有一個好女孩子作知己的朋友，便能有十個好女孩子一起玩，然後又發展出一個最正常的性心理。這心理又培出一個安全的戀愛態度來！」

「你發什麼呆？」小童問：「病了？」

大宴聽了便笑著起身下床來：「我真是有病了。」他說。

第八章

夏季在昆明在初來時，使人們很難覺到，它像是春季的延長，到它臨走時候又和早臨的秋天攪在一起。夏令會的學生們也就在出發時都帶著厚衣服，等他們覺得游泳上來便馬上要穿毛衣時，才像應個景兒似的說：「天涼了，快開學了。」但是這麼一句話也纔祇對了一半兒。因為馬上會有人說：「倒是快開學了，不過明天就又許是夏天。同時一陣雨過去，冬天就又到了。」

新生，轉學生考試放榜之後，學校裏開學空氣便濃厚起來了。新學生及新教授的消息便常常由回城的人帶到夏令會中來。夏令會的人便慢慢地都談起開學的事，這樣纔真感覺到暑假快完了。他們有些人便提議規定出幾天來大家可以在會中招待朋友。請親近的同學來短期的玩幾天再大家散會回校。

這是一種年輕人的心理；彷彿不把心底的快樂分贈給朋友這快樂便保存不住似的。同時，在許多年月之後也只有在故友重逢時爭吵著追述當年情形的一霎間才能把這快樂重新掘發得到。

於是這個提議便馬上得到全體人的贊成。負責的同學便分頭去籌備招待的事，準備住處，接洽團體車票，作大廣告畫……。同學們便三三兩兩地尋思自己要請的客人。不久，規章定出來了；要想請的客人姓名要先登記免得重複，也好叫辦事的人知道個數目。同時廣告上也歡迎自動報名參加的客人。另外還規定了這些客人來到後的活動日程，應繳費用，應參加的服役。大家看了之後便紛紛去登記。客人們的會期是兩個星期。用來玩是很夠了。老會員們都是附帶在會期中有計劃地讀書的。

薛令超和蔡仲勉聽見了這個提議便早早地去幫忙籌備，他們心上暗暗為小童高興。因為小童一直希望來玩卻總不能成功。籌備好了之後，他兩個便要求作進城代表來辦請客人的事。到了這天便出發到昆明來。

他倆進了城不動聲色。到了晚上，才偷偷地去把佈告貼起來，害得兩個人自己一夜未敢好睡，生怕一場雨來打濕了那美麗悅目的廣告畫。又催工役連夜把請帖送出去，單單壓起不發那張小童的。第二天這消息馬上傳開了。多少新生舊生來看廣告。那大張的風景畫真是顯明鮮艷極了。長滿了綠樹的山，清澈見底的湖水，叫人又覺得清涼，又覺得熱鬧。又在許許多多地方畫上了人物。沙灘上曬日光的，草地上伏著看書報的，樹底下遠望出神的，營火熊熊中偷偷喫那未燒好的馬鈴薯的，全叫看的人想飛進畫兒去自己也參加一個。

讀了上面用一首小詩來述說的歡迎詞及簡章後，大家都對有了請帖的人有了羨慕的心情及親愛的敬意。那請帖是一種厚紙做的證章似的東西，可以佩在襟上的。不過是一寸多大的八角形紙片，也做得怪精緻的。有圖案有字，寫著「佳賓」兩個字。所以有些人便開始佩帶了。小紙片在胸前翻飛時，遠遠地也可以看見。

蔡仲勉薛令超設了一間辦公室，馬上門庭若市。他倆想等著小童來時看他說什麼。偏偏等了一上午，誰也見到了只是沒有他一個。伍寶笙同藺燕梅都是他倆請的，都來說過一定赴會，藺燕梅高興得留下來幫忙。余孟勤也有份，他笑呵呵地來了，對藺燕梅說他介紹金先生同沈蒹姐妹。又說小童一大早同大宴去看馮新衙與喬倩垠去了，若知道他們去應該把請帖託他們帶給馮新衙。藺燕梅敏捷地把請帖填好，笑著給他，說：「那麼這幾張是你的事了？別忘了馬上討回信。三天之內，就要出發了，別給負責的人添麻煩。」說著朱石樵進來了，一邊笑著和蔡仲勉薛令超招呼一邊就交錢。

他小聲兒說：「你們怎麼鬧的？沒有請小童？我來請他，我是真正的請。錢也交了罷。給他小胸章，不要用那種報名參加的辦法。」

藺燕梅在旁邊聽見說沒有小童的份，心上不高興。後來聽完了朱石樵的話才痛快了。她看了大余一眼想聽聽大余是什麼意見。這時蔡仲勉已經接過去回答了：「小童這傢伙真是一員福將！我們本想跟他開個玩笑，誰想到他就會下鄉了呢？他的小胸章在這兒！」說著才從自己口袋找了出來。

「朱石樵你的稿費來了？」大余高興地說：「這下子真是叫人喜歡。你也該玩玩了。」

「偏偏這時候有個參加夏令會的機會！」藺燕梅也快活地說：「來，能不能讓我把小請帖給你寫上號碼再給你掛上？」她說著把胸章號碼填好就要給他戴上。

近來藺燕梅慢慢地因為熟識了的關係也常常同他們這一群接近了。她也慢慢地了解喜歡這幾個人了。但是為了她那眩目的美麗常使男孩子們意識到她是一個女朋友。所以終久有點羞澀的感覺。這一點常常使她心底不平，偏要去接近他們，同時也學習了許多男孩子粗直的作風，去掉自己一點嬌羞氣。這事伍寶笙非常喜歡，她曾寫信告訴過史宣文說藺燕梅確已走上了一條康莊大道。

朱石樵聽了藺燕梅的話要他過去由她給佩胸章，不知如何是好了。大余笑了起來，把他推到藺燕梅面前去。藺燕梅看見了朱石樵受窘的樣子怕他難堪便低頭不看他，裝作描一描方纔填上的號碼。再抬起頭來時，大余已經把朱石樵推到面前了。她笑著，裝著方纔沒覺到的神氣把別針在他胸前別好。

「不要戴了，不要戴了！」朱石樵說：「走在外面惹人注意。」

「要的就是這個高興勁兒。」她說。這時大家已經都在看著朱石樵了。他便慌慌地想走出門去。不知道怎麼的，走到門口他就是不敢往外邁步。大家更是笑。他自己呢？也許因為這紙片是藺燕梅給佩上的，也不想摘下來。大余呵呵大笑起來，對蘭燕梅說：「看你把他害的！來朱石樵！我陪你一塊兒出去罷。」他便把胸章交給蘭燕梅，低頭看她給自己戴上，順手拿起了沈家姐妹與金先生的請帖，對屋中各人說了再見便拉了朱石樵一同走了。

蔡仲勉薛令超兩個方纔看伍寶笙把蘭燕梅留下幫忙，及發現蘭燕梅活潑自如地和大家一起工作時，還有一點生疏的感覺。他們去夏令會玩了一暑假對校內時事已經有點隔膜了。現在他們又見了蘭燕梅同大余說話的神氣，一個愛嬌一個慈藹竟如兄妹，一時也弄不清自己心上是一個什麼感覺。又為方纔朱石樵詢問何以未請小童的話所影響，心上竊竊自幸，覺得虧來大余同她兩個人都由自己邀請了。否則真是山中走出來的隔世人，作得不周到叫人怨了。

正在想著又走進兩個女學生來，都是自己不認識的。兩個都有著很好的風度。也稍稍帶點修飾了的痕跡，穿了一色的衣裳，梳了一式的頭髮，一看就知道是一對姐妹。他兩個更覺得自己落伍了。正在不知道怎麼招呼呢，蘭燕梅笑著和他兩個說：「不認得罷，我的兩個新同屋，姐姐是梁崇榕，妹妹是梁崇槐。」

「也是來參加夏令會罷？」蔡仲勉說：「歡迎得很。」

「是可以自由參加罷？」梁崇榕說。她的口音一聽就知道是來自南國的。

「當然。」薛令超說：「是不是這個暑假才到這兒來的？」說著遞給了她們兩張表格。

新生是願意和舊生找話談的。她們說她們是從嶺南大學轉學來的。又客氣地說自己國語講得不好。梁崇榕是學化學的，梁崇槐是學外國文學的。姐妹兩個眉目之間都看出聰明大方的樣子。妹妹眼毛更是長長地挺好看。兩個都是因為轉學吃一點虧，暑假後編在二年級。

「梁崇槐是和我同班呢！」蘭燕梅說：「伍寶笙搬到教職員宿舍裏去後，我不愁沒伴兒了。」

「我猜你們是廣東人，」薛令超說：「夏令會裏你們可以找到許多同鄉。有許多國語說得遠不及你們的呢！」

「我猜你們也一定會游泳！」蔡仲勉說：「到了那裏一定就高興了。」

「不用你猜。」藺燕梅說：「她們在香港的國際比賽裏全得過獎！」蔡仲勉聽了吐了一下舌頭。

「我們也游得不好。」梁崇槐說：「喜歡游就是了。住在城裏游泳機會太少。」她們很快地已經很談得來了。大家便一起留在辦公室管報名的事，接近中午，人來得漸漸多起來，幸虧有三個女孩子在幫忙。纔能夠有條不紊。兩個新學生原來也能幹得很。

他們一邊忙著還一邊談著話。從游泳談到其餘的運動，又談到學校，又談到廣東的風光，又談到說國語對廣東人的困難。

「學會每一個字怎麼讀，不算難。」梁崇榕說。

「對啦！」梁崇槐說：「學會那個腔調，高低，才叫難！一說整句的話，就叫人聽出來了。」

「無論什麼方言都是這樣。」藺燕梅說。

「不過你們女孩子總比我們強些。」薛令超說。

「也不一定。」梁崇槐說：「我們不就是叫你給聽出來了麼？」

「這幾句話說得都不壞。」薛令超說。

「我也覺得女孩子有這種天才。」蔡仲勉說：「那些湖南女生們哪個不是一年過去就滿口的清脆的國語了！真是快！湖南話還是一句也不忘！」

「那麼廣東女生呢？」梁崇榕問著玩。

「會打扮。」薛令超說：「打扮得花樣兒多！」

「瞧我告訴伍寶笙去罷！」藺燕梅護著她的新朋友：「說你們欺負新同學！胡說八道地！」大家都笑了。那個梁崇槐真會作嬌，她聽了這句話就往藺燕梅懷裏倚。藺燕梅居然也小大人兒似的攬著她。兩個半大孩子，真像小貓兒打滾似的。不像誰愛撫誰。

「這樣，藺燕梅。」梁崇槐忽然說：「我的手若是反著帶了你的肩膀底下，就是水裏救人的姿勢了。」她其實並不是反著手帶著藺燕梅，她這麼說為的是掩飾她愛和人膩在一起的樣子。

「你還會在水裏救人？」蔡仲勉說：「真是有本領。我們都是瞎來，沒有正經學過。到夏令會去教我罷。」

「我光會方法。」她說：「我力氣不夠，也從來沒救過人。方法容易得很，學游泳時最後一課就是救人。」她們姐妹兩個已經察覺這裏的男同學說話懇切，直爽，直覺地感到友誼之容易產生，不必像從前要時時檢查異性眼中的氣色，便高興而自在地說話了。又想方纔他們說廣東女孩子會打扮的話，自己覺得有點不好意思。那一方面呢，藺燕梅覺得朱石樵那股子不好意思勁兒怪可氣的。可是想想他們又都是老好人，也氣不起來。蔡仲勉淨想游泳了。薛令超想：「廣東女孩子不但會打扮而且會交際呢！」

三天很容易過去了。這天一早，要去參加夏令會的人就都在南門外滇越鐵路車站集合了。離開車時間還早，便已經齊集了不少學生。小童更是興高采烈。交來一件行李，由蔡仲勉貼上一個條子，便由他扛上肩送去過磅。氣得力伕在一邊罵他說：「看這位力氣不小哇，也可以喫我們這行飯了！」他說：「還不行哩！還要再練練！以後早上沒事天天來練！」

大家上車了。這條鐵路是沒有行李車的。行李過了磅仍要再搬到車上去與客人在一起。小童已經搬不動了，由大家七手八腳地搬上之後，他挑了一堆輭和的鋪蓋捲便躺上去了。

「大宴！」他說：「看見水的時候告訴我。我躺在這兒看不見。」

「告訴你幹嘛？」大宴問。

「我換游泳衣！」他說。「去你的罷！忙什麼！」大宴笑了。

那邊梁崇槐和她姐姐不約而同地問藺燕梅：「這個是誰？」她告訴了她們。

「小童！」她喊：「你別這麼個野孩子樣兒了！瞧人家笑話你！」說著就介紹給梁家姐妹，小童轉過臉來，朝下看見了她們點了點頭說：「我這兒太高。快碰到車頂啦，坐不起來，點個水平的頭罷。點不成垂直的了！」說得大家大笑起來。藺燕梅趁亂小聲兒告訴她倆說：「他說話，做事，淨是笑話，人滿好的。」

「我沒說他什麼。」梁崇槐說：「你瞧行李不都是他一個人扛的嗎？」她生怕藺燕梅把她見外，哪一個年輕人願意被團體見外呢？她這種感覺馬上為藺燕梅覺察到了，她心上覺得自己是大家的老朋友，便快樂得多了。

梁崇槐的話後半句是故意揚聲說的。小童當然聽見了。他便高高躺在行李上面對著車頂說：「我沒有扛上什麼行李來，我的人都差一點是由人家扛上來的！」他的話就是這麼一種氣人的說法。從來不恭維人，也不容人恭維。

車初開時，大家只是起勁地談著昨晚上便怎麼興奮，事前怎麼決定參加，和傳聞的夏令會風光。三三五五的聚頭談話。慢慢地車子開過了呈貢，大家喫著呈貢特產的大桃同寶珠梨，全車的談話便聯成一片了。這一節車是他們包了的。

懷了這種旅行的心情來坐坐滇越路的車也還罷了。事實上這條路一向是被行旅的人視為畏途的。路是狹軌，普通區間車只有那單層木板，大洞開窗，污穢顛躓的四等車。四等車上寫著「四項」兩個漢字。那「一，二，三項」車往往是併在一節上，座位極少，而僅是長程的通車才有。車站上的人把「四項」車的客人同貨物一例看待。彷彿只有少數特權的人纔是真正的客人。管理鐵路的最高的是法國人，其次是安南人，再其次纔是些經他們訓練了的中國人，這些多半是查票員等等。一切同旅客的糾紛全由他們在中間擋頭陣。因為他們能說兩國語言。

自己祖國內長著別人所有的一條交通線，真如同身上有一條脈管不屬於自己那樣可氣。再看了車輛分級中這種明顯的自私態度，真叫人難過，彷彿自己就是由人家捎帶著運的一點貨似的！

從前這條路是怎麼行駛的我們不知道，抗戰之後，鐵路公司與客人們之間的衝突是非常多的，和外籍職工常有鬥毆的事。本國的職員也常挨受旅客你一句我一句的冷嘲熱罵。在這種情形下常常有很難堪的譏諷。

不過政治現象的壽命是很短的，不像科學現象那樣與宇宙同壽考。人類制定的律法所行得通的地域也是很狹小的，不像自然律法的度衡那樣置之四海而皆準。滇越路這現象自從日本人出兵越南之後便不同了。中國軍隊立刻駐防沿線。這種急驟的變化很叫人有感觸，慢慢地可以領悟到世界是一個大沙盤，震動接著震動，平衡接著平衡。世界大同的日子是踏著震動時留下的血跡走到的。那時沙盤上不再有丘陵，人間世沒有分界。現在新式地圖不已經是用「等高線分層設色法」來繪製而不顧政治分區了麼。

旅行時的人，思想是最發達的。帶了書報雜誌去旅行，是把思想裝在囚籠裏。結了婚的蜜月旅行是用姿容代替風景，又戕賊了新環境的刺激來為愛人作飾品。集合許多遊伴一同出門，是一盆常喫的菜換個新盤子裝。然而年輕人這一盤打趣，運動，鬧熱的菜是吃不厭的。因此他們便帶到各處去喫。

夏令會會址是在宜良縣可保村的楊宗海。有一首形容雲南口語的歌謠，原文是怎樣的已經記不得了。大意是說；雲南方言裏一個小池，一個小湖都稱為海，而萬仞高峰只叫做坡。兩三句話便描繪出這山國的特色來，其實雲南固然是多山，但是頗有幾個好湖。並且這些湖又常是很大的。她們高高地居處在幽靜的層巒裏，叫人走上去見她們時意外的歡喜。青松環繞下的湖光山色，靜雅宜人。仰望行雲似乎伸手可及，山風吹來時便想留住這裏不走了。她們美麗中間有一種剛健的氣質。不是艷麗，不是秀媚。令人覺得是可以敬重的好友。

這麼樣的好湖，在雲南頗為不少。大理點蒼山下的珥海，澂江的撫仙湖，都是。這個楊宗海更是線條清楚，輪廓大方整齊。像是個沒有機心，天真快活的少女。碧雞山下的滇池，又叫做昆明湖的，則有一點珠寶氣，像是少婦。不過這昆明湖很大。離開城市這一面，到昆陽一帶去訪她時，又素靜優閒得多了。

火車從昆明往南開，半點鐘就過了盛產水菓的呈貢，從這裏便繞進山裏去了。呈貢是昆明這一個平壩子的極南端。

進了山之後，窗外就沒有了遠景，大家就不大愛看那擦著車窗過去的熱帶叢草了。有人提議說笑話，有人提議唱歌。這又不是開會，所以也不用付表決。大家都會唱的歌便是全車附和，新鮮的歌常是越唱跟得上的人越少，終於那個提倡的人不好意思獨唱便中途停輟了。笑話呢，有的是別人聽過的，或是聽過差不多的，便常有人搶著說或是來補充。

幾個流行的歌聲全從車窗中被他們用年輕的嗓音送進深山裏去了。笑話也說累了。坐在車門口的金先生說：「大家聽我一個建議，我們聯句子，集體創作一個短篇小說。」

「請金太太管記錄。」余孟勤笑著說。他四下裏用眼一找，不見馮新衎，他纔想起來馮新衎聽說正寫小說寫得高興，又不便請假，這次沒有參加。他於是說：「誰出題目呢？」

「先不忙題目。」金先生說：「有沒有題目都不要緊，順了心意瞎編好了。不過每個人都要參加，而且要依了次序說。不該你說時，就是有好意見也不許搶著說，因為那樣會弄得後來成了只幾個人的工作了。」

「我有一個建議成不成？」小童從行李堆上滾下來舉手發言：「金先生請你示意給我們的文學家們；我們的故事要用簡單的敘事句子聯起來，那種又臭又長的形容詞兒，寫在紙上還罷了，用嘴說，我出不了口。別人也沒法接。」

「這一點很要緊。」金先生說：「故事的作風要原始一點兒的。不要現代社會這種虛飾的感情。」

「要半開化民族的故事。」大宴說：「那種極淳厚的情感所造成的故事。」

「那也就是憑空捏造罷了！」朱石樵說：「事實上半開化民族的心理我們是不可思議的。」

「本來就是瞎編的意思。」蘭燕梅說：「還不就是胡說一泡！」朱石樵笑了，看了看自己的小胸章。

「開始罷！」沈蒹說：「伍寶笙把那半個梨扔了，把座位排一排去。」

「接著我這半個梨核兒！」小童說著把手裏的梨趕緊啃乾淨了扔給窗口的大宴。伍寶笙嫌他在車中間礙事，叫蘭燕梅讓出半個座位來，把他推去坐下。大家倚了車廂坐成一圈兒。

「我們為什麼討厭形容詞呢？」梁崇榕說：「只要說出來不刺耳，也可以試著用呀！」

這時坐在車廂外踏腳板上看山的范寬湖，范寬怡，周體予，也被伍寶笙找進來了。范寬湖聽別人講了剛才商議的經過，又見梁崇榕說這句話，他就說：「我也覺得可以用。還有故事裏的人物也不用限制。這樣限制起來，不用說就已經差不多了。比方說也可以有文明人在那半開化民族裏遭遇的描寫呀！」

「好了，好了！」余孟勤說：「其實都無所謂，光聯形容詞也有時有很好的結果。比方說形容一個理想的境界。金先生，開始罷！」

那邊小童和藺燕梅似乎在商量些什麼。他們聽見要開始了就說：「那麼可以由著各人的高興聯了？是不是？」

「不對，」沈葭說：「他們要搗亂。把他們分開。」金先生聽見了說叫小童過來，小童就去站在范寬湖旁邊。

「從那一邊開始，」金先生對那一頭車廂門口的陸先生和本年新聘的文學院教授顧一白先生說：「你們帶起點新學生的膽子來！他們太沉寂了。」

「要不要叫新同學老同學每人在說第一句時介紹自己名字？」陸先生把半斗煙磕掉了說：「有些位還彼此不認得？」

「算了，不用了。」金先生說：「兩個星期過來就都熟成老朋友了。現在不要用任何介紹方式，免得引起生疏的感覺。」

「好！」顧一白先生說：「從我起頭；在雲南的西南邊邊上，深山裏頭有一個部落。」

「那裏的人口近些年來，不知道因為什麼，很稀少了。」一個學生說：「雖然他們佔了山中罕有的一大片草地高原。」

「種族的名字叫做穿顏庫絲雅。」陸先生說，他那個神氣就彷彿真有那麼一回事似的。范寬怡要笑，小童止住她說：「別笑！大家一齊認真起來，夢也會像真事了！」

「酋長的名字就是世襲這個族名。」蔡仲勉說。

故事講下去了，大意是：這一代的酋長到了五十歲還沒有子嗣，他那如花的夫人很想替丈夫物色一位王妃，但是這個國度是永遠不曾有過一夫多妻的事的。所以他們不能想像什麼是個王妃。這是王后從雉雞，從山貍，從水蛇，從牡牛從麋鹿看到的榜樣。她很想引她丈夫也去學習聰明野獸的樣子，於是她告訴丈夫說她得一怪夢，需要從一個旅行去找解答。她便叫侍從準備好五匹馬，帶了精美的食品同酒，出發旅行，第三匹馬乘坐的是她的一位知心女友健美善歌的淑女珊樂顯河。

「珊樂顯河是一種善唱的鳥名。」這個學生解說道：「這是一種長尾纖足的鳥。」

「那四個字怎麼寫？還有『纖足』兩個字說起來也怪不順的。」管記錄的沈蒹說。

「那是一種譯音。」那個學生說，他一邊裝模作樣伸出一個手指在空中亂寫一陣：「原文是這麼一種寫法。珊樂，是善歌的意思，顯河是字尾變化，表示小小的腳爪的意思。」大家看他裝得煞有介事，都高興地笑起來了。大家問了他的名字，他叫桑蔭宅。也是學外文的。是轉學三年級。

「這種鳥還會跳舞。」另外一個學生說。

「下面該誰接了？」金先生說：「珊樂顯河！你把故事岔開了。別脫了槽。還有兩匹馬沒交待呢！」

「他不可以叫珊樂顯河。」陸先生笑著說，彷彿惟有他兩個是穿顏庫絲雅語言文字專家似的：「那是陰性字尾。他該叫珊樂米沙了。」

「乾脆叫沙彌罷。」沈蒹說。

「對。」小童說：「就叫小和尚算了！」於是大家就管桑蔭宅叫小沙彌或是小和尚。他紅撲撲的臉便發光地笑著。

「該我接了。」伍寶笙說：「他們三匹馬乘了三個人。一個隨從也不帶用另外兩匹馬帶了吃的東西，同宿營用的帳篷。」沈蒹一邊記一邊說：「謝謝，省了兩個名字！」

「這天晚上他們到了一條小溪流旁邊住下。」梁崇榕說。跟著她就用了一大串兒的形容詞說那絳色的絲質帳篷如何美麗，襯了黃昏時的原野如何悅目，又說那帳篷上面還繡了彩色的狩獵故事。

「帳篷架好了，珊樂顯河解開了馬勒，放他們自由去河裏飲水，草原上吃草。」梁崇槐接著說。她也學姐姐的樣用了許多形容詞描寫這淑女肢體，容貌動作上的美麗。她們姐妹的口才，和表情都是出色的動人。於是人人眼前有了一個玉琢成的異族女神，站在夕陽下遼闊的草原上，那頂尊貴豪華的絲質帳幕前面，迎了風，用白皙柔輭的手攏她那如絲細髮。大家都神往了。

下面該藺燕梅接，她往小童那兒看看。小童正用眼給她示意。她便說：「忽然一陣大風吹黑了半邊天。飛沙走石裏，把帳篷吹不見了！風才大呢！嗚——呀嗚——地！」

「快接罷薛令超！」伍寶笙說：「再由著燕梅的性兒講下去，珊樂顯河也要被風吹走了！」

「風過去後他們面前出現了一頭怪獸！像是恐龍那種大動物！」薛令超說：「哇——咦咦咦！哇——咦咦咦！怕人地叫著！」

周體予接著說：「這個動物有一個兩隻角的大頭。大嘴，銳牙！身上有鱗！鱗片上有黏液，黏液又腥又臭沾了許多碎石亂草。」

「牠看見珊樂顯河站在那裏，牠就向她衝過來！」范寬怡說：「牠嗅到她身上特有的醉人的香氣便想把她吞下去，正像一盆新烤好的蛋糕引來了老鼠那樣。」

「這個比喻不像，」小童說：「老鼠一點也不可怕，並且這樣說下去他們怎麼抵抗得了？故事不就完結了麼？」

「你忙什麼呀！」大余說：「中間還隔著一個范寬湖哪！」

「這時候忽然另外一匹馬趕到！」范寬湖精神奕奕地說：「一個青年的探險家掮了槍來了！」他形容得非常像一幕電影，他的神情令人想到他自己就是那個明星。依了習慣推想他很可能得到珊樂顯河的愛，又繼穿顏庫絲雅而為那個部落的酋長。

下面該小童接了。大余說：「你恐怕又要搗亂了！藺燕梅一陣風吹走了形容詞。你是不是打算爆發一個山洪沖走這個二十世紀的探險家？」

「我也希望有個山洪在這時候爆發，」那邊顧先生說：「為了這怪獸出場之後，鏡頭太熱鬧了，大家幾乎忘了要講的故事。」

「所以啦，」小童說：「那個怪獸聽見有聲音趕到，就放棄了珊樂顯河，把頭一回，牠伸出一個長舌頭來，就像食蟻獸那樣，輕輕地把這探險家捲下肚去了。不料這探險家雖然已經進了怪獸的肚子，他還是想念著珊樂顯河。怕她遭了毒手，就在怪獸肚子裏把身邊手榴彈取下好幾個，把引線一一拉開。就像小孩子把鞭炮扣在香煙罐子底下燃放那樣，『丁丁，堂堂』一陣響，血肉橫飛。他自己和怪獸同歸於盡。外面珊樂顯河早驚呆了，直到穿顏庫絲雅和他的王后跑來才把她喚醒！」

「換個人記一記罷！」沈蒹說：「全像你這樣一路胡編下去沒完沒結地，累也該把人累死了。」

「你怎麼不知好歹呢？」小童說：「全為了梁崇榕梁崇槐兩大段形容詞，惹出了藺燕梅一場大風。又為了息風，出了怪獸，好容易碰見我這種熱心人纔把天下又弄太平了，故事正好接下去，你還怨我呢！」

這樣，故事便比較平妥地展開了；大風怪獸之後，三個人失去了糧食同馬匹。那時已經是到了一個山叢底下，他們認為是神意如此，便祈禱了上天之後，相攜徒步入山。在山中經歷了許許多多驚險的旅程，也見了許許多多奇禽異獸。王后所要找的幾種動物更是常常看見，無奈從沒有三個同時在一起，如他們三個這樣。她心上便一直是悶悶地。

他們越走入山越深，有一天在一個甘泉旁邊休息。聽著泉聲，王在草地上睡著了。后偷偷地拉了珊樂一下，要她一同沿了泉流向上去找一個小潭去洗浴。她們便提了衣服，赤足從水裏走上去。

珊樂這個名字是大家答應沈蒹簡寫的。因為珊樂顯河四個字說起來省事記下來便太費事了。

兩個貴婦人走上去不遠便找到一個極可愛的小石潭。上面一個四五尺高的小瀑布。那裏可以洗沐頭髮。整個小潭到處都是三四尺深的清水，正好浸潤全身，解一解幾日來的疲乏。珊樂忖度王在下面睡覺一時不致醒來，便聽從后的慫恿，也解下全身衣服一同洗浴。

這時在瀑布下洗髮的后看見石穴裏游出兩尾鱗色鮮麗罕見的魚，她便喚珊樂來看。珊樂這時在自己腿旁邊也發現了一尾。便也告訴了后，兩個人都覺得很奇怪。這時后那邊的兩尾沿了小石潭轉著游了過來。還沒有碰到這邊的一尾，這尾單獨的魚就又游進一個方纔未被珊樂發現的洞裏去了。那兩尾魚，差不多相並的，同在潭裏游了三周，又回洞去了。

看了那兩尾魚像是餐後散步似的，莊嚴地游了三周就回洞去的樣子，后和珊樂都覺得很可笑。對於那另外一尾的行徑她們也覺得很詫異，她們又很奇怪這石潭中只有三尾魚，奇怪何以這種美麗的種族這麼孤零零的。

洗浴完了，王后想起了心事，便在下山找到了王之後，請求王不要問緣故，讓她們在此地再盤桓一天，她說她已經差不多可以解釋她的夢了。

第二天，王又午睡的時候她再邀珊樂上小石潭去玩，兩個人又下水去嬉戲。她告訴珊樂注意三尾魚都出來時，便各守住它們的一條歸路，看看是什麼結果。

不一會兒，那莊嚴，肅穆，幽靈似的一對魚出來散步了，后便用身體堵住了那個石穴。這尾單獨的看見那兩尾出來游近了。就要回洞。洞卻被珊樂擋住了。三尾魚一下子遇在一起。

單獨的一尾顯然地是想逃避的。她忽上忽下，忽左忽右的閃避。但是那兩尾便四處攔截。終於有一尾把她咬住。等候另外一尾也追上來。另外一尾卻又不肯上來。這樣相持了好久。沒有結果。

忽然，先追上去的一尾魚默然地游開了，游到石潭邊上，一縱上了石岸。她左翻右覆在硬石上跳，摔她自己，砸她自己。終於有一下碰開了她美麗的頭顱，死在石上，耀眼的彩鱗也沒有光澤了。又一忽兒她化成了一塊白石。仍是魚形，和大石連在一起，移不下來了。

水裏兩條魚全不知如何是好了。不知道有多久的年月，這三尾魚一直是這樣生活在同一池潭裏的，如今失掉了一尾，以後的年月將如何渡過呢？

后命令珊樂說：「去捉那一尾單獨的魚，卻又不要當真抓著她！」珊樂從命做了。這失去伴侶的一尾忽然活躍起來衝了過來援救。后忙令珊樂停捉，於是看見那尾一直衝過來把這一尾咬住。那舉動之猛烈又似愛撫更似仇殺。一切皆由於親暱。

「你能明白嗎？親愛的珊樂？」后問。

「聰明的王后，」珊樂恭謹地回答：「我實在不能明白。」

「讓我們的王來教給你罷。」后莊嚴地說。她說完將自己的頭猛向岩石上一撞。珊樂忙去拉時，眼前不見了王后只有一株玉色的小草。她跪在那裏哭了。

那玉色的小草慢慢長出一個小花蓇葖兒來，一霎間又開了一朵花。白色，鑲了黃色的邊，如后平日所戴的冠一樣。而后的冠仍遺在岸上。

王在山下久等她們兩個不見下來，便順了水尋上去。走了不遠，聽見了哭聲。他急向上跑，一下子看見了裸體的美麗的珊樂。

王在山上收珊樂為新后。給她加上了冠，就在山上住了一年。他們護了那王后所化的小草下山回宮時，石潭裏已有一群新生的小魚了。珊樂回宮後便生了一個男孩。那種族也榮盛了。那尾石魚仍在潭邊常常有人去憑弔。

這樣一個結果，不可避免地慢慢演化出來。顧先生也聽得入神了。他把沈蒹的記錄要了去細看。大家對這神話也很滿意，不過也引起了熱烈的爭執。

大宴是那個打破僵局說出那尾美麗的魚自殺的人。藺燕梅是那個說王后化為玉草的人。是大余描畫的小魚的熱愛。三個轉捩點把故事給規範成了定型。

「這豈不是成了提倡多妻主義的宣傳文字？」桑蔭宅說：「我們穿顏庫絲雅是不負這責任的。」

「不過那王后和那自殺的魚本來是雖生猶死。」陸先生說：「個體終久都是死的。我們只有在種族的繁盛裏可以見到長生草的影子。」

「這還是不能令人滿意的。」余孟勤說：「活著就是為了延續種族？那麼延續種族有什麼意義？」

「『不孝有三，無後為大』你懂不懂？」小童說。

「延續種族的意義在什麼地方是不能問的！」金先生說：「你一有了生命，你便開始對這責任負債了！不論男性或女性。」

「我看這事沒有辯論的餘地，」一個新學生說：「故事之中還有另外一個意識，就是說三個同時存在是不合宜的，是醜的。這正是反對多妻或多夫制！」

「對了。」梁崇槐說：「那王后最初的理想是她仍做王后，珊樂作王妃。但是總不能實現，結果還是只有放棄。」

「事實上我還嫌這故事太人性了。」陸先生說：「我願他再天性一點。孝賢，你說說看。」

「這事我也是同樣看法。」伍寶笙也發話了：「這該輪到學生物的人發言了。可是小童，好好地說，別一張口又是上帝。」

大宴，大余，朱石樵幾個知道小童脾氣的人全笑了。小童聽了陸先生的話正要開口講上帝，被伍寶笙一句話攔住，差點說不出來，他說：「這小魚事實上太像小人兒了。只有人間有這些新花樣，什麼這個制，那個制的。在生物界這一方面要憑爭奪的。獨身主義更是沒有了。愛情的力量是大的。所以愛的爭勝便推動了進化，也同時延續了種族生命，我們的故事描寫的本是人間的事。至於獨身之後反過來問種族生命的意義的事生物界中就更少見了！」說得大家大笑起來。

「我們還是不要馬上下了結論。」金先生說：「從我們半日的工作裏得來的．點又原始又荒誕的感覺，是我們參加夏令會的好心境，一種異於平日起居生活的心境能給我們休息，不要用熱衷腸的討論給驅走了。第二，結論留到後日他自己從思潮中跳出來時，再捉住他，或者更好些。」

「我說本來是瞎編派麼！」藺燕梅說：「現在倒弄得像是一種什麼經典了。好像舉出了一種寓言之後又從而訓導一樣。我們不要那些個。我們祇拿它當作當真的一件傳說。愛怎麼解釋都隨便，而這傳說依然存在。」她充分表現了年幼的愛好文藝者的浪漫心理。

「這故事是很生動的，」朱石樵說：「可信不可信沒有關係。正如那一對由狼乳餵大的弟兄建立了羅馬城，或是中國的泥馬渡康王的事一樣，神話的根上生了史實的花叫人難解難分，也是不錯。」

大家正說著車到了水塘站了。這裏是滇越路全線最高的地方。車從山嶺上走來再開出不久路右邊現出一片水色。明淨深藍的楊宗海已經看見了。車不停地在半山腰上轉著走。陡立的山坡直下到湖邊，一跌出車去，非直滾到水裏是不會止住的。車滑著向前走，機器聲停了。只間斷地聽到氣閘放氣的聲音。車內的談話也停了，大家聚到這一邊來看。有白鷺隨了車飛，追著機車的蒸氣飛了一段，又側下翼子一滑頃刻間便小成一個白點，許久才落到湖面，然後在水面上一擦，又過對岸去了。慢慢看見了水邊不遠有村落，村邊一個小山上還有一所廟宇，紅色的廟牆清楚地可以從遠處看見。

「那所廟就是夏令會的營址。」蔡仲勉指著說。這樣一句話把沉寂打破了。大家又紛紛說笑起來。都說這風景輪廓和廣告畫上的差不多，而比想像中的還要清爽，還要美。說著又有唱歌的。

「這裏水真清。」小童說：「有點像珊樂她們看見魚的小石潭。」

「你見過那個石潭？」大余笑他。

「但看釣得起那種魚來時，就一定是了。」朱石樵說。

「穿顏庫絲雅！」桑蔭宅合十膜拜，用一種祈禱的腔調說：「都坦諾其，都斯坦諾其尼！」

「念經？」小童說：「土耳其文？」

「不是。」桑蔭宅鄭重地說：「是穿顏庫絲雅文！意思是說，我又看見你了，我終能又看見你了！」說得一車人都笑了。顧先生也高興起來說：「這樣一個旅行團體出遊怎麼會不快活呢！」

到了可保村站，夏令會的負責人已經來接了。他們這一節車是包下的，放在可保村站不再開了的。大家從容地分配了重量，一起把行李搬到那宿營的鵝塘鎮後寺裏去，一路上快樂地唱著歌。新來的人又稱來接的人為穿顏庫絲雅人。弄得人家莫名其妙。

這廟叫做萬安寺。佔地不大，是依了一個小山頭而建的。寺內只剩了有限的幾個和尚。其餘的地方空了出來辦小學校。夏令會佔的是一間大殿，和兩邊樓上樓下的廂房。這幾處原來也是空著的。金先生同沈蒹另外有一間單房。同時他們還給陸、顧二先生也準備了一間房子。他們聽從負責的人指導，先整理好住處，再去打水盥洗。然後休息一下。午飯已經在等候他們了。

休息對他們是不需要的。他們有著多餘的體力。在搖鈴召集喫飯時，范寬湖，小童，桑蔭宅他們都是從寺門外趕著跑回來的。

午飯是很豐盛的。這裏的規矩是輪流做飯，其餘的人可以放心地去玩。夏令會的人希望客人們能做幾天好飯喫，所以這一天特別賣力氣先準備一頓好飯食向他們示意一下。半日的火車，一肚子的水果，和方纔近一小時的休息，興奮了一早上的客人們全餓了。於是極豐富的一頓飯被他們狠狠地喫個精光。飯才喫完，下大雨了！

下午的游泳是算完了。雨下得非常之大，氣溫非常之低。大家穿了厚衣服在寺院殿前和兩廊下看雨閒話。瓦上的雨水直淌下來，把地上鋪的石板沖洗得乾乾淨淨，濺起的水珠乘風飄到臉上，髮上，涼颼颼兒地。大家看著雨談了許多話，認識一下新朋友，又辯論珊樂的故事。慢慢地有人散去休息，直到晚飯時候雨才晴。飯後，隨便去田野看水，看將熟的莊稼，去村子裏玩。所有的鄉間石板路都非常清潔，樹葉、小草都綠得可愛。不久夕陽下山了，他們回來睡覺。到夏令會來第一天所得的印象是一張寂靜無聲的田野圖畫。及一個神異杜撰的故事。

從第二天才開始正規的營中生活。團體活動，短途旅行，地質，生物，社會的常識講演，邊胞的研究，晚會及時事辯論會，唱歌等等。游泳是必修的一個課程，其餘是可選擇的。

這裏習游泳極好。清清淺淺的黃色沙灘在小山背後湖邊上展開。這樣的沙灘，湖邊別處也還有兩三處，不過以這一塊為最大。沙灘後面，離岸二三十丈的地方就是密密的一片小松林子。都還是年輕的樹，也就是兩個人高罷，一片都齊齊整整的。松林下可以避那直射的太陽，也更可以鑒賞美麗的膚色。細沙土上青草長得很滿。草地上曲曲折折地現出一條黃沙的小路，直向那邊穿出樹林爬上層疊陡峭的山上去。小路上面瀉下陽光來，耀得松樹榦上流出來的松脂亮晶晶的。一草一木，一山一湖都露著充沛的生命力，都顯示著整齊飽滿的節律。

在水裏面梁家姐妹最惹人注意，不會游泳的女孩子由她兩個一手包辦來教。她們不但熱心地要把每一個人教會，甚至有誰的姿勢不美，不悅目，她們全看不下去。這樣就不容易了。有的人天生的四肢長短比例不好看，或是肥瘦得不順眼，便很難在幾天之內的游泳練習中把身體上積年的缺點彌補過來。還有些羸弱的體質走下水去就心跳，水深及胸便要眼暈的，就永遠鼓不起勇氣來把頭浸下水去。受大家的鼓勵性的嘲罵所激動，拚死橫心地撲通幾下水，必是把人家梁崇榕梁崇槐滿臉都濺得水淋淋地再去水裏把她撈起來，這樣已足使她這一整個下午駐足沙灘上不再試了。

藺燕梅和伍寶笙這天來得晚一點。她們在草棚裏換好了衣服，紮起了頭髮就一同走了出來。她們兩個是不愛戴游泳帽子的。梁家姐妹都戴游泳帽，那尖尖滑滑的帽子正是要她們姐妹那樣的人戴。像魚似的迅速地由碧波下鑽出頭來，吐一個泡兒又潛下去時，帽上的水光就在太陽下一閃。藺燕梅比伍寶笙游得好。她很想和那個天天把游水掛在嘴邊上的小童比一下。到了這裏才知道小童有無邊的力氣，他雖然多費了許多無用的動作，仍舊可以游得又直又快。不過她雖比不上小童和蔡仲勉；比起其餘一般的男生就都強多了。再說姿勢的美麗，直可以追上梁家姐妹。梁家姐妹的技術是全營新舊男女會員之中最好的。

藺燕梅只游英國的自由式。這是很好看的一種式樣。同時也是很快的。游起來，身體平匍著，游得快時很像擦在薄薄一層水面下的魚雷。梁家姐妹游很多的式樣。而且會許多教授法。

還沒有等她兩個坐在沙灘上休息好。范寬湖和范寬怡兄妹來了，也換了衣服出來。他兄妹兩個的衣服質料顏色都十分好，不過范寬怡的技術，實在不高明。她也不要梁崇榕、崇槐姐妹來教，她只是在水邊玩玩，沙灘上玩玩。范寬湖更衣下水那氣派很叫人愛看。他潔細的皮膚，粗壯的四肢，寬厚的胸脯，都叫人有痛快的感覺。他的技術如何不容易給人正確的印象。他也很少如蔡仲勉那樣每天在游泳時間規定出一個期間來不玩不鬧埋頭苦練。他也不像小童那樣下得水去便拚命游，要遠要快，要和人玩笑非至筋疲力盡，決不上來。蔡仲勉和小童的辦法行起來之後，人人可以見到他的程度。范寬湖則不同了。「他的游泳正如許多他的其他活動一樣，是表演性質。」從小童這句話裏可以看出范寬湖的一部份為人來。他也許潛意識裏有一種感覺，他感覺到自己比別人優越。一同游一同比賽，似乎是不應該的，不過給別人作個榜樣，則是很對的，甚至是自己的一種天職！小童那一句話還有另外一半也可以記在這裏，他說：「一個人的行動是表演性質，倒也不錯，忘了是誰說過：『我們活著是為了看，同被別人看。』可是蘭燕梅呢？我老覺得她的生命是一種表演性質的生命。上帝把她造得太不平常了，整個她的生命恐怕都是表演給學習的人參考的。這樣想時，我就非常害怕。覺得她的使命太殘酷了。」

范寬湖的游泳，梁家姐妹最稱讚，尤其是妹妹梁崇槐常常自己停了下來看他。在他游到身邊時，或是在沙岸上沒有別人時，她用贊許的眼光笑著看他。有時也說一兩句精巧不俗的稱讚的話。

可惜這些話不知道怎麼一回事，常常落了空。范寬湖有時聽了笑一笑，有時連笑也忘了。更可恨的是他有時也不大注意到梁崇槐的游泳姿勢。他只是自己走下水去。將身子向前一縱，便如一條小汽船。足後面冒著白色水沫。聲音像是壓悶了的一面急敲的小鼓，便出這鼓聲和一個近二尺直徑的白球在他腳下把他像箭離弦那樣一下子直射出去。水裏的波浪便如他的奴隸，退到兩邊分行侍立，他游過的地方在水上壓出一條平滑的路線，從高處看下來，就可以見他在碧波上衝出一個美麗的圖案，他的身子是一個三十度角的頂點。波浪被他衝開，留在後面，長長遠遠的兩條線，許久才消失。他的兩條手臂如意地揮送著水。

他便常常這麼游一下，這時，不僅是梁崇槐，或者是她的姐姐，所有會游的與不會游的，就全站著了向湖心望著。他游了一下便轉回身來，也許背泳，也許側泳，用一種無聲的姿勢回來。游到水淺的岸邊了，把頭浸下水，藉了水的重量把一頭細髮向後一拋，平伏地倒在頭頂上。再站起身來，全身上那種似乎薄薄地有一層油脂的皮膚上，便存不住一點兒水，只有幾個向下滾的水珠兒在陽光裏睒睒一下亮閃閃的眼睛便笑嘻嘻的又滴下水去。像荷葉上的雨珠一樣。

現在他換了衣服來了，看他妹妹下水去玩，自己卻在岸上立著。藺燕梅看他走過來了說：「范寬湖，我們在夏令會快結束的時候辦一次游泳比賽好不好？」

「我們自己會員之中，不用辦比賽的。」范寬湖朗朗地說：「誰的底細，誰也知道。」

「你的底細我們就不知道。」伍寶笙說：「也從來不見你和別人比，或者是教別人。」

「別人自有人教。」他說：「比呢？不好。」

「姐姐。」藺燕梅說：「讓我問他一句話：范寬湖，你說別人的底細你都知道，那我們就放開你的底細先不問，你評評幾個游得好的人的分數我們聽聽看。」

「這個容易。」他說：「用跳舞來做比罷；梁家姐妹好比跳舞學校的跳舞教師，跳的一點也沒有錯，不但不會有錯，都已經太沒錯了。她們會的步法也多，同時又能教，但是我不給她們很高的分數。或者可以說她們是在被品評的圈子之外的。但是許多人不是這個看法。因為她們能教，便把她們放在第一位。連蔡仲勉的水中救人不都是從她們那裏學去的嗎？其實我覺得他們大家都可以算好的。梁家姐妹那樣已經是無可再好了。女孩子都不必學什麼練功夫似的救人的。蔡仲勉，小童也各有長處所以都該有第一等的批評。」

「他的話裏有話，藺燕梅你聽見沒有？」伍寶笙說：「這話不是僅僅表明他自己的底細高明些而已！」

「伍寶笙，你的妹妹已經夠聰明的了，還加上這麼個細心招呼的姐姐，真叫人在你們姐妹眼前不敢大意！」他笑著說。

「是不是這樣你就把那半句話嚥下去了？」藺燕梅說：「我們挨罵的話也願意聽的。我們也不教人，也不和人比。大概也是被人看不清底細的。既然遇見高明，請說出來罷！」

「小姐，我不敢藏半句話的。」他微微地欠一下身說：「現在用走路的姿勢作比方，游泳不過是行水路。你們自己心上何嘗沒有這種快樂；覺得自己的步法，轉法，全合著自然的節拍，游下水去，不使水神覺得冒犯。女孩子千萬不要做跳舞教師，也不必做海旁救人者。有了危險，會有人救的。你們是叫我眼眩的，僅有的一對人魚公主！」

「年輕的貴族。」伍寶笙覺得這美麗的男孩子用這樣自傲的口氣來阿諛她們姐妹的神氣是怪好笑的：「我們還聽不慣這種高貴的應酬呢！」

「引人迷戀的電影明星。」藺燕梅學著說：「藺燕梅覺得電影生活是淒涼的。下了妝之後自己也不認得自己了。」

范寬湖一時被這兩句話打暈了，他沒有能回答得出來。他笑著說：「我們三個能一齊游一趟嗎？」

「我想我的妹妹願意的。」伍寶笙隨站了起來：「我可以陪她。」不料這一句話得罪了這個妹妹。她不回答，不站起來。伍寶笙明白過來笑了。過去拉她一把說：「這個傻姐姐說的真不叫話，回去再生她的氣罷，別叫她站在這兒難為情。」藺燕梅看了范寬湖一眼，隨了姐姐站起來，三個人並著向水邊走。藺燕梅走在中間，伍寶笙在她左邊，范寬湖在她右邊，水裏，岸上的人便都看著他們。

水裏小童對大宴說：「你說他們三個站在一起像什麼？」

「人怎麼能像什麼？」大宴說：「他們膚色真好看，站在一起耀人眼，像三個玉人。」

「不對！」小童說：「像一團上等奶油冰淇淋！」大家聽了大笑出聲。把藺燕梅笑得不好意思，便先向前一伏，游出去了。兩個人也隨著下去了。

順了沙岸下水，往左手游一遠，便到了那座有上坡小路的青山腳下。那山腳下的水是很深也很冷的，只有會游的人才去游這麼一趟，來回有三百多公尺不到五百公尺遠。兩個女孩子都能很容易地游這麼一個來回。平時也就是這麼游的，所以三個人依了習慣就並著游過去了。

「姐姐，他們剛才笑什麼？」藺燕梅等到游遠了才小聲兒問：「是不是笑我們？」

「也許。」伍寶笙說：「不過我們也沒有什麼可笑的地方。」

「不見得是笑我們，」范寬湖接了過去：「彷彿是小童說了一句什麼笑話。」

「也許就是那笑話是說我們。」藺燕梅說：「不管他。游一趟快的！」說著三個人就把速度加高。人在用體力時，心智活動便減低了。她們三個自己覺出了姿勢正確及發揮體力時的快感。那種感覺用節奏作工具把人的心思引開了，正像音樂用節奏作工具把人的幻想漾開了，漾到一個更神秘縹緲的湖中去沉潛一樣。

那邊青山小道上，正有兩個人走下來。看見了清波下三個游泳的人，便一齊站住了腳。一個是顧一白先生，一個是余孟勤。余孟勤手裏有一個小藍粗布包袱。

「像這麼一個悅目的鏡頭，真是不知道叫人用什麼來保存好。」顧一白先生說：「這一片湖光山色，這水紋，這微風，還有水裏游著的人！用音樂？用散文？用詩？用畫？」

「方纔顧先生已經說過了：『這麼一個悅目的鏡頭。』」余孟勤說：「那自然是用照相了。」

「照相對這個確是十分合宜。」顧先生笑了。他雖然是今年新聘來的教授，雖然他還沒有授過一小時的課，他已經對這個大學的學生十分滿意了。他接著說：「可是照相旁邊還要有幾行小註，因為一同要保存的還有這一份心情，這一點快樂的暑假的回憶。」

「顧先生，那只有這樣說了。」余孟勤像是接受一個考試：「我們只有用我們的眼睛照下這眼前的一霎。把影子印在心上。我們一生可以看見許多美麗的攝影，可是如這種有精神，有感覺的回憶是不多的，而又是一縱即逝的。偶然注意到了，必定終身不會失掉。」

水裏游的三個人已游到山腳下青石巖的附近了，他們一回身，便靈巧的掉頭向回游去。青山很高，小路在山腰上，看不清水裏是誰。只能從衣飾上看出是一男兩女。男的短褲是黑色的。兩個女人都是淺色的游泳衣。轉身時，那光露著的上半個背部同圓圓的肩膀便隔了水光閃了一下。

「是梁家姐妹罷？」顧先生說：「男的是誰呢？」

「不像是梁家姐妹，」余孟勤也正向水裏打量：「沒有戴游泳帽子那一定是伍寶笙同藺燕梅。」

「那麼男的是童孝賢了罷。」顧先生說。

「也不像，」余孟勤說：「小童下了水，不大愛找女孩子玩，他喜歡鬧，他嫌女孩子太文氣了。顧先生，時候也不早了，我們索性在這裏坐一會兒，到喫飯時候再下去罷。」

顧先生點了點頭，兩個人便一同坐在路邊大石上，看著水裏三個人去遠了。進入了沙岸邊上的一群裏也分不出誰是誰來了。

「今天晚上你打算怎麼樣？」顧先生說：「這種邊民的集會是不大容易得機會參加的。我自己都恨不能把演講改期去看一看呢；若不是因為這次演講已經是改過一回期的了，我真要這麼做！」

「我們同學的紀律很好罷？」余孟勤說：「整個夏令會的講演只有顧先生這一次改過日子。其實去昆明一次沒能趕上車回來，真是冤枉。比這次參加散民的拜火會來真不知道差到哪兒去了。」

「快決定罷，」顧先生說：「若不然我把稿子給你，你今天晚上替我一下。我去參加。」

「這樣不大好。」余孟勤說：「人家要我們守秘密的。這下子又要傳開了。我還是去。那件事怎麼辦呢？」他說著拍了拍手裏的包袱。

顧先生聽了，想起方纔水中兩個美麗的女人身型。他說：「你同誰熟？要一個懂得音樂跳舞的，還頂好是學文學的。」

「那只有藺燕梅了。」大余說：「其實在全體中她太受人注意，我寧願去請伍寶笙。我和她熟些。」

「這不是一種社交活動。」顧先生說：「也不是光去玩玩。還要從他們拜火會裏找點我們要找的東西回來的！我聽說藺燕梅暑假前在一次春季晚會裏表演過的。她既是這麼能歌善舞。我們該推她做一個文化密使，去參加的。決定了就是她罷。你不過是護從我們密使的一個武官，我們密使的人選不能由你決定的。」兩個人一笑站起身來，順了小路走下山來。這時候太陽已經快靠到山尖了。湖邊地低，便先暗了下來。一切景物的色調一齊變深。人在這時往往會心一靜，想起心事來。

余孟勤有時候叫人覺得殘酷就在這種地方；他不容易為任何事物迷惑了他的分析力量。他可以常常保持他心境之冷靜，然後自然地檢討，批評。這樣的人批評出來的話便常常靠得住，常常顛撲不破。甚至有時在他發起脾氣時也能忽然冷靜下來，而從事思想。至少不會失言。這也是日積月累在學校中造成他名望的原因。老朋友們常有人說他不可愛，他便呵呵大笑，說：「順從迷惑，而說點半醉的言語，倒也是可愛的一個行為哩！」這句話是相當有道理的。

他今天又殘酷地想了一下，他笑著對顧先生說：「顧先生，你覺得金先生、沈蕪一對夫婦是不是理想的？」他的話常是繞著彎起頭的。

「他們確是值得羨慕的一對。」顧先生答：「我聽說你曾經激烈地反對過金先生結婚。」

「我是反對過他結婚，」他說：「倒不是單說他們這一對結婚不合適。這話說起來太長了。我現在的意思是人之材具不同正如物件一樣。方纔顧先生說去看拜火會以請蘭燕梅為宜。我因想起好些鏡頭來；燈光底下，交際廳裏陪了梁家姐妹是值得驕傲的。穿了薄薄春衫，在一個晴好如今日的早上登名山遊勝蹟，攜了一根手杖，看看身邊伍寶笙穿了敞領的白綢襯衫，她白色的鞋底走起來是沒有聲息的。健美的體態，不修飾而耀人的容姿，手裏也有一根軟竹鞭，誰的臉上也不免微笑浮開的。另外有一個淩希慧，顧先生你沒有見過，她現在休學去仰光作記者去了，她應該出現在無人的森林山嶺裏同男人一樣，穿了厚厚的草綠色短裝帶了圓頂防日晒的盔帽，手裏也有一桿自衛的鎗，在那猛獸出沒的山谷旅行。跳出一隻豹子，近在十步之內，她也會不慌不忙瞄準射擊的。還有一個叫做喬倩垠的，看她清瘦聰明的臉，端了一杯苦藥皺眉，耳中聽著關切的人規勸她開懷一點，她卻苦笑一下拒絕拖延這無心緒的歲月，那情景也是親切協調的。……」

「那麼有蘭燕梅陪你去偷著參加散民的拜火會就再協調也沒有了。」顧先生攔斷了他的話：「別把人家女孩子看得太透澈了，還是迷糊一點才能有快樂。你難道說人家長得那麼標緻就為了陪你看一次拜火會？」

「顧先生先別忙著給我定罪名。」他笑著說：「我方纔的意思是說各人有各人的長處，當然每人長處不止一種，我不過是舉例說說罷了。事實上我想像那些圖畫時，心上並未想到旁邊上有我自己在內。我也正奇怪，如果今晚上能約到蘭燕梅一同去得成的話，自己竟會成了畫中人物呢！」

「那樣說來，你那一大串的描寫結論結在什麼地方呢？」顧一白先生緊接著問。「我以為結在今晚能一同去看拜火會確是以蘭燕梅為最宜上呢！」

「是結在這樣。」他說：「不過下面還有半句，就是，可惜她們都不是十全的，而人的生活是多方面的。」

「罪過！」顧先生說：「聽了你不少獨身主義的論調了，才知道是你造孽的結果。這話是一點也不迷信的。你這種挑剔的人也只好獨身算了。」

「這也是十分協調的現象！」他苦笑地說。

「我再舉出幾個協調的現象給你聽罷！」顧先生說：「十六七歲的女孩子會憂鬱不樂，而自己無故的想哭一下。自己也說不出理由來。十八九歲的女孩子喜歡批評別人打扮得太花枝招展了。廿一二歲時會跟鏡子說話。會背了人自己修飾。也懂得臉紅了。說得快一點罷，廿六七還未結婚就不大順眼，卅歲不會帶孩子比不識字可嚴重得多了。這些個，若是把時間弄錯了，便不叫人舒服，你說對不對？這裏我不指出某某是某某。村婦，或王后，女人能如此是至少應當的。至於別的文采，總是『繪事後素』。你覺得如何？」

「這本是很自然的。」他說。

「你也許還不肯承認你所要求的十全是並不重要的。但是你第一步總可以知道，那種十全是不可能的。不論是男人或是女人，而在結合時也許正不需要十全，而結合後也很可以再努力適應。」顧先生說。

「總是能多一點美點才好。」他說。

「事實上往往只一個因素就夠了。那就是：因為他或她是異性。」顧先生把話停在此處，再轉回老題目：「所以如你這麼一個人，十七八歲時起始愛自己。廿歲出頭，意外地因自愛而得到了別人的推重。廿四五歲因觀察別人的戀愛或看戀愛小說而在心理方面一下子跳過了向異性追求的階段，到了攻擊戀愛，禁止自己涉足情場的時期。然後日子長了，自己無意中養成了一個挑剔的態度，以免信心動搖。依我看，你將來有兩條路可走。或是一個脾氣古怪的獨身老學者。或是中年時稀裏糊塗地結了婚。那時候你再羨慕金先生今日的福分，可就來不及了！」

這樣的話，余孟勤是可以聽得下去的。他笑著說：「修改一下這條路；作個老學者，而脾氣不古怪，行不行得通呢？」

「何必這麼死心眼兒？」顧先生說：「我看女同學中真是有不少出色的人品，聽你口氣，也都有來往。從平常的接觸中你更是在她們心上有地位。為什麼不及時留神呢？日後晚了必定後悔，這且不說，看了你這無動於衷的樣子真叫人覺得你今天已是『摒除絲竹入中年』了！」

「我想我不是無動於衷。」他說：「倒真是『摒除絲竹』了。我是有用意的。我嫌她們交友太容易。我想我們不必與狐貉同穴，湊那個熱鬧。讓那些公子們去訪花。我們有許多人都只是『君子之交淡如水』。」

「真想不到有比我這半百的老頭子還更古板的年輕人！」顧先生仰起頭大笑起來：「這樣的執意下去誤人誤己！那些胡來的，耳中傳聞的事不去管他。單說你周圍這一群，男孩子，女孩子，倒是個個可愛的。再說戀愛也不是什麼不君子的事！」

「戀愛卻也是勉強不來的。」余孟勤不想再談下去了。他如此結束這話柄。他心上也自知理虧卻不願把自己弱點揭開。顧先生聽了笑一笑，也就不再往下說，他怕自己的話說多了，一下子激刺了這年輕人，打了更死的主意，甚至聯想到今夜去偷著參加拜火會也是戀愛活動，而中途改變意思不去。老先生自己想著，眼前又現出半山上看三個年輕男女在水裏游泳，那美麗的一幕來。一時竟覺得自己比身邊這個半大人兒還年輕一些哩！他們不覺已經走到萬安寺門外了，才各人收拾起自己心思。這時小童和幾個人在寺門前擲壘球玩。一個球滾過來。他追到他們面前才把球追到。然而已是下了寺前石級了。他拾到了球，扔了回去，順手牽羊把大余手裏的布包搶在手裏。

「一個下午上哪兒去了？」他問。「『不義之財，見者有份』，是好喫的罷？」兩個人看布包已經是在他手裏，無可奈何，只有叫他別吵。他打開一看是一身女人衣服，寬胸大袖的褂子，大腳管的褲子。白地細花，全是刺繡的。卻是布料子。袖口，褲腳，大襟全有三寸寬的深色繡的邊，此外包頭布，腰帶，有羊皮金的「皮啦蹋」花鞋，一應俱全。

「好講究！」他說：「散民衣服！哪兒來的？」

「告訴你不要緊，今天晚上以前別再告訴別人！」大余說，顧先生助他一邊忙把衣服包好：「我們下午翻過湖邊的山去一同去看顧先生一位研究邊民的朋友，他在那邊順了湖邊山上小路一直走過去不遠的一個散民村裏教書，同時研究他們的風俗等等。他說今天正巧晚上有他們的拜火會。這個會漢人是不容易參加的。不過那裏的土司很開通特許他參加。他又介紹我們參加。參加的男女要成對的。他自己有土司代想辦法。我們呢，就要找一個人穿了這衣服去。這是土司特許，怕萬一他的百姓不高興怎麼辦呢，這就是化裝的理由。這會一定很有趣，內容主要的是歌舞，也許就是跳神。我們去了回來會講給大家知道，今天要是被大家知道了，一齊鬧著要去就不好辦了。」

「顧先生！」小童說：「你化裝成女的？」

「哪裏的話！」顧先生說：「那會場中央燒起一大堆柴火，照得人通亮的。怎麼化裝得了！」

「那麼是請別人了。」小童說：「這裏只有一套衣服，顧先生你不去了？」

「我是不去的。」顧先生說：「晚上我又有演講。」

「對不起，顧先生。」小童說：「晚上您的演講我不能聽啦。您化裝不了，我化裝得了。我去。」

「不成。」顧先生說：「已經定好了，要請一個人去了。」
「是誰？」他問。
「快別告訴他！」大余忙攔住說：「這一個夏令營二百多人他全認識。他不定會出什麼鬼主意。」
「算了！」小童說：「你不打算說，我還不打算知道呢！」這時候飯鈴響了。他說：「喫飯去罷！」等一下他又說：「大余，你自己不化裝？穿了襯衫、西裝褲去？」
「他們男子的服飾已經漢化了。」大余說：「我到那裏再說，臨時借一套他們的粗布小褲褂就是了。」說著已經走進飯廳，大家一起喫飯，便談別的不怕人聽的事了。
大余把晚飯早一點兒吃完，到外邊去等蘭燕梅。不一會兒伍寶笙同她一塊兒出來了。他同她們走到寺院門口人少的地方。
「蘭燕梅，」他說：「能不能跟你姐姐商量一下，請她放開你一會，咱們背著她說一兩句話兒？」
伍寶笙聽見噗哧笑了。她推了蘭燕梅一把說：「快去，快去，瞧他那個哀求的樣子！不用商量了。姐姐答應。」
蘭燕梅紅了臉說：「姐姐，你怎麼幫一個醉漢欺負我？咱們走罷。」
「聖人。」伍寶笙拖住了蘭燕梅，問余孟勤，又看了看他手中的布包：「你大概是真有要緊的事。」
「沒有事我不是瘋了嗎？」余孟勤一直是笑著他知道有這個賢明的姐姐在場，這個小蘭燕梅只有乖乖兒的。
「去罷，燕梅。」她又推她：「別在有正事時鬧小意氣兒！走，他要是騙人，回來咱們再講理，別先作了壞人！」

「有什麼話當了姐姐講，背了姐姐的話我不聽。」藺燕梅說。還瞪了人家一眼。

大余一看不成功，說：「我告訴完了你，你再去跟她說，我就不管了。真有事，來罷！」

伍寶笙聽了，伏在藺燕梅耳朵上說：「你折磨得人家也夠了。去罷，去罷。醉漢，瘋子，聖人，三種都是差不多的作風，都比貴族同電影明星可愛。」藺燕梅本來也是鬧著玩的，她便向余孟勤身邊走，心上還有一點兒氣姐姐末了這幾句話，不過既然沒有被余孟勤聽見，也就算了。說著三個人已經走出門。伍寶笙自去散步去了。他們分了手，伍寶笙喊：「燕梅！還有等一下你回來，姐姐也不要你說出來他都說些什麼事！」這話她說完就跑兩步追上梁崇榕、崇槐姐妹一同說笑著走了。那邊藺燕梅聽得一肚子的氣。她對余孟勤說：「瞧！你這個人說話這種沒分寸的勁兒，叫人多麼為難！有什麼事，快說罷！」

大余早被女孩子的小話兒弄糊塗了，他一個人在那兒出神，他已經想到飯前在山上同顧先生說話時，自己把許多女孩子挨著個兒想了一遍的時候只注意到了她們的異點，未注意到她們的同點。他又想起顧先生的話：「只一個因素就夠了，只要他或她是異性。」把這句針也似的話和今夜行將展開的一幕聯想起來。他自己心上有一點不安起來了。

然而藺燕梅的美麗是不可抗拒的，她給別人的印象又是完整至善的。她現在用責備的口吻問自己話了。自己是忍不住要回答的。何況這話又是自己提起頭兒來的呢？當了這樣一個女孩子胡思亂想是犯罪的。當真和她說定了，又是一件冒險的事。他不敢在心理準備充分之前冒冒然跌進愛情裏去，雖然他的老主張忽然從根基上動搖了。

藺燕梅見他不說話，想到方纔自己的口氣不對了。「那樣的口氣說給姐姐聽不要緊，說給小童聽也不要緊，」她想：「說給聖人聽真是不應該。」

「大余。」她笑了一笑：「好了。我現在等著你說是什麼事啦。這兒沒有人，可以了罷？」

余孟勤狼狽得很，他也忘了解釋自己為甚麼出神，只趕忙藉了解說散民火會的事掩飾了心上的紛亂。他說完了也忘了問一下人家是否同意，便打開布包找出衣服來，告訴她一件一件是應該怎麼穿法。

這些東西既然放在眼前，那穿法藺燕梅是一看就明白的。她見大余那種又像上課又像命令似的口氣，也忘了他是來和自己商議的。便不敢考慮地把衣服接過來抱在手裏，說：「我馬上去換？」

「還早，路近得很。天黑了才出發呢！」大余說完，像被釋放了的犯人那樣匆匆走開了。生怕再翻了案追來一件逮捕公文似的。

這時雖然已經快到八月底了，白晝還正長。山裏面固然太陽下去得早卻也不那麼黑得快。藺燕梅滿腦關於散民火會的問題還未出口，余孟勤便一下子走掉了。使她心上又不懂，又不高興，抱了衣服一個人站在那裏。近處遠處有樹的地方全暗了下來，田野裏似乎小動物們已經開始到處跑了。晚霞暈人的美麗。

她看了天色還要有一陣才會黑，便走到一棵大樹下去坐了想心事。樹巔上一隻又一隻烏鴉落下來回到巢裏去。那邊無人的一條小徑上有一隻野兔竄過。自己坐的大樹根下有，頭小田鼠探出洞來，正巧一陣小風吹過，一枝小草打在牠的頭上，牠又忙撥頭回洞去了。

她想：「野兔，田鼠，山貓，黃鼬，都要在夜晚出來玩的。他們今天晚上就要看見我了。他們就會看見我穿了這種寬寬的花邊衣服同撒金的鞋子在月亮底下無言地隨了大余走到湖邊，悄悄地從湖邊小樹林中的小路上曲折的盤上山去。那時夏令會正舉行演講節目。誰都靜靜地在聽顧一白先生講演。他講的是我主修功課上的題目。學物理的，學化學的，學土木工程的，學機械的全在那兒聽，可是我就隨了余孟勤一直上到那山上去了。

「沒有人看見我們，沒有人知道我們，沙灘上沒有同學賞月，水裏沒有人夜泳。我們就像作賊似的小著心翻過山去。一路上全要依憑余孟勤領路。

「山那邊是散民們歡會的地方。我們不是散民。山這邊是演講會的時候，我們溜掉了。我又要那樣不言不笑，穿在那樣的衣服裏邊，裝作一個散民女兒。」想到這裏她忽然記起來；顧先生的那一位朋友曾經到夏令會中講過一次散民的事的。他說過散民女孩子訂婚嫁娶都很早。未字人的女兒帽子是尖的，是偏著戴的。已婚婦女才正戴了另外一種圓帽子。為了免得年輕男子的引誘。她想著就忙打開包袱一看。這裏準備了一頂帽子正是一頂圓的。她把帽了拿在手裏想。

「這樣正好。免得臨時有人來麻煩。可是余孟勤真欺負人！他為什麼不先告訴我？

「這帽子竟會像是黑絲絨的！這些小花兒繡的真精細，這個小玩藝會是一頂帽子！真笑死人了！

「余孟勤他也會玩？還會找出個大題目來！什麼『文化密使』！我就不信一個人會完全不玩！平常音樂會，美術展覽在昆明開時常聽到他的批評的。可是為什麼他沒和我談過我的跳舞？他太大人味兒了！無論如何，他脫不掉學究氣息！真可憐，玩也要找題目！

「他不評論我的跳舞也許是嫌我的舞太小孩氣了？」她忽地又想：「也許是太幼稚的學究氣了！

「不管怎麼說，他應當評論我的跳舞。除非是他曾經背地裏批評，不肯當了我的面說，因為我們不熟，因為我們不夠交情。

「可是這樣的評論怎麼不曾傳到我耳朵裏來？大概是我的舞不好的緣故？那麼怎麼他們又那麼狠命地鼓掌？狠命地一有遊藝會就逼著我唱，逼著我跳？

「散民也許不歡迎我們，我們又許不能叫同學滿意我們的使命。還許有人諷刺我光是喜歡跳舞！

真是倒霉了！

「余孟勤的眼睛為什麼那麼兇？他為什麼單找我欺負！他小時在家裏也就是一板正經的大人樣兒？他不跟媽媽作嬌麼？他沒有媽媽愛他麼？」

天色已經黑了。她抱了衣服走出樹蔭，到了小路上。她想：「月亮快出來罷！這樣的黑路真不好走！小黃鼬的牙齒很尖的！余孟勤不知道心細不細，同他一起走夜路，別叫小黃鼬咬了我！別叫刺草扎著我！

「松鼠都會咬人呢！荷蘭鼠就偏那麼乖！余孟勤真可笑，有力不會用，捉荷蘭鼠又不是打人，用那麼大的力氣一跳，會摔到地下，緊緊地捉住我的腳！」

她自己又笑了，就跑著回到寺裏來。到了院裏，余孟勤正在門口等她。許多人在院裏等著演講會開會。她看見余孟勤正想對她說話。又看見伍寶笙走了過來，她想：「余孟勤，你這個粗心的人。你也沒告訴我在什麼地方會齊出發！我不理你。我去跟姐姐說話。」

「燕梅。」伍寶笙說：「話說完了罷？怎麼你一個人這麼晚回來？我在前邊給你佔了一個座位呢！快講演了。」

余孟勤正是要來告訴她在什麼地方會齊出發的。她心上不知道為什麼不願見他，偏不等他說話，拖了伍寶笙一把，就躲開他，兩個人上樓到宿舍去了。

到了樓上，藺燕梅看見屋裏沒有人，就把大余要她去參加拜火會事一五一十的全告訴了伍寶笙好像才解了心頭無名的氣恨似的。伍寶笙驚奇地聽著，又看那一包衣服。

「你說我該怎麼辦？姐姐！真就這麼跟他去？」

「答應了人家怎麼不去？」伍寶笙也不知道怎麼好了：「不要緊，早點回來就是了。余孟勤會保護你的。那會一定非常好玩的。我都想去呢！就是深更半夜的，多害怕呀！」

「我也害怕！」

「可是這樣不成！」伍寶笙說：「人家會罵你這文化密使不盡責的。還是去罷。你有武官護送呢！」

「我不要他保護。」她說：「姐姐！咱們兩個去！你化裝成男的，咱們去！」

「別傻了，燕梅！」伍寶笙說：「你不記得那一次在大普吉嗎？若不是他發了一場脾氣，咱們還得受那個流氓的氣！」

蘭燕梅改題目說：「這衣服怎麼辦？在這兒換了？那怎麼走出去呢？」她這樣表示仍是同意去參加拜火會的。

「呀！這一頂圓帽子。」伍寶笙說：「蘭燕梅作了小媳婦兒了呢！」

蘭燕梅聽了，羞得不知道怎麼好，一把將帽子搶回來：「姐姐！」她生氣地說：「你看余孟勤多欺負人！」

「不鬧了！」姐姐說：「還是戴了圓帽子省得麻煩。再說這樣子也好把頭髮藏進去。走罷。我想出辦法了。」

「走？上哪兒去？」

「上湖邊上，游泳的地方，在棚裏換衣服好不好？」

「誰去告訴大余？」

「我們下去告訴他，叫他慢點兒來。」她們說著就走。

「還要把你的睡衣帶著。」伍寶笙又說：「襯在裏邊穿著也好。」

湖邊上還沒有月光。湖水輕輕地浮上沙岸，又輕輕地退了下去。風吹著她兩個的衣裳。衣服被風吹冷了，拍在她們的腿上的衣裙也是清清涼涼的。她們挾了衣包進到草棚裏去。姐姐幫著妹妹把衣服換好。帶子繫好，帽子下藏了鬆鬆捲捲的頭髮，脫下她的絲襪子給她的赤腳穿上花鞋。藉了微弱的光，把妹妹端詳了一下，說：「好美的一個散民姑娘！」妹妹偏了頭笑了，臉上燒得熱熱的了。

兩個人不敢大聲說話，怕余孟勤已經來了，在棚外聽見。姐姐又把妹妹的腰帶紮緊一點。那細細的腰真不是山地居民所能有的，她吻了這個小散民一下，說：「真的。燕梅！你太迷人了！晚上早點回來！」

「我一定早回來。」她說。等了一下，她又問：「姐姐，回來在什麼地方換衣服呢？」

「回來就不怕人知道了。穿回屋罷。」姐姐說：「這包衣服我給帶回去。」她們兩個把換下的衣服包好。月亮已經昇上來，照進蓆棚裏了。外面聽見腳步響。不知道是誰來。兩個人就不說話，屏息等著。

腳步聲停在棚外。大余的聲音問：「衣服換好了嗎？」妹妹聽了，抱著姐姐。姐姐說：「就出來了。」又小聲兒告訴妹妹：「記住我的話。」等妹妹放開了她，帶了衣包出來了。

黃沙岸上月色正好。湖水上閃閃地放光。山嶺，樹林卻是暗的。林間的小路依稀還看得出來。棚外站著余孟勤，地上一個清楚的影子。手裏一根手杖。

「你沒換衣服？」伍寶笙問。

「我到那兒才換。」他說：「做姐姐的給我們祈禱，叫我們平安回來。平安地走完這兩趟夜路。」

「你帶了手杖了？」伍寶笙說：「夠了。好好地做你的武官罷。早早回來。你不會遇到更強的敵手的。」

「我還帶了口琴。」他說：「這武官同時還是秘書，要記下來他們音樂的調子。也許像遠遊的探險的人那樣把一件樂器送給那原始的酋長。」

「好了，你們走罷。我等到看不見你們的影子時，自己會回去的。」她說著便把藺燕梅推過去，推到余孟勤身邊。

這個小散民姑娘一直不開口，靜默地走過去了。月亮底下那寬袖口的半截袖子下面清楚地看見她一雙白細的手臂，和肘際細細的腰。伍寶笙看他們走進林子，走上小路。直到看不見了。自己也無心賞月，心上有點害怕，又有點擔心。帶了衣服，忙忙走回萬安寺，到了寺門口，心才放下。進去看大家正在聽顧先生演講，便乘人不見，躡腳上樓去了。她也不想聽講，便在床上躺著。不久，因為興奮了一陣的關係乏了，不覺睡去。

藺燕梅分別了伍寶笙，心也跳得厲害。她完全不知道腳底下的路是怎麼走的，余孟勤和她談的話是怎麼答的，心上慌慌亂亂，順了余孟勤領的路走。這雙鞋又有一點兒大，地上又崎嶇不平，她腳高步低地緊著走。夜風很涼，從寬大的袖口、褲管吹進來。她不住的打寒戰。她一路都走過了些什麼地方，都有些什麼夜景，她完全不知道。

余孟勤呢，他已經鎮靜多了。他領了藺燕梅盤到山嶺上，又翻下山去。在月光下仍是黑暗的山谷中走了不久，前面又是一個小山坡。看過去，坡那邊有火光可以看見。上了坡之後便可以看見拜火會的地方了。夜裏看火光是難辨遠近的。又走了一段路，漸漸可以聽清音樂響了。不久，拍手的聲音，嘈雜的人聲也都聽見了。他們走進了一個村落。小路轉了一個彎，村屋站在他們眼前看不見火光了。街巷上悄悄的，一個行人也沒有。

「要先到那個小學去的。」大余說：「到這條路上來。」

蘭燕梅隨了他過去，轉了幾個彎，到了一個大宅子門口。宅裏面走出一個人來。余孟勤看見了說：「正巧。」便去招呼。原來正是顧先生的朋友。他介紹了蘭燕梅。蘭燕梅怪不好意思地。

這一位先生姓李，蘭燕梅在夏令會中聽過他講演的，他說：「不早了。不用到學校去。你們先在這兒待一會兒罷，這是土司家的旁門。」說著他就領他們進來。蘭燕梅這時候已經不害怕了。她走進門來，心上奇怪這深山裏會有這麼好的村莊，這村莊中會有這麼好的院落。石板平平地鋪在寬大的庭院裏，花台，石級，在月下全白得耀目。院牆很高，院內許多花木，很香。

李先生把他們讓到一間屋裏，這時候早有兩個聽差過來侍候；掌燈倒茶。全像大家宅中氣派，而且兩個聽差都會說漢話。李先生叫一個去學校裏找他的工友把預備好的衣服拿來。又打發另外一個去知會土司一聲，說客人已經來了。休息一會兒便去見他。

等兩個人都支使走了。李先生說：「等一下，換了衣服便去見土司。這土司姓莊。稱他莊司長好了。早上我忘了一句話，這司長人已經是很開通的了。他還出過洋，到過日本。不過也有他守舊的地方。蘭小姐，這就難免委屈你一下了，若是在他面前說出你們是同學，怕他有不必要的麻煩給我們，因為也許引起他的誤會甚至反感。依我的意思。不如直稱為夫婦……」

余孟勤、蘭燕梅兩個聽了這話全呆了。誰也不敢徵求誰的意見，甚至誰也不好意思看誰。兩個人直了眼看著李先生說不出話來。

「到時候由我介紹罷。」李先生接著說：「你們彼此稱呼去掉姓好了。大家都是現代的學生了。不要自己先難為情起來。」說著自己哈哈大笑了。

門開了。後去的聽差先回來。說土司等著他們了。等他們一起去看會。說完走了。

「這樣更好了。」李先生說：「我們又可以看見他們百姓進見土司的大禮了，我們還可以有土司保護。不過在場上仍以少說話為妙，別叫別人聽出口音來。土司他再三叮囑過的。」

又過了一會兒，衣服也來了。李先生領了余孟勤進到間壁一間房裏去換。他自己再走出來陪藺燕梅。他心上也暗暗納罕，怎麼會有這麼俊的一個小姐到這散民村子裏來。他端詳了一下，說：「藺小姐，你難免引起全會的人注意呢！」

「那怎麼好？李先生。」她害怕起來：「是不是有的地方衣服沒有穿對？」

「不是，不是！」他忙說：「都穿對了。」正巧大余也換好衣服走出來，他便把話岔開。藺燕梅也想到了他先前話中的意思。就低了頭，不再問了。

余孟勤身上的衣服與平常的褲褂差不多。不過袖口特別小，而褲腳管又非常大，藍色的布質的，沒有花。胸前對襟的扣子特別多密密地排著。腳下的鞋，也是撒了金花的。

「我的頭髮怎麼辦？」他問。

「沒有關係，你到時候就知道了。他們裏面梳分頭的不少。土司自己也是。他自己留了兩撇仁丹鬍子。他的兩個兒子，都在昆明讀書，今年暑假回來時還穿了西裝呢。」李先生又過去把大余小褂上領口地方幾個扣子解開了，說：「這領口上幾個扣子通常都是不扣的。」

他們三個走出屋來。大余問：「見過土司就一直去看會不再回來了罷。」

「大概罷。」李先生說：「你還有什麼東西要帶。」

「紙筆。」他說。

「不要臨時記什麼。」李先生說：「免得叫人注意。」

「我還有一件東西。」他說：「口琴。」

「口琴？」李先生想了一想，「也好。也許用得著。」余孟勤便去取了出來。

「樂曲憑記性記好了。」蘭燕梅說。「只要用口琴找一找調門就是了。我想跳舞曲子一定是重複的地方多。不會太難記。」李先生聽了纔知道這位小姐是個極合格的人選來參加這散民拜火會的。

三個人，又進了一重院子，再進了一個月門。便有人去通報了，不久見一個半老的穿長衫的人出來接。長得很嚴厲的相貌，臉上卻充滿了誠意的笑。看見了他嘴上兩撇仁丹鬍子他們知道是莊司長了。也不等介紹，莊司長就慇懃地往堂屋裏讓，到了屋裏才由李先生介紹了。蘭燕梅滿心委屈的聽人家稱了她一聲：「余太太！」余孟勤竟比她更狼狽。再加以穿了那種衣服，他竟如一個羞澀，遲愚的村漢。好在莊司長未看出來。

大家隨便談了幾句。蘭燕梅請求見一見司長夫人。莊司長說她已經故去了。遂又說起他兩個孩子在昆明念中學，現在離開學近，已經回昆明去了。「否則現在可以叫出來見見了。」他說：「不忙，等我寫一封信叫他們拿了去見余先生、余太太。還望多多指教！等一下余先生留個地址給我罷！」

這下子可把他們兩個嚇壞了。幸好李先生把話題轉了。他說：「余太太是音樂家，等一下子她可以把會上奏的曲子記下來，編一下，將來也能把此地的音樂在外面宣揚一下的。」

「那好極了！那好極了！」莊司長說，他顯得十分高興：「古時君王特設采風之官。專司此事！我們敝處人民素來是極好音樂的。而且這音樂別有風味。我在外面求學的時候，每逢思鄉必定聯想到家鄉的音樂。這倒是很值一聽的。這確是很值一聽的。好了，不多談。我們就這麼走罷。」說著大家站了起來，外面侍候的人早傳下話去，燈籠，隨從早準備好了。莊司長笑著讓他們先走。他們推辭不過便告罪走在前面。李先生同他在後面走。這回出的是大門。順了正街纔轉一個彎，沿了大道走出莊去，不遠便看到火光人影。那邊已停了舞恭候著了。

李先生便上去拉了他倆一把，他兩個便預備退下來。莊司長笑了說：「不要緊，不要緊，一同走好了，一同走好了。」於是四個人並排走進一大圈人裏去，鼓聲震人地擂了起來，觀眾和衣了彩衣戴了面具的跳舞的人，全伏在地下。

莊司長走到草地上鋪了一塊毯的地方，坐到一把高椅子上。又叫旁邊幾個人讓出三把椅子，請他們三個坐上。李先生身邊另外有一個女人，衣服華麗得很。李先生和她說了幾句話。她便向大余他們這邊望望。笑了一笑說了幾句不能懂的話。大余對藺燕梅說：「這大概就是李先生的配角了。招呼一下罷。」他們便也向那邊點頭笑了一笑。他們真的不敢說笑。只是靜靜地看著。

跳舞又開始了。李先生走過來坐在大余身邊說：「好玩罷？不用害怕了。其實沒有什麼太大關係的，這個村上的人多半認得我也知道我是漢人。不過是怕遠處來的誤會罷了。現在和莊司長在一起，更保險了。」

他倆已因為看那戴了面具的鬼神蹤跳，把那些心事也忘掉了。

四個鬼臉的人和了鼓聲跳了一陣，向土司拜了一下，就散下去了。走到火堆前面又拜了一下，把彩衣同面具全投向火裏燒了。火前有一個案子，上面有香燭有酒。每人又斟喝了一點。

土司吩咐了身邊一個人幾句，那人走向前去大聲說了一陣。就有十幾個人捧了樂器過來。土司對他們說：「余先生、余太太，你們先看看這樂器。等一下我叫他們奏一奏。」

他兩個站起來，一件一件的看了。沒有一件叫得上名字來。有些像是笙，有的像號角，有的像三絃。他們為難起來。李先生說：「不必記他，這些樂器名字我那裏都有的。」他們又捧了樂器下去了。

莊司長又問要紙筆不要。余孟勤看了看藺燕梅。她說：「可以不用了。謝謝。」

「你怎麼說不要？」余孟勤說。

「當了這許多人，記也記不下去。」她說。

音樂開始了。許多男女便站起來走到中間圓場子上去跳。他們是一邊跳舞一邊圍著火轉了圈子走的。那十幾個人的樂隊是在前面領著轉的。樂隊的人穿了長袍，絳紫色、黑色的綢袍，卻是黃色裏子，跳著走起來，袍子上下翻飛，映了火光花蝴蝶兒似的。

他們兩個又看又說，莊土司看了他們拈鬚微笑。場上轉了幾圈，樂隊不走了。參加的人也各退回去。這時又有幾個人走到樂隊站著的地方，舉起了各人手中木架上的一個小單面鼓，和了樂聲一起敲。場上就又有四個女子走出來。她們先拜了土司，便一人佔了一方，跳起舞來，四個人跳的姿勢完全一樣，並不十分齊。衣服是不同的顏色的，式樣上身和藺燕梅借的這一件差不多。下身多好幾條帶子，前面又多一塊圍裙似的花布。這上面繡的花最熱鬧。

這四人舞的一段最精彩。音樂也最悅耳。跳的姿勢也活動輕鬆得多，不那麼震得地也動。看的人有的便跟了音樂唱，有的用手打拍子。

「調子很高。」余孟勤用口琴試了說。「在G之上。」

「很高。」藺燕梅說：「全是四拍子一小節，又全是五度音階。容易記的。」

「惟其是這種簡單的曲調才容易動人，才這麼美。」余孟勤說。

旁邊李先生說：「這是有歌詞的，大意是說：『我知道梁王山前』一個山名，『有一個村子，那兒有個美女，她心裏愛我，我現在沒有力量娶她，我便不說出來，等我積夠了錢，我就去當了那些被拒絕的求婚者的面，把她接來。』等一下，便可以明白了。」

「這步子很有規律呢？」藺燕梅說：「音樂也確實好。就可惜不能聽懂每一句詞。」

正說著，又上來了四個男子，他們仰頭一笑：「哈！哈！」又低頭一笑：「哈！哈！」再各攙了一個女人的手，兩兩成雙，跳了幾個旋身。群眾蜂擁上來，圍了他們又跳，又叫。音樂，鼓聲便響極了。大家又轉了幾個圈子，拜了火下去。

莊土司笑著問他們好不好。他們高興得說了許多稱讚的話。藺燕梅更能舉出許多曲譜上動人的地方解說給莊土司聽。

「到底是『會者不難』！」莊土司說：「聽一遍就記住了。余太太既能音樂，可以不可以給我們一個表演？」

藺燕梅沒有料到有此一問。便不知道怎麼回答纔好。那邊李先生已經鼓起掌來，又向方纔傳話的人說了幾句，傳話的人向大家說了。全場歡聲雷動，鼓噪歡呼，鬧成一片。李先生說：「不要怕了。你們懂音樂，他喜歡極了。一切有他擔當，他是土皇帝呢！」

藺燕梅只有答應了。她同大余商量說：「歌是不能唱的。一開口就露了相了，還是跳舞罷。給他們跳個六拍子的舞步，新鮮新鮮。」大余便掏出口琴來，兩個人商量了個曲子，就一同站了起來。場上立刻靜下來了。大余陪她走上青草地。自己站在火前的供桌旁邊，藺燕梅站在供桌前正中央。她只輕輕地搖著身子，不跳，讓大余把曲子先奏一遍。第二遍一開始時，便見她先兩手一舉，一轉身，隨了拍子快慢就跳了起來。

六拍子的舞步是最靈活快樂的。她的旋身蹤跳，忽起忽伏。身子俯仰之間，又輕巧，又柔輭。連大余也想不到她有這麼現成的表演。滿場看的人都呆了。

她像是從月光中無聲落下的一個仙女，又像是象徵青春的快樂之神。她的眼睛明媚含笑。快樂的步子在空中送著音樂，跳動著的衣襟下面彷彿散出花香來。圈子外的人不覺漸漸聚攏來了。這時她又是兩手一併。先是由足趾站著的，現在慢慢落下來。白蛇一樣的兩臂象徵著波浪式的動態的。

盤旋繞下她的身子。又是一個俏麗的散民姑娘站在那裏了。什麼仙子，什麼快樂之神，又回到月亮上去了。

土司第一個先鼓起掌來。大家更是拍得響。他倆又走回座去。

「露了鋒芒就不能久待了。」余孟勤輕輕地告訴藺燕梅說。

「也沒有多少事了，咱們溜之大吉好不好？」她說。

「要不要把口琴送給他？」

「人家是日本留學生，要你的口琴！」藺燕梅看了余孟勤一眼。

他們說著走到了座上。莊土司，李先生都來道賀，致謝。藺燕梅便說太晚了，要回去。莊土司想想說：「也只有這樣，等大家一齊散了倒不方便。我也就不能派人送了。」

「已經要多謝了。」她說：「我的衣服怎麼送還呢？」她轉過來問李先生。

「明天我打發人去萬安寺取罷。」李先生說。他便陪他們一起走。莊司長又起身相送。他們堅請莊司長不要動了，好把會期延長一下。他才再坐下。李先生陪他們回到土司宅裏，大余換了衣裳，拿了手杖。一同出來。三個人談了許許多多拜火會的事。這時月已偏西。李先生送他們出了村子，又翻過了小坡，才告別回去。

這時午夜已過，山野行路時便不免有種恐怖心理。但是他們一心淨想拜火會上的種種情色，倒不似來時慌亂。談話也比來時熱鬧些。不過腳底下步子卻比先前快得多了。很快的他們已經走完山谷，翻上山嶺。

「記得我們到夏令會來時火車上聯的故事罷？」大余說：「大宴的話是很對的；原始風味的情節感動人。連原始風味的音樂也容易引人入勝。」

「好些曲子一入耳便造成非常深刻的印象。」藺燕梅說：「這種多半是相傳很久的民歌。至於那些深奧的樂章要聽的人用心去理解的，是另外一種性質。非聽好幾遍不能懂。現在真用不著那些大曲子。多有幾個好民歌，已經很夠陶冶我們的好同胞用的了。」

「中國一定有不知道多少好民歌失了傳。」余孟勤說：「現在弄得音樂這麼貧乏。『禮失而求諸野』音樂竟也是這樣！」

「你說！孟勤！」她在會場上說順了口，不覺又這樣稱呼了他。為了興奮她竟不覺：「我念詩詞的時候常常想。如果這些美麗的詞藻如果連了曲譜一起傳到今天，真不知道多好！那麼就都可以唱了。我們可以聽聽委婉的『楊柳岸曉風殘月』，或是悲壯的『大江東去』！」

余孟勤聽她說完，便站住了腳，喊了她一聲：「燕梅！」

她忽然想起這半天名分上的夫婦稱呼，不好意思起來。一個人向前跑過去了。

余孟勤也笑了。怕她跑得太快，跌倒。也就把她追上，叫她再慢慢地走。他又接著說：「連愛情也是一樣。『禮失而求諸野！』原始的，熱烈無顧忌的戀愛也只有初民的部落裏才有！」

這時他走得離她很近。藺燕梅從他身上嗅到了那種威脅性的男子身上火熱的氣息。她便心跳起來，氣喘起來。這是她生平第一次嗅到的一種說不上來的氣息。決不是香氣，倒也不是難聞的。她就說：「戀愛的心理在什麼社會裏都是原始的。而求愛的行為還是有修飾的好。求愛時的動物往往有特別誇張的動作，甚至生了特別耀目的毛羽。人類也應該一樣，孩氣似的在這時期要爭勝，要賣弄，要矜持。」

「你是不得了的！」余孟勤心服口服地說：「女人都有這種見解！今天的世界不知道已經由爭勝的男人為了討好女人而建設到一個多麼進步的一個場面了。」

「那樣也就好了。」她說：「也許不知道打成多麼稀糟一團了呢！」說得兩個人都笑了。

兩個人已經下山到了余孟勤同顧先生看游泳的地方了。余孟勤就想起下午那一個永遠忘不了的鏡頭，及自己後來一篇聯想，與顧先生勸自己多結交女朋友的話。現在既然有這麼一個花似的姑娘在身邊又是這麼冰雪聰明的，他的思想便停在那裏不能再動了。他的口、舌、詞令也就全停在那上邊了。這些詞令又都是他這樣一個人不能說出口來的。他訥訥地走著，說不出話來。

藺燕梅似乎也覺出來了。她感到這一靜，比剛才那一聲親切的呼喚與透骨的注視更叫她心跳。她便加緊了腳步。她說：「我心慌得很，也不知道為什麼，讓我們快些下到山底下。到了湖邊，那是我們的熟地方了。也許可以好些。」

他們無言地跑下山去。下到山腳時已經可以聽到鵝塘鎮上的狗叫了。他們彷彿是從一個很遠的地方回到了家鄉。心上沒來由地又是歡喜，又是溫暖。

穿進林中的小路，藺燕梅實在乏了。她說：「我要倚著這小松樹休息一下。」

大余把手杖按在地上，那神氣，他也累了。他說：「別倚！燕梅。松樹上淨是松香！」

可不是嗎！她忙再站直了時，背後已經覺到被松香黏了一下。回身仔細看時，松樹榦上正亮晶晶地，小珠子似的一粒粒的松香。摸上去竟是溫暖的。

大余順手在她背上摘下幾粒松脂來。她累乏了，也不躲。她說：「真是！一歇都不能歇！算了，回去。」

「不要歇，燕梅。」大余說：「比方說沙灘上可以歇。可是我擔保，一躺下準睡著，那下子，非病不可！」他像看護一個小孩那樣和婉地說。

他們又走向前去。藺燕梅說：「松樹就是這一點不好，不能夠倚。」

「松樹是好樹。」他說：「用他蓋成房子才經久呢！」

「不說了。」她說：「明天還要用一天精神來作報告呢。」

「我早想好了。」他說：「就把四人舞那段配上歌詞，加上解說。才有意思呢。」

藺燕梅聽了不說話，兩個人默默地走回萬安寺。余孟勤也不知道她是什麼心理。只在院裏兩個人輕輕說了一聲：「明天見！」便各自摸路回到宿舍去了。

曉風已經從高空吹下來。藺燕梅脫下這散民的衣服時覺得上面已經有了露水。她裏面原來穿著睡衣的，就上床睡了。伍寶笙似乎被她驚動醒了。她等了一下，發現伍寶笙還是睡著的。她想：「姐姐大概擔心害怕地守了我一夜了！」便又下床去在伍寶笙的頭髮上輕輕地吻了好幾下。又回來睡上床。臉上還對了姐姐含著笑呢？人已經乏極入睡了。

昏昏沉沉地，她也不知道睡了多少時候。醒過來看看錶時，已經是上午十點鐘都過了。她疑心自己的錶停了。忙起身看時，全室的床都已經摺得整整齊齊的。只有伍寶笙還沒睡醒。她奇怪起來：「怎麼起床號兩個人都沒聽見？」她便在床上把伍寶笙喊醒。

「你自己醒了？」伍寶笙說：「那麼遠的路把你累壞了罷？」

「姐姐。」她說：「睡是睡夠了，真是累呢！」

「累就再睡一會兒，」姐姐說：「別強打精神說話。我陪著你。」

「怎麼起床號我都沒聽見？」

「今天說好了不吹起床號的。」

「哦？」

「昨天晚上顧先生演講完之後，就把你們去參加散民拜火會的事說了。大家熱烈的問了許多問題。又憑幻想虛構了許多拜火會上的情景，決定你們今天回來了，要臨時加一個集會由你們報告。這些事連我也不知道。我昨晚上送你們走了以後，回來就睡了。她們散會回到宿舍來，把我吵醒。我說起擔心你們回來已經累壞了。她們七嘴八舌地又講了許多話，又下去和蔡仲勉他們幾個負責的人商量。決定了許多事，今天早上不吹起床號就是一個。我等了你大半夜，早上醒了，他們說我眼睛紅了。不叫我起來。又見了你脫下的衣服，偷偷地拿了去，這會恐怕已經在樓下展覽了。你好好兒地歇歇罷。今天一天有你累的呢！」

藺燕梅一看，床前放的散民衣服地下放的散民鞋子都沒有了。連一頂帽子，一根帶子也沒有留下。自己穿的衣服被人拿去展覽，心上覺得怪難為情的，都有點不好意思下樓去見人了。

這時候有幾個女孩子上樓來。有些人手裏還拿了清早從山上採來的野花。花上還帶了露水。看見她們兩個醒了，便歡呼一聲一起圍上來說話。她們要下床來卻被按住了。她們兩張床是相鄰的，床沿上便都坐了人。

「我們早上去山上找你，燕梅！」梁崇榕說：「我們沒有找到。卻找到了這些帶著露水的花兒來！」

「我們昨天晚上說：『也許藺燕梅被散民們留下做了女王了。』燕梅！」范寬怡說：「『那我們就一齊去做她的子民！』」

「我們今天早上想也許你累得沒有胃口了。」沈葭說：「我們就一大早去村子裏把新鮮豆漿帶回來一直用小火煨著等你餓了時候喫。」

「別吵了。」沈蒹說：「大家像說酒令兒似的，一人一句地！真正是急壞了當姐姐的了。燕梅，你謝了你姐姐沒有？」

蘭燕梅看了姐姐笑。姐姐說：「親姐妹，不客氣了。」

「謝謝你，姐姐。」她說。

「你看你有姐姐多好。」沈蒹說：「那邊余孟勤呢，還不是早早也起來了。他跟我們一塊兒喫的早點呢！可憐，嗓子都沙啞了。」

她們兩個說著話也就起來了。有人替她們把熱水打到屋裏來梳洗。熱豆漿也竟端到屋裏來喫。一邊還是不斷地問她們話。怎麼偷偷溜到湖邊去換衣服，怎麼敢走那麼黑的路。

「有武官護送呀！」大家笑著喊。女孩子們吵起來嗓子才尖呢！一點也不文氣。吵得聲音多大呀！

「留一點話開會時再問好不好？」伍寶笙看蘭燕梅精神有點來不及，她這麼說。

「出門有武官，在家有姐姐。」她們喊：「真是福氣呀！」

蘭燕梅心上的想法就是另外一個樣兒。每逢人多說笑的時候她偏想到淒涼的時候。她不是不知道那樣想了會難過，但是她心上偏認為熱鬧之後既準定是寂寞，何如早點看穿了，免得悲愁來襲時抵抗不了？這會兒她沒來由地想了很多心事。

她最常想起喬倩垠來，想起她一人在昆明西山療養，一面覺得她淒慘可憐，一面又覺得她有清福可享，並且常覺得她這一場病一定使她如同進了修道院那樣對她有好處，她一定對人生有了更透澈的看法。從喬倩垠身上她祇敢想到這裏不敢再多想下去。因為她到底是健康的，幸福的。她也還有些幻想，也有許多憧憬著的縹緲的事。她也不甘心求出世，不打算隱起名姓作一個冷眼旁觀的方外人。自己也想在這舞台上幸運地被派到一個幸運的角色。一旦被派到了，她又願好景長留，時光不換。

她是一個聰明人，這種虛幻的迷戀是不會長久的。於是那種冷淒的風雨馬上把她凍醒。她就又鬱鬱不樂了。她就這樣交換著憂喜。

近來在夏令會中女生們常常看了新婚的沈蒹由那百依百隨，又處處體貼如師如父的金先生伴著而生羨。為了是自己的同學同師長，也便常在宿舍裏暢懷談論。這沈蒹的下落當然該算是很好的了。但是蘭燕梅的想法也不同。她覺得怪不甘心的；嫁了一個好丈夫便受人羨，嫁了一個壞丈夫便該受人憐，女孩子自己的身分上哪兒去了呢？充實自己培養自己辛勤小心了這許多年就只為這麼一件事？僅為這麼一件事？

沈蒹結婚的那一天，她們許多人去幫忙，去吃喜酒。她心中覺得彷彿是大家一同去野餐，或是一同去參加什麼聚會似的。去雖不見得一同去，回來卻要一同回來。而且要同往常一樣，要在回來的一路上大家無顧忌地談論，無顧忌地笑。但是這次便不一樣。回來的時候沒有沈蒹了。連沈葭也不能留在新房裏！沈蒹是孤零零地一個人被送到另外一個世界去了。她們回來不能亂談，不能亂笑。因為被談論的不是別人而是自己的一個親姐妹了。她們不忍談論，不忍笑，因為她們太關切這一轉變對她們姐妹的影響了。是禍是福？尚未分曉！

即使是福，也補償不了這一口傲氣，這一口女孩兒的傲氣。「某某太太！」這為自己所愛戀，由自己所選擇的名字。竟因為代替了自己女孩子時代的名姓而常常不免引起一點委屈的感覺。再到了學習去愛他的友人，容忍他的親人時，更不免想到日漸離遠了的自己親骨肉，於是才發現了所付的價值是太大了。

沈蒹的下落也不好，喬倩垠的下落也不好。她們兩個在同學中還沒有自己的地位這麼炫耀，也許各人還都知足。然而已令她為她們不甘。她自己該是一個什麼下場呢？

有上場就要有下場。想根本不上場行不行呢？笛卡兒說過：「我思，故我在！」一旦在了再想不上場，也來不及了。有聚會，就有分散。才感到歡聚時已來不及躲避分散之苦了。今天是「文化密使」，有武官保護，明天呢？今天是妹妹藺燕梅，有姐姐疼。明天呢？人生是多麼空幻啊！她不是不用心的人。她既肯下細心去讀書，也能虛懷接受別人的意見。她從先哲思想，及師長的講授中也曉得如何使生命充實，及什麼是人生的意義。然她太年輕，又早熟。不等這種健全的心理長成，而在自己尚不能瞭解這些教條的真價值時，那種憂鬱，感傷，醉人，又美麗的出世情緒便佔有了她了。

生命本身是沒有意義的。而一個人一生所完成的使命給予生命以意義。生命本身是空虛的，沒有斤兩的。他所做的功績充實了他，給了他身分。有了目標的生命，是有根的樹，沒有目標的生命是無根的浮萍。有了勞績的生命如同發電的水力。沒有勞績的生命如氾濫的洪流。有使命的人死去，他覺得是釋去重負，得到了休假。醉生夢死的人，才覺得是一場春夢。自私自利的人死時，才知道他什麼也不能從這世界帶走。這些個藺燕梅完全能懂。她也曾勸過喬倩垠：「我們誰都應該好好兒地活著，一直到死。」然而這一點哲學修養治不了她自己的憂鬱。也不能堅固地支持她的生命！

這也許是動亂時代青年人都不能免的一個問題，一個難關。過得去與過不去，是幾希之間的事，然而其影響之嚴重，直如千鈞一髮！從這一關之後，他們便分路了。將來也越走相距越遠！像現在這樣的一個時代，是太不平常了，一切在動盪著。世事變動得太快，太離奇，不給青年人一個思想，分析，瞭解的時間，景象又已改換了。眼前看著這瞬息萬變的現象，心上能守得住什麼永恆的信條呢？

這種心理的不安，是極不利於受教育時的年輕人的，也同樣不利於任何有感覺力的人的。有人信手胡為，而得到好運道，有人拘謹循矩反倒遭了殃。這些個人利害，不為高尚有志的人所關懷，我們還可以不去理他。談到一腔熱血，滿懷雄圖的人呢，他們為這大變動所震懾，忽然感覺到自己的渺小，自己不是不努力充實自己了，然而一陣潮來，自己也竟是黃滔滾滾裏，一粒被沖得昏昏倒倒的細沙。方纔準備著手一件事的，一個轉換那事件也許整個傾覆了！

白癡與瘋子是不同的。白癡是靜水。瘋子是激流。瘋子的心底是有著熱力的。聰明人，急腸人，勇敢任事的人，才有資格成為瘋子。這種熱衷的青年，有這種喊不出、打不著的苦悶，他們的難過比無人能慰的白癡，相差多少呢？

他們眼前不是沒有一條路可走的。然而遠處高處的雲霞太引人，太富麗了。他們眼往遠處，腳在近處。口中亂喊，手上亂指。雲霞仍是夠不到，人已為地上亂石絆得遍體是傷了。

看見報紙上什麼地方有了天災，立刻在腦中繪出一幅哀鴻遍野的景況。又想到那裏還有戰爭，又想到身邊的社會也不健全，又想到全世界竟無一是處。馬上做刺客？馬上作兵士？全殺不完各種的敵人！馬上去救災？馬上捐掉所有的錢？明天報上的災情仍是嚴重。

書本丟了罷！八年醫科畢了業，病人已經死了；離開學校罷？同胞人類在水深火熱裏，求學有什麼用？我們的年輕人便淚在頤上，愁在心上。還是二十幾歲的人，便不言不笑，神經頹弱，早衰了。

不笑！一張不笑的臉上，是留不住青春的。不笑！一個不笑的人，是留不住健康的。

讓青年人跳巖容易，讓他埋頭走一條曲折崎嶇，又不免迂迴的路，是太難了。這道理不容易讓他們明白。等他們真明白時，生命已付了一半的所值為代價了。我們於是仍只有看這些聰明，熱血的孩子，先不知所向地奔跑，再看他們哀號著受打擊，然後！然後，也許夭折了！

這可惜的生命！

告訴他說；與其這樣死掉何如作一點點事？拿起一桿衛護正義的槍；伸出一隻救援弱小的手，或者只當自己是已經死了；獻身於一個冷門學術之研究。總比平白死掉強。然而這樣的勸阻只有冷靜的旁觀者可以瞭解。苦悶的當事人是接受不了的。於是他夭折了。他的早亡是罪過，是負債。然而我們又何忍責備！

太聰明的人，是極苦惱的。世俗的幸福豢養不了他。世俗的虛名迷亂不了他。同時他又如清水中沒有大魚那樣，在天性上接近解脫的宗教思想，而不容易走進持重，遲緩，文火，歷練，辛勞，積極的路。他們容易問：「人活著為什麼呢？」孩子越聰明，這個危險越大。

「活著為享樂，」「活著為活著。」這當然不是答話。「活著是有極大使命的！……為全世界為全人類！」

「那麼全人類又何必活著呢？全世界又何必存在呢？」

這樣一個動盪的世界，這樣一個枯槁解脫的思念，便使很多天資極高的孩子們覺得人生真如戲。真真假假。

如戲的人生，既已上場。不要太得意了，早早找個下場。真能邀天眷顧，下場得早，又不免覺人生如夢，虛虛實實。

藺燕梅這樣的思想，學校中的同學裏不知道多少人有。平時精神健旺時，可以一時不受它騷擾。但是在極度緊張工作之後，疲倦昏沉之中便會想到：「我這是所為何來？」

有時他們也想到撒手一死，真是最省心的事！有什麼是值得留戀的呢？感情？終了是一場空。名譽，功業？不如讓給高明罷！有什麼是不能放手的呢？有什麼是非做成不可的呢？何況有人說過：「自殺是偉大志願的消極表現！」

只要有一度被這種思想衝進自己的健康線來，那麼心上便永遠是陰霾和陽光鬥爭著了。再也恢復不了昔日的快樂，昔日的寧靜。

在這樣的一個時期辦教育真是一件困難的事，不用說領著學生加緊基本學識訓練，光說把這一群小暴徒拘留在校園之內就是一件很不容易的事。記得當初學校在長沙準備到昆明來建校的時候，一群臉上滿堆了渴望的學生跑去找到學校當局喊著：「我們不要再建什麼大學了！我們要非常時期教育！」「對！非常時期教育！」

他們終於是被安靜下來了。學校答覆他們說：「非常時期的教育是什麼我們不知道。我們之所以到了今天，有了這個非常時期來折磨我們，就是因為我們的『常教育』沒有辦好！」

這樣的話怎麼能夠灌到那時節，那樣年紀的人心裏去呢？學校當局祇有不顧這些，祇有依了政府既定的國策，把常教育辦下去。四五年來，全國六十多國立院校都建起來了。失去的學生重複吸收回來。固然常教育也滿足了許多自私人的目的。但並不足為教育病。誰也曉得教育是定要國存與存的。也只有敵人纔來破壞我們的教育。

常教育偏如淘金琢玉一樣，亂不得，急不得。辦的人比先前更要困難了。學生不受安撫，急躁不耐慢功。社會又斷章取義地發表不負責任的批評。百年樹人成功之日誰還記得這一番苦心呢！

這其實正是眼前的一個好例證，這便是一種叫生命充實的使命。然而年輕人又這麼可氣，不是明白得太早了，就是明白得太晚了。真想把他們抓過來打一頓。

慢慢地淘他們罷，慢慢地琢他們罷，他們人不笨，心地也善良。成為不屈，不撓，不脆，不嬌的人材的日子，終會來的，然而日子是多麼磨人喲！

學生們有意無意地在課室裏，在遊戲裏，在團體生活裏，在獨自深思裏慢慢長大。慢慢被造就起來。一棵小樹苗總要在苗圃裏先養一個時期的。樹苗們要經過風霜，這風霜正如雨雪一樣重要。他們終久成為可以令人歇蔭，令人放心的大木。

我們見到有受經濟壓迫而輟學的。有的為了健康問題而放棄的，也有是心情脆弱不能支持到底的。然而這也只有盡了人事之後，聽他自然。這麼想起來，一點點感傷，一絲絲薄愁真不該為患，也許可以有助於這旅程。這樣心情本來難免。自古英雄豪傑及任何一個有過人之處的人，也必有他過人的孤寂。

藺燕梅不想把她心上的憂傷傳染給這些快樂吵鬧的女孩子，把她們笑得發光的臉改陰鬱了。她又實在想不出合適的話來一同吵鬧。又想不下去她那悲歡離合永恆的謎。這時，有人上來說：「燕梅！樓下有人問大余；大余到外面散步去了，他便一定要找余太太！你說怪不怪！」

聽的人全楞了，她一想若再不快下去說不定被他鬧得滿城風雨。她又氣又急，只有紅了臉，匆匆跑下去，看見一個鄉裏人，一手提了一個大包，一手拿了一封信，漲紫了臉在和人吵。那封信捏在手裏，緊緊地不放。嘴裏喊：「余先生我見過的。他太太的樣子我們記得清清楚楚的。我坐在這兒等他！」

「別吵了。」藺燕梅無可奈何地走上去說：「有什麼事罷。」這一句話果然見效。他馬上不敢再鬧，規規矩矩地喊了一聲：「余太太。」便把布包放在地下雙手把信遞上來。藺燕梅把眉皺了一下，伸手接過信來，看了，疊了起來，說：「就是這一包了？」

「是囉！」他又把包提起來：「送在哪點兒？太太！」

「就是喊不完！」藺燕梅說：「我自己提罷！」她伸手一接，不料太重，不由自主地又放在地上了：「跟我來罷。」

那個年輕的農夫又是應承又是喊她太太跟了她走。旁邊看的同學莫名其妙也不敢打岔兒。看藺燕梅對誰也不望，於是誰也不好發問。走到樓梯口。藺燕梅接過包兒來說：「你等在這兒罷！」正巧伍寶笙她們見藺燕梅半天沒回來便下樓來看，便幫了她提上樓去。她也來不及向人解說，便央及沈葭下樓去把展覽的衣服拿來。伍寶笙幫她找出昨天的包袱皮兒來，把衣服包好，又把這個包袱打開。喝！更漂亮的兩身散民衣服，一套男裝，一套女裝。裏裏外外的衣服全是新的。把包袱皮兒也和這一包打在一起。寫了個收條，取出點錢，下樓去把昨天用的一包衣服交來人帶回去，附上一封信。剛要賞錢，人家拔腳就跑了。追也追不上。

他剛跑出門去，沒有一會兒，迎面余孟勤來了。氣得藺燕梅罵他：「早一會兒你也不回來！莊司長送了我們一人一套散民衣服。信在我那兒，拿給你看罷！」余孟勤聽了這話不覺得怪，倒是看了她的神色，好像是和誰生氣似的。也不好問只有聽著。這時大家都已經猜個差不多了。便要他們把新送來的衣服拿出來展覽，質料，手工都比借的那一套考究得多。土司的信也公開了。裏面沒有幾句話。

午飯時，人人全津津有味地在談著「文化密使」和「武官」的這一場不平凡的經歷，等候下午正式開會聽取他們的報告，再看散民歌舞的臨摹。這報告是早知道必定要有的。藺燕梅心裏也大概擬了一個稿子。她當然想把這假用夫婦名分的一節略去。誰料還來不及去找大余商議，就被鬧穿了。

飯後，休息了一下。她和大余把曲譜寫了一下。一共是三支。第一，樂隊演奏的，這祇是其中幾小段。第二，大家和了小鼓齊唱的，那是四人舞中的插曲。第三，是摹倣四人舞中的主要樂章而編的一支小民歌。這一個要藺燕梅表演。其餘兩章和報告，完全由余孟勤負責。

顧先生作主席，宣佈了開會。他只說了幾句話告訴大家這次去參加拜火會的經過，和不能事先公開的原因。說完了，便由余孟勤來講。余孟勤是登了台，開了口，精神才湧到的。他談笑風生，亦莊亦諧。介紹完了那一土司所轄下的地方大概情形之後，又先指了牆上掛的散民衣服細細解釋。如花樣的來源，穿戴的方法，和身分由服飾所表現的不同以及漢人從無機會偷著參加，他們甚至需假用夫妻名義等等。半天，也還沒有說到拜火上去。

「真有他說的！」小童說。他是坐在第一排藺燕梅同伍寶笙旁邊的。

余孟勤的口才是這樣好的。他也不過是一個夜晚，憑了自己的觀察及從李先生解說中得到的一點零碎知識，組織起來，分類排列好。加上了些生動的描寫，便成了一篇專題演說。聽來親切有味。土司的家宅，歷史，火會的環境來源，都說到了。開始了表演，每個曲子又有很長，很仔細的介紹。一隻口琴竟似一個樂隊似的，因了他口頭刻畫的幫助，大家彷彿無條件地接受了他的解釋。

藺燕梅去後面更衣去了。伍寶笙從台上把被解釋過了的衣服給她抱了去。大余便是照常，他不用換衣服。他又是樂師了。

藺燕梅換了衣服出來，容光煥然。伍寶笙故意給她擦上了一點臙脂，越顯得和那一身文繡富麗的色彩相襯。這次她又歌又舞。歌詞是他們編的：

梁王山上種青稞，
梁王山下散民多，
散民村裏有美女，

相求人多如螞蟻。

有人捧來金項鍊，
有人送來百畝田，
良田金帛空無用，
愛情哪能因錢送？

這樣兩小節重複兩遍。調子是一樣的，蘭燕梅便真如那個散民女孩子，當她唱：「愛情哪能因錢送！」時，她還把眼一溜，把嘴一撇呢！

東風吹過百花殘，
夏雲如雪堆山前，
看他車水如潮湧，
好水也要灌好田。

人說他傻，他不傻，
赤日高燒汗滿把，
秋後積有雪花銀，
又買青松又買瓦。

青松作柱能經久，
瓦屋修成雨不愁，
辛苦年年城裏走，
屋內用具件件有。

貧漢潦倒有誰理？
一旦高樓平地起！
滿腹心算有誰知？
牛郎竟也瞞織女！

這四小節音調先揚後抑。彷彿一朵烏雲，遮了夏日！

梁王山前種青稞，
梁王山後好夢多。
想她今年該十幾？
今秋娶她莫再拖！
梁王山前種青稞，
梁王山後好夢多。

管他求婚人多少，
她照鏡時，心想我！

然後節拍忽然改快：

女大該嫁遲不得，
心上有人逼不得，
且莫背地言人短，
亦莫說我有成約。

今年不來等明年，
等你等到河水乾，
終生不來等到死！
不信你心會改變！

下面的曲子是原來拜火會上許多人加入的一段了，台下忽然跳上一個人去。大家一看，是小童。他也和了拍子跳躂，蘭燕梅和他正對面，她左腳一頓，他左腳也正一頓。仰了頭一笑：「哈！哈！」他右腳又一頓，蘭燕梅右腳也一頓。又都低了頭一笑：「哈！哈！」他們便攜起手來，轉了兩個旋身，一同舞。加入一個男的，這民歌才顯得十分逼真，步子的單純，歌詞的淺顯，實在祇宜於明白的鋪敘，無法從象徵中表現給這些異族人知道他們散民的傳說故事。

然而小童這一跳上台去。藺燕梅先是吃了一驚，後來才恢復過來。旁邊吹口琴的大余差一點忘了調子！又似戲，又似戲中戲。藺燕梅又唱：

愛情是金，金是土，
青春是花，花有主，
排開眾人同他去，
歡樂好抵三年苦。

唱完。舞停。他們鞠了個躬下來。

余孟勤不慌不忙，又把當時拜火會的真情描述一下。大家才知道這一舞是該如此結束；同時觀眾還可以一擁登場飾一個被拒絕的求愛者的。便一齊笑起來，覺得散民的態度怪痛快的。

藺燕梅下來了問小童：「是大余叫你上來的？」

「是我自己找到拜火會那兒去了的。」他說：「這一點點路，在我真不算什麼！」

這樣兩句話引起了大家的奇怪。大余也走下台來聽。大家便圍攏來了。小童叫大家著了半天急才說出來，他昨晚聽了大余的話之後，喫了晚飯就跑到村裏去借了一套短裝，雖不全像，大概晚上不致看得出來。在那裏換了之後，就順了山上小路一直找去。天色才黑，已經走到了。他不但看見了藺燕梅同大余到場的一幕，還看了拜火會的起頭和結尾。他都講給大家聽了。又說了余孟勤藺燕梅表演的一段情形。

藺燕梅睜大了眼睛向他呆看著。小嘴張得圓圓地，滿臉又驚異，又愛聽的神色。小童又說他一人慢慢走回來，嘴裏還一路溫習會上學會的歌，怕忘了。到了湖邊還游了一陣水。冰冷冷地，不想睡了。那時已是天明，他想村中大家必已起來了。他索性把衣服換好。在那兒睡了一會，睡不著就回來了，也不過起床號才吹過的時候。「後來才聽見大家在談為了讓你這『文化密使』安睡，起床號不吹了。」他對藺燕梅說。

這一大段話真是叫人驚奇呀！大家本來就是滿腦子的問題，這下子更添了說話的材料一直談到晚上談不清。他們又管小童叫作「文化間諜」。有人反對說不是敵人，「間諜」兩個字不好聽。於是有人說：「看他飛來飛去的滿不費事，叫他『通訊鴿』罷。」這個稱呼小童喜歡，因為他喜歡鴿子。又有人想第一次歐戰中法國一隻有名的通訊鴿的故事，這隻鴿子名叫"Cher Ami"，他曾一飛昇入高空躲過了向他射擊的槍彈，把消息帶給了友軍，解救了一場嚴重的圍困。提議這名字的人說「我們與散民本來是骨肉。而武力懸殊常是情誼礙障。小童飛了過去，帶回來了平安的消息。礙障未能傷他，所以這名字最合適。」

"Cher Ami"是法文。譯出來便是：「可愛的朋友」，或「親切的朋友」的意思。他們便常常喊小童：「喂！親切的朋友！」或者：「嗨！我那可愛的朋友！」

「可愛的朋友」是大家的。他用熱情，真心，又用無意，疏忽，更用頑皮和嘲罵來交友。他的友人非常之多。而且一個是一個！

小童的朋友們愛他，也是這種說不出個所以然的愛他。他們和他做朋友，不曾想到：「他將來是一定有出息的。」也沒有想到：「交了小童這樣朋友將來要倚重他的。」將來他們祇會想：「小童這個人多年不見了，不知道他現在怎麼樣了？」或是：「現在我們聚會若有小童在場就有趣得多了。」或者是在遇見一個可厭的人時想：「這樣人作夢也不能瞭解小童的可愛！離開小童久了，竟沒有再遇見一個如他那樣的人！」所以祇於是令人瞭解，體會到這種性格和作風之可愛，便已經是友情上的一件功績了。

夏令會中也是交誼的好時候。一個人在夏令會中的名譽也就是他在校中的名譽。在校中的名譽也差不多可以說是他做人的名譽了。在一個團體裏，就用夏令營來說罷，每人都應該努力把自己做得好也應該努力幫助別人，或者至少給別人機會使他們也可以做得好。光自己好，甚至阻礙，詆毀別人，那是一種自卑心理在作祟，結果是覆巢之下不會有完卵的，也就談不到團體生活了。

他們這次夏令營的生活，結果非常圓滿，彷佛大家誰也不曾注意友誼，而友誼在不覺中長成了。大家只無知地享受友誼，以為是當然的事，直到營期要終了時，纔發現這兩個星期的共同生活是黃金的。

明天下午要回學校了，今天要想出一個遊戲，要全體都參加。

提議什麼的都有，開一個不拘形式的遊藝會，野餐，游泳，划船，摹倣一次散民的集會……。樣樣玩法都好。結果想出一個十全的辦法。去村裏和村民借幾條船。在萬安寺中把兩餐飯作好。裝上船去。駛過湖，在那邊峽谷中的沙岸上，野餐，遊玩。晚上舉行火會式的遊藝會，等到下弦月出現在天空時再橫渡楊宗海回來。

一經議定馬上分頭去辦；準備東西，借船。到了近中午的時候，全辦好了。大家抬了東西到湖邊去上船。食品，食具，野餐鋪地用的被單，游泳衣，樂器。就像是螞蟻搬家，一路上絡繹不絕。人走完，東西也搬完了。空房子託寺中和尚照看。

過湖的船本來找好了六隻。其中有兩隻有點破。便把較小的一隻去掉，只用五隻。人很多，船不能再少了。上了船，把會駛船的男生平均分配在五隻船上。這時幾個體力好的學生便神氣得很。蔡仲勉，范寬湖，余孟勤，周體予，便各人跳上一隻船。蔡仲勉挑那隻破的。還空了一隻好的。大宴拖了桑蔭宅一把，他兩個合著管。大宴說：「等一下上人的時候，我們的船上可都要上會水的。我們兩個管不了事。」

大家開始上船了。梁家姐妹便上了他們的船。周體予問范寬怡說：「寬怡，你上哪一隻？你哥哥的？我的？」大家聽了這話便看著她。她覺到大家注意到她了。便故意把頭一偏，想了一下。然後才像名角兒登台似的走上了周體予的船。大家纔又笑著隨便上船。

藺燕梅走在後面，該她上船了。她問：「蔡仲勉呢？我上他的船。」蔡仲勉應聲說：「我的是一條破船。毛毛碴碴地，木頭淨是刺。不好坐。」

「我跟你換一條船，」范寬湖說：「我的船最新。」

「我上破船。」小童說：「我跟范寬湖合作。」他不大會使篙，很想練練。於是范寬湖跳到蔡仲勉船上，蔡仲勉跳到范寬湖船上。藺燕梅隨了蔡仲勉上船。小童隨了范寬湖上船。船都是白木船。翻了也不會沉的。大家上了船，使篙點開了岸，撐到深水地方便扯起蓆篷。藉了風吹，同時也打槳，也用篙划，胡來一氣，甚至下手划的都有。不過五隻船雖然都想爭先，無奈哪一隻也快不了。鬧得大家肚子餓了，才走到湖中心。

換了衣服下水去隨了船游的也有。推船的也有。先向對岸游去的也有。湖不過四五百公尺寬。許多人都游到了。還有人能力好的隨了船玩。在船底下鑽來鑽去。

女生們是梁家姐妹最先下水游過去的。藺燕梅要換衣服下水。蔡仲勉說：「那又何必坐我的船呢？」她便沒有跳。

小童和范寬湖全是不耐煩了，跳下水去推的。他們的船和蔡仲勉的最後到。到時小童船上除了載的東西之外，一個人也沒有了。

「全退了船票自己走啦！」小童從水裏上來說：「蔡老板，你的生意好哇！」

「也不見強呀！童老板！人多吃水重呀！」蔡仲勉說。他還假裝伸手向藺燕梅她們討船錢。她們每個人都在他手心上輕輕打一下，算是付了。

大家把船上東西取下來。又把每一隻船都往沙岸上拖到淺住了為止，便上岸去，先把飯喫了，分頭去玩。有人便在沙岸上睡覺。大余獨自爬到半山上去。有人在那裏伐木。他便借了斧子來伐。伍寶笙陪了藺燕梅上去看他。

他砍的樹不及人家砍得齊。那些樹都是大腿那樣粗細的青松。人家只消用斧子砍一周兒。然後掉過斧子那一頭來，敲一敲，樹便「喀碴！」一聲倒了。砍下的樹幹上中心有一個小尖錐。地上的樹根，不久便冒出松香來。香氣濃得很，顏色是淺淺的木黃色，有一圈圈紅色的年輪。然後用不了幾斧便把小枝子修剪好了。

大余砍樹，不管他砍得再小心，也是木屑亂飛，斧口上全是松香。他又不懂砍樹的方向，有時候，只剩一點點木頭是連著的了。人家還是站得好好兒地。再加一斧罷，便要急忙閃開，說不定正是倒向自己頭上來！

「不知道樹疼不疼？」藺燕梅說：「那流出來的松香，真像血！想想怕人得很！大余，你的斧子口上都是血了！」

「傳說從前的時候劊子手們是很有講究的。」大余偏往難聽裏說：「有的人一刀砍不下頭來，便要有罪。因為犯人只有一刀之罪，所以他不敢砍第二刀。祇有用刀這麼來回地鋸。我想那刀口就跟我這斧口一樣！」

「這種人說話也不挑挑字眼兒！」伍寶笙說：「把我妹妹給嚇出毛病來有你什麼好處？」

「不砍了。」大余說。他還了斧子，謝了伐木人。「其實樹是要砍下來才有用的。無論是什麼人，脫離了他生長的環境都有一點痛苦。然而也只有脫離了撫養才能有作為！」

「又是大題目！」藺燕梅說：「你為什麼天天像講演，像著書似的呢？同時我也不贊成你的說法。我覺得非做不可的事，儘可以快快樂樂地去做。不必一定要像吃苦藥那樣皺了眉頭！」

「不是一件這麼簡單的事！」大余說：「這一苦，一樂之間很要見出真功夫來！有些人比如樹葉子戀枝。到了冬天，還稀稀零零地留在樹上呢！很有些人是如此的。不見得是貪圖安逸，誤了人生旅程，而是歡樂的日子容易過；『今年歡笑復明年，春花秋月等閒度！』回顧歲月已晚時是會痛哭的。燕梅！這話錯嗎？大題目的文思，常在日常生活中信手拾來，你不信，隨時留意罷！」

藺燕梅在繁華時常有的一點寂寞感覺又被他一句話引起來了。她早想到這些個。固然熱鬧的場面終於會淒涼，但是有幾個年輕人，能在歡笑裏獨自驚醒，披星戴月地去趕路？「歡笑的日子是容易過的」，這個她也知道。她祇是一夢初醒，一夢又來地，不知不覺常在祈求好景不逝，歡筵不散。她又不願作戀枝的葉子，被爭先落下去的種子，得了早春風雨，發了芽之後，仰起臉來譏笑她。

「我們回去罷！」她悲傷地說著，便回身向山下走。

「下面正是歡樂的聚會呢！」余孟勤又釘一句：「其實這些看法本來是有程度區別的。有人把一生當作這麼一個聚會。有人把一個夏令會當這麼一個聚會。有人把無言相對會心一笑，便當一個聚會。我沒有反對聚會，不過是要常常驚醒，同時能抑住淚水，拋棄梁園就是了。」

「余孟勤這個人真是不會體貼人！」伍寶笙在一邊聽了，心上自己想：「藺燕梅已經是太好找煩惱了。這種話何必找來對她說。她哪一句不懂？」

「也許是余孟勤另有想法。也許這想法在男同學中很普遍。他們衹看見她唱歌跳舞。同時又為她的美麗所眩惑，以為她只不過是一朵好看的花。無知的花。他們何從知道她的內心生活！何從知道她這樣一個聰明人在一霎那間所感覺到的千古寂寞！因此他們或甚至在對她愛護之中含有可憐。羨慕之中含有輕視！

「甚至他們把她那超越的成績衹當作她小聰明的產物。或者看做她的美麗的飾物！可憐的燕梅！然而，更可憐的他們呵！

「這時候，我能說什麼呢？誰知道燕梅的將來會不會萬一被他們說中了呢！謀事在人，成事在天！」

「戀枝的葉子必定是病葉子！」藺燕梅忽然用力地說：「葉落和其他自然現象一樣。春天花開，花落結果。葉子到了時候自然會脫蒂。祇有採折太早是痛苦的，是有傷害的。秋葉隨狂風一掃便飄搖下來，那心情經過一定是痛快的。我還是快樂的我。一個綠葉子便該拚命往一個綠葉子應該長的樣子上長，按了一個綠葉子應該做的事做。如果他在年輕時是一個好年輕人，中年時也必能是個好中年人。遲延固然是不對的。夭亡也不應該！」

「你沒有錯，燕梅！」伍寶笙聽了感動地說：「神明常住在你心上！你慢慢地已經長成為一棵健康的樹了！」

「然而孟勤的話常常是很有理的！」她也恢復了平靜說：「姐姐，我由你這裏得到了好春天，我必會從他那裏得到好秋天的！我不害怕了。我安分地生長，安分地等著。」他們三個說著下了山來。

晚飯後，天黑了，大家便在沙岸生起一個火來。

各樣遊戲在笑聲中進行著。伍寶笙在參加遊戲中心上想自己的心事。她想：「藺燕梅對余孟勤會有這麼大的信賴？這是真信賴，還是一種幻覺？以她小小年紀，一年級剛讀完的學識，加上余孟勤的口才同名氣，說是幻覺是很可能的。不過聽她的說話，想想她平日的聰明過人之處，她這又不像是幻覺而該是真認識。

「我這個妹妹樣樣兒好，就是心理上早熟了一點。我辛辛苦苦培植她心上那點活潑生氣，這才驅走了她那無邊的寂寞，才肯跟了我，或是頑皮的小童有玩，有笑。這才肯先參加我們幾個短途旅行，才能應邀來到這夏令會。怎能把她這麼早早地就交到余孟勤這個淒厲的秋風手裏？虧來有這一年歷練，她纔有那麼一套明澈的理論。否則一下子被大余那寒霜似的思想所凍傷，那便該怎麼好呢？好險！好險！

「余孟勤這個人也怪。從前學校在北方時，在那種皇宮似的大學校裏，人人都似伊甸園裏的亞當和夏娃那樣無憂無慮地過著那天國的日子時，他便如諾亞預見了洪水似的，埋頭準備他的方舟。今天他的思想啟示了藺燕梅。明天也許要領導了千萬人的心智罷！你這個奇異的哲學家，你的使命是誰給你的？你的工作是什麼性質的？你的生命應該走一條什麼樣的路？

「還是把藺燕梅交給你罷？她太聰明，也許只有你會看視她，只要等你認清了她之後，你必是最能看視她的人。姐姐把位子讓出來了。妹妹，你自己走過去罷！

「我心上好淒涼呵！」她想不下去了。

伍寶笙想心事時，耳邊大家的歌聲，笑聲全遠了。她那秀美的眼睛便也凝視在極遠的地方。她素雅溫柔的容貌，便呈現一種極慈悲，極容忍的氣象。她如天使，如觀世音菩薩，如任何一個受過溫情的人心上所可能想像得出的最可愛慕最可依賴的好姐姐。

隔了火堆那面，和她對臉坐著的是桑蔭宅。藉了熊熊的火光，一閃一閃的火燄的亮，看了伍寶笙沉思時的容貌，他心上起了空中樓閣。他憑了他特強的幻想力，加上一點文藝閱讀來的故事，自己構了一個美麗的故事。這故事也許是一個聖女得道經過的素描，也許是一個淑女對自己心上一段不可能的愛情勉自抑鬱的刻畫。總之是一種帶點浪漫氣息的憂傷，那正是適合在他這樣年紀一個愛好文藝者的心境的。伍寶笙端麗的身材，眉目，是很宜於做他幻想中的故事的主角。她無心中流露出的這種神情，將永久留在他心上。並且很可能影響了這多幻想的文人一生的筆調。又給了他一個永遠是活生生的靈感。那種帶了淡淡地哀愁的。

桑蔭宅便退出了火堆所照耀的圈子，獨自依了山腳一塊岩石，看了水，默默地思想起來。這心情不會被伍寶笙發現的，正如伍寶笙為藺燕梅想的心事也不會為她所發現一樣。這種感覺上的傳染現象，正是感受力強的青春時期人的特色。

天色不知道什麼時候已經很晚了。誰也都有了倦意，那一堆在傍晚燒起的火焰，也積下一大片死灰了。有人覺得冷，有人打了呵欠。天上雲層正厚，月光黯淡得很，已近午夜了。

這些冒牌的散民，也在火堆前亂跳亂唱，玩得膩了。那些臨時胡編的民歌也變不出什麼新花樣兒來了。看看等候月亮是沒有什麼希望了，湖上又起了風回程正好使篷，有人提議回去，馬上便通過了。大家又按原來排法上了船。小童、范寬湖的船這次要搶先，扯滿了篷，先走。周體予，蔡仲勉，後追。余孟勤和大宴、桑蔭宅的兩條船穩當得很。只扯了半篷，在後面走。看看將到湖心。

風向不很正的。他們要走「之」字形的路線。一個彎兒尚未拐回來，順了山口吹下一陣大風。天上立刻黑了半邊，擦了湖面捲起多高的白浪來，當前三隻船，全拚命收篷。小童他們這隻船太破，篷等不及收，索子先被風吹斷了。手中只有半截繩子，那半截吹在空中飄。草篷直從桅竿頂上斜掛到水上。篷子沾了水，風便吹它不起來。一根繩子尚連了桅頂，把船身硬給拖歪了。風更大了加了豆大的急驟的雨點。船身更加傾斜得厲害。船底本來是稍稍滲進得水來的，此刻不知怎麼嘩嘩啦啦全是水，坐在艙板上的人衣服都濕了。加上這陣暴雨，便弄得艙板滑油油地。傾斜的船上，誰也站不住。大家拚命鎮定。不敢亂動，怕把船鬧翻。湖面上黑得很，也看不見別的船。這時一切需要決斷來救自己。

「別叫這半截破篷把我們的船拖倒了！」小童趕忙扯下自己的衣服，說：「現在既然不能上桅竿，只有下水去割繩子！范寬湖，把你的刀子給我，你管舵！」

「小心點！」范寬湖把刀子遞給他。自己忙接過舵來，用全力向一邊壓住。小童也不答話把刀啣在口裏，便跳下水去了。漆黑的湖面上，只看見一個白浪花。風雨交鳴裏聽不見一點聲音。大家屏息等了許久。

忽然，「繃！」的一響，像是扯緊了的弓弦斷了那樣。船身又像是被射出去的箭，猛地被彈得站了起來又差點倒向那邊去。大家纔知道是小童已經割斷了篷上的索子了。這船是不能航行了。但是也安全了。然而還等不及大家招呼小童上船。後面忽然出現一個高大的黑影子。突然逼近了他們，把船猛烈地一撞。一聲可怕的驚叫裏，把好幾個人震下水去。這裏水是極深的。

原來是後面蔡仲勉的船到了。漆黑一片裏誰也看不見誰，就把他們碰了這麼一下！

「船上的人誰也別亂動！船不會再震了！」范寬湖用盡了氣力這麼喊。他忙放開舵，用自己雙腿夾住了舵柱，兩手拚命向蔡仲勉船上一撈，給他撈到了船舷，他便死死抓住。用他的肉體作為一個鐵鍊把兩隻船聯住以抵抗這風暴。

「你們船上掉下人去啦？」那邊蔡仲勉的聲音隔了風雨傳過來！「坐在前邊的人快把小童他們的

船拉住！坐在船舷上靠邊的人注意水裏若是見了人影子，快伸手拉！」這時范寬湖已經把兩隻船綁在一起。他也告訴了自己船上坐在船邊的人。他便也脫下衣服跳下水去。那邊船上蔡仲勉也收了篷，把舵交了人。自己下水去船後找人。因為風大。水中游泳的人難得追得上船。他又帶了一根索子。那一頭由船上人牽著。

范寬湖的本領這時看出來了。風浪一點也阻不了他。那打小鼓似的拍水聲又聽見了。他衝開了浪向來路游去。蔡仲勉跳下水去不久，抓到一個人。問他話，他滿口是水已說不成了。忙把繩子交給他，喊船上人拉起來。

這時大宴的船到了。余孟勤的船也到了。風小了些。大家把船攏在一起，看見范寬湖撈到沈葭送到大宴船上，由梁崇榕梁崇槐照料。蔡仲勉先前用繩子救起的一個不算，他送了另外一個女生到了余孟勤船上。此外還有三個男學生都自己游到船邊由人把他拉起來。雨住了。湖上明亮起來，照見水上沒有掙扎的人了。這種來去倏忽的風雨正是雲南氣候的特色。

「這纔是掉下去五個人。」大宴埋怨他們說：「若是船被篷贅翻了，你們救人救得過來嗎？」

一句話提醒了范寬湖：「唹呀，小童呢！」

「小童！」蔡仲勉喊：「喂！你們那邊用繩子拉起來的是不是他？」

「就是他！」那邊人喊：「是小童，他傷了！」范寬湖、蔡仲勉聽見忙跑去看，范寬湖心上想：「是我放他下去的！」蔡仲勉想：「是我和他調換的船！」兩個人過去看見小童躺在艙板上偏了頭吐水。手中緊緊抓了那截拖他上來的繩子，肩上破了一個大口子，涔涔地出血。

小童閉了眼，也不說話。也不用手去摸自己的傷，臉上什麼表情也沒有。倒像是一場好睡。大家莫名其妙。救傷的藥也沒有帶。問他是什麼地方難過他也不答。行人工呼吸罷，他不要。看樣子也不像是吃多了水。他呼吸還是有的。而且自己會吐水。扶他起來罷，他坐不住，馬上又倒下。

他們看了難過得很。范寬湖和蔡仲勉更是心如刀絞。余孟勤也過來了。他看了說：「這只有加快把船駛到家，再想辦法。請大家不要圍著。各人坐好。用三隻船的帆篷儘快帶了四隻船走。閒著的人，趕緊幫忙用被單竹篙做一個擔架！到了地方，先抬小童！」於是大家靜下來駛船。他又叫伍寶笙同藺燕梅，過去看護他。

快到岸的時候，周體予一船的人，正在灼急地等他們。並為他們在岸上燒起一個引路的火，看見四隻船來了，大家圍上去。范寬怡四處找她的哥哥。忽然看見她的哥哥同蔡仲勉光了上身。下面衣服也是水淋淋地，肩上抬了一個擔架，擔架上睡了一個人身上蒙了些衣服，又見藺燕梅、伍寶笙在擔架後面緊跟著走。把她驚得呆了。

大余，大宴，桑蔭宅，周體予招呼著把船纜好。大家仍舊不許亂，把什物一次又搬回廟裏。那時，先到的人，已經把小童安頓好。渾身衣服換好。先前在船上時伍寶笙，同藺燕梅已經把他身上擦乾了的。此刻又替他包紮好了肩上的傷口。他不吐水了。又取酒來叫他喝下去。

慢慢地他神色好了一點。問他，他才說兩句話：「叫船碰了！叫釘子刮破了！」大家才想起碰船時的一聲慘叫是他發出的。想起那一聲來，心上還是恐怖的。看了他被碰昏成這個樣子心上不覺更難過起來。大家便只沉默地圍著。女孩子們便再也忍不住下淚了。

小童過了一下，又睜開眼說：「差點沒把頭擠扁！」

「這孩子！」伍寶笙看他那樣子，心上又難過，聽他說這樣頑皮的話，又生氣。

「會不會從此成了個傻瓜？」小童又睜開眼問。他滿臉疑懼地問。

「大家散開罷！」余孟勤說：「他現在思想亂得很，叫他休息一下罷！」他又對小童說：「別再亂說了。好好睡罷！我們在這兒看著你！」

大家被余孟勤趕去睡了。只留下范寬湖、蔡仲勉和他自己看守著。小童說了許多囈語，直到天明才沉沉睡去。腦後墳起一個大包。慢慢地體溫增高了。藺燕梅一早來，看他成了這樣，不覺守著直哭。大余和伍寶笙也沒辦法。

回校仍按原定計劃實行。負責的同學去還了船及竹篙，又賠了篷子，謝了和尚大家上車回昆明。小童在車上一直睡著，火車顛躓時他現出十分痛苦的樣子。「我們親愛的朋友！」大家想想他，便都不說笑了。

車子到了昆明。仍是這幾個人把他送進醫院。其餘的人，直接回校。

秋季開學了一個星期小童才好。病中，伍寶笙來看他時，藺燕梅便一起來。余孟勤來時，藺燕梅也一起來。

小童病中詼諧如故。醫院中的大夫，護士，工友全和他熟了。大家來接他出院時，他簡直招呼不過來這些上來告別的醫院中人。

他肩頭的傷因為在水中浸壞了。在院中動過手術。出院時尚未全好。又過兩個星期，才合口。人家問起他來時，他便說：「我現在完全和跳下水前一樣了。下水和上來的時候，我本來沒有損失什麼，人還是囫圇個兒的，除了弄丟掉范寬湖的刀子。」

「小童像一匹小獸似的！」伍寶笙說：「他傷了就不吃，不喝，悶著頭去睡。長好了的時候，舐舐傷處的毛，連自己也找不出什麼地方是傷口來了。」

也只有藉了小童那又是健康常笑的臉，大家纔能在回憶那生死一髮間的情景時，心智上添了力量，可以抵抗得住「死亡」，這「無常」的陰影。

第九章

大學中的專門課程，多半是從第二年起才開始。很多學生在二年級時才弄清楚他自己是學什麼的。也因此很多心力不夠強的學生，在二年級一開始時，一下子應付不了這紛至沓來的陌生功課而失敗。那些能夠支持的，也不免慌亂上一兩個月纔找出頭緒來，纔尋到新的讀書方法。直要到這新讀書方法，及新的對學問的認識尋到後，纔能看出這門功課前程上的大概，性質上的特點。也纔有新的恐懼及決心，也纔有新的把握與興趣。這樣來日的成就如何，自己也可以揣摩個差不多了。

當然應付這新心境的最好的辦法，莫過於在一年級時便開始接觸本科專門功課，及接近本系的高年級同學。但是這個辦法很難在那麼年輕愛玩的學生心上得到信賴，通常，在困難未發生之前總是想不到它來臨時候的滋味的。

愛情也往往是隨了第二年級的開學以俱來的。一年級的男女同學是依了在中學時的習慣，男孩子找男孩子玩，女孩子找女孩子玩。二年級的時候，挾了那個生疏的書本同筆記本子，匆匆地在校園中走來走去的時候，正像他們纔發現自己是大學生那樣，也戰慄地發現了自己已經是個成長的男子，或是懂得別人暗暗注視和私議的大姑娘了。

一個學生若是不被上面的話所說中，那麼，他很可能，一下子為了事前過分的緊張情緒所驅使，在接受他二年級新功課時跳過了感覺生疏的那一個階段，便走進了另一個世界。此後三年之中，走了一條直路。直到那淒涼的畢業日來到。有時竟會無所適從，不知如何應付課業以外的事。他也很可能如春寒所凍殺的小草一樣，在剛一發現自己是個青春期的青年時，因為不能習慣這種心理，便早早地把才發芽的情思埋葬了。也許直要到許多年後才又為一個春雷驚醒。那時便像在暗室中發芽的慘白的小葉子，又孱弱，又可笑。

伍寶笙和史宣文來往的信裏常常提到做了二年級學生的藺燕梅。史宣文總是說：像伍寶笙那種樂觀，單純的生活態度是她性格所造成。但是蘭燕梅的思慮太多，這便與伍寶笙當年不一樣。她又學的是文學，也不該走一個學自然科學的人所走的路子。依照她那種研究心理的人的看法。蘭燕梅生活的各方面，外表的活動，與內心的活動，需要好好的照料。這方面的發展或者竟比功課還重要。

「為什麼你不告訴我一些她近來思想上的活動呢？」蘭燕梅升入了二年級後在第一學期過了一半的時候，這天伍寶笙又收到了史宣文一封信。信中又問及蘭燕梅的近況。她這樣不耐地問：「這一方面我希望能曉得的消息，從你們哪一個的信裏也得不到。燕梅的信上總是：『我真忙！我又看完了雪萊的無神論了！若不是一暑假中忙著念了點兒書，我的英文程度真不夠去懂雪萊的！真後悔不該去參加夏令營！從西洋文學史一課的內容來看，從此以後，三年的工夫，精神，全放在書本上，天天開夜車，也念不完該念的書！』這是她的信！這是你這個當姐姐的人教的罷？你以為她這樣下去有好結果嗎？光說念成一個書蟲罷，這都不是個聰明的辦法哩！一天雙城記！一天柏臘圖對話錄，等一會兒又抓起失樂園，等一會兒又是無神論之必要了！亂來！簡直是亂來！念書也不挑一挑！亂念！

「沒有能力選擇書的時候，真不如不念！一個暑假，把人念老了。半個學期，決定了她一生！

「她是決不該走上一條研究死學問的路上去的。她一腔熱情得不到好的培養！一旦她成為一個怪脾氣的學究時，我非來質問你不可的！這一朵兒玫瑰才在校園裏開了一年，你們便要把她摘下來，抱在藥水裏，變成死生物了！

「她接近余孟勤?!真氣壞了我，余孟勤是園丁？他不配培植這一朵花！不許他把有毒的水澆在她身上！

「你們以為她本性接近書本子嗎？以為她一年級的成績難得嗎？告訴你們罷！那一點點成績，

以她的聰明來說，真正是毫不足奇。這是一條太容易走的路，她已經有這個傾向了。你們又從虛榮心上鼓勵她！

「我再說一句；她是太熱情，太喜活動的一個人。也許依了現在的路子，她學問可以成功，而她人生終必失敗！你看她信上那些『！』罷！這一頃洪流，必激成禍患！……」

伍寶笙看了史宣文的信心上越想越難過起來。她一遍，又一遍的看了，不覺伏在枕上痛哭了。她想不透史宣文為什麼近來這麼誤解她，說話這麼委屈她。

她自己非常想念史宣文。她想史宣文同自己一樣地做了助教。自己還是不曾離開母校呢！僅是搬到南區這教職員宿舍，住一個單人房，便覺得孤淒得不得了。史宣文走得那麼遠，連朋友都分開了，更該多麼難過！想想在學校的日子，過去的生活常常清清楚楚地回到她眼前來，兩個人沉醉在自己的功課裏，一霎間，四年過去了。誰的生活，思想都那麼單純，又都那麼清楚地為另一個人所知道。誰的臨畢業時的感想也都告訴過另一個人，而又為另一個人所同情，所同感。哪想到，才半年不到的工夫，便會收到她這種口吻的信！

是誰想著法兒領著藺燕梅去遠足，去玩，去接觸同學，接觸校外的人？是誰慫恿著藺燕梅去參加夏令會，去習慣團體活動？是誰苦心地為藺燕梅每一件小事打算，擔心？

想想今年春天，是誰接受了學生會的請求，說動了藺燕梅去表演舞蹈？這個妹妹，這朵訴說三願的玫瑰，天生是這麼一個憂鬱，多思慮的性格，叫姐姐有什麼辦法？她從春季晚會裏下來。連台妝都不曾卸，便在池邊上，對了初開的玫瑰說：「姐姐，我已經不那麼想了！『紅顏常好，不凋謝！』是不可能的！」

「我實在忍受不了，如果她有什麼不測，有什麼風險！」伍寶笙想：「我也絕無心用一種腐化她熱情的學術興趣來保護她！史宣文！史宣文！你來罷，我的好姐姐！我實在不知道該怎麼領導她才好！我希望我忽然昏死過去，一二十年後再醒過來。這難渡過的一二十年呀！我無力領她，也無力支持我這跳得太猛烈的心了！

「史宣文！我的心好疼喲！你罵我罷！我都能受，只要你能在我旁邊來領我喲！我好難過喲！我沒有人商量，又被你委屈！」她抑止不了一陣心傷，哭得淚流滿面。心上又乏，又抑鬱。

「在夏令會上，」她又想：「我實在又覺得，她的思想和余孟勤接近得多。我也確實想到把她交給余孟勤去比較好。她說：『我必會從他那裏得到好秋天！』並且余孟勤那種學究論調，又是盡人皆知的。她會不明白？

「也許史宣文是把自己在大學生活中的缺憾轉移到了藺燕梅身上」？史宣文離校以後這心理就更強了，可憐的史宣文，你不要怪我吧！我剛才哭了一場。我不該哭的，不該覺得委屈的！

「也許藺燕梅正跟她的意思相反！藺燕梅正想多在學校中念一點書。也許她的話是：『這一點風頭嗎？以我的美麗，是很容易的。我已經害怕有這種傾向了！你們又來慫恿我！我就是要多讀書！』那麼，我真難作人了！」

「看燕梅去！」她想。馬上一翻身從床上起來。照照鏡子。眼上淚水還未乾呢！她抓起史宣文的信開了門。心上轉念一想，又把信丟下，空手走了。她想還是同往常一樣，別搬嘴弄舌，給這個多心事的小女孩添亂。她走出南區，往城牆缺口去，心上想起春季晚會前，她兩個曾這麼走了一趟的。她在路上說動藺燕梅去表演的。「現在藺燕梅說不定真打算『戴上副大眼鏡！』了呢！這個皮孩子！」她想著自己又笑了。

到了南院女生宿舍，走到樓下喊了一聲，聽著沒有人答應，走上樓去，一看屋門是關著的一個人也沒有了。這間屋子，從前是史宣文、藺燕梅同自己住著的。現在連進都進不去了。心上悶悶地，又回身走下樓來，望見梁崇榕、梁崇槐姐妹回來了。

「伍寶笙？」梁崇榕喊：「是你嗎？」

「是我！你們有什麼好事兒，姐妹兩個笑得那樣兒？」

「是呀！姐妹兩個！」梁崇榕走在前面，上得樓，開了鎖。三個人一同進來。「光剩了一個姐姐就是不快樂的了！是找你妹妹來了罷？」

「我是真怪想她的！」伍寶笙柔和地說：「她有課嗎？」

「她的課都跟我一樣，除了多一門語音學之外。」梁崇槐說：「今天下午一下午都沒課的。」

「那我到圖書館找她去。」伍寶笙說。

「別這麼忙好不好！」梁崇榕說：「做姐姐這樣兒，真叫我可憐的。」

「你去也找不著！」梁崇槐說：「做妹妹的真未必這麼想你呢！她這會兒一定是在顧先生家裏。算了，你跟我們出去玩玩罷。晚飯後她一定在屋裏念書了。」「顧先生家裏？」伍寶笙問：「你怎麼知道？」

「全校的人都不知道，我們同屋的也會知道！」梁崇槐說：「她必定在那裏，余孟勤也一定在那裏，現在藺燕梅完全是余孟勤的隨從，一切聽他的。那一門該三年級才選的語音學也是聽了大余的話選的。」

「算了罷，崇槐！」她姐姐說：「有你什麼事？我來說罷，燕梅近來常常到顧先生家裏去。是顧先生叫她去的。余孟勤也常去。這是燕梅自己說的。顧先生正教燕梅同崇槐西洋小說所以熟得很。燕梅把去顧先生家當做一件十分重要，十分當心的事。她自己管去顧先生家稱為『去耶露撒冷朝聖！』回來總是帶了書來念，或是帶了言論來發表。崇槐就常常和她爭吵。今天燕梅吃過飯又耍『朝聖』去了。崇槐說了一句『總該打扮，打扮呀！』就又吵了一場！結果，兩個人又都後悔，還抱著哭了一頓！才好笑呢！你要不要看，她兩個還寫了一個和好的條約呢！」

伍寶笙聽了，又是心事，又是新鮮：「把和約給我看，崇槐！」

「不給。」崇槐說：「不干你事！」

「我是姐姐。」伍寶笙說：「你若是在條約上欺負我妹妹呢？」

「我找給你看！」梁崇榕說。她一面把崇槐推開：「她們立約還是我的中證人呢！」

梁崇槐也就不再攔，由著梁崇榕找出一張花信箋來，上面寫著：

> 梁崇槐再不譏諷藺燕梅朝聖的事了。她們是好朋友。
>
> 還有；藺燕梅去朝聖，並不一定要打扮得花藜胡哨兒的。
>
> 又還有，從耶露撒冷帶回來的言論是可以容許好好兒地辯論的。
>
> 立約人　藺燕梅　梁崇槐
>
> 中證人　梁崇榕。（若是再加：「還有」，「又還有」，便不負責了。）

伍寶笙看了笑不可支。梁崇槐臉也紅了。

「你們怎麼不蓋章？」伍寶笙問。

「他們說蓋章俗氣。」梁崇榕說：「兩個人就親了個嘴兒！」

「呀！那麼中證人呢？」

「中證人趕不及，藺燕梅就跑了！」梁崇榕說。

「跟我們去玩一個下午罷。」梁崇槐說：「晚上還你一個妹妹就是了。先去看一場電影，再吃一頓晚飯。」

伍寶笙怕自己回去心上悶，又看她們高高興興地去打扮，換衣裳，想想放自己個假，就說：「走就走罷，我也懶得換衣裳了。你們可得快一點。」她說著無心中走到藺燕梅的大鏡子前面去照照。從鏡子裏看見自己穿了一件藏青色呢子的短外衣，裏面一件薄呢子衣服是淺藍色的。領口有一個別針是一串兒可以活動的紫色葡萄。她想這樣衣服實在也夠好的了。她掠了一下頭髮，覺得自己膚色真白細。忽然又想起藺燕梅來：「自從藺燕梅來了之後，叫她纏得我也找出幾件從家裏帶出來多少年沒有穿的衣服來了。這孩子自己沒事兒照照鏡子，打扮打扮也拉上我！現在我才搬出去半年，就又忘了這一套。那些沒穿過的衣服還是壓箱子底兒。身上這件也忘了是哪天穿的了，大概又快穿一個禮拜了罷？」她想著又看看自己的腳上，襪子拉得好好兒地。鞋上也沒有土。「不打扮呢！什麼也可以看得過去。」她又想：「打扮呢？天天也打扮不完！還是燕梅好玩，拿打扮當玩兒。」

那邊梁家姐妹也完事了。她倆看了她笑一笑。她們身段，容貌上的線條確是楚楚動人。她就說：「真好看，你們打扮慣了的，不打扮成不成呢？」

「我若像你那樣長得好，我也不打扮了。」梁崇槐說：「我真愛看你自自然然地那個樣兒。倒覺得你坐在梳妝台前都不順眼似的。」

「我對打扮是有一種看法兒的。」梁崇榕說：「不管長得好不好，不管年紀大年紀小，都要盡本份打扮一下，表示我的精神貫注到那地方了。我要是一天不打扮就覺得一天沒精神。做事不起勁。

像沒有洗臉那樣。打扮不過是洗臉的變相罷了。」說著三個人並著走出來。

「真叫你說著了。」伍寶笙笑了起來：「我雖不是打算連臉也不洗，我倒是真希望能省一點事就省一點事。」

「這地方我的想法跟崇槐一樣。」梁崇榕說：「你是有和我們不同的地方，我喜歡在打扮的時候想到別人；這個人怎麼把臙脂擦得這麼圓呀？這個人的嘴唇真好，口紅不要塗也好呀，等等。我有時也想到過你。有一天還跟我妹妹說起過呢！是不是，崇槐？」

「我記得呢！那天燕梅也在。」她妹妹說。

「我說：『你們說要是伍寶笙該怎麼打扮好？我真想不起來？』『頭髮不作才好。』她說，跟著又說：『還是不打扮才好。』藺燕梅聽了就說：『不過穿衣服要緊。她美在身上，美在走路，動作上。所以非穿對了衣服不行！』這就是我們的結論。我們自己呢，只有費點事，多在照鏡子的時候來粉刷樓房啦，裱糊窗棚啦！擦粉塗臙脂！」

「真是國語說得好多了！馬上學會貧嘴了！」伍寶笙笑著攔著她：「多惹人喜歡的整整齊齊一對兒漂亮姐妹，捨得用這麼難聽，氣人的字眼兒形容自己！」那個梁崇榕偏頑皮地又說了好幾遍，她那明媚的眼睛正高興地，笑得好不開懷。

「我們不但要打扮，」梁崇槐看了自己身上一件碎花的綢衣服說：「還要分時候作不同的打扮哩。白天少打扮一點兒，晚上多打扮一點兒！」她的衣服花色是很時新好看的。姐妹兩個穿著一式的衣服，鞋。帶了一式的皮包。健好的身肢，走著三個人一齊的步子，那微微震動著的衣衫下面的腿襯了衣衫上的紋浪，她自己看了也愛：「不是嗎？崇榕？」

「可是還比不上伍寶笙！」梁崇榕說：「什麼時候看都好！」

「你這半天拿我們忙人開心呢！」伍寶笙說：「當是我不知道呢？讓我說明了罷，省得叫你們俏皮話挖苦到牛身上，自己心上覺得冤！不就是提了一句問你們不打扮成不成？惹的禍？人家可真沒壞心，真是看了你們動人，漂亮。真倒霉，叫你們兩個一場好罵！」

「我們說得也是真心話！也想不到沒趕上伍寶笙的好氣性兒？」梁崇榕又笑了：「這個『氣性兒』用得對不對？」

「話裏不常說了，舊小說上彷彿在哪本兒上見過。」她答：「這個先不管他。方纔你們說的全是實話，整個兒的實話，也沒添，也沒減？」

「何至於審問我們呢？」梁崇槐說：「全是實話！當然不多不少，全是實話！」

「我告訴你罷。燕梅那話她告訴過我。」伍寶笙說：「她最恨我穿衣服不當心。那天你們談過我之後，她見到我也說過了。我記得底下還有半句：『可是她就是不肯當心穿。瞧她穿了那件長條兒的！人又長，一匹布似的！』有沒有這話呢？」

「崇槐！不得了，以後咱們說話可要小心了。屋裏有了奸細啦！」

「她也當不了她姐姐幾天奸細了！」崇槐說：「以後倒是她從耶露撒冷回來的時候少跟她抬槓是真的。別在話裏把余孟勤得罪了！」

「成啦！這話又到了我耳朵裏了！」伍寶笙說：「我是不是該告訴我妹妹去呢？」三個人就大笑了。

她們順了翠湖堤走下去，又上了正義路，一路上也碰見不少同學。伍寶笙總覺得身邊上不是藺燕梅，挺不慣的。

「從耶露撒冷帶回了些什麼言論惹得小崇槐不高興？」她問。

「崇榕，咱們不說！」崇槐淘氣地和姐姐擠了擠眼。故意狡猾地笑著不說話。

「我想，我也不用問了。」伍寶笙說：「總是一些深奧的大道理！咱們中下之資聽了也未必懂。」

「也許是。」崇槐說。「反正不告訴你！」

「顧先生倒是個有趣的長輩。恐怕是他很講了些功課以外的學問。藺燕梅聽了就接受了。余孟勤有一套言論大概當場就發表相反的意見。燕梅辯不過他，滿想一肚子牢騷回到屋裏來找人支持。誰知道現在學校裏的女同學哪一個不順了余孟勤的言論走？於是孤獨的藺燕梅就急哭了，說：『從顧先生那兒來的言論是不容許批評的了！』可憐的燕梅！」伍寶笙兩眼看了空中，一邊想像著，一邊作戲似的說：「還是姐姐能幫你。心上有委屈，來找姐姐！大余欺負你，姐姐打他！」

「這樣，你妹妹更不會來了！」崇槐聽了氣不過，說：「在她面前少說余孟勤的不是她或者還能聽下你一兩句的！」

「我看你被她反話擠得也憋不住還是我說了罷！」梁崇榕笑著說：「藺燕梅太好想心思，偏偏碰上了個余孟勤喜歡影響別人的思想。正是她接受了余孟勤的怪論調今天東，明天西的。藺燕梅聽了佩服得不知如何是好。他給什麼書，她就看什麼書。人家追求女孩子，是拖了女孩子玩。余孟勤追求女孩子是逼了人家念書。藺燕梅在他的思想和言論壓迫下，忙得喘不過氣來！這個男人也真怪！這兩天她又在半懂不懂地念尼采了。抱了一本《扎拉孔士圖作如是說》，熄了燈不睡覺，點洋蠟，查字典！真受罪！」

「她自己信他的話也罷了，」梁崇槐說：「她非逼了我們也相信不可！尼采淨罵女人！我能服氣嗎？她還跟我吵！她說的都是余孟勤的話。我又吵不過她。好像她自己就不是女人了似的！」

「燕梅這孩子真怪！」伍寶笙心裏想：「幹件什麼事就比別人都多帶上幾份兒精神。念起書來也這麼不要命。相信起一個人來，真恨不得把小命兒也交給他！不過余孟勤看書確實是多，我也真領不了她念書。她對余孟勤大概完全是學問上的羨慕？」

「你們想她會不會因此也就有了她第一次的戀愛？」她問。

「會不會！」梁崇槐說：「還有不會戀愛的女孩子嗎？」

「愛余孟勤？」

「還會愛顧先生？」

「怎麼從來沒聽她跟我說過？我祇知道在學校裏他們有時候在一起。」

「她自己也許還沒有覺出來。」梁崇榕說：「可是我們可看得太清楚了。」

「你們比她自己還清楚？」

「當姐姐的呀，你怎麼這麼個聰明人也糊塗起來了？」梁崇槐嘆口氣說：「這個跟害肺病一樣，等到自己覺出來的時候也就不差什麼了！要不怎麼說，一發覺了，也就難斷根兒了呢！」

「算了罷！別說得太高興了。」伍寶笙說：「小姐大概常常害點兒肺病什麼的吧？」

「『是非皆因多開口！』從現在起到電影散場為止，決不再說話了。」梁崇槐笑著說。這時候她們已經走到電影院門口，她便跑上去買了票。三個人進了場。電影已經開演了。

伍寶笙心事重重，電影又是一部笑片，擾得她也想不成系統。散了場，三個人慢慢地隨了人群走出來，前面忽然發現了兩個人，正是余孟勤陪藺燕梅。隔了十幾個人，也是擠在散場出來的人群中走著。

「看！崇榕！正是他們！」伍寶笙說：「余孟勤比我妹妹高一個頭！」

「好得意！」崇槐說：「他們那一圈兒的別人全偷著看她。大余帶了這麼漂亮的女朋友來看電影！」

「也不壞，是不是？」伍寶笙說：「男生裏頭也難得找到配得上我妹妹的！」她說著心上想起暑假前燕梅還和自己開玩笑，說什麼余孟勤是這學校裏承祧延嗣的長子。自己是和上睦下的大少奶奶呢！現在嘴可輭啦！她想著回去就寫封信去告訴史宣文。

「我不知道是怎麼，就覺得他們配成一對兒不合適！」梁崇榕說：「藺燕梅滔滔不絕地講尼采的時候，我就覺得不及平常時候美了。又總看了她一天到晚在余孟勤的影響下呻吟怪可憐的。他們弄到一塊兒真不是幸福！這個園丁，養不好這一朵花！」

「這個園丁養不好這一朵花！」這句話像是一個悶雷打在伍寶笙心上。她一天來疲倦的思潮已使她心血淘乾了。方纔還想寫信去告訴史宣文呢！史宣文信上的話又從梁崇榕口中說出來了。她無力地說：「崇榕！你的話裏有道理！哪天慢慢地講給我聽聽？」

「沒有什麼。」她說：「藺燕梅不是愛大余，是愛他一肚子的書。大余也吸引不了她，是他那邏輯嚴謹，訓練有素的口才！藺燕梅能從嫁給一堆書一個好口才裏得到幸福麼？」

伍寶笙聽了不說話。走出電影院來，前面已經看不見大余同藺燕梅了。她們也就找到一家比較好的西餐店去吃晚飯。

光是女孩子出門，不能不多花點錢的。比如說她們三朵花兒似的人走進了個小店，若是遇見了像上次在大普吉那裏碰上的流氓便怎麼好呢？伍寶笙想起那次的事來，她說：「這也難怪燕梅看不清楚，在她心上，本來這是第一次找到一個光彩勝過她的人。即使僅在念書這一方面比她強，也是她僅遇的了。」

「她總不能就嫁給書本呀！」崇槐說：「我就氣她這個碰上什麼，什麼就全是好的這種脾氣！她

「你也會害怕？」桑蔭宅說：「你說我好笑不好笑？問這種話！我常常覺得你是個超凡的人。

「哪裏還聽得了什麼口音！」

「口音都聽不出來了？」

句話！」

「你嚇了我好一跳！」伍寶笙氣喘著說：「本來走黑路就夠害怕的了。你又冷不防地跑上來說一句話！」

「是我，伍寶笙。是桑蔭宅。是不是因為走黑路害怕？你走得好快，我追也追不上！」

她不敢答應。又害怕，又生氣。

伍寶笙走進了北院，一陣風吹過來，她覺得有點涼，便把外衣的領子豎起來，快著點兒走。忽然在快到城牆缺口時，後面聽見有腳步追上來。一個男人的聲音說：「幹什麼一個人走得這麼快？」

「還早，我一個人走走罷。」她說。她們便分手了。

「瞧你把我說的！」崇槐也笑了：「要不要我們送你回去？」

「真是用心的姐姐。」梁崇榕說：「我一定幫你的忙，叫我妹妹也耐著點，要不然，她等下一見到藺燕梅準是直喊出來：『藺燕梅！我看見你也去看電影了！』」

「不了。」她說：「我要回去多想一想。我們今天說的話，也不要對她說起。好不好？」

她們一同吃了晚飯，又一同走回文林街來。到了南院門口。梁崇槐向伍寶笙說：「到我們屋裏來看看你的妹妹？她這會兒未必在屋。」

「她也不能說在各方面全有興趣。」崇榕說：「她能歌能舞，我敢保她不會嫁給一個電影明星。大余能吸引她就是因為她祇在功課這一方面好強的緣故。」

將來有嫁不完的人呢！」

有時候以為你的來歷都一定很特別。至少一半是天使！我才那麼問你。我以為天使是不怕強盜的。」

「我寧願這樣作一個平常的人！我們的詩人！」他們一路走著說。桑蔭宅是回新校舍去的。

「我寧願是個鬼魂，也不願是個平常的人。」他說：「橫死都比平常地活著好！強盜，詩人，都不錯。」

「你們學文學的人真容易走上魔道！」她說。

「所以我說你是天使了！」桑蔭宅把這樣的話在新詩上寫慣了。平常也就這麼一句一句地隨便說著：「也許做了天使又要覺得平常人好了。」

「真是這樣！」她說：「我已經到了。謝謝你，穿顏庫絲雅的人。先嚇了我一跳，又把我送到家。」她走進宿舍去了。

「哦！」他呆在宿舍門外。忽然他自言自語地：「『我寧願是平常人！』『你們學文學的人真容易走上魔道！』她不喜歡學文學的人！她不喜歡！」他一邊說著一邊走著。「然而她也同意了，『也許已經是天使了，才覺得平常人有趣。』其實天使是多麼重要的！沒有天使，沒有繆司女神！沒有文學，藝術！荒唐！」

「可是她又說了：『謝謝你，穿顏庫絲雅人，先嚇了我一跳，又把我送到家！』她待人都是這麼和氣的！」他想想又在心上恢復天使的光輝。自己回到新校舍去了。

第二天下午藺燕梅有語音學一課，她下了課走出課室來，正看見余孟勤來找她。她抱了書同筆記本子就同他一齊在新校舍裏草徑上散步。

「我們什麼時候去顧先生家喫晚飯？」她問：「幾乎是天天去玩已經夠擾人家的了。又要去喫飯。」

「不光是麻煩他們呢！」他說：「你看顧太太平時都買得些什麼菜！現在這種時代，教授的生活都是很清苦的。他們還不知道要花多少困難的錢來準備呢！」

「那你為什麼要答應下來？」她說。

「這是什麼話！」他說：「難道顧先生顧太太是虛邀我們一下嗎？心上可以想到他們的困難，不過是推辭不得，並且到時候一定要去。顧先生要請我們，他當然會知道自己的事該怎麼辦。我們恭敬不如從命。做客就是了。你這個孩子，那麼懂事兒的，是怎麼了？」

藺燕梅聽了笑了。便改說別的：「孟勤，語音學實在完全是另外一回事。念起來真煩人！別的書是訓練思想，這門功課簡直是一種技藝，我已經忙極了，再為它費時間心上真不甘！」

「你們外文系本來有語言和文學兩組。拿文學來說，三年工夫能有什麼成績真是天曉得的事情。誰也不敢說有把握。而語言呢，能學一樣是一樣。要想有科學的方法和有系統地認識語言，非先學語音學不可。這些功課對於你這麼一個肯用功的學生是沒有什麼困難的。怎麼啦？覺得沒興趣啦？前一個月不是還挺高興地來跟我顯排語音學的知識嗎？」

「你為什麼不早說語音學是這麼一回事呢？」她反抗余孟勤的壓迫：「我根本祇想念文學組，不希望念語言組。我對外國文想能說兩種，頂多三種就夠了。我先前聽了你的話以為不念語音學，便什麼文字的發音全弄不好呢！你看現在，你自己也說過我的英法文發音全比你好。我們是從語音學上得的好處嗎？伍寶笙就沒念過語音學，有誰能說她的發音不好？再看我們語音學班上的同學，有些個聽力不行的人是永遠發不好任何音的。可是他們的語音學理論還是考得很好！你又要我用心思，又要我去學技藝！」

「你是累了！燕梅。你已經走到了一個難關。」他笑了，說：「人的灰心有一多半是起因於疲勞。

你以為人起勁地做事，與灰心而不做事全是有很充足的理由嗎？許多無聊的事人們也不問是非地做了。祇是因為它容易，值不得考慮是非有價值無價值便隨手做了。同時許多有價值的事太困難太煩亂，紛雜。把人累得筋疲力盡，而成功的曙光還遠得很。自己一想；所為何來！便心灰意懶了。再想想；別人無思無慮地還不是快快樂樂地活著。便從此放手不繼續幹了。於是平凡人的一群中就又多了一個遊手好閒的人。

「再說練習思想，或是求任何學問，不能博就無法能精。學文學的人多有一點兒語音學的知識不能算就是博了罷？還有，要做一件事就要做到能出人頭地的那一步。今天比同班的人多念一門語音學總不能就算出人頭地了罷？

「已經是一個權威的專家了，還要自己逼了自己單獨深研呢！他若是以為天下沒有人能勝過他了，便穩當地坐下來休息。我們會明白他過去的成績不過是爭勝時虛榮心的產物而已。今天你便累了？今天你還早得很哩？

「人之成材與不成材所差只在一點點上。可是也就是這一點點，把人類從其餘的生物中間區別出來。以後越走越遠，才有了今天的世界。

「這一個人與那一個人的區別也是在這一點點上。今日的我，與明日的我，也是由這一點點來分。比方是跳欄。在第一欄時，人類跳過了那比方說三呎半的欄，猿猴只跳了三呎五吋，他們便留在那裏，直到今天。人類乘飛機去非洲打獵時還可以看見他們從前競走的敵手仍是跳他們的三呎五吋。一班同學畢業了。好比他們一齊跳過了一個欄。有人便一生如斯。有人便在不久之後可以把他的著作來給他的不長進的同學讀了。有人每天長一點成績。有人每天早上起來，照照鏡子，除了多添了一日的壽數而外，一切與昨天一樣。

「你現在到了一個關口了。該跳一個欄了。這一點點疲倦看你如何處理。這處理疲倦的習慣要及早養成的。以後一關又一關的多得很呢，要記著疲倦時是要休息的，可是不要為疲倦打倒。人固然不會不疲倦，也不會永遠疲倦的。」

「我不會被他打倒。」她說：「可是語音學這一欄我晚一點，留給將來跳，行不行呢？」

「早晚是要跳的！」他說：「今天不跳，今天就留在欄這一邊，明天不跳，明天便和今天一樣。這是鐵面無私的！再說你又不是沒有這個能力。何苦不快一點多趕點路？人生短得很哪！」

「趕路趕得我興趣都沒有了。」她說：「也許這就是疲倦作祟罷。」

「你試著改進自己看。」他說：「本來也不能期望人人成功。人也要本份一點兒，別太妄想了。語音學如果太困難，便退選了罷！」

這時候他們已經走到小池塘邊，對了一池清水，和水那邊的玫瑰枝叢。藺燕梅心上有了無限感觸。

就是今年春天，玫瑰花初開的時候，自己由姐姐陪著在那春季晚會之後，在這池岸上，同一地位坐了半個夜晚。姐姐問過玫瑰三願的心情，自己曾經勇敢地答應過不希望做什麼虛幻的夢。如今，花兒們無知地燦爛地開了又輕輕地謝了。春風似的姐姐也把自己讓渡給了秋霜似的余孟勤。秋風是要結實，種子的。這時候看了花兒這麼容易過去。能夠不警惕嗎？虛幻的夢能放棄？真實的成就能放棄嗎？

「一場風雨，花瓣兒就落到水面上去了。一次夜航失事，小童他們一船的人也幾乎送命！」她想。「人生是短促的。只有榮名能夠長久。由了身邊的余孟勤把我領走罷！他是一個嚴厲的伐木人。我就咬一咬牙，由他砍下來，多少作成一個材料罷。他雖然不愛笑，雖然很殘酷。但是他是一個靠得住的舵手。他自己是個成功的人。他待我的態度雖然太缺乏體貼。可是我又不是糊塗人。能不原諒他麼？」

所以她就又對這第二個爭辯屈服了。她又笑了一笑：「看我不成材罷？後悔管我的閒事了罷！你這個人，就像是從小沒有人疼過似的！誰教你的這種欺壓人的口氣？什麼叫做：『本來也不能期望人人成功？』什麼叫做：『本份一點兒？別妄想了！』我聽你的話就是了。不退選不算，還要永遠當班上的第一名！」

「女人們作事就是這種感情用事！」他偏又有話說：「完全和風前的草一樣自己順了風倒了。作了感情的奴隸，還以為是感情的主人呢！」

「孟勤！你折磨死了我，你也不會滿意的！」藺燕梅不覺哭了：「我看完一本書，你嫌我沒看完兩本。等我看完兩本了，又嫌我沒看完三本！我順從了你的話，又會引起了你的牢騷。你用鞭子抽我罷！抽得我身上一條條兒的血，還嫌我跑得不快。我現在忍著淚叫你親手用鞭子抽死，叫你去找比我再快的馬兒罷！你期望一個人好，你希望她成功，你總不該在她成功之前把她逼死！」

余孟勤怎麼會勸止她的哀哭呢？他低頭走開了。他固然覺得出這樣的女孩子不但今生僅見，而且未曾耳聞過。但是他是一向嚴峻無情的。他對自己的鞭督也是同樣硬冷無情。於是他想：「哭！女人把寶貴的原動力輕易交給淚水發洩了！」於是心上的氣憤便平不下來。當然，在他鞭打自己的時候他是不會哭的。

「孟勤！你走過來。」她拭著淚說：「別把我丟在這兒帶著眼淚，一個人站著。我總是盡力聽從你的話的。我想你一定討厭我哭，我不哭了。我不服氣我會被你抽打死也不能叫你驚奇一下！你打罷！罵罷！我總有一天成為你眼裏一顆耀目的星星。我沒有碰見過能勝過我的人！」

余孟勤不自覺地走過來了。他心上先是很覺得慚愧。後來聽到藺燕梅說：「我總有一天成為你眼裏一顆耀目的星星。」他又有了批評。他想說：「這動機又是錯誤的！又是女人氣的！」但是他說不出口了。他只說：「慢慢地走到顧先生家去罷。也許你能幫助顧太太招呼一下呢！」

藺燕梅和他並著走了。她說：「孟勤！你能不能把說話的口氣改一點？不是要你注意這些小節。我只求你把口氣改一下好增加一點鼓勵性！你太摧殘別人的自尊心了！」

「這句話有道理。」

「你看，那邊有好些同學站著看了我們；誰知道我現在是這麼一種可憐的處境！誰想得到我們談得是這麼一種難堪的對話！」

余孟勤又不想聽了。他便不開口。他甚至都不想去顧家了。顧先生一直那麼向他誇藺燕梅的才華品貌。又一向那麼慫恿他來接近她。而她原來也是一個女人。金先生一直向他保證結婚並不妨礙工作。又說他或者可以更明確地證實金先生的話。但是他的經驗覺得還是自己的話對！他想：「我已經犧牲不少了。至少一部份時間，一部份精力。而女人與學問的關係偏那麼淡！」

藺燕梅也只是默默地隨了他走。

余孟勤不能明白自己。若不然就是他口是心非。第一，藺燕梅聰明才智並不在他以下。第二，他只能說「人」與學問的關係如何如何。若要提到「女人」那麼女人也有話要問男人與學問的關係。若是他不能提出充分的理由，他不該偏心說這種不負責任的話。第三，若是說起犧牲來，恐怕他所犧牲的比他所說的還要多些。因為近來他若是一天不看見藺燕梅，心便未必安定得了！別瞧他見了她淨說硬話。

不見那一雙走在他身邊的美麗的腳嗎？那一雙在去年初開學時，人家下汽車伸出走第一步時，便把他迷昏了的腳！暑假初去大普吉送荷蘭鼠時，使他失手誤捉的腳！現在走在他身邊了！他偏要和人家談死學問。若是天下人都談起學問不作別的事情這還得了嗎？人人都要像你余孟勤一樣？都作半生不熟的書本兒哲學家又有什麼好？這些且不談他，若是藺燕梅不依你，跺起這一雙好看的腳說：「愛跟我玩就跟我玩，不愛跟我玩，放我走。別緊著教訓我！」你個余孟勤又怎麼樣呢？

但是天下事情偏有這麼氣人的。誰也惹不到藺燕梅心上。她偏把余孟勤的話藏在自己心上。誰若是想從她心上把余孟勤的荊棘似的言論拔出來，非得把玫瑰花瓣似的芬芳心房先行割開，流血，弄破！

余孟勤把他美麗的俘虜帶到顧先生家時，他心上也有一點不忍了。他想：「藺燕梅也真特別，她竟這麼乖乖兒地依順我的話！」他便在敲門之前先低下頭來對她說：「心上平靜了罷，不生我的氣了罷？」

「只願你別怪我曾經生氣就夠了。」她又幾乎流淚：「我也知道這一條路難走。你每次著急是應該的，你責備的也是好話！」在這種情形下，藺燕梅和余孟勤都是在半催眠的心理中的。她和他都以為兩個人能如此關切著急和原諒全是為了一種崇高、永恆的學術理想的緣故。而又僅是為了這崇高、永恆的學術理想的緣故。

他們敲了一下門。有一個小女孩子跑來開了：「余哥哥，藺姐姐！」她喊。她便習慣地伸了小手要藺燕梅抱。把梳著兩支小辮子的頭倚在藺姐姐肩上。小圓臉，大眼睛，也怪逗人愛的。她才五歲半。已經可以夠到開門閂的了，藺燕梅便把手中的書本交給余孟勤，從地下抱起顧先生的小女兒來。顧先生有三個孩子。這次來昆明只帶了最小的一個。

「媽媽，爸爸都在家，小芸？」余孟勤把門關上問。

小芸卻不回答他。只輕輕在耳邊告訴她的蘭姐姐說：「我光告訴你，蘭姐姐，爸爸還沒有回來，媽媽在廚房燒菜呢！」

他們走進一個方方的天井。石砌的地，同廊子。到了正房上。這裏一共住了兩家。正房三間是顧先生住的。房東自己住在廂房。顧先生的房東是最客氣的了。並不太計較房錢，只要租給一家念書人。若不然，顧先生也只有同別的教授一樣去住大雜院去了。這裏不但清淨而且有花木呢！

「下來罷，小芸！」蘭燕梅把她放在地上：「越來越重了，把姐姐壓死算完，這孩子！」

「爸爸還嫌我輕哩！」她說：「爸爸說：『可憐的小芸，這個窮爸爸都把你餓瘦啦！』爸爸就嘆一口氣！就這麼說！」

顧太太聽見了聲就走出廚房來，手裏還拿了鍋鏟：「小芸，叫過哥哥、姐姐了沒有？」又和他們招呼了。

「忙了一下午罷？顧太太。」余孟勤說：「要不要燕梅幫幫忙？」

「忙了一整天了呢！」顧太太笑著說：「你光會說，你就不會幫幫忙？」

「叫他歇歇兒罷！」蘭燕梅笑著看了他一眼說：「他說也說了半天了。怪累的。還是我來罷。」

「大家一塊兒歇歇罷。」顧太太說：「我也把鍋鏟放回廚房去。都差不多了。」

她從廚房回來，三個人便到顧先生書房來坐。這間房子頗寬敞，明紙窗下一個大書案。桌上書架上，茶几上都收拾得清清楚楚地。蘭燕梅說：「小芸，讓我把你放到書桌上來。小孩坐在高凳子。姐姐看看小芸今天美不美！」她就把小芸抱上桌子。

「姐姐才美呢！」她說：「小芸就愛姐姐。不許別人愛。」

「誰教你的？小芸！再說姐姐不跟你玩了。什麼愛不愛的？」她一看小芸要哭，也覺得自己錯怪了小芸。又忙說：「啊，愛，啊愛。姐姐也愛小芸！」

「姐姐穿花衣裳！」她說。她說著就用小指頭來指。蘭燕梅這天穿的是一件印花的英國料子。她母親託人從仰光買給她的。上面鮮明的許多小孩，小狗，小木鏟子，沙桶，小鳥，顛三倒四，好幾種顏色的圖案。小芸便愛看這種圖案，因為她看得懂這種圖畫兒。紙窗下，清清楚楚地。

「小孩，又是小孩。小狗，小鼓，又是小孩，小女孩！」她的小指頭就在蘭燕梅身上、胸前指指點點地，也不管人家難過。小手指頭按下去真用力。按在人家身上，把胸口的肉都按成一個小坑兒。若是真有那麼大的小孩兒，小狗兒，也叫小芸按死了。

「小芸，把姐姐急死了！」蘭燕梅捉住她這淘氣的小手指頭說：「姐姐恨不得把他們叫下來跟你玩！」

顧太太在她們前面，看了蘭燕梅的側影，看了小芸的手指頭在人家身上亂觸。看了蘭燕梅已經豐腴完好的少女體態，她越看越愛，心上一動。偷看余孟勤一下，余孟勤也正看著人家呢！顧太太想：「我就不信你會不瘋了似的愛她！」

「小芸，別跟姐姐鬧。」她說：「下來和你余哥哥玩！」

「我不！」

「啊！不！不！她不！」姐姐把她攬在懷裏。那邊余孟勤有點窘地站著。

「別說她不跟孟勤，有了你在這兒，她都不跟我了呢！」顧太太笑著說：「我還要下廚房去看一下。小芸在這兒好好地跟哥哥姐姐玩。」她說著就走了。

大余走到小芸前面來聯絡感情。拉了小芸的手。小芸很禮貌地把手給他拉了，卻不說話。

「咱們相好，作好朋友，小芸。」他說。

小芸點點頭。

余孟勤說：「你喜歡我不喜歡？」小芸又點點頭。

「為什麼喜歡我呢？」他說。

「因為爸爸說你好。」余孟勤窘了。「爸爸說你好」！顧先生是天天說自己好呀！自己就沒有別的長處能吸引這個小女孩的歡心了嗎？

「小芸，」藺燕梅教她：「你說，說『我愛余哥哥！』說。」

「我不說。」

「姐姐愛聽，小芸！說。」

「我愛藺姐姐！」

說：『也愛余哥哥！』」她拍著她：「姐姐愛聽，說！小芸說，只說一遍！」

「也愛余哥哥！」小芸說完就把頭一轉，不響了。

「小芸你愛誰多一點？」余孟勤偏追著問。他實在很愛這個踡曲在藺燕梅懷裏的小孩的。

「當然是藺姐姐！」余孟勤聽了大笑了。

「小芸，不許這麼說，」藺燕梅板起她的小臉親她一下：「說『愛得一樣多！』」

「別為難她了。」余孟勤苦笑著說：「她都要哭了。」

「不嘍！不嘍！」小芸已經哭起來了：「我愛藺姐姐，我只愛藺姐姐！」

「好小芸，啊，不哭，不哭，」藺燕梅由著她的小頭在自己胸前鑽：「只愛姐姐。不哭了。姐姐也愛你呢！」

「我們的小芸倒是會纏人呢！」門口一陣笑聲，顧先生讓著陸先生同女舍監趙先生進來了：「小芸，多少人羨慕你呢！」他是個有趣的老頭子偏愛當了許多人和藺燕梅開玩笑。藺燕梅無可如何。紅了臉，放了小芸，和先生們行了禮。

「快到顧先生這兒說兩句好話罷！」這老教授自己說：「別等我把小芸這個訣竅兒教給了人！下回藺燕梅到哪兒碰見的男朋友都是會哭的，那可就麻煩了！」

「招呼招呼客人罷！顧先生！顧先生！」她說：「一大屋子的人呢！手裏大包小包兒的！」

「請坐！請坐！」顧先生一直是笑著說：「我們的客人全是腳行啦。都管替主人拿東西的。他一邊說著一邊把許多紙包接過來，放在桌上。顧太太也過來了，她在圍裙上擦了手，一面招呼著一面倒茶。客人不肯要她忙。自己搶著來倒。結果由藺燕梅給倒了。陸先生站在藺燕梅旁邊，問候她家裏好。顧太太去看那些紙包都是些吃的東西。

「一白！昨天才領的補發生活津貼這又用得差不多了罷？」顧太太看了買的東西不少，這麼問。

「要不怎麼叫做生活津貼呢？」他說：「連陸先生的也都津貼上一小半兒啦！」大家聽了更是笑不可仰。

他們這些人在顧先生家裏走進走出直如自己家一樣。大家下廚房去添忙，不一會兒就叫顧太太給攆回書房裏來了。可是那位陸先生偏坐不住，才說兩句話，又叨了那隻老大的煙斗去看做菜。他自己家眷不在昆明，專門到顧先生家裏來吃家常飯，想自己的家。

「請回書房去好不好？」大家在書房都聽得見顧太太在嚷：「等一會兒把煙灰當做胡椒麵兒下到湯裏了！」

「聽！湯已經下鍋了。」顧先生說：「這就差不多該吃飯了。咱們去把筷子拿來擺桌子。」

大家又要起身。藺燕梅說：「這也用得著驚師動眾的！小芸一個人就夠了，是不是？小芸！」

她便由小芸拉著去了。大余也就不自覺地跟在後面。

他們走了。趙先生就問顧先生說：「他們現在挺好的了罷？」

「不錯了。」顧先生得意地說：「我就看不慣余孟勤從前那股子死心眼兒，不交女朋友，嘲罵別人談戀愛的勁兒！」

「倒也是挺好的一對兒！」趙先生說：「學校有史以來少見的。學生們也真會起外號，什麼園丁，玫瑰地！把自家比成無名小草，倒是會客氣捧場。」歇了一下兒她又說：「我可是向著女同學的。余孟勤這個人脾氣古怪得很，不知道他待藺燕梅怎麼樣？」

「她說什麼，他聽什麼！」

「真的呀？這也是怪事！」

「我也覺得怪，可是在這兒親眼看見了，不由人不信。在這聰明伶俐的女朋友面前，余孟勤成了個鄉下傻小子了！平常他那些大道理好像也很少提起了。一塊兒玩，一塊兒走，像個隨從似的！夏令會時，藺燕梅做文化密使去參加拜火會，他是隨從武官，這個角兒一直演到現在！」顧一白先生說著大笑起來。

外面堂屋裏，捧菜盤子的，端碗的，拿筷子的，全來了。他們聽見也就起身出去幫忙擺桌子。顧太太忙著放下一盤子西紅柿炒肉片，又往廚房裏跑。大家把坐位擺好等她。

桌上都是些平常的菜，引人注意的只有一隻紅燒肘子，油光紅亮得好看，另外一隻碗裏清蒸了兩尾八寸長短的鯉魚，也是熱氣直冒。顧先生給每人斟了點兒酒。

「有這麼好的菜，不能快吃真可憐。」陸先生說：「可是看她那個忙勁兒也真不忍催她！」

「我們先喫呀！」顧先生說：「來，來，來，今天怎麼斯文客氣了？」

「是陸先生說一定要等齊了才吃的。」蘭燕梅說：「他說每次先吃下去的全不消化！」

「那麼先喝點兒酒！」

「來了！來了！大家請罷！」顧太太捧了個大碗來了：「別接，燕梅！小心燙著你！今天全是陸先生的主意非等齊了不吃！瞧把我給忙的！」她春風滿面，頭髮也順了一下，是已經把圍裙解去才來的。

「喝！還有一隻雞！」趙先生看了這隻大碗說：「簡直是過年了！」

「已經夠可憐的了！」顧太太說：「連個下酒的涼菜都沒有！吃個這樣的飯，寒傖死人了！還說是過年呢！」

「太太！別這麼說！」顧先生說：「去年過年還真沒有這樣氣派呢！錢都老早給了要賬的！誰知道今年的年是怎麼個過法兒呢！」

「你們看一白！酒還沒沾嘴唇呢！人先醉了！」她有點不好意思地笑了。

「有這樣的太太，我也很知足了！正像在這個時候還能大家一起這麼聚一聚叫我知足一樣。明大體，能勞苦，又不失幽默！」顧先生索性說個痛快。

「大家謝顧太太一杯！」陸先生舉起杯子來先喝了。大家也笑著喝了。

「我可不敢惹你了，一白！」她說：「別人說一句，你自己倒說十句！」她又對蘭燕梅說：「將來可別碰上這麼一位先生，說話叫人難為情。我這麼個笨人全叫他說成這樣兒，像你這樣兒的聰明孩子可怎麼好？他們嘴上會說著呢！也別上了當！」

「唉呀！顧太太，後半句厲害！」陸先生說：「一不留神，燕梅被你教壞了！」

趙先生看了蘭燕梅那份難為情的樣子，又看了余孟勤，心上也喜歡。她說：「燕梅，開學後都不大見到你玩。聽說你用功太苦。也要小心一點兒身體了！書不是硬吞下去也可以消化的！你是不是天天在圖書館？還是天天在顧先生這兒？」

「也不是天天在我們這兒。」顧太太說：「來倒是常來。玩一會兒就又兩個人走了。」

「有時候我們也出去走走。」余孟勤這纔說話：「她還是在圖書館的時候多。」

「散散步好。」趙先生說：「白天用功，晚上又見你開夜車。人這麼幹法長了一定不行的。天氣這麼好，多散散步。余孟勤書念得多，散散步，談談話，一定有好處的。伍寶笙當先生了，你也該有人陪陪。」

藺燕梅聽了心上不高興，好像大家指定了余孟勤來陪她似的。如果她需要余孟勤陪，她也不要別人管。她說：「我也常常玩。梁崇榕、梁崇槐，都挺愛玩的！我們常常一塊兒玩！」她心上想這一頓飯的形勢有點對她不利。不知道底下還會接出什麼話來。幸喜大家倒沒有這個意思，話頭轉到幾個別人身上去了。他們談到范寬湖常常一個人對梁家姐妹兩個打網球。說他們三個人都身體發育得好看。又說桑蔭宅有點冒冒失失裝瘋賣傻的。

「不過桑蔭宅是個聰明人。他功課都很好。答卷子尤其有條理。」顧先生說：「他還沒有到不該瘋的年紀哪！」大家又笑了。

幾位先生們飯量都不小，酒量都不大。一小鍾兒酒喝完了，只有顧先生，同趙先生添了些，然後便都喫飯了；把所有的菜喫光。

藺燕梅吃得最少，坐在那兒等大家一起吃完，幫了顧太太收拾了桌子。「不洗碗了。」顧太太說：「就這麼堆在廚房請請老鼠們罷。咱們也跟他們到書房玩去。」

「明天才洗？」藺燕梅問。

「還不是一樣？」她說：「纔舒舒服服地吃了一頓又忙著收。把人忙得都沒興致了。」她說了一笑就拉了蘭燕梅的手一塊兒到書房來。大家正換了桌布準備打橋牌。

顧太太一句話正說到蘭燕梅心上。她想：「忙得人都沒興致了！」這是真感覺呀！不過這句話聽到孟勤耳朵裏一定又要挨批評。但是他的批評是有道理的。忙，或是累，都是有程度的。有過人能力的人，一定要在更緊張的情形下才允許自己說忙，或是說累！

「孟勤！你真是一張弓！一張繃得緊緊的弓！你真彈得死人喲！」她想到這裏把眼睛去看了一下余孟勤。余孟勤沒有注意到她。

玩橋牌蘭燕梅不如余孟勤。她想這兒有三位先生正缺一把手。按說今天余孟勤派給她的功課是語音學，她該回去念。可是余孟勤或者她自己，至少要留下一個來玩橋牌。她無法回去。顧太太是不玩的。

陸先生讓蘭燕梅坐下來玩一家。她想：「孟勤今天太沉默了。」便讓他玩。顧先生說：「燕梅，還是你罷。兩個先生，兩位小姐。」

「我打得不好。」她說。

「讓孟勤幫你的忙。」趙先生說。於是她無可如何，只有坐下。余孟勤便坐在她旁邊。顧太太坐在顧先生椅子的扶手上。

蘭燕梅他們連著輸了一個雙局。全是輸在余孟勤的辦法上。趙先生笑了說：「燕梅自己當家打一次看看！我記得史宣文是打得好極了，你們同了一年屋，也許有些真傳。」余孟勤笑了，走到趙先生後面說：「我在這兒看牌罷。讓我去看燕梅的牌，我忍不住要管閒事！」

牌風也奇怪。蘭燕梅在余孟勤走開之後，得心應手，偏打正著。把輸了的分數全贏回來了。

「這幸虧是燕梅老實。」余孟勤看了說：「若是換了個愛說俏皮話的，我非慘了不可！」

「你心上指的是誰？」趙先生問：「是凌希慧？」

「不是！」

「那是誰？」陸先生問。他常愛叫嘴裏噴出的煙蒙了自己的臉，思索別人的對話。

「我知道。」蘭燕梅看了余孟勤一眼：「他怕小童。小童的話來得快。又逗人笑，又不氣人。有時候，我們三個人在一起，就沒有他的便宜了。全是小童的天下。若是小童在這裏！……」

「童孝賢？」趙先生說：「我知道那個孩子。他的橋牌可是胡來，全憑運氣。跟伍寶笙一樣！」

「燕梅還不也是憑運氣！」余孟勤笑著說。

「你再說！」她說著，又勝了一局。

「她這是凌希慧、史宣文的作風。」趙先生說：「一邊跟人說著話一邊贏牌。你跟她們常有信麼？」

「常有。史宣文信還多些。」她說：「可是我總是太忙，不能寫長信給她。」

「史宣文是個人材。」趙先生說：「能常和她通信是好的。她才被重慶那邊聘走，金先生又想把她聘回來了。說不定明年還要回來大家見面。」

蘭燕梅聽了心上喜歡。奇怪自己怎麼不知道這消息呢？再一算，有三四個星期，沒有回史宣文的信了。心上很是歉然。一想：「索性給她個驚奇，我放棄了姐姐，放棄了史宣文，等到從余孟勤的鞭策底下磨鍊出來之後再見她們。」又想：「先只寫些平常問候的信給她，從前那種盡是書名兒的信少寫。」

這天晚上他們到差不多九點才散。有趙先生陪了一起回來。余孟勤在路上便不曾再給蘭燕梅加上什麼功課。她回到屋裏很像得到例外一個假日似的十分高興。

這個學期大家有一種風氣，就是一律拚命用功，拚死命用功。最大的原因是因為學校搬到昆明之後到了今年已經是第三年了。一切都上了軌道，課程加緊了些。第二個原因是生活壓迫得太厲害，學生，教授全是苟延殘喘地活著。大家無力作課外活動，只有把所有的精神體力不管死活地擲向書本。這時的讀書空氣雖濃，興致卻是沉悶得很。這種情形有點像舊時私塾房裏的孩子用大聲的誦聲來抵抗外邊過新娘子花轎的鑼鼓似的。因為這時正當滇緬路的極盛時代，彷彿從昆明往西走便是遍地黃金的所在。只要肯去那邊深山外彎一彎腰，回來便可以成鉅富。自己有了錢，正不怕把昆明物價提得高些，叫那些傻子們多吃一點苦頭。這一年來也許又有許多人走了宋捷軍的路子而忘了自己的使命同來歷。痰迷了心竅，他們已看不出另外一批批的同學受了政府密令，悄悄離開了學校穿了軍裝，也往西走是為的什麼。他們只覺得天空上自從多了一種鯊魚式的驅逐機後，空襲減少了。

這些事情含有什麼意義，他們無暇思索，他們只是拚命地玩，拚命地享樂，硬用金錢奢侈品把這個古樸的昆明城改造成了個暴發戶的樣子！那麼城西北角的拉丁區呢？那裏是一九四一年的新道奇，福特德盧克斯，雪佛蘭，順風牌司梯蓓克的喇叭所唱不到的石板街道。那裏是由翠湖的小橋流水，玉龍堆的花牆瓦屋隔離了的無車馬聲的靜雅學生區域。學生們在那裏作什麼呢？可憐，他們便提高了喉嚨念書。用自己的嗓音阻塞自己的耳朵。他們是不怕空襲的。有了空襲時，他們說：「炸罷！我們這個病人，病根深得很，戰爭的醫生，多用些虎狼之劑罷！」

便是在這種情況下，藺燕梅的第二年級，第一學期又快過完了。余孟勤已開始用言論保護學術空氣，他的言論最先鞭策到校中最嬌艷、最活潑的玫瑰花上，玫瑰花便提前謝了。混雜在圖書館的苦讀者之群中，不容易找到她了。

余孟勤痛恨宋捷軍之流變節的人便又把鞭子抽到那些不安定的心上。輿論也轉向他們。於是大家又低下頭來默誦校歌上那闋滿江紅中的幾句話：

……

絕徼移栽楨幹質，
九洲遍灑黎元血。
儘笳吹弦誦在山城，
情彌切！
千秋恥，終當雪，中興業，須人傑。
便一成三戶，壯懷難折。
多難殷憂新國運，
動心忍性希前哲！

……

「動心忍性希前哲！」啊！這裏面有多少故事！不在「歲寒」，如何能見得出「松柏之後凋」呢！

誰肯輸這一口氣？誰甘心落後？於是越用功越不嫌用功越激烈越不嫌激烈。這肅殺的秋風行起令來，風氣所及，大家變本加厲地苦幹。

青年人接受這種急躁、嚴厲的思想是容易的。學生生活中便添了許多從前沒有的現象。比方說罷，鞋子破了，穿草鞋。要吸香煙了，吸板煙。這樣的事雖說新鮮，不過還沒有什麼大意思。還有人就發起用墾地代運動，這個建議是劃時代的，因為已經走到生產的路上去了。從前大家也隨便種些西紅柿辣椒的，那不過是種著玩，現在則是為了要吃飽肚子了。於是學校裏的空地全開墾了。北城根一帶的荒地也開發了。白菜，茄子，萵苣，捲心菜，蔥，韮，葫蘿菔……代替了籃球，排球，足球，網球。生產活動一開始也立刻成了風氣。早上吃的豆漿，是自己磨的了，豆渣做成餅乾。衣服完全自己洗了。甚至修理鐘錶，自來水筆，和理髮，都有人做。這拉丁區的人用各種可能的方法鞏固起自己堡壘，延續這不絕如縷的學運！

有些人是天生來去影響人的。如余孟勤，如藺燕梅，如許許多多傑出的角色。自然也有是專門為了受人影響的小人物，他們也很要緊，沒有他們，吹不成大風。

大風底下也有不動的樹，這些挺拔的大木站在原野上，他們的根直伸到幾丈深的泥土裏。那直聳入雲的樹身，如果是浮擱在地皮上，那麼當風來時，他必是最先倒的。然而大樹終能不倒，並且有深思地經驗了東西南北各種不同的風。這就是因為他們有深踞地下不為人見的根，才維持得了地面上悅目的大樹。

余孟勤發起了大風。他好似一位大導演，藺燕梅是一顆最受人愛護的明星，曲折盡致地演了這個作榜樣的角色。於是全校的人幾乎都偃伏了。這便是這學期學術空氣分外濃厚，而同學反倒沒有什麼足誇的貢獻的緣故。大家受了一種疲勞、煩悶的氣氛的壓迫，缺乏興味地掙扎著。失去了活潑氣象。這便是余孟勤一手造成的，死用功的第三個原因。

有一天，在第二次月考開始的時候，桑蔭宅念不下去他的「浪漫主義與浪漫詩人」一課。他發誓要憑靈感考試。便把書同筆記本用一張大紙包了起來。在騎縫處貼上一張郵票，送到新校舍門口同學自己辦的郵政代辦所裏，請他們蓋了一個章。決定不在考試完畢之後，不看這門功課。他蓋好了郵戳之後，拿了這包書回來，心上彷彿覺得自己這才更接近雪萊，濟茨，拜崙這些詩人們一點。彷彿這才把橫身在中間把他同這些詩人們隔開的那些戴眼鏡，長鬍鬚，用極長句子，和深奧字彙寫批評，介紹的老冬烘先生們推開。他又放棄了此次考試與藺燕梅爭成績的心思。他因為是轉學關係，要補這一課，便碰在藺燕梅一起。藺燕梅準備功課之容易，成績之優越，與得先生們之歡喜令他起競爭心。現在他實在無法從背誦筆記和參考書中去欣賞這些詩了。便又把這次競爭放棄。於是又感覺到此刻自己很像是才被牛津大學逐出來的年輕詩人雪萊一樣。

他走了沒有幾步，看見大宴荷了一把鴨嘴鋤由校門外走。他是很喜歡大宴的。便上去想和他談談自己一肚子的氣悶。大宴看見他走過來，手裏拿了一個大紙包，料想是書籍，他便問：「小沙彌，有什麼新書？借給我們土佬兒看看？」

「這包嗎？說來話長！你出去墾地？明天沒有考試？」

「怎麼沒有？上午下午都有。」大宴站住了說：「學校裏頭是先生考我，田裏頭是捲心菜考我呢！要不要去看看我那一片出色的菜地？我打算在邊上再栽一圈兒蠶豆。」

「走！我在路上告訴告訴你我的心事！」桑蔭宅說：「全在這包書裏！」

「有了心事？這可不像一個小沙彌的話！」大宴笑了：「穿顏庫絲雅人也中了這種令人失眠的文化的毒了！也許？也許小沙彌正該有心思！一塊兒走，慢慢地說罷。我看你也是滿腹牢騷似的。」

他們在濃蔭的行道樹下，沿了公路邊上往東走，然後就在去陸先生花園的火化院那裏上了坡，在不遠一個小山崗向陽的地方，找到了大宴的一塊地，地上的作物確實比四周的都好。桑蔭宅一路上把他對現在的功課不滿的話全說了。大宴不置可否地聽著。走到了地方，大宴說：「我這塊地就是水不方便。現在鬧得我連挑水也很在行了！地實在太乾！」

「地實在太乾！」桑蔭宅用這句話結束了他的牢騷：「全校的人都要成了旱湖的魚了！只能在稀爛的泥裏鑽來鑽去！上面的太陽還是猛烈的晒著！」

大宴一邊聽，一邊鋤草。順手挖一條準備種蠶豆的溝。桑蔭宅也不過是要痛快地說一場。他也不需要大宴給什麼解釋。他說完了便把那包書放在田埂上，自己順著躺下去用書做枕頭看天。天上太亮，刺眼，他就把眼閉上。隔了眼皮，眼前是一片火紅。顯得十分不安寧。耳邊聽著風聲，和大宴一鋤一鋤的翻土聲。

停了一會兒，他聽見大宴說：「我想，這一些日子來的新風氣特別不宜於我們文學院的學生。其實呢，整個兒都是文學院的學生鬧的！當初我覺得挺好。有許多人是太不肯下功夫去念基本的書了。先生們也都說學生心裏煩悶便不念書是錯的。如今一個個都像半截入了土的人，年輕輕的，就臉上一點血色兒都沒有了！而且讀死書，玩物喪志，究竟能有多大益處，也很成疑問。我看作教授的把八十、九十的分數往卷子上畫的時候，心上未必快活！」

「不過要先生們來勸同學不念書也不像話呀？」桑蔭宅說。

「當然不是這麼說。」大宴接下去：「事實上教授也負責同學的心理健康的。我想這種現象一定早已引起他們的注意了。拿我們本身做學生的來想，也有自己太不用心的地方；怎麼能一陣風，便一陣草呢？平常都沒有個做人的態度？」

「我就有！」

「你有。還有許多人有。」大宴說：「我們同學好幾年，就真發現不少中流砥柱的磐石。比方伍寶笙，比方朱石樵。他們都像是這裏火化院裏的幻蓮師父似的。天下安樂，他們不忘早晚修行和功課。天下叫囂，他們也是心地平和得很，如同火化院裏的空氣，不受那邊新校舍的氣流沖動一樣。甚至小童，一個小孩子脾氣的人。天天和生物試驗忙。他都有心去理解人生，昨天他也同我談到這不愉快的空氣，他說：『現在學校已經不是一個生物的有機體了。而是一個趕工的機器廠！機器加快了一倍，聲音也吵亂了一倍。地下的灰塵震得飛起來，人心便都煩了！』」

「這完全是散文詩！」

「『我們學生物的人懂得這是不合適的。比方荷蘭鼠的遺傳試驗罷。你總要等小荷蘭鼠長大，發育成熟，才生得出下一代來。』」大宴一口氣把小童的話說完：「你看，小童這話不是一針見血麼？」

「小童有資格說這個話。別人不一定都有資格說。」桑蔭宅一翻身坐了起來：「不知道你和大余談過沒有？我因為反對他在壁報上那一段文章什麼『鞭策自己運動』那些講苦行頭陀的事，所以我曾經和他辯論過，他有幾句話是不能駁的。他說：『我們之間很少有幾個是才子！我就不信什麼是才子。我們不鞭策自己，歷史會鞭策我們！即使是才子，不努力也就落個名士派的頭銜而已！何況大家都是中等的資質！』你看！他這種話是無法駁的。再說藺燕梅罷，她夠聰明了，如果只是唱歌唱得好，跳舞有風姿。幾年過去，也許是個風頭人物而已。她頭一個接受了鞭打，何況不如她的人呢！她每天用功連上課在十二小時以上。這麼愛玩的人，從來沒聽說參加過校外近來風行的跳舞會。很少看她進城。上次彷彿是有一個什麼會，有跳舞，她父親在航校的朋友來請她。她說：『表演呢，來不及準備，交際舞呢？不會！』她怎麼不會呢？她響應大余的運動，提高課程水準！累死也不能放鬆！這麼一個漂亮的人兒偏有這麼個牛脾氣！我們系裏的先生都說這樣的學生是空前的，說不定在畢業時會有多麼驚人的成績呢！」他說到這裏一翻身，又躺下了：「這叫做左腿跟右腿賽跑一齊累僵了為止！差池一點兒的同學可慘了。成了跑龍套的了。我可不跑這個龍套了！」

「你先別打岔，讓我說我的。」大宴說：「小童的辦法是靠得住的，是自主的。不容易搖動。力量也大，也持久。學校裏這一陣順了大余的一拉，藺燕梅的一唱，而起的大風，倒是沒根基的。說不定一下子把綳得太緊的弓弦拉斷了，反而出了毛病。我也跟大余說過。說他提倡的這運動尚難說好壞。而他自己又是個求全責備太甚的人，藺燕梅和他的這一場合作也不知道到底會如何收場！他的是功是過，也還都不一定呢！」

「那麼他怎麼說？」

「還不是一樣！他說：『先叫大家多用點功總不是壞事！』」大宴說：「其實我看大余心理上多少有點小毛病。有的時候不近人情。我有一回跟朱石樵說：『大余若是有了女朋友也許好一點。』他說：『不一定，也許那作風更多一個表現的機會！』現在真叫他說著了。現在我想，若是說得不好聽一點，他像是有一點斷了尾巴的狐狸的心理。自己過激，自己不正常，正像自己尾巴斷了一樣，也願意別人尾巴都斷了，陪著他。所以我覺得藺燕梅最可憐。她怎麼偏偏碰到了大余！現在變成了這麼個樣兒！」

桑蔭宅和大宴這一番談話之後心上彷彿有了依靠。他想：「不要在大風裏吹迷了眼睛。只要留神便可以看到大樹。」那一次考試卷子不久發下來了。他憑靈感考試的事許多人也知道了。結果他考得很好。發卷子，第一本先發是他的。先生說並不是因為他分數最高，但是看得出他瞭解的程度，並且發現一個很可喜的傾向。說他的見解值得鼓勵。

最高的成績自然是藺燕梅的。她的議論引證已成章法。書讀得多，下筆流利。而且自熟中有巧，其見解更接近成熟。第二本卷子發的便是她的。

桑蔭宅倒是有點意外。他下了課便去找大宴。沒有找到。他想若是沒有課也許在田地裏，好在自己也想散散步。便一個人向火化院走來。到了山崗上，大宴也不在田裏。料想要到晚上才能看見了。便心上想著大宴所說關於幻蓮師傅的比喻，覺得自己也頗有幻蓮師傅的心情，就順腿走上火化院來。

他們常代幻蓮借書還書的，所以相當的熟識，他掀開簾子進了幻蓮的屋子，看見幻蓮正在窗下寫字。他便和幻蓮隨便談天，也說到了有些人不能安心念書，而去作了生意，作了事的情形。同時又攻擊新風氣矯枉過正。

「這也要看人的天分。」幻蓮說：「天分平常的人，是只有靠別人督促的。」他又告訴桑蔭宅說他這裏常有一對對的情侶來散步談心。有一次傅信禪同何儀貞來過。正好碰到他。傅信禪還說了他把第一個月的薪水完全賭掉了的事。「賭博也是一種魔道呀！這個與非常時期不相干罷？人是時時有引誘的。只看自己動心不動心就是了。他兩個來這兒既然看到我我就要告訴他這話。」幻蓮說：「他們倒是合得來的一對兒，天分都不高，不過天分不高，風險也少。總之，各盡本分，不要因外物而動。能夠不誤了自己腳跟下的大事也就很好很好了！也不必要求太過分。只需如此。『安全第一』哈哈，速則不達。」

桑蔭宅今天因為考得得意，也就很高興地多談了些話，又說如今上大學也和做和尚差不多。比方大宴就在火化院前不遠挑水澆菜，學生們希望能自給自足，把自己從混亂的社會中迴避出來，靜心下一點工夫。

「你這一說我倒想起來了。」幻蓮說：「西山上華亭寺裏的履善老和尚找我給他寫一張字，現在有得寫了。履善今年七十了。他天天打草鞋，一生也不知道打了幾萬雙草鞋了。寺裏和尚穿的鞋都由他打。我給他寫這麼一句話罷。」他找出履善給他的一張紙來，相了一相，提筆直書，一看是：

「莫忘自家腳跟下大事。」九個大字。

第十章

桑蔭宅和幻蓮談了一陣話，又看幻蓮寫完了字。自己走了出來。覺得時間還早，便上後面陸先生的花園去玩去。到了那裏，看見門是開著的，順腳就走了進去。繞了不少花圃，忽然在一片向日葵底下看見伍寶笙坐在地上。身下青草地上鋪了一件短外衣。伍寶笙正低了頭往一個小本子上寫記錄。聽見腳步聲抬起頭來也看見了他。

「這麼好的一個花園，」他說：「這麼許多好花，可是等我一想到都是試驗品時，就都沒景致了！」

「我們比你苦得多哪！」她把小本子闔上，站起來拿起地上的外衣，抖了一抖。把小本子和筆裝到外衣口袋裏說：「作一作記錄，被你看見了都覺得煞風景！我們自己呢，不但要記下來，而且在種下這些植物的時候，早都預先知道了他們的生活史呢！」

「你回去了？」

「不，到那邊去看看幾種別的東西。」她笑一笑又說：「你一個人來的。要作新詩？」

「我不會作詩。我衹是喜歡讀詩。」他說：「讓我跟著你過去，你就是一首詩。只有我會讀！」

伍寶笙不是那種小家氣的女孩子。她太懂得別人的心理了，因此，她也就有了一種因智慧而生的同情心，與慈愛的態度。所以她會鼓勵年輕的男孩子，她不戕害他們。她本來沒有戕害他們的必要，如果她發現對方是一隻猙獰的狼，她儘可以躲開。因為她不願意自己美麗的心魂上有加害於人，或被人加害的回憶。如果對方是一隻無知的小白羊，不過是淘氣一點，她便使他馴服，使兩人都快樂。當然她也想到：「這隻小羊多淘氣呀！」然而這完全是疼愛的意思。

兩個人角力時，把對方打傷或打死，並不是一件足以炫耀自己技藝的事。倒是使對方得以保全其肢體，而心悅誠服，才難能，才可貴。

上帝保佑伍寶笙！她沒有碰到過狼。上帝保佑桑蔭宅，他那幻夢似的美麗的情感，幸而是碰到了伍寶笙，因此纔不曾被打碎。他跟著伍寶笙在花徑上走著，他看了伍寶笙的衣服，手臂，與柔細的頭髮似乎都在說話。都在說：「說出你的愛情！桑蔭宅。不要遲疑，馬上跪下來承認你心底下埋藏了許久的秘密！」他又想起前兩天大宴在田地上告訴他的話：「我們同學了好幾年就真發現了不少磐石似的人，比方伍寶笙……」他又想到〈孔雀東南飛上〉一句詩：「磐石無轉移。」他馬上想用詩來表現自己的秘密。他的思潮正是這樣紛亂。他是一個太敏感，又太年幼的人。他也許能成為一個詩人？也許這一點靈性就很快地夭折了。

「伍寶笙，我有一首詩！」他說。

「不要提詩了！」她笑了起來就站下來看了他說：「我還聽見梁崇榕告訴我你的一首詩呢！」這下子桑蔭宅可窘得很了！他是曾順嘴謅了幾句打油詩，一半是為了開玩笑，一半是為了使自己高興的。那是他為梁崇榕謅的，卻把梁崇榕氣跑了。這件事梁崇榕告訴過伍寶笙。伍寶笙明白桑蔭宅是無心的。但是也沒有使這事在自己身上重演一遍的必要，所以她馬上點明了，免得桑蔭宅受更大的窘。雖然這一場小窘是不免的。

那一次是這樣；有一天空襲，警報之後，梁崇榕在山上和她的女伴走散了，正好看見桑蔭宅一個人翹起大腿坐在草地上倚了一棵松樹看書，她便過去和他結伴，聽桑蔭宅信口亂譯手中讀的勃朗寧氏的一首長篇敘事詩。為了有這本詩作媒介，桑蔭宅的話題便又自如又流暢，又荒唐地展開了。這種詞藻是正適合一個活潑女孩子的胃口的。俏皮的梁崇榕便常常笑著。

有一枝小松葉落下來，纏住了她的頭髮，她自己伸手去取，把幾絲髮扯亂了，也沒有取出來。桑蔭宅抬起頭來看見了，便住了口，不譯詩，放下書，給她把小松針理出來，又把她頭髮順好。那梳得光澤的絲髮，使桑蔭宅忘了把手拿開。

「別摸我的頭髮呵！我頭髮上有油！」梁崇榕說。桑蔭宅不待她說完馬上如譯詩時那樣敏捷順嘴一路謅下去：

別摸我頭髮呵！我頭髮上有油，
油黏在你手上呵；難洗揉！
別動我的鬈兒呵，我今天沒捲緊。
如果散下來了，叫我怎麼說呢？
也別儘在我顋上擦呵！你知道！
粉色兒不勻了，人家會多心哪！
這更不成功了呵！桑蔭宅！
臙脂，口紅，全上了你的臉啦！

這麼樣胡說八道地怎麼不叫人生氣呢？梁崇榕站起來就走。正巧那邊她妹妹同幾個女同學來了。桑蔭宅連個分辯的機會都沒有便被留在那小松樹底下了。

伍寶笙想起梁崇榕述說的情形來，就忍不住要笑，她向桑蔭宅說：「你那一首算是什麼詩呢？」

「我事後一想，才發現有來源！」他興奮地說，把方纔在伍寶笙身邊做的白日夢也忘了：「我那是同《詩經》〈野有死麕〉〈將仲子〉同一格調！」

「不同一格調也不要緊。」伍寶笙溫和地笑著說：「民歌性質的作品只有一個條件：『自然。』你這小詩的作風就不壞。方纔你不是說你又有了詩嗎？」

「不能念出來了！不能了！」他狼狽地說。他忽然臉紅起來。額上都見汗了。

伍寶笙裝做沒有看見，她又掏出小本子來，笑著說：「我又要作記錄了。你要不要自己走開？去想你的新句子？」

「我要！我要！」他心慌意亂地說。他便忙忙回頭向園外回去的路上走了。他心上想：「伍寶笙真是天使！」

伍寶笙說：「寫好了給我看看。作詩不全憑靈感也是要勤練習的。」她見他走遠了。便把記錄本子又放回袋裏。她根本沒有什麼要記的。

「桑蔭宅不是一個壞人，他是這種容易激動的性子罷了！」伍寶笙一邊察看一株小植物一邊這麼想：「對付一個壞人容易，而恰到好處地周旋一個好人倒是要費點心思的事。」

「不知道桑蔭宅到底是跟哪一個女孩子好？」她又想：「他會使她幸福的！燕梅碰上了大余，還真不如碰上了他！可是現在晚了。她不會注意到別人了。她是連我都沒有工夫見。連先生的話也不聽了。只是三步併作兩步地在大余後面跑！不過今天的桑蔭宅也是一個危險人物。誰要是碰見了他也不免要倒霉！真是的，一個二十歲左右的男孩子比一個二十歲左右的女孩子更不安定，一樣地弄不清自己的感情。誰死心塌地去愛這麼一個歲數的人，誰就是賭博。」

她乏了，便坐在一片生得密密的亞蔴前邊土埂上休息。看了遠處的天，冥想著。

伍寶笙恐怕不曾戀愛過，她心地正像遠處藍色無雲的天。也許曾經有過一兩片白雲飄過？但是現在找不出痕跡來了。彷彿她曾經在上課的時候呆呆地看過一位教授的和藹的臉。但是此刻已經全然沒有餘音留下了，那也許是許多年前的事。她又像一面明淨的鏡子，也許曾經有人呵氣在上面？

但是它馬上揮發散失了，不曾立足存身在上面一秒鐘，隨呵隨散。當然有不少人日夜為她的風度神采顛倒夢囈著，也有不少人來接近她，依傍她。但是呵氣在明鏡上的結果總是一樣的。無論是一種什麼方式的愛情總是兩方面的，而伍寶笙彷彿是上帝從愛神手中特別赦免的惟一的人。所以她的明鏡一直不蒙塵霧。

她想：「像桑蔭宅這樣，如此容易地愛上一個，又愛上另一個，也真有趣。他也不見得一天到晚都是想著愛情，但是愛情在他心上生長的時候他卻攔都攔不及！如果不攔呢？那又怎麼得了！

「這也許就是男性的天職，上帝灌輸在他們身體裏的。由他們去促成，由女性來撫育。一拍一合，才延續了種族的生命。

「延續種族生命真是由一種不能察見的偉大力量來推行著。生物常在自身性命不保時，還為下一代努力。把長腳蚊子用手扣在桌子上。它絕望地振翅時，便把黑色的子掃下來了。蚯蚓誤爬到曬得火熱的田埂上時，知道沒有希望鑽進那堅硬的土裏了，便把孕育著下一代生命的環帶拱起來，離開灼炙的土地，讓這一部份最後死去。」

她越想越遠了。忽然她自己臉紅起來，她想：「那種小說似的戀愛簡直是光描寫美麗的花，而忘了開花是為了配粉，為了結子。植物費了如許生命力來使花顏色美，香味濃，蜜汁甜，都不過為了這麼一個目的。而人偏只重虛飾忘了本源！戀愛也許有迷人的地方，但是頂多如迷人的花朵一樣。而她的光榮與責任是在開花之後！

「我也許不會有戀愛了。我太可憐戀愛中那些糊塗的聰明人，和他們所做的那些聰明的糊塗事了。然而我的光榮和責任呢？

「多好笑！余孟勤這個人，他在壁報上大吹大擂地也談光榮和責任。他似乎就沒有生物學的常識，甚至他彷彿是從石頭中劈出來的孫猴子，不是一個有父母的生物一樣。他彷彿不是種族這一條線上的一段一樣！他不懂生物學近百年來影響了哲學多深！他完全是逃避責任，他還談光榮和責任呢，他不但自己不負責任，而且連金先生都受他攻擊呢！

「若是我？哼！不妨先透澈了所有聰明人的糊塗處，自己卻不談戀愛。

「責任嗎？盡責好了！反正女人至多盡一半責任！有那一半，我就拿出我這一半！」

「這是什麼話！」她自己吃了一驚！伸了一下舌頭。彷彿方纔的話是另外一個頑皮狡黠的女孩子跟自己撒嬌說的。她忙掩了口，其實她並未說出口，用眼四下張望一下，幸喜沒有人。

她看看錶，時間不早了。靜了一下便準備起身回去。忽然聽見有腳步聲走到亞蔴田那邊停住了，便停在那邊說話。亞蔴葉子密得很，看不透。她想：「又是誰來了？這門一開就不能關！」

又聽一下，聽出是一男一女的聲音。她想也不好過去打擾，料想他們不致待得太久。若是一下便走出去了呢，自己再隨出去鎖門。便又耐心坐在那裏。

坐了一會兒心定下來那邊談的話也聽得清了。一個是余孟勤，那一個是自己去年朝夕相處的藺燕梅。她本想不聽的。但是又不好走出來，只有聽下去。

「孟勤！」藺燕梅的聲音提高了一點說：「你這種話真叫我為你著急！你的脾氣至今叫我摸不透！我真想走遍天下去訪求一個能夠完全瞭解你的人，讓他來解救你的痛苦。有時候想起你的愁苦來，害得我整夜不能睡覺。你能領導這許多人，你卻治不了自己心上的病！我告訴你說，你一天到晚作的事都是依了道理推出來的，有了你的學識就該推得出這些道理這不足為奇！這不過是一架計算機的工作罷了。可是你這永遠不能安定的心應該怎麼處理呢？你想過嗎？這件工作也許要難一點呢！也許是一個會修計算機的人才能做得到的！你自己的病並不輕呀！別人為你著急，你恐怕都不知道！」

「我是不知道！」他說。他的聲音真粗暴。使伍寶笙吃了一大驚。他萬想不到這全校注目的一對情人的對話內容，是如此的。她心上又可憐那個口氣這樣委曲的藺燕梅，又可憐這個嚴厲寡歡的男人。「我不知道我有病，我祇知道我有責任，誰替我擔心？誰應該替我擔心？他何以能有多餘的時間精神來為我著急？他豈不是放鬆了他的責任？鐵匠應該打鐵，農夫應該種田！誰是應該代人著這不著邊際的急的？越來越說孩子氣的話了！我想把大家鍛鍊成鋼，你倒先變脆弱了！誰的責任是為人擔心的？」

「你說的纔是孩子氣的話呢！」伍寶笙都幾乎要笑了：「說，燕梅，你說：『我就是該為你著急的。女人能招呼好一個暴躁的男子就是聖賢！』」她自己這麼想。這些日子來藺燕梅雖然沒有同她在一起，但是她從沒有一刻不念著她妹妹。

那邊藺燕梅已經說了：「你聽見你自己說話的聲氣嗎？這是一個沒有心病的，健康快樂的人應該有的口氣嗎？你在冒火呢！我總奇怪，你在台上演說時有那麼一副溫和的姿態，那麼一口循循善誘悅耳的聲調，到了只我們兩個人的時候就是這麼可怕的樣子！孟勤！最初我常常哭，常常害怕你會把我折磨死。我覺得不幸。我寧願不為人知地作你宣講時的一個聽眾，不願作一個人人稱羨的你的助手。現在我對你的關切已經把我的恐怖征服了。我想我至少在幫助他們聽從你依順你之外還有一個責任！……」

「燕梅！」余孟勤攔了她的話：「我原來也不能瞭解你！你為什麼捨得抽出寶貴的時間來為一個單獨的人費腦？為什麼你常常把話題引到我身上來？你引得我暴躁，又不許我暴躁？我告訴你，我做的事都是思之再三的。你如果要說服我，你得先把我的錯誤找出來！如果我推行的工作沒有錯，那麼你的最好的安定我的辦法就是努力實行我的話！計算機？有什麼要緊！只要能計算得出答數來！我現在冒火嗎？我現在是冒火，一點也不假！我心上的火還沒有冒出十萬分之一來呢！這種女孩子氣的輭弱話也從你口裏說出來！我的口氣，姿態，你也會挑剔這種小事？真叫我失望！燕梅你真叫我失望！」藺燕梅半晌沒有答話。

這樣的話真令人聽了不平，伍寶笙幻想著藺燕梅忍受的情景，不禁眼淚滴在自己手背上：「本來是女孩子嘿！」她想：「女孩子的戀情真是苦惱的根源！」她很想此刻挺身而出把她的妹妹再救回自己的溫情裏來。但是她的妹妹是不是願意呢？她又想如果今天是不宜露面的，為了免得令燕梅難堪，至少以後，在遇到大余時，以四五年同學的資格要折服他這一點不近人情的地方，僅是為了她妹妹的幸福，她也該這麼做。

「也好！我們撇開你不談。」藺燕梅極柔和地說：「方纔幻蓮師傅的話哪一點兒不對？『不要誤了腳跟底下的大事！』他的目的與你一樣，而他的慈悲，熱情處只有更過於你！『不要忘了自己的責任！』這不是你一天到晚宣講的題目嗎？與他的話有什麼分別呢？他能叫人走到一個目標去，你也是幫助別人向那一方向走。可是他肯原諒傅信禪的錯誤並且仍舊給他溫暖的鼓勵，你便會和他爭辯起來。為了看一張字，看了他寫了這麼一句話，也會有這許多爭辯，你一生真不知道要發動多少爭辯呵！可是我告訴你，你這一場爭辯失敗了。你能說幻蓮師傅的辦法不對麼？依你便怎麼樣？把傅信禪殺了？把宋捷軍殺了？那麼你想想看，是誰更成功？是幻蓮，是你？佛家接納回頭的人，《聖經》講述回頭浪子的故事。你一味地頑強。『完全！』『完善！』地講個不停！所以你永遠是痛苦的！」

「這句話還可以討論。」大余有這種好處，一講道理，便平和了：「辦法是幻蓮的對，而且你也不是看不出來，我所行的也正是這個辦法。但是在原則上我們要追求完備！在責備別人的時候，我想頂多期望他最終走上正道而已。在責備自己時，一定要求完備！完備！如果有人能為你所看重，而他確是保持著追求完備的資格的人，你也就該如此期望他。否則他應當覺得羞恥！羞恥自己已經失去追求完備的資格了！

「燕梅！你是有資格的人。我不請你寬恕我的嚴厲，我反要你感激我的直爽！今天在幻蓮屋裏的爭辯是對他說，而是給你聽的，你會不知道？」

「我知道的！」燕梅低聲說。聽得出是含有感激的口氣：「這是我今天從耶露撒冷朝聖的收穫。」

余孟勤是個耿直的人，他不懂得謙恭，正如他不懂得愛撫一樣。這樣的話，他也只是挺身受之。這樣的情他更漠然。

慢慢地，聽見他們走了。伍寶笙自己又想了一下。也站起身來，她想：「我也覺得浪子回頭固然好，但總不及白璧無瑕之光明可愛。余孟勤這幾句話說得好。他們這一對情人說的也可以算是情話，不過作風不同罷了。桑蔭宅用詩，他用言論。不！他簡直用責罵來讚美他的愛人！幻蓮也是一個妙人。他能說出寬容的話。這一對情人求全責備如果出了悲劇，何如小范同周體予，馮新銜同沈葭呢！」

伍寶笙是個快樂的人至少她是不受困擾的人。這些好處要歸功於她的天性與健康。她能平靜地思索這一套偷聽來的對話，也能淡然把它忘掉。她欣然忘機地站在這裏，也就和她身邊這一片挺秀的亞蔴一樣。

想想余孟勤那樣急躁冒火，又何苦呢？想想全校人那麼愁眉苦臉，又何苦呢？想想藺燕梅那麼苦修受煉，又何苦呢？這裏有一個完全的人格。她完善。她目標看得清楚。她是最盡責的工作者。

她的效率高，性情心境好。她是有內在信心同修養的。說她是得天獨厚，可以。但是許多別人又何嘗得天不厚？她一切在余孟勤所鼓吹的標準之上。而她有著余孟勤大風之下找不到的快樂的臉。她是快樂的，是值得讚美的。

像這樣的性格很自然而然地會照進了痛苦之群的眼裏，當然也有人也從她那裏找尋希望。小童便說過：「我們現在是在黑暗時代了。而伍寶笙是一顆星星。看看她，才會維持『光』的觀念。否則『光』將是不可思議的事而被人從字典裏除去了！」

伍寶笙鎖上了園門回去。她回去發揮她那晶瑩的光輝去了。這就是她的工作。正如鞭策同學是余孟勤的工作一樣。而她的工作是不用力的。她不是秋風，而是春陽。在她的溫暖下雪便融化了。草木便發芽了。在她行令時一切都是默無聲息的。靜寂而生氣熱烈。春意熾鬧。但春天之可愛，總要在秋冬之後才能為人發現。伍寶笙是春天。

然而現在不是春天。這正是一九四一，民國三十年年底。

這正是昆明城瘋狂地變繁華的時候，變罪惡的時候，正是學生們的最落魄的時候，學校光輝最黯淡的時候。但是在學校之內，這是秋風行令的時候。他狂掃敗葉。他用暴力去察看各株小草明春生存的資格。他寓建設於破壞，他除垢清穢，又砥礪善良。

這年的十二月，當日本派去美國的和平之鳥來棲還在喫香檳酒的時候，日本海陸空軍的大偷襲已經準備妥當快到目的地了。十二月八日，突襲珍珠港，同時幾處齊舉烽火。

狼煙燃遍太平洋裏，十二月十一日關島失守，二十三日威克島失守。二十五日香港九龍也被偷襲者攻佔。

這不是個小爆竹。這是一聲春雷。學生活躍得很。從前要悄悄地去作的事，現在可以公開了。

離校的學生，尤其是外文系四年級的學生，幾乎全在盟軍的機關裏發現。桑蔭宅也穿上了軍裝。詩也改了作風。轉年一月二日，日軍入馬尼拉，十五日陷新加坡，中國軍隊帶了一批學生作翻譯官。在二月開入緬甸。他們走上宋捷軍等從前走過的公路，也穿過凌希慧所穿過的森林。二月，雨季未到。北緬陽光正好。像桑蔭宅這樣的人校中不知道送出了多少。

滇緬路上穿軍裝的人多起來的時候。投機商人的蹤跡便少了。國軍繼續不斷地開進緬甸的時候，那些商人便把走私的貨物在昆明市上拋售了。戰事發展的方向已經很清楚了。寒假中學生都拋了書去作戰地服務工作。

慢慢地雨季又來到了昆明。學校重新把學生吸收回來，學校用這樣幾句話來安慰學生。這話裏很容易看出學校當局的苦心：

「你們已經愛你們的新工作了。你們又已經明白過去學業成績是可珍貴的了。我們現在允許大家在課餘參加工作，正如同在軍隊中允許同學工餘自修一樣。你們工作是為了保護這個自由的國家，為了保護這自由的教育。我們的教育的目的也正是一樣。

「你們應該可以安心上完你們最後的一課，直到命令來徵調你們走。你們卻不可以自己離開了團體。免得最後給你機會求知識時，你不能得到，而調用你的時候又找不到你。

「我們盡量給你最合宜的工作，也許能力高的人僅能發揮最起碼的效用。那時你便要明白，你的知識的責任，不要放棄了自修，而竟始終被當做一個起碼的『人』用了！

「儘可能維持你的學校生活！」

學校又規定了休學服役的辦法。為服役的人保留學籍，又為他們的自修擬定辦法。學校裏面依了上學期余孟勤吹起的大風的餘威，正常緊張地上著課。而同學心上那種枯燥寂寞的感覺消失了。

大家又注意到活動的份子。也常常想到如何能最快把自己造成有能力的人。他們彷彿多年苦修今天才知道過去苦功的意義，於是欣然笑了。

學生辦過幾次很成功的募款遊藝會來籌集他們後援工作的基金。這時藺燕梅又成為大家愛戴的人。她的工作，她的態度，全是感動人的。他們今年不開春季晚會了。藺燕梅的舞搬到校外募款的遊藝會上去了。她的光彩更勝去年。

雨季又來了，又帶來了撼人驚魂的驟雨，又帶來了爽人眼目的疏雨。也帶來了洗沐山岳灌濬河川，連綿不休的大雨。風季吹乾的草木，又復蘇了，風季堆積的塵土，也洗淨了。河水又漲滿了又急流著。樹葉又綠又香。

隱藏在溫暖的泥土底下的春意，又在翼翼攘攘的蠕動了。這種不安定，難捉摸的春流，校園裏的人很敏銳地就感覺到了。它在眼前鬧？在耳根鬧？在行動中纏手絆足地鬧？全不像。這個不安定，頑皮的春的精靈是不容易對付的。彷彿在你脫下了笨重的冬衣，不打算再穿時，它便襲擊你了，它捉弄得你不知如何是好；在走路時，想學春風裏的燕子，輕輕地跳一跳。獨坐時願意學花朵那樣微微地笑一笑。又想惹一惹枝葉又想觸一觸嫩草。因為這個頑皮的小精靈正在惹我們呢！正在觸得我們心癢呢！

這時候那咆哮了一冬的余孟勤便如靜寂春晝裏花蔭日影下苦吟的詩人，為節令所感召有點春倦了。他一句詩苦思未得，卻弛鬆了困頓的腦力半睡半醒地看了花開，而覺得詩句不重要了。他的職責又離開他了。詩句中的生命流到真的生活裏去。

學校裏的同學從無知地辛勞中忽然體驗到了辛勞的真意義，一聲春雷裏，每一株小草都從土裏鑽了出來，雖然他們長得還沒有身旁拱起的土高。然而既已受到風薰，迎到日光，也都知道如何生長了。當然一冬在土裏的育養，秋風瑞雪的功績不可埋沒，但是冬天在哪裏？多麼難記起呀！

就在睏倦的余孟勤的眼前，就在他掃落的枯葉堆裏新的植物又發芽，抽條，長葉，開花。藺燕梅今年的光輝更蓋過去年。那個以同等學力考入一年級的藺燕梅今年是全校同學心目中的珍寶，教師口中的驕傲，校外人士眼中聯合大學的象徵。

她的音容便是同學愛校的聯想基礎。「讓她好好地在校園中長成！」是全體校中人的願望。

春暖花開。映了校園裏池水上流動的影子，玫瑰又嬌艷地呈現在大家眼前了。大家都記起了去年春季晚會的情景，也回憶了一遍這一年春風秋雨的經過。靜默地偷閒安息一忽兒裏。人人為自己安然無恙的一年回憶祝福，也為藺燕梅今後的幸福快樂祈禱。

池塘旁邊常常有人看花。也常常有人低聲向花朵說一些別人聽不清的話。卻依舊沒有人採折。

在春季的快樂的活動裏，余孟勤便顯得笨拙了。後台上藺燕梅的化裝又是去請姐姐伍寶笙來陪著。在她自己扮好了之後，也順手給姐姐髮際戴一朵花。在前台依舊是范寬湖伴著。依舊是他華麗的歌聲伴了自己的舞。他們又自己編劇。課室中的理論搬上舞台。馮新銜、朱石樵等的生花之筆壓迫著觀眾順了他們的思想走路！壓迫他們慨解義囊來買舞台上給予的教育。學生們在春假中演了好幾次戲。

這一天范寬湖同藺燕梅從禮堂預演了一幕新編的劇後，天色不過才下午四點鐘的樣子。兩個人出來，並坐在池邊草地上看玫瑰。范寬湖想改變劇中的對話。藺燕梅笑他不懂劇中含義。她停了一下，想想，有一句話有點難出口。她說：「什麼便宜都叫你佔盡了，你還要改什麼呢？幕一開，就是我盡力地打扮好了，跪在你的椅子前面，說：『我是你手裏的豎琴，你不調奏，我不成曲調。我是你筆下的顏色，你不畫，我不成圖形。我的顏色，美麗，沒有你的愛情，就失去了意義！』你還嫌這句子不好，你哪裏知道，戲中戲本來也不是人生呀。戲詞天生是戲詞呀！戲裏的佣人和小姐說的台詞可以口吻不一樣，為什麼這種半醉時的人說話口吻不可以和醒時兩樣？」

范寬湖不是好辯的，他就不開口了。其實這幾句台詞他們寫的時候大家會意是專為了蘭燕梅這麼漂亮的女角兒說的。這樣的話，由這樣的人在台上說出來，便不由得人不聽下去。蘭燕梅自己心裏清楚極了。她每天不知道收到多少癡情人的信。那些人從她台詞中受教。多少感激涕零，甚至有人信上說：「我正是你們戲中所指摘的人。有一天你的影子在我心上，我一天不會忘了你們的教訓。來救我罷，蘭小姐！」

但是貴族似的范寬湖不相信世上有這麼易感的人。他嫌這台詞一上來太不像口語。太與他自己在台上的演說相逕庭。既然蘭燕梅口氣不要他再提起改詞的事他便不說什麼了。他順手用鉛筆在包書紙上描繪對岸的玫瑰。這時岸上正沒有別人。

小童剛好走過來便看他畫玫瑰。蘭燕梅愛和小童說話的便說：「小童天天看你忙得跟一隻小蜜蜂似的。你有工夫來看紙上的玫瑰？」

小童孩氣得很，他說：「至少蜜蜂懂得玫瑰。范寬湖你畫錯了。這完全是人畫的玫瑰不是真玫瑰。」他們這種對什麼事都有興味的爭論，是蘭燕梅去耶露撒冷朝聖後，久已失去的快樂了。在大余那裏彷佛快樂便是罪惡似的。

「怎麼不真？」范寬湖說。

「薔薇科的葉子都是五小瓣兒。你畫的大片兒葉子有點像茶花。」小童說：「不信你繞到半島上去看一看。」

「來！咱們商議一件事！」范寬湖說：「有蘭燕梅在這兒。咱們有權商議。」

「跟我商量？」她睜大了眼睛說：「什麼事這麼鬼鬼祟祟地？」

「去年我把鄭晉元扔到水裏去了。想想他也真是冤枉。」范寬湖說：「鬧得今年大家還談論。如果我是你，就不願被人比做花。乘今年不過是第二次花開，把這個俗氣的說法擺脫開。我過去摘一朵花給你戴戴，花便是可以摘的了，你的身分就和花分開了。什麼一天到晚人人說的『校園裏的玫瑰』也就叫不響了。什麼我的那些倒霉外號也就沒有人說了。」

「我也實在討厭這些俗氣的外號。」藺燕梅說：「大半年了，我以為人家都忘了呢，現在又叫了起來！許多在很遠地方的朋友都寫信來問我！」

「不過這一下子，花可倒了霉了。」小童說：「你們一摘也許人人都摘。而外號未必消失。」

「玫瑰花又不結子的。」范寬湖說：「本來是摘了戴戴好看的。」

「你怎麼知道？」小童說：「天下除了綢花紙花是為人戴的之外，沒有花開是為人的。」

「不跟你說！」范寬湖說：「藺燕梅你愛哪一朵？」

藺燕梅一年過來，對自己看法改變很多。她早已不做玫瑰三願的夢了。她倒時常想：「長成一棵大樹！一棵大樹！直到伐木人來的時候！」

她聽了范寬湖的話，便用眼找了一找。看見正對面，最上一枝，有一朵半開的。最飽滿，最嫩。她指給他看。說：「就是那一朵。」

「我過去啦！」他對小童說。

「管你呢！」小童說：「去看看玫瑰葉子是什麼樣子再說罷！」

范寬湖就繞到半島中心去。那裏很少有人到。有幾只石凳子放在那裏，半截已經埋在土裏了。他用力搖了搖，土鬆了些，卻搬不動。藺燕梅半天看不見他的影子就喊：「你到哪兒去了？范寬湖！」

「我在這兒哪！」他也喊：「這兒草真深。草裏頭還有石頭桌子，石頭凳子哪！恐怕從前這兒是可以坐著玩的地方哩！」

他一喊，草裏有幾隻出來覓食的田鼠便四散竄走了。有的慌得找不到路，竟會撞到他腿上。他驚叫了起來。

「怎麼啦，范寬湖？」她喊：「叫刺扎著了？回來罷，我不要花了。」

「還沒碰到刺呢！」他喊：「一隻老鼠撞在我腿上！這兒真成了鬧鬼的地方了！」

他又用腳撥開草向前走。熱帶的叢草長得很高直齊到他腰際。地上又濕，纔幾十步遠便很難走到。草裏亂飛著蚊蚋小蟲，揮也飛不散。手臂上，頸子上都被咬了。還有許多毛刺的草籽便抓著他的衣服。他再也想不到這玫瑰花牆後面的路這麼難走。

好容易挨到花叢背後，才發現花朵全是向陽臨水開的。這背面並找不到花。他用手分開花枝子。手臂上被刺劃得一條條的血痕。他賭氣非摘到不回去。他一叫也不叫。對岸蘭燕梅同小童現在隔了花枝看到他了。

「就是你前面最高的一朵。」蘭燕梅指給他看：「喏！」

他伸手一比，差個三四尺，夠不著。不是太高，是花叢太厚。枝條又密又多刺，他不能走過去。他彎下腰來，在鄰近不遠的地方有一個枝條沒有塞滿的洞。他可以伏在地下鑽過去。他就又分開叢草往那邊去了。對面岸上小童和蘭燕梅又看不見他了。

半晌。他由花叢下面鑽了出來。

「小心！這可不得了。」小童喊：「再爬一步就掉下水了！」

他忙停住，探頭一看，可不是嗎。叢草下面，已經是土岸的邊緣了！他便小心地站起身來，牽了玫瑰花枝，沿了岸邊一步一步試探著走。那邊兩個人替他提心在口。

終於他安全地走到了那一朵花底下。他用另外一條枝子把有花的這一枝勾近來。

「摘啦？蘭燕梅？」他喊。

蘭燕梅心上也不知道說什麼好。「花就是自己嗎？我就是玫瑰花神眷顧，象徵的人嗎？夢話！叫他摘嗎？為什麼單叫他去摘呢？不叫他摘罷？那就不該叫他費了這麼大的力氣爬到花旁邊去！」她心上想著，嘴裏說不出話來。

「摘啦！蘭燕梅！」范寬湖又喊：「我快掉下水了！」

「為什麼他逼著問我呢？」她仍舊在想：「怎麼小童不說話呢？怎麼沒有別人趕來攔他呢？如果誰也不攔，摘就由他摘罷！」

「我說——我——要——摘——啦！」他喊：「我站不住啦！」

「站不住不會回頭嗎？」她還在想：「你若是不想回頭，伸手就摘，又有誰管得了你？」旁邊小童看了很奇怪。他完全猜不透蘭燕梅的心理，於是他也說不出話來。范寬湖已經把花夠到手了。

有一隻大馬蜂飛了過來，「嗡！嗡！」地在范寬湖的頭上轉。他又不敢揮手打它。因為他腳底下泥土很鬆，立足不穩，如果一用力，土非塌了不行。他只顧去折花，不敢惹它。

「喨——嚓！」一聲。對岸都可以清楚地聽到。花已經折下來了。蘭燕梅心上彷彿直插進一把冰涼犀利的尖刀一樣。她不覺呵開了小口。手按在心上。她用微弱的聲音說：「好了！回來罷，范寬湖！」

「這隻馬蜂討厭！」他說：「老在威脅我！去你的！」他站穩後用手向馬蜂一打。這又鬆又軟的池岸如何經得起他的身體呢！他又用力非常之大。一揮手間，腳下的土鬆下一塊。和去年鄭晉元一樣「噗——通——」一聲！他也掉下水去了。

他自己，小童，兩個心上沒有什麼事的男孩子，都覺得很好玩。所以當他從水裏冒上來時，兩個人都大笑起來了。他把手中的花向蘭燕梅搖了一搖，用嘴叼著，便從水裏游過來。他說：「我寧願從水裏游過來，那邊的路才難走呢！」

蘭燕梅撇開心上的胡思亂想，也笑了。池岸很直，她接了花，含在口裏，幫助小童把他拉上來。

「到我屋去找件衣服換罷！」小童說：「這個樣子回不去北院啦！」

「一塊兒走罷。」蘭燕梅一邊把玫瑰花戴在耳邊頭髮鬈兒裏。這麼說：「我也去看看小童養的鴿子去。」

他們三個走到五號宿舍。小童進去找出衣服來，交給范寬湖到盥洗室去換。他便在屋外陪同蘭燕梅在鴿棚前面等他。

有一隻蜜蜂飛來落在蘭燕梅戴的花上。「蜜蜂！」小童說：「小心螫了你！」他便伸手要去趕。「由他在花上停著罷！」蘭燕梅伸出手來攔著他：「蜜蜂有了花不螫人的。」

蘭燕梅要糧食餵鴿子，小童進屋子去拿。蘭燕梅等他走出門來便問他：「屋裏有人嗎？」

「有。幹什麼？」

「有人就不說了。」

「你想進來看看？」

「不是。」

「你可以進來。」

「不是？那麼是想偷東西？」

「胡說！」

「那麼說老實話！你問屋裏有人沒有幹什麼！」

「我是想進去看看。」

「說實話吃不了虧。」小童說：「我給你去巡巡風。」他走進去，又出來說：「你可以進來。」

「不是有人嗎？」

「不要緊。你進來就知道了。」他說著拉了藺燕梅一把。兩個孩子躡手躡腳地走進來了。這原來是一個長形的房子，兩邊既然密密地排了雙層床，中間看得通的甬道也就很狹了。又因為床排得太擠，完全是挨著的，所以鄰床的人都用被單隔開。倒也像一間一間的小房子，藺燕梅走了進來便沒有人看見她了。

「哪一張是你的床？」她極小聲兒地問。

「這一張。」

「是上鋪是下鋪？」

「上鋪。」

「媽呀！好亂。」

「下鋪就不亂？」

「不認得人家怎麼能亂說？」

「好滑頭！你說我的床怎麼亂？」

「被子，枕頭，書，紙，無一不亂。床頭上三層書架尤其亂得嚇人！」她吐了一下小舌頭。

「床是因為太忙忘了鋪。」

「架子呢？」

「三層架子，各有專用。井井有條。」

「你第一層堆的是什麼？」

「衣服和書。」

「第二層？」

「書和衣服。」

「第三層？」

「兩樣都有。」

「啊唷！」她忙忍住笑先跑出屋來：「氣死人了。你就不會理一下？」

「理清了不久也是要亂。這樣呢；常常可以丟東西，於是也常有一下子又找到它的快樂！」

蘭燕梅忍不住笑地看了他，又駁不了他的話。她的眼睛閃閃地散出快樂的光，彷彿告訴小童說：「留點笑話罷！做做好事罷！我笑得支持不住了。」她心裏想的是：「你這個人真妙，彷彿就不會一時不快樂似的！」

小童手裏還握著糧食呢！他把一點高粱放在自己肩膀上，鴿子便停在他肩膀上來吃。他一兩年來身體發育得高大多了。兩肩又寬又厚，鴿子在上面搶食，他笑著看他們。

「你要不要把高粱放在肩膀上？」他問蘭燕梅。

「不，我怕。」她說：「給我一點，我敢讓他們到手上來吃。你先告訴我，啄得疼不疼？」

「一點也不疼。」他便倒一點高粱在她手上。鴿子便停在她手上去啄著吃。她愛極了。頭髮被鴿子翅膀扇得亂飛，她偏了頭讓開。母鴿子那紅如珊瑚的小腳爪不留情地在她手上抓。說疼罷，抓得也不重，也不會抓破。說不疼罷，真是被他抓得怪難受的。不一會兒吃得只剩手指縫兒裏幾顆小粒了。有一隻鴿子不走，他用力把小嘴往指頭縫裏鑽。越鑽高粱越陷得深。有時也叨著手指的皮肉。她實在忍不住癢了。便笑了起來，輕輕吻在鴿子圓圓的小頭上一下，放手扔下了高粱叫他飛了。

小童看了藺燕梅的樣子，覺得別人說她比去年美是不錯的。藺燕梅問他：「你想什麼？」

「我想給這隻鴿子取一個名字。」

「叫做什麼？『最後一粒高粱』好不好？他實在很淘氣。人家都飛了，他偏啄！」

「也好。不過我不想用這麼一個實物的名字。我叫他『梅吻』」他說：「你對待鴿子比對待玫瑰花好多了。」

范寬湖換好了衣服回來。兩個人一同送藺燕梅回宿舍去。范寬湖穿了小童的衣服，藺燕梅戴了池邊的玫瑰！第二天這事便傳遍了全校了。

「校園裏的玫瑰」是不容採折的。這樣的行動激怒了全校的人了。范寬湖失足落水是他應得的懲罰。小童不能盡校園中一份子的責任從旁攔阻也必有他要受的罪責。藺燕梅是給自己造了厄運，大家悲傷地等候著。又悲傷地祈求上蒼的寬恕。

還有人解釋說那一隻適巧飛來的馬蜂便是余孟勤！他是來攻擊這折花的人的，可惜沒有攔得住。這個說法太神話味了。大家欣賞這一點小聰明，卻不肯代它宣傳，怕被聽的人駁倒。當然更沒有人敢去告訴大余。

大余聽見藺燕梅第二天告訴他這一場事情，他笑著對她說：「你覺得怎麼樣？燕梅？」

「更麻煩了，」她說：「我們想這種用花來比喻我的說法，是去年那一時的話。今年給廢除了也就算了。誰想到這一來，傳說得更熱鬧了。不過我也值不得去管他。這些話也不過是大家說說高興罷了。」

「我就是這個意思。」大余說：「我只想從這件事裏聽聽你的論調。你自己把理想提高。把希望放在比被人欣賞而已的一朵花更高的地方。就很夠了。不過在舊夢想破滅，新目標未來中間，心上總有一點不舒服罷？哈哈！」

「沒有！沒有！」她緊接著說。但是她繼而一想。去年在池畔，映了水上微弱的光看花開。那時候似夢非夢地在水裏見到過一個美麗，又怪異的影子。心上疑慮得很，身邊有姐姐可以告訴。這次范寬湖折花時，自己也確實有一點感覺，本來想告訴余孟勤的。現在聽他這麼一說，倒不好再開口了。

「由他們這麼去說好了。」大余說：「人人把你當作校園裏的玫瑰來愛護，希望能把你好好保護在校園的良善環境之中，這未始不是一件好事。一個學校裏能有這麼一個重心，我們確實可以利用來作許多有益大家心理的事的。現在至少可以保存一片好花。你心上想什麼燕梅？」

「我沒有想什麼。」她說。

余孟勤他們研究院的學生享受和教員一樣的待遇。比方說住房子罷。雖然也不是什麼好房子，卻可以一個人有一間。藺燕梅有時也進來坐一坐，像現在這樣的。此刻她心上很亂，想不起說什麼好來。忽然注意到這屋子特別整潔，便對他說：「昨天我到小童屋裏去看過一下，他真是氣人，把屋子弄得非常之亂，又偏有許多解釋。」她就把小童的笑話對大余講了一遍。

「我喜歡整齊一點。」大余說：「人亂了，思想也難免亂。」

「你不能這麼說他，他思想亂嗎？」她說：「我倒覺得他有趣得很。」

「我倒不是說他思想亂。」他說：「其實他的思想很好，很靈活，敏捷很自由。這也許和他這股子亂勁兒有一點關係呢！人的脾氣是很不一樣的。話又說回來了。你自己不是很喜歡把屋子收拾得非常整齊嗎？」

「我的整齊和你的整齊不同呢！」她說：「你的整齊太死板，太可怕！」她瞥了他一眼：「我的整齊中有點綴，有熱鬧，透著喜歡。倒有點和小童的亂有點相像！他亂得可愛！」她頑皮地挑逗大余。

大余也笑了說：「你這個小叛徒，漸漸地敢在耶露撒冷歡笑了！」

「我是春天！不是大家都這麼說嗎？我要使耶露撒冷古色古香的城牆上也開花長草。使塵土蓋了的面孔也笑呢！」她笑著走了。把大余留在屋裏。大余嘴上也掛著笑了。他覺得藺燕梅是真可愛的。

這天晚上那一幕新劇便上演了。她的角色很重。從最初一幕到最後幕落的時候，她都有繁重的表演。他們是在城裏借了那一家常為他們所光顧的南屏電影院來演出的。於是藺燕梅便在平時刊登那些她愛好的明星們名字的地位，看到了自己的名字。而只要學校的劇團一有公演的消息，廣告上一有她的名字，那座券是不用費力去推銷，捐款的人自會找上門來把票搶買一空的。

公演的性質與春季晚會不同。藺燕梅的心理也和去年兩樣。去年她是一個新來的一年級生，是一隻怯生生的小鴿子。她謙虛柔和地用一隻歌，幾節舞來結交一校的同學。也真贏得了大家的友愛。今年是做一種工作了。背後有全校同學的支持，自己不過是一個出面的發言人。她研究劇中人心理，琢磨表情和語氣上的小手法。像在課室上學習功課，又像是在校外參加一個運動的比賽。她不像去年那樣敏感地常想到自己。所以當掌聲四起，絨幔合攏來之後，她也立刻恢復了平時神態，笑語詢問自己的同學，今天成績怎樣。不太興奮，也不太傷感。

這一齣新劇的結果，自然又是很成功的。觀眾如同是被諸葛亮算定了的曹兵一樣，什麼時候緊張心跳，什麼時候纔鬆一口氣。在哪一句對話之後要笑，在哪一個場面下要哭，一絲一毫都不曾逃出他們事先的推測。

藺燕梅下得台來便去化妝室裏卸妝。伍寶笙迎著她讚美她的成功。她看見姐姐走過來，便仰起臉來叫姐姐親一親。陪了姐姐坐坐，先不卸妝。范寬怡也有一個角色的。她下來得早一點，還在那裏。另外有些下來得更早的女孩子已經走了。

這時照料前台的梁崇槐也來了。她們姐妹的國語始終還聽得出幾個廣東聲母來的。便不能上台。但是前台的招呼真也沒有人能比得上她們。

「燕梅！你今天真不得了。」梁崇槐進來和她們坐在一起說：「一開幕那幾句話簡直把大家的魂都吸去了。」

「你的魂呢？」范寬怡有深意地問：「也在台上罷？」

「有你多嘴！」她說：「我喊余孟勤，去給幾個進來晚的人找座位，他都聽不見我的話！」

「我的可憐的聖人！」藺燕梅說：「姐姐，我勸過他不必來做什麼照料。他偏咬文嚼字地說上一套大道理。來了，又不中用！學校裏人多得很哪？他又不合適做這件事！後來呢？惹你著急了罷，崇槐？」

「後來他等你跪在范寬湖面前把一大段兒話都說完了，才領人家去找座位。等他走回來了還告訴我說那頭一段對話很動人，不該打擾大家的注意呢！」

「他現在在哪兒？我想問問他是不是要等著送我回去？」

「我就是替他來看看你卸妝了沒有的。他和大宴什麼的幾個人在門口算今天的賬呢！我去給你問問去。」她說著又走了。

等她走了之後，范寬怡把一個手指頭壓在嘴唇上，低聲告訴她們說：「你們知道梁崇槐這一趟是幹什麼來的嗎？才不是那麼一回事呢！她是來看看我哥哥在不在這兒的！看她這個找勁兒大概是沒有找著。

「燕梅！你還蒙在鼓裏呢！自從昨天你戴了那朵玫瑰之後，她在大家談論的時候也給編進去了一點新材料。她說：『如果那一隻馬蜂是象徵余孟勤以武力來保護藺燕梅，那麼咱們的故事就熱鬧了。范寬湖豈不是向藺燕梅獻殷懃求愛嗎？哼！他沒想到這麼一來呀！把人家玫瑰花傷害了！所以得到了落下水去的處罰！』你們聽聽！她說別人我不知道，說我哥哥，我不明白嗎？我早就知道我哥哥的事。他是個愛玩的人。根本女朋友也多。去年夏令會回來之後，常常和她們姐妹們打打網球什麼的。這又有什麼呀！她就存上心了。我聽了她那話，當時真想說：『我哥哥獻殷懃給藺燕梅又怎麼樣？他又不是摘了花給你！』可是這樣的話就不和氣了，我不能說！

「剛才她跑進來，那聲口聽見了沒有？她是說你在台上，把台下的余孟勤的魂兒勾走了不要緊，別把台上我哥哥的魂兒也勾去了！她早說過這戲一開頭你的台詞不好聽，她也跟我哥哥說過好幾遍。我就明白她的意思，妳看她！聽見我用話套了她一下『你的魂兒呢？也在台上罷！』她不就火兒了嗎！

「我就不許我哥哥跟這樣小氣的人接近！我越想越氣！我去把我哥哥找著，讓他跟我跟周體予一塊兒回去！不陪你們了！再見！」

她說著就走了。

「你聽了她的話在意嗎？燕梅？」伍寶笙問。

「什麼魂不魂兒地，真難聽！」藺燕梅低了頭走到梳妝台前去：「卸了妝，咱們一塊兒回學校。姐姐，等我好嗎？」

「我當然等你。」伍寶笙很累了，她便躺在沙發上休息不起來：「小范長得挺俊的一個女孩兒，說話就是這麼扎耳朵！」

藺燕梅拭淨了臉上粉脂，洗了手，衣服還沒有換，忽然伏在梳妝台上抽噎地哭起來了。伍寶笙聽見吃了一驚，忙過去撫了她披著卸妝用的絲巾的肩膀，彎下身去問她是怎麼了。

「我也不知道！姐姐！」她聽見姐姐來問，不覺更加哭得傷心。「我就是想哭！」

「是為了小范方纔說的話？是為了崇槐不該背地裏說你？」

「也不完全是！姐姐，我就是要哭一場才痛快呵！」

「是為了怕這話也傳到孟勤的耳朵裏去？你不願去解釋？」伍寶笙的心被她哭得挺淒涼地，她忍不住一路猜下去，希望能有一線之路可以安慰她。

「也不是這個。孟勤不在意這個的。」

「也別這麼說！你怎麼知道呢？他聽姐姐的話的。你瞧，上回咱們三個人回去，我不是說過他跟女孩子說話要學著和婉一點嗎？他想問是什麼理由，姐姐告訴他說：『就是這麼一回事，沒有理由。說得不和婉就不理你！』你看後來他不就好得多了？這一回若是叫小范到處一說，也許就把事鬧大了呢！你放心，有姐姐替你解釋。好燕梅！可千萬別先把自己急壞了呀！」

「不是為著這個！姐姐！不是為著這個！好姐姐，把你急壞了。你看我不哭了！妹妹已經不哭了！」

「別！別！燕梅！你還是哭，還是哭罷！想哭就哭一場。可不要強忍著！」

「姐姐，你簡直比媽咪都愛我！姐姐，我也哭夠了。我不哭了！你永遠這麼愛我罷，姐姐？」

「姐姐愛你，心上愛得你都疼得慌！你真不哭了？不哭了好！」她說：「哭得我也難受，不哭就不哭罷！」

「世上真有這麼體貼的人嗎？」藺燕梅禁不住要這麼想。大半年來與余孟勤在一起，好像把女孩子的柔情都已經忘了。耳朵裏天天聽他嘲罵：「女人脾氣！」「女人話！」自己也竟會依了他的話忍住淚。淚水向肚子裏流得久了連哭似乎都不知道該怎麼哭了。

「姐姐竟會跟從前完全一樣！姐姐竟似比去年還要可愛！這是可能的嗎？半年來我轉變得這麼厲害她會沒有一點猜疑？她會一點都不感覺陌生？

「我有話不敢說，有氣悶不敢向人哭。我忍不住的熱淚想用袖子擋回去。她就會跑過來問我，這麼替我想得周到！她不怕我不跟她說真話嗎？她不怕我用應酬的話傷了她的心嗎？半年來我疏遠了她，我冷淡了她。可是似乎她在心上一直看顧著我！」

姐姐看了這一雙會說話的眼睛，心上可憐起她來。這一雙眼睛流出渴慕祈求的光，卻又有懷疑和畏縮的意思。她像是違背了母親教訓的孩子，祇希望一頓好打，真受不下那無條件的寬恕與無邊際的慈愛。方纔伍寶笙心上想著范寬怡的話，覺得這個孩子那麼平靜美麗的心會一下子受到這許多難排解的擾亂。虧她能淡淡處置了這一場流言，自去理妝，心上也詫異她會這麼老練。那時覺得多餘有這麼個愛憂心的姐姐，就又愛她長成人了，又恨她忘了自己，等到她哭出聲來，她就全忘了方纔想的事。她為什麼會哭了起來呢？這個人人稱羨的女孩子，這個人人妒慕的女孩子，正在春風得意的時候怎麼會有淚水來浸濕她的臉？她心上會有什麼難清理的憂傷和隱痛？

這一聲哭怎麼能叫伍寶笙忍得下呢，這個曾經與自己朝夕相處勝過同胞姐妹的藺燕梅，怎麼用這種畏縮的眼光來看我呢！

伍寶笙探索著藺燕梅哭泣的原因還沒有得到結果。藺燕梅已經撇開了她的難過來追尋過去的友情了。她極平靜地，好似想過多時地說：

「姐姐，我知道你說的是真話。你是真為我著急。從前你喜歡過我，現在還是關心我。可是許多別人呢？恐怕已經離開我遠了！從前我在人人心上都一樣。沒有人猜測我，只有人走到我身邊什麼顧慮也沒有地和我說話，她們問我的事就像是談一個不相干的人一樣。那時我的一切連心上想的事都是大家熟悉的。現在你看，走到我跟前，大家就什麼話都沒有了，卻去背地裏飛短流長！我是不是已經在這一圈兒裏存不住身了？我怎麼能不難過？」

聽了這樣的話，伍寶笙的思想也被轉移了。她纔回想到方纔走過來勸慰的時候，情切心急之中，倒平安渡過了一個感情上彼此試探的險灘。幸喜她倆相違未遠又都觸到了盛滿了淚水的心。

女孩子天生不該演什麼無情的角色的。她們在年輕的時候若是身邊沒有一個親密的伴侶來傾聽她的憂愁同秘密，她便是極不幸的。而且事實上這也實在是心理發育上一個大病害。

藺燕梅苦撐到了今天，實在不該再支持下去了。她也不能再支持下去了。這種在余孟勤壓力之下再也不可能有機會說出口來的話，她禁不住傾瀉在伍寶笙面前了。

伍寶笙太懂得她的意思了。一半從言語中聽懂，一半憑她那聰明的心智感覺到了。她彷彿在田野外日暮的時候找回來了自己哀鳴的羔羊。她緊緊地把藺燕梅抱在懷裏，緊緊地把她圓圓的頭顱壓在自己胸上：「不許胡思亂想，燕梅！姐姐是始終愛你，多多少少的別人也都比愛他自己還真摯地愛著你！記得史宣文罷？」

「怎麼會忘得了她！我還不知道欠她多少信呢！」

「史宣文她也這麼愛你！她在那麼遠的地方，跟你分別了這麼久，還是一樣愛你！」

「可是我得到的只有猜測跟閒話！」

「就是因為我們愛你可是吸不住你！」

「祇要你們說這麼一句明白話，我就會過來吸住你們！拉也拉不下來，用刀子都割不掉！」

「我也想得到你是這樣，燕梅！愛起一個人來也是這種窮兇極惡地！我想著就恨不得只要看到那日子一來，我死也甘心！不要再看下場！我想看看那個人是誰。想知道他待你好不好。」

「姐姐，我說的是你們呀，是你跟史宣文呀！」

「我們不會是的。因此我們纔灰心得很。不說傻話，想想罷。有什麼機會能叫我們將來永遠跟你這麼接近？」

「所以啦！所以你就覺得不如現在省下這份心了。一不理我，就是大半年。讓我一肚子心事自己去摸索！你就不聞不問！」

「你這麼說罷！你忍得下心就這麼說罷！」

「你說你的罷，還像從前一樣拿我當你的妹妹，你就讓我聽聽你猜測的是什麼罷！」

「我們沒有猜你什麼。正跟你說的一樣。我跟史宣文等著聽你自己講呢！可是我們等到過什麼？我還看見了你今天哭，史宣文不是更可憐嗎？連你今天哭著找姐姐了都看不見！燕梅！我恨不得天天像這樣，把你抱在懷裏，聽你這種沒來由就哭起來的聲音。看你仰起來問姐姐愛你不愛時候的臉！」

「可是你剛纔說我們不可能永遠在一起的時候那麼平平淡淡地！倒像是用寬心話來勸我似的！」

「不是真有這種沒辦法的事嗎？我心上真恨我先畢了業了，搬走了，不能天天在一起了。可是你也真變得快！纔半年，若不是你這麼問，我都不敢冒冒失失地抱起你來呢！」

「姐姐，我事實上跟從前有什麼不一樣？我半年來哪裏變了什麼？還不都是別人亂猜，亂講！像小范的那些話一樣！我一舉一動都是惹人說話的！我不動了！明天戲也不演了！我念書又好像給人家也判定了什麼目的似的。我書也不念了。我回家去！不是我不要學校，是同學們容不下我！」

「群眾的心理這樣，我們能責備誰呢？我也恨他們不負責任地編造新聞。他們就像是個無知的孩子。跟他們不能生氣的。同時，你也不是看不出來大家對你只有太多的好心，並沒有一絲一毫壞意思的！」

「可是他們不斷地傷害我。我就不許躲開他們的傷害麼？」

「傷害也是無心的。你又不會真為他們害著了，可是你若是一走，就如同把這個無知的孩子拋棄了！不許他悔過不許他愛你一樣！我閉上眼睛都可以想像得出來你不得意地走開之後學校裏大家悔恨傷心的樣子！一個藺燕梅，大家不配愛護，把她刺激得傷心地走了！慢慢地事情明白了，說無聊的猜測的話的人便在大家眼目中成了罪人！」

「他們今天放流言來滿足自己對我的好奇心，那時候也是罪有應得！」

「你自己呢？在姐姐的心上也就有了放棄責任的罪名，在余孟勤心上也恐怕得不到原諒！」

「又是他！又是余孟勤！你也這麼說我！」

「我也沒有說什麼呀！你不承認他的言論很受你重視麼？他的批評、意見不是你一個人在傳達麼？他批評別人的話，你連宣傳，帶解釋地。可是批評起你來就不行了？你不重視，我重視。」

「要說就先說你自己的意思，別提他！」

「就說我自己的意思也一樣！」

「你放不放我走？依你的意思！」

「我不放！」

「不放就永遠這樣把我抱住！」

「就抱住！」

「好！這是姐姐自己說的了！這以後不能再怨我什麼吸不住的了！你把我緊緊地抱住罷！抱得我透不過氣來吧！能夠叫我安心地一動也不動，耳朵裏半句鬼話也聽不見，我纔能真正的不再想哭！」

「傻孩子！慢慢地再跟你講理！」

「傻孩子，不聽！傻孩子不懂得什麼叫做理！越講理越沒理！」

「我問問你，姐姐肯一直把你攬在懷裏，你用什麼來報答她？」

「我已經把自己整個兒地都給了姐姐，還用得著問要什麼報答？」

「姐姐要妹妹做一件事當報答。」

「只要姐姐說出來！」

「姐姐就說；不過不一定要強迫妹妹答應。」

「不對了！姐姐心裏有不能告訴我的話了！我已經覺得姐姐抱得不緊了！」伍寶笙本來是抱了她的頭。自己眼往前看的。現在低下頭來看她把臉埋在自己臂彎裏，真像一匹小羊。她咕咕嚕嚕地又像一隻撒賴的小貓呢！

她順手撫著她的頭髮說：「先別著急，燕梅！姐姐也不一定要妹妹給什麼報答。姐姐不說了。

姐姐的愛本來是無條件的！」

「不要聽這種小說似的迷人的話！我受人愛還要有條件地受呢！」

「鬼孩子，你要把我逼成什麼樣子才甘心！」

「我已經知道了，姐姐！你隨便說什麼要求罷，我都答應。我已經想到了。即使會想錯了。我就瞎猜！我沒有不能答應的！」

「你真的把自己給了姐姐？姐姐可要收下這一份厚禮了？這是真的啦？」

「是不是姐姐不想要？是不是姐姐怕太多了？是不是姐姐嫌太晚了？」

「可憐！姐姐的眼淚到底叫你擠出來了！讓姐姐也哭一哭罷！」伍寶笙覺得站不穩當了。有點太激動。她們相扶著退到沙發上痛快地哭了。但是心上也就馬上鬆快了許多。她們這纔能算是彼此接受了赤誠相見的心。在她們心上都有一個決心，就是：「無論她心上曾經怎麼猜想過我，我也要跟她解釋一回！」這種感覺是非常迫切的。這種決心也是犧牲性質，又是贖罪性質的。一切是為了不忍捨棄這友情，又是因為不解釋是太冤枉了的緣故。誰都是沒有一句不能相告的話的。誰都是一片誠摯的心！此刻她們真快樂呀！

「燕梅！費了這許多話才說到一起！你說我們大半年來沒有變嗎？你說我們沒有彼此疏遠過嗎？」她們又都得到了寧靜，有如遠遊還鄉。她們痛定思痛，正可以從掛在帶笑容顋上的淚珠晶瑩的光裏看出心境來。

「都是我一個人的改變！姐姐，都是我一個人不好！」

「是我疏忽了你！我有好些話要告訴你！我對你的要求也就是要你好好兒地聽下我的話也說出你的！」她痛快地直吐出來，因為這又是自己可以任性地愛可以任性地疼的妹妹了：「我疏忽了你，史宣文責備過我！我聽見過余孟勤跟你被人談論，沒有去問你的心事。我從許多地方知道你未必快樂，可是我騙自己，給了自己一個：你是快樂的假設！我現在都要告訴你！要從頭兒跟你說！」

「我也要從頭兒跟你說！我一心的話都要告訴你！你不要我說，我也非說不可！你不知道那個沒有人說的滋味多難受！我一悶了就想哭！你說我怎麼能夠不哭！我方纔哭就是為了這個！可是在我沒有人可說的時候，我聽見了別人胡猜的話了！我就生氣人家怎麼可以不來問我，而去憑了自己的高興來猜我？我生氣了就不哭了！我一忍就忍成這樣！」

「把姐姐，把史宣文，也當做大家一樣來看待？跟姐姐也是可以賭氣的？一進學校來，又生疏，又害怕就要姐姐了。到了二年級會飛了，就忘了姐姐，你怎麼能叫人不寒心呢！算了，說你的罷。」妹妹聽見姐姐這樣的話知道這裏面並沒有生氣的意思就作嬌地笑了。姐姐看了她那個神氣，想想她在舞台上的模樣兒就說：「燕梅！你是不同了。你台上台下都渾身是戲！」

「台下的戲難演得多呢！你看，又沒有說明書！又不能卸妝下來現身說法！」

這時候余孟勤敲敲門進來了說：「咦！什麼事情姐妹兩個笑得這麼好？」

「怎麼你今天也說起姐妹兩個了？」藺燕梅說著看了伍寶笙笑一笑。

「不是姐妹兩個麼？平常我是用什麼話稱呼的？」

「自己就忘了！上回散戲也是姐姐陪著我，你一進來說：『咦，你也在這兒？伍寶笙！』你就會忘了！我不高興半天呢！」

「你的心真細，燕梅。我實在是忘了。這兩句話也沒有什麼分別呀，是不是？伍寶笙？」

「你說沒有就沒有罷！」伍寶笙也笑著看了藺燕梅說：「不過從這兒看起來，在說話的詞令上你可比燕梅差多了！」

「我大概是沒看時辰就闖進來了！」他也笑了：「碰上你們的聯合陣線啦！是不是因為燕梅的衣服還沒換？我該先退出去？」他便笑一笑退出去了。

「燕梅，你看余孟勤這麼高興的樣子，姐姐能不覺得酸嗎？」伍寶笙探著藺燕梅的口氣說：「快換衣服罷！別叫他等久了。」

「姐姐自已要這麼說我有什麼辦法！」藺燕梅一邊脫下演戲穿的衣服一邊說：「咱們今天的話接不下去了怎麼辦？」

伍寶笙一邊幫著她把頭髮握好，給她穿上平常的衣服，又給她扣鈕扣。她自已彎下腰去拉襪子。姐妹兩個要說的話很多，偏偏沒有時候了。便在想主意。

「就這麼走啦？回去啦？」藺燕梅又問了一句。她們都披上了大衣。

「不回去還能怎麼樣呢？」伍寶笙說：「先走出去再說。」她們便把東西理好。留在這裏明天演第二場要用的一概不動。各人提了自已一個小包走了出來。

門口又多了幾個人。大宴，小童，范寬湖范寬怡兄妹，周體予，梁崇榕梁崇槐姐妹也都來了，是要集齊了一塊兒回去的。正好她倆開門出來，大家就一起走。這裏離學校相當的遠，簡直要穿過整個昆明城。散戲時已經是十一點多鐘，現在十二點也過了。不湊在一起走，一路上未免有點心顫。

戲院的工役，本來是在後台一個角落上坐著打盹的，聽見他們笑語的聲音就打了個呵欠，站了起來，問了一聲：「小姐們回去安息啦？」

「回去了。東西交給你啦！」梁崇榕說。

「好了。我也睡啦！」他說完就哼著小調，挨著個兒把化妝室鎖了。又劈里扒拉地關電門。他們還沒有走出去，後台已經很暗了。電閘有些已經活動了的，就在暗中一閃一閃地擊著電花。

走出去街上已經是黑的了。昆明的電力又不足，街燈又不亮。路上沒有人行走的時候，彷彿偶然吹過來的一陣風也就特別猛烈了。昆明的夜晚即使是在這暮春時節，也是很涼的。幾個人不覺倒吸下去一口涼氣，誰也覺得很睏倦想快一點趕回去鑽進被窩裏去睡一個好覺了。

藺燕梅緊靠了伍寶笙走。她挽了姐姐的臂彎。又故意走過去，讓自己的另一邊是小童。那邊范寬怡一隻手挽了周體予，另一隻手挽了她哥哥。梁家姐妹上來走在中間。梁崇槐仍可以靠著范寬湖走。梁崇榕便在小童與她妹妹之間。梁崇槐一隻手挽了她姐姐，那一隻手也就穿在范寬湖的腋下。她說：「姐姐，你讓小童也把胳膊套了你的。小童你為什麼不攙著藺燕梅？」

「不耐煩走你們的碎步子！」他說。但是自從藺燕梅同梁家姐妹走上來之後，他兩邊已經排成一條直線了。藺燕梅有心不讓余孟勤靠上來。梁崇槐又有心不讓范寬湖同藺燕梅挨著。便把這條直線接上了。他們八個人走成一橫排，梁崇榕心上不清楚是什麼事。她以為小童不好意思跟她們挽了手走，看見那邊藺燕梅已經挽起他了，便也把手穿在他肘裏故意窘他一下。於是八個人牽成一排。小童胡鬧起來的時候，隨便說笑的時候有女孩子在跟前他是很自然的。可是這麼拉在一起要湊合這種小步子，不能隨意蹦跳，鼻子裏又充滿了女孩子的香氣，還是他生平第一次。他確實是很窘了。但是這陣線形成得太快，他躲不及。范寬湖、周體予全雍容自在地走著，只有他，腳高步低，趕前錯後。

大宴和余孟勤走在後面。大宴看了這一排美麗的背影，就說：「都走得好看。就是小童像是一隻醜小鴨！你還不下來？」

「不放他，崇榕！」藺燕梅說：「叫他練習練習！哪裏有這種走路沒有個樣子的！今天治他一下！」

「大宴！他們綁了我的票啦！」小童說：「蘭燕梅，你們全有大衣就是我沒有！我本來可以夾緊了兩隻胳膊，手放在褲子口袋裏的。你看現在叫你們架起走，胳肢窩底下涼風直串！」

「好像多麼委屈了你似的！」伍寶笙說：「你會凍死？」

「你要不要換上來，余孟勤？」梁崇槐說：「省得叫他在這兒受罪。」

蘭燕梅聽見這話，覺得不好辦。她正不要余孟勤上來，又不能開口怕梁崇槐多心。幸喜大余說了：「我上來也不見得不受罪。你們步子走得太小。」

「瞧你把我們說的！」伍寶笙說：「我們哪一個走得不快？喂！小范，你們那邊也邁大點兒步子，別叫他們看不起人！」

這是真話。這幾個女孩子哪一個身材不是挺好的？她們就走快起來。大宴說：「真不慢，如果是單行路的話都可以不阻礙交通了！」

夜晚街上靜無一人。她們一排影子從一個個的街燈下直走過去。走過一個街燈後看見腳下自己的影子漸漸長了起來。快走到第二盞街燈時影子又不見了，跑到身子後面去了。這在腳下纏著的影子彷彿是追隨著他們的一群小黑犬。他們都注意到了，就看了自己腳下走。影子忽前忽後地鬧了一陣之後他們已經走到翠湖邊上了。

「我想起了一個笑話，」小童說：「我也不像是被綁票，因為沒有這麼和氣的土匪。倒像是濟公坐轎子一樣！」大家聽了大笑起來。伍寶笙同蘭燕梅又罵他說：「慢了也不行！快了也有話說！」

梁家姐妹沒有看過濟公傳，就問是怎麼一回事。小童說：「就是她們說的『快了也不行，慢了也不行！』濟公一上轎子，就把轎子底兒蹬掉了。轎夫抬起轎子跑，他也只有跟了跑。跑快跑慢轎底的框子全磕他的腿。不過我說是濟公跑快跑慢全不行。她們是說我嫌你們慢，現在走快了又嫌快。

這是她們說話不厚道。」

「你別淨在嘴上佔便宜。」梁崇榕說：「多少愛佔嘴上便宜的在別處吃了虧！」

「這是好話！上帝聽著！嘴上佔了便宜，讓我就吃大虧！不管是什麼便宜，只要是想討便宜的就都要他吃虧！」小童說：「我實在是先吃了虧的。我的兩條腿呀，已經吃盡了虧了。」

范寬怡說：「小童，你的上帝有這許多用處？別人的事他管不管？」

梁崇槐說：「當然都管。要到最後審判的時候才算賬呢！不但是討便宜的要吃虧，連存心如何上帝都管！」

藺燕梅心上早就注意她們的話了。她也注意到他們怎麼排成這麼一個次序了。她只不說話。她有姐姐可以依傍。那麼那些擠落人的話，也就招惹不到她了。只當是梁崇槐和范寬怡兩個人之間的鬥口。她兩個本來喜歡鬥口的，所以鬥一下倒也不礙事。做姐姐的梁崇榕，一年到頭給她妹妹勸那勸不完的架。

小童說：「像你們這麼明白，上帝還敢審判你們嗎？上帝是推事你們倒成了檢察官了！我的上帝不去碰釘子。人家是主張現世報的。擠落人的挨擠落，鬥口的被人譏笑。失誤裏得到的也必讓他在失誤中失去。不但問到存心，而且照管到錯誤，什麼全是現世報！『世間剃頭者，人亦剃其頭！』」

藺燕梅聽了用肘碰了伍寶笙一下說：「還是他痛快！誰也不用吵了！」

他正說得高興。腳下一塊石頭絆了一下。翠湖邊上的石板常有凸出來的。

「現世報啦！小童。」大余說。

「無邊智慧的上帝！他聽見我的話了！」他說：「他先送個消息來，說這是個序幕。我不過是個小丑，表演一齣嘴上佔便宜腳底下吃虧的引子而已。眾位名角可就要上台了！」

「還差你一塊石頭呢！」蘭燕梅說。

他們走到文林街了。女生應當進南院。大余、范寬湖在北院。其餘的男生應當陪了伍寶笙穿出北院往新校舍去的。伍寶笙對梁家姐妹說：「這會兒半夜了，宿舍恐怕早已查過了。我把燕梅帶回去啦。趙先生如果問起來，你們替說一句？」

「好！明天見。」她們說：「睏死了！」兩起人就分手了。

「姐姐，我也想到了。」蘭燕梅快樂地說：「可是我已經睏得要命了。」

「管他呢！明天晚點兒起。」她說：「反正又是春假，又是演戲了。理由充足得很！」

大余在一邊聽見說：「燕梅見了姐姐，就跟學校裏的小孩由家裏來人接了回去似的那麼樂！可以有一天不挨罵的逃學了。」他笑著說：「明天見，我也到了！」就同范寬湖一塊進北院宿舍去了。

「你也就跟小學教員一樣當學生不在跟前的時候，也可以偷偷地幹些不許學生幹的事了！」小童馬上也替蘭燕梅回敬大余一句。大余聽見笑著走回他的宿舍去了。他那嘹亮的笑聲隔牆還可以聽見。

到了南區宿舍。伍寶笙同蘭燕梅也和他們說了：「再見！」進去了。剩了三個男生往新校舍北區本部走。

「大余這個人我就不敢跟他開玩笑！」周體予說。

「不過小童把他同蘭燕梅比喻得也真像！」大宴說：「他們彼此拘束著也好像分開了才有快樂似的。」

他們也都睏極了。說了：「明天見！」各自回屋去睡去了。

蘭燕梅隨了伍寶笙回到宿舍裏開了電燈，先坐下來歇一下。她們教職員宿舍的燈是不熄的。到了夜深，用電的人少了，還可以特別亮些。

「姐姐沒有燕梅來收拾屋子，就由它這麼亂著了。」伍寶笙笑著說。她便過去把桌上許多紙理一理整齊放在桌角上。又把白色桌布拉一拉平。藺燕梅忽然想起大余同小童兩個人的屋子，截然不同的樣子來。余孟勤一屋子全是書，排在那裏都像是板起臉的批評家。她不大敢去惹。那桌上是沒有桌布的。桌面洗抹得乾淨可怕。

「理得太整齊的屋子我不願意進去坐。」她說：「那兒好像沒有我插手的份兒似的。」她說著就幫著姐姐把脫下來的衣服也疊一疊。

「姐姐沒有妹妹在屋裏，就還有一樣事懶得做。」伍寶笙說。

「我知道的。我現在才又打扮起來。寒假前也都沒有功夫打扮。」

「就是這個話了。」伍寶笙一邊去理床，一邊說：「有一回史宣文來信問我說，你現在是不是連打扮都忙得沒有功夫了？我就告訴了她。她就寫信來數落了我一頓！」

「其實她也不打扮的。」藺燕梅說：「到底史宣文跟你的信上都說我一些什麼話？」

「來來回回地都說到你。」她說：「信你也可以看。其實不如等一會兒讓我一段一段兒地跟你提。只要你先說說你離開了我們都躲到哪兒去玩。我那些話纔插得進來。」

「我哪裏玩了！」她說：「我受了一場罪。」

「余孟勤給你罪受？你為什麼那麼可憐地就受他的？」

「也不是光怨他。姐姐你別罵他。我到現在也覺得他沒有錯。」

「我也彷彿覺得他不會有錯。就是他這個人脾氣太怪。」

「就是他這個人脾氣太怪！可是有時候我不能不這麼想：脾氣怪也只有多體諒他一點。他實在比許多沒有脾氣的人強。同時他待自己也未嘗寬鬆。那還能怪他什麼呢？他對別人求全責備，他對自己也是一樣，倒是很公平的。這麼一想，也就不怪他了。」

「你另外還見過比他還要叫你佩服的人嗎？」

「見過沒見過不能當尺來量他的。比方說我們自己沒有親眼見過，還不能從書上，從歷史上去找出許多偉人來嗎？可是我們身邊還是可以有許多吸引人的，活鮮鮮的性格。」

「姐姐說話不愛繞彎兒的。我問問看，我的妹妹戀愛他了嗎？」

「姐姐，你這是對一個女孩子捧場的應酬話呢？還是真關心我？」

「你自己說呢？」

「真關心的話，可也要真給我分憂。」

「當然。」

「姐姐。」

「什麼事？」

「電燈太亮了。不好意思換衣服。」

伍寶笙笑了。她把燈熄了。說：「只有一套睡衣了，那一套沒有洗來。咱們都不穿罷？」

「那多難受！」

姐姐笑了。妹妹也只有這麼辦。她們脫下衣服睡好。藺燕梅要把衣服一件件地疊齊了。伍寶笙不許她這麼多事，就把衣服都丟在椅子背上。

「你愛他不愛？」姐姐就問。

「他就沒有這麼問過我一句！你信不信？」

「你呢？」

「我怎麼能夠問他！」

「真是天知道你們怎麼鬧的！」

「難聽死了！那麼我問問你！姐姐，平常你都是怎麼鬧的！」

「姐姐一向老實得很，一鬧也不鬧。」

「我們光是念書，而且幾乎天天是口試，也一鬧都不鬧。」

「不鬥嘴了。」姐姐說：「男孩子們我真覺得他們特別。平常收的那些鬼信，不是連他姓什麼都不知道，就見他愛啦愛地寫了一大篇！」

「我也這麼想過。也許是他還有話沒跟我提過？也許是他還要等些時候？不過我都不管這些個，我反正念我自己的書。有他幫我的忙可以省許多事。所以聽見別人亂猜，或是老把我和他連在一起說，我就不高興，就怪氣悶的。」

「萬一是這樣呢，燕梅？也許他不願流俗。他已經滿心愛你了，他不說出來？」

「這樣的情形我也想到過。不過這不像他做的事。他有一句就說一句。半句也不少。半句也不多！」

「他給你寫信不寫？」

「天天見面還寫什麼信？」

「這可不一定！天天見面一樣有寫信的。不光是剛一分手馬上想寫，還來來回回自己當信差。把信帶來帶去，換了看的。有的還怕看錯了意見，當了面連念帶解釋的呢！」

「我倒不在行！」

伍寶笙假裝打了一個呵欠，說：「我也就睏了！」

藺燕梅聽了氣得要命說：「有這種說法的！有這麼壞的人！」

「我實在睏了！」

「還有一件事奇怪，姐姐！」她就搖她：「有一天我去還他書。聽見他在屋子裏跟幾個人在罵女同學！罵女同學不愛惜身分。罵得好兇！」

「他罵誰？罵你？」

「他是普遍地罵，大罵而特罵。」

「罵些什麼？」

「罵交男朋友太隨便。」

「咳，在你沒進這個學校以前，他已經罵了好幾年了！」

「他罵的跟前一天對我說的話有一點關係。」

「他跟你說過什麼？說你不該跟范寬湖演戲？」

「不是，不是！這話早得很了。還在上個學期。有一回我們到火化院去。看見幻蓮師傅在牆上掛了一條自己剛寫好的字在欣賞。……」

「他寫的是什麼？『別忘了自己腳跟底下大事』？」

「你也看見了？」

「我沒看見，我倒是聽見了。」伍寶笙俏皮地說：「後來你們就到陸先生的花園裏來拌嘴是不是？」

「你在花園裏？」

「要不然，門怎麼會是開著的？不過，放心，燕梅。姐姐光偷聽，沒偷看！」

「討厭鬼，你為什麼不偷看呢？現在跑來賣好兒！」

「姐姐怎麼看得下去！從前天天跟姐姐在一起的，現在見都見不到了，還看得下去她把親姐姐的小嘴，給別人親嗎？」

「你胡說！再亂說我就哭了！」

「真的，燕梅！那天我聽見你們說話，我心上真奇怪！真沒聽說過有這麼樣兒的一對兒！又是拌嘴，又是哭！滿口哲學、人生地都是大道理。拿罵人來當溫存，拿教訓來當親熱話兒！我聽了真氣不憤！余孟勤就不配有女朋友。我這麼俊的妹妹陪他在花園裏走一走，他會嫌她是女人！是女人就做女人！為什麼要當男人？偏偏這個妹妹不爭氣，就服他說！」

「可是他說的那個追求完備的話是對的！」

「對也沒有那麼個吵架似的說法！」

「那還是好的哪！第二天我不是去還他書嗎？就聽見他罵人了。我就沒敲門又不敢多聽。聽了兩句就走了。他說，女同學簡直也不肯矜持一點，也不想想剛跟這個鬧翻了怎麼變得下臉來又跟那一個好？」

「還有呢，他說：『我也真奇怪還會有男人去愛她！一個男人怎麼能忍受在她頭髮裏聞到另一個男人的狐臭氣！』」

「有些人也該罵！」

「這個人有神經病！」伍寶笙噗哧笑了：「別人的狐臭氣怎麼會跑到人家頭髮裏去了？」

「姐姐！」藺燕梅也頑皮起來：「你看像這樣，我也是聽了之後想過的。把頭往這兒一靠，比方說哭一場，胳肢窩的狐臭氣可不就傳過來了？」

「哦！余孟勤很高！他有狐臭？別鑽在我這兒，我癢，我又不是余孟勤！」她故意這麼說。卻不去推她的頭。

「胡說！姐姐，你氣死我了！」

「哦！他沒有狐臭？那更好了！」

蘭燕梅鬥不過她，就翻過身去伏在枕上裝哭！

伍寶笙怎麼會不知道呢？她也就去勸她。一邊說：「余孟勤連抱都不抱你一抱？」

「他就沒有碰過我一根頭髮。甚至都沒有故意拉過我的手！姐姐；你看他這個人！」蘭燕梅又翻過身來說：「我相信他也沒有碰過別的女人，可是他就會想得出這麼難聽的話來說。」

「這話不算是壞話。我看嘿，倒是好話！是他自己也求完全的話！他是說他自己就不會去愛那樣的女人。而且他又是在說他愛你！你不濫交男朋友，他知道的。」

「這兩件事有什麼關係？」

「不是你們頭一天談過追求完美的話嗎？不是你說他罵人的話跟你們談的事有關係嗎？」

「姐姐，你也是這麼個推想罷？」

「沒有第二種可能！」

「你說他罵人罵得對罷？」

「對的。他自己也這麼管束自己，這是很公平的。」

「我回來之後心上也這麼想。」

「於是你就決定你愛他？」

「什麼『於是』不『於是』地！你現在於是怎麼樣？」

「姐姐敢於是怎麼樣？姐姐於是就不說話了。」

「我想得也可笑。我說管他罵誰呢？反正沒有罵著我。」

「底下你就想：『管他明說不明說；愛我不愛呢！我有資格被他愛！』是不是？」

「我還有一句話。」

「那就不好猜了。」

「姐姐，你可別告訴別人？」

「不告訴！」

「我說：『你這個怪人，只要你自己做得到！……』不來！我不說了！」

「小點聲兒說！」

「不成！說不出來！」

「『我等著嫁你！』是不是？」

「我說：『我一碰也不讓別人碰！』」

外面下起雨來了，雨下得非常之大。她們開燈來看窗外屋簷不斷淌下的水，彷彿是一掛珠簾。氣溫降低了，伍寶笙拉過一床毛毯來加上。再把燈熄了。身上壓得重一些，兩個人也偎得緊一些。由雨聲做一點掩飾，彷彿就可以放膽說一點心裏的話似的。她們絮絮地談著。藺燕梅忽然想到雨太大了，擔心園裏池邊上的玫瑰。

「你都讓范寬湖摘了給你戴了呢！」

「姐姐！當時聽見他喀嚓！一聲折下來的時候，我真覺得像是心上叫人扎了一刀！」她又想起那令她心悸的一聲來了。她們靜默了許久。

她們又談到了范寬湖。

藺燕梅真是半點存心也沒有，可是她毫無辦法跟梁崇槐解釋。伍寶笙也覺得沒有辦法。她說：

「尤其是這個小范，老覺得只有你才配得上她哥哥似的！」

「你說嫉妒的心理是怎麼一回事？」

「我也說不上來，有時候叫人看了真覺得可怕！」

「我總覺得這種心理難懂，簡直是不可思議的！」

「燕梅，一直是得意的人，是不會想到什麼是嫉妒的。上帝造你，是專為叫你得意的。你永遠不會嫉妒。你不管她們好了！梁崇槐早晚會明白你，你們不是好朋友嗎？」

「我不嫉妒人，也不要人嫉妒我！我要人人都是我的好朋友！」

「別太興奮了！你會做到的。」慢慢地她們入睡了。外面大雨一夜未停。

第二天早上起來。太陽已經很高了。因為是下了一夜雨的關係，空氣特別清爽。屋外鳥雀吱吱地叫。花影描在窗上。屋裏兩個女孩子也在呢喃笑語。伍寶笙倚在桌子邊上，看藺燕梅在花窗下晨妝呢！

她們睡足了。睡足了一夜，解除了昨晚忙累和談心的疲乏，也睡淨了大半年來不寧靜的心境。藺燕梅淡淡地塗了一點口紅。對了鏡子笑一笑。她自己納悶兒；是這兩隻眼睛漂亮呢？還是這小嘴漂亮？

「這個輭輭的嘴唇是余孟勤的了！」姐姐也看了這個兩年來變得更有風度的妹妹說。她覺得她實在引人入勝。

「現在是姐姐的了！」那張紅得剛剛正好的嘴唇說。

「姐姐可受不起！不過姐姐替他收著。等他來要。姐姐要教他學得溫和一點。口氣動人一點來求。要他答應以後只可以讓這張嘴笑，不許惹這張嘴哭！」

「如果沒有等到他來，便被別人碰到了……」藺燕梅兩手托了自己的臉，莊嚴地對鏡子說。

「你就……」姐姐驚了一下，接不下去了。

「我就走開了。我永遠不再見他！把我自己送到一個沒有人的野山裏去！」

「可別這樣！妹妹。你今天對他還一點都不清楚！萬一他就是這麼一個不懂人情的人？」

「那麼由姐姐收著，收一輩子！」

誰個女孩子沒有對鏡子說過幾句小話兒呢？哪一個從旁聽見了的女孩子不覺得那話很對呢？

余孟勤追求完整的論調，正對了藺燕梅的脾胃。就以大幾歲的伍寶笙來說，她也以為幻蓮師傅的話不及這論調美麗動人。她們以二十歲左右的幸福人的心理來預測。總是認為幸福將一生不會離開她們。

她們因為得天獨厚，才養成了這種快樂的心理。又用這快樂的心理，來造更快樂的將來。

這一年繁花時節裏，藺燕梅又是常常偎倚著伍寶笙了。大家又都是滿心喜悅地看了她倆。就像校園裏各處小河溝裏水一樣到處快樂地流著，然後匯在小池塘裏映了玫瑰的影子。

快到花季完了的時候。緬甸戰局起了大變化了。

學校在這一年裏很像一個存貯青年的銀行。國家是一個大存戶。青年們是常常由一紙支票提走的。聯合大學是一家資本雄厚的銀行。這時便又付出了一大筆款項。

國軍入緬時，帶走了桑蔭宅等許多二三年級的外文系學生。四年級是當然征調。現在更遴選了各系有特別技能的學生去作不同性質的服務。蔡仲勉、薛令超是低年級中有數的出頭露角的人材，也都派走了。范寬湖、小童是理學院的。理工學院的學生儘可能緩派。

下緬甸的戰事起始便很不利。敵人從泰國斜刺裏出了一支兵的時候，雲南西部便成了前方了。三月廿九日同苦戰的國軍在盟國戰績中寫了極光榮的一頁後，也轉進北緬，分兵搶救滇西。不到一個月之間密支那，瓦城，臘戌，畹町，相繼告警。

桑蔭宅，蔡仲勉，薛令超，三個人都保持著給伍寶笙的通訊的。這時候，三個人的消息，齊齊都斷了。在桑蔭宅最後一封信裏有這麼幾句話：「你不知道你會在我回憶中變成了怎麼樣的一個女神。我因為你，在火線上有了無邊的勇氣。我才發現人在自私時最懦弱。在救人時才瞭解什麼叫做勇敢。你有一次用你的聰明拯救了我。我怎麼能不把這拾來的生命好好地為人作點事？謝謝你的音容笑貌常到我眼前來！當了軍人了。文字也粗獷一些了罷？」她覺得這話中有一幅危險的景象，因此，在他們消息中斷了的時候，她常覺得他們或者遭遇了不幸。

藺燕梅更惦念她在中緬邊境飛機製造廠的父親，和在那裏的家。幸好不久，她得到父親從印度的來信。說是奉派去美國有公務。現在已經舉家抵印了。

與學校大考幾乎是同時到來的，是絡繹不絕於滇緬路上的歸僑和難民。而難民與歸僑似乎來得更搶先一步。滇緬路在昆明的終點便是大西門外的昆明西站。地處與學校是近鄰。

學校這個貯存青年的銀行又第三次付款了。在這人心惶惶一夕數警之時，朝失芒市，夜喪龍陵。謠諑紛紛之際，挾了巨資挈帶妻小高飛遠走騷動之群外，有一批青年人力可以動員，實在是非常得力的。

在敵我交迭著轟炸滇緬路上惠通、功果二橋的時候，難胞還是不斷地歸來。在昆明由政府成立了許多收容所，診療所。來指導，安插他們。學生們便也在統一的系統下，成立了一個單位。

急救難胞是一件緊迫的工作。因為與難胞們同來的是這一年昆明空前的流行霍亂病疫。有的難胞在西車站才卸下行囊，坐下身子，休息之後，不到數小時便吐瀉身亡。

余孟勤負責西車站的急救事務。他敏慎地處理政府分派的任務。指揮輪流來服務的同學。他工作的能力是可驚的。因為同學們只能在考試之外來工作。因此是輪流的。若沒有一個人總其成，勢必無法瓜替。余孟勤是研究院的學生。功課比較不那麼刻板。

七月。放了暑假。入寇的敵軍已經殺退了。滇西形勢穩和下來。續到的難民每日為數已不太多了。只是霍亂流行正烈。一切臨時特設的機構照常辦公。學生們因為智識較高，專負責做與醫藥有關的工作。余孟勤他們在西車站地處較遠還特別分到了一部紅十字會的救濟車，專為輸送急病病人之用。這也是對他們過去成績之獎勵。大家都因此興奮得很。

散在四鄉有許多病院，是為了收容生病的難胞的。其病症並不限於霍亂。舉凡瘧疾，回歸熱，斑疹傷寒的患者及外傷的人為數均不少。醫生祇能巡迴來診治，而看護的則是同學。學生們分到三個外鄉疏散病院。范寬湖是昆明南邊呈貢縣一個分院中服務同學的負責人。大宴負責另一個在白龍潭的。小童愛那潭水，便同他在一起。朱石樵，還有做了助教的馮新銜也在。在照料接待歸僑難胞忙碌工作中，他們意外地接到了一個舊友。

有一天下午藺燕梅在西車站辦公室正在燒水煮防疫針的注射器時，走進了一個穿軍裝的人。滿身灰塵是個才下車的樣子。她不知道是誰便只顧低了頭作她的消毒工作。那邊又是站滿了依次序打針的人。專門負責注射的一位護士正忙個不了。時時催要針頭。她怕受到申斥。

裏面辦公桌上余孟勤正忙著造下一個星期服務同學的名單。當日別的同學也全派出去了。

這軍裝的人走到藺燕梅身後，站住了不走。甚至從她肩上偏過頭來看她的臉。她心慌得要命。

只有低了頭生氣。因為手裏的工作丟不下。人又擠。若是偏過頭來看看是誰，必致碰到這陌生人的鼻子。她想：「怎麼也沒有一個同學在這兒問問他要什麼？」

這時候人家的手伸到她肩上，把她扳了過來，問她：「怎麼站著就睡著了？看都不看我一眼？」藺燕梅驚得直叫了起來！

余孟勤聽見了。抬頭看見她被一個闖進來的人拖住。大怒起來，便丟下筆走過來。還不等他趕到，三個人一齊大笑了。

「凌希慧！」藺燕梅的聲音還沒有恢復過來：「你把我魂兒都嚇掉了！」

這天晚上，凌希慧就住在女生宿舍裏。傳聞所及，許多舊朋友都來看她。做了金太太的沈蒹同沈葭也都到了。這又到米線大王那裏去吃宵夜。老板和老板娘子也高高興興地跑過來，站在桌子邊上加入談笑。第二天早上又是去校門口吃早點。學生們因為工作忙，校內許多生產事業都停頓了。門口豆漿生意便又好起來。小貞官兒看見了凌希慧好不高興！她從前由凌希慧在學校附設的平民夜校中教過認字的。她現在告訴凌老師說她已經可以看懂：「兒童樂園」壁報上所有的故事了。

最叫伍寶笙高興的是凌希慧在偷過敵人陣線之前，曾經先後在瓦城附近見到過蔡仲勉和薛令超。可是他兩個正彼此尋找而碰不到！無論如何，總有兩個弟弟有下落了，也可以給他們家裏一個消息了。薛令超的家裏本來是在滇緬路上工作的。現在已經撤回來，又住在昆明，伍寶笙因為從前去過他家所以認得。正苦於沒有消息相告。至於桑蔭宅因為凌希慧不認得所以無從問起。

凌希慧滿腹不平凡的經歷無從講述。只是拉雜地講了些戰事失利後的危險旅程。她是準備回來復學的。當時說好明天來個公開講演。現在稍微休息一下便要回去看叔父去了。大家說她是有講演本事的，才有這麼大的口氣，痛快應承。

第二天她講演的消息引來了不少下鄉去工作的同學，甚至校外人聞風而來的也都不少。以致她不得不臨時把一篇談家常閒話性質的講說，改成了一篇正式的報告。這個她不慌不忙地辦到了。給了大家不少消息報導。

同學們最關切的還是她的家務。她在講演之前便從家裏又把行李搬回學校來。她下了台便回到宿舍把軍裝換下來，穿上了平日女孩子的裝束。她說她叔父在去年一年中和她的通信裏已完全諒解她了。她搬到學校來便是要拚命趕功課，準備暑假後復學。她把軍裝收了起來說：「我空身去，現在又空身回來了！在緬甸我本來有許多東西的。打起仗來，興奮得很，東跑西跑，誰耐煩帶？全扔了。這一套軍裝可要留著。而且將來畢了業，還要作新聞記者。有了像這次在仰光這樣作隨軍記者的機會，還是作隨軍記者。」

又過了兩天，幾個女孩子陪了她去看在西山養病的喬倩垠。因為她很關切她。喬倩垠的病已經全好了。只等開學便回來。她們那天起了個早因為凌希慧提議走著去。到了療養院，這裏也不是平時靜雅無人的樣子了，也收容了許多時疫病人。到了門口，藺燕梅叫大家先不要進去。她自己輕輕敲了門去和喬倩垠說話。喬倩垠正躺在窗前一張躺椅上看書。

「喬倩垠，你昨天晚上做了好夢沒有？」

「我好久不做夢了。」

「不繞彎兒了。今天有老朋友來看你，猜猜是誰？」

「老朋友？會是誰呢？馮新銜去年暑假在這一塊兒教書的時候，沈葭常來看我，今年不常來了。是她罷？不過不至於叫你高興成這麼個樣兒。」

「沈葭來了，沈蒹都來了，伍寶笙也在門外邊，這都不算。我說的是老朋友，許久不見的老朋友！」

「那就是史宣文了。她會來得這麼快！真是好！」

藺燕梅聽了不高興。說：「史宣文沒有來，騙你的！就是我們一夥兒人，我出去給你請進來。」她走出去，叫凌希慧再等一會兒。大家進來和喬倩垠見面。

喬倩垠看到許多同學自然高興。她對藺燕梅說：「你弄的是些什麼玄虛？倒害得我想了一陣心思。我們今天這麼高興湊在這裏，已經不容易了。可是我心上還不知足。史宣文不久會來，我也覺得不夠。你們看，這個醫院裏最近搬進了許多撤退回來的僑民。晚上常常聽到呻吟。我想想滇緬路已經斷了兩個多月了。凌希慧還沒有下落。心上就難過起來。真是天外一場橫禍把她逼走。要不然現在不是都可以在一起了嗎？方纔燕梅要我猜有個老朋友來了，問是誰。引得我想起她來。可是怎麼可能是她呢。歸根結底，是騙我！瞧你把人家騙得這一下子！你這麼個沒心事兒的哪知道別人心事呢？」

「我說喬倩垠呀！怎麼一年多快兩年沒見面，你這一天到晚想心事的毛病一點也沒有改呢？」凌希慧在門口聽見，一開門進來了。

她跑過來把喬倩垠抱住。大家這個嚷呀！笑呀！跳呀！鬧得天翻地覆！

「我真以為是夢呢！」喬倩垠半天這纔定下心來笑著說：「簡直像神話了！」

「還夢啦，神話的呢！」凌希慧說：「大家這一陣亂喊，什麼夢醒不了？什麼神仙不嚇跑了？」這時有三四個護士跑到門口來。用驚慌的眼睛看著。一個護士長走進來了。

「出了什麼事了，喬小姐？」她問。

「剛才進來了一隻大耗子，」凌希慧順口說：「可把我們嚇壞了。現在沒事了。謝謝你。」

護士長看了她半天。又對喬倩垠說：「你病才好，還是安靜點罷。」說完又在屋裏四下看了一下，走了出去。凌希慧說：「還是真把我嚇壞了！」她隨過去關了門，大家又笑起來，不過聲音小得多了。

「真虧你出去了這些日子，你這張嘴沒替你惹禍！」喬倩垠說。

「你也不想想！」她回答：「小時候在媽媽懷裏學說話的時候。會喊一聲『媽！』就多叫人高興！現在好容易多學會兩句了，又得少說啦！」

大家又搶著向喬倩垠說凌希慧這一年多的奇遇，說到驚險地方，喬倩垠聽得那份神氣竟似比當初凌希慧親身經歷的時候還緊張。她說：「不用叫我去，叫我聽聽也夠受的了。」

「所以你在這個地方養病真不是辦法。」凌希慧說：「連聽這種話的機會都不多！病養好，人養廢了！怎麼樣？前半截兒病在這兒養，後半截兒病跟我回學校去養罷。準保比你一個人躺在這兒整天想心思好得快！」

凌希慧不只是一個會說的，而且實在也是一個會做的。加上了大家的鼓吹，把喬倩垠也說動了。沒有兩天，便又由凌希慧來把她接回宿舍去。反正是放暑假。她若是累，仍舊可以整天躺著。凌希慧就在一邊陪了她念書。大家在緬滇戰事之後這種狂熱的服務精神也是對喬倩垠養病的一劑良藥。她也逐漸活潑起來。有時也去到各服務站，非正式地為同學幫忙。而見到藺燕梅優越的表現時她尤為心折。當別人用「病美人兒」來稱呼她時，她就要抗議了。

藺燕梅他們救護車的司機因為拒絕注射防疫針，病倒了。大余用公事去請求再派一個來，而遲遲不能得到。藺燕梅的父親從前教過她開車，而她在家裏時，也常常開的。有了特別要緊的病人，藺燕梅便開起車來送走。這一手兒真叫喬倩垠悔恨自己身體壞。她是上車去坐坐都暈的。

然而不幸的事情也就這麼來了。有一次，她去送下兩個病人，留下護送的同學，自己駕了車子回來。在路邊看見了一挑好梨，她想帶回去些請大家吃一吃，便停下車來，下去買。才買好梨這時候迎面來了一輛沒有牌照的卡車。那裏路面中央很高，向兩邊傾斜。中間只有一條狹窄的柏油路面，來車駛得太快，沒有讓好，又煞車不及以致把她的車前泥板，同燈，撞壞了一個。也停了下來。藺燕梅上去和那個司機理論。那個流氓司機看見是這麼一個嫩嫩的姑娘倒吃了一驚。他見路上沒有警察自己車上也只他一個。反倒胡說八道，找了兩句便宜話，開起車跑了。

藺燕梅氣得直哭。捧了梨站在車前頭不知道如何是好。還是賣梨的老頭兒把她勸了，給她把梨都撿到車上，她才醒過來。謝了他，駕車回去。一路上不知所云地，好幾次差點出了事總算開到了。

余孟勤，凌希慧，還有好幾個人都在辦公室裏。見她進來氣色都變了，莫名其妙。她手裏捧了些梨放在桌上，說：「還多得很呢，在車上，誰吃誰去拿。」她自己坐下來，咬了一口梨，等他們回來發現車撞傷了之後再說這件倒霉的經過。意外地大家把梨拿回來了，誰也沒發現撞壞車的事。還是她氣憤憤地把這件事講了。大家才啃著梨子出去看車。原來撞壞的地方也不大，不過要修就是了。大家恨恨地罵那個司機無理，不講道德。

走回辦公室來。大余一直沒有說話。藺燕梅也一直沒有敢多說話。

半天，大余悶雷似的說：「我們這個服務的單位從來沒有出過錯。」大家聽了都靜下來了。

「不但是沒有出過錯，而且只有功。」他說：「這一部車子就好像是一個獎狀，是許多同學的熱心同勞力換來的。現在，撞壞了。現在我們做錯了第一件事。我們的獎狀也就撕壞了！

「當然這部車子可以修，而且我自會呈報上去請修。這倒沒有多少關係。可是我們問一下是因為什麼才出了事？是走在正確的車路上被走錯路的車子撞了嗎？不是！是停著的。停著為了買梨。

「司機生病了，能夠替他服務，這是好的。可是這一點兒高興，這多少帶一點兒逞能的高興，就已經不像是一個做事情的人的態度了。

「在這一點上，我說過不止一次。對服務的同學，尤其是女同學，我忠告過不止一次。在有功績時不要面有德色沾沾自喜！錯誤往往在得意時發生。即使因為工作本身輕而易舉，不致鬧錯，也致招人不滿。別忘了是在做救護工作呀！被救的人看了這種神色會好過嗎？

「好了。現在有了第一個教訓。團體的勞績所換來的獎狀被你毀了！

「過兩天，車子也許修好。可是已經不是一個完整的未經修理過的車了！」

這麼嚴峻的話已經很難叫人聽下去。尤其是最末一句，正打在藺燕梅心上。她「哇！」地一聲，哭了出來。一口梨，也吐在地上。大余，他回過頭去，又辦他的公了。凌希慧在旁邊看了氣得要命。

「這裏面有藺燕梅多少錯呢？」她走上去對大余說：「開著的車撞了停著的車，去問問警察看，是誰的錯？並且說句老實話，她又不是司機，告奮勇來開這麼大的救護車，簡直是冒了自己生命的危險呢！哪有車子不要修的？修車廠不用開了！沒有她，今天這兩個病人說不定就要送命！全叫你這麼罵，服務的人就都灰心了！」

「這麼容易灰心的人，也不必來服務！」大余說：「我們辦法嚴厲，沒有可以寬恕的人就是鼓勵努力的人！你聽了我的話灰心嗎？燕梅？」

「我不。」她的聲音夾了眼淚：「不過我不再開車了！」

「說這種話！」他大怒站了起來：「是不是你因為沒有別人會開車，你這樣要挾我們？」

藺燕梅不敢答應。

「從現在起，你還要開。」他又平和下來，然而是極無情地：「到司機找到之後，我這一個單位裏也不敢再請你幫忙了。」

蘭燕梅一點要挾他的意思也沒有。她是在外邊受了氣，希望在同學裏得到一兩句慰藉的話罷了。尤其是余孟勤的溫和的話。僅僅是溫和的話而已。而且僅僅要一兩句，便足以滿足這個在心底對他埋藏了戀愛的人。但是這個男子偏偏是這麼一個可恨的性子。硬擠得她圓轉不過來。倒真把她擠成了個「要挾」人的形勢。

「為什麼不回答？」他說：「明天還要再來服務，開車。聽見嗎？燕梅？」

「聽見了。」

大家還能說什麼呢？凌希慧還能說什麼呢？他們現在不是在學校裏，他們是在校外服務。他們按了職位只有服從。不能爭吵。

第二天，那個補充的司機來了。這種氣人的事！他早一天也不來！他做夢也不知道這一天的遲早會有多麼大的影響！他幹什麼去了今天才來？他簡直跟那個肇事的司機同樣地叫人恨！

第二天，當然，蘭燕梅看見有了司機了，她便低了頭無言地走回去了。她本來希望余孟勤派給她一點別的事情做。但是余孟勤沒有。她希望這裏能有一兩件事她可以插手。但是所有的職務都有人在負責。她想找一兩個同學隨便談兩句，偏偏今天值日的沒有常來往的。搭訕了一兩句。望望那邊的余孟勤，余孟勤不看她。

這裏完全沒有她可以插手的地方，門口沒有一個走來詢問的人。屋裏沒有一片需要掃的地。

余孟勤又一手把她造成一個罪人了！她是因過失被革除了！

她低了頭走了。她只有低了頭走了。她不敢希望余孟勤忽然喊她。而余孟勤也沒有忽然喊她。

她走出西車站來，才覺得自己在余孟勤心目中等於一個司機，而且是一個低劣的司機。既然補充的司機來了。自然沒有留她的道理。

她沿了公路向學校走，她不知道從這一秒鐘之後應該如何做人才好。她覺得自己的過錯是事實。既是事實，還有什麼多餘的話可說呢？她覺得此刻連死都太晚。死都來不及。

然而她還是希望再有一輛卡車飛馳過來，一直由她身上輾過。把她的血肉同地上的沙石輾成一片。然而一直到她走到去城牆缺口的小路上，她沒有被卡車輾過。她沒有碰見半輛該死的卡車！

她悶悶地走回南院宿舍去。一路上沒有碰見一個熟朋友，沒有一個人來慰問她。彷彿大家竟約好了避開不見她似的。她悶悶地回到了屋裏，屋裏梁家姐妹都是在呈貢范寬湖那裏工作的，都不在宿舍。她現在是一個失業者，她至少是一個離群的孤雁。她伏在床上不知道哭了多久，她睡著了。也不知道睡了多久。

忽然她覺得有人在搖她，她醒了，覺得頭昏得厲害，她不願意醒。但是她也只有睜開眼睛。原來是范寬怡。是她這半天見到的第一個熟人。

范寬怡看見她仰起的臉是通紅的。便伸手一摸，是滾燙的。忙說：「這可不得了！藺燕梅，你病了？」

「我也許死都死過了呢！」她想說，可是她沒有說，她光直了眼看著。

「你病了！」小范熱心得很：「你怎麼一個人和著衣服躺著？喲！濕了一大片？你哭了？她們呢？怎麼一個也不在？」

「小范，你再摸摸我頭看？也許真發燒了。我嘴裏也苦得很！」

「熱得厲害！熱得厲害！快躺好罷！我給你倒水喝！」小范也慌了：「可憐！你離開家第一回害病罷？唷喲，別哭，別哭！索性脫了衣裳、鞋，我給你找睡衣，好好兒歇著罷！」

「小范，你在這兒陪著我？」

「我怎麼會走？可是要不要去請校醫呢？」

「有人來了再說。你今天怎麼會來的？聽說你們那兒也忙得很。」

「忙是忙，好玩也真好玩！我來拿藥的。晚車就得回去！我也恨不得快回去！我們的醫院簡直等於夏令營！」

「你們還玩兒？」

「怎麼不玩？事情完了自然就玩！很多病好了的華僑都不打算走！我們學唱緬甸歌，馬來歌。白天還在昆明湖游泳。就是我哥哥的時間少些，可是他辦公的時候還不是可以嘴裏哼著歌？忘了告訴你了！我哥哥唱馬來情歌才叫好聽極了呢！那個調子好像是這樣……」

「先別忙著唱，你們那兒還要人幫忙嗎？我想……」

「你想來？當然好啦！醫院差不多要結束了。可是開學還早哪！我們根本就打算自己辦個小夏令營！喝！計劃大得很！完全馬來化！」

「醫院要結束了？」

「是要結束了。結束了就辦夏令營！反正房子是開辦的時候我哥哥一手佈置的，借的。華僑們也加入，完全馬來化！」

「為什麼要結束？」

「病人一天天地快好全了。還要醫院幹嗎？把沒好的有限幾個病人往幾個大醫院一歸併不就結了？今天我還看見大宴和小童了。他們的醫院成績最好，一個病人沒死，也沒有一個病人賴著不走。他們都已經結束回來了呢！我們頂多再忙兩個禮拜，也就結束。」

「兩個禮拜也儘夠做事的了，你還能說為了找事做盼望人家害病嗎？那些華僑好玩極了。我們洗紗布繃帶，他們一塊兒幫忙捲。我們給他們弄飯他們自己下手弄菜，奇奇怪怪的菜！有一家子華僑都在村子裏開了小飯舖才搬出醫院去！還有好些也都是沒病的了，在醫院住家過日子。你說有這種事嗎？大夫來找病人看病的。有一回成了來接生的了，就有這麼位太太，在那兒生了個胖閨女！九磅！真氣死我了！好重！」

「那我來幹什麼呢？」

「這麼大的嗓子！我問你，你們那兒的病人都是有家有小的？」

「逃難嘛！還不就是一塊兒都來了！熱鬧得很，大雜院兒，可是一點也不亂，別看不分病房，什麼男科婦科小兒科一概俱全！有個年輕的華僑還看上了個本地大姑娘，我看很有希望，說不定要借醫院辦喜事呢！」

「這是什麼醫院！」

「戰時標準醫院！有一個華僑這麼說的。我們計算著八月底要是一結賬，公款至少剩下一大半。說不定還賺了錢，那才大笑話呢。華僑有的真闊。房子漏了自己修。公家伙食輪流請客，本地人又送錢送米的！完全是超出理想的醫院！」

小范是這麼個脾氣，喜歡夾七夾八地亂說，而范寬湖不是一個胡鬧的人那個醫院也許辦得不壞。藺燕梅除非不打算再服務，如果打算再做點事給大余看看，恐怕只有去呈貢加入范寬湖的單位。雖然她心裏總不以這麼一個大雜院的醫院為然，而覺得在大余管理之下工作痛快。她便遲疑著。

小范也忘了方纔邀她去和自己的哥哥合作的事，藺燕梅也不好意思再提，只有由得她順了嘴說得高興，一路講下去。鬧得藺燕梅幾乎連每一個華僑的名姓、外號都清楚了。

過了一會兒，她覺得燒退了些。看一看錶，已經是下午三點半了。又喝下些水去，覺得有一點餓。便想起來去喫一點東西。大概也沒有什麼病，不如這麼撐過去，免得大家把她身上不舒服的事和被大余開除的事摻在一起亂說。

繼而一想，又覺得已經太晚了。有小范這個多嘴的在跟前，用不了半天工夫，什麼地方也被她宣傳到了。嘆了一口氣只有重新躺好。

小范看她坐起來，不下床，又躺下了。就問她：「還是支持不住？我得趕快去辦事，我不能陪你了。可是藺燕梅，我有一個辦法，你如果想養病，也可以到我哥哥那兒去。先當病人，後當護士。我可以送你下去。」

藺燕梅忽然想起小范是晚車走，不過三兩個鐘頭就離開昆明。這倒不是一件壞事。現在同她走躲到開學時候回來。呈貢是個新地方。不像在學校裏，等一下人人就都要用看罪犯的眼光來看她了。去呈貢，她只有去呈貢，要去就今天去，就坐晚車走，從早上她正式失業之後她還沒有碰到什麼人，也還沒有多少人知道大余到底沒有原諒她。要走就馬上走，至少要先躲過這一場新鮮的難堪。

可是，怎麼辛勞，受累了快一個暑假，落了一個在學校都存身不住的下場呢？怎麼一個在學校裏這樣響亮的名字，會有了這麼可憐的一個身分呢？去參加一個不如自己原先所屬的工作單位。又似乎沒有范寬怡挈帶著便無處可去似的。她提出一個辦法，自己就要依從一個辦法，竟沒有第二條路來由自己從容處在主動地位來選擇？

在范寬湖手下工作？范寬湖？唉，又有一個人走到自己的頂上去了！寧願在余孟勤的辦公室裏掃地也不願改換一個地方！在余孟勤屋裏掃地叫別人看見了也不覺得詫異，在自己心裏也不覺得委曲。可是打起一個隨身小旅行包，隨了小范下呈貢，就不同了。那好像是一隻被群伍遺棄了的天鵝，忝顏參加鴨子的游池。那簡直就感覺到墮落。

在范寬湖那裏她是一個生手，誰知道會派給她一些什麼工作呢？即使是與鴨子為伍，也不能得到尊榮，頂多能得到孤獨。

在藺燕梅心裏她自己的身分一落千丈。其實在學校輿論的評議中她的人望未損分毫。這種心理之發生她自己不知道完全是余孟勤平日言論所影響的。

「我跟你走。」她說：「你去辦事。我自己休息一下，車站上見面。」

「你自己走？」小范兩隻眼睛都睜圓了：「病好了？」

「就是上醫院也要坐一段兒洋車呀！有什麼受不了的。晚車是不是五點半開？」

「五點半開。我大概五點鐘就可以到了。你別去得太早。到早了沒有人陪你。我先去一會兒把票買好等你。」

「車上，家裏都是一樣坐著。我也五點鐘到，也好佔個座位。」

小范懷疑地看了她。見她說得堅決，只有答應了她在車站會面，便走出門去忙她的事情了。她在屋裏收拾起幾件隨身衣服和幾本書，找出她父親給她的一個精緻的美國造的皮質旅行提包，把東西裝了進去。看時間還早。可是肚子餓了。發過一陣燒之後，自己覺得虛弱得很。很想去吃一點流質的東西如牛奶之類。便索性不在宿舍裏休息，提了皮包，鎖上門，走了。

她走出了南院，走上文林街，看見沒有熟人，忙忙轉到府甬道，下翠湖邊。這一帶都沒有車子的。她便穿了湖心，沿著一條堤走。她想挨到青蓮街上面。便坐上車，一直到車站附近，找一家大咖啡店再吃點東西。她現在只要快點走出學校附近的拉丁區。要休息也去那邊車站附近去休息。她走得很慌忙。她咬著牙撐著不適的身子。

翠湖中心堤那邊一個亭子前在夏天有一排排的茶座的。這時候，大宴，小童，朱石樵正在那裏喝茶。大宴面對了湖堤，他一眼看到了藺燕梅。他說：「藺燕梅！她這會兒到哪裏去？」

「不對！」小童說：「她走路的神氣都不對！」他說著便站了起來，兩眼直望了她。他今天中午從伍寶笙那兒聽到了大余責罰她的事。他看了藺燕梅的行裝神色立刻想起這件事來，心上突然有了許多可怕的聯想。以年齡性情之相近來談彼此瞭解的話，小童是最瞭解藺燕梅的人。

藺燕梅彷彿也看見他了。卻裝作未從擁擠的茶客中看出他們一樣，依舊兩眼直著向前走去。

「恐怕是不大對了。」朱石樵推一推小童說：「不如你追過去問問她。」

「陪她走一段。」大宴說：「替她拿拿東西。她那個小包不像是很重的，可是她已經走得東倒西歪了。」

小童對他們說了一聲：「不要等我了。」兩隻眼睛仍在藺燕梅身上，他便跑過去了。

他們兩個也用眼隨了小童追上前去。這時候有一個本地中學生模樣的女孩子在堤中大路上騎自行車。看上去技術很不高明。正要騎到藺燕梅身子背後，越是要讓，越是轉不過這個彎兒來。眼看要撞上了，她慌得忘了按鈴，只管亂嚷。小童剛好趕到，從後面一把把車拉住。她從車上下來。總算沒有出事。藺燕梅聽見她喊，忙回頭，車子前輪已將及觸到她腳後跟了。小童撇開了這個向他道謝的女學生便上前去和藺燕梅走在一起。藺燕梅也不說話，祇為旁邊閒人太多，怕圍上人來看。便同他走了。大宴和朱石樵也就看不見他倆了。只看見那個騎車的女孩子在發怔。

小童見她不說話，他便也不說話。只彎下腰去順手把皮包提在手上。藺燕梅實在是累乏之極了。便由他提了過去。只看了他一眼仍舊沒有說話。

小童可不高興了。他不喜歡這種半死不活的腔調兒的。他說：「你上哪兒去？」

蘭燕梅沒有理他。

「你是怎麼啦？走得東倒西歪的？」

她還是不說話。

這時候他們正走到湖中兩條堤交岔的地方。小童料想她是往城中心去。他便提了皮包故意往岔路上轉。拔腿就跑。這裏人少。他找到一棵大樹，猴子似的跳上去，攀到一根斷枝。把皮包掛在那裏，然後跳下地來，坐在草地上，發呆，做怪相。

蘭燕梅不覺吃了驚，沒想到小童有這麼二手。她又沒力氣追，只有看著他把自己的皮包掛到樹上。她走過來時小童已經跳下地了。她心上想生氣，可是實在沒有力氣。想哭？不，她自己覺得不像是想哭。反而意外地，無可奈何地，站在這裏，看了湖中的遊艇，堤畔的垂楊，聽了起伏的蟬鳴，守著這個頑皮成性，又善良又熱腸的小童，她心上倒減去了一點一日來悲憤，凄涼的感覺。她當然不是想哭，也不是要生氣。原來這個小童在她回憶中不曾有過含有惡意的譏笑的臉。她不會從他的名字、容貌上有不愉快的聯想。她無從生氣。

小童在地上拾起一根柳條枝，坐在那兒看水，用柳枝蘸了水，灑水圈兒玩。他理都不理她，彷彿身邊就沒有這麼一個人似的。他心上尋思這個蘭燕梅提了旅行包可能都是做什麼去？

平常蘭燕梅很少一個人進城，若進城總是余孟勤或者是伍寶笙陪著她。最近也常同凌希慧，或是許多女孩子一塊兒走。進城總不外是買東西，看電影。若是帶了小布包就多半是去洗澡。而洗澡更決不會是一個人去。

蘭燕梅在城裏沒有什麼親戚朋友。她若是一個人出門，多半也就是去那面湖邊上的宋家，她的保護人家裏。她這些行蹤幾乎是校中人人都熟悉的。但是她現在已經走過宋家了。小童想她大概是要出遠門。

「蘭燕梅，我不跟你搗亂了。」他把柳枝向湖裏一扔說：「你大概是有什麼事要出門不打算告訴我。我問你也不說，激你生氣你也忍住。算了不管你的事了。我本來不該多事。沒有幫你什麼忙，倒白耽誤了你半天時間。我上樹去把皮包拿下來還你。我回去找大宴他們喝茶去了。」他說著就爬上樹去拿下皮包來交給蘭燕梅。蘭燕梅不接。

「你以為你不接我就得老提著它嗎？」小童說：「我就是腳行也要先知道行李該往哪兒送呀！我不管了，我把它放在地上，你愛拿不拿！我真怕看你這麼愁眉苦臉的。我非回去不可了。我心上也難受起來了！」他放下皮包就走。

「你不能走，小童！」

「我非走不可，我恨不得飛！」他聽見她到底開口了。就想慢慢引她多說幾句話：「誰知道你想到什麼地方去？我跟著走幹什麼？還你皮包。」

「是你要過去的皮包，我提不動。」

「可是你生我的氣了。恐怕也未必要我提！」

「我哪裏跟你生氣了？小童！你不能這麼搗亂！跑來跟我胡攪！」

「我是直心眼兒人！」小童十分傷心的樣子說：「受不了你這種小姐們的應酬話。生氣就生了，何必說沒有？這比罵我還難受！我是個愛搗亂的脾氣，你罵兩句我也未必在乎。」

「你信我的話不信？」

「說得叫人信，人才能信。」

「我說出來，你不信也是沒有法子。你再冤枉我也只好隨你了。」她認真地說：「你看，小童。

我有事，出門。你來幫我提東西，我就叫你提了。我生你的氣，還會叫你提嗎？誰知道你倒會多心起來，走了幾步路就變了卦。發起瘋來。」

「這樣的話叫人聽著還痛快些。」小童擺足了架子點點頭說：「不過小心說得不完全。」

「你跑到這兒把皮包掛上樹，我當然生氣了，可是也沒生多大的氣。我不是還要你幫我忙，替我提一段路嗎？剛才還告訴你說我提不動呢！你倒反過來說我不高興要你幫忙了！你還要我把話說得多明白？」

「只要你肯開口就行。」小童說：「不過你一直不開口。我知道你開口不得的，你怎麼好說：『我不要你替我拿！』呢？」

「小童！」她急了：「你怎麼這麼多心？真想不到！我就不許有點兒不願意告訴人的心事？我不說話是有別的緣故呀！你沒來之前我就是正不痛快著的。你在那邊茶座上又不是沒有看見。難道那時候就生你的氣了？」

「哦！原來你也看見我們了！可是不招呼我們！我懂得了。再見罷。」

「我還沒有說完！小童，我還沒有說完！你這樣真叫我難過了，我心上實在是有別的事。」她忙拉住小童的袖子：「你看，小童，咱們什麼時候吵過架？我想誰都永遠不會跟你吵架的。你這樣不容我說話，讓我冤枉，你以後想起來，心上不會難過？」

「放手罷！還是行動比說話有效。我這套制服已經有三年的歷史了。再拉袖子就要下來啦。我不走，你說完你的話罷。」

藺燕梅仔細看一看。頑皮的小童依舊是頑皮的小童，他並沒有變。她放心了，笑了笑說：「我不拉著你了。你可別一不高興又要跑！我沒有生你的氣。你幫我拿一拿好不好？話說完了。」

「怎麼？嚇了我一跳！怎麼就完了呢？」小童蹲下去做一個百米賽跑開始的姿勢。又要跑！

「沒有完！沒有完！」她趕快攔著：「我今天病了。叫你這一陣亂鬧好像是病也好了些似的我餓得很。小童，你請我喫點什麼東西？」

「病了？糟糕！不鬧了，你怎麼不早說！我們看你走路有氣沒力地還以為你是什麼別的毛病呢！」他把皮包一把提在手裏說：「你是上醫院？」

「是上醫院。」

「怎麼上醫院以前還要亂喫東西？」

「實在餓了，光喫點稀的，牛奶什麼的。」他們一邊走著一邊說。走回到原來的路口後沒有幾步有一座石橋。

「我的老規矩，不能破壞。」小童說：「一定要三步跳到橋頂。」他說著撇下藺燕梅，就跳上去了。

「我上不動了。」她說：「你永遠不會好好走路！我要坐在這石獅子上歇一會兒。」

「別蘑菇了，」小童站在橋上不下來：「上醫院去也是鬧著玩兒的？」

「我當然會慢慢地去。」她說：「你拿了皮包先走罷，我怎麼跟得上你呢？萬一你上青蓮街的老規矩是一口氣跑上去。走正義路的規矩是跟洋車賽快！……」

「沒有別的了。」他說：「快走罷。別誤了門診的時候。」

「誤不了。五點半以前到就行。」

「五點半，什麼醫院有這種規矩？」

「五點半的晚車，我上火車站，去呈貢！范寬湖的醫院。」

「火車站？這倒像個腳行要去的地方！糟糕我又要跟那些挑行李的搶生意了！藺燕梅。」他深思地倚了橋上的欄干。

「什麼事？」

「我全懂了！」他沉痛地說。

「我沒有生你的氣罷？」藺燕梅苦笑著看了看他。

「沒有。藺燕梅！」

「還有什麼？」

「我想說：『你真可憐！』你生氣不生？」

「我現在麻木了。不懂得什麼叫做生氣。」

「是麻木了，還是心上沒有主意了？」

「兩樣都有一點。」

「沒有主意了就人家說什麼，你就是什麼？」

「我沒有說話的餘地。我是被宣判了的人。」

「你去呈貢的意思就是把昆明的事不管了？」

「人家愛說什麼就說什麼，我能管誰？我到呈貢再做點事去。」

「這個不能攔你。可是總覺得你幹得有點冒失。你決定去呈貢之前看見了誰？」

「范寬怡。」

「還有誰？」

「你。」

「伍寶笙呢？」

「沒有。」

「還有一個人呢？」

「不提他了。」

「你能不給人家一個時間來看你。」

「別把我身分說得那麼高。」

「也許後來的文章裏有新變化？」

「不是什麼大不了的事，等我開學回來的時候再變也不晚。」

「你是個危險人物；不，我是說你的性子危險，太愛鑽牛犄角尖。」

「還有人在牛角尖裏常年地住著等我呢！」

「不是這麼說。你做事還是有個人跟你商量著纔好。死了心眼兒的時候也好有個人給你轉圓。」

「我想的不對？」

「照我的意思說，並沒有談到對不對的問題。我的意思是說路子很多，沒有一定要把一座山搬開才能過山的。你該有人領著走。」

「領著我的人在牛角尖裏等著我呢！」

「也許你往寬處去，他就又去寬處等你了！你們去年就是這麼整整地鑽了一年！兩個人比賽著走極端，我告訴你，大余現在比和你接近以前都怪癖得多了！從前他作怪，我們打趣他，現在他作怪，你慫恿他！」

「我不能信這是我的關係，要說依從他的人，全校都是！你們年級高的人也沒有兩樣。」

「這與年級沒有關係，只看某一個人在學校裏對別人的吸引力。大余未必是故意利用你來驅策全校，而事實上收到了這樣的效果。簡單地說罷，你變本加厲地又修改了他的意思，於是他多少年來碰釘子的脾氣一下子被培養起來了。越慣越大。越湊合他，他越不能滿足。這裏面有你一半兒錯。河堤決了口，再堵就難了。我本來想說你可憐的，現在要罵你可氣了。」

「小童，我想起好些話來。」藺燕梅被他數落了一頓，心上鬆快多了。

「說罷。」

「這麼老遠地！伸了頸子喊，跟吵架似的！」

「歇了半天了，你不會上來？」

「你長手長腳地三步跳上去了，還怨我不上來？」藺燕梅坐在石獅子上不動。

「我又不能揹了你跳上來！」

「你就不會陪著我走慢點兒？」

「這怎麼行？這座橋我從來沒有四步上來過，這是我的一個特別戒條。」

「你這種認真不也是鑽牛角尖？」

「這是寓認真於遊戲。有了正事自然有辦正事的辦法。」

「試一試行不行？」

「試什麼？」

「我走不動了，你拉我上來。」

「三步？」

「一步一步走。」

「饒了我罷！」

「改改你的脾氣！學學走路。」

「不要緊！」小童下來了：「我有妙計一條，我退著走上去，還是可以不破戒！」

「你還是三步再給我跳上去罷！」她把手抽回來了。

「嗨！你早有這麼一點兒骨頭，大余也就早改過來了。」

「少插嘴，你不是還沒有挪步嗎？」

「開步走！一步了！──兩步了！──三步了！──媽呀，媽呀！四步，五步，六步，七步，八步，九步，上帝！天！」他們走到了橋頂上。

「別喊了，謝謝你！我有一個決心了！」藺燕梅臉上充滿了希望說。

「我也有一個決心了。」小童也說。

「你瞎說什麼？」

「慢慢告訴你。你的決心是不是跟牛角尖的那一位有點關係？」

「這樣，你聽著。」她伸出小手指頭指了自己的心說：「從今天起，藺燕梅要變一下，要長一根骨頭。要自己判斷是非，不盲從人，也不害怕不合理的批評。如果遇見叫我決心動搖的事，我就來這座橋這兒想一想。我在這兒第一次……」

「『拿小童開了刀！』是不是？」小童接下去說：「『而且成功了！』我倒不反對你這個說法。如果決心不夠叫我來幫你的忙，來訓你一通都可以。我寧願看你變成一個暴君也不願看你被養成為一個奴隸！」

「我是不會做暴君的，然而也談不到奴隸，只要你可以不再用『可憐』兩個字來形容我就行了。

從現在起，你要來公平裁判我。如果我又可憐了，你就告訴我！」

「我不告訴你。」

「不？」

「我乾脆就罵你！到現在一個新釘子都還沒有碰呢，就又洩氣，我看你是早晚害了自己，也害了人。」

「你心上是不是覺得我很不成？」她自己心上是不信這句話的。

「說不上來，其實你很成。比許多人都強，可是你就是不會打仗。你像是一個小孩子。一個聰明的小孩子，依了習慣去聽大人的話，甚至去聽比你不如的大人的話。也許是天性太柔和了？也許是你經驗之中只遇見過應該聽從的人，成了習慣。你可以聽伍寶笙的話，可是你和大余是對手。不必一定聽他的話。如果你覺得要改造他，你也可以那樣做的。可是去年一年來，你沒有這麼做。我們談論起來的時候就覺你不會想到有時候人是要去征服另外一個人的。我們為你不平，我們卻沒有覺得你不成。只覺得上帝造你的時候少給你了一根強硬的骨頭，於是你從來不想征服別人。這樣你的許多美點，太多的美點，都成了使我們不平，生氣的原因！我沒有聽見過一個人說你不成。你好好硬起骨頭來！」他指了她方纔自己指著的胸前地方：「你一定可以成功的。重新認識自己，也救回大余。你聰明，能幹，敏捷，心眼兒好，有口才，你又好看！」

「你又好看！」這個硬朗的讚美！這一大串兒現成的、真摯的形容詞。這毫無虛飾的說話！他這麼暢快的談論自己！當了自己的面！如數家珍！

藺燕梅和他談話，談自己的心事，竟比和伍寶笙商議時還要覺得自然些。這個男孩子的說話是憑自己的意思，不考慮別人的晦澀的情感的。他就事論事忘了自己。忘了自己也是個男子，也可能因喜愛這些可珍的品質而戀愛這個人的。他又是有見到的地方必說出口，不似伍寶笙那樣多為藺燕梅的脆弱心靈猶豫一下，而用幾句試探口風的話。也因此，藺燕梅的真情感閃躲不開，也自己遮飾不了，便只有接受他那沒遮攔的討論。她又正需要這種討論。

「我要救他？」她說：「把他改成一個平常的人？」

「這完全是大余的口氣！」小童跺著腳斥責她：「他現在不是一個超人，他現在乾脆就不是一個正常的人！你是救他免於成為瘋子！他一定教你念過尼采了。憑了自己的高興去解釋尼采，像他在壁報上的那些文章一樣。」

「我救得了他？」

「救不了也得救。簡直是要去干涉他！至少在拒絕他干涉你時，順便教育他！」

「是我的責任？你們這樣覺得？反倒不是由他來教育我們？我干涉他，他歡迎嗎？」

「看到什麼事該做，就放手做去。這麼說起來，我管得著你嗎？你歡迎嗎？」

「你知道我歡迎的。」她說。從她的口氣聽來，這末了一句倒是頂要緊的了。

「我的決心還沒有告訴你呢！」他說：「今天九步才上了橋！多走了六步！下回非用六次兩步上橋把它補過來不可！」

「氣死我了！」藺燕梅笑著說：「你又去鑽牛角尖去了！我也來管管你罷！歡迎不歡迎？」

「都是要歡迎的。你看，大宴，朱石樵，伍寶笙，大余的話，我也都能聽。」他說。他提起旅行包來。兩個人並著走下橋去了。

他們沿堤走，在樹蔭下走，又穿過一座石牌坊。那石牌坊在陽光下顯得十分潔白。下半截石柱上閃動著濃密的樹影，又黑得像灑上去的大墨點子一樣。這濃蔭又從他們身上滾過，他們走出翠湖公園了。

他們既然把談話的隔閡打開了。一路上便絮絮不斷地談下去。藺燕梅說了不少她關切大余心理的地方，小童說：「所以啦！你一有了這種新思想，你馬上看出從前所看不到的地方了！你決不是看不到的，而是你不用諮議懷疑的態度。你對他的論調接受得太快！」

這些話對她都是有益的。所以當他們走到車站附近一家小咖啡店去喫東西的時候，她的胃口不覺大大地增強了。

「一杯牛奶。」她沒有思索地告訴侍役，因為她本來只想喫這一點點。

「先別問我。」小童說著便離開位子，隨了侍役走到玻璃櫃台前面，自己去挑。他一看點心樣式不少。他各色都要兩塊，咖哩肉餃，夾心蛋糕，桃酥，椒鹽火腿餅，蛋捲，已經一盤子了，這時候又有新做好的點心送出來了。侍役看他好像在採辦一個茶會的食品似的，什麼也都要嚐一嚐。就又送給他看，他見這許多又都是新鮮樣兒的。就一樣又挑兩件，馬來糕，蘿蔔糕，叉燒包子，脂油糖包子，香腸捲兒，蛋黃盒子，挑個沒完，藺燕梅奇怪起來，就過來問他。他說：「一個人每樣一塊。」才說完他發現她不能跟自己喫得一樣多，也就笑了。他問還有什麼喝的。侍役說了許多。他都不滿意，後來聽見有八寶飯。他高興了。就不要喝的改要一盤八寶飯。兩個人才回到座位上去。東西慢慢都來齊了。小童順手拈了喫，沒有多大時候，被他把點心喫下一大半去。嘴裏還嚼著呢，手裏又去拈第二塊了。藺燕梅也喫了些點心。也被他把食慾引起來了。她看小童喫得太多，她問：

「你沒有喫午飯？」

「喫了。四碗，怎麼樣？」

「四碗！」旁邊的侍役說。小童看他一眼。

「你還喫這許多？」

「點心同飯是裝在兩個肚子裏的。」他毫不在意，認為當然地說。聽見的人全大笑起來了。

「我還喫點什麼呢？」蘭燕梅也把牛奶喝完了：「本來只想喝一杯牛奶的。怎麼又喫了點心，反倒餓了？」

「我說這玩意兒是越喫越餓的罷！也來個八寶飯？」

「又太多了。」

「那麼這樣，喫一碗五子稀飯？」

「也好。」她說：「還可以就了點心喫。」

「茶房。一碗五子稀飯！」小童說：「兩碗罷，我也來一碗。」

「真好胃口！」茶房說著走了。

「所以啦，你瞧。」他對蘭燕梅說：「別人若是請我豈不是給我罪受？連茶房都不打算賣啦！」

他們兩個又喝了五子稀飯。實在飽了。小童付了賬，看找回的錢有個零頭，他就拿了一個雞肉包填在嘴裏，其餘的算小費。提了旅行包，送蘭燕梅去車站了。

他們到了，小范還沒有來。蘭燕梅說：「我把票買了罷。省得叫小范花錢。」她把錢交給小童去替她買票。小童向票房窗洞裏買票，回過身來對她說：「其實現在想一想，去不去呈貢都無所謂了。」

蘭燕梅說：「買了票再說罷！」她心上也覺得小童的話有理，不過她不願站在這兒說話。他們買好票，坐在長椅上等車。小童買了幾個梨，連皮喫著。她也拿起一個用刀削著。

她又快樂地喫梨了。她不是什麼罪人了。從小童的話裏她想到全校不會有半個人因為這回事非議她。她真沒有去呈貢的必要。呈貢又是范寬湖，又是梁崇槐！

但是她又想到余孟勤恐怕下了公事房會來找她解釋。她又想去呈貢了。因為她不知道該怎麼見他。她又覺得還是先去一下呈貢才好。而且此刻她自卑的心理又好了些。她不覺得是在范寬湖手底下受支使而是一個光榮服務的人了。

這些事小童覺得都沒有什麼要緊，可以隨便。正說著，范寬怡來了，她忙得很。兩手滿滿的東西。

「你喫梨！」她像叱責一個不聽話的病人那樣說：「小童，一定是你引她喫的！看喫壞了她罷！」

「喫不壞的！」她笑著把梨核兒丟了。

沒有多久。車子掛好。他們便走到車上去，也不容藺燕梅再有什麼猶豫；雖然小范不停地宣傳呈貢的風光並沒有多大作用在內。

五點半，車開了。小童一個人回來。撒開了長腿，沒有多久時間，他走回學校來了。

第十一章

滇越路的短程車宜於在心境閒暇時坐，也宜於在心境疲憊時坐。這個話並不是說那厚木板的紅車廂及黑色堅硬的鋼架在行走起來的時候所發出有節奏的音響能令人想起許多熟悉的曲調很可消磨時光，一任嘴角上掛了別人不懂的微笑不去整理。或是那簡單重疊的轔轔聲使人安息，又容易隨了它沉沉睡去。而是那五花八門的竹筐子，木箱子，用扁擔挑在腳踏板外的，用繩索繫在窗架子上的，及各色各式妝束不同的邊區民族男女，和他們多少種不同的竹煙管皆足賞心悅目。如果是個有心人，他更可聽出多少不同的言語來。他若是閒暇，他有足夠的事可注意。這些人又是忙碌的。早上他們送菜蔬進城來，送水菓，雞蛋，豆腐來，也送鮮花來。下午呢，談著一日城裏的生活，菜市，花市的行價，交換著受警察的干擾與流氓、土棍敲詐收錢的經驗。他們是帶著笑說的，因為他們多半那麼樸實馴良，何況這些都是日日年年經常見慣的事，而現在正當一日辛勞完了，回家的時候？他們又歡樂地彼此把當天在昆明所買的東西給大家看，也許是一點香燭紙馬，也許是幾包糖製的點心，洒其馬之類，偶而也有人買了點衣服料子，即使是粗布，也足驚動所有鄰座的人了。是裁新衣服呢！這個年月添件新衣服是多麼重大的一件事！於是在那些讚嘆和羨慕的眼光下，這老實的鄉下人就難為情地低下他含笑的頭了。如果更有熱心人，接過這塊布來，仔細地打量一下，抖一抖，那漿過了的新布就簌簌地發聲，鑽進了所有的人的耳朵。大家再誇獎這交易做得老到，價錢買得巧時，那買主便更不好意思，要含羞地拿回他的布來，說：「樣事都漲了，哪個不是沒得辦法，沒得衣裳穿了才去買布呢。」大家看他把布收好，就會談起生活的艱辛又更起勁地吸起旱煙，水煙，捲煙來。一個疲憊的旅客就會在沉默中受了這些辛勞的好鄉裏人的感動，覺得人生之中沒有勞碌，也就沒有享樂，沒有疲倦也就沒有休息。看了看這些忙了一天的販客，農夫，也就覺得沒有什麼生活是過不下去的。他會忽然自足，而隨著變得快樂和有精神了。疲憊的心境很難為快樂和興奮的遭遇所驅逐掉，倒是從恬靜，安詳，知足，而尋常的氣氛裏能得到休息。這種愜意的村民旅伴只有在短程車中多，像呈貢車，可保村車，宜良車。再遠如阿迷車，就少了。第一因為長程車的行車時間不合適，它是快車又不停小站。第二，坐那麼遠的車程，上昆明來賣一點豆腐青菜也不上算。短程車是他們的天下。早上天一亮就進城的是有名的青菜車，菜販們頭一天的晚上就把菜挑到車上來過夜了，晚上回去的車上也可隨處掛空籃子不必顧忌雞糞或是草繩會污了哪位衣飾華麗旅客的新裝。

學生們則愛和他們混在一起，買一包花生大家剝了吃，交換些誰也覺得新鮮的談話。看了道旁村莊裏大樹蔭下的土坯房舍，更會想到那裏去做客。蘭燕梅她們上的就是下午的末班宜良車。宜良車，就是鄉裏人愛叫做明良車的。這車經常掛得長得很，它要負擔城裏同明良煤礦的運輸，走起來也特別慢，上個小山也怪費氣力的。

短程車上村民們另外二種好伴侶便是閒散不整的兵丁，他們也都是農家子弟出身，好比是同胞兄弟穿著不同的衣裳而已。做了兵丁，性情就似乎豪放得多。坐在一起常常聽得見大聲的笑。他們又是一肚子多麼狂妄的談論呵！

兵丁之外，就是傳教士了。他們的衣服最整齊，臉上也最多笑。雲南是法國天主教的傳教範圍，天主教士們的衣飾，黑是黑，白是白的，夾雜在灰藍色土布的乘客當中便如晴空上銀灰色雲中的老鴉，又如藍天裏的白鷺那麼明顯。

這天車上就有一位女教士。她容貌很端麗，舉止更安詳，微微暈起一點點光輝的純黑色道袍罩了她修長適度的身體，胸前一片潔白有光的硬領反映著健康紅潤又雅靜的面容。她還是很年輕呢；明亮，又漆黑的眸子在那黑帔白裏的修士帽子下和善地笑著。帽子披下來的一部份時時拂了身旁一位中年太太的頭髮，她們正在談著話。那位太太跟前有一對小孩，大概都在五歲上下。女孩子似乎大些，正和一個賣菜婦人玩，跟她學著剝青豆米，那是賣剩了的，正好剝了晚上自家喫。男孩跪在凳子上，向窗口外面等著看巫家壩起落的飛機，田裏的水牛。

「所以我說事情有時候太巧，又有時候太不巧。」這位女修士做了個結束的口氣說：「李神甫會正好在那時候去印度，我姐姐夫他們又會正好去美國。同時在這許多旅客中會同了飛機，又會鄰座，這才會談起話來。我自從歐戰起了從法國回來後，走了這麼些地方家中消息早斷了。和姐姐他們同時都在雲南這麼兩三年竟會彼此不知道。好啦，現在他們從李神甫那裏有了我的消息，寫了信來，這會兒又到了外國了。我自己是多少日子也難得來昆明的，這次特為跑上城來看他們在聯大的女兒，又竟未遇上。」

「你這是因為沒有找著她，心上不高興。你們既然都在雲南，又隔得不算遠將來一定會見到的。」那位太太說到這時，修士點了一點頭。「只是有一件，我想問問；你這位外甥女兒怎麼就這麼叫你們喜歡？也六七年不見了，會這麼惦記著？丟不下，捨不下，一有了消息，就勞動你從宜良上一次城？」

「她是叫人疼。」修女說。她見車已開了，方纔等車時的一段談話，這位太太很愛聽，就像講故事似的又閒閒地講起來。

「這是我姐姐他們的第一個女兒，結婚以後第一年生的。那時我也還小。還在初中念書。現在知道他們又有一個男孩了，這個男孩子真幸福，有這麼個好姐姐，他從姐姐那裏也一定學來一片好性情的。我自己說著說著，又轉到她身上誇獎起她來了。」

那位太太聽了也笑起來。

「她是不同，她是出眾。」這修女的眼睛便望了車窗外的遠處，換了一種有深意的聲調來說。在這樣一位天使似的修女口中聽見了這種讚譽的話，誰也不免隨了她的聲音想到一些極美麗的幻象。

她自己出神了一會兒，然後帶點兒羞澀的神色，收回遠望的眼光看了這位太太一下，嫵媚地笑了笑，接著說：「家庭中有這種叫人疼的孩子，不但自己父母喜歡；造訪的客人，每次來了也都願她出來，問她兩句話。送她一兩件能令她心喜的小東西。因為看見她喜歡了客人就更喜歡。」

「我們那時都在北平，我們住得又近，我簡直經常在她家裏。這個孩子跟我有些時比跟我姐姐還親近。她愛在我懷裏作嬌，她會用小臉來擦我的耳朵邊，更會用睫毛來輕輕觸一觸我的雙頰。我就從心裏愛她，疼她，我有說不出來的快樂。」

她說著就看了看蹲在地上，幫了那農婦剝青豆米的小女孩，她的母親也順了這充滿了慈愛的眼光看了看自己的女兒。她奇怪這位邂逅旅途的女修士，這麼一個柔適可親的性情，怎麼會做了修女。

「我常想，這小女兒是一顆明星落在我姐姐家裏，是一顆晶瑩的明星映入我們大家的眼裏。她那麼光潔，婉好，簡直不像是人間的。

「她六七歲的時候，我們就覺得出來這個家庭中令人羨慕，喜愛的空氣。與其說是我姐姐姐夫的教育好，性情好所使然，勿寧說是這小女兒美麗的天性所潛化。

「她能體察別人的悲喜，她更會在快樂時令人更快樂，空氣沉悶時來安慰人，使人重得歡笑，重新感覺到上帝的慈悲。

「她溫軟的小口，那麼輕，那麼甜地喊一聲：『媽媽。』，喊一聲：『阿姨。』時；我們什麼心慮也會撇開，看了她深黑，又大的眼睛，也在揣測我們的思慮時，誰也再不忍想什麼不愉快的思想了。

「她是天生應該受嬌寵的。因為我們一齊嬌慣她，依順她，而她卻一點也沒有因溺愛而得到什麼壞脾氣。在北平我們所住的一帶人家，不論景況怎樣，都能適然地有她來作個小客人，她能叫人人覺得是自己一家人。這些是無法教，也無法學的。

「我記得她那時候進了附近一家教會學校的幼稚園。不是我們送她去的，簡直是被幼稚園的教師要了去的。起先每天有人送，有人接，後來因為實在太近，連一條街也不用過，就由她自己來回走，我們頂愛看她放學回來，跑得一頭細髮都飛起來，一下連小書包帶人都鑽到母親懷裏的樣子。

「有一天我們出門怕得在她放學之後才回來，為了惦記她放學回家見不到人會哭，就一齊往家中趕。我現在還彷彿看見那次的情形。那時候正是春天，院子裏的花枝伸出牆外，花影在牆上清楚的印著。朱紅大門前，看見她正伏在門扇外哭。石板地上丟著一個紙做的小風車。光著半截的小腿都因為哭得太厲害，哆嗦著了。我心疼得趕忙跑去從後面把她抱起來，她還趕緊彎下腰去把風車拾在手裏。原來她的風車做得好，得了獎，忙著跑回家來告訴的，偏偏我們都出門了。佣人在院子裏澆花，把門關上了。她身材太小，夠不著門環，只能用小手使勁拍門。手拍紅了裏邊也聽不見。她伸出小手，媽媽給她吹吹，聽她說話的聲音都啞了。這個小孩我們從沒有叫她冷落過一分鐘的，關在門外，自然要傷心了。我姐夫第二天就找了個木匠在大門上，門環底下特別安了一隻小門環，只一隻，一個可笑的獸頭同一個小環。是個小小的銅的，專為她用。事實上她再也未用過，我們再也未曾不在家裏等她。後來她大些了的時候，有時候到門口玩，便用那小門環拴住她的狗。」

聽到這裏，那位太太也入神了。兩個孩子也都放開了各人的玩法，挨過來聽。男孩子挨到母親身邊，女修士就把女孩子攬在懷裏。她說：「這個小女孩像你這麼大時還有一件事，說起來也怪叫人疼的。她們幼稚園裏有一次開懇親會。有她一支歌，我們事先誰也被她瞞住了，是她自己的歌詞，先生稍微改了改，配的譜。她蹲在台上，學了小雞的樣子，用小手這麼比劃著唱：

有個雞蛋這麼大，
孵出小雞這大，
把他裝回雞蛋去；
再裝也裝不下，
再裝也裝不下！

還沒有唱完已經把大家都笑死了。她唱完就往母親這兒跑，半路上卻被一位朋友太太抱在手裏親。我想全場的人誰不想親一親這個可愛的孩子呢？」

她講到這裏便把懷裏的小女孩親一下，兩個孩子聽得快樂地拍手，一個問：「她叫什麼名字？」一個問：「她多大了？」做母親的也覺得今天車上很快樂，又覺得這位女修士正和她所講的小姑娘一樣可愛。

「她的名字也妙，」她又接著說：「是自己起的。她要上學了，我們抱著她，問她喜歡起個什麼名字，到幼稚園去小朋友們好叫。她說不出來。我們就問她喜歡什麼東西。那時候梁上的燕子正飛回來，她說：『喜歡燕子。』姐夫說：『不錯。』『還喜歡什麼呢？』姐姐問。她說：『小燕子。』把我們逗得笑個不了。姐姐說：『沒法子，凡是小的東西她都愛，她就愛這個『小』字。我們想：『小燕』太俗。就問她喜歡什麼花。她說：『梅花。』其實這是說錯了。她喜歡的是玫瑰花，不過總省去一個字成了『梅花』。我們也就順著她叫她：『燕梅』紀念她小時自己起的名字。」

兩個小孩子沒等人家說完，又想插嘴。母親便掩了他們口，自己問道：「真是的，先別問這小孩子姓什麼。小姐，您貴姓我們還不知道呢！」說著笑了一笑：「我們姓白，也是戰後才來雲南的，就在前面不到呈貢的地方，桃源新村裏住。再過來時請下來玩。您真和氣，肯親近人！您是一個人走？」

修女也笑了，說：「多謝您，我姓楊，我們做修女的是不單身出門的。所以在街上您看見我們都成對兒。還有一位法國修女，她說得一口好中國話，要是她在這兒，也有趣兒得很。您上車以前，她到另一節車去跟幾位宜良的教友談天去了。」

那位太太聽了忙說：「這可對不起了，佔了她的位子！」

「不要緊，不要緊，您儘管坐著。她多半不會回來，她也能談得很，我們大概下車時才碰頭。別管她，還是說咱的。我說到哪兒了？」她笑一笑看了兩個小孩子：「哦，她姓什麼，對不對？她姓藺。這會兒她可不是小孩子了。我算算看；她比我小十二歲，這會兒也十九了！」

說著又不免自己默想起來，四五年前分別時，她的模樣，現在更不知道出落得怎麼樣了。

「後來她進了小學，和從前一樣先生和同學沒有一個不喜歡她。男孩子們愛打架，燕梅不許他們打，他們就不打；可是為了搶著和燕梅玩，就更打得厲害。他們有這麼一種玩法；把燕梅推在一張小椅子上坐著，兩個男孩子在前面打，有時是真打，有時是假打，雖然也總打成真的。打敗了的就半天不准和燕梅玩。但是日子久了，燕梅就反對這玩法，她反而多和打敗的玩，於是大家就都裝做打敗。後來就是連碰也不曾碰到一下的也躺地上裝被打倒！多麼頑皮的孩子呵！我到學校去常看見他們東一個西一個笑嘻嘻地滾了一地喊燕梅來拉他們，說他們是被打倒了，打傷了。氣得燕梅什麼似的。

「看去他們的遊戲裏沒有燕梅便起不了勁似的。女孩子有時愛分成一堆一堆兒賭氣玩，所以哪一堆兒都想拉燕梅加入，燕梅卻和誰也賭不起氣來。大家和和氣氣一塊兒玩時，就都聽她的話。其實她並不出什麼主意，她從幼在家中當小寶貝，聽人家話聽慣了，所以她在學校中雖然是領頭，她其實是聽大家的話的，因此也就玩得很好。如果做什麼比賽了，那麼發獎就又是她。彷彿不是從她手中領獎，就不如不贏似的。她就這麼在學校裏長大，到了我出國那年，她有點病，便沒有再上學，家裏也因為快到暑假了，都搬到北戴河海濱去住。那時她十四歲，正是事變的那年我因為出國要在秋天，便也一同去。

「她的病慢慢養了自會快好的，所以我們倒像是純粹避暑那樣，玩得很快樂。她學游泳，學得很快，只是醫生不准她參加那年的比賽，說太興奮了於她不宜，怕會留下個神經質的底子。我相信她如果去參加，得不了第一，也定會得第二，那時差不多大的女孩子中，只有一個比她大半歲的英國女孩子游得和她差不多。她兩個真是要好得不得了。

「病勢一下子不發展了，她的氣色便一日好似一日，為了打好身體的基礎起見，我們贊成她索性多養些時。醫生的話到底有道理，她氣色雖慢慢好起來，人卻變得大人樣兒多了。自從她害病以後容貌上便顯出一種從前沒有的美來，性情裏也多了愛思索的成分，對人對事的感情成分都極深，她熱情得如一個小火爐子。我真覺得這種性情對健康之不利更甚於任何病。

「無論如何，一方面休養得好，一方面到底還不是沉湎在思想中的年紀，所以雖然有這傾向，卻不深。她仍然活潑，快樂像早上迎了旭日才開放的一朵花。」

女修士說到這裏，女孩子已經蹲下去又和賣菜婦剝青豆米去了，男孩子也有一個農夫用小草棍兒逗他玩，他們把小草棍兒插在豆子上做成各種小動物，農夫的孩子會用一片荳葉含在口裏吹哨子，他學不會便只顧拚命吹。母親看了他們笑了一笑，就又用眼光來邀請修女再講下去。

「游泳比賽那一天，我們坐在一個有篷的小木船上去看。成百的小木船集在終點地方看。因為是海濱浴場的關係，比賽不能不到離岸稍遠的深水地方去舉行，兩隻黑色的大平底船相距五十公尺下了錨算是起點和終點。成年男子們的比賽固然精彩，但是夏天烈日下看那種激烈的競爭實在也沒有多大意思。我們是要看燕梅的好朋友伊利沙白奪標的。燕梅也算是她的小保護人，所以我們可以特別泊近終點，和伊利沙白家中的船靠在一處。

「少女組最長的比賽，是二百公尺自由式。其實姿勢並不限制。這種姿勢英國女孩子們游得特別好，燕梅學的也是這種姿勢，她們只學這一種，身體既平又直，也比較快和好看。伊利沙白參加了五十公尺，百公尺，同二百公尺的比賽。

「她們的節目開始了，看的人耳目為之一新。她們有各種顏色的游泳衣，和小帽子。她們又有小鳥似的喊叫的聲音。第一項五十公尺自由式，伊利沙白就輕巧地首先游到終點的船邊，觸到了船舷之後，等別人也游到了，她便回身游到我們船邊上，燕梅伸手拉起她來，兩個少女抱在一起歡樂地喊著。伊利沙白的父母在他們自己的船上也向著這邊笑。下面是五十公尺蛙式，第一是個日本女孩子。她甚為吸引她倆的注意，因為她們事先未發現這個有力的腳色。她每一動作都有效地激著海水使身體向前一衝。他比那個第二的至少佔先五公尺。我們都相信如果有她在第一項中，伊利沙白一定要很吃力。我們知道蛙式不宜於短距離，她未參加第一項五十公尺自由式大概是這個原因，每人只許參加三項，她一定是要用蛙式在百尺和二百公尺中取勝，那麼真不知道伊利沙白能否快過她。這些女孩子都怪好的。我們一點偏心也沒有。不過伊利沙白容貌姣好，更易贏得觀眾的偏愛而已。

「我們談到這裏，那個日本女孩子已經跳到大船上受觀眾的喝彩了。伊利沙白的父親在那邊向她女兒點頭，用手指了大船上。伊利沙白十分自信地笑著，燕梅一隻手緊緊地抱了她。

「跟著幾項之後，便是百公尺自由式了。這百公尺是從我們這邊下水游到對過船邊再回來的，燕梅的手幾乎發抖地接過伊利沙白的披肩看她走上大船去，站定了地位。

「一聲令下，伊利沙白極優美地跳下水去。浮起來時，一肩佔先。可是日本女孩子這次游得出奇地快，到那邊船時與她相平了。我們看出伊利沙白這五十公尺游得不及上次快，因為她拍水的節奏不如上次嚴整。轉身時，那個日本孩子也特別敏捷，所以回頭時竟領先了。

「大船小船上看的人整個把眼光集中在她兩個身上，那第三名以下的此刻才到那隻船邊。這時除了水聲以外，只聽見司令台上旗幟被風吹得拍拍地響，沒有一個人不是屏息靜看，燕梅兩手抱緊了自己胸前，緊張得都呆了。我想起醫生說的話，真怕她太興奮了。便攬她在懷裏，她只仰起臉來看了我一下並未如往日那樣帶笑。可憐的孩子，這不過是看人家比賽呢。

「轉過來之後，伊利沙白在水中看了那日本女孩子一眼，人家只顧游得快，並未看她。她也就把身子再一挺直，一心順了浮線游去，她到底是個有自信的孩子，勻稱的拍水聲又聽見了，馬上見效，好像音樂似的，一個進行曲的調子推了她向前，在八十多公尺地方追平，激烈地競賽到九十公尺搶出半個頭去，她兩個是相鄰的兩條水線，濺起的浪花，打在人家身上，雪白的泡沫，映了日光更加晶亮，四周一陣掌聲中，深紅色浴衣的伊利沙白先觸到船舷了。

「伊利沙白一手扳住船舷，縱身搶先向上一躍，忽然見她似乎被什麼東西傷了，臉上痛楚地抽動了一下。那時歡呼鼓掌的聲音太大，她一定叫過一聲的不過沒有人聽見。可是當她舉起手來答禮時，她正向著我們這邊，我們可看見了。她右臂下濕濕地紅了一片，順了水珠在雪白的臂膀上向下淌成樹枝樣幾條紅線，上面的紅水也漾開了去。

「『那是血呀！』燕梅喊。她一下站了起來弄得小船幌個不了。她無法跳過大船去。中間許多小船都在浮動著。她也是穿了游泳衣的，不過下面圍了條花格子的短裙，那是北戴河少女們尋常的裝束，她解下裙子便跳下水去，游到大船去了。我們誰也沒把她拖住。

「她輕輕按了大船船舷也上去了。那裏已經有許多人圍上伊利沙白，我們知道大概燕梅說的是對了，便同伊利沙白的父母催船蕩過去。這時游泳水線上船都擠滿了。

「我們上了大船，看見伊利沙白倒在燕梅手臂裏，兩眼緊閉，臉色慘白，那個日本女孩正捉住她的手，一個醫生用繃帶為她紮緊止血。血還是湧出來。手臂上的海水此刻拭去了，但是我仍覺出那麼鹹的海水會叫她多麼疼。傷口是劃開的一條，看去很深，有四五寸長！大家都不知如何才能代她受這痛苦，只有看著醫生給她包紮好，打了一針令她安定。她呢，彷彿有燕梅抱著她也很知足了的樣子。一切停當了，把她交給她父母，我們也一起回來。那天日本女孩又得了二百公尺第一名，她比伊利沙白多一個第二名。得了總分第一的錦標，後來還到伊利沙白家看她一次。燕梅則整天在伊利沙白家守著她。

「慘劇的發生是因為那隻木船年代已久，比賽前也沒有細看，也沒有想到將將在水皮兒底下，有一個尖釘露了出來，伊利沙白向上伸手時，身子已被競賽時的速度推得緊貼船身，這急速向上的一伸手，便擦了尖釘而上。還算不幸中之大幸的是沒有擦到肘上的血脈，如果那樣，真不敢往下想了。

「她的傷口過了一個星期不但未見好，反而化了膿。她父親是清華大學的教授，那時為了考新生的事，非回去不可。燕梅和她，兩個孩子就出了主意要留下她來。我們兩家因為孩子的關係也混得熟了，好在地方也空，竟答應了。伊利沙白的母親叮囑了她幾句話後就帶了兩個小些的女兒，同她父親一起回北平去了。

「從此我們的這個病人簡直成了看護，一天忙個不了。我們看她高興地做那些看護的事，知道對她自己養病無妨，既然無法制止她也只有笑著由她去。她早上要去山上為伊利沙白採回野花，又要再出去到水菓市上為伊利沙白選擇鮮菓。伊利沙白的醫生來了，她更是當然護士，她包紮換藥學得很快，我們也確信她的工作不會令伊利沙白感到半點疼痛。她看護病人猶如一種嗜好，她的操勞便是一種安慰。

「化膿是暫時的事，伊利沙白漸漸好了，她便坐在雪白的床前，敞開了窗子，兩個人看了隨風飄動的窗紗，和窗外青翠的野山，松樹，談天。

「她因為是我姐姐惟一的女兒，所以雖然還不到十五歲，我們已覺得她是個半大人了。看了她柔和的模樣，有時也會想起她的將來，我們想：『將來真不知道她的戀愛故事是個什麼樣子的。她現在恐怕還不知覺，上帝既然一直厚視她，願將來一仍厚視她。』」修女說到這裏，那音調便和祈禱一樣。

那位太太也不覺順了她頷首。她又想到這女修士自己的身世幾乎忍不住要問話。

「後來這孩子簡直更妙了。」修女說：「有一天早上屋裏不見了她倆，過了早點的時候回來了，回來的是三個人。另外一個農家女兒，怪好玩的，晒得黧黑的臉，圓圓的眼睛，藍粗布的衣褲，光著腳鴨兒，穿一雙黑鞋。三個人都抱了些花草、蘿蔔青菜西紅柿的。也許是因為有燕梅在一起，她特別地不畏縮，出奇地大方。伊利沙白的中國話說得不怎麼流利，燕梅真能給自己找事，一起玩時又要當翻譯，真夠她受的。我們讓她們一起喫早點聽她們說。

「原來這個小姑娘是燕梅每天早上到山裏摘花時認得的。燕梅是摘花，人家是拾菌子。才兩天熟了，就要好得很。可是每天燕梅都不能同她多玩，為了惦記家中的伊利沙白。她也要早些把菌子拾回家去，好到市上去賣。有幾次，兩個人實在分不開，時間已經晚了，菌子便由燕梅帶回家來，算是賣給我們了。怪道這幾天，我們飯桌上連著喫菌子。

「燕梅回來常常跟伊利沙白談她的新朋友和她們在山上怎麼玩，說得伊利沙白看了窗外的青山也直想去。這天伊利沙白已經得到醫生允許可以出去玩了，只不准撒開腿快跑與下水。正巧那女孩子的村裏有一家的母牛才生了一頭小黃犢子。她倆一早上山去幫著拾夠了菌子，就趕著一同去村子裏玩。人家家裏看了那一大筐子鮮菌，不好意思收下，才送了她們這些蔬菜。她倆又送給人家花，人家就又叫女兒幫著她們拿回來。

「喫早飯時三個人不斷地說那隻才出生的小牛，說著說著燕梅就鼓起勇氣和我商量：『阿姨，咱們把那隻小牛買來好不好？』那個鄉下女孩說：『貴得很呢。』燕梅自己有一點點錢的，她便拉一拉伊利沙白的衣服說：『伊利沙白，咱們湊。』又問：『有多貴？真想買！』我知道她喜歡這小牛，也明白她是真想買。她這孩子有點顧前不顧後的。我就攔住說：『才生的小牛，買了來，誰給它奶喫呢？』她聽了剛要開口，又縮回去了。我說：『想連母牛一起買是不是？』她也笑了說：『那麼等斷了奶再買罷，阿姨！』我說：『那會兒都該回北平去了。再說已經斷了奶的小牛村子裏多得是呢，恐怕你也未必就想真買一隻。瞧瞧你這個糊塗孩子！』燕梅聽了，吐了一下小舌頭又去喫她的粥。伊利沙白也隨了燕梅喊阿姨的，她說：『阿姨，我們可以每天上山去拾菌子然後再到村子裏和她玩到吃早飯時回來？』說著又看了看姐姐和姐夫。姐夫笑著拍了拍她們答應了她。女僕一面收拾桌子一面說：『小姐們，加上你們兩個眼睛尖的，山上菌子怕不叫你們拾光了！』

「後來的事情就有點兒慘了。她們三個玩久了，什麼話都談，就慢慢地知道了那女孩子的身世；她才十三歲，叫做什麼銀鳳。因為燕梅她們認了乾姊妹，我們也就隨著都喊她銀妹妹。她家裏很窮，沒有牲口，沒有地。有個哥哥，替人家趕驢，做導領遊客的生意，父親已老，墾了塊山坡隨便種點青菜，也沒有多少收益，媽媽是個洗衣服縫窮的。銀妹妹已經許了人家；許了人家做童養媳。她本來早該過門了，可是那家的男子沒出息，景況混得一年不如一年，家裏就捨不得送過去，倒是喫白家的飯長大。現在看銀妹妹長大了，也能做事了，人家又要催著接過去了。

「銀鳳討嫌那傢伙得不得了。常常想起來就哭，她的可憐的事還多得很，這會兒也沒法細說。現在這兩個乾姐姐就又要出主意定要想法子不要她去，這真是件難人的事，當初收了人家的錢，實在等於是賣了一樣。

「這事比要買那頭小牛可不同了。她們怎麼商量也沒辦法。

「我那時候替燕梅想，她將來長大了真不知道怎樣能忍受這個世界！這世界上有幾件事是真快樂的？也同那小牛一樣，村子裏有多多少少，她能都買得完麼？偏偏她天性又是如此不容有一根梳不光的頭髮，不能忍見一釘點兒不幸的事。我敢信，她自己如果做錯一件不可悔改的事，她會寧願死去！這次為了別人的事為了一點不平也害得她大病了一場。

「替銀妹贖回文契的錢她們沒有，即使有，事情也不能算完，這次就算弄成了，還有銀妹的終身呢？許多女孩子這樣出了門，將來倒也不怎麼樣，一樣地過了一輩子。倒是贖了出來，過一兩年，生活所逼反說不定又真正地賣了。

「她們事機又不密，被別人都知道了。銀妹的家裏明知沒用，倒不怎麼樣。那一家則起了壞心，說燕梅她們干涉別人家務，又說我姐夫什麼的另有打算。當時居然鬧得很緊張。他們打算敲竹槓。燕梅她們偏不怕，背著我們去搶白了幾句，結果自己氣哭了回來。從那時起一天到晚想這件事，飯都沒好好喫過一口。

「於是銀妹有一天竟被那傢伙找上門來大鬧一陣還挨了打。他一腳踢傷了她，躺在床上不能動。

燕梅她們知道了要去看，我們怕出事，不敢放她們去。那家也怕事，就始終沒敢讓她們知道，怕她們會來。但是北戴河是個小地方，她們到底聽見說，知道了之後，終於偷著去了。

「她們是在一個晚上偷著去的。到了那裏三個人哭得好不傷心。一路上回來愁眉不展地，在心上盤算。也真是冤家路窄，在一條山徑小路上，對面那漢子正喫醉了酒，迎面走過來一下子看見了她們。她倆躲也沒處躲，嚇得要死。那醉漢嘴裏不清不楚地罵了她們幾句就要伸手抓燕梅。燕梅嚇得向後退，絆在土埂上，站不住倒了下去，一下倒在路邊酸棗叢裏，一身頭臉都刮破了。伊利沙白膽子到底大些，她喊了出來，還打了那醉漢一拳。那醉漢哪裏會在乎，正鬧得不可開交。

「她們出門後不久我們就知道了，忙派人去找。這時正好趕到，聽見伊利沙白喊，就忙著吆喝著趕過去。那醉漢看有人趕到，才放開跑了。

「燕梅又是氣又是驚，夜裏在外邊受了涼，回來當晚發高熱，說胡話，病了。那漢子後來知道酒後惹了禍，也不再想敲竹槓了。我們一面又告訴燕梅沒有好辦法以前別再出事，免得那女孩子受苦。燕梅病了好幾天，伊利沙白倒好了。她母親來接了她去。那時七七事變已起，我也趕到上海準備到法國去了。走時燕梅還在病床上，好一陣，壞一陣的。還是一心想她銀妹妹！」

「你離開她時，她十五六歲？」白太太一氣聽完，長吁一聲，問。

「是那麼大。」修女說。「這會兒都已經進了聯大了。真不知道性情變了沒有！」

「這會兒多麼嬌養的小姐也逃過一次難了。」白太太說：「性情呢，還是不變纔好。幹麼要變呢？多點歷練就好得多了。」

「我知道性情想變也變不了。」修女說：「可是不變呢，又看她不免一生受不完的苦。」

「叫人怪惦記著的就是了。」白太太說：「可是話又說回來了，誰能一輩子全不受苦？比方說從前多少飯來張口，衣來伸手的小姐們，幾年不見，現在到了後方碰見了。有的結了婚作了人家。一家大小擠在一間房子裏，洗衣，做飯，抱孩子外，還仗著上過學，也出去做事呢！」

「可是那個到底不同。」修女說。

「不過歷練多了，哪方面也都是好的。自然啦。」白太太伸伸腰說：「你惦記你外甥女兒自然也難怪。我都怪想見她一見的。我認識不少聯大的人，我打聽打聽看，也許認識她，我自己一年之中也是難得上昆明兩次，聯大地方又寬。現在又正放假。」

「我也是因為她們放假，不好找，東一處，西一處的，校舍分散得很。」

「姓蘭？」白太太是真惦記著：「是不是？真是個好心眼兒，大家子出身的。這會兒是個大姑娘了！」

「姓蘭，蘭相如的蘭。」修女說：「學校裏打聽她倒容易，她出名得很人人知道。不過說是參加服務去了。我到了西車站她們服務的地方，又說她剛走。」

「我就知道麼！」白太太緊接上說：「這麼一個女孩子長大了自不會尋常的，她在學校裏，人緣兒不知多好呢！」

「我倒說是她人品不知要出脫的多漂亮好看呢！」修女笑著說。她自己看去才真美麗呢！

話聽到這裏，白太太心中又提起了一件事，她愛這女修道士俊美、聰明和她的談吐，人物，她早納悶她的身世。現在聽了這一大段話，又多知道了她從前大概的情形。心上更想用話試著問問。不過這話到底難於起頭兒。她倒一下子楞住沒有了話。

這時窗口的風忽地涼了。車裏的人轉向窗外一看，知道昆明夏季的陣雨要來。修女正被白太太看得不好意思，就說：「讓我幫你關關窗子，雨要來了。」她們便一齊站起來，弄了半天，那不靈活的大木板窗子才關上，一車中各個窗子都是叮叮噹噹地敲著關。雨說著話已經下起來了，挺大的點子，敲在窗板上響，車中馬上覺得太涼了。

她們回過頭來坐下時，眼前一亮似的，有四個整齊好看的女孩子從後面一節車裏走進來，全是學生打扮。像是找個沒有雨的座位似的，不過這裏也沒有座位，她們就站在那裏。只聽見一個走在最前邊身材小一點的說：「站一會兒算了，只要沒有雨就結了，反正也快到了。」說的是悅耳的北平話。

修女呆呆地看了這四個女孩子，白太太用肘輕輕碰了碰她說：「看去都是聯大的學生，我來問問看！」

「你倒比我還急呢！」修女笑了說。

這時又聽見她們四個談起話來，她們便先靜聽著，一方面纔重新打量，仔細看這四個到底誰頂美。這種看法幾乎是任何人看見了幾個女孩子在一起時都不免的。

最前面先說話的這個，看起來最聰明，最能說，愛笑。就是嘴唇顯得薄些，似乎是個厲害的角色，年紀也最輕。後面那兩個身材很好，穿著一式的衣裳，像是一對雙生姊妹，打扮得一樣齊整，又都俏麗動人。赤腳，穿了露空的皮鞋，引人注目的兩雙線條勻稱的腿。可是最惹人喜歡的要算當中的那個了，她身材不高不矮，眼睛特別好看，皮膚特別玉樣的有光澤又細膩，打扮得卻偏學個頑皮孩子，不肯那麼多修飾，她有些孩氣，卻不似頭一個那樣愛鬧，可是那鼓著的小嘴也夠像個難纏的樣子了。她手中弄著一個考究精緻的旅行小提包，這提包尊貴的色澤同型式正配著她的氣質。她似乎有點心事，雖然也隨著說笑。

她是這四個的中心，她們說話多半是對她說，那對姐妹中看去大一點的一個，用一隻手挽了她，她也就勢倚在人肩上。

她發育也很好，舉止動作大方之中還帶著音樂似的節律，說話的聲音像是撞在人心坎兒上，令人不得不感到愉快的小音符。

「我想，」白太太又輕輕地對女修士說：「你們外甥女恐怕未必能比那個更好看。我還覺得她那性情會叫她不及這四個健康，不會有這麼好血色。」

「這話倒是有道理。」修女說：「咱們問問看。我想她們如果真是聯大的，一定會認得她。」

白太太的女兒也正看人家，她並且伸出手去觸人家的提包，想和人家說話。白太太就笑了起來，說：「倩倩！看你這個莽撞勁兒的。也不會喊一聲兒：『姐姐』，就要跟人說話！」說著又對那位小姐滿面春風地講：「這個提包真是怪好的。不是昆明本地買的罷？」

那時那位小姐彎下身去已經接了倩倩的小手，剛要問話，聽見了白太太說，就挺規矩忙抬起頭來打招呼，那三個也都停止了說話。

「倩倩是你的名字嗎？」她笑著偏了頭看著小女孩：「多美的名字！跟你一樣美！倩倩！」

「人家問你的皮包呢！」那個比較小的看了白太太同修女說。她手中大包小包不知多少。於是這個就看了看手中的提包，嬌嬌地說：「這個嗎？是我爸爸給的，他從外國買的。」她覺得不好意思，正因為它似乎在這車上顯得太引人注意了。

「別那麼提著了，怪累的。」白太太說：「來，你們兩個小孩讓開地方給姐姐們坐下。你們來坐著說話罷。」

小孩子忙著讓開，她們彼此看了一下，卻不來坐，只都忙著客氣。這個又把倩倩抱回凳子上，說：「乖，你坐著，我們就要到了。」

她又彎下腰去，把提包放在地上，和小男孩說話，她蹲下去看他用青豆米做的小東西：「這些小寶貝是什麼？小貓？小狗？」

那些小東西其實都一樣，一粒豆子插四根草棍算是腿，不同的是有的有尾巴，有的沒有。「這個是小豬豬！」男孩子自己把嘴拱起來說：「這個是小兔兔！」他又把兩手豎在自己耳朵上。這個聽他說話的大姐姐也不覺學了他的樣兒：「哦，豬豬！哦，兔兔！」一車人聽著都笑了。

白太太看著這樣的女兒心裡愛，她把人家拖過來問：「你們下鄉來玩？到哪個鄉下？你們是聯大學生？」說著又讓坐。

「我們都是聯大的。」那個大一點的說：「我們在呈貢招呼難民。」

那修女再忍不住了，她問：「你們貴姓呀？我這回是上城來特為看你們一個同學的，也說她服務去了。」

「說不定我們認識。」被白太太拉住了的這個說：「她兩個是姊妹，姓梁，梁崇榕，梁崇槐，她叫范寬怡，我們喊她小范，認識人頂多。我是藺燕梅。……」

藺燕梅！是她？是她！怎麼會是她？怎麼就是她！

藺燕梅！細看看可不就是她！女孩子這幾歲中正是變得快的時候，那些小孩時的樣子仔細一看就都分別出來了。可不清清楚楚地就是她！長得這麼高了！長得這麼好了！那甜蜜的樣子，柔和的神氣，竟完全都在，竟變得更深醇，更濃厚！這是上帝多麼大的恩惠！在我們沒有勞神，沒有用心力的當兒，穩穩妥妥地，仔仔細細地把她調理出這樣一份兒人品，又送回到眼前來！人在這時候怎麼會不對上帝景仰同感恩！正如漫漫冬夜之後，睜開眼看，花也含苞了！草也翠綠了，沒有忽略一點兒風的溫度，或是一個小蟲兒應有的顏色！我們感到這恩典豈不是應該的，但是多少人不以為殊，甚至身受的人都常常覺得是應該的，彷彿上帝欠他的似的！

聽聽她的口氣！她「叫」范寬怡，我「是」蘭燕梅！這個「是」字！「蘭燕梅」三個字似乎不應該有人不知道呀！聽聽這個口氣，她竟是這些年來一直為所有的人所眷愛！

「我怎麼會認不出她來？我怎麼會覺得這樣的一個人品，站在跟前的，會是別人？她怎麼也竟認不出我來？她的阿姨？她的親愛的，寶貝的阿姨？」修女一直怔住了：「可是我的變化又豈是少！看看這黑色的絲道袍，這裏了我全身的！這木製的數珠，這金質的苦像，這白色的胸飾同帽子！」

白太太也不知道喜歡得說什麼才好了，她是這麼一個好心腸的母親，她因此，呼吸都幾乎興奮得停止了。

「呵！阿姨！阿姨！阿姨！哎喲！我的阿姨！」蘭燕梅認出來了！這是她的阿姨！是她從小心愛的，美麗的，娟秀的阿姨！自小伴了她，做她的姐姐，做她的教師，遊伴，保姆，母親，及她一切心事的傾聽人的阿姨！現在五年不見，又回來了！她的雙眸，藉了自幼時深蘊的感情所領導，及她阿姨神態之誘致，看透了這道袍，這服飾，數珠及苦像十字架的障礙，認出這是她的阿姨，這是她有悲有喜，有血有肉，有玲瓏的心竅，懂得她，也愛她的阿姨。

她撲過去，跪下去，幾乎可以說是倒了下去。這簡直是最精美的手工所製不出的緊貼，最細膩的雕刻所摹仿不來的神情，她全身，她恨不得全身都踡伏在她阿姨的懷裏，貼在她阿姨的身上。無論她是得意或失意，她既是單身在外，她要把身體和靈魂交給她阿姨，由阿姨帶走，帶回去，回到從前無知的日子去！可憐這麼為上帝所厚視的女兒，都會有這種令人無可奈何的渴求呵！人生！人生！怎麼纔能令我們硬得起心腸過下去呵！我們無知而有知，無慾而有慾；要勝，更要強，我們得意，還淒涼，我們終於由少而長，由長而老，終於死去而與草木同朽呵！

藺燕梅有許多話要說，修女有許多話要說，白太太更是有多少話要告訴她倆，小男孩，倩倩，以及梁家姐妹，小范，誰不是為快樂和興奮所緊緊抓住了喉嚨有多少話傾吐不出來？

藺燕梅用手摸索著這黑色有光澤的道袍，用臉偎在它上面，她有點畏懼，又一心喜愛，她既怕這袍子會變成一堵牆把她阿姨同她分開，她又愛這長袍，因為無論如何它是在阿姨身上。也許阿姨會被道袍分開，那麼？那麼她也把身體鑽進道袍去！

車裏面的人靜了下來，車外的聲音便又重新被聽見，雨勢是小了下去，只剩得一滴半點，天色已經晴了，過濾了的空氣中傳來的車輪聲特別清晰同快樂，剛才過了西庄，此刻過了獺迷珠，現在快到桃源了。白太太不得不要下車，一面提起隨身帶的東西，一面仍眷眷不捨。到了桃源，她們幫她招呼了小孩下車，看看車子又把她們留在後邊了。

誰也有這種經驗，在不經意時會遇到了一生難忘的人和事，如白太太今天這樣！她不知道哪天能再見到她們，也不知道如何會再見她們，也許永遠不會再見到她們，可是她今後的日子裏再也不會沒有她們的影子與今日的情況。此刻在暮色中領了兩個小孩回家的路上，她一心只想著這可愛的修女和她眷念的甥女。「今天是真巧，正說著不巧呢，可巧就遇上了！那個孩子真好，那四個都好！這個修女更叫人喜歡！」她想。可是她恐怕永遠也不會再有機會問出這個修女的故事了。

在車上，小范真怕藺燕梅會跟了她阿姨到宜良去。還好，她阿姨把她還了她們，留下地址，又告訴她們，在離聯大不算遠，也在北城的平政街上有一個天主堂，便是她在昆明的通訊處，她上昆明來就住那邊，又告訴她；一位老法國神甫叫做危赫瀾的便主持那教堂。她們在呈貢下了車看看車開了，才走出站。

呈貢縣城離車站有十里，范寬湖他們的收容所在江尾村，離縣城又要向前再走三四里，那裏便已到了昆明湖東岸。隔湖與碧雞山紅色削壁遙遙相對的是呈貢壩子的平壤與水畔的湖田。在這季節正是青翠好看。她們從車站下來，到壩子裏要先經過一些曲折的山路，好在車站上經常有等著客人的馬匹，十幾里路在客人正是個好騎程，對於接晚車的馬夫說又是一日工作之後回家順路的生意，這兩個原因常造成一夥快樂的行旅。

四個女孩子都上了馬。小范因為獨自來往的次數多，已有了熟馬夫，梁家姊妹雖然也常上城，但總是姊妹一齊走，不常和趕腳的談話，故此，人家認得她們，她們認不得人家。

她們騎著馬轉過村角，踏過石牆，漸漸走上山路，四個人都因為藺燕梅巧遇她姨母十分高興，說笑不了。小范一馬當先，手中還提了一包比較重要的藥材不肯交給馬夫，又要回過頭來搶著說話，不料馬一上坡，背一拱，險些滑下，忙伏在鞍上喘氣。後面梁崇槐就笑著說：「告訴你把東西交給馬夫，不肯聽，騎術不精，何苦逞能呢？」

小范恨得咬牙，無奈馬正向山上走得不穩，又不敢回頭，只能說：「既然你騎得好，何不替我拿一下呢！」

「我也沒吹騎得好，這麼簡單的邏輯也不清楚。」梁崇槐仍是笑：「我兩隻手就沒敢放開鞍子。」

後面梁崇榕和藺燕梅正並轡徐行，聽見小范鬥口吃虧，便彼此擠眼。

「你這個人就是說話變得快。」小范說：「早上還說不進城，怎麼隨後就又來了？是不是怕我託你幫忙辦事？要是進城有事，怎麼下午又回來了，是不是一天不見我哥哥都不行？」

藺燕梅心事裏本來也有這一樁的，聽了這話心中一蹙。梁崇榕也是早上進城下午回來的聽見這話也帶上了她，正想把話岔開，只聽見梁崇槐又乘虛攻入：「越說越下作了。真是這麼個明白人怎麼說話淨露空子？有事進城就不許早上去下午來？你自己是不是也一樣呢？」

說著三個人一齊笑起來了。崇槐回頭看了看又說：「我們是專誠來接燕梅的，這也不明白？」

小范說：「知道我是糊塗人就好了，也別跟我費口舌了。我把燕梅請了來，人情叫你順手接過去。專誠來接的，會在另一節車碰上！那麼燕梅還是專誠送她阿姨的呢！罷罷，就算她是你接來的。反正人在這兒了，我正好讓步，真正功成身退，大將風度！」說著自己也笑了，便加鞭前去。她的馬夫一邊招呼著馬，又揮手令後邊的馬趕上，說：「天色不早了。路還遠，大家緊著點走罷！」

可不是天色已經晚了！西山上的落日，已快挨到山嶺，四野景色都黯下來，這一帶山上都是野松，此刻都是黑色的了，山徑為了土色是深赭的看去便如古老紅木傢具的顏色。野草裏的蟲鳴，灌田的山水淙淙聲陡然清晰起來，寒風也覺得了，特別方纔下過一陣雨，故分外覺得清涼。她們的馬趕到一起，結隊走，話也說得少了。這樣安靜了一刻，腹中不覺餓了，人便特別困乏想快點走到。過了兩座小土山，再盤著一個比較高的，轉過去，就上了第三個坡，那裏大路邊站著一株枝條委地，纍纍結了梨子的老梨樹。小范便指著對藺燕梅說：「過了這樹，再下坡時就可以望見呈貢城同湖了。」大家才又慢慢地緩下馬來談話。

「這不是等於路邊的里石嗎？」藺燕梅說：「這樣的里石有多麼可愛！」

「開口就是『愛』，這倒是你說話的本色，」梁崇槐說：「五里一顆花紅，十里一顆蘋菓！多好！可是我問你，大余聽見這種說法，是不是又要來篇議論給你更正？真可憐，我常想，一個藺燕梅叫大余調理得快成個沒有生氣的，美麗的木乃伊了。」

「今天你好像是專門拌嘴似的。」小范說：「字眼兒倒是滿漂亮的！木乃伊算了還加上什麼美麗的！來燕梅，她欺負你，別理她！」

梁崇榕就笑著和她妹妹說：「這兩個湊合到一處去，還是別惹她們了。這兩張嘴，一個做好，一個做壞的，哪還當得了？」

梁崇槐偏不肯停，她說：「難怪小范巴巴地把人家找了來！不過，你這話說得好，若有作壞的一個，誰也不會想到是燕梅！」

「這會兒再討好就嫌太晚一點兒了！」小范到底又佔了上風：「不巧你又不打自招，原來還是我去把人家找了來的！哦！」連馬夫們都聽笑了。

「你就是一心裏專門記這些小意氣。」藺燕梅用鞭梢試著打她說：「這麼半天還沒有忘記！也真虧你！」

果然過了梨樹，再走下去不遠，望到黧黑一帶石城，看見了城鎮，也看見了村莊。看見了村莊。有了人家，就有了燈火，暮色更深沉了，只有遠遠湖光，在樹林隙裏露出一片白來。

繞著炊煙裊裊而徐飛的是歸鴉，它們的叫聲好不沙啞，閃在鉛灰色晚空下的白點是鷺鷥，昆明湖畔正是白鷺們的家，這裏白鷺真多，它們的巢就築在官道旁的高樹上，從山上看去，那成行的樹雖在暮色中也在田野裏畫著清楚的縱橫線。

炊煙混在暮靄裏，把天上更弄得黯淡，晚炊的煙好比是和暖的家裏伸出一隻招呼的手，這委婉舒展的手臂伸到高高半空裏把你從遠處深谷中招回來，從樹林邊溪水流過處招回來，於是你不得不欠個懶腰提起已經累了的腿步，穿過田埂，穿過鄰村向自己家中走去。

它是這麼一種柔和又令人起鄉思的東西，而家庭又是這麼一種多少帶點排外性的東西；那麼看了炊煙起處的旅客，誰能不想：「那裏是別人的家呵！」來呢？

蘭燕梅離家一年，忽地在一個極不愉快，極端想找個人哭一場的下午竟遇見了比母親還適宜於聽她傾訴的阿姨，不巧幾分鐘就又分開了。她此刻身體疲乏之中，固然對了這村景也覺得到底是快點走到一個朋友們聚會的地方休息一下才好，但是鄉思一旦驀地襲來，與其去一個到底比不得家中的地方去求歡笑，還不如找一個索性更荒涼的地方去哭。

她能找到那樣一個荒涼的地方去哭嗎？真有那麼一個地方，她又未必就去哩！這麼一個受所有人寵愛的女孩子已經失去了到一個荒涼地方去哭的勇氣了！

真有家在此地，就能鬆開她一心不快嗎？像她這樣品貌，又正當易受干擾的年華，這不快又哪是回家便能解決得了的？她與其回家，不如說穿了，莫要臉紅，還是回昆明合適些。她人在馬上向呈貢去，心卻依了鐵路往昆明走哩！

開車失事，有什麼要緊？同學們埋怨有什麼要緊？她只恨一個人，他為什麼不能原諒她，安慰她？他應該護持著她，偏袒著她的，怎麼倒像是站在她對面的了！她怎麼竟始終征服不了這個人？她怎麼竟一點兒也不能叫這個人在她面前低頭！好驕傲的一個人！她簡直覺得他無禮，無禮，無禮已極！她簡直恨他！

她也許需要一個人來伴她哭。是誰？伍寶笙？她不忍，她怕她也跟著難過。小范她們嗎？太快樂了，太快樂的人不會想到她的處境的，又何況她們還未必知道昆明的事，她還要瞞她們。想起這事，心上又不免一酸！還有呢，凌希慧？太強了，會撇起嘴來的。喬倩垠？又太弱了！

她想著總有一個人，可是就是捉摸不住腦中這個人影，這個頑皮又可親，樸實又有趣，那麼天真無瑕，永遠快樂的孩子，那些沒完沒盡的，逗人笑的動作同事情！但是他是男孩子，又從不見他哭過，所以簡直同哭聯想不起來。雖然今天下午多虧他勸慰的自己。

有時人在旅行的時候心上想著將要到的地方，那麼就或是急躁，或是歡喜，也許疑慮。有時又會想念著將離開的地方那就多半是留戀，自然也可感覺到解放，無論如何，總似乎心上有一根弦與纔離開的地方繫在一起，越走得遠越扯得緊。這兩種情形皆不及第三種難堪；就是兩頭都不喜歡，恨不得就永遠這麼流連在路上。離開的地方，我們回過頭去，看他不見，便好當他不存在，將去的地方，向前也找不到，誰能證明它是實有？我們無可奈何地，欺騙著自己，貪婪地一分一秒地磨這兩幕劇間換景的時光。雖然我們明知道下一幕早晚要出場。固然，也有不少人，膽怯些，或是天分中秉有了太多那種：「可贊揚的懶惰」像一位法國作家所歌誦的；他們就會一直在流浪中逃避著，甚至這樣逃完了一生的時光。他們如果真能僥倖成功，因為世事有時從海角天涯把他們抓回來；倒也是難以評論的。不是嗎；他們固然沒有成就什麼，他們也沒有毀壞什麼。他們無功，他們也免於，在某些可能之下，作了大過錯。

我們既然很難有任何看法可令所有的人同意。於是我們也常聽見另外一種說法；如果不能做得好，既然是順了天性走的，也不妨就做錯，如果不能成功，那何如做點失敗的事？失敗的事，和錯的事，也要人做。如果什麼也不做，便是一種罪惡，他不能說：「沒有成就什麼，至少不曾毀壞甚麼。」他毀了一個人生。至於逃避，也是罪惡。

這個看法也是比較容易接受的。尤其是：「失敗的事………也要人來做」一句，多少帶點浪漫色彩，更常鼓勵許多年輕又尊貴的氣質作出多少非凡人肯為的事來。

時間是永遠公平又無情的，它不許留戀這眼前美麗的夕陽，要它依了定律滑下山去，它也及時佈起一天好晚霞。呈貢城不管你愛來不愛，是呈現在眼前山腳下了。小范用鞭子指了湖邊的江尾村給蘭燕梅看，可是她找不出她們辦收容所的那座廟。

「我說快點趕到罷。」小范嘆口氣：「是因為纔下了雨特別涼？還是怎麼地？我今天特別餓得厲害。」

藺燕梅看了這一片很好的村景，心上卻茫然如有所失。她也餓了，她的饑饉不僅是身體方面。她也愛下得山去，坐在一個炊煙起處喫一點熱的東西。但是她又覺得那還缺乏些什麼。她覺得那種安適的氣氛裏有一種空虛，那種休息後有一種更大的不寧會來干擾她。她或者不免終於躲不過而又被逼得離開了友朋同溫暖自己逃回淒涼和孤獨中來。

人是本乎某一部份天性會趨吉避凶的，但是本乎另一部份天性，就要甘心陷乎凶險。

下山了，呈貢城垣在地平線上就慢慢昇高起來，天色更黑暗了，眼前一片更朦朧更分不清楚，只是耳中不斷地又有了馬蹄的得得聲來陪伴心上起伏的思潮，快來到城垣了，路上又有了石板。這馬蹄聲便如催場的急鼓，藺燕梅不是怯場的人，可是這鼓聲敲在她心上卻確實不輕。

小范同梁家姐妹，在眼中也只成了幌動的影子，只有梁崇槐所騎的一匹白馬可以比較清楚的看見，她便傍了她走，卻又不想因為走得近了就引起她來和自己談話。

沒走幾步，梁崇槐問：「你什麼時候決定來的？怎麼沒有聽見說起？」

「也就是今天下午。」

「你們西站的辦事處結束了？」

「沒有。」

「那大余怎麼放你來？」

「怎麼他就放我來？就是他逼我來的！」她想，她可是還沒有說話。

「哦。」梁崇槐也不知道怎麼就說了這麼一聲。她們在車上時幾個人七嘴八舌地說笑，她便一直沒有捉住藺燕梅這個答案。現在她自己又轉念想到別處去了。再加上已經疲倦了的精神，對話中的筍節也就很鬆弛。她又說：「范寬湖知道你也來了，不知道多高興呢！」

「你們這兒大概玩得很有趣。」藺燕梅又祇是心上想，卻未說出口。忽然，她說：「如果你們這兒沒有多少事了，我就回去。」

「回西站？」

「不。他們那兒沒有我可做的事。我說回去就是不在呈貢玩。」

「至於這麼像一回事似的！」梁崇槐覺得她口氣不似平時，就勸她開心一點，說：「事情結束了，大家開學上課纔是應當，本來頂好是打勝仗，沒有難民沒有收容所。現在能盡一份責任，也就夠了。你還惦記什麼？」

「我也說不出來。」她嘆了一口氣，彷彿這一句話才問到她心上，令她有心談話：「也許我把人生處處看成舞台，看成機會。在這場戲上，大家都表演得好，我卻是個落伍者，心上不甘，寧願多挨一會兒，再盡點力。哪好再玩？」

「誰跟誰有什麼兩樣？」梁崇槐說，忽地她又噗哧笑了：「比方說小范，她雖說賣力氣，卻只好算是在這兒攬了一暑假。我想說她頂大的功勞倒是這次把你給拉來了呢！別忙，等我說完，我今天看見你，忽然想起不知道你穿上護士的白衣服該是個什麼樣兒。你知道發起護士的那位英國小姐弗洛倫斯・奈丁蓋爾？那首描寫她穿著白衣服執了一盞燈照看病房的詩？我覺得小范若是扮那個角色，腳底下一定絆倒床腳，捽了手裏的燈，說不定引起一場火燭，還要傷兵起來救。你呢，來了，到我們病房去立起規矩來，真是個奈丁蓋爾，還要比奈丁蓋爾長得好看。」

藺燕梅同梁崇槐是好伴侶，她們常如春花裏的一雙小鳥交頭接耳說些小話兒的。這種話她們常常彼此很認真地說。所以藺燕梅聽了也不罵她，她說：「聽小范說你們那兒病人都快好全了，洗衣，做飯，修理房屋，作生意，養孩子的，都住家了。」

「可不是，不過病人還有。就是病勢輕了，也得來個你這麼個人兒，人家看了心裏一舒服，就好得快些。」她說著自己笑了：「別再提那個生孩子的了，小范高興得什麼似的！到處宣傳，就像是她生的似的！」

她們說著覺得前面的馬慢了下來，小范挨過來聽，她們就祇是笑，不說了。小范就嗔她們說：「背地裏嚼人家罷！路上黑，人聽不見，暗中還有神呢！」

「沒有神還怕沒有小鬼嗎？咱們以後倒要防著她呢！」梁崇槐說著更高興地笑了。

這幾句話說得聲音高些，後面梁崇榕也聽見了，便也催馬前來。大家精神又振奮起來，往呈貢城去。那邊城外，一家有燈光的飯舖門口，站著幾個人順了笑聲往這邊看，忽然聽見范寬湖的聲音：「四個？那個是藺燕梅？」他們就跑過來，范寬湖拉住了藺燕梅的馬扶她下來，說：「你也來了？真好。車誤點了罷？天都黑了。幸虧我們跑來接，要不然去江尾村還有一段路，要你摸著黑騎馬，就太不像接待客人的樣子了。」

藺燕梅心上很乏，她只接了范寬湖的手，又扶了他肩膀，慢慢下得馬來，口中像微微吐了一口氣那樣，說了一聲：「謝謝。」

第十二章

呈貢收容所裏的事情果然不多，藺燕梅的工作雖然出眾，卻未能寄託了她心上的閒愁。倒是昆明湖畔，江尾村前一派樸實又娟秀的景色解了她一部份莫名的抑鬱。她們常常要分頭去拜訪村民，范寬湖便常常撇下事情來陪了她出去，他們有時候要穿過幾個村莊，到遠處的農家去。有時一去便是一下午。藺燕梅最愛離呈貢不遠的龍街，那裏村口有一座掩映在油加利枝葉下，古老的貞節牌坊。牌坊柱上的紅漆，和正額石板上的金字雖然早已剝落了。那石座子仍是十分精緻可愛的。

范寬湖每逢經過時，便問她要不要坐下來休息一會兒。兩個人就在石座上吹淨一塊平台跳上去坐了休息；在那裏看湖上起來的白雲，守著西山變幻顏色，聽稻田中將熟的莊稼被風吹了響，又聽遠處的山歌為田邊水聲擾得斷斷續續地。

昆明附近的種族各自有他們喜愛的山歌調子。趕馬的，種田的也都有他們特別的詞句。他們兩個都是喜歡唱歌的人，常常留戀在那裏聽得很久。有時也小聲兒學著唱些，並且順口試著譜成和聲，兩個人唱。可是等唱山歌的過路人走近了，便要住口，免得一面羞著了這些太可愛的樸直人，一面也羞了自己。

有一次一個趕馬的手裏拈了條楊柳枝，趕著匹簪了一頭野花的馱馬過來，他唱：

情歌喲，帶來呀，羊皮金，
妹妹喲，做成喲，皮拉塌【註】，

【註】「羊皮金」是一種薄金葉子，做裝飾用。「皮拉塌」是一種鞋，多為各種花色綢子所製，上面恆飾以羊皮金，但是卻如草鞋樣子，露出腳趾。

皮拉塌，愛穿呀，莫走遠，
比不得草鞋爛了隨路丟。
莫等穿破了，快回家！

這個趕馬的漢子特別高興地獨自唱著。他走經牌坊下面還看了他們半天。笑著又唱了走下去。看了他很自足快樂的樣子，聽了這流利悅人的小曲調和他走在石板路上的節奏，他們也很喜歡。蘭燕梅說：「這個人的聲音也還好。不像別人故意把嗓子逼尖了，挺不自然的。」

「咱們也唱。」范寬湖說。

「要唱你一個人唱。我不來。」蘭燕梅說。

「你什麼時候讓我一個人唱過？」他說。

「現在嘍！現在讓你一個人唱還晚麼？」她回過臉來笑著。

「你這麼一鬧，我倒沒法子唱了。你不唱有什麼道理呢？」他說。

「我這麼被你一問，道理也就沒有了。」她還他一句：「我不想唱也沒有什麼奇怪呀。」

范寬湖聽了就跳下石座來站在她前面，捉住了她一雙手，強她一起唱。

「告訴你。」她作出樣子來，一邊笑著警告他說：「別用勁捏得我手疼！這一雙手還要給病人端藥，換紗布，洗衣服。這手不是給你范寬湖捍的。你明白一個人能把一匹馬牽到河邊，十個人不能叫他喝水。」說著抽回手來。范寬湖竟莫可奈何。他祇有看著她。

范寬湖這麼個王子一般的人物，很少有機會被人給他難堪，所以這一來，不但他自己不知如何是好，連蘭燕梅也替他不好意思。她就又說：「好了。你再坐上來，我今天一定唱一個，專門陪我們范先生、范院長唱一個。將纔這個不好。等會兒聽個好的再說。」

范寬湖聽了不說話。她只笑了笑，仰起頭，看看牌坊，看看雲，不理他。

可巧，田裏有個農夫站起身來，伸了個腰，把箬笠一掀，抖擻精神，浩浩落落，唱起一個山歌，嗓音之美麗，使他倆一驚。

大田栽秧四四方，
種了辣子也栽薑。
辣子沒有薑好喫，
拔了辣子全栽薑！

唱完又低下頭去，看不見了。蘭燕梅大聲笑了出來，說：「這個痛快！我來唱！」剛要開口，忽然想起范寬湖，就說：「一塊兒唱！來呀！」

他直了眼看她半晌，低下頭去，沒有答腔。蘭燕梅笑了一笑，說：「我自己唱。這個歌也要自己唱！」她唱了兩遍，聲音一如那農夫那麼大，並且還高些。每一遍皆把後面兩句：「辣子沒有薑好喫，拔了辣子全栽薑」唱成疊句。

范寬湖一直沒有理她。他們兩個就賭著氣回去。蘭燕梅心上倒不是真氣，她有點勝利的感覺，她也有點覺得好笑，她犯不上和范寬湖賭氣，可是她也犯不上去找他說話。

由龍街走到呈貢城是大路，再轉向江尾村去便是小路了。這條小路雖然狹，但是由路面上鋪的石板及兩邊高大的樹木看起來，確實夠古老的了。樹上白鷺極多，地上也多它們剔換下來的白羽。

蘭燕梅一邊走，一邊彎下腰來拾白羽毛。范寬湖只停下來等她，也不言，也不笑。小路快走了一半了，他仍未說話。這裏路旁一座小廟。廟前鋪得極平的一個石坪，那邊就是一條水。小河在這裏彎過來，傍了路一同向江尾村去。她就走去河邊，一路又把拾得的白羽毛扔到水裏看它順了水打轉又順了水流。范寬湖看她費事拾了來，又費事丟掉，本想說她，又覺得是她故意如此引自己開口，便只作不見。

羽毛不是容易扔的。有些被風吹回落在路邊草上，或是石隙裏的，她就再去撿起來，重新再丟。一點兒也不嫌煩。范寬湖又只有等著她，他只看水裏的羽毛，不看她。

忽然，她因為有點乏了，順了手臂的力量，在丟羽毛時，腳下被草一滑，幾乎跌下河去。她急忙穩住身子，張開著口，心上怦怦地跳。范寬湖沒有伸手拖她，她回頭看他，眼睛中恨恨地。他心上也很怪自己不該，便改心回意，走到她身邊，扶了她細膩的手臂。蘭燕梅沒有摔開他的手，只把所有的白鷺羽毛都拋下水去。守著看它們流。

范寬湖也不忍就把手釋開，他柔和地說：「你就是會賭氣，愛任性。」她仍沒有說話。范寬湖就又接著說：「這麼愛走極端。」

她鬆開他的手說：「你就會說人家，你呢？」

他笑了，說：「你聽我唱，大田栽秧。」他唱了。渾厚、潤澤的聲色，把歌調裝飾得十分美麗。「這個歌，這麼唱就不對了。」她也平和地說：「原來的表情不是這樣。」

范寬湖用情時的神態，眼睛，是很難抵拒的。他既然低下心氣來，向她求情，便十分蘊藉，又復婉和。他說：「我也知道，這會兒卻不知怎麼，只能唱成這樣。」

他們又笑了，向前走。快到村子時，見一個難僑婦人，跪在河邊上洗衣服，看見他們走來，便打招呼。先只向范寬湖笑著點一點頭，卻單向她一個再喊一聲：「藺小姐。」藺燕梅就撇開范寬湖，跑過去和她說笑。他從她們身邊走過也便沒停，滿心怡悅地回到村裏去。

過了不久，藺燕梅已經幫著那婦人把大件的擰乾，兩人正坐在光潔的洗衣石上說笑時，又看見范寬湖從村口走出來，身邊還有一個人，一眼看去便知道是小童。她心上喜歡，拍了那婦人肩膀一下，就跑過去說話。

「藺燕梅，」小童一見面就嚷：「你到了江尾村，舒服了，一住就是十幾天，連封信都沒有。把我留在昆明天天看了翠湖的那座橋發愁。」

「犯得著委曲成這個樣子！」她撇一下嘴說：「一見面就傷和氣，呼天搶地！你喊什麼呀，愛三步上去，就三步上去。不在乎的話，一步一步乖乖兒地走，至於這樣！」

「所以我說你不行呢，」小童拉了一拉自己那件又破又縐的制服，板一板腰龢兒：「一別十餘日，都不知改容相敬！這事情看起來小，裏面卻有大學問！大宴說這是在個性修養上很好的。在起初，人給自己一個習慣，或是一種見解，這是不一定對的。後來由別人又得到一種習慣或見解，雖然也是不一定對的。可是這時候假如你能容得下這新來的東西，再消化他。你很可以由其中得到益處。大余說我不一定懂，我馬上說：『這就是別叫自己頸梗子扭了筋，不能自由轉動。』他給了我一百分！」

「什麼三步不三步的？」范寬湖問。

「你不知道。」藺燕梅說。

「要緊的意思在這兒。」小童說：「我就發現我的頸梗子常常很自在，我什麼方向也可以看得見，什麼意見也肯聽聽試試。再說得淺近一點。什麼功課，物理，微積分，哲學史，語音學，都能旁聽他一下子。你就是個硬頸梗！早晚一頭碰在牆上，來個大疙瘩！」

「這個我懂！」范寬湖說：「她或是碰在牆上，或是掉下水去！」

「有你兩個人教訓我的！」她瞪他們一眼說：「有多深的道理！還要舉個例子來講給我聽呢！」

「世界上大道理本來就不多，而且多半很淺。平時想想也懂，事到臨頭就不一定清楚。」小童伸直了兩個臂膀攔住他兩個不許插嘴，自己又說下去：「接受別人意見了，為什麼我還要天天看了那橋發愁呢？這件事伍寶笙解釋是好比注射了霍亂傷寒混合疫苗要發燒。是一種抵抗。我看了橋心上就在抵抗新意見呢！這個你也懂嗎？」

藺燕梅剛要說話，他又喊了起來，說：「我這一抬槓差點忘了大事！我是來叫你回去的，你奶奶來了！要不是提起伍寶笙，幾乎忘了！」

「你親戚真不少呀！」范寬湖說：「纔遇見了一位阿姨，就又來了個奶奶？」

「奶奶？」她也糊塗了：「我的奶奶？」

「史宣文！」小童說：「伍寶笙，我看很像是你的媽媽，所以順嘴把史宣文當作你的奶奶。」

「瞧你攪得這個亂七八糟的！」她聽見史宣文從重慶來了，非常高興：「我真想馬上去看她！哎喲！還有！告訴你，小童！我有個阿姨，才好呢！我們在車上碰見的，她做了修女，都認不出來了！她在宜良。我也看她去！」

小童順嘴說得高興，就接下去：「你的阿姨？伍寶笙的妹妹？史宣文的姪女？不對！亂了營了！孫猴子把豬八戒的釘耙子拿起來耍了！你再接著說。」

「你再攪，看我還說不說！」她停了一下，小童吐了一下舌頭。

「我是這麼打算，這兒離宜良近。我先去宜良看我阿姨，再從宜良回昆明。呈貢的事就算是辦完了。我明天就走。」她說。

「我剛到呈貢，你就去宜良？」小童說：「跑得這麼快？好，你去你的，我要在昆明湖游游泳，再試試看，能不能釣點魚。我自己玩！范寬湖，你們這兒一定有釣魚竿罷？」

「不！小童，不生氣！」她忙著哄：「我要你也一塊去宜良。明天下午才去，上午你可以游泳。再說釣魚，昆明湖沒的釣，倒是宜良玉液河裏他們說有大魚。下午去，我阿姨她們在那兒辦學校，學校裏一定有地方可以住。後天早上回昆明。你也去，范寬湖也去。我要你們兩個人陪我！我一個人不敢去。」

「看著好像是你順著了小童，其實是人家整個聽了你的。」范寬湖說：「把我也給拉了進去。」

「哎喲！我倒忘了！」她說：「怎麼敢勞動范院長這一趟呢！人家若是出去玩上一趟，收容所，醫院都得亂的出了人命。」然後把臉一變：「你愛去不去！」

范寬湖看了她這份兒神氣，呵呵大笑起來了。小童若有所思地說：「藺燕梅十天不見也變了！氣派大得多啦！不是從前那個小可憐樣兒了的了。這是個什麼刺激弄的？不但會發點脾氣，而且渾身是戲，樣樣到家，像是個發脾氣，調動人的老手！這兒一定有個受氣包，才訓練得出她來！」

「我這個當受氣包的就在你眼前啦！」范寬湖說。

「你？哪裏像！也許？也許她單找個硬的磨磨牙，練練胃口！」小童的想法常常很奇怪，又快捷，了當。他說完話就往旁邊一閃，藺燕梅一下打了個空。

「這是給你個小拼盤先嚐嚐。」他說：「打我不是件容易的事。我下車時候，一匹馬的尾巴不老實，刷在我眼上，我在後面給他一腳，他料起蹶子來想踢我，都沒踢著，別說你了。」

「你少指著冬瓜罵葫蘆的。」她說：「你不走到馬後邊去，他就會甩著你了，還怨人家尾巴不老實！」

「別不識好人。」小童說：「我若是任憑你打。把胃口也弄大了。這可比不得發脾氣，調度人，日後若是碰見個身上有刺的，豈不要扎了你的手？」

「范寬湖！」她喊：「你站在這兒管什麼的，你就沒有一點兒用！要是大佘，大宴，或是伍寶笙在這兒，你看他們攔不攔小童胡說欺負我的！」

「我覺得小童說得很對！他還太客氣了，你的胃口已經不小。」他說。

她氣得說不出話來。小童又說：「而且頸子也太硬。還得再多折磨折磨。」

小童之可愛就在這兒，他走到那裏，那樣的空氣便明朗了，快樂了。藺燕梅一點也不氣他，她眼睛常常欣愛地逗留在他身上。她覺得小童是惟一夠與她同樣光明的角色，是與她同樣地在伍寶笙的灌溉下長大而值得令她的好伍寶笙驕傲的。

那個洗衣的華僑婦人休息夠了，把衣服歸整好，拿起木盆走過來。小童順手接住，把木盆放在頭頂上，跟她說：「我知道你們在你們的地方，拿東西都是用頭頂，對不對？就是這個樣子？」人家看了他那神氣就笑了起來，點點頭。小童說：「我們快回去罷；好容易長高了，別再給壓回去！」

藺燕梅剛預備走路，一聽見又笑得蹲下去，喘不過氣來。小童說：「怎麼就笑成那個樣子？你站起來，我頂著東西，低不下頭，看你不方便。」

「你真是要命！」她站起來說：「明天到我阿姨那兒，小心人家笑話你。」

「放心。」他說：「再沒有人為了怕笑而生氣的。再說，我如果自己覺得沒有錯，也犯不上去遷就人。」

第二天早上小童睡到十點鐘還沒有醒。他頭一天晚上和同學，及收容所的人玩得好不熱鬧。早上看他睡得甜，誰也沒有叫他。快到吃午飯的時候了，范寬湖的事情已經料理清楚，走來喊他，問他還要不要游泳？他睡意仍濃得很，說：「我正作夢游泳呢，我還以為是真的哪！」說著跳下床來穿衣服。

藺燕梅也跑來說：「我一定要趕下午三點半的宜良午車，要快點喫飯。起來，小童。」

「別這麼大聲。」他說：「我的夢快叫你嚇忘了。」

范寬湖看著藺燕梅柔和地說：「燕梅，有兩個人陪你了，你是不是可以打扮得顏色多些上路呢？我叫小童快點完事，喫了飯，好給你時候。」

「打扮給誰看？」她生氣地說。

「還是說正經事。」小童說：「我現在已經可以喫飯了。」

「小——童！」藺燕梅說。

小童洩了高興，從口袋裏掏出一把牙刷來，拿起范寬湖的盆洗臉去了。范寬湖低下頭來對藺燕梅說：「燕梅！你也不該太不打扮了！」他想伸手去攬住她。她覺得了，便走出屋去，留他一人在屋裏。

范寬湖仔細地想了許久，他覺得藺燕梅整個人有一種力量把他吸著。他想一直到昨天他們賭氣他才清楚這力量。他又想，從昨天藺燕梅的神色看來，似乎她也應該有點覺出自己的心情才對。這一步念頭往往是個對將來極有關係的轉捩點。他很受自己推論的影響，他忽然幾至不能自持，他簡直覺得自己寬厚的胸脯有藺燕梅那麼優美的靠著。他越想情景越逼真，他完全覺得自己把藺燕梅的心境看透澈了。他想：「女孩子自己反而常常感覺得不清楚。她們的情操常如未出土的嫩芽。她們需要春陽來喚醒！」

再想想藺燕梅這兩年在聯大的生涯。「她確實是太年幼，太無知了。她正酣睡著，鼻子裏已嗅到了花香，而人仍未醒，祇是在夢中露了笑容而已！她的感情簡直是需要喚醒！這種需要簡直是迫切！」

戀愛的軌迹似乎本來就是穿來插去的兩條線。范寬湖整個不顧在藺燕梅那方面是怎麼一回事，完全在自己心中創造，演繹，我們也沒法子責備他，因為他是在走他份內的一條路線。這兩條路線也許是背馳的，然而這也屬於戀愛軌迹的一種。戀愛時人又必須是主觀的，必須主觀地為自己的故事著色。否則不但色澤無法美麗，而且整個的作風皆如抄襲，臨本，甚至可以說是贋本。而模本，以我們的看法來批評；這個世界上有他一千一萬個，或是一個都沒有；皆無關緊要。固然，這話也很難得人贊可，聽來且像是傻話。但是，甚為可喜地，古往今來，正有不少人作這種主觀的、創造性的傻事。聰明人們是真不少，我們向後看去，他們如夜空的一片黑暗，倒是這些有限的傻子，男的，女的，所留下的事蹟，和詞句，令我們久久神往，如晶明的星星。

強烈主觀的愛人常常不是征服了他的心愛者，就是葬送了自己。他沒有第三條路，他自己，或是別人皆無法把他置在第三條路上。他想是如此如此。事情就必需如此如此。這種強烈，不可理喻的欲求，依了自然的安排，是對於一個值得愛的靈魂，最大的誘惑。這種可怖的支配別人的心理，常製造出令人氣喘都停的緊張，又魂消的快樂場面。如此無論結局如何都要算為成功。因為他只有在一種情形下失敗，就是那個為他所想念的人是另外一回事，完全不同於他在自己腦中所造成的偶像。他的結局便同幻象之破滅一樣，不可收拾。

「不同，」這個詞句還另有個意義。在數量上，比如說，大於，或是小於皆是不同。在質量上當然也有好於，或是壞於。所以幻象之完美與否，全在本領之高下。以一個低劣的幻想去網羅一個超然在上的實體，常如用蟲網去撲一個蝴蝶的影子，所得當然是場空。這個結果雖然也算是失敗，為了他那一點純真，這迷惘的游思，或可導他走上解脫之路。

大的分類，假如是這樣。我們當然還可以往小的支路上想些變化後的情形。比如有些人想像力是很強的，旨趣也很高的，他們會越想越接近完善，越想越吝惜自己的情操，他們便會安於孤寂，而在肅穆中淨化了自己。亦有人越想越下流，他們不難很快地把自己造成個玩世主義者。那時候，一切真的情意便離他而去了。

變化總需要時間來完成，所以在年輕的歲月裏，我們儘有單純而真摯的心靈可遭遇，自己亦拿得出足夠的真情來揮霍！讓我們歌頌年輕的日子，讓我們慫恿我們的年輕人！因為到了貧困的時候才知道什麼是豪富。又因為自己貧困了，便去勸富有的人節省是妒羨得無法忍受的行為。年華又不比金錢，它是誰也公平地分到了一份的，它又是留也留不住的！

畏縮猶豫的人，你們算了罷！你們拚命地憂慮，謹慎，也未必逃得脫愁苦，而黃金似的機遇與得意，永遠不會是你們的了。世界上也許有真正黑暗的一面，但是至少你們在陽光下仍然皺著的苦臉，把光明的一面也弄黯淡了。往往這些可憐人走到陰影之下，與其說是性情的關係，不如說是羸弱身體的影響。快樂的人生觀祇有健康的人能接受。

這一串兒推論多麼放肆，任性，又痛快呀！我們何妨就如此任性下去，而演他一場可愛的悲劇呢？既然悲劇可能是沒有一個人有錯誤，而照舊會產生的！

我們多笨呀，想與時間抗爭！我們又多可憐呀，事先便知道我們永遠要失敗的。我們自己屏息，便以為時間也停止了呢！在悲劇終須出場時，我們想遲延它，但是我們有限的一點點本領束縛了自己的期望。這可憐的遲延手法又是多麼可笑的兒女態，而不英雄呵！

英雄們耀人眼目的光芒不是塗在翅膀上的。他們的思想先要如狂潮的澎湃，而成熟時才去行動，故行動起來堅定穩妥，而不屈不撓。他們成功，或是就義，根本上並無二致。一下子湊巧，又回不了頭的人，也許作出同樣動人的事來，他卻祇能算是個莽漢，離英雄還遠得很。

范寬湖現在也就是將將到了可以揮霍他感情的年紀。他腦中蘭燕梅的影像，也是在他不自覺中多少日子慢慢堆積，潤色而成的。也許他妹妹范寬怡不斷的聒噪也有作用在內，不過一旦造成了，以他的英雄本色，便認為是自己名下的了，以後的吉凶，皆不肯再委之他人。他自然會惜情如玉，不動時便如捧了一盞珍寶的心上熱血。潑出去時，便也一滴不願留下。他慎思穩重，興奮而又得意，於是不覺為之躊躇滿志。

他覺得蘭燕梅沒有長期在余孟勤的鞭策下喘息的理由，更不可能有別人配用襤褸的衣衫蔽了她光輝的神采。他如果感覺不到蘭燕梅的愛情有喚醒的必要，他是太遲鈍了。他如果不敢去嘗試，他是太怯弱了。他如果竟一任她迷惘著，而不去喚醒，他則不僅是太懶惰，而且有負上蒼把這能力賦予他之厚意！

英雄們更有一種性格，他們不是驕傲的。他們是如殉教者那樣自尊而已。他們知道自己不見得便是最合適於這個偉大使命的人，他們時時希望有更光輝的角色出現。不過在沒有更光輝的角色出現時，他們祇有盡自己一份力。一旦是自己退讓的時候，便寧願伏下身去，為更英雄的人腳下一塊鋪路石。他變成一塊石頭時，才真正是可驕傲的。才真正有機會感謝上蒼令他得以表現英雄本色。

范寬湖把自己具體的情愛思想慢慢地完成，抽象，而到了一種理論的境界時，他的快樂也就超出戀愛而到了了解的領域中去了。

這時候小童已經洗完了臉回來，他說：「范寬湖，你說我這個人澈底不澈底？我要麼不洗臉，要麼就跳下湖去洗了個澡。」

范寬湖的心潮一下子收不回來，他雖然看著小童，卻沒有說出話來。

「我一方面覺不出別人定下的規矩有什麼錯，可是我又覺得我自己的作法很對！」小童說：「洗臉實在是件小事，我是可以忽略。而走到湖邊，跳下去洗個澡，也是無論如何不錯的！」

「她需要喚醒！她需要喚醒！」范寬湖想。

「至少！我想。」小童說：「把思想弄得這麼自由是對的！」

「我是最合適的人！」范寬湖想。

「喂！」小童說：「藺燕梅哪兒去了？你們這兒是誰給我飯喫？」

「藺燕梅？」范寬湖醒了過來：「她不在這兒。」

「我也知道她不在這兒。我並且知道她也不在床底下。」小童說：「怎麼樣？想心事？走，喫飯要緊！」他拉了范寬湖一把就走，剛要出屋門藺燕梅和小范迎面走來招呼他們去喫飯。小童說：「救命！你們這會兒簡直是觀音菩薩！」

「怎麼又信了佛了？」小范說：「仔細你那個上帝聽見捶你！」

「俗話說得好：不挨罵長不大。我也欠捶，今天上帝捶一下，明天觀音菩薩捶一下，兩下子就長到六呎了！」他一邊笑著一邊先跑上桌去喫飯了。藺燕梅聽了看著他溫和地笑。范寬湖看了藺燕梅更溫和地笑。

飯是小范單外給他們預備的。收容所的飯另外開。她知道他們飯後去宜良，她也很想去。可是人家沒有請她，她又不肯先開口，所以她想用話繞著彎子令人請她一起去。她就忙著招呼他們就坐，又把桌上菜碗挪挪正，又問菜可口不可口，又怨他們不早說要先喫飯，以致於飯或者還有點夾生。她看小童喫得飛快就說：「瞧著噎著！既然誠心給你預備了飯就不會半路搶下你的碗來！舒舒服服地喫完了出去玩，有多少好！我還得給你們洗碗！」

藺燕梅聽了便放下碗來看小童。小童頭也不抬一氣先把手中一碗喫完，然後向小范一照，說：「乾杯！客人不賣點力氣喫，也對不住主人呀！」小范聽了一笑。他就又把碗向小范一伸說：「添飯！」小范這半天忙得才坐下，拿起筷子剛要喫，見他如此，又忙站起來給他添了飯，添得滿滿地上尖。他接了碗，用手按著，先不喫，說：「小范！你剛才說什麼來著？我喫得快就是怕你搶！知人知面不知心，我可學乖了，怎麼樣，現在第二碗在手，你搶也搶不去了。為了喫你預備的一餐飯，沒有先說聲謝謝，所以還得受你一兩句閒話是不是？」

小范沒料到他這一手兒，老大吃了個虧，氣得說不出話來。轉念一想，這個賬後算，莫奈何，還是去宜良的事要緊，所以也顧不得藺燕梅，和她哥哥笑成那樣，只有說：「越學，這個小童越刁了。看到了宜良人家藺燕梅的阿姨聽不慣你。」

「又是老話。」小童說：「這位阿姨就是個真神仙也未必我就見不得！」

「人家可是真好！」小范說：「我生平就沒見過這麼漂亮的。又溫和，又有學問，又會說話。」

小童不等她說完就搶著說：「我如果是修女，叫你這麼一描寫，馬上還俗！」

「要死啦！」藺燕梅說。

「就是非死不可，那我還是要還俗！」小童反正是一派胡扯。

「看看你說的是什麼話！」小范說：「不過我知道你一見了她就說不出這種話來了。在天使面前，小鬼就自慚形穢了。我真想去看她一下！我們在車上還見過一面的。這麼著，去到那兒，給我捎個好兒罷。」

「天使也有好幾等。」小童說：「她就算是個超級大天使，我也可以算是個頭等的了！所以你這樣兒的也不用去宜良出醜，到我這兒懺悔一下子就夠了。來！說以後再不敢在我面前要花鎗了！」說著放下碗筷，兩手一招，作個翅膀樣子，那神氣真氣得死人。

藺燕梅把兩隻手給他拉回桌上，跟小范說：「你為什麼不跟我們一起去呢？你既然想見她？」

小范聽了正待作態，小童搶先說：「她忙得恨，別難為她了。小范，我一定給你捎個好兒去。一定！」

這下子可逼出小范真話來了，她把碗一放，說：「小童，看你有好報應的！整天缺德！我是忙，我今天偏要去。用得著你捎好兒！」

「不打誑語是佛家一戒！」小童說：「逼得你說了實話是修福。是誰先叫我捎個好兒的？自己圓不了謊，都咬著舌頭了！」

「你們兩個嚼些什麼？」范寬湖說。

「請問你，」小童用筷子指了小范對他說：「看看她今天飯桌子上這份兒慇懃，你們令妹從來這麼賢慧過沒有？我正奇怪呢！等她說：『舒舒服服喫了出去玩有多少好！我還得給你們洗碗！』我才明白。」

藺燕梅看他這個神氣不該，就去打他。他說：「你問小范服不服，再打我，我就單愛管這種閒事。」

「我就單愛管你！」藺燕梅不看小范，單瞪他一眼說。他好像想說一句什麼的，又停住了，端起碗來他說：「算了罷，不說了，就著一口飯嚥下去罷！」

蘭燕梅就邀定了小范一起去，她呢，伎倆為小童識破，莫可奈何，既然是真想去，便不得再賭氣不去了。大家這才安靜些喫了兩口飯，小童又抬起頭來說：「上次你管得我到今天看見橋就發愁，也還罷了。現在我怕以後看見飯碗也心疼，那將來的日子還怎麼個過法兒呢！」

蘭燕梅在這種地方，天賦上不及小童多了。她缺少在這方面的不寧也就缺少不寧之後的收穫；更大的寧靜。雖然，她的感覺卻是極靈敏的，她常以感覺來補思索之不足，而得到同樣的進益。但是憑感覺來學習，有時會得到錯覺，那就危險了！此刻她叫小童攪得一場糊塗，她便來不及感覺小童詞句中之份量。她只說：「少用點氣人的字眼兒罷。你就會想得出來！還不老實喫你的飯！」

小童說：「我這麼重視喫飯的人都為這句話忍得住少喫一口，你都不行？我現在不能為人了解的感覺真如當初和氏璧的故事。」

他的話不能引起這桌上人的興趣。也只有擱下了。

吃完了飯，范寬怡要打扮一下。也拉著蘭燕梅回屋去。范寬湖很高興，他說很願意等她們。小童說：「我也贊成。我出去一下，馬上回來。」說著就要走，被小范一把拉住，說：「少出主意！想去游泳是不是！學著點安靜，閒得難過的話，給我們舀兩盆水來！」小童沒有辦法。又知道她是誠心想給他找事，一言不發，就去打水。他一下子把兩個盆拿走，說：「一隻手拿一盆水試試看，練練力氣。」等一下果然顫顫巍巍地拿了兩盆水回來。小范怕他把水灑在屋裏忙著給他接了。又在床上把衣服拿開，騰出個地方給他坐。蘭燕梅看了，她只得也讓范寬湖坐下。她的床上是永遠收拾得好好兒地。兩個女孩子就洗臉。小童便把手上的水在衣服上擦淨了，他說：「小范明白我的意思，看我不整不齊地，便讓在她床上坐！」小范聽了又沒有話回他。

洗好了臉，小范便去梳頭，把頭髮散開，再梳好鬈兒。她一面去看蘭燕梅只是淡淡地擦了點臙脂，便去塗口紅。她就看她一眼，把粉盒推過去。藺燕梅沒有法子，遲疑了一下子，又只有伸手去拿粉撲。她也回看小范一眼。小范卻仰起臉來只看鏡子，不看她。

藺燕梅重新勻了粉，拿起一把極輭的刷子，輕輕地在顋上那麼一刷。小童看見有趣，就伸手說：「藺燕梅，我也刷刷看！」藺燕梅從鏡子裏看見他那神氣不覺笑了，用手中的刷子指著床邊上說：「那兒有一把刷衣裳的，你要試拿那把試！」小范聽見了，就說：「還要小心別把刷子刷壞了。」小童聽了也不在意，他的皮膚其實是很好的，不過夾在這范家兄妹，同藺燕梅之中便顯得像野孩子了。他既對這用刷子刷臉一事感覺這麼新奇便也不和小范鬥口，自己拿了衣服刷子閉上眼，仔細刷。刷得自己高興地說：「有學問！回去我也買把刷子過癮！呣！」等一下，他又說：「刷衣服的還不行，等我去買把洗衣店用的棕毛刷子來比劃比劃看！」

范寬怡就對她哥哥說：「你在這兒坐著就跟個木頭人兒似的！連句話也沒有！我們這間屋子是你容易進來的？看了我們在這兒打扮，也沒有什麼感想？」

「她是想叫你誇獎誇獎她。」小童說。

范寬湖伸了伸腰說：「我很舒服，看你們打扮，聽小童說笑話。我有什麼可說的？」

「可說的多得是！」小童說：「我覺得她們女孩子屋裏好玩得多！難怪她們可以在屋裏一呆就是一天！瞧這一桌子五顏六色地！簡直是在臉上畫畫兒！又省紙！要是我是個女孩子，就不一定出去才打扮。沒事兒了，自己畫他一下子，看夠了再洗！」

「那成幹什麼了？」范寬湖說。

藺燕梅聽了，看著小范點點頭，笑一笑。小范說：「藺燕梅她們一屋三個人就常常幹這一手兒！真叫你說著了！哥哥！你簡直一點也不懂！真不知道你那些女朋友怎麼教的你！」

小童把床一拍說：「對！小范今天真是賢惠起來了！來，我也幫幫忙，你接過刷子去，自己一邊刷著一邊想想女孩子們這股子溫柔勁兒！」范寬湖今天整個兒出著神，也不覺接了刷子，在手中弄著，不說話。

藺燕梅站起身來，抖一抖衣服說：「好了，好了，兩位先生請出去一下罷！我們要換衣服了！」小童聽見，跳下床，站起來，把手一伸，對范寬湖說：「范先生，您請哇！」范寬湖說：「怎麼客氣起來了？」他說：「我叫她一句：『兩位先生』給恭維著了！」說著兩個人走出去。把門順手帶上。

屋裏藺燕梅就一邊找衣裳一邊跟小范說：「你今天是怎麼回事？直要我打扮？」

「別穿那件！」小范說：「穿那件花的。出門去玩麼，不打扮？我要是有你那麼好看，我天天打扮。」

「算了，不和你說了。」藺燕梅嘆了一口氣，穿上衣服，拉拉襪子，便去收拾起她的旅行包。范寬怡也換好了衣服，一下子把襪子拉得抽了絲。又得換。她說：「其實我記得你剛到學校時，打扮得才齊整呢！都是叫大余給教壞了！憑良心說，你不愛打扮？」

「憑良心說，我慢慢覺得不怎麼愛打扮了。頭一年和伍寶笙、史宣文同屋，她倆就不怎麼打扮。後來幾乎覺得怪不好意思打扮了。現在看梁家姐妹打扮勁兒，覺得是各人性情。若是不想打扮了，也不用勉強。況且平常時候自由自在地，也舒服。」

「你簡直是變了！」小范說：「讓我說：我索性覺得有責任把你拉回來。行了，別動他，讓他們來替你拿。給男孩子們點事情做，是賞他們面子！」說著開了門。一看門外小童在地上打坐。范寬湖倚了牆站著。她說：「好了，可以走了！」又用眼對范寬湖示意。范寬湖還未想到是什麼事情。

小童站起來說：「我的小鬍子長長了一點沒有？有什麼行李給我這腳行拿？」說著一眼看見了蘭燕梅的提包，就進去拿在手裏：「這個是老朋友了，是我送它來的，還得我接回去。走！」

范家兄妹明天是還要回到此地來，過兩天開學才回去的。便沒有多少東西。小范便叫把洗臉毛巾、牙刷等拿來都放在蘭燕梅的提包裏。小童摸摸口袋中的牙刷仍在，四個人就告訴留守的人一聲，走了。

從江尾村到呈貢不好找馬，他們便先往呈貢走。沒有走幾步，小童說：「這個提包光好看，不中用，提著礙事，你們一人借我一條手絹。」

小范說：「要是我，提一提它就很高興了。多漂亮！不是它引起人家注意，在車上還不會和蘭燕梅阿姨遇上的呢！」

小童一面用手絹紮在提包上，做成個背包一面說：「等你提不動它，累得東倒西歪時，也就不漂亮了！」

小范說：「我咬牙也得提著他！我若是我哥哥早搶著提了！揹在身上是什麼樣子！亂七八糟，拴些手絹！」

小童說：「我也不是一個勁兒地抬槓。從好看方面說，你是很有道理的。因為你的『好看』，是用眼睛看。比方說；我們不談這個提包，談人。我常覺得跟蘭燕梅走到大街上，我這一身就太不像話，就像她的提包叫我拴上了亂七八糟幾條手絹。」

小范聽了點點頭。范寬湖和蘭燕梅因為聽見提到了她的名字，他們也就過來聽。

「不過我說的好看不好看，是用心來看，不是用眼睛。給我來一頂呢帽戴戴。就真是沐猴而冠……」他未說完，大家已經笑得走不了路了。

「一點也不假！」蘭燕梅說。

「一點也不假！」他說：「無論那帽子多漂亮，也沒有用。那簡直不調和。這個調和的感覺，就有點心的作用了。一個人的作風，思想，說話，只要調和我就說好看。比如我們，我，大余，伍寶笙，蘭燕梅有一回去大普吉，我就覺得比在大街上走調和。那天誰也是隨便穿著平常的衣服，書在大普吉那一片風景裏，看去一定很自然。」

「那跟這提包有什麼關係呢？」蘭燕梅心中有事，便作此一問。

「這個皮包應當在戰前平滬通車的頭等房行李架上放著。到了呈貢江尾村就已經不大對了。我才趕忙給拴上點手絹。」他說。蘭燕梅聽了對小范笑笑。小童就又說：「你們二位這一打扮，就更完了。瞧這一片地，整個兒這一隴稻子未必值你們一雙絲襪子。我跟你們走到一塊兒很覺不稱。我寧願脫下這衣裳，因為它雖然破，到底是制服，我應該換上一身馬夫穿的，好提行李！」

「好小童！你不用說了。」蘭燕梅已經聽到了她所要聽的。她說：「我不是不叫你這麼說，也不是怕你興奮了得罪人，咱們都是兩年很親近的同學了，誰也不會在意。我是說你興奮之後常常會很乏，就會沒了興致，說點叫人心上難受的話，你自己也不好過。我們又還有一個下午要好好地玩。我感覺得完全和你一樣。不光是今天，我簡直處處不調和。我不知道想過多少時候了，我不知道我究竟最適宜出現在一個什麼環境裏才好。我到了聯大也很高興，很希望日子長遠這麼樣。可是又怕我終久不能這麼下去。所以我的心常是在漂泊的狀況下。幾天咱們就又開學了，日子過得這麼快，你能說不可怕嗎？再兩年，畢了業，大家一散。底下的事怎麼敢想呢？未來的事這麼難想像，今天的快樂也就不叫人敢多享受了。比方說我的阿姨，當初我就常常納悶不知道什麼地方放她最好，她太美，太好，你看，現在就作了修女！」

「你剛說不要談傷心的話，自己就傷心起來了。」范寬湖安慰她說：「誰能知道未來？再說過去的事如果弄得不好，在未來之中也是要追悔，大家只努力今天，也算是對未來盡了力。不是很應該麼？」

小童顯然比這個想得多，這句話滿足不了他，所以他沒接碴兒。他自己還在想。

范寬湖接著說：「你今天離開呈貢去一下宜良，明天就回昆明了。我真得打斷你們的話，在這個特別有紀念價值的呈貢江尾村路上，恭維一下你在我們收容所的工作成績。」說著看了她有深意的一笑。他的眼睛是充滿了青年男子那種英俊的美的。藺燕梅更懂得他的用心；怕一個下午不愉快，所以心中深為嘉許，何況這正是她打斷小童話頭的意思呢！

「嘿！我可該問你了。」小范忽然想起來：「你來的那一天，天黑了，快到呈貢的時候，你跟梁崇槐在馬上說我什麼來著？」

「你要是已經聽見了，還問什麼？」藺燕梅笑著說。

「我聽個一清二楚！她把你說得那麼好，我一點也不反對，可是為什麼就得說我是搗亂了一個暑假！真是熱心腸人的下場。」小范說：「我知道她沒有一點兒壞意思。所以我就不問了。你們說我度量大不大？」藺燕梅聽了笑一笑，那意思是也贊成她的話。

「可是我告訴你。」小范又鬼鬼祟祟地：「你來了，她可不大高興。你瞧我們游泳她都不大去！忽然用起功來，去準備下學期的功課去了。真是天曉得，書雖然是一下鄉就帶來了，你來以前我敢說她就沒有翻過！」

「我倒看不出什麼道理來。」藺燕梅說：「她和我可是住同屋，我們好極了。她愛玩，她也用功，心上事也少。她如果不喜歡我在這兒我會覺得出來的。」

「完了，你不懂。你們都不懂。」小范只好不說，並且這話也難說。

「我懂得厲害！」小童說：「並且人人懂。我敢說如果沒有你在這兒，梁崇槐一定一點兒也不顯得怪。梁崇槐會做人得很！」

「你別聽小童用字刁怪。」蘭燕梅忙說：「我看你也誤會她了。我真羨慕她，她有許多地方我想學。她是個會做人的。這話一點也不錯。我剛纔說我覺得什麼地方我都不合適，……范寬湖，只說這一句，我就不說了！她倒是未來的日子光明得很！」

「小范！她的度量才真大呢！懂不懂？」小童插嘴說。

這豈止是度量的問題喲！她的天賦在性情一方面真是太完美了，於是她的度量問題根本不存在。她在這人世間幾乎可以說是無所爭，更不會有嫉妒。她因此亦是很寂寞，而容易想到出世的一切上。但是年紀究竟還小，於是在這條思想的路上便時常徬徨著。

「我也要說梁崇槐是沒有什麼對燕梅的壞心的。」范寬湖說：「她自有她自己出人頭地的地方。旁邊有什麼更出眾的人，是沒關係的。」

「嗬！三個人一個腔調兒了！」小范倒也沒發脾氣，因為在眼前這個小集團裏，都不是小可的人物，發了脾氣，徒自沒趣。她是很聰明的，她明白這個：「說得就成了我一個人刁鑽心窄了。」

「也沒有呀！」蘭燕梅說：「如果以為你心窄，誰還當了你面說呢？」

「蘭燕梅，我倒想起來了。」小童說：「你來的時候打算在這兒好好做點事的。現在我看了一天，已經是有口皆碑了。回去也可以光彩些了罷？」

她聽了，不禁又想起離開昆明的一幕，心上是鬆快些。不過她生性是個追求全備的人，總覺被大余開除是白璧之瑕。未能全釋。

她這一點心意事實上可以說是自從離昆明之後十幾天來未曾一刻放下的。她在呈貢的一切莫不與這點心事有關。她在下意識中至少有兩種努力。第一要工作得出色地好。要好到使這榮譽的名聲不脛而走，要它比自己先回到昆明去，為自己再佈置起一個好舞台！只要它傳到昆明去，沒有不鑽進大余的耳朵中的。她在這裏的十幾天中雖然沒有接到大余一封信，但不足以使她灰心。她知道大余是不愛寫信的。她第二個努力，則是受了小童的影響。她有意無意地試著把自己從余孟勤的規範下解放出來。這種嘗試在別人本可毫無困難。在她則不同了。她從小在別人愛撫攙助下長大。她只會依順，為情為理，她反正是依順人家。而這種解放，雖然，用小童的話來說，是自救救人的，對她仍是太生疏了。這裏，便看出年歲在心理上的作用。她不再是小孩子了，縱使她從前未曾試過，她現在想試。她有了茁芽的自主的慾望。她自主了許多事，真如梁崇槐所云，她給病院部份立下規矩，且毫不苟且的循行——雖然大余的作風在此處甚為影響她，而且很成功。不過到底這種自主的心境在心靈上如一盆美味的羹湯是從未入口過的異味。她常常又想有個年長的人，如伍寶笙，或者竟是余孟勤來誇獎她兩句使自己的信心堅定一點。她這第一種努力，對大余說，十足表現出來是向心的。第二種似乎是離心的，其實又是前一種的反作用。故此，她雖常常自己在談話時駕馭別人又輕易地作到了，而心上恆想有一個更強有力的角色來駕馭她。她要先解放出自己來，好和那個人站平了，再談別的話，她這個慾念是迫切的，因為她從未在人下過。

她明知自己與那個人果然站平了，不見得就會對那個人滿意，也許更望高處看了，但是眼前她起碼要先想站平了的話。她現在好比是在磨一把準備作戰的利刃，可是眼前的磨石卻太不濟了。

她駕馭范寬湖，范寬湖是個驕傲又美麗的角色，她覺得這個人的依順帶著點無可無不可的勁兒。說他不聽話罷，他聽話得很；說他聽話罷，他又似乎無心，彷彿是不與小孩子認真的樣子！這個真氣悶！在大余那裏什麼事都是認真的，那味道可濃烈得多了。

昨天從龍街貞節牌坊下回來他似乎又認真了。可是他纔一認真，底下討的價錢便又太大。她不但沒法還價，甚至無從還起！這又太兒戲了。兒戲態度的後面還會是真心麼？

然而范寬湖的天賦多麼厚！他俊美，愉快。心意兒溫存，顧盼多麼有神！他說話的聲音如唱歌一樣美。一旦有意，那排山倒海而來的慇懃，又是多難抵抗呵！

因此，她更有快點去見大余的必要！

她在女人的世界中是皇后了。在男人的世界中呢？又因為太耀目了，未曾受到干擾過。不幸第一個遇見的便是大余，又冷又硬，像雪地裏一塊石頭。至少用女孩子的溫度計來量，大余是冷的。然而，這「第一個人」是一向多麼為每一個女孩子所重視，她不能征服他，那只有哭！

再說大余又出奇地合她脾胃。她不肯容一絲髮梳不光，他也不容大路上有一粒凸起的石子！他必定用大力鋤下去，火花四迸，震裂了自己虎口也不顧！她又覺得自己若不小心，為他看不上眼，也該挨他這麼一鋤！她這求全責備的性格好容易才遇見一位知己，便而顯得落了後，這怎能不氣忿！又怎麼能不為這一點氣忿被人家在心上緊緊地拴了個扣兒！

她偏是個愛被別人用扣兒拴住，賴在那兒，懶得解開越扭越緊的脾氣。她這一串兒毛病真叫人擔心！

她沒法學伍寶笙那明淨又灑脫的風度。她又不能像小童那樣遇事便不自覺地琢磨一下，有了條理，把複雜的心理簡單化了，再高高興興地自己玩去。她要任性地和人家爭執，讓世事隨自己的心。若是人家不讓步，她又拗不過，便擰斷了頭頸，也不肯回頭。她又單愛跟沒法扭得回來的事擰在一起，不可開交。

比方小童說，現在她工作如此好，有口皆碑：「回去也可以光彩些了罷！」這句話本來可以幫她把扣兒鬆開了的，但是她想：「何如當初沒有那麼一件事豈不更佳！」這麼一來，就沒有法子了。

范家兄妹也風聞一點余孟勤責備藺燕梅的事的，他們正如昆明一切人一樣不曾覺得這有什麼要緊。而且小范根本不喜歡大余。但是藺燕梅心上不能了解世界上會有人不敬重余孟勤。她若知道有人不喜歡他，她便認為是那個人不配喜歡他。

范寬怡聽了小童這句話，她就說：「這兒是呈貢，不是昆明，大余管不著這兒的事，光彩是光彩，也不用提回昆明才光彩。燕梅，你就不會氣他一下？要是我，回去不理他。他來賠罪，哼！咱們兩眼往上看，來個不理！」

這句話倒對了藺燕梅的心思，不是不理他，而是恢復了自己的名聲，才可以說是差強人意。從此是斂跡小心地過日子，死了這顆和他爭勝的心。勉強遮個羞臉，哪能就又像從前的樣子，天天在一起念書，談論。哪好意思！

范寬湖的想法又另一樣，他尊敬藺燕梅與余孟勤的一段友誼。他既然愛藺燕梅，他就不會說余孟勤的短處。他怕藺燕梅不願聽他妹妹這一套，就說：「大余是認真作事，現在事情完了，大家開學上課，誰還再提那些事！」這句話是真正體貼到了藺燕梅心上，她纔真覺得到呈貢來將功折罪，再重新作人的看法，有人了解。

於是話題便轉開了。藺燕梅心事一見減輕，這個小旅行團體便快樂得多了。他們到了呈貢，找到了馬，范寬湖義不容辭地扶藺燕梅上了馬，小范等小童來扶，小童看見了，他說：「你要我扶？」小范生氣說：「誰要你扶！」便自己上去，小童把提包交給馬夫，自己趕了馬跑，要想跳上去。頭一次沒有跳上，第二次力量又用得猛了，從那邊滾下來。胡攪了半天，才好好上路。

走去了呈貢城，到了山上，小童已經和他的馬夫混得很熟。他獨自一騎馬落在後邊，指手畫腳地和馬夫談鄉裏的事。小范的馬夫今天未遇上，她和蘭燕梅范寬湖三個人在前面並了轡走。范寬湖今天唱了許多歌，歌聲直穿田野山林而四散，聽來比在音樂會上要好得多。蘭燕梅也唱，他們把在呈貢學的山歌幾乎都溫習了，又隨意竄改，問答唱和。小范常常這裏那裏批評她哥哥的詞句及曲調，哥哥也不在意。

雲南的山地像呈貢外圍這一帶要算很可人意的了。有山巒，也有路可走，過了一片梯田，又有一段松林。這墨綠色的松針最為蘭燕梅所愛。她膚色潔白，紅潤，襯了她心愛的墨綠色，比得上校園中嬌嫩的玫瑰花朵。她們唱著歌穿林而過，歌聲就留在枝葉上。小童在遠處聽這些山歌分外悅耳，走進松林去，眼目為這濃蔭深綠一清，精神就特別怡悅。他用本地口語對馬夫說：「這些歌，你家可懂？」

「聽著就仿我們的歌，再聽聽又聽不懂！」馬夫說。

「我就曉得你家懂不到！」小童說：「他們這起人自己以為是唱秧歌嘞！」

「他家唱的到底是那樣？」馬夫問。

「說是外國歌，還好些！」小童說：「我也懂不到！」兩個人就放聲大笑起來。這些笑聲不知怎麼地影響了座下馬的高興，它也引長了頸子長嘶一聲。他們的笑聲為馬嘶所掩，就又談馬匹的事了。

他們將將到了車站街上，下了馬，已經聽見昆明下來的宜良車汽笛叫了，小童接過提包，四個人付了錢給馬夫急忙趕到站上去，才上了車，車便開了。他們得到一塊地方可以坐下，因為許多人在呈貢下了車。蘭燕梅不想坐，她說：「咱們沿車找一找，也許我阿姨又在車上。」小范說：「老實坐下！我就不信有這麼巧的事！」范寬湖說：「我陪你走一趟，燕梅，我也覺得未必能遇得上。」小童說：「遇不上也不要緊，我贊成這種想法！我也去走一趟！」

「有我哥哥一個人陪夠了！」小范把他拉回來：「反正到處跑的事你沒有不高興的！你陪我坐坐！」

「我不累。」小童說。

「知道你不累，坐坐行不行？」

小童沒法子，只有坐下，他對藺燕梅說：「看誰運氣好；范寬湖陪你找前一段，等一下我陪你找後一段？」范寬湖笑一笑就陪藺燕梅走了。

「他們就未必回來找後一段！」小范對他說：「你連這點眼色也看不出來？跟在一起搗亂？」

「哦！」小童還是不大清楚她的意思，也就老老實實坐下，不再生事。

呆了半天。范寬怡問：「你想什麼？」

「我想，」小童說：「我的鴿子大概從這麼遠還飛得回去。」

「想鴿子！」小范哼了一聲說。

「我昨天帶了鴿子出來的。」他說：「我跟大宴商量好了，他等著收信。不過車子走到西庄，我怕再走進了山，它便回不去了。我就放了。後來想想，索性到了江尾村倒決沒問題。因為昆明湖附近它都熟。」

「你那些菜鴿子有什麼好的！」

「只有菜鴿子可養便好好養它！」小童說：「反正沒有煮熟上了桌子，就不是菜！」

「它就是菜！」小范說：「它在蛋裏沒孵出來就已經是菜！」

「告訴你！」小童說：「你也是一盤菜！你聽過人喫人的事沒有？」

「你能喫了我麼？我是一盤菜能坐了車子旅行？」

「那麼梅吻若是菜，能在天上飛？」

「什麼是梅吻？」

「梅吻就是那盤在天上飛的菜！蘭燕梅親過它一下。」

「蘭燕梅親過的東西可多了。我看見過的就有，玫瑰花，筆記本，梁崇槐，鋼琴，鏡子，數都數不過來。」

「那麼它們就都是菜！」小童說。

范寬怡不跟他胡鬧了。她自己忽然想起來：「不知道蘭燕梅吻過哥哥沒有？蘭燕梅這傢伙也奇怪，怎麼這麼個漂亮的人兒，上了兩年大學也沒聽見她什麼羅曼史？好容易有個大余能叫她看得上眼了，又弄得像一個教授一個助教似的，道貌岸然！哥哥跟她說不親近罷，從前也不大見他們往來，我才一到了呈貢，就天天在一起，又不像是剛剛混熟了的。他們出去拜訪農家，一出去就是一天。我還是常常聽見人家鄉下人誇獎他們好一對兒，還有時認成兩口兒。他們自己會不覺得？可是說親近罷，又不聽見哥哥對我提起。從前他有了新女朋友，哪回不是纔見了一兩面，就跑到我這兒來吹牛！連影兒都沒有呢，就說人家愛他！過兩天又說人家掛在他頸子上親他，贅得肩膀酸！

「也許他這回碰了釘子！也好，叫他少那麼神氣！就像是把天下的好女孩兒都擺在他面前任他挑，還嫌費事似的。可是說碰了釘子罷，又不像！我就不信他會碰釘子。真碰了還看不出來？」

「也許就瞞我一個！背地裏不定多親熱呢！一定！可恨，新人引進房媒人扔出牆了！就是這個想法看起來像些！好！瞞著我！怪不得方纔在路上提起回昆明，提起大余，她也沒接什麼碴兒呢！

他也替梁崇槐說兩句好話，兩個人倒大方得很，挺有把握的樣子！

「哼，要不是我把她這回找了來，會有今天！少高興得忘了昆明還有大余等著呢！」她想著倒不自在起來了。大有熱血任事人成功之後，想想很沒來由之嘆。

「你想什麼？」小童問：「你又發什麼呆？」

「我想什麼！我想你的鴿子在路上叫人一鎗打下來作了菜！」

「你敢！我回去若不見鴿子就跟你算賬！」小童急了。

「我不敢。我也沒有鎗。誰叫你把鴿子帶出這麼遠！」

小童想一想說：「不至於，昆明附近沒有野鴿子，現在一隻鴿子還不值一顆鎗彈錢呢！上帝保佑他！」

「上帝管你一個人就忙壞了，還管得了鴿子！」

「世界上壞人像你這樣的還不多。要是人人像你，我也就不活著了。」

他兩個在一起，若是沒有個勸架的，什麼題目也吵得起來。幸虧這時候那兩個回來了。沒有找到阿姨。藺燕梅是真相信會再碰上，小童就陪她往後找。范寬湖就不去。後邊只兩節車，找了一陣也沒有，就回來了。賣票的看他們跑來跑去，簡直以為是不想買票。忙著把票賣給他們。

藺燕梅兩頭找不著她阿姨這纔肯坐下。沒有多一會兒，看見楊宗海了。他們一齊反轉過身來守了窗口看。女孩子跪在凳子上，扶了窗框子，男孩子手插在口袋裏站在後面。火車的氣閘不住嘶嘶地響，引擊關了，往下坡溜，是他們最覺得舒服的事。看了如畫的山，藍汪汪的水，他們想去年的夏令會。

小童說：「范寬湖，你的刀子還在那兒水底下呢！」

「你也差點兒沒有在那湖裏餵了魚呢！」小范說。

「差一點兒就是差一點兒。」小童說：「我這一年還吃了不少魚呢！我倒擔心那把刀子若是被一條大魚吃了，非鬧肚子不可！」說著大笑起來。

「你專門想些怪事，你就不會想想那時候的人現在還有幾個在學校裏？」蘭燕梅想著就沉默了：「穿顏庫絲雅的小和尚現在在喜馬拉亞山那邊呢！」

「你的想法纔不對呢！」小童說：「你皺著眉毛想他們，他們皺著眉毛想你。這不苦死了嗎？他們想起我來一定不會皺眉毛的。同是一件事到了兩個不同的人手裏就會這麼兩樣！你得學著一點！你是專門叫人耽心的！」

他忽然又想起點事來，他說：「這會兒還多著凌希慧、史宣文呢！史宣文回來，我們大談了幾回。當然先問她重慶的事，她卻每次只說幾句，就轉過來問你。我想你應該由她指導。她加上伍寶笙，可比大余強多了。大余是個哲學家，可是不是給你這種人下藥的大夫。史宣文真是太妙了。」

「史宣文說我什麼？我的心這會兒真是順了鐵路兩頭兒跑！」

「我真恨沒記筆記，道理是淺得很，我都明白，用字簡直入神，所以我學不來，一頭聽一頭忘。你還是去聽原本兒罷。」

「不過我至少猜得出一部份來。她一定還用從前的印象看我，她不知道我變了這許多。」蘭燕梅有點得意也有點傷感地說。

「你變得了哪兒去？人世的變化說大就大，說小也實在小。人生下世來，就定了一半，那一半不得不自己想法子。可是生就的這一半還干涉呢！這話你懂不懂？這是史宣文說的。你能變出她的手心去？小狗長大了是大狗，決不能是貓！簡單一點說！」

「啐！還有好話沒有？」藺燕梅的心整個兒為這些話溫暖過來了。她記得史宣文和伍寶笙多麼愛護她，她們畢業前，三個人曾談過半夜話，也都是關於自己在學校中未來的日子。史宣文走後，這個討論始終在書信中繼續著。現在聽了史宣文知己如此之深，不褒不貶的評語是真愛了自己，整個的自己，不挑，不撿，就是這個藺燕梅，不管她變成什麼樣兒！

過了可保村，她們便準備下車了，這裏離宜良已經不遠。藺燕梅是一心想在她阿姨身上了。她想快見到阿姨，又想可以快回去再見昆明的好同學。

車子到了宜良，藺燕梅幾乎高興得受不了，她趴在窗口找教室的尖頂，卻再也看不見。大家都下車了，她才下來。已經下得車，又吻在車廂扶手上一下。小范說：「這是幹什麼？」

「這是謝謝它送我找阿姨來！」她說：「車號是ＩＣＹ一三二。謝謝你。」

小范又翻身對小童說：「怎麼單會跟我搗亂？這會兒又不說話了？藺燕梅又作了一盤菜，你的鴿子醋不醋？」

「這個好呀，」他說：「給了車錢再親一下，禮多人不怪。」

藺燕梅滿心想見阿姨並不理他們一遞一句的閒話。她一個人走在前面。宜良城離車站只有二里多路，走出車站，隔了二里路的行樹，田地，和一條平而淺的河，正好看城牆和那一帶景物。小童在車站買了一些「丁丁糖」一邊喫一邊走。讓他們三個喫，三個都不喫，小范甚至也不許他走著喫。他沒法子，就要往皮包裏放。她又忙喊：「放不得！你要把衣服全弄上糖了！」他嘆了一口氣說：「要不就放在口袋裏了罷！」

「你讓他喫算了！小范。」藺燕梅說：「放在口袋裏成什麼話？」她說著又猛然想起小童口袋裏什麼東西沒有放過？他連荷蘭鼠都放在口袋裏，據伍寶笙所說。她又想起她們那次去大普吉，也真是一個值得回憶的旅行。她想想這一個學校，這兩年快樂的時光，這些要好的朋友，這一切，都要告訴她阿姨說。要細細地說，要說幾天幾夜說不完的。要把她的朋友介紹給她阿姨，要告訴她阿姨這些朋友都待她好。阿姨聽了就會那麼笑著謝謝他們，並且愛他們同愛自己一樣。

他要告訴阿姨有這些朋友和她在一起，阿姨便可以放心。阿姨也許假裝生氣說：「那麼燕梅就不要阿姨了？也不想阿姨了？是嗎？」阿姨真會這麼問嗎？唔，說不定呢！她想著，自己怪嬌嬌地笑了，那些童年時的心情一下子就回到了臉上，堆在眉梢眼角。

范寬湖是一直把眼睛放在她身上的。被這一笑弄得幾乎融化了。他真不明白造物怎會在她一人身上積了這許多動人的成分。

說著話他們就走到了那條河。河身很寬，河床卻很淺，只有中間一脈水，兩邊都是碎石子。范寬湖說：「這河上怎麼沒有橋？」小童說：「這種河雲南多得很，沒法子修橋。平常淺成這樣，一場大雨馬上變寬。都是稻田裏淌出來的水。水漲了河身寬得很。修個橋費事不少。沒水時成個旱橋。放在那兒怪悶得慌的。咱們踩了這幾塊石頭不是一樣過去。」

「水深了呢？」小范說。

「下水過去。人跟牲口都一樣，反正沒不到大腿。有些地方，特別為了水勢不定河邊還有店呢，人住在店裏，喝茶抽煙，說笑話，等水退。還有一種專門作揹人過水生意的人呢！」他說著脫了鞋：「從石頭上掉下水去弄濕全身，還不如從水裏過去！」

女孩子們也高興了，脫了鞋襪，嘻嘻哈哈下水過去。水也不過剛到她們潔白美麗的腳踝。藺燕梅說：「這是去西天的路上，淨罪的河呢！」

「我就沒有什麼罪可淨。」小童說：「有罪的人自己騙自己這麼說罷了。有這麼便宜的事？犯了一生的罪，洗洗腳就算了？」

范寬湖對藺燕梅說：「有了小童在一起，真是熱鬧得很，是不是？」

「我並沒有氣他。」她說。

他們在河那邊穿好鞋襪。又看了一陣景致再走上石板路。石板路是直伸到河裏去的。水清淺得看見它在河底成一條白色帶子，便在那一串兒踏腳石旁邊，可見若不是在雨季，它是整個兒在旱地上的。

小童蹙著眉頭聽了兩個女孩子的皮鞋在石板路上敲得好不清脆，他嚼著糖跟著進了城。宜良城不大，在十字路口偏西的大街上，找見了天主堂，和別的房子一樣的紅漆木門，上面多一塊黑漆金字天主堂三個大字。這時已是傍晚了，門口靜悄悄地，只見影壁上掛著聖母像和一些楷書的經文。

藺燕梅踴躍先進門去，一看門房是空的，轉過影壁，大家跟了過來，是一個方院子。地上青草很齊，對面一排房子，門都是緊關著的。走過去看是一排五間課室，白木桌椅。院子旁邊又有一個角門，小童跑過去一看，正巧迎面一個老人出來，手中提了一壺開水。三個人見了，便走過來。

「楊小姐，有一位楊小姐在這兒麼？」藺燕梅忙上去問。

「楊小姐？」他腳步不停往門房走：「我們這兒沒有楊小姐。」

藺燕梅聽了急得很，小范說：「她也許不住在這兒？」小童說：「也許他們另外有稱呼，我記得彷彿是叫師母？尼姑？先生？」

「別吵，我來慢點問問看，」范寬湖說，這時他們已經簇擁著老人又回到門房了：「有一位楊小姐，是你們天主堂的，在家不在？」

這時門口一位法國神甫領了一個女孩子大約是十歲不到點的樣子，走進大門聽見，站住看了看他們，他們也都回過身來。神甫說：「找楊小姐的？」

「楊小姐！」藺燕梅忙走上前去點頭說：「她是我的姨母！」

「楊老師哦！」看門的說著走進屋去了。

「他們在學堂的喊她楊老師，」那神甫笑著撫了那孩子的頭說：「要是你們說Soeur楊，他倒懂。」這法國神甫說得一口好雲南話。他們四個人這才算是問到了地方，聽見他說中國話，彼此笑笑。

「她今天下午去昆明了。你們剛到？請進來坐坐！」說著往裏讓，又拍拍那個小女孩說：「巧環，你先進去點燈！」那女孩子就先跑過角門那邊去了。

「去昆明了！」藺燕梅聽見幾乎暈了過去，她開張了口向後倚在小范身上。

「是藺小姐吧？」神甫說：「請進來坐！請進來坐！多聽說談起了。」他把他們一直往裏讓，他們不由得不進去。藺燕梅簡直邁不了步了。

院子裏的風似乎比剛才冷了，確是比方纔冷了。天還未到就晚的時候，卻黑了下來，抬頭看烏雲已經佈起，這一場雨下過，再晴了也不是白天了。黑夜就要跟著雨來，這樣便要有一個顯得特別長的漫漫黑夜。要冷，要有風，行路人的衣服要打濕，腳要踏在泥水裏，樹蔭下也不會乾燥，反而要有樹葉尖上滴下的更大的雨點。路程要顯得比白天時遠，投宿處要難以尋找，暖和的屋子都要關起門來，流浪的人要站在門縫中瀉出的燈光裏敲門，他要準備下哀求的話，即使得到收留了，他要想家。

他晚上要輾轉難睡，夜裏要有惡夢，惡鬼和犬狼會在睡眠中迫害他的安寧，他會覺得在茫茫人海裏他是整個兒孤獨的。

白天饑餓時吃下的飯食，此刻會覺得粗糲欲嘔，每日穿在身上的厚布衣裳，他用以傲於王侯的，此刻會令他心酸，他如果是輭弱的會不免想起華衣美食，人世間的溫暖，同一個極尋常的家庭團聚。他會幻想今日一切是場噩夢，而事實上偏不是夢。

在一個陌生的地方，住宿都沒有的時候，傍晚遇雨是最難堪的事。

進了角門，雨點已劈面打了下來，神甫忙緊走兩步，要上前去開門，那邊屋裏小孩已經點起了燈。白紙糊的窗子便通通明亮起來了。門也開了，神甫和執燈的女孩站在廊下迎接他們四個行路者進屋去。

藺燕梅的阿姨早已不知對神甫說過多少遍她們在車上巧遇的事了。他所以清楚這幾位來的客人。但是他困難得很。在這裏是兩回事，天主堂歸他管，學校歸藺燕梅的阿姨同那位法國修女管。另外就地聘的先生各自有家。學生也都是本城的，故校中只有課室而沒有宿舍。兩位修女又偏巧剛被危赫瀾神甫調去昆明教堂裏，這個時候來了四個客人，他一定要想法子收留。外面雨又大得可怕，再沒見過這麼大的雨。

藺燕梅祇知道她阿姨在宜良天主堂辦學校，其餘的事在車上並沒有機會細談。她此刻也想到了這裏的學校怎麼會大呢！

神甫知道這時候到的不會喫過飯，才說了幾句她阿姨剛巧調派昆明已搬走了的話，便叫了巧環招呼著客人，自己打起一把傘套上雨鞋出去了。才出去不久，又回來招呼巧環說：「老王不知道怎麼剛又不在家。你去澆水，我上街去一下就來，」連忙對他們說一聲：「對不起！」又匆匆同女孩走了。

他們四個人，面面相覷，不知說什麼好。小童說：「你們都不是住小店的材料，眼看今天晚上沒處去了。這裏幾間屋子我們都看見了，再也沒有住的地方。只剩下一條路了。」

蘭燕梅說：「這可怎麼好，非糟糕不行了。你說說小店什麼樣子？」

「小店你想它可能多髒就多髒。我們旅行常住。」小童說：「還不光是髒，你們這個打扮兒根本沒法去。還有一條路，我是幹過的，宜良早車五點鐘就開，咱們只有等雨晴了，再回車站去，趁了天黑，找一節沒人的車，去過夜。賣菜人也常常這樣。空車多得很，不致碰見人。並且住在車上，誤不了車。」

「那怎麼行！」蘭燕梅說。

「要決定就快。」范寬湖說：「等下主人回來就沒辦法商量了。我們有四個人想在車上過一夜也不妨事。不過十幾個鐘頭的事。」

「我簡直不能想像。」小范說：「那還睡不睡呢！」

「有什麼不能想像。」小童說：「考試的時候你開過通車沒有？這才真正是開夜車呢！」

「多害怕呀！」蘭燕梅說：「可是小范你有什麼法子沒有？」

「我一點法子也沒有。」她說：「我早知道不來了。」

「不能再多說了。」范寬湖作了主張嚴重地說：「你們聽著，我看他們是弄喫的去了。等他們回來我們就說，車站上有我們同學在那裏作事，本來我們兩個是說好去他那兒住的，蘭燕梅同寬怡在此地。現在只有去他家擠一下了，他是結過婚有家眷的別忘了！」

女孩子們不知所措地點頭記住。小童是惟一令她們看了還感到一點安慰的人，看他一如平時的樣子，才覺得也許這事也不希奇。小童說：「好啦。就這麼著罷。這可不是夏令會的旅行了。上了車去，別那麼獨唱，合唱地熱鬧了！這是真正地出門上路。別叫鄉裏人看著特別。」

蘭燕梅聽了完全沒話。小范不服氣說：「可不得了啦。就是你神氣！不是逃難，這兒又不鬧土匪。人家賣菜的不是也有女人，我們上車去過一晚，只當是坐夜車，在車站上停著就是了，有什麼大驚小怪的！」

「那就好了。」小童說：「那喊什麼害怕呢！說什麼早知道不來了呢！」

「當然沒有在屋裏睡舒服就是了，還有明天早晨不知道成了什麼怪樣，臉也沒處洗。可是也算一件新經驗。」小范說。

「你們別吵了！」藺燕梅痛楚地說：「吵得人心裏亂得慌！」

范寬湖便起身站到她椅子靠背後面，用手輕輕放在她肩上，說：「燕梅，你是累了，歇歇罷。別怕，幸虧是我們陪了你來，沒叫你獨一個出門。」

他兩個看了，也就安靜下來，外面雨勢仍然十分浩大。簷下石溝中流水全發出淙淙的聲音來，聽去竟像是小河。院中青草地上只有低啞的沙沙聲，那聲音雖然不大，可是頗令人覺出風勢，一陣大，一陣小。

忽然，聽見院中石徑上有腳步聲。小范說：「回來了。」藺燕梅忙說：「還有在車站上的是誰呢？」

「大余！」小童說。才說完，神甫提了一個籃子，推開了門。他們站起來，看他先把雨傘放在廊下，地面馬上流下一片水。他脫了雨鞋再走進屋來，見他長袍子的下半截全濕了。他笑笑說：「雨真大，我這袍子怕有好幾斤重了。對不起，叫你們自己坐著，我還得到後邊去一下。」說著就走，連個給他們說客氣話的時間都沒有。

過了一會兒看門的老王也是一身精濕同巧環進來排桌椅擺碗筷。小童像一家人似的起來幫忙，又問老王怎麼剛下大雨，就趕著出門淋他一場：「我們上路的人全是一身乾的，剛要下雨就到了地方！」

「我哪裏出門去！我到後院收煙葉子去了，我自己晾的一點兒！」他說：「人要是倒霉，在家裏也是一樣不運氣。」他說著出去了。

「這個人一點天主堂的影響也沒有！」小童說。他又對巧環問話：「你住在這兒？你信教囉？」

「我信教，老王也信教。不信教進不了天堂。」她說：「我沒有家，是神甫帶我的，天堂就是我的家。」

「口氣不小。」小童說：「為了進天堂你還得有個外國名字罷？」

「怎麼沒有！我也叫瑪利。」

「那怎麼又叫巧環？」

「叫的人多。巧環是從前的名字。」

「這些叫你巧環的人就都沒有外國名字啦。」

「他們都沒有。」

「也不一定都沒有。這個你說錯了。神甫不是也叫你巧環麼？這先不管他，那些沒有外國名字的都進不了天堂，你一個人去，不悶嗎？」

「我不一個人去。我們要叫他們一齊都信教。」

「不得了！信教，信別的教行不行？比方說念阿彌陀佛信佛教，披件八卦衣裳當老道行不行？」

「全不行！非天主教進不了天堂！」

「他們自己也有天堂，跟你的緊間壁兒！」

「他們的是假的。先生，你信什麼教？」

「我什麼教也不信。」

「你想進天堂不想？」

「也得先看看天堂是什麼樣兒，老下雨我可就不去了。」

「天堂不跟這兒一樣，什麼全好。」

「那我想進！」

「那你就得先信教，不信教進不了。」

「我說不信教的才剛好進去，信教的倒要留在大門外邊。」

「沒有的事！」

「你看你剛才說信佛教的進不去，他們不會說你進不去？結果你們一吵我趁空兒就進去了。」

「他們是進不去！」

「你聽聽！我瞧他們說話還和氣點兒呢！」

說著廊下聽見腳步響，藺燕梅剛要叫小童不要亂說，小童也聽見了，他就改口說：「你看，我叫小兔子進天堂！」他便用手在燈光裏往牆上作影子。巧環看了喜歡。她說：「還有呢？」小童又作了個小鴿子。小范忍不住笑，神甫同老王又進來了。

神甫手裏拿了一個醬油瓶，老王雙手端了個大托盤，托盤上熱騰騰地四碗麵在桌子上擺好，把燈也放在桌子中央。神甫就請他們四個人喫麵：「你們四位請罷。沒有什麼好的喫。我們都喫過飯了，陪著談談。」巧環留在屋裏，老王便回門房去了。

他們四個也就謝了一下，坐下來喫。神甫又說：「不夠鹹的話，自己加醬油。麵也有得是，在鍋裏，等下拿過來，怕早拿下來涼了。儘管喫不怕沒得添。」

小童聽到這裏才放了心。他便不說話，自顧去喫他的。神甫便問他們今天從哪兒來，都叫什麼名字。又問幾位聯大的朋友他們認得不認得。這些名字中他們有的知道，有的不知道，神甫就說他很想多認識些。今天他們來了，雖然不巧沒遇到楊小姐，他也高興能和他們碰頭。並且楊小姐調上昆明去了，就在平政街天主堂危赫瀾神甫那邊，以後見面更方便。這次算是天意使他們單來看他的，說著笑了起來。

這位神甫說話的技巧，聲調都好，藺燕梅生性之中又有幾分對宗教氣氛的愛好，她便只顧和神甫談話，那邊小童一碗麵早已喫完了，他便拿著筷子且不放下，四下裏望望。神甫看見就笑了，對藺燕梅說：「耽擱你喫麵了，快點喫罷。」又告訴巧環去端麵鍋。

小童看見巧環那個小樣兒忙說：「她端得動？我跟她去罷！」神甫說：「她端得動，常常端的。」藺燕梅也擔心這小女孩燙著，就對神甫說：「讓他去幫著端罷！他到了哪兒全跟自己家一樣，剛才他倆談了半天話已經成了好朋友了呢！」小童聽了便招呼著巧環一塊去廚房把麵端了來。說：「外邊雨已經停了。」神甫就問小童：「童先生的家在昆明嗎？」小童說：「哪裏在！」又對藺燕梅說：「我剛才只顧端麵忘了給你個釘子碰。你說我在哪裏都跟在自己家一樣，你就沒看過我在家的樣子。」

「這是一種說法罷了。」小范說。

「這是哪國說法？我彷彿覺得是外國話。」他說。

「中外人情都是一樣的。」神甫也參加說。

「我們說話就是這麼個吵架的樣子。」范寬湖對神甫說：「真叫您聽了笑話。」

「我的意思是想告訴你們。從呈貢出來的時候，你們一路唱山歌，我就試試問馬夫看，看他懂不懂。他就不懂，我告訴他是外國歌，他倒信了。」說得大家笑起來。

他們把麵喫好，神甫就說：「大家休息一下，時候還早。我順便告訴你們一句，我們這個小地方，可是沒法子找地方接待客人……」

藺燕梅忙接著說：「哪能再打擾您，這已經很過意不去了，我們……」

神甫不等說完：「所以請你們原諒一下，我作了主張，我剛才出去買麵，順便在近處兩個學生家裏商量好了。一家可以出一間房。你們兩位小姐住一處，你們兩位先生住一處，這真是待慢得很了。」

藺燕梅想，好險，幾乎說出了剛才準備的一套謊。這可好了。

不料小范那個急性人，也想來兩句客氣話。她脫口而出：「這下子更吵擾得範圍大啦！哪有又去人家家裏借住處的道理？這會兒幸喜雨也停了。等一下路上的雨水流完，我們去車站朋友家裏正正好？我們來時約好回頭就去的。下過雨都怕他們等急了，說不定會派人來接。」她說得那麼自然，小童聽著就覺得來接的人已經在路上了似的。

范寬湖說：「沒想到您給我們找住處去了。早知道給您少添一場麻煩。」

神甫也笑了：「這個想不到。宜良這個小地方你們會有兩處熟人？」

「要不怎麼約齊了一塊兒來呢！」小范像煞有介事地說：「我們順路就一塊到宜良來。把她送到這兒交給她阿姨，我們去車站那位在鐵路上作事的同學家去。明早她自己到車站來和我們見面。現在她一塊兒去正好，人家更高興了。燕梅，大余的太太似乎比大余還喜歡你呢！」

「你們的朋友姓余？」神甫說。

「姓余，余孟勤。」范寬湖說。

「不認得罷？」小范簡直是大膽已極：「他們兩口子在車站上住。」

「那是住在有家眷的那邊宿舍裏了。」神甫說：「他們那邊我不常去。單身的，同法國職員，我差不多個個認識，我說這個名字不熟呢。」

把話說到這裏，今晚是非到車上去過夜不可了。幾個人起身到廊下看天色，發現已經晴好如初，滿天星斗。便興辭，謝過了神甫，要走。小童拿起提包，正遇上巧環提了水出來，神甫說：「忘了請喝杯茶再走罷。」小童一面和巧環說再見，一面說：「謝謝了。麵湯都喝飽啦。」小范又說要快點到。神甫也怕萬一再來一場雨，不敢多留，便送到門口。

老王聽見，出來開門，一邊把袍子披在身上一邊嘴裏咕嚕地說：「這早晚你們幾個上哪兒去？」他那上了歲數人的聲口，蒼蒼老老地直打在蘭燕梅心上。

神甫就說：「有一句老實話，千萬別客氣，下過了雨，車站這邊那條河恐怕要漲水。如果過不去，快點回來。朋友那邊，我這裏去一個人送信好了。」

他們一邊答應著一邊道謝，臨了，神甫又說：「告訴你們朋友余先生，沒事情時到教會來談談。我到站上去也會去看他。」蘭燕梅在這整個時間都沒有說話。

走到大街上，只見街心石板洗得潔淨發亮。兩面的店鋪都關了門了。小童說：「這下子，說死了，一去再也不能回頭。我看河水非漲不可，這兒的水全往那河裏流的。你看我們正下坡！如果回頭罷，神甫派去送信的人非到昆明找不到大余。」

蘭燕梅見事已至此，她雖不想去車上過夜，也不願說什麼事後埋怨的話。便是范寬湖很替她怨他妹妹。他說：「你怎麼一下子把我們都給送出天主堂來啦？」

「怎麼怪起我來？」她說：「大家商量好的！」

「商量好是說沒地方住的話呀！」她哥哥說。

「當初也沒有說是人家不給找住處呀！」她的哥哥是決說不過她的，小范理由充足得很：「不是你說的怕給人家添麻煩嗎？」

「算了！」藺燕梅說：「反正當初也沒想到會有住處。咱們還是照了原定的辦法走，只當是沒這回事。下過了雨，空氣清新得很。走走也不錯。」

「我覺得小范很妙。」小童說：「她說什麼像什麼。我現在還彷彿是要遇見大余派來接的人呢！」

「佩服罷？」小范得意地說：「我臨時還把句子改了一下，說我也是原定在大余家住的，顯得那裏地方寬！」

「明後天神甫到車站去找大余的時候，可就該挨罵了！」小童說。

「那活該！要挨罵，四個人一塊兒！」小范說：「誰也跑不了！」

「你這張嘴實在太壞。」藺燕梅笑著說：「我想不會挨什麼罵，兩下子都客氣，才出的誤會。我到昆明講給阿姨聽，她一定笑我們小孩脾氣。她再告訴這位神甫，人家就不怪我們說瞎話了。」

「人家會奇怪這瞎話怎麼說得這麼老練？」小童說。

「先排好的戲嘍！」她回答。

他們走出城來，四野全是流水聲，近處的樹下，全聽得見葉尖的雨滴聲。四個人在這夜間行路裏全有點順流在無聲的水波上，任其浮蕩的輕鬆的感覺，腳下騰雲駕霧似的。藺燕梅說：「這簡直像黃自作的《長恨歌》裏的境界，山在虛無縹渺間。香霧迷濛地。」小范說：「加上哥哥，咱們三個人正好合唱！」

「又——來——啦。」小童說：「你們這些舞台上的角色，怎麼到那兒也忘不了演戲哪？」

「小童，」藺燕梅求他：「我們實在不是愛表演，這雨後的夜晚在田野裏這麼一走，實在太美了，不能不想到這支歌！這會兒一切簡直如夢！」

「我的看法就客觀些，所以不這麼一個勁兒地做白日夢。如果你肚子裏沒有這兩碗熱湯麵，或是只一個人在這兒迷了路，著慌，害怕裏，景致再美也不能領略了。」小童說。

「所以藝術是閒暇的產品呀！」小范說：「現在事實上確實是喫了麵，又不是迷路呀？再說現在是晚上，做夢也不是白日夢！」

「你就不覺得這空氣舒服？這景致美？」藺燕梅問小童：「你不懂得美？」

「我覺得。可是我知道跟你們不一樣。比方說我看見鐵匠舖裏打鐵。一爐子熊熊的大火，照著鐵匠的胳膊一閃閃地明暗，看了那象徵勤苦的力量，勻稱的動作，映了火光的眼睛，我也覺得美。我就愛看打鐵，你們知道。可是你們走過鐵舖連頭也不扭一下。你們不覺得那個美罷？」他問。

「我覺得那個是不錯，常常見有人畫鐵匠舖。」藺燕梅說。小范也點頭。

「就要你們這句話！」小童說：「得先由別人給畫出來！以後過鐵匠舖你們也許會停下來看了，可是真舖子到底不是畫兒。那兒地下也許挺髒，打鐵迸出的火星子也許會燒著你們的衣服，你們就會又覺不美了？」

「那也不一定！」小范說。

「不信可以馬上試試！」小童說：「鄉村小店也有許多美的情景，風塵滿面的行路人。往馬槽注水的莊稼漢，一盞挑在門外的風燈，一個乾瘦老頭兒閉著眼的，跟他手裏的旱煙袋。可是這個美都是包了紙的糖，不能去掉這層紙的人，吃不到這甜味，又像是才摘下來的毛栗子，想嚐，還要費點事呢！」

「那麼是我們不懂得美？」小范說。

「你們也懂，你們是間接的。比方因為喜歡『山在虛無縹渺間』一支歌，現在看了這景致，如人在歌中，便喜歡了。或者喜歡一張『秋山行旅圖』。自己上路，走到滿山紅葉裏，也覺得美了。這種人多得很，念了點詩，於是中秋夜晚，八下裏湊巧，月也明，人也靜，遠處還飄過點桂花香來，自己也就詩意盎然，居然成了一首詩！這詩必好不了。詩興已是由昔日人家作品中誘導而來，自己作的句子就跑不出那圈套，這全是轉手的陳貨，沒嚼頭。藝術不比科學，裏面非有『自己』不行。這種人云亦云，要吃別人剝出的栗子的人，只能說是肚裏的蛔蟲。怎麼樣，下回也愛看打鐵了罷？」

小童一直是愛思索的，偏偏又有那些喜歡引導他的大同學們幾年來不斷的獎掖，所以也能發點議論了。宴取中，余孟勤，伍寶笙，都是指導他的。馮新衙，朱石樵都是可以互相攻錯的。學校裏何嘗不是「後浪推前浪，一輩新人換舊人！」他慢慢已不是聽議論的，而是發議論的了！這做學生時的「閒窮究」，實在是學校教育中很重要的一部份。在這裏又嬗遞了學校的傳統。看看學校裏，這幾個人不都是已經畢業了麼！小童還有一樁便宜，他是在批評中生長的，這些人的批評他已接受慣了，所以雖然自己有了見地，卻無自許及偏見之病。當然用字頑皮，例舉孩氣，和高了興便胡說八道，也是因為在別人愛寵下長大所養成的怪癖。

「你既然說這裏面要有自己，怎麼方纔又怪我們不客觀，說你自己客觀呢？」藺燕梅又是個愛刨根兒問底的脾氣，這也是她器重大余的原因，大余真愛講求道理。

「噯呀！我的媽！」小童把手拍在額上：「我這是怎麼一個道理呢？別忙讓我想想：我覺得是有道理的，一時兜攏不起來，……對了。客觀的意思是說自己對美感經驗要有分析態度，不能囫圇吞棗。不要為感情矇騙。在觀察時，心下要無牽掛，無壓力。」

說著他們已走到河邊，見河水果然洶湧，夾沙帶石，聲勢浩大，不禁啞然。小童說：「這河水又提醒了我，河水其實很美，如果此地來個『觀瀾亭』之類的，沒事時，袖著手看一看。可是現在一想到過河的實際問題，美感經驗就跑了。」

范寬湖說：「你能用議論來幫忙我們過河嗎？」

「怎麼不能？」他說：「人生之中有如過河的困難路程又哪在少數！路途艱險，路旁風景才美。當時也許不覺，事後回憶，艱難實比平淡、穩妥要有味得多。所以只要記住：『太實際了，美感經驗就跑了』一句話，便遇事能跳出自身處境來看，就不覺苦了。」

「這個我明白了！」藺燕梅說：「人家常說的『用出世精神，作入世事業。』」

「那麼小童，你出個世看看罷！」小范說：「你『跳出自身處境』飛過去給我看看！」四個人不覺一齊大笑。

小童說：「這個有何難哉！我現在自身是想過河的童孝賢，我跳出自身來作個閒看『夏夜急湍試渡圖』的老畫家。這個老畫家就在那兒。」說著用手指了半空中：「我這個肉身便是畫中人物，記住畫中人物是不怕水冷的，正如故事中人物可以是視死如歸的。我便這麼著……」說著脫了鞋捲起褲腳管兒，蹚下水去：「來個『悠然』渡過！」說話未完已走了好幾步。他一路試著深淺回頭告訴他們，一路慢慢走，腋下挾了提包同鞋，褰裳跋涉，人影水聲，隱隱約約。襯了那邊沙石河岸，遠村房舍確真如畫。

他走到了那邊，喊著說：「水是急，順了腿打漩兒，可是不深，河當中才只沒膝蓋。」

這邊范寬湖就說：「真應了神甫的話了。可是前進雖難，後退不可！」

小范說：「哥哥，你怎麼能說這個話？現在這兒有兩個女孩子還等你幫忙呢！」

藺燕梅忙對小范說：「你別擠落他，他有什麼辦法。我看咱兩個回去。他兩個過去。神甫那邊也好說話了。這個下水過河我覺得跟游泳不同，怪害怕的，有人扶著也沒用！」

「你方纔怎麼過來的！」小范說：「我氣我哥哥這人簡直變了。哥哥你就不能把我們一個一個抱過去？你這個沒用的，氣了我一整天！現在是我們兩個女孩子用著你的時候了，知道不知道？」

「那怎麼行！小范！」藺燕梅忙躲在小范背後：「我不要他抱！」

「小童說過專門有揹人過水掙錢的呢，你能因為不要他抱就不過河？哥哥，你來呀！還有倒走過去求你抱的？你這塊木頭！」小范說：「你若是不好意思，你就閉上眼讓他抱過去，要麼到了那邊多賞點酒錢就是了！」

藺燕梅便站在那裏不動，低了頭，咬著唇兒兩眼看著范寬湖。他帶了含點歉意的神態走近身來，她便由著小范把自己推到人家懷裏，倚在他結實有肉的胸口上。范寬湖伸出兩手，輕輕把她托起來，盡心不令她感到半點不適，把她滿懷抱住。他那向前攏著肩膀由她偏了頭靠著。她款款抬起一隻手來，幾乎使人覺不到重量那樣，搭在他頸後肩背上。

「好啦！」小范說：「別淨站著不過河啦！電影太美，也不能成了慢鏡頭或者是照相呀！」一句話提醒了范寬湖，他纔往河那邊走。等到已經下了水，纔發現鞋襪未脫，褲腳未捲。也便這麼過去了。

藺燕梅心中又恨小范把人攛掇到她哥哥懷裏然後說話討巧，又感激她若不是這句話，范寬湖簡直忘了走。自己那時羞人答答地，實在開不了口，說不了話。

「這個范寬湖！」她自己又想：「真是糊塗了，穿著鞋襪下了水！」不覺看了他又笑了。

小童也過來取笑他說：「你這個跳出自身處境也跳得打破記錄啦！」

范寬湖不是個幽默的角色，卻是個硬朗的好小伙子，他羞澀地笑了，一言不發又過河去把他妹妹抱過來。走到河中央，他妹妹說：「站住。我問問你，你們在河當中說了什麼親熱話兒來著？」

「說話？我們？」范寬湖說：「什麼也沒說。」

「什麼也沒說！」小范啐了一下。又說：「燕梅也真是的！」

四個人過了河又往前走。小范小童看了范寬湖下半截濕淋淋地，取笑他。他只望了藺燕梅不說話。藺燕梅羞得不敢看他。幸喜天色還黑，臉上熱烘烘地，不致為人看見。一直到車站，她才慢慢恢復過來。

車站上靜悄悄的，他們躡手躡腳走了過去，去找車子。鐵軌一條條的在地上發光，走過時可以看見，不致踢上。這時下弦月出來了。在身背後壓在那邊村子房頂上，看起來大得奇怪，如同神話書上的插圖。地上如一片冰那麼明亮。他們走到一掛車旁邊，忽然聽見車裏有吆喝的聲音：「起來！起來！」他們便忙忙噤聲聽著。

「起來！到前邊去，這兩節車要空到！起來！這兩掛車子到呈貢才上人，睡覺到前邊睡去！」然後便聽見呵欠聲，竹筐子搬動聲，草鞋聲裏夾著路警的皮鞋聲，蘿蔔，薑芽落地聲，怨聲，打火聲，雞鴨驚醒聲，一陣陣地往前忽忽碌碌地去了。

小童說：「聽，路警也跟著過去了。等一會走淨了，咱們正好上這節空車去睡覺。」

「路警再來呢？」藺燕梅說。

「再來再說。他來也不會說我們什麼的，我們都是空身，沒有筐子籃子的，礙不著呈貢菜販的事。」小童說：「他自己還不是來看一趟就回去睡他的大覺去了！」

果然，那路警從那邊第二節車走下來，頭也不回，竟自去了，他們四人雖在月光中，他也未看見。於是忙忙都上車去，趁了背後照過來的月光看見竟仍是送他們來的那一節ＩＣＹ一三二一號車。

車上被菜販們掃得很乾淨。小童說：「地下睡其實舒服，我想看月亮，還是窗子底下，凳上睡。」他說著就睡到凳上，把腳搭在窗框上。

范寬湖說：「你馬上就睏了？」

「我腳底下又沒有水冰著，怎麼不睏？」他說。

「你腳蹺到窗子上，小心路警看見！」小范說。

「哎呀！」他忙一翻身下來：「這可不是鬧著玩的。可是話又說回來了，你們不叫我睡覺，幹什麼好呢？」

「幹什麼不行？」小范說：「我簡直不睏，若不是作賊似的，真想出去走走。月亮這麼好！地方這麼靜！」

「我覺得月亮光怪神秘的，」藺燕梅說：「我只敢看不敢下車走。」

外面月色可不是嗎？靄靄溶溶，一切景物皆動蕩不定。地上似乎有發光的氣，騰騰蒸上。遠處一兩聲犬吠，似乎是為月夜中什麼走動的陰影所驚嚇了才騷動的。

他們看了許久月亮，都沒有說話。小童說：「還是睡罷，夢裏的月亮更好。」

他看看她們都不動，發現原來如何睡還是個大問題。他自己可以倒頭一睡的。女孩子們的衣服太好了，不能亂來。他說：「藺燕梅，你的提包裏都有什麼東西？」

「幾件衣服一床毛巾被，一件晴雨衣。我是說那件我爸爸臨走給的綠綢子的，還有幾本書，你問他怎麼？」她說。

「不說『怎麼』，便放你過去。帶上個『怎麼』，我就要說：『還有化妝品，』你怎麼不提呢？好啦，雨衣同毛巾被，你同小范一人蓋一樣，兩個人頭頂頭，順在長凳上枕著提包睡。可以了罷？」

「是了，童先生。您請便！我們會睡。」她說著便提過旅行包來，打開，取出毛巾被給小范。小范客氣，說她蓋雨衣就行。蘭燕梅說：「我還有那件寬袖口的短大衣，我穿上他，再蓋雨衣正好。你還是聽我的話蓋毛巾被罷！」范寬湖看她倆弄妥當，便同小童到一邊去睡了。纔一會兒，小童又想起話來他說：「蘭燕梅，你一定做好夢。」

「怎麼？」她已經有點睡意朦朧。

「一晚上景色如夢，你又愛做白日夢，再加上那麼想見的阿姨，史宣文，都在昆明，現在你在車上，天一亮就到了。前面兩句話叫夢境美，後面兩個人叫夢境好。日間所思，你晚上能無夢嗎？」小童神往地自己看了月亮說。

「唔——也許。」她說著就睡著了。她到昆明除了阿姨，史宣文，伍寶笙之外還有余孟勤要見呢！這是她離昆明十天，又恢復了光彩歸來了！要再見她的余孟勤，他是她的良友，她的同學，她的師長，並且在她幼小的心靈裏，還是她一心認定的情人呢！

到底都是年輕的人，白天又都累乏了。沒有多少時候，四個人就呼呼皆入睡了。

第二天大清早，天還沒有大亮，小童先醒了。他醒了便不能再睡。他想去車站外喫點新鮮豆漿。他看看三個都正睡得好，站在那裏想了一想便不叫他們。他又想取出蘭燕梅提包中的漱口杯來給她帶回點豆漿喝，又見她睡得分外甜，不忍從她枕下取東西。他笑了笑便走了。

他才下去，蘭燕梅便打了個轉身，和范寬怡碰了個頭。把小范碰醒。小范便躺在那兒輕輕喚一聲：「燕梅！」其實蘭燕梅才睡得好，不見答應。范寬怡就又喚聲：「燕梅！」還是沒有醒。她就自己在眼眶上被蘭燕梅碰痛的地方，用手背揉一揉，順便藉了曦微的晨光，看了看手錶：「四點半了？」

「五點鐘車就開？」她想。她便一翻身坐了起來。「咦？小童呢？」她說。

「你醒了？」她哥哥也坐起來。

「叫燕梅碰醒了。」她說著便低下頭來，一手攏了頭髮看睡著的藺燕梅：「她碰醒了我，她自己還睡著？」她說，便要用手去推。

「別！」她哥哥說：「讓她睡。叫醒她又幹什麼？她正做好夢呢！」

「別上她的當了，她裝睡呢！」小范說。又招手叫她哥哥過來：「你過來看看！」

「哥哥！你瞧她睡著這個樣子多好看！」她又說。她越看藺燕梅越是裝睡。她用話擠她：「你見過這麼好看的睡美人兒沒有？」

「你說話小聲點兒。弄醒了她！」

「唉！我本來想教你一套求她的話的！」她說：「誰知道你這一句呀！溫存體貼得再也不能更到家了！」他們兄妹兩個便呆呆地看著這個甜睡的女兒不作聲。迷濛的白霧，從車窗飄進來，把藺燕梅襯托得如同幻夢裏的女仙，水中的花影。

「寬怡！」范寬湖說：「你愛她不愛？」

「這話該問你自己。我還正想問你呢！」

范寬湖笑了一笑：「你剛才說要教我一套求她的話，求她什麼？」

「求她什麼？你看她睡在你眼前呢！這件雨衣，這綠色有光的綢子襯了她的臉，和她一頭細髮，美不美？」

「她是真美，她又甜！」

「這雨衣像不像玫瑰花的葉子？」

「像！」

「她像不像咱們校園裏的一朵好花？一朵好花正在好時候？」

范寬湖已深深神往，他沒有說話。

「哥哥。你不能再放過！我問你，你說真心話；你愛她不愛？」

「我以我的全心！」他一直是看了藺燕梅說。

「哥哥，如果她現在醒著，你是不是也一樣兒地說？」

「我希望她現在是醒著。」他說著便換了一個極柔和極有情的聲口：「燕梅！這是范寬湖在這兒對你說；他愛你，他早就想告訴你。他以他的全心，以他的全心愛你，他的心被你整個佔住了，他不知道該怎麼說才好，他靜等你的回答！」

「她會不會不愛你？」

「她心慈藹，她不忍這麼傷害我！她稟性率真，她過去不會是假意和我周旋。她還稺小，她的愛情在心裏還未生長成熟。她愛我，她不自覺！」

「哥哥。我說她是醒著。她沒法說出她的話。她人已醒，她的愛情還睡著。你怎麼喚醒她？」小范看著藺燕梅說：「她要告訴你她心上的話，你用什麼來聽？你看她多溫和柔輭。她那會唱，會說，會笑的小嘴唇是太輭了，它們說不出這麼有份量的話。它們要顫抖。哥哥，你輕輕用你的唇去聽聽，它們要說什麼？哥哥，你吻她。你不能讓她等久。你吻醒了她，她知道天明了，她的快樂日子也開始了。燕梅，哥哥吻過你，我也忍不住要親你一下。你在做一個美麗的夢，我們卻像在夢中似的，看你這麼一朵美麗的花！」

范寬湖就莊重地俯下身去了，他目不轉瞬地看了藺燕梅這嬌艷的面容，合著的雙目，腦中一幕一幕地想著她這兩年在學校中紅極一時的生活剪影。心上愛著這含情的眉梢，帶笑的嘴角。

他再不能遲疑了。他輕輕地，深情地，憐惜地，吻在藺燕梅睡夢中鬆軟的唇上。連在一邊的范寬怡都似乎覺得自己的呼吸也停止了。他吻了她。

他剛要開口說話，卻看見藺燕梅，又從綠綢雨衣下舒出雙臂，短大衣的寬袖便滑下來，落在她肩上，那潔白細緻竟似有光的雙臂，那在她跳舞時能有那麼動人表情的雙臂，便繞在范寬湖的頸上形成一個有光的環。范寬湖的愛她，是以他全心，這雙臂的表情，是說，她的親吻也是以她全心。她的臂彎裏毫不著力地，又是緊緊貼貼地，剛好容下范寬湖的頸項，她美妙的兩眼緊閉著，她眉尖因為太快樂而微蹙著，她把他抱緊在胸前，貼在自己心上。范寬湖便深深地吻著她。

第十三章

「孤城回望蒼煙合。記得歌時，不記歸時節。」——蘇東坡。

「可憐！燕梅！」藺燕梅她自己想：「怎麼這個句子再也想不起來？怎麼譜子也這麼顛倒著了？好孩子，不想它也罷，想得怪可憐兒地！看看你這麼一個齊齊整整的好女孩兒，在叢草中一坐半日，也忘了起來？真是想得出神了，只顧坐看春色遲暮，野花草籽都該沾滿衣襟鞋襪了！」她想著忙站起來，可不是麼！這身上是什麼時候有的好一件白紗舞衣，竟沾滿了芳香又多刺的草籽！

「算了！」她又想：「這草籽既抖它不掉，由它沾在身上算了，怪玲瓏，乾淨好看的！」忽然她想自己在這裏出了半日神，獨自說了些囈語，又摘草籽，又抖衣裳地，不知道背地裏有人偷看沒有！想想不覺臉紅了。回頭看看，哪裏有人。只見芳草如茵被滿山岡，一望無際。白雲在天上輕輕地飄過，把淡淡的影子，有心無意地映在山腳下一片明湖裏。春色如洗，春意欲滴。

她看看幸好沒有人偷看，沒有人偷聽，可是心上仍放它不下。她且重新坐在草地上，仔細想想：「方纔都說了些什麼夢話？怎麼會偶然想起怕被人聽了去，竟怦怦心跳成這個樣兒？」

她想來想去，思想浮動不定，無法集中，兩眼卻只顧流連在自己勻稱美麗的身體各部份上，愛惜地不忍移去。她又恨竟沒有一個人在這裏，她心上盛滿了多少似快樂又似憂鬱的感覺，竟沒有人可以述說！這麼濃艷如畫的春光無人共看，這麼甜蜜的情意無人有福來享。每一秒美麗的光陰，都橫遭浪費！

「如果有人在這兒，如果他便藏在那邊，或者這邊，一叢叢的花草背後。如果他愛偷看我，他愛偷聽這些小話兒，他不忍走出到我眼前來驚醒我，如果他已把剛才小聲兒說給自己的話偷聽了去呢？」她嚇得忙兩手掩了胸前想。

「呸！」她輕輕啐了一下：「聽就聽去！他能怎麼樣？這是我自己說著玩兒的，不怕他聽了去！我又不是說給他聽的！誰叫他偷聽來？」

「他能夠去告訴誰？沒憑沒據地！」她想著便狡黠地笑了：「他如果不講理，我就跟他賴！對！我就跟他賴！」

「我不講理？我是不講理嘿！只許我不講理，他不許。沒見過巴巴地跑到這兒來跟我講理的。

「這麼好的春光，我陪他玩，他會跟我講起理來？真是沒道理！我坐在這兒跟他胡纏什麼？我且走過那邊湖濱山上去。沒的在這兒跟他生什麼閒氣！

「可是在這兒坐著不動，尚且沾惹了一身小草；再走過這麼寬的一片草地，衣裾上豈不要拖滿了？

「我如果能夠輕輕飛過去，腳尖點在草尖上豈不乾淨爽利？我就像白雲的影子那樣飛過去多好？

「那麼頂好腳上沒有鞋襪。」她想著低頭一看，腳上可不是赤裸著！

「真好笑，這半天沒發現是光著腳鴨兒呢！

「不能夠飛，走過去也算了。既然是人，就不能飛。飛過去反而嚐不到草滋味，我就從這片花草裏走過去。就由他們牽牽掛掛地勾住我的衣裳，擦著我的腳脛。這些怪刺癢人的小東西！

「那邊山色真美，背後景致也美！四邊都好看。我往那兒走呢？

「我隨便走，哪兒也是一地溫溫輭輭的小草。山色好看，映在湖裏更好看，我也去水邊照照自己的影子！

「喂！你別藏在那兒了，要不要走出來跟我一塊兒過去？你現在不出來等一下再偷偷跟在後邊，我可不理你！你別猛地鑽出來嚇唬我。我會跑，我跑得又輕又快，我跑得可以沒有一絲絲兒聲音！

我現在就跑了！

「山上那個頑皮的影子是誰？他跑得好快？你這個頑皮的孩子，一個人跑到山上去幹什麼？他們都到哪兒去了？你一個人在山上頑？你也知道這兒有這麼好的地方？

「他喜歡小動物的。我知道了，你是不是跑來招惹那些小松鼠，和竹枝雀兒？你還是跟野兔或者是蜜蜂兒玩？你也是個小動物兒呢！

「聽！聽！他也唱呢！他唱得真清脆！

「不是他唱，喏！在白雲裏呢！比燕子還小，比燕子還快！那歌聲滴滴直落在湖水上！這一定是雲雀！雲雀是什麼樣兒？它飛得這麼高！看也看不清！我會唱你許多歌呢！『聽！聽！雲雀！』『聽！那優美的雲雀歌！』可是我沒有看見過你！你什麼時候下來？我讓你落在我手上，你的小腳爪一定很細？你會偏了頭看看我罷？我們做朋友！

「後面真有人追！我怎麼看不見他？我得快跑，我覺得有人追！我跑得好快！你能追得上麼？你看我已經差不多是在草尖上飛了！風又輕輕地送著我！

「山澤女神叫做什麼名字？狩獵女神叫做什麼名字？她們多美，她們也穿著白衣服罷？她們快得能夠追上太陽金色的影子。我的腳踝也比得上疾走的野鹿！

「他一定遠遠落在後面了！可是我不能等他！他壞得很，也許會突然跳出來捉住我。我不能停，我要跑得更快。

「看山上那個孩子的怪樣兒！他背著手，低頭只顧走！我在這兒呢，他也不回頭！他是不是在那兒偷偷地笑我做白日夢？

「你就叫我一個人悶著？不來和我玩？那你就去你的我會到湖邊上自己坐坐。我唱唱歌，把歌吹到水泡泡裏，再把水泡吹到湖心去。

「我就在湖邊坐下來算了。我跑也不會累，倒是跑得厭煩了。我為什麼不能坐坐？我也不要和你玩，你是個小孩子，有了野兔，蜜蜂就夠了。真是個好小孩！

「怎麼？你跑到哪兒去了？怎麼這兒有一個教堂？剛才會沒看見？真是心飛到什麼地方去了？這也許不是教堂，蓋在這種又好看，又沒有人的地方？也許是一座碉堡，裏面囚禁著一位古代的國王，可憐的國王！

「也許關著一位癡心的公主，她堅定地等著那個王子騎了白馬來接她！看那長長的窗子，她就成天倚在那兒，用她噙了淚珠兒的眼睛從灰色的石牆上看到這一片好草地上來！可憐的公主！

「我想的那是一句什麼歌？這會兒好像想著了一點似的：『應念我終日凝眸……』？不對！怎麼會是這闋〈鳳凰台上憶吹簫〉！

「我看那如果是座教堂還好些。如果是教堂，我就進去。我進去就不出來。我現在就進去！

「要死了！哎喲！你怎麼藏在這兒；一把把我抓住！

「你管我上哪兒去！你放手！我們不是朋友，我不和你說話！我從那天走出西車站救護站就不認得你了！

「我從沒想到你會有這個神氣！你不用求我。別惹我看不起！我不跟你玩，你也不會玩。你是個可憐人，你的血早都叫那些死書吸乾了！你可憐用了一輩子苦功，到臨了來個這樣的下場！

「你倒是個好人，你又聰明。可是你也不聰明，你比我姐姐差得遠了！真是，一個學校會造出這麼兩種不同的人來！

「呀！別惹得我也哭了。你怎麼也會哭？你今天病了？怎麼成了這麼一副可憐神氣？你別著急，我沒有罵你，我怎麼會罵你？你來！你好好兒地靠著我坐下！讓我用我的紗衣裳給你擦擦眼淚，你看它多麼柔闔！喜歡了罷？不哭了罷？真是，看了這麼個體面的人，濃眉大眼地，滾出燙手的淚珠兒來，真叫人心也酸了！

「你靠緊了我歇一歇！我也不說話。你真該歇一歇。我怕你一輩子連睡的時候都算進去就沒有好好兒地歇過一分鐘！

「別傷心了，你是個好孩子！是個大孩子呢！你別逞強了！哭起來跟弟弟一模一樣！虧來你趕到得快！你晚一步，我進了那教堂後，你在外面哭啞了嗓子，我也聽你不見了！

「啊喲！怨我不好，又嚇著你了！我不是好好地在這兒麼？我多咱走進教堂裏去來？我沒有去，我沒有去，我不去，我不會去。叫你好好地歇著，又不聽話了！

「你就這麼歇著。我不走，我那兒也不去。我坐著陪著你，看著你，守著你！

「你愛聽什麼，我就說什麼。要我說；你是個好人，我懂得你。他們都不懂你？可不是嗎？他們都不懂你！不理他們，我懂得你，我陪著你，你在我身邊，在我懷裏，在我心上。你就在我心上。我在心上有個小窩兒，你就變得這麼一點點兒大，踡在那兒，睡在那兒，一動也不動，才舒服呢！眼睛還這麼閉著。

「我嗎？我也舒服，我的心上是要你這麼一個好人住著，你住在我心裏，外面有我呢！風來也不怕，雨來也不怕。狼來也不怕，鬼來也不怕。你就休息著。有我對付他們呢！

「對。就是這樣！你休息得好，我也跟休息了一樣，慢慢地我也就都恢復了，這樣多好。等一下我們就又高高興興地玩。這一片地方再也沒有別人，都是我們的！

「你會玩，我知道你會玩。我就陪你玩。哪裏會說你不會玩呢？這麼一個聰明人不會玩？誰能信呢？我就不信。

「怎麼好好地又著急起來了？我怎麼會愛他呢？我多咱說過愛他了？好孩子，我誰也沒愛過。我單愛你一個，別人誰也沒有碰到我心上過！他們只如地上的小草，你是天上的太陽。他們我連想都沒想起過！他們也只有仰起頭來看我的份兒，哪敢起什麼心？可是我卻仰起頭來看你呢？

「傻孩子！你怎麼糊塗起來了？我對他好，我對誰又曾不好過？我非推開你，叫你明白明白不可！如果這麼想不開，積在心裏，還成了病呢！我對他好，跟我對小草，小蟲，小螞蟻好，有什麼不同？瞧瞧你這個戇賴樣兒！要想在懷裏賴著，就再不許說這種傻話！我聽了生氣就真不理你了！

「你也不想想看，那叫做會玩嗎？那是電影明星一流人物呀，電影中的英雄，回到人生裏跟丑角又差得了多遠？他同我一起在台上出風頭又有什麼值得怪我的？你不是還寫詩稱讚麼？他唱歌，我跳舞，他唱得是不壞呀。難道你也要去那個角色？那不但滑稽，我都不忍看你一個學問家居然粉墨登台，裝村弄俏。

「他是明星，你是聖者，你是我的師尊。我崇敬你，禮拜你。我向你焚香，歌頌。我要向你獻鮮花，可是你如果肯垂青。我就把我自己代替鮮花獻上。我哪敢受你一句道謝的話？你肯收留已經令我喜歡得化成灰也願意了。我覺得遍體都生光彩，我整個都是你的了！

「告訴我！你肯不肯收？你收不收？你要我不要？

「他呢？他不是壞人，你頂聰明，你當然明白。天賦他好儀容，好性格，難道是害他？他比你不上就是了。他正直高貴。剛才怪我用字不好。戲台上的藝術也不是應該卑視的呀！你的詩比我的話好得多，用不著我多說。我祝他前途光明，也得個好結果。

「他想我，那是很自然的事。誰也想我。可是我現在在你的寶座下。誰也近不得我。我不是你找來的，是自己求你收留的。我再也不會走。真是的，剛才急成那個樣子！說大人，真是大人；說小孩又真小孩！不羞，還會吃醋呢！一醋就醋成那份兒神氣！

「也難怪你多心。他是對我挺用情地。他彷彿一直就是心在我身上，可是又捉摸不定。就是那天我跟他賭氣玩之後，他來求過我愛他。真是弄得我不知道說什麼好。哪裏有這麼冒冒失失地？又不是戲，又不是小說！再說，別人告訴過我，他沒有真愛情，可是倒有不少女孩子真愛他。如果一定要說他有真愛情，那麼就是來得倉促，去得也快當。看看似真，想想又假！

「你想想，他怎麼拴得住我的心？我怎麼看不出你這一份真情意？一句話不趁心，便要死要活！

「我真不願這麼解釋給你聽；我從來不但沒有拿你跟人比過，並且也沒有用秤用尺來把你衡量過。你是惟一的，你是絕對的，你是永恆的。

「我最心愛的；現在好了罷，你放開我，你看小枝，草葉，都纏在我頭髮上了。你能不能作個更聽話的孩子，安安靜靜地替我慢慢地摘？我是要這麼樣，我愛在芳草裏揉亂了我的青青髮，你一邊摘，我還一邊揉，你能說不願摘麼？你忍得把手從我頭髮裏拿開麼？

「你從來沒有這麼柔和過。幸虧我也竟從來不信你是真不柔和。

「你再作件好事，你許我儘性兒說小孩子話，不要斥責我？你休討巧！什麼叫做從來不敢攔我半點兒高興？你還少委曲過我？

「我不光是要你許我說，我還要你聽。不是這麼像小羊似地馴伏說聽就聽，因為你不是羊，是一隻斑斕的猛虎。我要你一心不願聽而偏不得不用心聽。我要你為了討我歡喜，只得來聽！我偏要你這猛虎伏在我前面讓我偎著暖和。因為我知道，我快活了你才真快活，你說不是麼？

「好！你聽著。你是個多麼幸福的角色！我的鏡子所說的話從來不假。我的容顏誰能說比不上春天的花朵？多少人的心上為我漾著微波，我卻偏容你一個來傍了我坐？

「可是我不是一朵花。我有心，我也有憂鬱。我覺得人生像是一篇散文詩，或是抒情歌。它就在這兒，在我心裏。它不必是什麼能感動千古人心的鉅作，卻一定不可不調和。

「我怕我的歌有些稜角，欠點折磨。也許是這題目特別難做，總覺得不平妥。我想不出它的詞句，押不準它的韻腳。它只是梗在喉嚨裏，一句半句，三拍兩拍，不能舒舒坦坦，浩浩落落。我性情也就是這樣，不能隨和，難得滿足，常不快樂！

「但是我雖然說不出來，我卻分明地覺感到，將來早晚有一天會碰上機遇，竟而唱了出來。那節奏必然流麗，可是一定唱出了我的靈魂，我僅有的生命，嘔出了我的心血，因為它是從我心上出來的。我又不免感到空虛的重壓，無涯的寂寞。

「我今天雖然譜不成這支歌，可是因為說出了這些話，已經忽然興奮之後，心力疲乏，呼吸急促得氣都咽了！

「我提到疲乏，我就會忽然頹喏，憔悴得不能支持。現在該你讓我靠一靠，容我閉上眼休息一下了。你的身體該和你的心胸一樣堅實渾厚，足容我這樣一隻小鴿子來棲息。容我棲息在你胸前，避風暴，渡溪河。

「我記得我小的時候，我母親便常怕我會為一陣突然來到的激情，震蕩得靈魂離了軀殼。她總是希望我能快快長大，可是我卻覺得我越長成人，越想回到那敏感的幼年時去。我從前是個小女孩時，我能從母親衣服顏色上看出她心中悲喜，也能從溪水聲中聽見它對我祝福。我相信世界上都是快樂，我覺得惡人都是故意裝成的壞神氣。

「我覺得我恐怕是個小神仙，慢慢地我會長出一對小翅膀。

「有一次母親坐在琴前譜一支曲子，我原來藏在琴後的，我在她正譜得用心時鑽出來撲在她懷裏。她吃了一驚，摟著我說：『我以為鑽出來的是音樂的小精靈！』我便覺得真是音樂的小精靈。

「可是現在我長大了。我已經是個長成的女孩。我卻不願再作精靈或是神仙。我不但要作一個平常人，有一個平常人的快樂，還要有一個平常人的愁苦。我不願展翅凌空，獨往獨來，我反而要踡伏在一雙堅強的臂膀裏。我的音樂也不再是什麼天宮的曲調，我的靈魂就是樂曲，身體就是詞句。我唱給能懂的人聽，他如果懂了，我便不致空虛，不致寂寞。

「我不願驕傲地藏了心中的饑渴，卻祈望能在我良友面前伏轅，申訴，哀哭。

「我的好人，我的良友，我的業師，我的兄長，我不怕你卑視我，我要你可憐我，傾聽我，還要你愛我。

「我不管你會不會看低了我，我已經一古腦兒地都鋪陳在你眼前了！我說出了我從未對人洩露的弱點，訴盡了心中最深處的企求。讓我看看你，你能不動心？你能不憐惜？你的心能不輭輭地？你聽去了我的最珍貴的話，你用什麼報答我？

「我可以容許你用雙臂圈住我。可是不許再動了。我看得出你的眼睛呢！你是不是愛我愛得心上疼？像是被火灼著了那樣？喲！真叫我不忍，當初何苦充硬漢！

「我方纔一個人在草地上悶坐著。說快樂也不是，說鬱悶也不是，只想找個人說說。那時你到哪兒去了？我一個人看了這美麗的春天，想著美麗的生命，我有些興奮又有些疑懼，我要找個人來問問，那時你又躲在什麼地方？

「後來你來了，又苦成那個樣兒。先頭怎麼還擺架子不來呢？我現在在你的懷裏，我覺得這裏是我的地方，我可以安歇。所以你不許這副神氣看我，看得我羞。看得我想逃走。

「我方纔是恨你笨，恨你不會疼我。現在又恨你大膽。

「你敢動！你可憐我罷，讓我休息一下。我一定不許你多動一下。你雖然是聖者，我也放心你不下，覺得你靠不住！

「唉！你又是棵缺乏陽光的小樹木，羸細又怯弱。我不該用了太重的字眼斥責，使得你畏縮。可是我怎麼能容你那樣垂著口涎看我？看得我心跳，口乾，面紅，耳熱？

「你不許！你敢！你完全誤會我！你怎麼能不聽我的話？你害死人了！你這猛虎，你真要吃了我！我的好人！我的良友！師長！我的情人！你是真是假？這是真是夢？你說，你不是欺負我！

「我曾為你許下過心願，我虔誠地祝告過上蒼為你留下這玫瑰色的嘴唇，我保護她甚過我的性命。我單單為你。可恨你那曾知道！

「你細細看看我；這樣一個女孩兒能不能滿足你？滿足你這個挑剔求全責備的人？我惟一的希望是令你快樂，告訴我能不能做到？這是我的雙臂，讓我用她們把你抱緊在我胸前，讓她們在你頸上成為一個白色光環。因為你這位聖者缺這一圈潔光繞著，也不算完全。

「我的情人！是真嗎？我真這麼幸福嗎？感謝上蒼念我心誠賜我這麼個極樂的時光。你再說一遍：你是真心！這不是夢！」

第十四章

「纏綿絲盡抽殘繭，宛轉心傷剝後蕉。」——黃仲則。

「他是這麼熱情！我知道他不會是個冷酷的人！他抱得我真緊！」蘭燕梅想。「他那嚴峻的臉永遠不會再有了！我真是太驚恐得厲害了，怎麼會以為這是夢？這不會是夢。我再也不離開他，我也再不放他走。」

蘭燕梅輕輕地，又深深地吐了一口氣。她微微閃開了眼。夏日早晨的陽光透了白霧，耀得眼花，正從車窗中射進來。她想多留戀一會兒，又復把范寬湖抱緊，說：「啊！孟勤！孟勤！我那害怕的心再也不會蹂躪我了！」

小童正好喝完豆漿回來，他一邊上車一邊對身後的路警說：「我們就只四個人，好在車子馬上開了！聽！氣笛已經叫了。不會有別人上來。你別管罷。」

那路警說：「開車了也罷，我上車看看就是了。」

汽笛聲，說話聲，驚醒了車中夢裏人。他們猛然受了一嚇。小童和路警也已經上車。那路警看見了，站在那裏停了一下，鄙夷地說：「這些學生們！」還好車子已經開動了，他自己走了下去。早上霧色仍重，車一動，便看他不見了。

范寬怡，范寬湖，連小童是呆住了。蘭燕梅，又氣憤，又羞辱，加上心裏的打擊同空虛，是昏了。

范寬湖不能任她如此，便婉聲喚醒她。她撲簌簌滾下兩行熱淚來，一翻身把臉伏在提包上，抓起雨衣蒙了自己，哀痛地哭起來。她狠命地吞咽下傷心的哭泣，她咬破了自己的嘴唇。她似乎是要拚命撕裂自己的心胸，讓它痛楚，讓它流血，這才能解救瀕於瘋癲的心。

她在這情緒應當是特別複雜時反而腦中是一片空白。她還能想什麼呢？什麼都過去了。她只有哭。哭也不夠麻醉她的，她要哭乾了淚，哭乾了血，昏死過去。她伏在那裏憑任車子顛簸著她，她希望車子離了鐵軌，直衝到深山無人處永不回來。

可是車子是向昆明開喲！她已經失去了平衡了。她哭得整個人要碎裂而她的心不但不能麻痺，回憶反更逼真，痛苦更甚。

小童在一邊他的感覺是一種無名的憤怒。他恨自己方纔怎麼不一把將那出言不遜的路警推下車去跌他個半死！他又恨范寬湖這荒唐無禮的東西怎麼方纔竟敢如此，現在又慌了手腳，呆成個木雞。他似乎也恨了藺燕梅，恨了小范。他怒氣難消，自己背過臉去看車窗外。車窗外山色迷濛，天上一輪白日隔了霧看起來輪廓很清楚，卻斷不出遠近。

「『這些學生們！』」他想：「罵得好！罵得痛心！老百姓完糧納稅地由政府辦學校讓別人來讀書，他們是有資格罵！是要覺得痛心！不論學生們有一千種好處，只要被他們罵了一句也該愧死！

「這學校還有什麼可留戀的？臉上還掛得住嗎？」他又想起好幾次要離開學校，大余大宴都解說過；現在決不可自己瞎闖。又有一次校中東北同鄉有人暗地裏募集潛回東三省工作的人，他又要加入，反是大宴攔住了他；說連大宴他自己都因為口音已經不對，去了反而連累大家，把他留下：「可是現在在作學生，聽了老百姓這麼痛心卑夷的話！」

他心中只曉得有這一句氣人的話。他上車時只聽見藺燕梅似乎說了一句什麼，卻沒聽清。小范和她哥哥疑慮、愧憤的事可要比他心上的複雜得多了。他們看了藺燕梅傷心成這份神氣，想問又不敢問。

范寬怡看看實在哭得氣勢可怕了。她不敢再遲延，便輕輕拉了她哥哥一把，叫他閃開些，她去勸勸試試。

她揭開了藺燕梅蒙了頭的雨衣；這下子可嚇死人了！她舌尖嘴唇都已被自己咬破，雨衣上，手上，臉上全塗滿了怕人的鮮血。加上眼淚縱橫，把血水直帶到鬢邊耳下。小范嚇慌了，叫了起來。范寬湖自己怨艾，急憤得戰抖。小童也回過頭來。

小范說：「小童，你有法子找點清水沒有？」

小童心上也難過，他卻怒意未消，他沉悶森厲地說：「哪裏找什麼清水！」

藺燕梅推開小范，她哭著聲嘶地說：「你們躲開我！躲開我！走！」

小范仍坐在那裏不動，揮手示意令范寬湖走開：「哥哥你到車外邊去休息一下，叫你，你再進來！」看樣子她要獨自同藺燕梅談談。

范寬湖聽了，不言語，低了頭便往車外，上下車踏腳板那裏走去。小童一面氣他，又察覺他神色有異，恐生變故就也一言不發跟了過去，緊緊傍了他站著。他回頭看了看小童，長嘆了一口氣。走下一層板，坐了下來，小童也就坐下了，兩個人誰也沒有話說。坐了許久，看看又到楊宗海了。湖水依然清澄藍碧。

車裏忽然聽見小范喊：「小童，你進來。藺燕梅要跟你說話。」

小童聽了趕忙起身進來，看見藺燕梅仍是背了臉躺著。小范手在她肩上，嘴向了她努一努，說：「她叫你。」

「小童！」藺燕梅氣息極弱地說：「真沒有地方找點清水給我洗洗麼？」

「你說話呀！小童！」范寬怡說。

「我嘴裏又苦又鹹！」藺燕梅說：「嗓子裏又腥甜地黏在一起，喘不了氣！」

「等一等罷。」小童也不忍地說：「到了楊宗海了。等一下車停可保村，我到水龍頭去給你取一杯水回來。」

小范便起身，用眼示意要小童坐下來陪她。自己輕輕站起來，走到車外去陪她哥哥去了。

小童坐下來，蘭燕梅欠起身來讓他在頭下面打開提包取出杯子，再重新躺下。這一次她躺平正了。小童就看見了她的臉。

這個臉孔是熟悉的。無論上面是塗的脂粉還是抹的血淚，都是一樣，可以看到本色，本性，本心。不會隔膜。他便低下頭看她，心上又氣惱，又不忍。臉上混合起平日善良真摯的神色，便是蘭燕梅此刻心情下恰可接受的表情了。

她固然企求斥責，又覺自己已經太委屈。她便為這面容所慰安，她也平視著他，她兩眼如失去了視覺盲人的眼，盛滿了淚水，癡呆地。

小童心上想：「這事真是莫名其妙，我早起如果不出去喝豆漿，大概也沒事了。至少我出去時，車上安安靜靜，還是好好兒地。」他一邊想，便回過頭來一邊看了地下，弄著手中的杯子。他忽然說：「蘭燕梅，這是怎麼一回事，我才下車不大會兒，怎麼你們就都醒了？」

蘭燕梅吁了一口氣，她自言自語地說：「『你們就都醒了！』我就沒有醒，直到你上車的時候！」

「我本來想叫你們一塊去喝豆漿的，看你們睡得好就沒有叫。又想拿杯子的，又怕弄醒了你們倆。早知道叫起你們來了。」

「你為什麼不叫呢？咳！什麼事能夠早知道！」蘭燕梅說：「我早知道就永遠不醒了。」

「你是做著夢？」小童奇怪地說：「我上車的時候你才醒？」

「你問它幹什麼！唉！」她說：「你現在不是做著夢？我想人生下來就進了夢，不過大夢裏面還有小夢就是了。」

「這種話聽著聽明其實糊塗，是病人說的話。」
「我單笑我自己傻，怎麼到現在，今天，才明白？」
「你才更不明白！更著迷，更糊塗！」
「你是個不糊塗，不作夢，又醒著的人，為什麼不早點叫醒我呵！那怕只早叫我幾分鐘！」
「我哪能知道作夢的人願意不願意呢？作好夢的人希望永世不醒，直到為一聲雷震醒。一生不得意的人又願人生是一場噩夢。」
「這兩件都是苦事，小童！你看我幾分鐘內都歷經了！」
「我不大明白。」
「你也不用明白。我問你，你昨晚臨睡時告訴我什麼話來著？」
「我說你要做好夢。」
「我做了。」她說了這句話，怎麼能不回想那夢呢？她怎能不覺心酸又無可奈何呢？她的感覺如同失手打碎了一件心愛的東西，再也彌補不得了。她癡心地希望這是幻覺，這是不曾發生的事。但是這不可能。她便希望馬上神經失常，變成瘋子，失去知覺，那麼以後的日子便不存在了。她雖然不能使時光倒流，起碼可以使光陰停駛。
這世界上不知道有多少瘋子的成因是如此的。所謂激住了，便成瘋子。激住了，就是一時心上轉不開，抹不過這個彎兒來。
蘭燕梅說著說著又有點兩眼發直。這時她已看不見眼前一切，滿眼是所做的夢的重現。小童呆看著她，覺得奇怪。這時車子停了下來，他說：「我看我真得好好兒給你取點涼水。你這神氣彷彿是還沒有醒。這是夢到第幾層去，連我也謅不出來了。我得拿點涼水來冰冰。一冰準醒！」他因為到底還不知道是怎麼一回事，自己說著又笑了。一邊便低了頭，背了手，作出深思的神氣，兩手在背後彈著杯子作響，走下車去了。車門口又有路警在那兒攔人不許上車。見他大模大樣從車上下來倒吃了一驚，說：「你怎麼在車上？」

「我們把車包了。」他一路胡扯，走下去了。

「路警又來了！」蘭燕梅一聽，驚醒了些。她又憶起小童下車的神氣：「這個孩子！夢裏也有他呢！滿山亂跑，也不知道是幹些什麼！」她想著想著不覺很盼望他快點取水回來，細看看他到底和夢裏像不像。於是她倒得了片刻安靜單等小童回來。又撐起身來看車外范氏兄妹，范寬怡也正看見她，見她向這邊望忙裝作不見，又低下頭去和她哥哥說話去了。

小童取了水回來，車又開了，他一言不發，走近前來猛孤丁把一杯冰涼的清水向她臉上一潑，濺了她一頭一身，她失驚地叫起來：「小童！你瘋了！這是怎麼回事？我臉沒洗成，又弄濕了一身，更不成樣子了！」

小童說：「上帝！翻過來罵我瘋，這幾句話聽來倒像是心裏沒病的了。等到你說一點平時情理的話我才信你是真醒了。」她聽了也覺得不錯，又覺出小童用心。便用手抹著臉上，髮邊的水，往地下彈，一邊瞪他一眼。車外范寬怡也看見了，覺得此刻只有由小童對付她，便仍不進來。她又有多少話要跟哥哥細談。

小童又從提包中給她取出手巾來，讓她自己擦了，告訴她不可去舐嘴唇，它一下便可以結疤。兩個人便先不說話，去整理這座位上的水。蘭燕梅也站起來把身上的水抖落。

這種不經心，卻是習慣了的日常生活瑣事，在人心意煩亂時，正如識途的老馬，會把背上鬥傷了的武士，馱回家來將息一樣，可以把人紛亂的神思暫時收攏住。兩個人弄了半天，才收拾清楚。

小童又搶過提包來要代她整理，又要偷看裏面都裝了什麼東西，嚇得蘭燕梅忙來搶，又吵了半天。

過了一下，范寬湖兄妹進來，小范說：「前面就是呈貢了，我們非下去不行了。不久開學，上城再見。」范寬湖走上來要說話。小范一把要強拖他回去。他這次用力站定了，不退，對蘭燕梅說：「燕梅，我保留下次見面時向你解釋的權利。」她聽了低下頭，點了一點。他們就走了。小童把提包中他們的盥洗用具交給了他們。他們一下車，賣菜人便紛紛擠上來。這時已是早上七時，天色大亮了。

蘭燕梅不習慣於斥責別人，這次的事也無從斥責起。夢醒時自己正用臂圈了人家呢。況而事情說大，固然對自己一年來心願說是大，說小，眼前目下，比比皆是。真是難談得很。好在眼前這個小童以她的眼光看來，是個興趣在別處的人。兩個人就彼此裝作彷彿是不知道有這麼一場事似的，談昆明，談史宣文在重慶的事，談大宴要辦學校了，他的小兔子要生更小的兔子了之類的事。

當然蘭燕梅心上明白小童除了說這些話之外，也不能說別的。她也就只有聽著。但是到底心不能在這上所以又常常出神，答非所問。小童便怪她又要作夢。她就抱歉地說她並不是又在作夢，而是想些別的事情。她心上難過，不願一人在外，她此刻想家。

小童聽了也不禁默然，暫時收拾起紛亂的思潮，怨學校中的環境未能把她愛護好，令她傷心欲離去。她呢，看了小童也都心事重重。不覺後悔說出一人在外的話，冷落了同學好友。於是又打起精神來說閒話。她不覺感激得很。感激這始終這麼善良，這麼小孩脾氣，不知事的小童。

其實小童眼中的蘭燕梅確是有點變了。這是他自己的心上受到影響，而覺得人家變了。這影響如何解說呢？他一直覺得蘭燕梅是大家的姊妹，玩一起玩，念書一起念書。學校裏有她便如家庭中有一個聰明懂事的小妹妹。今天一上車看見范寬湖吻她，便似乎忽地心上覺得自己觀察不對，而很鬱悶。他也說不出來是什麼道理。彷彿覺得這個小妹妹並不是拿所有的人當同胞兄妹看，她怪能敷衍得所有的人好，而私下裏，另有用心。她也至多是個尋常的女同學而已。她比別的女同學多一份本領賺得人人疼愛，人人傾心為她，而她一仍是尋常女兒行徑，在男朋友中用心計來挑選。對大余，是份神色，對范寬湖又是一種風度。總之在她心上，男同學們，有厚，有薄。她要攏絡他們，挑選他們。而在男同學心中呢？至少他如此覺得，大家以她為珍寶，莫敢或侮。沒有一個人可能起意。他覺得不平。

想起范寬湖，他又覺得，男同學中也有不平的行徑。他更不快活了。他的年歲令他想望一種不可能的事情，他願大家始終如一年前一樣，在一起，怪好的。也祇於是在一起怪好的而已。

如今他竟覺出這個學校中也有了陰陽兩面，他是永遠生活在陽光下的人，他忽然察覺了太陽不在天空時有他許多不知道的事，他不高興了。

他不高興之後，便有一種厭惡的感覺，他覺得這些事不是與他童孝賢名下有關聯的，也不是他的好朋友，好兄長，姊妹之間的。他仍去作白日的子民，不問黑夜王國的政治。

可是，藺燕梅是屬於黑夜的嗎？她是在他好兄弟姊妹之外的嗎？他所眼見的事，是因為他闖進黑暗領域去而發現的呢，抑或是黑暗侵略到光明中而造成的？范寬湖如果戀愛藺燕梅，這也不是壞事呀！這問題中有藺燕梅他便不能不想，他便不能認為是可以不管的閒事。

戀愛，交友，都是好事，依他看來，只要協調，美麗，全是光明的事，而欺人自欺的偽作多情，利慾情感不分，品調不高的假戀愛纔是可厭的。他倆不是低級的角色呀，何致出了這麼怪的事。被警察嘲罵了不算。過後兩人竟再也未交一語，她更哭成這樣！

如果談到戀愛，他可以說，人人在戀愛這個女孩子，大余，范寬湖，以及他自己。他們都拿得出同樣重量的戀情。他覺得這是公平的，如果有人起意，暗中下功夫擠開別人，那簡直是不可想像的。

他又覺得好像是幾個人一起在欣賞一樹好花。在愛悅無語之時，忽然一個人伸手折了花下來，使大家心上痛惜，而花亦遭凋零。這真是可憤的行為。他決不會去搶奪，而弄得花瓣被揉得紛紛零落。他只有默默走開，去悲慟造物不仁，既造花，又造折枝者。

但是眼前是他對了這朵花，他一心狐疑，卻開不得口。他本性地不願再談傷心事，他便談自己愛談的事。不久，車到昆明了。

下了車，藺燕梅說：「小童，我想坐輛車一直去平政街天主堂找我阿姨去了，你告訴伍寶笙同史宣文，說我在那邊行不行？」說著她便上了一輛洋車。

這句問話既是不打算聽別人意見的。小童只有把提包遞上車去，看她揚揚手，走了。自己也低了頭，默默地走回學校去。一路上盤算見了史宣文、伍寶笙如何說這件事。

回到文林街上，迎面遇上大宴，朱石樵，馮新銜同大余四個人。四個人四件半舊藍布大褂，一堵藍牆似的挪過來。每個人又都挾了一大疊書，一式一樣的大小，有細蔴綿紮了，又彷彿是這堵牆的泥皮脫落了，露出的磚塊。

等他們走近了，大余便對他說：「回來了？范寬湖他們那個收容所，什麼時候結束？現在就剩他一個沒完事了。」

小童心上奇怪這是一些什麼書，他頭也不抬，說了句：「不大清楚；也就是這幾天。聽說接辦的人已派定了。」一面便扒上去把覆在書上的紙由蔴線下抽出來，一看原來是馮新銜的稿子印好了。他喊：「馮新銜，怎麼先也沒聽說呀！喲！差點兒忘了！道喜道喜！」

「他怎麼知道？」馮新銜詫異地問大宴。大宴也覺得奇怪。小童可明白過來了。他說：「我一句話恐怕撞了兩個消息；是不是雙喜臨門？」

朱石樵說：「別在街上吵，也少不了你幫忙，跟我們一塊到金先生家去，慢慢說。」

小童不大敢在他跟前鬧的，他便不吵了。說：「我還有事，非先去找伍寶笙，史宣文不可。」說著就跑：「我等一個鐘頭去找你們。現在我完全分不開身。」

大余看他臉色有異，不同平時開心的樣子，就喊住他：「小童，你坐早車回來的？是一個人回來，還是兩個人一塊回來？」

「是兩個。」他回頭說：「等一會告訴你們。」說著就進了北院的大門了。

大宴他們三個，正為了馮新銜的事高興，沒有顧到小童突然變了神色的對話，就又談著走下去。大余也隨後追上。

馮新銜心上仍在奇怪小童問的話如此湊巧。他現在一心仍在寫小說上，他正計劃一部比較形式完整些的小說，他想：「這種對話，在敘述故事時，倒是非常能省筆墨的。」

他的書出版的事，頗經過些波折。目下物價飛漲，紙張缺少。文化事業似乎最被人忽略，印書的人算盤打得緊得很，不賺錢的書一壓下來，銷不出去，本錢便休想周轉得過來。買書的人也不那麼敢買小說看了，長篇的，能借了看的就借了看。那怕有書的人，捨不得借，怕轉借丟了，也要強借。短篇隨筆之類，便站在書店，倚了書櫃看。縱使為了吝惜這點錢，站在那裏讀得入神，口袋中荷包被小綹掏去，也只有事後痛心，追悔失落了幾倍的書價，而決不敢暢快地買回家來看。

紙張呢，印銀行賬簿的重磅道林紙，只要出得起高價，自有屯積商人肯出手。印書籍的土報紙，紙廠中造了出來，紙店人還怕壓住了利息，不敢接。因此馮新銜出書的消息始終不曾確定過。

這事，全仗大余一手幫忙，他和報館中人熟悉，每次一出了變故，他就立刻去交涉，一直鬧到排了版，因為到底沒有上紙，還又幾乎擱置，只把紙版壓出來，放在一邊。馮新銜深恐出書不成，徒增笑柄，所以謀事之初，便覺成事一半在天，與余孟勤相約不是書真印成，決不告訴任何人。

余孟勤體諒作書人的意思，自然答應不告訴人。但他是一向以校中所有同學問品行砥礪，學術攻錯等事之督促，扶助工作為己任的人，這事萬無半途而廢之理，況且這本書中也發揮了他一部份的意見，更是如果不印出來，決不罷休。他便不許自己有馮新銜這種退一步的想法，於是在辦救護站百忙之中，一得空閒便來催促這件事。排版了，又連夜幫忙校對，救護站才結束，又要印書了，他就一天幾趟去照看，倒顯得比作者還熱心。

現在，終於印出來了，頭一天晚上，他請了馮新銜，宴取中，朱石樵吃了一餐飯，為馮新銜慶賀。飯後已很晚了，又領了他們三個闖進印刷所去，討了一本漿糊未乾才裝訂好的新書回來，到茶館中四個人看它一遍。沒想到一句為馮新銜後加進去的話沒印上。他便說：「我們校得是夠精了，錯字一個沒有，可稱戰後新書中罕見的事。但是這一句還是放它不過。你們回去早早休息，我再去印刷所一趟。明日一早，我再來叫你們一齊去印刷所取出裝訂好的第一批書回來，另有事情。」

他半夜又跑回印刷所，告訴排字房裏，另外把那一句排了許多行，印了許多單張。今天一早，大家去取了來，準備借金先生的地方剪貼。

馮新銜同他即要作新娘的沈葭一向是在金先生家見面的。他此刻滿腹得意，全希望到那裏見了沈葭傾吐了，路上又遇見一位老朋友歪打正著，道了個喜，高興得飄飄然。他幻想極豐富，此時即似見到沈葭的纖纖素手也在幫他們剪貼，一面倒茶弄水，招呼他的同窗良友，一面埋怨他不早告訴她令她歡喜。他在早上取書時，才把他決定以印書即付的三分之一版稅拿來小小請一次客，十來個熟人，算是婚禮之事第一次告訴了大余他們，並說沈老先生也認為這個女婿志氣高尚，自己撐得起門戶，並不以婚筵豐儉為意。大余聽了便問他書最近可印好之事是否也瞞了沈葭，他笑著說：「也瞞了，一邊瞞一樣，不偏不向。」說著又解釋沈老先生如何很爽快，准他如此辦。認為是看了眼前生活情況，這些窮教書的，除非不想結婚，否則只有心誠些，而儀式不得不減節一點。他自己呢，直覺得有點對不起沈葭，因為他知道沈葭很愛嬌嬌地扮一次新娘。但是他又說，沈葭用情不比尋常女子，必會為他犧牲一點自己的虛榮；而給新娘一點小小的為新郎犧牲的機會是常可促使她自覺賢淑而變為一個更溫柔的主婦的。

馮新銜自從說出了喜訊，得到了這三位知交的道賀之後，便再也忍不住了話題，簡直如說教的樣子一套又一套的從「新人心理學」——假如有這麼一門學問，講到婚姻之必要。正如他初訂婚之後一樣。

他們今早一路談的，便全是這麼快樂的話，幸好手中有新書贅著，否則恐怕要舞起來了。這快樂的空氣到了進得金家的門，看見了金先生沈蒹夫婦，再敘一遍時便澎漲得已經難受，及沈葭來了之後，兩件瞞著的喜事碰激在一起，他們這一個小集團，簡直高興得快炸了！

小童那邊可是不同了，一心的煩惱，恨不得一步跑到伍寶笙那裏好對她們說一下，把自己心上這件事挪到伍寶笙她們心上去，再聽聽她們的解勸。她們必會看出自己為藺燕梅愁苦的情形而暫時捺住這個疑團的困擾來勸解他的。沒想到趕到那裏，門反鎖著，人出去了。他又跑到試驗室去瞧也不見。只有翻回身來到南院去找。連順便回新校舍去看看兔子、鴿子的心都顧不得了，又怨自己方纔忘了問大宴梅吻回來了沒有。

南院是非等通報會不到女學生的，他等了半天，不見老媽子出來，只有抓一個人去問。偏偏出來的是一個新考取剛搬進來不久等候入學的。他想問的人，她雖個個聞名卻都不認識。纏了半天，凌希慧同喬倩垠出來了，他也沒發現。她倆看不出他們是說什麼事把他急成那樣，就走近來問：「小童，你的女朋友呀？也不給我們介紹一下？」小童才念一聲佛，說：「可出來個人了。」

那個女孩子耳中聽見是小童二字，便雖羞了，卻站住不走。又聽見這小童說話不倫不類，噗哧笑了，說：「跟我麻煩半天，就說是沒有幫得了忙罷，也不能不算是走出來個人了呀！」

凌希慧聽見便問是怎麼一回事，又互道姓名，那個新學生才知道眼前這三位全是校中風雲人物也便站在一起聽他們談話。小童也顧不得有她在旁邊，就先不說閒話，要找伍寶笙，凌希慧說：「怎麼會在南院？」

「我到她屋裏去過了，門鎖著。還有史宣文呢？」

「她暫時住在舍監趙先生屋裏，方纔我們走過，她也不在。」喬倩垠說。

「他有事找她們。」凌希慧對喬倩垠說。說著又問小童：「有什麼事能不能告訴我們，見到了好替你說一聲？」

「沒法子講，事情要緊得很！」小童說：「藺燕梅現在在平政街天主堂，要她們去看她。」

「天主堂？」她倆聽了彼此看看問：「回來了！病了？怎麼不回學校來？」

「沒病。天主堂又不是醫院。」小童說：「我也不懂為什麼不回學校來。可是下了火車，她就說了這麼一句話，也不等我回話，就走了。」

「也許是隨便那麼一說？」凌希慧猜著說：「她想見史宣文？……可是全不像那麼一回事。哪有回到昆明又藏起來的道理？小童，你覺得是怎麼樣？有什麼事不能說沒有？看你神氣也看得出來，瞞著也怪苦的！若是我們不能聽，痛痛快快說不能聽。也沒有什麼，我們照樣替你傳話。就說你說的，藺燕梅要她兩個到天主堂去看她，事情要緊得很！小童急得不成人樣了，抓住不認得的人不放？」

小童想了想，說：「就這樣，你就這麼去告訴她們。」

「不過，小童，你知道，藺燕梅從來沒有什麼事告訴不得人的。可以說用不著你這麼鬼鬼祟祟地。我們幾個人，從她一進學校就是朋友，關心她一點兒也不比別人少。如果你不肯說，是因為這裏頭有你的份兒，你想為自己瞞著什麼，將來事情早晚明白，到時候，我可不饒你，你仔細著。」

小童想了一想，還是不能說，記起在車上藺燕梅咬破了嘴唇流了一臉血的樣子是太可怕了。他自己也是個從來無一事不明白磊落的，也不用怕凌希慧擠落他。他便仍不說。旁邊那個女孩子聽說又是藺燕梅的事，這位更是大名鼎鼎了。她索性要聽個明白。

喬倩垠不高興聽凌希慧鬥口。她就說：「我們聽出你話裏有話，這既是她的事，我們是不聽明白再也放心不下的。況且，你知道這裏謠言傳得多麼快，她的事情偏生又多。你不記得上次范寬湖把鄺晉元丟下池子去的事麼？那一次你還闢謠呢。現在你正相反，倒造起神秘空氣了。藺燕梅的事最經不起別人造謠了，她又不會有什麼大不了的事，你何苦害她呢！」

小童忽然意識到流言之可怕，呈貢方面一定已經鬧得天翻地覆，有一個小范在中間，說不定還要誇張，鼓吹，為她哥哥造機會。她這點用心是誰也看得出的。何況今早在車上藺燕梅曾說：「你們躲開我，躲開我，走！」這話分明不包括自己在內，顯見這場事是他們兩兄妹串演的。他們必定會再演下去。再說藺燕梅下車一走，到天主堂去。不說去一下便回校來，反要兩位姐姐去看她，也要引起猜疑。將來造成疑團的可能還不知多少。自己既是當場的人便義不容辭來辨別是非。那麼與其等謠言既成，再來爭辯，真不如此刻先打底子。

況且一個吻也不是什麼大事，本來也不必吞吞吐吐。他無法講的是後來藺燕梅這一場可怖的傷心景象，及范寬湖臨走時所說的「保留解釋權利」的一句話。這些他固然不清楚，甚至連藺燕梅說的什麼夢不夢的話也難捉摸的很。但是他至少可以把事實敘述一遍，為實情打下基礎，不令謠言可以任意飛短流長。這事需要他做，他躲不得懶。

他便仔細回想著講了去宜良一事。最後說他下車去吃豆漿，才一刻鐘多一點的樣子。下車時他們三個還睡著，再上車已鬧得鬼哭神號了。「也許是路警一句：『這些學生們！』所辱。」他說：「但是後來從她口氣中聽，不像。她彷彿真生范家兄妹的氣，又彷彿很因這事受了打擊。可是我不能明白，我上車時看見她才從范寬湖頸子上鬆下手來，何致後悔得這麼快？

「我到呈貢看她跟范寬湖很好，傳說梁崇槐和范寬湖的事倒一點也看不出來。今早上，我上車只聽見她說了一句話。范寬湖又沒回答她。他一直不開口，直到下車才說了那麼一句奇怪的話。」

小童仔細地用了極客觀的語句，回述了這經過，他也溫習了這件事一遍，那不愉快，厭惡的感覺又重新襲擊了他。他頗覺為這事如此用心，所為何來。卻又本性地躲不了這份兒懶。

喬倩垠，凌希慧也驚住了。這事顯然是意外。早知如此，她們倒要考慮是不是要問了。她們倆互看一眼，又看了那個女孩子一眼，不知說什麼好。那個女孩子一低頭走了。

凌希慧說：「怎麼辦？又找不到伍寶笙史宣文她們倆。我又想去看看她。這不是急得死人嗎？」

喬倩垠說：「事情已經過去了，她現在在她阿姨那兒，比較要好得多。她未必希望我們去。我們只有等她來。現在分頭去找伍寶笙要緊。乾著急也沒用。」

說著三個人走出南院來。小童順便告訴她們早上遇見馮新銜他們的事。又說：「沈蒹沈葭她們，梁崇榕，梁崇槐她們似乎上帝都看待得好得多。怎麼像藺燕梅這樣的倒捨得不管呢？」

凌希慧有話要問喬倩垠，便催他快去金家辦事去，就說：「她這個角色事情太多了。上帝照管不過來！從古以來都是這樣！」便打發他走了。

她等小童走遠便小聲兒問喬倩垠說：「燕梅暑假前那一陣念死書運動之後，聽你們說，不是和大余很好嗎？是不是一次撞車，兩個人就吵翻了？不過就跑到呈貢去找范寬湖，也不至於呀！」

「她為什麼跑到呈貢去我也不大清楚。」喬倩垠說：「有一次小童解釋是要再去作點工作，爭爭氣，這個又太認真了。總之，她對范寬湖可以確定說，感情是不會很深的。況且這邊鬧了氣，就到那邊去，決不是燕梅的行徑。事實上，撞車出事，對她跟大余的感情說，倒不見得有害。大余那天下了辦公就來找她，是碰見了我，由我去找的，據有人看見的說將將晚了一步，出去了。大余還不信，他以為是燕梅生他的氣不見他。言下很後悔自己說話太傷人。求我替他解釋。我還藉此為燕梅出了一口氣。把他平日傷燕梅心的地方搬了出來，數落了他一頓。他老老實實地聽著，越聽越難過。過後知道燕梅到呈貢去了。他真是有苦說不出，悶了許久。大家都看出來的。」

「這麼說來，她不去呈貢倒不好了。」凌希慧說：「可是去了呈貢，弄出這麼一個疑團，那就更糟了。大余對學校裏男女同學交際的事，言論多麼苛刻，古板，他的論調幾年來就沒有變過。他尤其反對出風頭的人物那些擺在大家眼前，像電影似的浪漫事件。你說這一下子，燕梅怎麼解釋？」

「燕梅我想根本不會去解釋。我知道她不愛范寬湖。人人也都知道，所以對誰也不用解釋。不過大余那邊想完全不解釋就難了。」喬倩垠說：「我當然希望他受這一刺激，馬上正式表明態度，向燕梅求婚，或是怎樣，都好。但是太不可能了。在這以前，你知道，大余的論調我自己是全盤贊成的。不論男女，沒有道理朝三暮四的。哪國風俗也沒有今天咱們這麼亂。所以我覺得燕梅確實可貴。她的人品，鋒芒，硬收起來是不容易的。我真盼望能作成她們。現在看看要完了。」

「這就是我要問你的話了。」凌希慧說：「我離校一年多，我不大清楚。你說燕梅跟什麼人特別親暱過沒有？我是真覺得這次燕梅哭成那樣，與其說是氣別人，不如說是氣自己。你聽小童說，范寬湖臨下車時，她並沒有罵什麼，只是點了點頭。她沒有哭著打他罵他，光是把自己弄得那麼苦，她彷彿是非常重視自己的情感，尤其是一個吻。索性明白地說罷，你知道她吻過什麼人沒有？我該不該這麼問？」

「我倒希望人人都這麼問我。」喬倩垠說：「我也想這樣問問所有關心的人是不是和我有同感。燕梅對誰也一樣好。當然有些人特別令她喜歡，比如說大余，她管去顧一白先生家和她的大余見面，叫做朝聖。他兩個之間令誰也想不起學問以外的事來。他們雖然在別人眼中已經成了一對情人，再也無疑，祇是這對情人作風太不同。燕梅又是那種冰清玉潔的神情。明爽，流麗得生活之中再也沒有半點疑影。令人祇有敬重不敢輕薄。還有，就是小童，他只能算是她的小朋友，這兩個孩子混到一起，真氣得死人！全是些孩子話，倒像一對小弟妹。他們總是跟伍寶笙，或是別的大些的女孩子一塊玩。小童很少來找她過。只有碰上了，纔在一起，卻又偏有那麼些說不完的幾車子的話。

「你問的這件事，我單憑感覺就敢保沒有。我覺得她這種作風一點勉強也沒有。她平常生活是好感情用事，戀情時卻用的是腦子。她自覺身分不比尋常，這是自然又自然的事。不光是我，無論誰，只要真熟悉她的性情，一定忍不住要為她具保的！」

「至於這麼擄袖攘拳地！」凌希慧笑著看了她說。她也實在有同感，她竟覺聽到這種懇切的辯護，使心上想像與事實符合，快樂得到了極點：「當然你的意思並不是說，她是個心冷寡情的人？」

「當然不！」喬倩垠更興奮地說：「若是一天到晚囂張著鬧戀愛就是熱情，我真不知道情是什麼東西了！她是一團真情、真火在心裏，纔能鎮定得這樣！她纔是真戀愛，我想這次如果吻她的是大余，我才一點不奇怪。女孩子不用去電影裏學擁抱，再到男同學中找對象練習。她自然會！可怪的這回是范寬湖而不是余孟勤，她會熱烈得那樣，當了小范的面，又在車上。」

凌希慧聽得簡直對胃口極了。她聽下這言論，如聞知心的友人談論自己，如聽極和諧的音樂，如對了極美麗協調的色彩構圖。但她不是個嬌嫩的小姐，她不常一下子沉潛在深情中。她往往在此時發出一些使人易色的冷語來，常常令人覺得刁鑽古怪，不敢親近。然而今天也感動了。

她撮唇作響，說：「喲！喬倩垠，肚裏有這麼一套，倒是真想不到。再說什麼天然會，不用學，我聽得都有點不好意思。大余聽了都不能不生情呢！」

「那有什麼！」喬倩垠深知凌希慧脾氣，絕不可在這時顯得小家氣，怕那便不免更加難堪。她說：「我對真理的看法是永恆的。時事，和歷史都是一樣，何用摻進自己感情去！如果你今日操琴，也不能想顧曲的周郎罷？」

凌希慧喜歡她近來身體大有進步，深慶自己作主把她從醫院接出來未成過錯。看她今日如此有精神，也不跟她爭辯，只伴了她在校中各處去找了一遍伍寶笙、史宣文不見。兩個人就按原定計劃進城理髮去了。

小童自己又到米線大王，翠湖，去找了一圈，沒見到她倆，便去金家找大余他們去了。他雖然未得向伍寶笙傾吐這一件不快的事，卻得機會向另外兩個老朋友說了一遍，看了她們之關切，不下於自己，心上也鬆快了一些。再則得機會把經過重述了一下，對事情有了已成過去之感，又彷彿條理也不那麼亂了。到了金家，大門開著，便一直闖到客廳兼書房的金先生起居室裏。看見一屋子的人，同一屋子裝不下的笑語聲，就更恢復些了。金先生獨自在窗下一張最舒服的大椅子上看書，其餘的全在方桌四轉，站著或是坐著，桌上平日擺著的筆架，印泥，硯石，墨水瓶及幾疊的書籍，全挪到茶几上，地板上去了。現在上面是大碗的漿糊，刀剪，紙條兒，新書。

金先生先說：「來得好。有了你就更熱鬧。請隨便罷。我不讓坐了。事實上椅子都在什麼地方，我也不清楚了。」說得大家都笑了起來。

小童打了招呼，就先問大宴，鴿子回來了沒有，才再問桌子上是怎麼一回事。他們告訴了他，他便先不下手幫忙，抓書先看。沈葭繞過桌子來叫了他一聲：「小童！」

他白著眼說：「什麼？」

「道喜呀！」大余說。那邊金先生也放下書來看他。他才猛丁想起，忙著道喜。沈葭瞪他一眼，才去給他倒茶。馮新銜便問他方纔是真猜著了，還是誤會了？他說是猜著了，不知怎的，今天出的事情特別多，又忘了。大家都知道他一向亂鬨鬨地，只是笑他，並不怪他。

大余卻想起早上未問他的話，但是他是精細人，從小童眼色上看出是件煩惱不愉快的事，在這喜氣洋溢的屋中不便問。再者，心中所欲知道的藺燕梅，既然早上聽他說已回來了。下午自己可以去找她，此刻也不用多問。況且在這種場合下，問起自己女朋友的近況，是多麼令人易於聯想，和揶揄他呀！他從藺燕梅下鄉之後，聽了喬倩垠在情在理地搶白了他一頓歸來，心上便不覺為一線柔絲繚繞得好難排遣！他此刻充分恣情地自享相思之樂，留了心上一點說不出的愉快來撞擊自己的心，嘴上隨和著大家作輕鬆的談笑，手中做著簡易的剪紙工作。他聽了馮新銜得意的聲口，還向他瞟一眼，對自己說：「別以為只有你是世界上最快樂的人呢！」

余孟勤的戀愛是在不覺之中慢慢滋長起來的。直到喬倩垠一下用了描寫戀愛場中兒女的口吻，述說了他自己和藺燕梅之間種種令人不平的事件才使他發覺自己已是陷足情海的人了。不是他願意不願意的問題，而是別人硬把他拖下去了。在校中他倆已被人認為是一對情人，這多麼突然！他怎麼這麼遲鈍，今天才發現！這好似在沉思中旅行，猛回首發現已走完了一大段路，竟覺太邀天之幸了。

他固然覺得被別人用那些柔輭的字眼來描寫自己很覺不慣，但是也感到怪新奇，怪異樣，怪舒服的。眼前又偏偏沒有他的燕梅，於是那自尊心也可暫時忽略一下。這一忽略不要緊，好比才經一場春雨，又來一陣陽光，那幼苗便按捺不住地怒長了。

他對藺燕梅一向的求全責備，令好者亦無從顯其美，令短處更覺侷促，真是情感上的冰霜，這一下子，挑剔的對象不在眼前，他便彷彿如有所失，不再能給自己批判，只有一任他自由發展了。

他如果說過去完全不曾感到藺燕梅之可愛，及她在自己心上之重要，那不但無人能信，甚至自己也不信。他越看藺燕梅越出眾，出眾得漸漸地感到自己也是向上仰首看她的了。但是見了面卻不知從那兒來的，無窮無盡的挑剔的話，並且說起來氣盛得很。

他不是個量狹的人，他更是心理學有研究的人。他事後自忖，常覺當時自己滔滔不絕地教訓別人時，在靈魂深處，倒是那個柔順和婉的，曲意聽從他的，大方地認錯自怨的，又用憐恤，關懷的眼光來看他的人；更高超，更有學問，更有資格來在修養上，提攜他！

他彷彿覺得自己是個火氣方剛的年輕宣教士，到處熱心地講道。而人家是一位有夙根，有慧心的大師，早已造詣極深，清虛靜寂之中，容忍他，看他叫囂跳蹉，等候他火氣慢慢自消。他感覺自己在救人，而實在是人家對他無限慈悲。

他反躬自省時，很能明白這情形，也懂得這些心理現象。但是再一見面，便如苦行的頭陀，見到了道行更天然，更玄妙而不一定苦行的修士時，又怒從心起，忍不住批評，於是老毛病再一齊復活。

所以他的戀愛感覺便為這些太重，太冷的思潮壓倒了。

然而藺燕梅的人品，言行，又偏偏符合了，甚至高出了他認為沒有的標準。他不見得希望別人不好，他是詈罵得慣了，沒想到來了個又潔淨，又聰明的角色，一下子堵了他的嘴，令他一時改不了口。這個彎兒真不容易轉！他又是眾目所注的人，更難轉圜。人能有幾個是真聖賢？誰能這麼不阿私？

他的心理學知識不能及早喚醒他又何足怪。有幾個人能在研究自然現象時始終記得自己也是逃不出這規律的？

他的戀愛是很重地，很尖銳地，又很致命地向他襲來了。他閃躲不開，行將被打倒，被打碎。他的理論，信心，一旦粉碎，在新見解未建立之前，他是非毀滅了不可的！

偏偏這時候，藺燕梅駕車出事，也不必再解釋了；他便又斗然震怒，犯了宿疾。未想到她竟一時抑鬱過甚，不待他氣平，懊悔來解釋，便離開昆明了！

這次他再也不能固執了。這是一切學問修養在進益時必經之似隱痛，又愉快之階段。他認為寧可冒險改掉以往偏見，不可長此堅持，執扭下去。又值喬倩垠在他不防備時用了極同情，極柔輭的詞句不顧她女友願意與否說了多少往事，一下刺進了他的弱點。他的心竟似比這柔情更柔。要不然怎麼竟會令自己如此激動，令他如鋼鐵堅硬的心靈忽然變成六月底河邊才退了殼的橫行小螃蟹似的那麼畏縮，害怕，單薄，無助喲！

誰個男子在聞到心上愛慕的人也正愛慕他的消息時能不如遭狙擊而搖搖欲倒喲！他豈能不忽地覺得此心有主而快樂欲狂！他豈能再說：「我未戀愛！」以保護那畏懼失戀的心！他豈能不覺得感激，又恐懼所聞或許不真！他豈能忍住不雙膝跪倒，用最謙卑可憐的語氣說他最不敢說的話！他的自卑心理爽然若失了，他可以不必再用假尊嚴來維持自己可憫的地位了。她不是也跪下了麼，不是如臣僕，如婢妾，如小蟲豸把她身心全當真地獻給了他來替了他的假尊榮麼！這種恩典，在一顆高貴的男子心上，有什麼更能勝過！

那女孩兒私心珍藏的情意，緊閉在閨閣中決不容洩露的戀情，那只有花草，明鏡，貓兒，及知心女伴可得或聞的秘密，豈不百倍高貴於一個男人的！她們那些是多麼纖細，清麗，和纏綿喲！這宇宙間最要受神靈呵護的珍寶，不是也瀉在他跪著的這一片地上，而不吝惜地奉獻給他了麼！

藺燕梅走後的這十三天當中，余孟勤如大病瀕危，以後又如忽遇針砭，而藥方太猛，幾乎虛脫，再如昏迷復醒，最後如病痊下床，扶杖試步，雖不能行，「心嚮往之」。慢慢地他覺得逐漸痊可了。身在床上，心已出外登臨縱目，快何如之！他的變化時時在前進，無法訴之筆墨。他不知道起首了多少次情書要給藺燕梅，皆不待寫完，心情又進一步了。

今天他見了小童，知道藺燕梅回來了。卻害羞起來，不敢多問。他一邊剪貼新書落下的那句話，心上更不知有了多少嗚咽、呢喃的好句子不可遺落了似的。他盼望小童自動說出些呈貢風光，小童竟未道及一字。而一直被圈在屋中的話題裏，直到中午。

剪貼完了，金先生本來打算留他們大家午飯，可是余孟勤再也忍不住要去找藺燕梅了，他就提議他們幾個男同學出去喫，由他再請客，單把馮新銜留下。等喫完飯再回來分派書，準備往各書店送，另外也幫忙包裹，題簽，備馮新銜郵寄送人。他為什麼不能把藺燕梅也找來參加這個快樂的集會？有了藺燕梅在場他便不怕同學們揶揄他，雖說女孩子們作了太太，或是將作太太，開起玩笑來有時比男人還要不堪，但是藺燕梅如果在這裏，至少可以令太顯著的詞句出不了口。即使大家向他倆進攻，他也高興，因為他的心意到底是件陌生的事，不比說慣了情話的人那樣容易出口，他簡直需要別人在一邊敲打。

他覺得他可以如此做，因為從喬倩垠那裏，他已得到保證，藺燕梅是死心塌地地愛了他。他此舉不會唐突了她。這馮新銜與沈葭的喜訊所造成的空氣，必會給藺燕梅一個嬌羞的聯想，也必將助他輕易成事，如沈蕙的婚禮幫助了馮新銜一樣。

他想著更高興了。他覺得他雖說纔往情愛方面想了不過兩個星期，但是過去一年的光陰也可算是用在鋪砌到她心上之路的工程上的。

他的心境比一個女孩子的更羞澀不安。他害怕抽絲、剝蕉似的受時間與戀情的蹂躪，他希望一下子便懺悔了，表達了，求恕了。然後馬上就得恕了，定規了。他全不想事實上哪裏有這麼簡單的感情變化？他自己也是迷惘了。

他提出幾個人出去喫飯的話，金先生的小家庭要招呼他們喫飯也是困難，好在都是熟人，就由他們去。沈蕙笑著說：「要走快走罷。桌子留給我們收拾好了。」

他們四個笑了笑便出來了，小童順手把書帶走想到飯鋪去快點看完。大宴推他一把，他倆便走在前頭。大余同朱石樵在後面。走到圓通街，隨便進了一家小炒飯鋪，本地館子。大余點菜，小童便坐下來接著再看書。一直到菜上了桌子，大余還沒有想好如何開口問藺燕梅，小童書卻快看完了。

這也真怪有趣的，全是作賊心虛，也不知道害的是哪一門子的怕。小童今天才從呈貢回來，當然可以閒閒問起此行情況。他偏要挑一句特別得體的話開始，先問那邊的收容所罷？早上已知道將結束了，並且離題也太遠。問問范寬湖同梁崇槐的事罷，又太不像自己說話的作風了。他全不記得方纔自己想簡捷取之的打算。

小童看見菜上桌了，著急把書成篇翻過，伸了個腰，抬起頭來向桌上張了一張，抓過碗筷，紙片來，兩眼仍看著書上最後一頁。他手中擦淨了喫飯傢伙上的水，便把書一捲放進口袋，一下碰到了牙刷，想起早上臉也未洗，卻不敢聲張，眉頭一蹙，搶忙喫飯。

猛不防大余猝然問到：「蘭燕梅現在在哪裏？」誰也不知道這一個問題之前曾有幾許躑躅，倒都吃了一驚。大余則如釋重負，臉上堆笑。小童先嚇了一跳，幾乎一口咬下碗邊來，他托了下巴，抬起頭來，看了大余是笑著問的弄得莫名其妙。他說：「在平政街天主堂裏。」

這回答把大宴、朱石樵更鬧得糊塗了。

讓大余說一句柔和聲口的話那是比什麼都難，他說：「她在那兒幹什麼？」

小童說：「她的阿姨是位女修道士，她去找她去了。」

大宴說：「平政街就在這兒，這怎麼倒從來沒有聽說過？」

小童兩眼看了桌上，不敢抬頭，說：「她這次去呈貢時在車上才碰見的，是多少年沒見過的。」

「那麼她阿姨也去呈貢有事？」大余說：「她去呈貢乘的是晚車，修女也在晚上出門？」

「她本來是在宜良天主堂的。」小童說：「這個你們不知道，我也是到了呈貢纔知道，纔知道她是在那兒辦學校。」

「那麼蘭燕梅怎麼不到宜良去找她，會到平政街去？她阿姨也是兩頭兒跑？」

小童並未想瞞，但是不知如何說才好，只有拖延，偏偏他又一向沒有這本事。他說：「我們昨天是去宜良找的，誰知道當初光知道人家在那兒辦學校，沒想到又調上昆明了。」

「你們昨天去的，那麼是今天早車從宜良回來了？」大余說。

「是早車。」

「早車五點鐘開。你們住在天主堂？」大余問：「你們幾個人？」這話再接著問下去，就要到了不容易回答的地方了。小童便決定爭取主動。

他把碗筷一放，看了看他們三個。然後拍了拍口袋中的書說：「這本書裏的用意，你們贊成不贊成？」

「這是什麼意思？」朱石樵知道小童說的並不是一句閒話。他愛關心一切這書上的話的，便插口來問，表示他們都是贊成這書中意思的人。

「好！」小童說：「在這書裏，我們告訴人家說；人生是一件有機體，是如一株植物從種子長大的。到人死時，必與種子不同而是一株大樹之類。而種子之中的一切基因，實在控制，範圍了長大的形體。那麼我們是不是必須承認種子中的一切附在染色體上的基因，無論好與不好，不是本人之罪，亦非本人力量可左右的？

「這是我們在書中的第一個意思，我給下了個註解。然而我們主要的意思並不在這裏。我們如果到此為止，不再前進，人世間一切努力、教養皆成為無謂的事，只要任憑種子優劣，讓它發生，長成，枯萎。成了宿命論了。

「所以我們側重在種子已定之後的一個階段的兩方面。一個是社會環境，一個是教育，我們要儘可能範圍之內，發揮一個生命最大的光芒。如同一個園丁要除莠草，施肥料，遮霜雪，摘蟲害，來培植這棵花木。

「這其實是我們生物學裏，遺傳一部份中的一個說法。不過比喻在人生方面很可鼓勵人向上就是了。憑新銜用來寫成小說。令看的人從故事中感到勇於改過之價值新生命之可貴，及生活的顛簸中，原有苦樂的兩方面。於是灰心的人可以再鼓舞起來，站在高處的人要向掙扎的人援手，天賦低微的人也要打起精神來好好兒地過他一生。

「這比如上帝在人纔生下世時，每人發了一張紙，大小不同，優劣不同，卻要人人盡本領去畫他最好的畫。又如人生的嗓音潤糙不同，卻誰也要在意盡心地唱完他人生之歌。這以上說的對不對？」

「對！」大宴看了他說。大宴心中想這個小童現在真不知道比從前初試發議論時進步多少了。朱石樵想起小童從前說伍寶笙三不朽時猶如牙牙學語的小兒，幼稚而不牢靠，現在已在搜索自己的思想方法了。

「所以！」小童一氣直逼本題：「如果我們是真相信我們所說的話，我們便要同情天質差池的人，如果我們是真誠說的這些話，我們便要原諒人生中一切的過失，要永遠扶助別人，鼓勵自己向上，直到屠夫放刀，奸梟臨死悔過。我們要像修道士那樣與『原罪』掙扎。我們尊敬一個改過的人要不下於一個天生無過的人。我們看了瘡疤不得皺眉。它比光潔的皮膚還多一段可令人敬重的歷史。

「現在，大佘，你同意不同意在你那激越的想法之中加入這一點引申的意思？人固然不該有過錯，而過錯與過錯之間，頗有不同。如果是種子中帶來的弱點當然可原諒，如果是生長過程中不可免的事，或是灌溉、澆護之中不小心的事，你是不是也不得把它一切美點抹煞，高唱完美，至善的高調，而拋棄了援助的責任，同慈悲心？

「你們承認不承認馮新衙特別在這小說裏注重說明了大澈悟便生出大慈悲？而不是苛刻？這個人，你們看，經過了多少引誘，失敗，犯盡了幾乎一切不可恕的過錯，而臨死時是不是仍如天使一樣光耀、聖潔可以進天堂？他是始終未放棄努力向上呀！只此一點，是不是就該令人同情，原恕？

「不光是原恕而已，他要自知自己未遇如此大引誘，大難題，是幸運。如果遇上，他未必比得上書中人。他該肅敬自反！」

這時，飯桌上已沒有一個人在喫飯了。他接著說：「我們寫小說尚且如此，我們用來看實際的人更該存心憐憫。我們同學朋友之間更要小心批評。

「我們希望求得一個十全十美的偶像，我們更珍惜白璧一瑕，因為這才更令人心痛要想念它其餘的優點要來爭取我們的同情！它的全體更是我們說教的至例。現在我們就有這麼一個例子：

「這白璧是太美了，又太為我們珍視了，於是，雖然有這麼一點點兒碰損，也會叫我們看得有車輪大！這一點點碰損如果在旁處也許我們連注意也注意不到，不過到了這裏，我們就會只看此一處忘了其餘它的光澤。如果苛求慣了也許不免要說它令人失望，而責備它。事實上，請想一想，它自己豈不傷心得更厲害？它不是自己的錯，我想了一早上，我慢慢覺得出來，它此刻所需要的豈是責備！它應該得到安慰同鼓勵，免得心灰過甚，走到寧可玉碎的路上去。」

他說到這裏，便要求大家放鬆太緊張的神色，聽他述說藺燕梅的不幸，這朵在校園中長大，為大家共愛的花如何會現出凋落，遭遇了不願遭遇的事情之經過。他說：「她到學校來的時候，我們幾個人見到的。她慢慢茂盛起來時是我們自覺有扶助愛護之功的。她在第一次春季晚會中唱歌述說三願時，我們都默許的。她今天出了事我們可以心安而覺無過麼？我們想她家在萬里重洋之外，我們對得起送她來此入學的父母麼？她今天傷心成這樣，我們對得起她麼？事情雖說不大，可是她似乎已心碎了。她一向是多麼努力珍護自己！她自律的規條太高。好比那白璧，才顯得這不幸事件在她心上之嚴重。」

這感覺恐怕不是小童此刻獨自有的。也不是喬倩垠、凌希慧她們女同學憑了藺燕梅素日行徑看出來的。這幾乎是人人感覺得到的。聽的三個人都黯然了。他們不但無從想起責備的話，他們一面詫異這事如何可能，一面慮及藺燕梅這個也是性子走極端的人如何排遣。他們只有憂，沒有怒。

的一句話！她豈不是又如撞了車一樣，為學校、同學作了丟人的事麼？她去到呈貢，不又是自己這園丁的過失麼？

余孟勤這下子受了太猛烈的打擊，他想了十幾天的心事，忽然又來了個更嚴重的考驗。那路警

他怎麼單單看到藺燕梅一個人的過錯，而不想范寬湖呢？豈不是因為在范寬湖身上早已瘡痍滿目，添上個疤不算回事，而在藺燕梅一個完人身上便不同麼？為什麼范寬湖這方面素來不為人指摘，反而常聽人誇獎他許多別的才能，豈不是人們通常愛在乾枝上尋新葉，珍珠上找斑瑕麼！

這個消息對他說實在令他太震動。他確不容易接受。當然，這些日子以來，他一遍又一遍的校看馮新銜的小說稿，不覺很變和緩，加上日夜思量藺燕梅去呈貢的事自怨自艾，也都對他有益，使他不那麼苛刻。但是也止於是不那麼苛刻而已。現在這個問題來得太直接，太料不及，太切膚具體，太份量重了。

他又不能完全明白這件事到底是個什麼原由。他怎麼能明白呢！連小童都不明白。除了藺燕梅自己以外無人明白。除了曾旁聽藺燕梅對鏡許願的伍寶笙之外，無人能了解藺燕梅是如何冤屈心碎。

但是余孟勤雖不明白，他卻並不懷疑藺燕梅對他的愛情。他不是個多疑的人，他從喬倩垠口中聽了那些活鮮鮮地的事蹟之後，想了這許多天，他心中肯定得很。如這樣的事除非是耳中聽錯，他是再也不會信的。所以他相信一定有奇怪的地方。藺燕梅一顆心，說來也慚愧，他竟覺如在他手心中一樣。

他不免仍要責備藺燕梅嗎？也許哩！他也許也怪自己何以便動情了哩！何以眼睜睜地看了這美絕一時的人品也終於有了陰影，自己竟不早些死去，而在此嗟嘆心摧哩！他怪自己終不免於動情而

令今日再也狠不起心來排揎，責備。

但是眼前這三個人的神色不是忽視得的。朱石樵是個歷史家，他的意見都是有根基不易搖撼的。宴取中是心理學系的，他的看法也不容人輕易混淆的。童孝賢方纔更是預先看到了自己的反響，早早說了一套道理準備下。加以他的心術之正大自然，言語之真摯懇切，早已得了另外兩個的贊同。他是念自然科學的人，什麼事件都一視同仁，不容加入私人情感而有例外的。他又是一向為自己當兄弟手足一樣教導成人的，在他跟前更是一步錯不得。

這三個人靜候自己的反響呢！他們的友誼簡直是既親近，又莊嚴得令人畏懼的。馮新銜的書一半是自己的話。在這道理下，自己決不可徇私而找藉口規避的。

余孟勤的思想系統與為人，自從在這學校中建立了聲名之後，從未遇到過這麼嚴重的考驗。他如果懦弱，他儘有藉口可退縮。但是他是個不自滿，肯改正自己的年輕人，於是他決定正面與試驗相犯，他決定接收了。他說：「這消息確實打擊我，我覺得在事情還有可疑之時，我們什麼評語也不下。我們有責任給一個正當的論調。藺燕梅是在這個學校受的教育，我們既曾分享了她的光榮，也要分擔她的苦惱。給她合理的同情，如果必要的話，給她需要的幫助。她是個出眾的人物，我們要給她特別小心的調護。她兩年前來這裏作我們同學時是個快樂健康的靈魂，我們要在她兩年後畢業時造成她一個更完美的人格。她本身，在這以前不曾有錯。我們要一齊為她難過，協助她從今以後也沒有憾事。我們若任她傷心後悔，身在此地求學，而心想離開我們回家去，真是我們的恥辱。是我們自暴自棄的行為。

「我自己對她的責任，更大。我可以在你們三個人前面承認，我是一直有意地在影響她，在誘導她求至善，求純真。我聽到她事後自恨自苦的可怕景象，彷彿看見那是我一貫作風下所逼出的表現。她如果一下子心窄做出更可怖的事，都不足令我奇怪。

「我更應當在你們面前承認，我對她不祇是器重，我還有一片從來沒有的關切的情感。我應該說；在聽到這話之後，我獨覺到她更接近我，無論她遭遇的是什麼痛苦，在這苦惱未脫離她之先，我絕不能卸責。縱使這情感只是我一方面的，我也只有在盡了力量之後，才能覺心安。我今天半句責備她的話也不可以有。我在盡力協助她處理清楚了這一段疑案與悔恨之前若有一日，有一事，令我心灰意懶而想撒手，我就不是一個有始有終的人。」

大宴，朱石樵兩人聽了，先點點頭，再看看小童。小童彷彿覺得他這才真正為蘭燕梅作了一點事，心上鬆快了些。他簡直不敢想像，如果蘭燕梅一旦在學校中失去光彩，或成了大余批評的目標，那未來的一切，及她以後兩年在校中的情形當是什麼樣子！

小童因此說：「她現在在她阿姨那裏不肯直接回校來，已經令人的聯想怪可怕的了。她去呈貢就說過是要作點工作，補救她為學校工作團體惹了事情之罪。這是平常人決不會如此認真的。依同理推來，她不肯直接回宿舍就又不知道要有什麼打算。她既然要史宣文同伍寶笙去看她，可見她心上還有我們同學。我自己也很想去看她，因為我不大放心。如果你願意，我們就去看她。她願意不願意見，我們不管。我在車上，還有許多說不出來的感覺，不去見見她，心上悶得很。我方纔說了許多氣他們的話，也許是不公平的。」

朱石樵便對大宴說：「我也覺得大余應當跟小童去一下。你以為怎麼樣？我們兩個回金家去。如果機會、空氣合宜，也可以盡一下力，把原委平淡，不驚人地說一下。」

「我也贊成這個意思。」大宴說：「書的事，原本用不了許多人，回去寫寫封簽包一下，幾個人儘夠了。既然有事，我們湊熱鬧玩的日子以後有得是。況且說得嚴重一點，依了小童的感覺，她若真不高興這個學校，不打算再來，那太可怕了。我們都要作點什麼事才好。我們設想她開學再回來，我們就要準備好一個溫和，公平的輿論。學校中新舊同學已是一半一半了。現在我們到金家去，那裏倒全是老同學。可以把我們的意見和這本書對照著一說。決定建立個輿論的大本營，聯合上伍寶笙，史宣文，凌希慧，喬倩垠，將來決不許圖熱鬧，愛造謠的人，飛短流長！」

他們四個人是老搭檔，一說就定規了，而且覺得責無旁貸，也興奮了起來。飯草草喫完，四個人便分頭去辦。

小童同大余一路上越說越覺藺燕梅該同情，而范家兄妹的心術離奇難測。余孟勤就更覺自己對她不起。

「真是奇怪！」他說：「依你看，她不要范寬怡陪，叫范寬怡叫進你去的情形，這事就夠怪的。一定是范寬怡不令她安靜，在爭取時間，嚕囌解釋什麼了。范寬湖臨下車不是也要解釋嗎！」

「小范當然是要替她哥哥說話。」小童說：「在以前她就一直往藺燕梅耳朵中吹她哥哥的好處。從勞軍演戲起便很明顯了。我們不以為意是因為第一，她在誰面前也吹。第二，吹吹也沒什麼。到了呈貢，這回看來更明顯就是了。藺燕梅聽了也就聽了，並沒什麼反響。不至於像後來那樣忽然不要聽他們說話。她脾氣一向好。若是從那個氣勢看來，素日脾氣不好的，一定會罵人了。

「再說范家兄妹要解釋什麼罷，也很怪。我看見藺燕梅的手放下來的。這不是一個人的事，有什麼解釋的？范寬湖的神色一站起來便難看極了。在路警說閒話以前，小范同藺燕梅也在那時候都是一副怪臉。」

「所以我覺得是你一個人太重視路警那一句話了。」大余說：「在路警那句話以前一定要找理由。你不是說聽見她說了一句什麼話，范寬湖沒理她嗎？這句話一定非常要緊，可惜沒聽見。」大余說了又覺不大對，他又說：「如果是范寬湖因為她說的話不好而不理她，後來又未交一語。那麼范寬湖下車時的話，就不對題了呀！」

「就是呀！」小童說：「我早想到這個了。我聽著你往下推論就覺著不對。」

「我們總得找個線索。這個推理又站不住了。」大余皺了他那濃眉說：「不過看范家兄妹一直曲意求情的神氣，還可見出是她吃了他們的虧。她對他們說的又只那一句聽不見的話，仍可見那話重要。他們在聽了那話以後，臉上氣色那麼難看也許那是一句他們不願聽的話，所以後來他雖然不回答也不見得是他生她的氣。這裏單可恨的是燕梅存心太忠厚，她氣他們的話，便祇說給他們聽，並不到處說。所以她雖氣成那樣，後來只有你在眼前時，她也不講給你聽。」

「如果關鍵就在這裏，等一下見面我就要問她！」小童說。

「可是我認為我們沒有探聽別人隱私的理由。」大余說：「況且聽你所說，在呈貢和去宜良一路上，她對他們都很好。范寬湖也一直對她存心誠懇。過河下水都忘了衣服，也不像一個不經心玩弄女孩子的人的神情。我們若是尊重她的情感，就無法向她探討這些底細。你後來那些話，說她是在試探、比較男同學之類的話，我就不贊成。」

「不過道理是道理，感情是感情。」小童說：「何況她的舉動前後變得這麼特別。我們如果和她感情已如此深，又關心到這一步情況，我認為可以問。在車上我是沒有想到，如果想到早就問了。問不問在我們，說不說在她。」

「這話當然也有道理。」大余說：「你們在一塊說什麼都慣了。你又是跟誰也是掏心掏肺地說話。你問問也好。我不便問。」

「那就這麼決定。」小童仰起臉來看了看大余神色說：「不問我悶得慌。」

說著早已走到平政街天主堂外。這個天主堂是雲南最大的，佈置也最特別，誰也想不到教堂外面是一個茶館罷？這裏教堂外院就偏偏是一個茶館！是一個很大很幽靜的敞廳，牆很高，掛了許多聖蹟的圖片，也因為有這個供給學生們宗教知識的茶館，他們才注意到這教堂。他們最愛迎面牆上那幅大掛圖畫了地獄之門的。七個大門上寫著七種罪惡的名稱，又有象徵七種罪惡的猛禽、惡獸，此外又有許多人物；一張畫，熱鬧得很。

禮拜堂在後進院內，建築相當的好，他們祇從窗口張過，卻未走進去過。走到後進門口，小童拖住大余，問：「你知道他們稱呼修女什麼？我們在宜良鬧了笑話。」

大余皺了一下眉說：「這個我也不知道，試試稱呼一下師姑看。既然教士是神父，咱們給拉成平輩。」說著門房上的已走過來問找誰了。

「有一位新從宜良到這裏的楊師姑沒有？」大余說。

那個人點了點頭，問他們有什麼事，然後叫他們等一等，他去找。說完進了一個小門，他們便站在那裏看這教堂的建築。這裏一切潔淨得可怕，矗高的石築教堂和階級，方院，全被日光照得耀眼。院中又靜極了。

過了一刻，那個人出來說：「沒有。」他們不信不肯走要他再去找。忽然，小童看見從旁邊一個小門轉出了兩個人。不等他開口，藺燕梅已經同那位修女轉身走上教堂的石階了。她臉上一點表情也沒有。小童見了忙叫大余。大余看時，只見兩個背影。院子又寬又寂靜，又有一種空氣震懾得人高聲喊不出來。

那個看門人便用手指指，自回去了。他倆三步併作兩步跑過院子，走上石階，將及看見她們在胸前劃了十字，走進教堂去了。

他們不敢進去，只有站在那邊等，眼中仍清楚地顯現著她兩個走上石階的一幕；清楚的黑影，照在耀目的石階上，然後消失在拱門裏了，一切都那麼寂靜無聲息。

他們挨近門口去看，看見她兩個走到懺悔的木龕前。修女教了藺燕梅屈一膝為禮，又劃了十字，走進幕幔。然後自向神壇走去了。他們始終只看見了那修女的背影。他們又看見一位白鬚的法國神甫在龕內傾聽懺悔詞。

他兩個只有站在石階上晒太陽等著。足足等了半個鐘頭，然後聽見後面腳步聲，急急回頭，看見了一位風采動人的修女向他們走過來，一看就知道是藺燕梅的阿姨。他兩個看人家走近了，不覺似乎有一種想躲開的意向；但她已經說話了，她說：「你們兩位是等藺小姐罷？她說了：謝謝你們，請你們回去罷。」

兩個人聽見，無可奈何，亦沒有挨著不走的道理。只有道了一聲打擾走下石階來。修女也走回教堂去了。他們走到二進院子的門邊，忍不住再回頭往教堂那邊看一下，正巧隔了石院，又見藺燕梅同她阿姨兩個，低了頭，相併著走下石階轉進才出來的院門裏去了。

他們一路上的打算都成了泡影，小童要問的話，根本不得機會開口。不但無法談話，連走近她一步都不可能。他兩個往回走時，完全不知底下該怎麼辦了。他們祇覺得空氣更沉重，藺燕梅離他們更遠，他們失去她的可能更大了。他們想了一想，祇有再去找伍寶笙想辦法。大余便回金家，小童便去新校舍南區找伍寶笙。到了那裏又不在家。他又到陸先生花園去看了一趟，也沒有。他困乏了，回屋睡覺去了。誰知他和伍寶笙剛剛兩不湊巧，沒遇上。

伍寶笙一早上倒都是在火化院後陸先生的花園裏的，史宣文也在那裏陪她，她忙了一上午，直到喫飯時候，兩個人才走回來。兩個人在路上閒談著。史宣文看了她專心致志作記錄的神情在一邊想了一早上的心事。此刻她說：「寶笙，我從重慶回來，喫了你們好幾頓接風的飯了。可是說起歡迎我回來的表示，哪一次也沒有今天叫我在這兒守你一上午舒服。她們越請我，我越覺得是客，你越平常待我，我越覺得回了家。寶笙，你這孩子哪兒來的這些鬼機靈，這些討人喜歡的小心眼兒？」伍寶笙聽了，她就笑了，她一笑那整齊的小白牙齒便一閃。面對著這麼個人，襯了這一帶小山，花圃便令誰看了也快樂。她說：「我的老姐姐！你要是誠心誇獎我你就別在臨了時又給我一個刺兒！人家是自自然然地這麼待你，讓你說得一肚子經濟似的！」

史宣文掠了一下這個伍寶笙的頭髮說：「瞧你還是這麼懶得多別上幾個卡子的！你真是一點兒也沒有變；一樣兒的生活，一樣兒的工作，本本份份兒地，你的樣兒就像是畫定了的畫兒，永遠這個標緻勁兒。」

伍寶笙聽見就氣了。她便作嬌，站住不走，說：「這個人今天有點兒瘋了。去了一年重慶，學了些野話兒回來嘔我！」

史宣文更妙，她早知道會生氣，偏不求饒，她說：「你再罵罷，我愛看這份兒神氣，我要是能想得出更好的話兒，我還要說呢！虧來是我在這兒，要是換了個男同學，不怕他癱在地上！」

「喨喲！你真是要死了！叫人都替你臉紅。」伍寶笙看了她那頑皮涎臉的樣子，又是氣，又忍不住笑，她眉尖都皺了起來，瞅著她。

「算了！」史宣文若無其事地便收科：「我是過過癮。一年多沒看見你這神氣了。還不是叫你擺弄了我一上午，才想起你這份惹人疼的心眼兒，身分兒來。……」

「好姐姐！我求求你，能完就完了啵！」伍寶笙說不過她，只有輭求。

「咱們好好兒地走路。」史宣文說：「你想想，到了今天，你能在她面前做小姑娘，撒嬌兒的，除了我，哪兒還有第二個！再說你的老姐姐想溫習溫習這個神氣，你能說不叫她快活一下子？」

「謝謝你！夠了，夠了！」伍寶笙說：「又改成這種老氣橫秋的聲口了，真叫人怕你這張能說的嘴！幸虧是在野地裏，若是叫人聽了去，成了什麼意思？」

「成了什麼意思？」史宣文知道這個五年前一同進大學的伍寶笙還是那樣跟她無隔閡，相親愛，她也就不覺挽了她的手臂，緩緩地傍了她走，像是情人似的。一邊又用眼梢兒打量著她神色，揣摸著她心意兒，用話來撩它。她說：「你要是不提醒我，我還真不知道這些說著玩兒的話有什麼意思。現在想想，倒像是起了個話頭兒，說了個引子；底下呢，再說出來就不致於討你嫌了。底下該說細話兒，比如：這麼個人品兒，一年不見，不知道有了主兒沒有？我倒想給她提個人兒，誰知道她自己有了意思沒有呢？沒的一場好意碰她一鼻子灰！管她呢，已經提起了個頭兒，就得厚著臉皮兒說下去！誰叫她長得這個模樣兒連我看了都愛！她用著了我的時候我不來多嘴，也對不起這些年交情。對，這個老姐姐今天是非說不行了。」

伍寶笙早聽出她越說越上來了。她就由著她說，卻早偷出那隻手來，擰她挽住自己的這隻手臂。史宣文覺得了，便裝作不知道，咬緊牙，越擰越說，伍寶笙就越說越擰。史宣文哪裏在乎她，兩個人一著急，不覺腳底下都走快了。

說到這裏，伍寶笙都快氣死了，她倒索性鬆了手。大大方方地說：「說罷，說罷！我著急得很呢！說，你想提個什麼人？」

史宣文如果存心開她的玩笑，豈有不防備她這麼一著的道理？她便把頭一偏，看了她：「誰知道這孩子是真心呢？是假意呢！是假罷，白叫她哄了人家好名字去！是真心呢！如果不說，又平白招惹了這邊一場。人家女孩兒身分為有追著來問的道理！那豈不要委曲可憐了她！倒叫我這個作中間人的為難了！」

她們說著已經走上了公路，來往同學多起來了。伍寶笙就說：「好了！你也欺負得我夠了。留著點以後慢慢氣我用罷。讓你攪了這一場，我餓了起來你怎麼請我喫一頓好飯？」

「喲！」史宣文說：「才說她會揣摸人心意，招呼人，這就順手敲了竹槓了！罷，罷！老姐姐從重慶來，還有點盤纏錢剩下，請請這小妹妹罷。」

伍寶笙聽了便笑一笑，怪得意地，不說話。兩個人回到伍寶笙屋裏，梳洗一下，伍寶笙不想換衣服，只把褶兒拉拉平，拂去兩人鞋上的土，就又出來。一路走進城牆缺口，往城中心走。

「咱們還到昨天吃過的東月樓去。」史宣文說：「那裏醬雞腿好喫，昨天是客，不好意思再要，今天咱們姐兒倆盡個性！」

「別說得人饞了！要走就快！越是人家說餓呢，越能想出話來說！」伍寶笙說著便挽了她走。

「我可不是正想著問你呢！」史宣文被她拖了個蹌踉：「祇聽過有人生氣氣飽了的。像你這個越氣越餓的倒沒見過！我看我在山上說的話，有點眉目！要不怎麼瞅著你笑得那麼好，興致也高了！真是的！這些女孩子們再休想有心事瞞人，什麼都從眼珠兒裏告訴人了！偏偏這一位連肚子都不爭氣！不怕你不說，日子長了，還怕我看不出來！」

真是，史宣文豈是怕人多了，便不開玩笑的？現在是在大街上了呢，弄得伍寶笙那股神情，引逗得街上走路的人都停下來看她！她們一路說著便去東月樓吃了飯。姐兒兩個又到光華街水菓市上買了些梨，拿著梨順步走下去，轉上武成路，出了小西門，想順了環城公路走回去。史宣文看見小西門外篆塘一帶停著許多馬車，她就站下來看，說：「這些馬車去年我走時還沒有呢，怎麼就這麼多起來了？」

「還不是因為昆明添了人，又加上警報多，大家全疏散到城外這一帶去了，來來回回，都用得著他。」伍寶笙說。

趕馬車的看見她倆站住，就一鬨圍上來兜生意。她兩個弄得抽身不得，史宣文說：「要不就這麼著；你下午也玩玩算了，累了一大早的！咱倆去大觀樓坐坐？」

「也好。」伍寶笙也覺得有這麼一天輕鬆一下，竟是多久未有的事。「我也沒坐過這些汽車輪子的小馬車呢！」說著兩個人揀了一輛乾淨的坐上，這才如出重圍，衝了一條路出來。

快到大觀樓時，便看見村莊裏那些難僑同疏散的人家了。他們的服飾顯然不是屬於這農村的，可是他們正是住在那裏。在門口餵雞，河畔洗衣服。

伍寶笙指著給史宣文看了說：「看看他們現在居家過日子的情形，心上好過得多了。這場戰事打得真是兇惡，他們來的時候個個兒全有病。我不知道給他們多少人驗過血，十個有九個害惡性瘧疾。他們算是熬到了昆明的，路上還不曉得倒著多少呢！」

「哎呀！」史宣文嘆口氣喊著說：「你看了這情形好過些了？我正奇怪呢！原來你們在這裏看過更可怕的！我方纔想如果叫重慶的人也來看看，才好教他們想著是在戰時呢！只現在這情形看他們離鄉背井地，已經夠叫人難過了。」

說著兩個人沉默下來。等了一會兒史宣文問：「可是我想起來，快放暑假那一陣是不是昆明亂得很？我們在重慶都看見坐飛機逃難來了的人。街上漂亮的小汽車也忽然多起來了，滿城按著喇叭飛跑，全是『國滇』字樣。」

「所以我們這兒才清靜兩天了呢！」伍寶笙嘆一口氣說：「我們這個拉丁區到底是不同的，以不變應萬變。從前，其實又纔多久！城裏暴發戶似地繁華了起來，開了一街不三不四的小西餐館時，我們喫我們的米線大王。現在仰光客都哭喪著臉了，我們還是喫我們的米線大王。你知道，當初那些小汽車也不大開過翠湖玉龍堆這一邊來的。所以我們倒也沒大覺得昆明是不是真亂了一陣子。左不是另外一幫人的事，我倒希望他們多跑幾個，騰出房子給華僑住。我們一暑假和他們在一起，感情太接近了。」

「你這一說我倒又想起來了，」史宣文說：「你那兩個弟弟和桑蔭宅從軍到緬甸去的，有了消息沒有？」

「他們許多日子沒有信了。」伍寶笙說：「可是最近聽說好一點，他們的總部已經到了安全的地方了，不過在哪裏，不能宣佈，也許就是沒有信的原因了。我心上一直覺得他們不會有惡運，也說不上來為什麼。反正覺得都年輕，又心眼兒好。活活潑潑地，令人想不起有什麼不幸會到他們頭上似的。說到這裏，更有一件痛快事，就在你來的前兩天才知道。你記得凌希慧的叔父曾替她定親那件事罷？凌希慧躲到緬甸去作隨軍記者去了，這次撤退回來，叔父原諒了她，許她不再提這件事，近來微微聽見說那位幾乎把她娶到手的先生，大大地在這次戰事裏賠了本。似乎是他在太平洋戰事初起，星加坡吃緊的時候，一眼看定了有利可圖，東西拼湊，加上自己所有，下一孤注去了一趟仰光，想賺它一筆大錢。沒想到戰局大變，他的車子當然派做軍用。他的貨也就進不來了。一倒竟倒到底，起先還瞞著，現在漸漸瞞不住了。他們彷彿是命運之神擲著玩的骰子，在個盤子裏滴溜溜地轉，又彷彿是文人筆下的配角，隨手起用，隨手放倒。這變化之奇突，簡直可怕。他們這種作了一場春夢的人，此刻昆明市裏不知道有多多少少。他們起來得也太快，倒得也真澈底。你不見這兩天小報上淨跟他們開玩笑麼？昨天還在大酒樓連夜請客呢，回家去，桌上一封急電，他就是個大債務人，要下鄉躲債去了。過幾天再見他時，口袋中連買一包香煙的錢也沒有了。」

「對了，那個宋捷軍怎麼樣了？」史宣文打斷了她的話頭。

「宋捷軍據說也完了。」伍寶笙說。「他娶了個緬甸太太你聽說罷？」

「我怎麼不知道！瞧你這記性兒！」

「跟人跑了！」她也笑了，便接著說：「這個你沒想到罷！當初誰也沒想到。還彷彿聽說他倆怪不錯的。誰知道一逃難，把那位太太從前的一個情人給沖了來，就像漲潮時順水漂來那樣，兩個人一見面，沒幾天，便把她帶走了。她到底過不慣中國生活，並且她始終不學中國話。」

「那麼，宋捷軍呢？」史宣文聽得熱鬧，偏了身子坐過來問。

「宋捷軍也妙。他連找都不找。他的生意做得反還穩當。也是運氣好，趁勢收攤，雖說不多，到底剩了點錢，跟著就帶了他的那個小嘍囉鄺晉元坐飛機到重慶去混事情去了。你說的昆明逃難客裏，還該算上他們一份兒呢！這傢伙將來還不知道要做出些什麼事來！馮新銜、余孟勤還常接他信。余孟勤不大理他，我還勸過，說開除離校的同學的教育責任我們再不管，他們更危險於在校中不好好念書的了，聽說最近他也給他寫信了。」

「那麼宋捷軍運氣比那一位倒好得多了。人財到底不曾兩空。」史宣文笑笑說，「還給他剩了一樣兒！」

「學校裏可不就是這麼說嗎！」伍寶笙說：「他們做生意還不是跟賭博一樣？所以小童他們說他是情場失意了，賭場才保住了本。不過像他這樣好運氣的所謂新興商人——這是朱石樵給起的名字，是絕無僅有的了。他們多半是顧前不顧後的，又是光看枝葉兒大，地底下是沒有根基的，就和他們買賣的門面一樣，木板條子釘一釘，塗了洋灰，劃上線充石頭，門口汽車多跑兩趟就震得一片片兒地往下掉。這時看出凌希慧她們家那種老字號的根底了。人家當初也沒賺份外的錢，依舊是老規矩，作批發生意。此刻一絲兒也沒撼動他的！那位先生若娶了凌希慧去，說不定倒救了他一命呢！」

「那也不一定。」史宣文說：「也許把凌家本錢一塊兒給送進去了呢！你也別說得高興了，就不講道理。新興商人也有真在這一下子撈著了大魚的。凌家舖子以後貨物來源斷了，生意豈不是也不免冷落？」

伍寶笙想想自己那份打抱不平的腔調也笑了。說著這三里多路的大觀路早已走完。她們便在大觀樓石牌坊前下了馬車。

她倆順了牌坊底下的大路一直走進去到了湖畔，便坐在大觀樓正樓前欄干上看湖裏來往的帆船。史宣文忽然笑了起來，對伍寶笙說：「你說可笑麼，在重慶有一回幾個同事，也都是助教講師之類在一起閒談，談到楹聯，對子，就有那麼一位先生衝著我說：『史小姐，你從昆明來，昆明大觀樓那李髯翁的長聯，當然見過啦，你聽我背背看。』於是也不等我說話，自己就：『五百里滇池……』背下去了。在下聯一起首就錯了幾個字。後幾句上，看他簡直敲頭磕腦地受罪。好容易挨完了，還自己說難得。弄得我倒不好改他了。你說我當時難辦不難辦！」兩個人就笑著轉過身來看楹聯。

「當然啦，這不是逞能逞到背詩的祖宗這兒來了！」伍寶笙看了一會兒又笑著說：「到底可憐你一個出門在外的，這個本事沒有人知道。話又說回來了，你到底喜歡那邊不喜歡？看你信上一陣說好，一陣說壞的。」

「我覺得念書是要多走幾個學校的，我也贊成你去走走。否則老圈在一個地方，新血液便得不到了。我們那裏高明的教授也很多。學生也有的是有天才的。不過空氣總是不同。你既然用喜歡不喜歡這個字眼兒，我也就憑感情說，走遍天下，還是家裏好。這種沒來由的偏心誰也不免的。我也不贊成個個學校都像咱們這兒，應該各人抱定各人作風，傳統，纔有他的個性，纔有比較也纔彼此有好處。這回我來的時候，一年同事，同學，也怪不捨的。我們也聚會了幾次，說好常常通信，討論個問題什麼的。所謂『各呈材而切磋』就是這個話了。」

「這麼看來，你很捨不得那邊呢！」伍寶笙笑了說：「人這種動物真是難纏得很！怎麼也難服侍得好。幸虧我們研究生物不管人的這顆心。否則頭痛死了！」

「有人單管這顆心，不是嗎！」史宣文馬上接口說：「我就一點也不覺頭痛。走的時候，捨不下這邊，回來了又捨不下那邊，一點也不奇怪。就說那位背詩的老先生罷，人真是好得透了頂。五十多歲，女兒都跟咱們這麼大了，還這麼天真呢！這些事我想想都有趣。你在我跟前也留神點，你看我不把你們這些小丫頭子的心事瞧個透透的！」說著抓過伍寶笙的手臂來輕輕地掐了她一下。

伍寶笙就說：「所以我早就知道啦，從來沒敢在老姐姐面前搗半次鬼，明知道搗鬼也沒有用呀！」說著就都開懷地笑了。

她兩個一路閒談，又到園中各處走走，自己不覺也熱出一身汗來，所以也不去划船，只站在岸上看了一陣，天色已經晚了。午飯喫得飽，不忙喫晚飯，就慢慢走了回來，晚風吹著，一天都是好雲霞，覺得舒適得很。日落之後她們也走進了大西門。在文林街隨便喫了點甜食當了晚飯後，伍寶笙把史宣文送到南院門口，史宣文說：「既然走到這兒了，到趙先生屋裏來一塊兒談談豈不甚好。」伍寶笙閒散了一下午，也輕鬆鬆地想再多玩會兒。就又一路談著進了南院。

她倆走到趙巽祥舍監門口，見門開著。趙先生在書桌燈底下整理些舊信件，椅子旁邊放了一個字紙簍，已經滿了。她們就在開著的門扇上輕輕敲了兩下。趙先生用手在眼睛前遮了燈光向這邊望望，就招呼他們進來，說：「你們兩個到哪兒去了，一玩就是一天！這兒學校裏彷彿是全體同學在找你們！女孩子們都快把我的門敲破了！自從喫過午飯以後我就沒關過門！」她說著招呼她倆坐下，她倆彼此看看誰也不明白。趙先生放下手邊的事，坐了過來，像有一件大事要說，她們就等著。

趙先生派了一個老媽子去找凌希慧同喬倩垠來，她自己也先稍微地把藺燕梅的事說了一下。她說：「現在已經到晚上了，她也該回來了。我終不信她會在那邊過夜！所以我一下午沒出去，等到現在。你索性也在這兒等著，先別回南區去。」

伍寶笙聽了心上簡直不能信。她說：「這是不可能的事，趙先生！這若不是傳錯了話才奇怪呢！燕梅再也不會這樣的！」

趙先生說：「你這說的是我今天一天來，僅聞的一句，這麼肯定的話！我聽了很高興。不過事情就在今天早上。又是童孝賢說來的，偏偏錯不了。我也奇怪得很。女孩子們的意見很不一致。有人說她是跟范寬湖不錯，不過她們又解釋不出來，她為什麼哭成那個樣兒。凌希慧喬倩垠她兩個的看法倒跟你差不多，到底是老同學。總之，她這件事真叫我心疼極了。」

「趙先生！我們光是心疼，你不知道燕梅的心恐怕早已碎了！」伍寶笙欠身向前說：「我敢說，如果不是小童眼錯看花了，一定就是燕梅在夢裏吻的范寬湖！她若是醒著，我敢擔保這事是決計做不到的！趙先生！這是決計做不到的！」

史宣文在一旁似乎比趙先生還多明白了一點。她卻不能插口。她祇說：「可憐的燕梅，我還沒看見她呢！這下子，等一會兒她來了，我們見面，也是另外一個淒慘情調了！」她說著不禁難過起來。

伍寶笙聽見她聲音不對，便一下子轉過身來對她說：「史宣文，我告訴你，這事情一定不是這樣的！燕梅來了自見分曉！她決計是沒有一點兒錯的！你不能先存了可憐的心來替她難過。我們要拿她和平時一樣待。她是跟平時一樣的！你早上還說呢；我們接待老朋友不該用另一副神氣呀！」

這時凌希慧、喬倩垠來了，她們並肩在門口站了一下，便走進來。伍寶笙也不回頭淨等史宣文回話。史宣文說：「我豈不明白你的意思？我是想到了燕梅的心理，忽然覺得這件事在她心上的份量。」

凌希慧她們聽見了，知道趙先生必定先把這件事講過了。便說：「你們兩個到哪裏去了一天？叫我們好一陣子找！」

「我們？才真是天曉得！」伍寶笙看了史宣文：「玩了一天，沒事人兒似的！」就把一天玩的地方說了一下。

凌希慧就說：「現在你們也不用去天主堂了。你們一塊兒等一下罷！大家都把希望放在你們兩個人身上了呢！」她說著又忙告訴趙先生：「余孟勤剛剛來過，說他中午同童孝賢到天主堂去過了。只遠遠看見燕梅跟了她阿姨走進教堂去懺悔。她看見他們了，不但不理他們，反而叫她阿姨出來，打發他們走路！」

伍寶笙就搶白她說：「你這口氣是護著她呀，還是恨不得再給她惹點事？她現在見到他倆有什麼說的？燕梅就不會『叫』她阿姨出來，『打發』，『他倆』，走路！她從來沒有這種口氣！」

她們，連趙先生一共五個人圍了小圓桌子談論著，迎面的房門是開著的，門外走過的女孩子們都看見她們，也都知道藺燕梅還沒有回來。

喬倩垠又提起沈葭同馮新銜就要結婚了的事，她說：「我們下午去看沈葭，聽他們說，看情形非就在這兩天辦了不可，因為得了消息像我們這樣去討喜酒喫的人太多，若不快一點，馮新銜那一點稿費便不夠請客的了。」說著大家笑了。

「寶笙，」史宣文說：「咱們明天非快點去登個記不可，別叫他們給落下了。」

凌希慧說：「把沈老先生夫婦落下，都落不下你們倆，放心罷！我們瞧見罩子，頭兩個就是你們，底下是燕梅，再靠後纔是按了親疏排名次的。連趙先生都在你們後邊，你們想想罪過不罪過！」

她倆吐了一下舌頭笑了笑。

「宣文，還是這兒像你的娘家罷！」趙先生笑著說。她摸了摸茶杯，說：「喲，茶也白了，水也涼了。燕梅這個阿姨真是不講理，沒的叫她半夜一個人走回來？」

「可不是，都快十點鐘了！」伍寶笙著急起來。「等不來她，我回去也沒法睡覺！」

趙先生便對凌希慧說：「還沒有開學，你們宿舍裏空床多得很呢，你給找一個。不過一定要有帳子。南院的蚊子不是鬧著玩的。寶笙你也不用回去了。」

「哪兒用得著找，」喬倩垠說：「燕梅一屋三個都不在家。等她回來開了門，寶笙去睡梁家姐妹的床。那是她的老屋子！」

「那我定下另外一張床！」史宣文搶著說：「我們三個再聚一聚。」

「這倒好啦。」趙先生說：「有了燕梅，連趙先生都不要了！去，去，去你們的。說得怪叫人心酸的！」

幾個人聽了，又笑著說別的，等著。

等著，說著，不覺到了十一點半鐘。大家漸漸不自在起來。伍寶笙說：「這可糟了！如果我們一回來就去找她去倒對了。現在是太晚了，一定沒法去找，又眼見她今晚不回來了。」

趙先生也覺得不會來了，她說：「再沒有這時候去找的道理，你趕緊去找地方睡，馬上要熄燈了。明天一早來叫著史宣文去看她，現在別再蘑菇了。」伍寶笙無奈；隨了凌希慧去了。她一夜怎麼能睡得著！別人都睡了，她還在那兒想。想她這妹妹的脾氣，她所許的願心，她覺得就是神仙下凡來幫她，也要覺得困難。

她有一個決定，決定要從藺燕梅的性情上下手；不改造她的性情，這件事是沒辦法解決的。她又不大明白余孟勤那方面究竟如何。那個人的性情也是個走極端的。他怎麼能受得了這個消息呢？就算她扳得轉藺燕梅的牛脾氣，人家那邊翻了臉那怎麼了局呢？

想到這裏不覺記起史宣文白天開玩笑的話。「誰知道他們心上是有多麼深的情感呢？」她說：「也沒有一個人說出個明白的尺寸，叫我們這做中間的人怎麼揣摸？他們這種說濃真濃，說淡又真淡得像水似的戀愛，真是少見！這個余孟勤真不像個談戀愛的角色，他們的作風怎麼這麼特別？」

為了藺燕梅的緣故，她當然很留神余孟勤的用心。「但是，奇怪。」她想：「燕梅就沒有告訴過我他說過一句明白話。如果他說過愛她，她再也不會不來告訴我的。」

忽然，她的想法令她害怕了。這時也許是午夜剛過，也許是天將明之前，總之，是一個令人信心飄忽，容易恐懼的時辰。她想：「也許就是這個道理？也許余孟勤曾令她大大地傷心過。這事她便瞞了我不對我說？可憐燕梅，你怎麼會害怕在姐姐面前失面子？姐姐哪一天不把你的事當做自己的？可恨燕梅，你拿姐姐也當了外人！又可憐我自己啊，怎麼就被燕梅忘在腦後了啊！」

她想得有些失神了，眼前出了許多可怕的景象。那一張余孟勤的臉真是鐵青得嚇煞人。又彷彿看見燕梅在荒野中掩面痛哭著飛逃。她慌不擇路，赤著的雙足全為荊棘刺破，流著滴滴鮮血，衣服也撕得一條條兒的，片片兒隨風吹。她自己彷彿在拚命推著余孟勤去追她回來。

她想得頭上一陣陣地跳動著疼。她又感到晨寒，又覺得睏倦，窗口微微發白時，她睡著了。

到了上午史宣文來推她時，她纔忽然驚醒，也顧不得說話，揉了揉眼睛就看錶：「呀，九點半了！」她忙跳下床來，就埋怨史宣文不早叫她。史宣文看了她這個神氣，心上不忍說她什麼，只叫她定一定神，梳洗了，好出門。她說：「昨天我和趙先生也說了大半夜話，睡晚了。今早還想等你來呢，趙先生說你一定沒有好睡，叫我晚點兒再來看你呢！」

伍寶笙便叫她回趙先生屋去等著去，自己忙忙洗了梳了穿好衣服，找上她就要走。趙先生叫住她們說：「你們這個氣色太嚴重了，路上走慢一點，把心定一定，到了那裏要做出若無其事的樣子，別叫那個孩子更害怕不敢回來！寶笙，你也是個叫人不放心的，你今天怎麼這份臉色？回來再一塊兒到我屋來！」

「趙先生，她沒睡好。」史宣文說：「路上有我照呼她倆呢！」

「咳，也罷了，你又好得了多少！」趙先生說：「走罷，回來別忘了先看我！聽見了？」

史宣文忙說：「聽見了，馬上回來！」就和伍寶笙跑了，一口氣跑出南院門口。到了文林街上，史宣文說：「走慢點兒罷。又沒有多遠。街上人又多。」

她們當然不能在街上跑，可是走得仍是不慢，不一會兒到了平政街天主堂，抬頭看了看，便往敞廳後邊小門裏走。耳中聽見教堂中早禱的歌聲四散飛揚，直上青天裏去，教堂便如在歌聲中漂浮著一樣。

忽然看見迎面一位修女走過來，叫她兩個暗暗一驚，伍寶笙眼都看呆了，她扯了一下史宣文的衣服說：「這個若不是燕梅的阿姨我再也不信。怎麼有這樣好看的修女？也沒聽她們說一句？」

「她們哪裏見過！」

「大余跟小童不是昨天來過嗎？凌希慧竟忘了這麼個人物不描寫？」

「大余、小童兩個人哪裏是看得出女人容貌的！」史宣文不叫她再說：「他兩個昨天碰了輭釘子，心上不知道多麼恨她呢！」

修女本來正是出來找人去給她倆送信的。遠遠見了，也暗暗納罕，她想：「真是跟燕梅說的一點也不差，風度比人品還要勝幾分！難怪她這麼念叨著不能忘！」她竟似不用介紹，便如舊相識一般，帶了笑容走過來。史宣文見她倆四隻眼睛彼此打量。走近了，竟一齊開口。從那問話的聲調裏就聽得出兩個人又驚又愛的心意。

也不用介紹，修女便說：「既然來了，也不用說燕梅怎麼等了你們一天了。她現在在做早禱。你們到我屋裏去等一等好不好？」

伍寶笙說：「我們能不能到禮拜堂先看她一看？」

修女說：「非進去看不見，她在歌詩班的台上，台在一進門背面的樓上，不過你們到門口站一會兒，她的聲音是一定聽得出來的。」

她倆聽了，知道自己不懂得禮拜堂的規矩，不便進去，便不強求，隨了修女走上石階，站在門口聽了一下，聽出藺燕梅歌聲清越，竟大不同平時，不覺眼圈濕了，便不再聽，由修女領到學生宿舍那邊藺燕梅的房中去等。到了房中，修女說：「我還要做祈禱去，桌上那個是燕梅昨晚上寫給你們未完的信，你們看一看罷，燕梅脾氣扭得很，我叫她纏得沒辦法，等一下你們幫忙勸勸，還有半個鐘頭我們就回來了。」說著便拽上門，走了。

伍寶笙忙到桌上拿起那信來和史宣文同看。藺燕梅的筆跡，她們多麼熟悉啊！

信上一開頭便是她譯的幾句祈禱書上的話：「還有誰那裏可以容我投奔？還有誰能接受，洗清我的罪。主，啊！主，請你垂恩！」

她兩個互看一眼，心冷了一半，呆住了。

這信的前一半都說的是昨天她讀祈禱文的感想。說昨天阿姨到教堂去做早禱時，她獨自跪在這床邊上讀這本法文的祈禱文。她認為有生以來，到今日為止，一切都是罪孽。快樂或得意，皆是虛榮，爭得別人疼愛及誇獎，無非是滿足自己驕傲的心理，甚至穿一件好衣服，找一件高興的事做一做，都是貪婪、奢侈不應當的行為。這都是罪。她又說，遇到了不如意的事，想毀去自己的生命，也不應該，也要算在殺戒之內。太為感情激動更是造罪之源。

底下她平平淡淡地說了不怕嚇死人的話；她要做修女了！

她雖然年齡還不到，危赫瀾神甫不准她。但是她可以求他先收做學習的修女，她可以先接受白色面幕，束帶掛珠，潛修到年齡夠了的時候再做正式的修女。她戰慄地祈求上帝助她勇氣。那嚴重的戒律，和手上所戴的戒指，表示把身體許給上帝作新娘的婚戒是在向她招手了。她不能抗拒，她要勉力做去。

眼前她要在教堂裏齋戒，學習規矩，準備三天後受洗。

最後用了譏諷自己的口吻敘說了這次的事，描寫了那個令她得到解脫的夢。她一點也不難過。她說夢中以為是真，醒來不信是夢。莊周蝴蝶，哪天是了？她的解說令人反更覺沉重。偏偏這文字又美麗得如詩篇。

她對范家兄妹，一字責備都沒有。祇簡單說范寬怡曾告她，以為她是醒著等語。她說這就夠令人澈悟的了。反求她倆不要令校中輿論對他們兄妹太難堪。

伍寶笙看了信，直在落淚。史宣文接過信來放回桌子上安慰她說：「寶笙，你別難過成這樣，我看還有救。」

伍寶笙說：「我早料想燕梅是在夢裏，沒想到事情離奇到這樣。」

史宣文停了一下，緩緩地說：「大凡一個人能夠澈悟到這一步，就已經又跳出宗教這個圈子以外去了。況且平時聽她言論，也不是個眼界不寬的人。這個學校的空氣是學術自由，那思想也就崇尚理解。她受了兩年薰陶對她必有好處。愚夫愚婦的信教，是心靈輭弱要找依靠。她是心冷已極的話。等一下千萬不要照直勸她，由她去。我們祇說學問要緊。告訴她學識不足，修道也難深。祇得做個庸碌的修女，為上帝也做不出事來。你看看，包管見效。」

伍寶笙噙了兩行淚聽著。忽聞廊下有人聲，是燕梅同她阿姨來了，兩人忙拭了淚等著。只聽見她阿姨似乎勸阻她什麼。她那聲調之激越，完全與信中兩樣，她執扭地說：「不，我要！阿姨，我一定要，你要再跟危赫瀾神甫說！」

她阿姨便說：「好了，好了。慢慢再說罷。還不快來看你的兩個姐姐！」說著開了門。也不等伍寶笙端詳一下她這個妹妹到底怎麼樣了。她一看見姐姐便直撲過來抱住伍寶笙，耳中祇聽見：「姐姐！姐姐！你看我怎麼得了啊！」一句話，索性就哭了起來。伍寶笙也忍不住攬了她哭泣。

屋裏只聽見她兩個傷心的聲音。誰也沒有話可說。史宣文想：「不知道這位修女心上覺得燕梅夠格修行麼？她這個樣子和信上口氣多麼不同！這還是學校裏的藺燕梅，不是天主堂的女修士啊！」修女看了，雖然也難過，卻覺得不及聽她纏著要修行那麼令人傷心。她便打點起話頭來慰解。她說：「燕梅，你盼了人家一天，人家來了，又哭成這樣連個給人說話的空兒都沒有！」

伍寶笙聽了忙著先止住哭來勸藺燕梅，卻不知道說什麼好。史宣文在一邊早打定了主意，她說：「也該哭夠了，旁邊還有個我呢，不知道看見了沒有！」

藺燕梅是個多麼周到的人，這一句話果然見效，她趕緊收淚來和史宣文說話，史宣文不等她開口便先羞她：「我若是晚一步從重慶回來，還趕不上到這兒來見你呢！」

藺燕梅羞澀地拭了淚，心上怪難為情地沒處藏躲。修女去找人打水給她們洗臉去了。史宣文說：「你過來，我小聲兒告訴你一句，你這個底子離做修女還遠得很呢！」

旁邊伍寶笙聽得這句話莽撞，吃驚不小。祇見藺燕梅聽了伸手把桌上她寫的信拿在手裏，略看看，撕了，不改柔和聲口說：「別提這信中的話，昨天火氣還是太大些，你看我做成做不成。」

史宣文見她臉上頑皮，孩氣不改，就笑了說：「這個話也沒有這種說法呀！反正你歲數不到。慢慢地說罷。我又沒攔你。」

史宣文的話頭這麼難捉定，她聽了也沒法做腔調。伍寶笙也早改了笑臉說：「我倒覺得做修女跟念大學都差不多，祇是燕梅的媽媽聽見不知道怎麼想法？」

史宣文說：「怎麼想？一定說：『好乖，到底長大了，自己會拿主意了，第一次拿主意不跟我商量！』」

藺燕梅攔住她，問伍寶笙說：「怎麼作修女會跟上大學差不多？」

「這個簡單得很，」史宣文偏說：「上大學是研究著科學或是什麼別的學問，去體驗哲學。修道院是潛修著哲學去解釋人文和科學。」

伍寶笙說：「你們西洋文學史上不是還有經院學派麼？中國歷史上更不知道有多少學識高深的和尚。別的我不知道，我們遺傳學上最基本的定理就是孟德爾一個和尚發明的。他種了十五年做試驗的植物不學，還教書呢！我看除了道袍之外，跟一位教授沒有什麼分別。」

「到底有件道袍呀！」史宣文說：「你這位助教就沒有呀！」

「那有什麼，哪天我助教當膩了，就剃髮修行。也不希奇。」她說：「燕梅進天主教，我就當尼姑。只剩下老道婆給你這老姐姐做了！」

「這倒不錯。」史宣文和她一遞一句地說：「一視同仁，一門一個。咱們閒了，到一塊兒照舊玩兒。不過可得找個天主堂，尼姑庵，和我這道觀作鄰居的。大家緊接壁兒才好串門子玩兒！」

「別說得那麼氣人了。」伍寶笙說：「那纔不知道多出醜呢！真正叫人家看成三姑六婆了！」說得連蘭燕梅也噗哧笑出聲來。這時她阿姨已帶人打了水來，三人忙不開口，笑卻止不住。阿姨也詫異起來，怪覺得這兩位姐姐本領確是不同。替自己解了一場大難題。怎麼纔一會兒功夫，房裏全改成笑聲了！

蘭燕梅忽然觸動心事，想起在宜良天主堂那一晚，小童和巧環胡扯的話來，心上好不自在。她在兩個姐姐前面是撒嬌慣了的，便嗔著她們不許胡說。

史宣文笑了說：「瞧咱們把她嬌慣的；教訓起咱倆來了，今天非拉她回到趙先生那兒評評理不可！」

她阿姨一面催她們洗臉，一面問不許胡說什麼？她們只是笑，誰也不說話。阿姨也就不問。姐妹三個輪流著換水洗臉，重新端正起來。

「說著想了起來！燕梅，告訴你件喜事。」伍寶笙說：「沈葭這兩天就要結婚了。」

「沈葭？跟誰？」

「當然是馮新銜了！還有誰？你這話問的叫不叫人生氣！」伍寶笙說。

蘭燕梅也笑了，說：「問成習慣了！」

「這更不像話了！」史宣文說：「就像女孩子的事都像你這麼容易變卦似的。轉眼不見，差點做了修女。」說著在燕梅背後和她阿姨做眼色。

「可不是嗎，」她阿姨說：「她纏得我都想好好兒打她這個頑皮孩子一頓！」

藺燕梅不許她們奚落她，便打斷這個話題。她問：「怎麼就在這兩天，這麼快？」

「你在這裏怎麼會不奇怪呢！」史宣文說：「人家說得好：『洞中方七日，世上已千年』呢，等你三天受了洗，出去看就只見小馮新銜，拄了個拐棍兒，白髮蒼蒼，來給藺姑姑請安呢！」

「馮新銜的孫子說不定也是個文學家，看了這麼個標緻的姑奶奶，那還不要受了個靈感也寫本小說！」伍寶笙更進一步半諷刺，半打趣她。

「別氣人了。」她說：「要是這兩天就舉行婚禮，我去參加不了，這可怎麼好！」她聽她們講馮新銜小說出版，就要結婚，這些興頭上的事，心上也要快點去看他們。

「你快給我去！」她阿姨笑著推她：「你今天就給我走。你們兩位把燕梅給我帶回去。我這兒不要她！」

「阿姨，這怎麼行！」她說：「危赫瀾神甫好容易才答應我在這兒住三天，我怎麼能出去！」

「你出去他才喜歡你呢！」阿姨說：「你要是再去纏著他要做練習修道，你看他生氣不生氣！」這樣，談話似乎是到了一個段落了。不知怎的，誰也沒有頂合適的話接下去，於是屋子裏忽然靜了那麼一剎那。

「不成。」藺燕梅想了許久，又蹙起眉頭：「我不能出去，我還是不能出去的。」

「怎麼又不能了呢？」史宣文說。

「我沒法子回學校去。」她說：「我還是不能見我的同學。」

「燕梅！你忘了你自己寫的話了麼？」伍寶笙又急起來：「怎麼昨天那麼想得開，這會兒又想不開了呢？」

「這個不同。」她說：「昨天想得開也是真的，現在覺得不能出去，也是真的。」

「她這個話對的。」史宣文說：「道理也很簡單只要設身處地一想，馬上會覺得出來，比方手邊欠了一大筆債的人，如果想去清償，那是一件很費事的事，不過如果他這時得了大病，伸腿一去，什麼山高的債也可以不管它了。燕梅在這兒一蹲，當然什麼都想得開，等一下一出門，見了債主，她可不是就要急了。我這個比喻好不好？」她說著說著忽然想到她阿姨是已經作了修道的人，如果太把出世的念頭形容成怯懦的表現，便是給人當面難堪了。於是末了來一句問話。

今天是幾個聰明伶俐的角色聚在一起了。人家焉有不明白之理？她就說：「還是你們的話動聽！昨天我怎麼想也想不出一個好例子來說明我的意思。倒叫燕梅取笑了去！」

藺燕梅聽見就做出不高興的樣子說：「阿姨，你就愛說得我這麼壞！」她就打算往她身上賴：「燕梅什麼時候取笑過阿姨？你說！」

阿姨笑著退後幾步說：「有你兩個好姐姐在這兒，別再纏我了。快去打扮你的，好跟她們走。這一句話說得還要多明白！你們聽，昨天我說這麼年輕輕的，一點進取的心都沒有！遇了點不如意的事就想打退堂鼓！她還說我俗氣呢！」

史宣文聽到這裏才放下心，她想：「這個修女真是特別聰慧，她不但聽出我失言，並且用話掩飾她已聽出來了，說了些繞彎兒的意思，怕傷著我！」

伍寶笙說：「我纔想透了這句話。你們看，她不是打算伸腿一去，逃債麼？咱們教了她這些年，沒教出個進取的人生觀來，反而學會逃避了。我看，咱們教育部份失敗了，就該執行法律的一部份了！抓起她去還債。還要把她看得緊緊的，要她求生又難，求死又辦不到！」她就作出一種嚇唬她的樣子。

「快點抓她出去是正經。」修女笑著說：「我不留你，你想待下去也不行呢！再說，如果要受洗的人全到教堂來作準備，我們還得附設個旅館呢！」

這時史宣文正洗臉，藺燕梅正坐到桌子前化妝。她兩個離得近。史宣文就靠過去小聲兒說：「你那個債主昨天來了，你怎麼不見他？」

藺燕梅正氣她們來了之後佔盡了她的便宜，令她又羞惱，又感激；聽見她這話簡直是故意糟蹋自己了。便裝作不生氣，也湊過去說：「等你提醒我呀！」猛不防，就用手中臙脂片兒給她抹了一鼻子！

大家哄然笑起來。史宣文說：「原來俗語說：『碰了一鼻子灰』是紅的呢！」

修女說：「你們三個人真像姐妹似的。燕梅你說句真心話是愛學校，還是愛修道院？」

「我是真覺得修道院可愛。」她真心地說：「學校也真好。」

「我替你說罷。」史宣文一語更加中肯：「愛學校是愛那兒的同學，同學術空氣。愛修道院是愛文學作品中的描寫，什麼戒指啦，袍子啦，祈禱文，教堂同歌。你這些夢想，加上這個樣兒的阿姨，就叫你忍不住也要試試了！」

藺燕梅聽了嬌羞地指了她對阿姨說：「阿姨！你看她壞不壞！」

「你今天罵了我們半天了。」伍寶笙說：「回去有得是時候跟你算賬呢！梁家姐妹都在呈貢，趙先生答應我們還回到老屋子去住一晚聚會聚會呢！」

藺燕梅聽見，高興得喊了起來：「姐姐！姐姐！」她又拍手，又跳。阿姨便笑著搖頭，羞她。她便拉了阿姨一齊跳。

史宣文說：「事實上，戰事起來後的大學生活就和修道院也差不多了。男生宿舍索性像兵營了。我們的飯食簡單生活中也缺乏娛樂。」

「你的意思是不是說，還不及這兒快樂？」修女故意笑著問。史宣文想起剛才失言之事。明白了她是故意點破。兩個人就會心地笑了。

收拾好了。史宣文攙了她走在前面。伍寶笙帶了她的提包，同修女在後面並肩走。修女悄悄地對她說：「過兩天你來看看我。還有話告訴你。」她也悄悄地點點頭。

走到了門口，藺燕梅彷彿很困難往外走。她彷彿是個畏日光的小鼠，而外面陽光正是太好了。

史宣文早看出來了。她說：「你若是個學科學的人，像伍寶笙，我就一把推你出去。若是個學哲學心理像我的，我就用兩句話譏諷你出去。現在你是個學文學的，這種心理變動的經驗不可不有，我就容你在這門檻兒裏體驗幾分鐘。」

伍寶笙在後面便對她阿姨說：「阿姨，她若是個冒冒失失，心血來潮就要做修道的呢；您就打她出去！」

阿姨笑著來打。她忙跑出去了。史宣文去追上她。阿姨便乘機告訴伍寶笙說：「看出她心上還很弱罷？到了學校要知會同學們別再傷了她。」

伍寶笙感激得要落淚，忙點頭答應了。三個人告了別，一同向學校走回來。

她們在路上決定；回到學校去，這事祇可告訴人是在夢中，而這一夢的實情，不能再告訴別人知道。夢醒一句話只好聽天由命，看范家兄妹如何。藺燕梅說：「小范答應過和她哥哥為我守秘密的。不知道做到做不到。」

「他們倒不見得會不守信用。」伍寶笙說：「可是說出來也沒什麼，讓孟勤明白明白，不好嗎？」

「就是不能讓他聽見！」她說。

第十五章

「無奈歸心，暗隨流水到天涯。」——秦少游

學校裏面為了這次事件，當然免不了許多傳言，許多爭辯，而產生了一種輿論。這輿論過了一晝夜便爾造成，專等被討論的人回來聽取。

藺燕梅是個被動者，是大家心目中一個應當受愛護的角色，無論她出了什麼事情，即使是她一意孤行所致，大家也習慣地不去怪她，而去怪那個招致她一意孤行的別人！她撞了車，大家怪大余不該令她駕車，她簪了校園中的禁花，大家怪范寬湖不該去摘，她這次既是做著夢，那麼范氏兄妹怎能不受輿論的嚴重制裁？

她為此事曾哭著想家！她曾想做修女！那還了得！學校竟留不住她！她想家也要她好好兒地離開大家回去。她如果想做修女，那必須是為了一個極聖潔的理由，極合乎她天然接近宗教氣氛的性情，又要在一個極度不牽強的形勢下，才可容許她去。

事情也許有錯，而藺燕梅不會有錯！

這種輿論實在太感情用事而有點不公平了，然而輿論越是這種性質的纔越來得勢頭兇，不許人反對。大家相戒，不許在她面前提一字她要做修道的事，惟恐羞著了她，下不了台階。大家又相戒，不許說明是同學們有意袒護她而使她心裏不寧靜。雖然，背地裏，爭辯得好不激烈，當面沒有一個人敢提半個字，連她的保護人陸先生，同顧先生也都對這事守緘默，生怕把事情鬧得決撒了。

伍寶笙、史宣文把她輕巧地又搬回學校來，趙先生裝作不知此事似地反倒責備她兩句不該在校外過夜。過了兩天，隨著她去受了洗禮，參加馮沈婚宴，大家只戰戰兢兢地配演這一齣「燕梅歸來」的戲文不敢多事。事實上，她此次回來，等於忽然變成校中一個特殊人物，一個孤立的角色了！

她好似被大家推出後台來看戲，而後台的一切，她皆不得與聞。

呈貢人物一歸來，那爭執就更厲害了。范家兄妹在學校中簡直大有立足不住的樣子。范寬湖的粉紅色舊賬，一篇篇地被人搬出來重新算過。他們算了這賬之後，倒氣平了些，認為大家自己亦有罪焉，誰叫大家不早些糾正，反倒容他常在藺燕梅身旁趦趄打主意？慢藏誨盜，是他們大家的責任！

范寬怡是個潑辣的傢伙，大家不大敢惹她，便轉頭去欺負周體予，明知道這樣給她的難堪會更厲害。

一切群眾行動之愚蠢處，他們的行為裏，皆全備了，一切群眾所易犯的錯誤，他們件件犯了。當然是自從藺燕梅突然下鄉起，大家便憋足了一肚子不平的氣，然而這一肚子氣令他們走到今天這一步，實在是太不該了。

這種輿論之造成，令男生中大余，小童等，女生中伍、史、凌、喬等，頗不知如何纔好。他們措手不及，大局已如山倒。

天下事，常常如此，見識是見識，世事是世事。此時做一個又熱心又有見識的人，最苦。如果光有熱心，而無見識，大可隨了潮流叫囂，博得群眾愛戴。如果光有見識，而不熱心，也很可臥聽大門外打死人，屋裏照樣睡大覺。偏偏不幸世界上常有具備二者的少數人，又偏偏不幸他們常是少數。於是便如同一個瘦弱的小孩，拚命去扯一匹發怒的馬，或是更恰當些，一個航海人在風暴之中，打算落下那個滿兜了風的帆篷。

范寬怡豈是那麼壞的人？她一直以為藺燕梅是害羞，是裝睡著。並且在呈貢那些時，她看在眼裏的情況，也都令她相信他們已是很接近了。甚至兩個人是瞞著她呢！到了宜良渡河時，她才看出哥哥的畏縮，同藺燕梅的羞澀，而兩個人又都含情脈脈的。如果她所見是真，以一個妹妹的身分，她是可以鼓勵她哥哥的。事實藺燕梅也並沒有怪她。雖然事後小范在車上只得幾分鐘的機會向藺燕梅解釋，她已澈頭澈尾地明白她了。這件事藺燕梅怎麼能不怨自己呢！從一到呈貢那天晚上，范寬湖接她下馬起，直到去宜良回來止，她確是有意無意地想拿范寬湖磨刀呀！

她磨刀是不至於出事的，因為她知道范寬湖不敢，而在她這種小女孩試探著做遊戲的心理中，她確是享受到了一種她自己認為不應該的快樂，只是沒想到自己在那麼個時候，做了個不爭氣的夢，連累小范挨了大家的罵。她是同情小范的。但是又有什麼用呢，在這種群眾言論之下彷彿是她大可挑任何人磨磨刀，而那當磨刀石的必須明白他是塊磨石，不得生出其他念頭！

這簡直是豈有此理。大家全不思量，如果小范是有心設圈套，那種譎詐之心理，在同學中怎能想像？況且平日小范對藺燕梅很不錯，就是她不喜歡大余，她的聰明也不致令她對藺燕梅做出這種笨事。藺燕梅心上實在深恨這個輿論，而無可奈何，她自覺與其不清不白地受大家一味溺愛，實在還不如替了小范受大家排擠，心上安適些。

再說到范寬湖，他更是個可憐的英雄了。他一頭認定自己作下了錯事。雖說一切是誤會，他沒有理由原諒自己。所以他咬緊牙關，一字不辯。又左叮右囑他妹妹，不得失言把藺燕梅睡夢初醒所說的一句話告人，一切要憑藺燕梅處置。他認為，這事之後，如果大余同她鬧翻了，這句話徒令兩人處境尷尬。如果二人天幸不致鬧翻；則此話說出只有令他們以後快樂的日子中多一個回憶的陰影。藺燕梅如果願意告訴人，那可聽她的便。他是決不肯利用這句話去作挑撥諷刺的工具，來為自己添文章而犯混水摸魚之嫌的。縱使她夢中喊出的是自己的名字，而因為是在夢中之故，以他的英雄氣概，他也要叫他的美人在醒時，再考慮一遍的。至於當時他何以不看清了，便遽而去吻她，那當然是一種浪漫氣氛下的美麗之疏忽。用這種說法來評論范寬湖到底確切不確切，我們無從知道；因為他誓不開口，為自己做一字辯護。

根據這個情形看來，藺燕梅同范家兄妹也可算入那千古同嘆的少數人中去的。他們又是當事人，所以更加寂寞。他們又皆為這不快樂的回憶所煩擾，所以藺燕梅也不願和他倆在一起。他們的寂寞之中，便又加了一層相互的疑猜，不知自己為對方的一份苦心，是否得到瞭解，這話又是誰也怕再引起誤會而不肯出口的，於是更弄得三個人的處境苦不堪言。

不顧這些熱心又有識之士是多麼辛勞地想為學校再恢復素日那麼快樂和睦的空氣，那尖酸的批評，惡毒的流言卻一天天地多了起來。這裏邊新學生做出來的事情特別多。他們一方面對於誰也沒有很深的情感，於是為誰也沒有多少顧忌。另一方面，正因為這故事中的角色太出名了，他們正可藉了對他們的攻擊而引人注意自己。這種淺見之徒是生怕不為人注意而甘願作一切出醜的事的。在課室中故意作無聊的事情令先生斥責來引同學一笑的是他們，在運動會場上故意跌倒，起鬨的是他們，在校外裝瘋賣傻惹是非的也是他們。看那神氣！嗬！好不容易進了這學校了，在大街上走一走，恨不得警察也有要知道他是這裏學生的必要呢！

這個學期便這樣亂鬨鬨地開了學了。他們這一些老朋友，當事人，只可說在馮新銜、沈葭的婚席上，溫習了一下舊日習慣的快樂空氣，那以後，心境便一日甚一日地難堪。

這時，馮新銜的書，在同學之中很賣得好。可是那種悲憫過失、奮勉向上的言論卻似乎不大見效。比方說：范寬湖當然是很孤單了，很少幾個人理他。梁崇槐是個好女孩子，她倒有時不避忌諱，仍照舊應酬他，至少，不冷落他。不料有一天，他們在文林街偶然同路，才走了沒幾步，後面就聽見有人閒話。他們只聽得說：「這個是誰？你不知道？也是個出名的人物呀！就是她這回得了便宜，漁翁得利！女孩子找個主兒這麼難，用心這麼苦！也太可憐了！」

范寬湖氣得臉都青了，勉強陪她走到南院門口，低頭說了聲：「我太對不起你！」便自走了。梁崇槐站在那裏看了他的背影呆了半晌。心上為他難過得不知如何是好。正在這時，見對面小童把他攔住說話。小童是一向作不來假的人，他是真心地，看去一如平日，自自然然地好像是和范寬湖商量一同去做點什麼事。他纔說一兩句，便把范寬湖拖走了。她看了心上才鬆快些，很感激小童為范寬湖免去了一段難以排解的寃苦時光。她想著獨自往南院走，走進屋去看見梁崇榕同藺燕梅都在那兒準備功課。她自己心上有事，進了門也不打招呼，往床上一撲。也說不上來是想休息，還是想哭。把她們兩個念書的嚇了一跳。

梁崇槐上樓來時，院中喬倩垠、凌希慧正找她。她們見她想著心事往樓上走，竟從她倆身邊走過而沒招呼好像沒有看見。她們覺得有事，兩個人就跟了上來，走進屋去再叫梁崇槐。這時藺燕梅，梁崇榕也都放下書走到她床邊來，還以為是她兩個在外面把她惹生氣了。

梁崇槐被她們纏不過，就說出了剛才街上遇見的氣人的事。藺燕梅聽了正補救了她無法向范寬湖表示的同情心理。她暗暗感激小童，她也佩服這個好朋友梁崇槐之度量及見識。她知道梁崇槐是個有主張，也有節制的女孩子，她不一定戀愛范寬湖，但是她那種不能為燕雀所明瞭的心胸，是令她有資格在此時睥睨輿論，去同情范寬湖的。

梁崇槐講完了這事情她說：「我就不明白咱們這個學校的可愛的校風在什麼地方！這不是一街瘋狗亂咬人嗎？不要說戀愛關係叫人看著多奇怪了，就是同學間的感情問題，也都不像有教養的人的作風。這還是大學哩！」

她的姐姐聽了說：「這怎麼能一概而論，你看見的那是誰？」

「我們就沒有回頭。」她說：「反正是同學。」

凌希慧說：「校風是大家的事。各人有各人的自由，慢慢地看它愛怎麼發展就怎麼發展，愛是哪一派佔上風就是哪一派佔上風。各人作各人的就是了。比方說戀愛吧，有大余那種老古板兒的，也有小范那種打獵的。有傅信禪、何儀貞那種小家氣兒的，還不是也有沈葭這種自己闖天下的！這些也都是個人問題，同發表各人的意見一樣代表不了校風呀。」

「還有凌希慧那種差點兒被家裏作了人情讓人家娶了去的。」喬倩垠閃到蘭燕梅背後去笑著說：「那也只能算是家風，不算校風！」喬倩垠這意思是暗示凌希慧不該在這裏提到大余，而蘭燕梅卻早明白了。她自從回校後，還不曾和大余說過一句話。

「我明白你們的意思。」梁崇槐說：「當然不是有人在那兒埋頭造校風了，不過，這種不良空氣，也得有人糾正呀。」

「咱們去糾正呀！」喬倩垠說：「一代換一代，後浪推前浪呀。從前這屋裏是史宣文同伍寶笙，現在是你們姐兒倆了呀。也沒見人家受了點兒氣跑回來往床上一躺，就哭，從我們身邊走過，都眼裏看不見人！」

梁崇榕看了喬倩垠和她妹妹爭辯的這個神氣，便說：「喬倩垠真是叫人看了高興，病好了起來，脾氣也變得有精神得多了。」

蘭燕梅這是第一次參與這件有關她心事的辯論，便生怕這題目又跑掉了，忙插嘴說：「你說咱們來糾正，怎麼個糾正法兒呢？」

「對！問她們倆！」梁崇槐指著凌希慧、喬倩垠笑著說：「她倆尾追著我上來，糾正起我來，倒像兩個女警察似的！」

「不是警察，倒真是郵差呢！」凌希慧說：「校風還是真有人在埋頭建造。我們是來送信兒叫你們準備後天開一個新鮮的會的。」

「這個會哪兒是建立什麼校風的會？」和她一同做信差的喬倩垠反而糊塗了：「這會是大宴他們一幫人召集的。一共分兩部份，第一部份討論馮新銜的書，第二部份，根據這書裏，他們的態度，大宴請求大家提供意見供他去辦學校用。所以才要你們都準備發言。」

「這還不是等於建立校風？把大家注意力從無聊的事上挪開？」凌希慧說：「並且乘這會兒幾個畢了業的人物還在校的時候，開這個會，把他們發議論的風采給後生小子看看！」

「凌小姐，您請！」梁崇槐笑著說：「我還不大清楚大宴是辦個什麼學校呢！我又不懂得教育！我沒言可發。」

「你怎麼就先打退堂鼓了？」喬倩垠說：「我們就先來糾正你！燕梅！你按住她的手，希慧你捉住她的腳。不用你，崇榕，你們自家姐妹有偏心！」

大家都知道她是開玩笑，便祇是笑，沒有人真動手，她自己也不動手卻去偎了梁崇槐坐了，說：「瞧了你這個樣兒，警察也狠不起心來！」

凌希慧就說她的：「我們還要去別處傳話呢，先說正經的。大宴是畢業前已經由本地一個學校聘定了作教導主任。學校現在疏散在鄉下，學生約四百多人，是初中帶小學。男女兼收。教員薪津之外，供給房飯……」

梁崇槐聽了小聲兒摟著喬倩垠說：「你們的郵差口齒很清楚呀！這一段兒像不像《西廂記》裏張君瑞的科白？」

梁崇榕說：「是哪一段兒？《西廂記》裏辦學校？」

藺燕梅說：「底下就該是紅娘的：『誰問你來？』了。」

喬倩垠這才瞪了梁崇榕一眼說：「所以說啦！套文章哪兒有那麼死板的！」

凌希慧發氣說：「小姐們的《西廂記》都很熟啊？咱們提議後天的會改來討論小說詞曲罷？」

「我不反對。」梁崇槐說：「也分兩部份，前一半西廂，後一半紅樓。」

「別生氣！希慧。接著講辦學校開會的事。」梁崇榕看她妹妹太頑皮，就說：「我的《西廂記》就不熟。」

「別聽她的！」喬倩垠同藺燕梅一齊搶著說：「不熟也是裝的。更精靈！」說著就吵成一片！

「別吵了！小寶貝們！」梁崇槐說：「我來賠個不是罷。別把郵差氣走了。」

喬倩垠也站起來說：「真該走了。還要到好些別的地方去呢，要人家提供意見就得給人家時間準備。」

凌希慧一邊同喬倩垠走，一邊還回過頭來叮囑：「可別臨時你推我讓呀！這回要大家作點事。多想想。多看看馮新銜的書。」說著出去了。

她們走了之後，過了一會兒，梁家姐妹發現藺燕梅在那兒深思起來。還沒有等梁崇槐問她，她就說道：「你們看怎麼樣？我們為什麼不能動手改一改這目下的壞風氣？」

「你是什麼意思？」梁崇榕早明白了一大半，她故意這麼問。

「非常難說。」藺燕梅用手比劃一下，又放下了：「比方說，……很難說；尤其是我，更難說。咳不說了！」

梁崇槐就拿起她的手輕輕拍一拍，說：「不說我們也明白了。想利用一下這個會做點什麼是不是？有什麼話當了我們不能說的？我們也覺得眼前這些事太討人嫌了。不能讓它長此下去。」

「做點積極的事也好，」梁崇榕說：「燕梅，你有什麼意見，說出來，我們幫忙。」

「她若是能說，她還不早說了？」梁崇槐對她姐姐說。

藺燕梅聽了就說：「也沒有什麼一定不能說的。你們瞧，這些天來淨聽見耳朵裏塞滿了罵小范同她哥哥的話了。有些人故意跑到我耳根來罵，就彷彿那是對我的應酬話似的。我就奇怪，有他們什麼事？我自己就很替范寬湖冤枉。我覺得要罵也應該連我一起罵呀，沒有我在這兒，還許連累不了范寬湖呢！」

「那你算是白費心了。」梁崇榕說：「想叫他們罵你，這乾脆就辦不到。」

「我倒不這麼覺得！」藺燕梅說：「罵人罵慣了的，什麼人免得了挨他們糟蹋？那種跑到別人跟前去罵另一個人的，更是特別心眼兒窄，變得快的。我們誰敢保他跑到另外一批人裏不掉過頭兒罵這邊兒？就是他們糊塗了不罵我，我們就不能不叫他們也別罵別人麼？」

梁家姐妹完全明瞭了她的心情，而且也的確聽到過流言傳說得很不堪，那當然把她也拖連進去。聽了她這話，真覺得胡亂造謠的人太沒有心肝了。對這樣一個同學，也說得出這種下流的謠言來，實在令人不得不卑視他們，同時也從這一方面看到藺燕梅今天所不喜的事，實在有協力剷除的必要。

「再說，他們若一下子因此造成了一種漫罵的風氣，」她又接著說：「對他們自己有什麼好處？不過，這一切，我都沒法出口。我不能說一個字關於范寬湖的事。如果我為他說了什麼，那更顯得我自己以為是叫大家捧到尖兒上去了！我豈不成了可憐他了？范寬湖是受不來人家可憐他的。那要讓他更難受。我每次只有聽了忍著，也不能禁止別人開口，怕給他當面難堪。只有聽完回屋來難過。」

「我就不怕，我常給他們來個當面下不來台。」梁崇槐說：「我每次聽了不三不四的話的時候，我就給他個釘子碰，追問他是哪兒來的話。」她說到「不三不四」幾個字忽然想起這話怕要走露口風，引起藺燕梅懷疑，底下忙改口，幸喜藺燕梅沒聽出來。她接著說：「我就頂他說：『你罵什麼人，說不定人家瞧你還不夠格挨罵，才不罵你呢！』就把他的嘴給堵住了！」

蘭燕梅聽了，嚇了一跳，說：「怎麼？都鬧得這麼熱鬧了？我還一點也不知道呢！這不成了吵架了嗎？」

「你怎麼會知道呢！」梁崇榕說：「我是懶得參加，我看豈止是吵架，崇槐有時候都是拚命呢！」

「你真的？崇槐？」她更驚異地說：「我奇怪，什麼時候你學了這麼厲害的一張嘴？別叫人欺負了！」

「誰欺負得了我？」她說：「再笨的嘴，這些天也磨出來了！」

「崇槐！」蘭燕梅聽到這裏，再想想方纔梁崇槐一進門所說的事，知道她不但明白自己，而且她們姐妹還是真熱心，就迸出來她再也不能忍的話：「你們要真心幫助我，你們就得幫助到底！我不願意大家罵范寬湖，不願意大家互罵。我有一個想法。如果我們利用後天開會的時候把這個意思透給同學我就心安了。我敢保，在那個會場上發表的意見，在學校中一定可以成為權威的論調，必定站得住！」

「這個我倒沒想到。」梁崇槐說。

「那你想到的是什麼？」她說：「你不是也同情他麼？你不願意麼？」

「我同情不同情他是另外一回事。」她說：「我沒有想得這麼具體。我祇因為聽了凌希慧說他們這個會可以對同學有很好的影響。又看出你的心思，以為我們可以準備一下就是了。」

「她的辦法很可以試試的。」梁崇榕說：「事實上同學不一定愛罵人，我們祇消泛泛地說同學間亂造謠亂批評很不好，再說一點范寬湖的好事情。他們的漫罵既得不到大家的欣賞，又失去了目標，不就自行消滅了麼？事實上這些閒話能以得勢，還不是為了人家覺得說的怪尖酸，巧妙的，愛聽，才間接地鼓勵起來的麼？」

蘭燕梅聽見這話，才寬心了。她感激地說：「這不是給范寬湖做了好事，這簡直是給我做了好事。真是我怎麼就會得到你們兩個這麼幫忙！」

「我也在奇怪呢！」梁崇榕相當莊重地說：「范寬湖是什麼福氣，會有你們兩個為他說話！你們兩個，要知道，是最不宜於為他說話的。」

「我怕什麼，」梁崇槐說。

「崇槐？真的！」蘭燕梅兩手扳了她兩肩，面對面說。她心上早就有了一句話，是非問不可的，此刻她得到機會，一定要問了。她納悶得很；梁崇槐到底對范寬湖如何？

「怎麼？」她說。

「我要問你一句話！」她說：「能問？好！你得閉上眼。你也閉上，崇榕。我問了！你閉上眼是看見你的心，我閉上眼是怪不好意思的……」

「那我閉上眼呢？」梁崇榕已經把眼閉上了。她笑著說：「我又明白八成了。這兩個孩子心裏的事恐怕我全比你們自己先知道。」

「你閉上眼是只當你不在這兒。」蘭燕梅說：「我問了，崇槐，為了這件事你怪我不怪？」

「咦！」她們姐妹倆都睜開了眼：「這是從哪兒說起？」

「不管。」她自己仍閉著眼說：「我說到哪兒，就做到哪兒！我賠你一個不是；喏！」她就在梁崇槐那個詫異著的小圓嘴唇上那麼啄了一下。梁家姐妹看了那神氣，不論心上多不了解，也忍不住笑了。梁崇槐臉都紅了。蘭燕梅卻仍不好意思睜開眼，放開梁崇槐自己躲到枕頭上去了。

「燕梅！燕梅！」梁崇槐過去坐在她桌邊上喚她。「燕梅，你把我弄糊塗了。你若是不說明白，我不能這麼放過你去！你不能躲！我非把它再還你不行！」

梁崇榕在一邊聽見了這一個「還」字忽然心上明白了。她感動得很，她奇怪蘭燕梅竟會永遠出人意外地那麼體貼別人，她作的事簡直整個兒過火。她站在那裏笑著說：「我可不能再裝看不見了。我非走不行了。」

「崇榕，你不能走！」她妹妹說：「我非要燕梅說明白不行！我要一個見證！」

「憑心算了！」她說：「見證人都不好意思見證了。將來也沒法子替你們說話。我也不走遠，在門口給你們巡風好了。」她笑得彎了腰走出去，果然就站在門口。

蘭燕梅勢不能總不睜眼，她聽見門聲知道梁崇榕出去了，便睜開眼，一看，好大一張臉，梁崇槐壓在她身上呢！她忙偏過臉去說：「說完就是說完了。沒有這麼樣的！」

「我怪你什麼？這是你跟范寬湖兩個人的事。再說，好好兒地說著話兒，打什麼戳兒呢？」她梁崇槐說：「你說完了，還有我呢！這樣就完了，不是平白欺負人嗎？」

蘭燕梅忙轉過臉來說：「你真生氣了，我是一點兒也沒有別的意思，我一直想你也許怪了我！」

蘭燕梅忙用手背掩了自己嘴唇，又要笑，又要搶著說話：「那是寫完了信，封口兒呀！」裝做生氣的樣子說。

外面梁崇榕聽她們實在鬧得太厲害了，就敲窗子說：「要封口兒，快點兒封。郵差要進來收信了！」她說著就開了門進來。看見蘭燕梅的頭髮全揉亂了。她就遞一把梳子給她妹妹，她就替她梳，她就靠在她懷裏坐著。反正這樣兒沒法子梳，還不是賴著裝蒜。

「我想燕梅這樣不是沒有緣故的。」梁崇榕說：「我剛聽你說有話問崇槐，以為是你心上一直存了這件事，不問個清楚，怕底下的話不好說，誰知道你一直想到這個犄角兒尖裏頭去了！你說罷，這是什麼道理？」

「問崇槐。她明白。」她說。

「我怎麼就會明白，天理良心地！」她說。

「你明白不明白，起先我也不知道。」藺燕梅說：「要不是你剛才說露了話，我還真以為你不知道我已經聽說了呢！」

「崇榕，你懂不懂？」梁崇槐是真糊塗了：「燕梅！你要悶死人呀！」

「我哪兒懂？」

「你看！」她說：「我們誰也不懂！你說罷，你已經聽說什麼了？」

「聽見說的當然不一定可靠。你既然說出來外邊有了不三不四的話，我才敢說。」她想起聽說的話實在難聽便吞吞吐吐地回答：「她們說的當然過火兒，說你為了范寬湖很不高興什麼的。當然她們就說我的不好啦！我明知道你不會怪我，要不然我怎麼肯告訴你？你看，你不是還給她們釘子碰不許她們當了你面罵我嗎？」

「天哪！」梁崇槐喊：「怎麼都鬧到我頭上來了！姐姐，你聽見了沒有？」

梁崇榕既是她的姐姐，當然這一套話就也吹不到她耳朵裏去。她這時候需要趕快拿個主意，她只有含糊替她妹妹認下這件冤枉案子來，雖然她知道妹妹氣量大，這件事也夠她受的，無論如何，今天有這個機會還是大家把分別聽見的流言對證對證才好。

「你瞧是不是！」她就對她妹妹說：「頂厲害的還傳不到你耳朵裏來呢！」

「我說呢！」藺燕梅如釋重負，舒了一口氣：「那幾天大家什麼話也瞞我的時候，你們也什麼都不說，我就知道是有什麼話不願告訴我。等到我自己聽見了，才知道你們用心這麼苦，怕我聽見了，難過。其實我早知道你一定原諒我的。我也一定可以讓『你』相信『我』是真知道『你』不會怪『我』的。這下子，不就好了嗎？多痛快！別人再到中間說閒話，不是也沒有用了嗎？好了，這下子我才覺得同『屋』不異夢了。我實在心上存不住事情。」這下子她倆兩邊聽到的閒話都對證出來，三個人都覺得好不心寒！

梁崇槐已經沒有話可以再解釋了，她呆在那裏。她姐姐就說：「燕梅，你這個小心眼兒少裝點事罷，這下子轉了幾個彎兒了？你為她想，想她為你，又其實你是想著她，……這不怕把人轉糊塗了？」

「要不是這麼個轉彎法兒，到今天還從糊塗裏轉不出來呢！」她是真快活了，這麼說。

梁崇榕知道她妹妹一定明白了她的用心，就用話想法子把實情再闡明一點，她就推開一步說：「我老早知道這些好奇的多嘴的人早晚要給你們說點不能聽的話！你瞧，這不是都對證出來了嗎？所以說你們兩個最不宜於替范寬湖說話呢！再說為了他，崇槐，看你跟他的那點兒交情，不值得。」

「我要是想說話，就不管這一套。」她妹妹說：「要說交情，當然不值得。路見不平，還要拔刀相助呢！對不對？燕梅。何況還牽連上你呢！」

「我不愛聽閒話。」她頑皮地說：「你到底跟他交情怎麼樣？我本來不覺怎麼樣，後來聽人家說的彷彿很怎麼樣！現在看看又不太怎麼樣了！」

「我看也是非歸結到我頭上來，這個談話輕鬆不了。」梁崇槐說：「你這幾個『怎麼樣』就該一頓好打！我說罷。我是我的脾氣。別人說什麼是隨他們的便，所以，我想和他玩，就不管別人會說到多遠。日子久了，沒的可說，也就說不遠了。你知道范寬湖人不錯，也能玩。再說他又是比別人漂亮些。去你的！我就是這個說法兒，愛聽，就是這個，不愛聽，也沒有別的！這個漂亮不漂亮當然很重要，硬昧了心說愛看醜的也是該雷劈的。我打網球，他能打，游泳，他游得好。看著痛快，我沒有道理不找他陪著玩。」

「你知道人家說他什麼？」藺燕梅說。

「你聽她說。」梁崇榕攔住藺燕梅。她認為她妹妹的意見也可以給藺燕梅參考一下。

「人家說他什麼對女孩子沒有真心我當然也聽見過。」她說：「可是沒有用。若是男同學說的，我聽見那種話就更不跟說那種話的人玩。若是說話的是個女孩子呢？我就告訴她說那是她自己把真心拿出來得太早了。男人的真心害臊得很，叫她的真心給嚇回去了！」

「你給我住嘴罷！」她姐姐笑著打她：「再說更沒有好的了。」

「這一句話就值得買票來聽！」她說：「把肝兒丟給小貓吃了，它還在你懷裏嗚嗚嗎？說一句明白話，你若是不願意叫你的男朋友被別人罵，還是你自己保守一點好。這簡直是一種合作。男人如果不前進，不大膽，那還成什麼男人？可是女孩子如果不抵抗，不保守，也是不盡責，不合作。」

藺燕梅簡直是聞所未聞。她半句話也沒有。梁崇榕只裝作不看見她那驚異的樣子，由她妹妹說下去。

「總結一句話。」她說：「在一起挺高興地，無論是談天，唱歌，玩，只要兩個人都真高興，就誰也是真心，誰也用不著抵賴。可是等他忘形了說傻話又要動手動腳的時候，無論你心上對他怎麼樣，也必得生氣。要生氣就得像真的一樣，氣得死去活來！不然，就打不退他。下回他就把你看容易了！我就看見過女人出了嫁，生了孩子，老了，快死了還沒有跟她丈夫說過一聲『愛』的。那像這些小姐們，一天到晚，愛啦愛的！連個好聽點兒的說法都沒有！」

「你這總結一句結在哪兒呀？」她姐姐說：「淨吹牛，也讓自己的話給帶走了！」

「結在這兒。」她說：「我跟范寬湖的交情就是交情，沒有愛不愛的。我沒說他不好。他嘴裏也決說不出我一個壞字來。他的挨罵，我當別人一樣，要替他分辯兩句。而且他的挨罵裏決帶不上我。有點兒拖泥帶水的糾葛，我躲著走。這就是這一套道理的好處了。」

「剛挨了罵就忘了！」她姐姐說：「氣成那個樣兒呢！」

「燕梅你明白，我這會兒早不氣了。」她說：「誰走路能不碰上條把長蟲呢？繞著點兒路走，別踩上。它還能撇下自己的事，老釘著你？你要去爭執才要糟糕呢！再說用那種話罵我，他自己聽著也跟我的為人不像。他找我來，我就未必理他。他罵范寬湖也影響不了范寬湖。那個話罵的還嫌早一點兒呢！」

「你這個論調兒真不是人人做得到的。」藺燕梅說：「而且太傷神了。」

「傷點兒小神，省得傷大的。」她說：「那麼你就是那種愛不愛的人啦？淨聽你審我了，我回敬你兩句，看你受得住受不住；范寬湖你就是不——愛——啦。大余就是愛——愛啦？有這麼簡單？」

「真難聽！」她說。

「那麼就還是我的好聽點兒。」

「說一句老實話。」藺燕梅想了想，又說：「我仔細想想，我從來也沒有真正愛過什麼人。愛字是很難說。我可以說一個也不愛。我是誰也不愛了！」

「罪過！」梁崇榕說：「看你把她什麼話也給擠出來了！崇槐！」

「她哪兒說什麼話了？」她說：「她就不會說話，也不會想。我問你一句，你回來之後，不跟大余說一句話，是什麼話？是什麼毛病？」

「是不想說。」

「你這個忽然不想說，是個什麼力量？是心上沒有他還是太多的他了？」

藺燕梅搖搖頭說：「我不知道。並且你再問，我也說不知道。」

梁崇槐聽了忽然打消了再問的意思。她知道這個話問遠了。其實她這次是真猜錯了，藺燕梅心上對余孟勤確是忽然減少了熱望。這一點她一時看不出來，她不明白人在不幸中會把昔日幸福時的樂觀看法自動地打了折扣的。這是人人都有的一種本能，一種心理上的自衛方法。

梁崇槐祇想她這話不能接著問。因為她以為她當然愛余孟勤，此刻叫她怎麼能說呢。她只有放棄了這個極有趣的質辯。但是她必需另起一個不太突然的話頭，否則便不免露了破綻。她說：「那麼你肯為范寬湖打抱不平是為什麼呢？」

「這個簡單，這因為我比罵他的人明白他。這是正義感。」

「完了！完了！」梁崇槐早就準備結束她的話題了。她是個乖覺得很的人，得收便收，所以，她說：「又跑出個正義感來了！又是大字眼兒！大字眼兒順手亂用！還是你聰明，叫你逃掉了。咱們收攤子，這齣戲不唱了，談正義感罷。你打算怎麼個感法？」

「我看這件事你們兩個人都開不得口。」梁崇榕說：「由我說話，也不方便。」

「你這成了什麼話？」她妹妹說：「燕梅剛才求我們，我們就答應了。這會兒你不願意說，不要緊，別又扯上了我。我到時候，就站起來說！」

「不行。你別著急。」藺燕梅說：「咱們三個都不合適。我讓你們幫忙也不是就由你們說。咱們大家想辦法呀。」

「這個意思還得透給大宴他們知道。」梁崇榕說：「若是不告訴人家，那臨時有點措手不及。」

「當然應該告訴大宴他們召集的人，不過這個場面只有余孟勤來發言合適。」梁崇槐對藺燕梅說：「臨時由他提才好。這不是說笑話。」

「我不去跟他說。」蘭燕梅說。

她們不覺靜下來了。過了沒多久，梁崇榕又提起來說：「決定做就一定要做。眼前有個人，由她轉達一下罷。你跟她什麼話都能談的。她又一定能把你的意思委婉表達得好。要她去告訴大余。」

「誰？」她妹妹問。

「伍寶笙呀！」她說：「就是不知道這次會他們請先生們了沒有。伍寶笙也許不知道這件事。她們做了先生真是化外之人了。無論如何，她自有辦法幫忙。你去找她怎麼樣？」

「我當然想到她；可是，」蘭燕梅說：「說也奇怪，她啦，史宣文啦，近來都不常找我來，你們瞧是不是？我找她們去玩，當然還是一樣，可是她們從來不跟我談這件事，有時候我提起來她們又扯到別處去。好像她們的意思是：這是過去的事了，老提它幹什麼？彷彿嫌我心上擱不下這點兒事似的。其實我心上對我自己的這點子事也許叫你們大家奇怪，是很早就看得開了。可是學校裏這股子不痛快的空氣，我想談談呀！說實話，這是我第一次有機會談到這個問題！不管，我這就找她去，她不會不管的。我信得過她。」

她說著，站起來就走。她們兩姐妹，也覺得伍寶笙是一定信得過的，她們當然也明白伍寶笙的用心，便由她走了。

她走得很快。因為她心上的確是鬆快了。

她知道伍寶笙此刻在什麼地方，她直接到試驗室，一找便找到了。開學期間，像伍寶笙這樣的人，每天，幾點鐘到幾點鐘，在什麼地方，是一絲也錯不了的。

蘭燕梅把她找出來，不容分說，一下子把來意說明，就要她去對大余說。伍寶笙當然答應，她早知道這開會的事，這次會並且請了許多先生的。她們說到這裏，兩個人已經在南區的走道上，蹓了兩個來回了，課室中上課的人，全向外對她們看。她們談得入神，全不覺得。

伍寶笙做夢也沒有想到這變化竟如此可人意，都有點不敢相信。她說：「燕梅，讓我細看看你！你真是個不得了的孩子！將來真不知道你要怎麼樣呢！我恨不得馬上跑去告訴史宣文！我們完全過慮了，你用不著人操心，你永遠有上帝照應著似的。我要說你簡直是個完全的人了！」

「早得很呢！姐姐。」她說：「我至少心上還得加上個梁崇槐才成個人。她說女孩子天生要管束男人的。全憑感情是會害人害己的。她還說了許多別的。她太妙了！」她笑著把梁崇槐一套話學給伍寶笙。當然，由她轉述一遍，用了她的字眼兒，那理論便整個兒改換了。改換得極和緩了。

伍寶笙聽來詫異得很，便追問她們今天怎麼起的話頭。她便一一說了。她索性再進一步，說：「這些天，你們都不好。連你這個當我姐姐的也不好，對我都變了個樣兒了！」

伍寶笙知道她不怪她，便只笑，不回答，用手攬著她緊緊地。

藺燕梅又說：「可是也有一個人，單他一個，跟你們都不同。對我始終一樣，什麼事都照常，那就是小童，今天給范寬湖解圍的，也是他。」

「小童是個好的。」伍寶笙說：「學自然科學的人不願意把人事關係看得太複雜了。」她們兩個覺得今天真是快樂極了。

過了兩天，看見了佈告。這個會公開請同學參加。會場在南區七號大課室，時間是晚上七時。為了免受警報影響。

到會的先生們很多，召集人心目中最肯接近同學的先生如金先生，陸先生，顧一白先生，趙巽祥先生，教體育的陳先生及許多位別的，全到了。有些未曾請的，也來自動參加，因為馮新銜的書，及宴取中的素日成績，令他們樂於到會。史宣文、伍寶笙，及馮新銜自己，全要算作先生了，便都坐在屋中教職員的榮譽席上。伍寶笙要藺燕梅同她坐在一起，便同史宣文去也把她拖來，一同坐在金先生後面一排，夾在她同史宣文中間。

同學們到的更多，如旁聽一堂名氣特別大的功課那樣，屋裏在晚飯前便有人用筆記本佔座位，此刻更是擠得插進半個人來也不可能了。大家便都圍在窗外，同門外聽。每個窗外便堆成一個半圓。站得最遠的，便常常「這個山頭看了那個山頭高」。東邊張張，西邊望望，打算挑個人薄一點的窗口，其實，哪裏也差不多，於是成了流動份子。有了這些流動份子，那些窗口的半圓形便時時被修正，而十分整齊。誰說人的活動不能用物理來解釋？

小童挨了范寬湖坐，他兩個在前排。大余算是學生，他在同大宴，朱石樵，馮新銜，沈葭，編集臨時收到的意見條子。

那些新學生們便你指我瞧地來認這些人。藺燕梅是大家都認得的了。便以她為坐標找到史宣文。有少數人還不認得伍寶笙，那麼只要他一開口，四圍的人便會哄然告訴他，然後大家皆為自己的高聲所嚇住，而不免啞然半晌。當然有人把宴取中同朱石樵認錯，後來一開會也明白了。范寬湖是個倒霉的角色，許多便毫無顧忌高聲地告訴給不知道的人，又指指點點地來看。他今日如有所思，小童問三句，他答兩句地。至於小童，他們注意的還不太多，也因為小童要接近過才知道他的好處。大余呢，則提一提名字，便夠受半天的了，心上要默祝，未來在學校的日子裏別撞上他。

他們準時開會。

大余做總主席，約略說了今天沒料到有這麼多不吝賜教的人肯來增光。準備得倉促，請大家原諒的話。然後說一說這個會分兩部份，各部份有各部份的主席。他說了一下兩部份的性質後，便臨時自己加了一項，請先生們演講。第一個便請金先生。

金先生說他今天祇打算來聽，同討論的。不能演講。大家哄然大笑，他自己也仰起臉來大笑。大余再讓別位先生，也都客氣不講。他一直讓到伍寶笙。她們也都淺淺地笑笑，深深地低了頭，謝了。

大余正待往台上走，後面有人起鬨。他們喊：「要藺燕梅講！」「要藺先生講！」因為看見她坐在先生席上就故意搗亂。

伍寶笙深知余孟勤脾氣，怕他發作，正代他著急。誰知他今日特別好脾氣。以他的急智，這事本不難應付；他便笑著又走回來，竟來請藺燕梅。這下子，坐在前面的都回頭了，坐在後面的都站起來了，最後面的只有站上椅子。笑聲掌聲，全場鬧成一片。

藺燕梅羞得一頭鑽到伍寶笙懷裏。大家鬧聲裏也聽不見伍寶笙說了一句什麼，祇見她笑得那麼好，兩手撫了藺燕梅的頭髮，看了大余那麼搖一搖頭，臉上也泛起紅雲來，又把搖到額前的頭髮掠回耳後。那麼溫柔，又那麼優雅，更那麼羞澀。會場中人男子就都看得張了口，女孩子就都羞得偏了頭。

大余便作出了個失望的神氣，告訴大家他的使命失敗。然後走回台上。大家也不忍再和這一對玉也似的女孩兒搗亂，又已經滿足了，便不再生事。這時候單苦了窗口半圓堆兒最外面形成「弧」那一部份的人，他們只有跳起來看。腳跳酸了，也是看不見。沒法兒垂頭喪氣地，等有眼福的人看夠了，再用傲然的口氣，給他們一點支離破碎的轉播消息。這時大余已結束了開會儀式。正式開始程序了。

第一部份是討論馮新銜的書。這一部份又分報告同批評兩段。報告由馮新銜自己來擔任。他說了原作大意之後，也約略範圍了一下批評的範圍。他這個報告居然很需要，因為竟有人不清楚這小說主要的動機。讀者拿來當故事看，單瞧熱鬧兒了，那怎怪這書的影響看不見呢！

批評討論是由沈葭作主席。一開始，一種謙讓的空氣籠罩了會場以致全場默然片刻，無人發言。余孟勤就對伍寶笙示意。伍寶笙便在金先生耳邊說了幾句話。金先生這次很痛快地答應了。他就在座位上第一個發言，打破了這個無聲的場面。他提議以後發言的人也不必站起來，好令人覺得自然些。這以後發言的人便多了。總括來說，先生們多半就書中某一點、兩點說些稱讚的話。同學多半給批評。藺燕梅本來也準備了要說話的。被開會時的一場鬧得不好意思說話了。她便怪兩位姐姐不該把她拖來坐在先生席中，兩位姐姐便笑著哄著她。

大宴的一部份是朱石樵做主席，他自己當記錄。這一部份有趙巽祥先生一段長長的關於教育心理的專論演講。討論方面很少，提供的意見則很多而且實際，當然不免瑣碎一點。

從開會到現在，一直是十分成功的。他們造成了一種極親睦可留戀的空氣，大家都恨不得找個題目多談一會兒，不願意散會。

大宴致了謝辭。下去了。余孟勤便走上台來。旁聽的人，連先生在內都覺得沒有什麼事了。幾個發起人卻提心在口。范寬湖自己當然也不知道。藺燕梅向前欠身偷偷橫過眼去看他。他正看了台上。小童正好對藺燕梅看著，他倆擠了擠眼。

余孟勤說他們今天這個會還有個第三部份。就是他願非正式地在這裏以學生服務組織的領袖資格，報告一下暑假服務工作。最後他說：「我們現在是自己人關起門來談談，我們不妨說，幾個單位工作都很令人滿意。這完全是同學們合作的表現。而各單位中完全沒有出一點意外的是江尾村的一個。這個要歸功於那邊的負責人，我介紹給大家，我們這位辦事能力特別優越的范寬湖同學！」

說著便領先鼓掌。小童就推范寬湖站起來。范寬湖全未料到，他驚住了。

誰知道掌聲毫不熱烈。後邊人堆裏漸漸起了騷動。過了沒有幾秒鐘，他們已覺長如幾年了；有人向外走，自動退席。窗外有人嘟囔著說：「誰？是他！范寬湖！」

走的人牽帶上了本來不打算走的人。坐在中間不便擠出去的人也特別要引人注意似的，提議跳窗子出去。靠近窗子坐的甚至已經騎上窗子了。一時人聲鼎沸。那些毫無成見，專以搗亂取樂的，更是起勁得很。做鬼臉，打胡哨，你推我一把，我拍你一下。

余孟勤知道大家不贊成范寬湖。而這次決不容失敗。因為失敗了會叫情形分外糟糕。他記起了伍寶笙把這意思告訴他的時候，她的神色。她象徵著馮新銜書中的慈愛精神。他便打定主意為這精神奮鬥一下。

余孟勤的鎮定工夫是很好的。他神色不動，臉帶笑容。微笑著向范寬湖點頭，手中不斷鼓掌。好像是說搗亂的正是早些走掉好，這個會中沒有他們才更有意義。先生們完全明瞭他們這次的動機，更為這一群熱心為學校改革風氣的學生們所感動。他們頭也不回，完全當作不見後面的頑皮學生都作了些什麼事；他們一致熱烈鼓掌。藺燕梅她們手都拍疼了。梁崇榕、梁崇槐姐妹本來坐在靠後邊一點的，此刻乘亂，人鬆了些，也走上前來加入這熱烈的鼓掌集團。這裏簡直是一場魔鬼與天使的競爭。在垂危欲倒時，硬要挽回大局來，是一件又艱難又遲緩，又興奮的事。

這時局勢的決定是在大眾手裏。在當初刻薄的流言盛行時，那群眾中有點判斷的人也多半守緘默。因為他們不知道自己是多數，他們又多半怯懦不敢出頭。現在受了刺激興奮起來，便依了怯懦的深淺程度不同，一個，兩個，四個，五個，十個，二十個，壯起膽量，兩眼看著前面，不敢回頭，只偷看了身旁人的神氣，鼓起掌來。

他們一鼓了掌，便立刻自己有了一種優越感，一種抑壓已久的悶氣得以伸吐的快感。他們又下意識地要搶在前面，要比同輩人先動手。這種心理一發展開來。那氣勢就陡然增漲，而瀰漫全場了。掌聲此時已震耳欲聾，不久就又聽見歡呼聲了。這下子，已經走了的人，那些心上本無所謂的人，又搶先回來看熱鬧，那些發動的人也怪喪氣地往回走。他們的好地位已被別人佔了，他們現在成了窗外的「弧」。他們又伸了頸子在那兒張。他們纔是真正的懦夫，此刻又怕被同學拋在後面了！當然其中也有少數硬漢為此情景所氣，掉頭不顧而去。

這時的勝利感已不全是為范寬湖了。實際是校中多少天來暗爭，熱辯的爆裂。是一陣地下泉流之湧出山口。這時首舉義旗的幾雙手早已拍得又紅又腫，疲憊欲休了。

范寬湖在這勝利的空氣裏，這才走上台去。向大家致謝。致謝完了他向大余說他有幾句話，本來不必講的，現在機會如此好，他倒要講了。大余弄得莫名其妙。只有向大家說了。范寬湖便簡簡單單地說：「難得這個機會，諸位好友朋都在這裏。我借幾分鐘說幾句告別的話，將來免得一一辭行。」

這真是叫人摸不著頭腦，全呆了。

他說：「我很愛這裏的學校，我更愛這裏的好同學。可是我忽然覺得我寧可走到別處去想念大家，而不宜逗留在這裏。也許我將來會明白因為什麼，現在卻說不出來，我祇是覺得如此。

「前兩天我報考空軍飛行軍官了。身體檢查合格，一半天內便去重慶報到，我走之後心上一定常常惦念著這裏。願大家在學校裏能利用這好環境有顯著的長進，也一方面努力使學校更偉大，更可愛。我不喜歡駕駛轟炸機，卻喜歡飛驅逐機，也許有機會在空中保護母校呢！」

為了他的態度，他的言詞及行動，大家是忍不住要大鼓掌的。可是為了這事件之突然，及誰也領悟了的他的心境，又不禁黯然。掌聲先是很沉悶，雖然終久也播散開而響亮了。他鞠了躬下來。

小范同周體予是在中間坐著，傍了凌希慧同幾個別的女學生的。她便告訴她們說，他們本來早已決定這兩天就走的。她回家，轉學重慶去。周體予去地質調查所做事。三個人正好一路走。

這消息當然馬上也傳開來了。

大余他們倒不知如何結束這會了。他本來想再說幾句稱讚的話為范寬湖送行的。范寬湖已在眾人注視之下走到藺燕梅跟前去了。藺燕梅兩眼淚汪汪地看了他。伍寶笙緊緊地持了她兩肩也看著范寬湖。在這場面下，大余是不被人注意的，他只有不開口。

范寬湖低低地，又清晰地，說：「燕梅，我知道你原諒我。我祝福你。我們再見了。」這時全場寂無一點聲息，他的話人人聽見。

藺燕梅淚珠已要落下，她趕緊垂了頭，頭髮拂向前來遮了臉，她抽噎著也沒有說出話來，只見她點了點頭，頭髮一閃一閃地，兩眼看了地下，伸出了她的右手給范寬湖。范寬湖向前欠身，接到手來握了一下便先自走出會場去了。他的背影仍顯現著他平日自持的身分。

大余宣佈散會。伍寶笙她們便忙先護著藺燕梅出去。梁家姐妹等，幾個女同學便跟上一起走。別的人漸漸也散了。

這晚上散會之後，學校的談論當然是這方面壓倒了那方面，甚至發現當初胡亂說話逼得人家立足不住的也不過是少數人，但是范家兄妹同周體予已經走了。

藺燕梅的心事自然又多了一重，她覺得有點茫然。她完全思索不出來她的作法是對是錯。她相信，即使范寬湖已經報考了空軍。她仍可以留住他的。他是他們系裏這麼出色的一個好學生。他的輟學是可惜的。他考空軍好與不好是另外一件事。他不必在此時此刻離校。

她心上更有一種冤屈。她覺得她真正對不起她的好朋友梁崇槐了。她從後來和梁崇槐的談話中慢慢地覺出來，這個女孩子的嘴上雖然硬，真心恐怕也早已拿出來了。當然男人的真心不見得便如她所描述那樣，會退回去。但是為了中間有她這場糾紛，至少范寬湖沒有顏面再談別的了。當時他既然也未從梁崇槐那裏看出多少情意來，此刻一走，竟大有兩人消息從今斷絕之可能。這事令蘭燕梅心如刀割。她從未作過一件傷別人心的事，近幾次來竟接二連三，不由自已地出了這許多事。她的悔恨是無法形容的。她從來是快樂，率真，沒有任何話不能同別人談的。如今她心上已不知道有了多少事而一句也不能跟人談。她從前是一向用輭語去安慰別的可憐人的。如今自己變成個可憐人了。這個令她自尊心極其痛楚，這種痛楚令她比什麼都難過。一個人在他曾得意的舞台上跌了跤，雖說仍是紅角兒，那心境自然不同。所以她笑容也日見減少了。

梁崇槐本來是她可以談心的人，但是自己既然有了對她這麼深沉而無法出口的歉意，兩人相對時，也就不那麼自然了。

更令她無法排遣的是學校裏為了這次開會時的種種又有了新猜測。這是她有一天晚上到圖書館去在借書處偶然聽來的。那天有一點點雨，她的雨衣為梁崇槐穿走，後來她想去借書，便披了梁崇槐的。她們身材差不多，背影又像，所以站在借書處等候館員去書庫中取書的時候，在她背面兩個說話的女孩子便未察覺。她只聽得一個說：「哪裏會有這種事？那樣會是作著夢？」

另一個說：「你少缺點德罷，淨顧自己嘴上說得痛快。」

「這也沒有什麼不得了啊！」頭一個說：「憑她那樣的人，隨便玩一玩也沒有人怪她。我恨這些瘋了似的捧她的人，惟恐她有半點兒錯，造出個什麼是在夢裏的神話！這下子把個范寬湖害苦了！她也真狠心哪，玩的時候找人一起玩，看見風勢不對，來個脫身法兒就把人甩了！」

「算了，你越說越上勁了！」那一個有點不愛聽了。就這樣攔她。藺燕梅在前面聽了不覺身子涼了半截，兩眼一昏幾乎要倒，她急忙緊緊抓住借書處前的短欄干，穩住了身子。只聽見那個還在說：「他們編這個神話當然也有道理。他們怕她這種偶而也玩玩的舉動叫大余不滿意，他們又好像人人有責任來做媒婆來成全這一對兒似的。大余他心上會不明白？他一個聖人會相信這種神話？他樂得裝明白糊塗，得過且過就是了！哪兒會有真聖人？誰還不是利害關係看得清清楚楚地！」

夠了！這已經夠了。藺燕梅她打算打救一個人，卻拖累了兩個！連自己在內！這環境她似乎永遠適應不好了。她的書這時既已取到，她便急忙忙轉身就走，她惟恐被這兩個女孩子看見，弄得她們也失悔多言。大家難過。她急走幾步，便要出門去。

誰知道馬上一眼被那兩個瞥見了。她雖已走到門口將及出門，耳中卻如針刺一般傳入一句：「你看！你看！你這個多嘴的害死人了……」這語句這麼急驟這麼輕細，偏能這麼傳得遠，傳得快，追上她。

她如在霧中飄遊，恍恍惚惚，走完了圖書館門內的甬道，出了門，眼前路又暗。她看不清路，又頭上暈漲得難過，順勢往圖書館外門柱上一倚，打算閉目養一養神。她明知自己的樣子十分狼狽，但是她想，這漆黑無月，雨雖停了而天仍陰著的晚上，無人看得見她，她實在走不得路了。

忽然，對面有一個穿了長衫的人影，那兩隻袖子有點太長，腳高步低向自己一步步慢慢探著走過來一片幽靈鬼怪的神氣。她這一驚不小，忙把神定一定，待要喊出來，這時映了圖書館射出的光才看清是小童。她恨恨地說：「你這個人哪！怎麼藏在這兒嚇唬人呀！」

小童聽了摸不清她是真吃了一驚，還是心上有事，他說：「我看見你從圖書館走出來，我才過來的，我又迎著亮兒，怎麼會是藏著？」

「算了，算了！」她嘆一口氣說：「誰想得到你也穿起長袍子來了！走都沒有個走像兒！沒有事把我送回南院去罷，路上怪黑的。」

「長袍子的確不吉利。」小童便陪了她走，一邊說：「我本來就納悶兒怎麼我好幾次遠遠看見大余走過去找你說話，你全急急忙忙躲開了。今天可巧我有了我的第一件大褂子就碰見你。想試一試，學學他的樣子，果然碰了你一個釘子。我回去叫他換件別的衣服來試試。」

蘭燕梅聽了這話，想起他剛一走過來的神氣原來是想學大人樣兒，忍不住也笑了。她打他一下說：「你怎麼單能在人家心上不高興的時候找上來逗人家發笑！」

小童說：「別說閒話，我一直有一句話要問你：你為什麼從宜良一回來就不理大余？」

「沒有什麼呀？」她說：「我也沒有一定就得跟他在一起的道理呀。」

「這種話說給不相干的人聽聽算了。」他說：「我們這兩年多同學聽了這種話能滿意嗎？」

「小童。」她說：「你再這麼追問起來，我不要你陪我走了。」

「我本來也不一定要陪你走。」他說：「你叫我陪的。你說的話完全是沒有理由的。你編的理由滿足不了我，你就又改。你說路上黑要我陪，難道你來的時候就不黑了？」

「我是隨便一說。」她說：「來的時候當然也黑，不過是有個人陪著好一點就是了。」

「這又變過來了！」小童說：「我就為著好這麼『一點』來陪你？我不陪了。」

「你也別就這麼走了呀！小童。咱們多咱吵過嘴？」她忙說：「你說，怎麼樣纔陪我？」

「怎麼樣？」小童想了一想：「這麼樣罷，你說：『好得多。』你說：『非陪不行！』」

「就好得多！」她沒有辦法，又笑了說：「就非陪不行。沒有你陪，我一個人不敢回去。」

「這樣可以了。」小童說：「再接著講，你為什麼不理大余？」

「你要氣死我了！」她又站住了說：「怎麼別人的私事你一個勁兒搜根問底兒地？」

「奇怪呀？怎麼就不能問？」小童等她又走了，就說：「我要問的話還多著呢？大余也這麼說：『別人的事，沒有理由去問！』你們這些人都是一樣的怪脾氣！」

「大余叫你來問什麼了？老老實實地給我說出來！」她心上好奇起來，就反問他。

「好！大余問就行，我問就不行！大余直接來問又不行，從我這兒轉就又行！你們這些人的心是怎麼長的？」他說。

「大余來問也不一定行。我是問你，他叫你問的是什麼話！」她又氣小童狡猾，她又沒有辦法。

「那麼誰來問才行？這些天你都跟誰談心事？」他偏不說。

「我跟誰也不談。也沒有人跟我談。」她說。

「跟伍寶笙、史宣文也不談？」

「也不談。」

「阿姨呢？」

「也談得很少。」

「這個我又不懂，要是我，早悶死了。大宴下鄉去教書，我還跑到鄉下去找他談。我這就是剛從他那兒來，大褂子就是他給的。」他說著摸了摸身上，雨已全乾了。

「你跟大宴也談我？」

「有時候也談，也不一定都是談你本人，是談你的這些事。我覺得他們說你近來心事好些了。伍寶笙也這麼說。我覺得不對。我看你心事更多。病重得很。」他說。

「怎麼看得出來？」

「你笑得少了。這還了得？我一天不笑就非病不可！」

「傻話！」她說：「你們怎麼淨背地裏談我，沒有人找我來當面談？」

「沒有人找你談？真的？」他是真不曾想到：「那我也不明白，我想也許沒有碰巧？不對。怎麼能這麼些天都碰不巧！反正我自己沒找你談的原因我明白，我有時候想起來，可是見了你有別的更要緊的事就又忘了。還有剛纔一見你，纔開口就碰了個釘子。」

「剛纔的事不算數。」她說：「再從頭問起。」

「又不算數了！」他說：「都聽你一個人調度了。我剛纔說到哪兒了？」

「你先說大佘不許你問什麼話？」

「啊！對了！」他高興地說：「一下子想起了一大堆！這還是從宜良回來那天的事。我同大佘去找你，你那個小尼姑似的神氣沒見我們。把我們打發走了。在去的路上，我們奇怪你為什麼那個樣兒哭著回來。大佘說你在我上車時候說的一句話，一定關係很重大！我說如果關係重大為什麼不就去問你？他說人家的事不能亂問。後來又說：我可以問，他自己不能問。」

「哦！」

「那是一句什麼話？」

「這個可不能說。」

「你瞧！你這個人還有救麼！已經都沒有人肯跟你說真心話了！我來問你話，又是你叫我問的，你偏一死兒給人釘子碰！」

「真的！小童，不是給你釘子碰。那是夢話。夢話你不是不愛聽麼？好了，現在問別的，那句夢話我誰也不告訴。你問別的我都回答，我愛聽真心話！」

「那麼就問你為什麼不理大余？」

「又是這句！」

「你說好的，什麼都回答！又要賴了！」

「我——我不理他，因為我不喜歡理他。」她說了。她這句話不知已存在心上多久，但是從來沒有機會給她說出口。她並不曾想到告訴小童，而是他無心中給了她這個機會，所以她就說了出來。

「等於沒有回答。」他說：「可是那天大余對我們，我，大宴，朱石樵說了，說他愛你。」小童沒注意到她話裏的意思。

「你這是什麼話！」她吃了一驚：「他怎麼會跟你們說這個！」

「他什麼不能說？」他說：「當然不是這麼直說了。反正你們都會說拐彎兒的話，我學不來。我問你，他愛你，你怎麼辦？」

「我沒有辦法。我勸勸他，不要愛我，就是了。」

「平常女孩子都是這種說法兒？」

「這個小傻子！你怎麼一天淨說傻話？我是說的真話，你瞧；你肯跟我說真話，我就也說真話了，你去這麼告訴他。」

「他並沒有讓我來問。」

「他自己來問也都是一樣。」

「藺燕梅，說一句真要緊的。」他說：「我看你是有病。」

「我也知道，不過你說說看，我怎麼有病？」

「我說不出來，我只覺得不大對。比方說，我告訴你大余愛你，你為什麼還是這麼個不死不活的神氣？」

「我不會聽了這句話變出什麼別的神氣來的。」

「你完全不愛他麼？你能這麼說麼？」

「我真能這麼說。」

「我一點也不能信。」

「我從前自己也不信，可是我現在懂得多了，我覺得說的是實話。」

「那麼在你不懂得的時候，你是愛他？」

「也不是愛他。不過可以這麼說，我卻希望他愛我。」

「他說他一直愛你。」

「你看像不像？他哪裏像愛我！所以我才氣不憤地希望他愛我。」

「你現在知道他真愛你了，你滿足了，就不愛他了？」他忽然警覺地說：「我可惹了大禍了！」

「放心！一點禍也沒有。我那個就不是愛。我若是真愛還會這麼自自在在地在這兒講道理？」

「這個理由也不大充足。」

「當然我另外還有感覺。我現在覺得我心上還沒有什麼叫做愛。我聽見沒聽見他愛我的話，一點也沒有分別，我心上全沒有感動。我從前希望過他愛我，那好比小孩時喜歡而得不到的一件東西。現在得到了，拿在手裏，想想從前小時候孩子氣的事，當然也有一種快樂。不過來得太晚了，完全不足輕重了。我當然不會再回到小孩的心境裏去那麼高興得到他。」

「你就連見都不想見他？連一句話都不想對他說？」

「本來也不至於這樣。不過我心上另外有事，有一種聯想，見了他令我心上隱痛再發。所以，沒有必要，我就不打算再和他在一起。這個話你不要問了。你也不必告訴他。」

「咳！」小童嘆了一口氣。他是不大會嘆氣的，所以這聲調也不很夠味兒。他說：「你這個意思是不是又把話頭打斷了？」

「這個，我倒沒有想到。」

「你到底願意不願意我在這兒陪你？如果不願意，何必拘了我在這兒受罪？」

「不是，你完全錯了。我願意你在這兒！我說過了，我需要人談話。」

「可是你不需要談話。」

「那麼就減去談話。」

「『需要人談話，』減去『談話？』這種算學倒不錯！你『需要人？』」

「難聽！你給我老實一點行不行？我需要休息。」

「又需要休息了？什麼事情都是小快板兒！變得厲害！你休息，那我幹什麼呢？」

「好了，好了。你跟個猴子差不多。難纏得很。」藺燕梅嘆了一口氣。這時他們已經走到校園中水池邊上，她說：「咱們坐一會兒，安靜安靜。」

幸好方纔只一點毛毛雨，草上還不濕。他們坐下來靜了一下，耳中馬上清涼了。雨後的夜晚，又是早秋天氣，涼爽得很。藺燕梅心上需要一點時間來溫習一下方纔的話，所以圖書館中所聽見令人難受的新流言便暫時忘下了。

她盼望了這麼長久的事，一旦置在她手中了。余孟勤愛她，余孟勤說他一直是愛著她！也說在她第一次出現在他眼裏時，他已愛著她了！她仔細回想一下，她第一次到學校來時在新舍門外下車，便碰到了那一雙嚴峻有神的眼睛。那以後她如作著夢一般忽然在學校中成了唯一令人注意的人，於是那一雙全校僅有的威儀出眾的眼睛便落在自己身上。她現在想想仍覺得是很可動心的。

「不是他來看我，也不是我去引他注意。」她想：「這是因為我升到他視野的中心去了，那便自自然然地為他看見，而得到他整個的注意。」

她現在當然看得深遠得多了。她很奇怪當時自己何以竟那麼簡單？而全體同學也都這麼簡單地來看這件事。僅為了兩個人都是學校中出眾的人物，便可以滿足了所有的戀愛條件了麼？

她自己纔更羞人呢！她在那個時候竟好意思許下了願心，為他留著自己芳香的嘴唇呢！她想到這裏不覺雙頰飛紅，不敢再想。

誰知這個令她癡情自縛的關鍵也便是今日當頭一棒把她喝醒轉來的關鍵。她自從許了這個願心之後，便再也不曾仔細觀察過大余，祇是一味地在乞求他的憐愛。她更不曾用心考驗過自己的情感，祇是認定了自己最終目標是大余的人。完全不想都有什麼感情在維繫她這個心向。

范寬湖，再也夢想不到是他在這麼一種情形下喚醒了她！她從此懂得了一個成熟少女的戀情與一個小女孩的景慕是完全不同。她從此要把自己的感情放到睜開了的眼睛下重新判斷。余孟勤從前在她心目中是絕對的，是完整的。現在是要受她考慮的了。

她想來想去，她到現在為止，並沒有愛他。她對余孟勤有很多尊敬，也有些同情。可是想來想去，她實在沒有愛他。那許多敬重的感覺一向為自己一種不察覺的意向給裝扮成了愛情了。她覺得她自己還沒有戀愛，也許那種氣憤，不甘，想征服他的心理有幾分看起來很像戀愛。但是這一夢醒來，把自己解放了，也不那麼認真打算征服誰了。她覺得既然放棄這意念毫不感困難，這便決不是戀愛。

她甚至自覺一向有幾分可憐大余的心理。這心理一旦為她看清，她便更覺得不是戀愛了。她固然覺得敬重是戀愛的一個好開始，但是敬重與可憐都是對任何值得敬重或令人可憐的人可以有的。一個男子何需一個女人來敬重？更何用一個女人來可憐？他的情人對他豈不應當有一種更女人的，更原始的更激烈的情感？

她從前的小女孩的心理對這些是茫然的。她現在戰慄，恐懼地知道了人們肉做的心中，還有這許多危險的火焰。她再聰明，她也逃不掉是個女孩子，她便本能地恐懼著。她不知道這些火焰將來會如何灼傷她。但是起碼現在她還未把這火焰引上身來，她又本能地為自己慶幸。因為她正在那對戀愛懷著恐懼的年齡。

可是令她夢醒的這一幕太可傷心了。想想從前余孟勤對女孩子們的批評，想想自己所許的願心同驕傲的日子。這是一個不得已，無可奈何的下場呀！這終成為一個遺了憾恨的事件。這令她對余孟勤的態度很是失常。她自己也明白，卻糾正不過來。

她夢醒之後本可以有兩條路可走。一個是光明健康快樂的。一個是消極，頹廢，出世的。而她這帶了憾恨的回憶，及近日來一切不如意的演變，頗逼了她走上消極之路。

她當然難得機會向人請求解釋同指導。因為人家第一，不敢在她眼前提這件事，第二，她明白，任何素日親近她的人都決不信她對余孟勤的新態度，使她說也沒用，所以她一直是孤獨著。而一個在歧途上的孤獨者，慣常是越走越錯的。

她今天手中把握了這個自己企念已久的余孟勤的戀愛。她如同感覺要昏厥那樣心上失了重心。她的昏厥是大病初癒，體氣虛弱到了極點的人，又吃錯了一劑藥的那種昏厥。

她手裏拿了這份愛情如同一個肚餓的人拿到了一粒寶石，令她哭笑不得。她從前的心理如果復活，她也許會如瘋人一樣把這寶石吞下肚去。但是她現在絕不可能吞下這寶石，因為她喉嚨中有一個痛心的刺卡在那裏。她現在僅能做的是把這粒寶石奉還，沒有什麼別的可說。她甚至期望仍未得到這寶石。她既不願他人受她的干擾，她自己在這種孱弱的心境下，也受不起這個激動。

這種又困難又不愉快的處境就把她引回到她那始終不能得到解答的問題裏去了。她到底是適合在一個什麼樣的環境裏生存？她自己有什麼不能得到協調的個性沒有？為什麼她便要遭遇這些事件？上帝造她是為了令她快樂的呢，還是令她來受苦？是不是一個美麗聰明女孩兒的路上，便該長滿了荊棘？是不是上帝造了她，又後悔賦予她太多恩惠了，於是想收回去？那麼何苦生出這些事來折磨她，何不索性把她的整個兒人收回去算了！

上帝不收回她去，她還不會自己投奔回去嗎？

這個世界上的一切事情，對她說都太難應付了。她當然是一陣陣地在紛亂的思潮中不斷地也受著方纔在圖書館所聽得的閒話的刺扎。如果說世人心腸本是惡毒兇險的罷，那她不能相信，她會寧可死去。但是這變化是太快，太不可測了。好比前一分鐘自己還在岸上救人，現在便是輪到掉在河中掙扎了。

「哪裏會有這種事？哪裏會是做著夢？」「大余他心上會不明白？他樂得裝明白糊塗，得過且過就是了！誰還不是利害關係看得清清楚楚地！」「這下子把個范寬湖害苦了！」「看見風勢不對，來一套神話，就把他犧牲了！」這些刺耳椎心的話，一句一句重新在她心上再施酷刑。

她不覺對世事人情心灰已極，又害怕起來了。

小童在那裏用小土塊一粒一粒地向水池裏面丟。他彷彿什麼心事也干擾不到似的。她這一大堆憂鬱當然不完全是此刻纔有的，也當然祇如閃電一樣，一下又一下地在腦中亮過；雖說也不過半分鐘一分鐘的光景，卻給了她不知幾許痛苦。她很自然地不喜歡這人生，這環境了。但是看了眼前的小童，她便不自已地有點歉然。這些意念在他那裏一定是一索即解的。她卻深埋在自己心裏，不那麼大方，浩落地和他談論，反倒不許他多嘴，拘禁得他只有坐在雨後的青草地上，自己向水池中拋土塊玩。

她從小童身上彷彿看到了一種無形的氣質，這氣質令她很覺慚愧。很慚愧自己不該有這種入魔的想法。很慚愧同在一個學校受教育而自己的成就太差了。她便得到一種力量，禁止自己的思想再沉淪下去。

她應該再把談話繼續起來，她需要想一句話起個頭兒。這念頭一起，她便又恢復了臉上的笑容；她看了小童，心上的黑暗勢力便逐漸退下去了。她在想句什麼話來說？她想：「即使他又追根問底談到這些事來，我索性就和他傾心談一下，那一定可以救了我！天幸現在天是黑的，又下過了雨，沒有人來。」

小童還沒有等她開口，似乎已下了個決心要打破沉寂先對她談話了。他拾起一塊大一點的土塊，用力直擲過水塘投向對岸玫瑰花叢裏去。那裏花已過時了。乾敗的枝葉為這一塊土打得刷刷一陣響。落葉便掃下一大片來落在水上。黑夜裏又聽得見叢枝下覓食遊竄的田鼠驚得慌張亂跑，撞來撞去，弄得玫瑰叢裏鬧聲久久不歇。

但是這花叢明春仍要開出新生的玫瑰的，所以那些已長成的枝條，已經很有一股韌勁的，便只顫動著抖去了它的枯枝，然後仍挺立在那裏並未受傷。

小童是因為心上下了個決定，不覺一塊土塊投重了，直投過去，沒想到正投中了他們兩個人的心事。他們上次坐在這裏談話時，便是今年春天，那天還有范寬湖。范寬湖為藺燕梅費了那麼大的事折了一枝玫瑰，還掉到水裏。那震動心弦的折枝聲，彷彿還刺在心上，而范家兄妹連帶上忠厚的周體予卻硬被校中同學排擠得存身不住，離開他們走了。

小童說：「藺燕梅，我剛才想了半天，心上很為你難過……」

「小童，」她忽然感激，她說：「小童，你為什麼為我難過？你別這樣，小童。你平常是不會難過的，你也讓我難過起來了！」

「你不要談我。」小童說：「我看出你難過來。日子不少了！你在變。」

「我是在變。」她說：「可是你不能變。你還要像平常一樣，快快樂樂地。如果你怕我變，你就先不能變。前幾天我還跟姐姐說過，就是你待我跟平時一樣。小童，如果你也會難過起來，那我眼前就沒有一件不變的東西了！我不能受！我不能活！」

「不祇是這樣。」小童說：「你既然這麼說，我當然可以為你不變。不過你卻似乎並不小心自己。你任你自己變。我剛纔一直想我們從圖書館走到這兒來一路上談的話，我們平常談話都比這個快活。今天你心上一定有什麼事，所以影響了這個空氣。你是太容易生病的人了，你又不小心。所以讓我往將來想想，你一生都不免是困難，所以我難過。」

「小童，」她說：「我是又碰上了點事情，我偶而又聽見了點流言。所以我從圖書館出來的時候跟平常不一樣。可是我一定努力不變。你先要快活起來。我今天是例外。以後我一定記住你的話。我要小心，不生病。」

「可是奇怪呀！」他說：「圖書館裏聽見了什麼會叫你這樣？」

「幾句罵我的話，給范寬湖打抱不平的。小童，不是什麼要緊的。我現在已經忘記那些話了。范寬湖也該有人不平。我已經快活了。我忽然覺得那些話都不要緊了。」

「我們都有嘴，你看，我們都會說話。現在我們在學校裏都是高年級的學生了。該負點責任了。

你聽了閒話先別難過。我替你想一套理論好不好？以後好應付這種事？」

「好。你說，小童。」她又忽覺到周身血液都溫暖了。她口氣便有些激動：「我方纔為了叫你安心，所以說得太不像真了。我其實為了那幾句話很難過了一陣子。你說你的理論。我記住它們，叫它們以後保護我。」

小童說：「你看，大凡愛說閒話的人，用心的很少。他們也許惹了大亂子，而他們當初用意並不那麼壞。我們可以說等到惹了禍，他們也是難過的。他們罵你，你聽了要像他們罵別人一樣，你要為別人難過，為他們難過，自己也難過。你要用慈悲不忍的心來可憐這些做事不經心的人，又來為自己堅定勇氣。我們有責任改正這風氣，扶助正義感，也改正自己的過失。因為過失是引導別人來漫罵的。這個話好不好？……我不是說好不好，我是說，能不能叫你心上平靜些？」

「我心已經平靜了。這些好話我記著，以後再用。小童，你再說些這種話給我聽！我的心上好像有一個門。今天它大開了。我能夠聽進許多話。」

「可是你的口氣不平靜。我記得伍寶笙說過你好幾次情感激動的樣子。我覺得那個不好。比方第一次春季晚會時，你下了場，叫媽咪到後台去的那一回，後來唱玫瑰三願的時候，和在西站出了事去呈貢，同這次回來的車上，你都太激動了。你現在又這麼激動叫我感覺很沉重。我覺得我自己說話也不像平時了。你看，我們不是要像平時麼？」

「小童，你說得好，可是不對。小童！」她說：「我要說現在正像平時，因為我現在快活，你能說我快活是不像平時麼？你不快活麼？」

「我也快活。藺燕梅，我也快活！」

「這多好！小童，可是你為什麼不能喊我燕梅？他們都這麼喊我。我聽你對我說這麼好的話，可是喊我藺燕梅，彷彿不調和似的。」
「燕梅？」他有點窘了：「我喊不慣。」
「喏！你不是已經喊了一聲兒了！你試試看。」
「呣！不行！」
「忘了什麼？」
「小──童。」她鼓起小嘴，不高興了：「你又忘了？」
「你走翠湖橋，現在是幾步上去？」
小童笑了，他說：「幾步都行了。」
「吃飯時候，端起碗來呢？記得不記得我專會管你？」
「你壞極了！」
「你學大人樣兒了一點沒有？」
「你說都是什麼事吧？你看，我都穿大褂兒啦！」
「早上是不是一定都洗臉？」
「好得多了！」
「這怎麼講？」
「因為，你摸摸看！瞧！這不是！我都有幾根小鬍子了。除非特別有事，我都洗臉，也刮刮鬍子呢！真好玩極了！可惜你們不長，說不明白。」
「不說廢話。」她笑了說：「現在，我叫你天天記著。從今天起喊燕梅！看見我，開口一打招呼，就記得我的權威了。好不好？小童？」

「燕梅！」

「小童！」

「該我的班兒了。」他說：「不許再愁眉苦臉的了！」

「我不了，小童。」

「不許再硬了頸子鑽牛犄角尖了！」

「怎麼講？我不懂。」

「他們都不叫我說這件事的。我覺得應該說。所以今天要說。」

「你說，小童。你不是纔說過，咱們都是大人了嗎？咱們自己應該有點主意了。你說，我聽著。」

「我說了？」

「你說，說我怎麼鑽牛犄角尖兒？」

「你看，在江尾村我剛講過一個人不能一時心窄就胡亂作事。可是一回到昆明，你就差點做了修女！若不是伍寶笙、史宣文加上你阿姨三個聰明人，真不知道今天怎麼樣了，燕梅！這件事叫我常常覺得人的生性難改。這次真是你的大傑作！鑽牛犄角兒！」

「不說了！小童！」她央求著說：「一談到宗教咱們意見就遠了。可是我知道你可以不用宗教幫忙。先不談我，你總得承認世界上有些人需要宗教。我相信你不需要宗教，如果有天堂的話，你不信教也進得去。無論如何我已經很感激你了，小童，真是的。我的這件事，從來沒有人跟我談過。今天我已經聽得太多了。給我多想想，慢慢消化一下好不好？」

「不行，燕梅！你躲我了！」小童說：「當然有些人需要宗教，那也跟人需要醫生一樣，要求神助。」

「不是，小童。這兒有些事你不懂！」

「只要你說得出來！」

「不是宗教的事。」

「是什麼？」

「是人生。」

「算了罷！你們女孩子自己不懂而又怕弄明白的事，便躲著不談，說別人也不懂。」

「不是。不談了。」她說：「這樣罷，我答應不再死心眼兒憋住氣想不開。這樣兒行了罷？」

「當然好，如果你又犯老毛病呢？我們得給你個提醒的東西才行，就像我的橋，飯碗，同你的名字這樣。」

「我們來想一個。」她贊成地說。

「這樣，你拿我當宗教。一直到你在我這兒找不著矛盾以前，要拿我當宗教。想起宗教就想起我！」

「就這樣！小童！」她說。

這個小童的口氣好大呀！可是誰個男子在這時候口氣又小了呢。蘭燕梅也居然高興地不想其他便接受了呀！誰又能怪她一個女孩子呢！

「我的意思本來也不嚴重的，小童。」她說：「我們可惜坐在黑地裏，這裏我剛借的一本書我沒法子給你看。我真想叫你看看這本書，你就可以多感覺出一點兒我的害怕的看法了。」

「是一本什麼書這麼好？」

「並不是什麼特別好。光說文字罷，意思也平常。那個音樂一加進去，感覺就沒法形容地那麼我忽然想起來了，我身上有一盒洋火。我們可以劃著了照著看！」小童說著就掏出洋火來：

「是本歌劇，我借來抄幾個歌的。紀伯爾同舒麗文的一本歌劇。」

「是樂譜？」

好。」

「在路上上廁所時候買的。」

藺燕梅聽見有火柴了，忙把那大樂譜本子攤開。她這時是跪在水邊草地上的，所以就把曲本攤在膝上。她低下頭來看曲本，頭便因為向前欠身，到了岸邊水上。雨衣原是披在肩上的，便由它披在身後。小童「嗞——」地一聲劃著了一根火柴，兩個人的眼睛全照耀得一花。等一下又看清了東西時，小童喊：「燕梅！你看！你看水裏的影子！」

她忙看去，兩個人高興地喊了起來。她興奮地說：「你說好看不好看？這個影子你說美不美？頂好的五彩電影片也沒有這麼美！」

「你看你頭髮在水裏的影子上還有光呢！」小童說：「你白的雨衣，黑的旗袍；手同臉襯得真好看極了。是不是今天水特別清？」

「可是水是全黑的，」她都看呆了。她潔白的皮膚，玫瑰花色的雙頰同珊瑚色的嘴唇都清清楚楚地映了一根火柴的亮，影在水上。她說：「黑色的水面上潔淨極了。水大概是太清又太深了。反正正像做背景的黑絲幕。」

「五彩電影片的色調常常故意誇張而顯得特別好看。我們這回一定因為在黑地裏坐得時間久了，猛然看見一幅五彩華麗的畫面所以特別好看。」他說著手中火柴已燒到手了，便把它丟下水去。

「再劃一根，小童。」她央求他：「真好看，小童，我恨不得下水去把那個影子撈上來！」

「也許是因為倒影看來分外眼明。」小童說著便又劃了一根火柴去看。這次看見水裏蘭燕梅姿勢改換了，現在是個側影正看了他。他便也放開水中影子來看岸上的人。蘭燕梅可不是正看著他呢！她看見小童發現了，便笑著把火柴「撲！」地一聲吹滅了。說：「小童，岸上的人也好看！我看你手裏一閃，劃著了一根洋火，舉到頭上到水中找影子的那個神氣也好看極了。背景也是全黑的，只有地上的草尖，身後的樹榦，有一點光。所以水裏的背景也是黑的了。」

小童也不禁又到閉目中去端詳岸上面前這個高興開懷笑著的蘭燕梅。她那一雙映了火柴閃動美麗的眼睛，笑語的嘴唇同雪白的牙齒。她側倚了的身子，半跪的雙膝，同膝上一本大曲譜本子，肩後披著的白色雨衣，及黑色細呢子的短袖旗袍。

他想再劃火柴看歌劇文。她按住他的手不要他劃了。她說：「我不能再讓你劃起洋火來看我了。這個影子比那曲文講的已經還要好得多了。我現在在黑暗中倒能一直看見那影子。甚至我今生一生都可以隨時閉上眼就看見那影子。再劃洋火就不好了。我背著隨便譯幾句這一段曲文給你聽吧。我想可以翻譯成這樣：

看！這兒來了一串兒小兒女，
她們纔從學校裏解放出來，
個個兒心上好不歡喜！
她們每個人又都有那麼一點點兒恐懼，
她們詫異，這個世界到底是個什麼怪東西！

有人說人生就是煩惱和憂傷，
　容我們哀哀地歌唱。
有人說美貌不過是肥皂泡，
　終歸不久長！

「底下也差不多是這個意思。你聽聽我唱唱就覺得好了。原文的聲調也好。」她說著就細聲兒唱了一遍。

「音樂加上是好得多了。」小童聽了實在覺得可愛，他說：「那種小女孩們又驚異，又害怕，又無知的聲口都有了。不過燕梅，這種句子或是曲調，詩裏面，歌裏面也常見呀？」

「常見是常見，常見就是都好！」她說：「我個個兒都喜歡！你聽我再唱，不過底下的沒法子唱，這本是女聲合唱曲子。底下就分家了。一張嘴唱不過來。」她說著又唱了一遍。唱完又自己回味了半天，說：「像個肥皂泡！你說可怕不可怕！」

「燕梅！還是我上次說過的那個道理。」他笑了一笑用安慰的口吻說：「我們一邊走回去一邊講吧。」他們便站了起來，一同走回南院去。

小童在路上說：「還是在宜良那天晚上講的關於美感經驗的道理。巧不巧，那天也是夜晚，雨後。我說你的美感經驗全是間接的。這次不又是嗎？」

藺燕梅聽了有點不好意思，便用肩膀去撞他一下不要他再講。他便改了方向說：「你不是說我們已經長大了，可以自己有主意了嗎？也該自己有生活態度了。美感經驗不過是其中的一個，對人對事的情感同判斷也該跳出陳套，自己為自己觀察批評。對不對呢。」

這一句話正給了她一個大鼓勵，正撞在她心上。那麼正確，那麼著實，那麼有力。她不禁小聲說道：「我所以忽然解脫了對大余的感情就是無心中一下跳出了陳俗的看法同意見，有了自己的觀察的緣故！」

「這件事情再談罷！」小童說：「我希望你能夠明白用這種急驟的方法來解決感情上的問題，是不合適的。凡是感情的事，都需要時間。你一下子就不理他了，這個反動力恐怕你受不了。」

「我明白你的意思，」她說：「我的態度還受一點別的事情的影響，我明白得很。無論如何，小童，我現在受的影響全是你的了！」

他們一邊說著，一邊已經走進了北院，又穿出來到了文林街上。這裏電燈多了，人也多了，也亮了。他們這纔得以清楚地在燈光下互看一看。看看方纔在黑暗裏祇聞言語不見容貌的一段時間到底是與誰相對而談著心的。

這裏一切是實際的，具體的了。在這種光亮的地方人的心情是不同的。他們方纔的談話也許在這裏便不會發生的。他們都覺得那一段時間之可寶貴。他們彼此感激，又感激上蒼會造了那麼一個機會。

「小童。」蘭燕梅舒了一口氣說：「我真希望我們一直那麼談下去。一直給我添新思想。我彷彿是餓極了的人，才嚐到了一點食物，胃口極強，所以更覺餓了！」

「這又是你的老脾氣。」他說：「幹點什麼全是窮兇極惡的！」

她笑了一笑說：「不說了。已經到了南院了。你這就回去啦？」

小童想了想說：「我也不想要回去。這樣好不好？蘭燕梅？哦！燕梅，明天是禮拜天，咱們到那邊山上釣魚去！」

「喲！這跟著就懂得約你的女朋友出去玩了呢！」她用一個手指頭兒點了他說。

「你真是壞透了！」小童看了她這個神氣忍不住笑了。他便捉住了這個淘氣的小手指頭。

「你就不想想，明天我要做禮拜去？」她說。

「這可不好辦了。」小童說：「上次去江尾村我就沒有釣成魚。」

「別急，小童。」她說：「你不是要我拿你當宗教嗎？你說說看，說說那邊山上怎麼釣魚？魚在山上？你把你的教堂描寫一下再商量。」

「你瞧，燕梅。」他把手高高揚起來，一直往北指到天空裏：「就在那北方，遠遠的天邊上，那兒頂高的，有花紋的山峯就是長蟲峯，長蟲峯上面的小紅方塊，我們白天都看見過的，就是鐵峯庵。明天我們要起個早，六點半鐘就要動身，我們要走一段長長的路。穿過四五個小村莊，過許多小橋，走石板路，大車路，小路，一直走到那邊山腳下。然後我們就從山腳樹林邊轉進山谷去。那兒已經沒有稻田，全是草地同樹林了。橡實、松塔落在地上，藏在青草裏。有小蟲叫，也有小鳥叫。我們就沿了山谷中的溪流往上走。在路上也許有松鼠跟我們玩，扔下一顆小硬殼果來，『綳！』就這麼一聲兒，打在你頭上。」

「你頭上！」她笑著說。

「我們兩個人頭上，一人挨一下。」他說：「我們就再走，半山上就看見農人築的石壩了。石壩就這樣橫著截住了山谷的水，只在底下留一個小口容水出來。石壩子有十幾丈高。所以堰起的水池便有十幾丈深。這樣的水池那裏一共有三個。因為是在山谷裏堰起來的關係，池面都是不規則的三角形的。我們不在這半山的一個池裏釣魚，我們要再走上去，到了第二個水池。」

「我就說，小童我走不動了！」她也作出當真在山裏了的神氣：「並且這裏涼風習習地，太安靜，太美，我們不能再走。我們走路弄出許多聲音來，小松鼠，小鳥一定不喜歡我們了！我們是兩個不安靜，愛吵擾的客人。」

「我們本來就不要再上去了。這裏已經有山前的鐵峯庵高了。這第二個水池最小而是最老的一個。雖然說小，也比南院這個小操場兩個還大。它最老，魚最多。石壩上長滿了小灌木，石壩邊上也有青苔同草，它也最好看。這兒水最清，也最涼。我們也可以釣魚也可以游水。不過誰在這裏也不免只游幾種沒有聲音的姿勢，因為一點點聲音都會傳遍山谷。這太震人心弦了。所以最好是潛水。像魚一樣。」

蘭燕梅就接著說：「我們就在那兒玩，就在水邊山腳草地喫完了帶去的餅，忽然不覺天晚了，就又不捨，又不敢留戀，暮色裏找路回家？」

「說得好！燕梅。」他喜歡地說：「明天就去。你別穿旗袍了，我看過你有走路很方便的藍厚布長褲同襯衫。穿上那個，又好走路，又看起來像我的遊伴。」

「別！別！小童。」她搖搖頭，用一個指頭壓在自己嘴唇上說：「一個男孩子把話說到這兒就太遠了。你得留一點地方給女孩子自由活動呀？」

小童也笑了。

她又說：「我自己會穿衣服呢，小童。就算定規了，明天我找你，這樣順路些。在宿舍門口等我。」她說著偏偏頭笑一笑，剛抬步要進南院，又回過頭來說：「還有，謝謝你，小童。謝謝你今天說的話。」說完，一閃，她回宿舍去了。

小童見她進去了，還兀自帶笑在那兒呆著。

「小童。」他忽然聽見有人笑著喊他：「我們在這兒看了半天呢，都不瞥我們一眼。」

他忙回頭，看見十幾步外，樹影下站著的是伍寶笙同史宣文。旁邊零星散著的還有幾個女孩子，那當然也是在一邊看了許久的了。她們這會兒見一幕好戲已經散場，沒有什麼可看的了，便都抿著嘴兒一笑，各人低頭走回宿舍去。把個小童羞得要死。

「你們兩個嘰嘰咕咕說了些什麼？我們能聽不能聽？」史宣文說著就同伍寶笙走了過來。

小童難為情地說：「我們商量明天一早，上鐵峯庵後面去釣魚去。」

「明天一早？」伍寶笙說：「你聽見沒有？史宣文！」

「藺燕梅明天不去做禮拜去了？」史宣文說。

「她就是去做禮拜。」小童說：「我就是她的宗教。」

「寶笙。聽聽這口氣！」她說：「明天見罷，什麼也用不著操心了。我看也別找燕梅了。讓她早點睡。你們倆同路回去。你轉託一下小童罷。」她笑著道別，竟自進南院去了。

他兩個往新校舍走的路上，伍寶笙就說：「我們今天又去看燕梅的阿姨去了。阿姨說她表面上看著沒有意思再做修女了。骨子裏還有點陰陽怪氣。又說上個禮拜一位主教來昆明了。他在這裏的幾天，她如果去求主教收做修女，主教若不知就裏一口答應了，那麼她和危赫瀾神甫就沒有辦法了。所以讓我們多留心她一點。」

「是這樣啊？」小童也擔了一份心事，他說：「她見了這個主教沒有？」

「就是談她上個禮拜天見了主教，主教喜歡她得很。纔說起的。」伍寶笙說：「這位主教是誰？就是大宴他們同鄉，大名鼎鼎的丁主教。剛剛回國來的。他過幾天就去重慶，他一走，就沒事了。」

「她見了主教都談些什麼事？」

「倒還沒有談什麼。」她說：「談些閒話。燕梅問主教說在雲南的頂南邊有沒有大一點的天主堂？主教說有好些個。問她問這個幹什麼。她說教育部在學校徵募學生到幾個邊區去研究邊民語言在各區編個字典。她說也許有女同學願意去。如果有天主堂，她問問可以不可以容她們住在那邊。如果教會裏有人去，可以不可以通知她，她去叫想去的同學準備，好結伴一同走。」

小童聽了心上一動。便說：「她這個問的也許不是閒話！她心底下也許模模糊糊地有一點要去的意思。她是語音學班上最好的學生，有一種趨勢會叫她想去。她又正不想在學校裏待下去。」

「這個我倒不清楚。」她說：「我想她這些天好得多了。她也許是替別人問。她一個人不會走遠路的。又不像你，經常地一件行李也不帶，說走就走。再說她如果想離開學校，也是去做修女。那麼那種消極的想法還會叫她編字典麼？」

「先不說這些。」他說：「主教怎麼說？」

「主教說，當然幫忙。又告訴了危赫瀾神甫記住幫助這件事。他說那邊天主堂裏一定有人也研究文字，大可互相參考，訂正。」

「這位主教真妙。」小童說：「燕梅就怎麼說呢？」

「她底下大概沒有說什麼。她阿姨就告訴我們到這裏。好了，現在有你守著她了。怎麼樣，明天也帶上我這個大姐姐去玩好不好？」他們已經走到南區她的宿舍了，她便這麼故意問一句。又不等小童開口，便接著說：「逗你著急呢！明天好好兒地去玩，好好兒回來。兩個小孩沒有人跟著，別叫大狸貓叨了去。也別打架。」

小童笑著說了：「再見！」便一個人跑回宿舍來，他找出釣竿，選了一選，便去縛釣絲。這些釣竿全是他自己製的。他便選了一竿最好的青竹竿兒準備給藺燕梅用。順手又給繫上了一個鮮紅的漂兒。

都端正好了，豎在床邊上，跳上床去。想了一想，又找出游泳衣和毛巾來，也放在桌上。再想一想，又看了看釣竿。沒有事了。便閉上眼睡去。

第二天天一亮他就醒了。他洗完了臉。又想了一想，換了身乾淨的衣裳，仍是他的短打扮。便到門口來放鴿子，放兔子。在那裏等了一會兒。時間太早，又進屋去把釣竿都拿出來等著。他自己正獨自個兒笑著呢，藺燕梅也滿臉笑容，帶了早晨的新鮮空氣來了。今天好一個晴爽的早晨天氣呵！

她沒有穿小童說的那一套，她站在那裏讓小童來看。那個神氣彷彿說：「我們女孩子穿衣裳的事不比你知道得多？」

她穿了一條深灰色的長褲，是很輕的料子，勻稱地在腰間束了她的襯衫。這件淺綠色有小白花的綢襯衫，袖子是很肥很寬的。袖口卻很窄。翻開的領子旁邊隱隱透出圍胸的白紗花邊。襯衫又輕又薄，歇在她圓圓的兩肩上，又輭輭地貼了身子滑下來。最輕的風吹著，也飄飄地動。一身衣服都裁得那麼貼身，於是她的腰，她的腿就都帶了她那美麗又稚氣的神氣。小童不知道怎麼看女孩子。他只覺兩眼留連在人家身上移不開去。殊不知他已經得到最好的看女孩子的方式了。

她咬牙打算給他看個飽，誰知道他一直看下去，全沒個飽。

她忽然羞了。她便走過去雙手挽了小童的臂膀說：「你不能讓我餓著上山。咱們喫點早點再走？」

他滿心怡悅地看了看這個望了自己的臉。笑著點頭，便去把釣竿游泳衣順手拿起來。

她接過游泳衣來說：「小童，咱們不游泳。走這麼遠的來回就夠乏了。不游罷？」

小童看看她並沒有拿游泳衣。便也把游泳衣放下。兩個人一個人一把釣竿。就到校門外喫早點去了。

他們走到小貞官兒的攤子前，小童把釣魚竿往地下一插。她看了，也學樣兒，也那麼一插。小童喫東西是其快如風的，她也不去攔他，只學他那個粗樣兒給他看。兩個人就又都笑。

他們一人一個釣魚竿插在那裏，釣絲被風吹得飄起來帶了絲上的漂兒也動，就像引人注意的兩個幌子似的。他們本來就引人注意。藺燕梅又穿了這麼一套稱體好腰身的衣裳。引得女孩子都不忍把目光移開。

待她學著那種男孩子的神氣把早點喫完，兩個人就那麼一路說笑地走了，全似身旁並沒有這些同學看著似的。

他們從火化院牆外小道往北走，太陽光剛剛令人覺出一點點暖和來。他們在經過的村子裏買了幾個才烘好的麥餅，拿著一直走進山谷去。

山色姣好還不足令人喜。而藺燕梅走來一直輕捷不倦才叫人真高興。想想看，如果像她昨夜所說；累了。那麼什麼興致不也就提不起來了麼？

他們在林下小徑上，直往山上走，沒有多久便到了第二個水池邊上。水是真清。魚兒在水裏打漩全看得見。這山谷的幽美竟比昨日所說還勝一層，因為這裏還有一陣陣的花草香氣呢！

「小童，這種奇怪的氣候只有雲南有。說四季皆春，就真四季皆春。告訴沒來過的人都不能信。」

小童一邊理釣絲一邊看她迎了朝陽，正把一小束粉紫色的野花戴到髮上。花兒上還有露水呢！

她戴好了花又說：「雲南南邊的氣候更不知道什麼樣兒了。」

小童聽了說：「你有沒有應徵去滇南作語言工作的意思？」

「你怎麼什麼事都打聽得這麼清楚？」她奇怪地說：「我只告訴過系主任有這個意思。你說怎麼她說。

樣？」

「我說不壞。」他只有如此回答：「可是你一個人出過遠門麼？」

「沒有。」她看了地上的青草說：「不過也不要緊。他們傳教士，修女常常有人走，可以結伴去，到那邊也住在天主堂裏。你想，一去兩年，字典編好。代替論文，也是一樣畢業，另外又作了點事業！」

「你已經決定了？」他半信半疑地問。

「你贊成不贊成？」她抬起頭來笑了：「這不過是個想法。我想可能性是很小的。一個想法只不過是一個想法。離成為事實還有一大段路呢！」

「我想不出來放你一個人去那邊區深山裏工作是一種什麼滋味來。」

「這兒不也是山裏？這兒豈不是挺好。」

「也許女孩子們同樣地需要作點事業？」他沉思著說：「你聽聽這松樹林裏的風，看看這山，這水。千古是一樣，是一樣地美。人便不同。過去有多少美人，為了時尚，裝束不同，儀止不同。許多畫像現在看來便不完全美。倒是她們留下的故事還始終動人。女孩子太美了，常常害怕自己的容貌給自己帶來了太離奇的生命。可是不知道容貌能有多久？那些迴腸盪氣的故事才真傳得久遠。燕梅，我覺得你太美了。美得奇怪，不似人間的品質，也許你生命的精華一幕一幕還是才開始呢！我也不願攔你，你儘管挑不平凡的路走罷！」

「小童！」她感動得心臟都覺得震盪：「你說的話句句在我心上！小童！你怎麼為我想得這麼多？」

「喜歡想的人，有點事情就不由自主地想了下去。」他說：「昨天晚上你走後我遇上了伍寶笙，她說你阿姨告訴她，你打聽滇南的事。我忽然想起也許是有心問的話。教育部這個徵募的事，原本是有限幾個人能應徵的。男同學學語文的又都已經從軍作翻譯官去了，剩下的還不是女孩子們了。」

「你還知道有誰去沒有？」

「當然有，都忘記告訴你了。佈告才出來不久。朱石樵就決定去西藏去研究喇嘛教。我們，大余，大宴，三個人送的他。昨天就是把他剩下的兩件衣裳幾本書，幾封舊信給送到大宴那兒去寄存。他這一去不知道什麼時候回來，也不知道哪年才再見！燕梅！學校裏熟人一天天地走得少了。我真覺得孤單得很呀！」他說著難過了起來：「昨天我在大宴那兒都捨不得回來。大宴脫下一件長衫給我，他穿起一件朱石樵的。說大家互相記念著。我聽著直想哭。後來一個人走夜路回來時候，真難受！」

藺燕梅沒有法子勸他。她自己鼻子也酸了。她只能連著說：「小童，你別難過！」

小童說：「你看，我家不在這裏，我等於在學校裏長大的。他們幾個人，我從來沒有分開過。現在一分開便似乎是此後分開的日子多，相聚的日子少了！你說，我能不覺凄涼麼！」

藺燕梅一面撫慰他，一面接過釣絲來，替他把麥餅掐下幾小塊來裝上，放下水去，嘴裏又慢慢引他談別的。她說：「怎麼朱石樵走也沒有叫我們知道呢？」

「他脾氣是這樣。」小童說：「告訴我們的時候已經快啟程了。馮新銜他都沒告訴。他說：『告訴了他，那麼沈葭當然知道了！那就大家都知道了！』所以送行的只有我們三個人。」

「西藏真遠呀！」她說：「他怎麼個去法兒？」

「坐飛機先去印度。」小童說：「中國的旅行全是這種玄玄妙妙的！當初來雲南是先走安南！」

藺燕梅本來就是個容易激動的性情，她愛小童生性中感情濃厚的一部份，可是她又一向最怕他那種意味特別深沉的淒涼話。她看已經把話題引開了，便故意笑了出來說：「你想好笑不好笑，白蓮教去研究喇嘛教去了！」

小童聽了覺得像是自己的話，便也笑了。正在笑著，忽見水上魚漂兒一動，兩個人忙去扯釣竿，直把一條小魚兒挑在半空中。銀白色的魚肚子在陽光裏直閃。他們喜歡極了，拖到草地上四隻手把它捉住，摘下裏來，是一條柳葉兒，有五寸多長。

小童摘了幾根小草棍兒想來穿卻都不夠結實，他便截下一段釣絲穿了放下水去。兩個人就專心釣魚，快到中午已經釣了六七條了。有一條小鯽魚才三寸多一點，是藺燕梅釣的。這條魚雖小，卻挺有肉，比五寸的柳葉兒還要重些呢。

他們一邊釣魚，一邊順手把麥餅撕了來喫，不覺把麥餅喫光了。

「得，這下子完啦。」小童說：「魚食兒也沒有了，人的乾糧也完了。」

「咱們就不釣了。」她說：「反正是玩兒。」

「那若是帶了游泳衣倒對了。」小童說：「就可以游泳了。」

「我也沒想到水這麼清。」她說：「早知道我也帶了。」

「可不是嗎！」小童看了水說：「你如果下水，我就抓你這條美麗的人魚公主！不過現在游不成了！」

「我明白你的意思，小童。」她看著他說：「後悔帶女孩子來玩了！是不是？沒有我在這兒，恐怕你脫了衣服早就下去了！」

「算了。」他笑了一笑：「也不定就得游。留一點精神回去。」

「真是越變越聽說了。」她說：「那麼咱們就走。」

「正好。」他說：「再多待就該餓了。」

他們收拾了釣竿準備下山回去。小童從水中提起那一串魚兒來，那些可憐的小東西就拚命撲騰掙扎。他們看了，心上不忍，兩個人一商量，就把釣絲一扯扯斷，六七條小魚兒又都放它們回去。看它們下水一鑽打個轉身便潛到深處不見了，兩個人纔高興了，就笑著又帶了空釣竿回來。

走出山谷，到了平地，小童自己笑了說：「計算還是回來得對！如果游泳游累了，現在一定沒有這麼好興致。」

蘭燕梅喜歡聽這句話，便靠近去傍了他身邊走，說：「還是有個女孩子陪著好吧？」兩個人就會心地笑了，於是又喜喜歡歡地回到學校來。這回他們進的是新校舍北區的北門。走到中央大路上，小童便踢著一粒小石子走。蘭燕梅就也學著他頑皮，也踢著一粒小石子，兩個人低了頭走。進了學校不覺又談到朱石樵的走。小童便說如果是蘭燕梅走，一定完全兩樣，送別會就得開兩個禮拜！她啐了一聲說：「再氣我，我走個給你瞧瞧！」

小童忽然說：「站住。閉上眼！」她聽了便閉上眼，站住。

小童說：「我請求你作一件事行不行？」

她閉著眼說：「都行。」

「好。」小童說：「你試試改一改你的怪性情。同學已經一天天地少了，你別跟任何人鬧彆扭。你睜開眼看看。你和他玩一會兒，我把釣魚竿送回屋去。」說著從她手中拿過釣竿來。她睜眼抬頭一看，已經躲不及了。大余已經走到面前。小童拿了釣竿有深意地看了她一眼，跑向宿舍那邊去了。

她看了小童的背影，心上說不出的難過。一天的快樂忽然變成寂寞了。大余已走到身邊又不能不周旋，可是他那眼睛怎麼那麼愁苦和無情啊！

她雖說自從由宜良回來以後，沒有和大余談過話。卻亦沒有這樣面對面站在一起過。她每次都是巧妙地躲過了。她或是找上個女孩子去說別的話，或是繞著走別的路。她總不能說見了面站在一起，不理人呀！

她從小童的話裏覺出大余此來必不容易應付。他來頭之兇猛勢必將她心上已經結疤的傷口重新揭開，令她重新淌血，受痛楚。她知道大余這一月來不得機會和她說話，今天必不肯把這時機輕易放過。她深知大余口才之犀利，用情之狂暴，不是容易抵抗的。但是她又知道自己已經不愛他了，而勢在非抵抗不可！

大余靠近了她便說：「燕梅！我要求你同我走一走。」

「不！孟勤！」她兩眼看了地下痛楚地說。她心上已經覺到了極大的壓力。她處境忽然奇窘。她便拿著小手絹兒，把兩隻手拚命地絞。她說：「不！孟勤！我今天累極了。我要回去休息。」

「你不能說這個話的！燕梅。你不能完全不給我一個機會。」他聲調都變了。他一字一針扎在她心上。

「我沒有什麼機會可給呀！孟勤。你不用我給什麼。反之，你要給我安靜，你要放開我。你看不出我在養傷麼？你一下子就打擊得我發昏。」

「機會就在眼前，燕梅。你不給我，我也要抓住。無論我從前怎麼不了解你，我現在要用真心來努力了解你。無論我從前多麼令你嫌惡，你得允許我試一試。燕梅！你不能不聽一個犯人申訴，就下判決詞！」

「我不懂你的話呀？你說的我不明白呀？你也太興奮了，我今天也累了。你放我走罷，等下回你也安靜了，再好好說。好罷，孟勤？再談罷？」

「我是開門見山就說題目的。」他完全感覺得出來藺燕梅是裝不明白。他說：「你根本不需要我現在說一套序言。你躲我躲了將近一個月，你能在今天裝不懂麼？燕梅，你就不能聽一聽我的申訴麼？」

「我不配聽這個的。孟勤！你不能這麼折磨我。你好比是一個壯漢暴打一個小孩子。我不是你的對手。你不應該來壓制我。孟勤，你放開我。世界上比我強的人不知道有多少，你何苦認定我來欺負？」

「燕梅！」

「你不說了罷！你放我回去！我說不過你，我怕你！我知道你的心也知道你的感情，你的口才更是無敵的。」

「燕梅！」

「你就是什麼都不顧，你也要想念我們從前的友誼。你憑了這些時的友誼也請原諒我，放開我這一條小魚。喫下它又不當飽弄死它也不是快樂。」

「燕梅！燕梅！」

「我已經說了最卑下，可憐的話。我已經放棄了抵抗向你求饒。我是哀求你放開我呀！我連一個女人最後的一步權利都不能保留麼？我要回去，我要回去，我要回去休息呀！」

「好罷。」他放低了聲音說：「『羅馬也不是一天之內造出來的。』我今天依順你，讓你回去。至少我可以陪你走這一段路。你別用『女人』這兩個字，你看看你這一身衣服，多麼孩氣，多麼幼小！你也別相信你的決斷，你需要人領導，你需要人保護。你又叫我失望，你又叫我驚奇。我失望你還是那個任性的脾氣。我驚奇你變得這麼堅決！可是無論失望還是驚奇，我都覺出你反常的地方，你反常，所以你才拒絕我的診斷同醫療。我不怪你，至少我覺得自己失職。」

這些話都是藺燕梅最怕聽的。她越怕聽，他越那麼巧就正說出來。她當然有聽了不服氣的地方。比如「女人」兩個字原是從前大余用來說她的，現在翻過來批評她，但是她不敢辯，她一死兒低頭快走，希望快點走到。她又怕在同學眼前給這位聖人難堪。所以又不敢真走得太快。

大余繼續說：「我過去恐怕被你錯看作了一個無情的人。但是我想你應該明白我這一點的。我憎惡那種人，一天到晚把情感的事放在嘴邊上隨意不經心地亂說的。但是我現在讓步了。我要低下頭來學習。我要向你學習。你不會再聽見我斥責你女孩子脾氣了。我要你的女孩脾氣來剋化我，灌溉我。我也許是一株為霜雪凍僵了的枝條。但是你能把我暖過來。無論我是誰，即使是一個路人，只要你能力可以做到，你會掉頭不顧麼？我們現在倡導寬恕，慈悲，原宥。我們要鼓勵人新生，我就是這麼一個實例，我在你手裏。你至少從今天起，萬不可再不理我。你要容我常常向你求恕。」

藺燕梅如同在受著酷刑，受著試探。余孟勤只是順了思想所及在向她傾吐。語句中本來也不是有意地壓迫她。不過這詞令自然地有力，而在她一個有心人聽來，便覺時而是威逼，時而是利誘。尤其那一句：「羅馬也不是一天之內造起來的」一句諺語。更令她覺得來日凶險猶多，而不禁心上怦怦作跳。

「其實你是做著一件違反自然，違反你自己心願的事。」他自信力是可怕地那麼強。他一字一字慢慢地說：「你很清楚地知道你有一個感情，這個感情是你自己很珍貴地培植起來的。不幸它意外地受了一點傷損，於是你痛苦地打算把它埋葬掉。你不知道今年埋下去的也許是一粒小種子，明年長出來便是拔它不掉的一樹刺心的荊枝！你不知道你不應當起意把它埋掉。這完全是反常的。你更不知道你完全無需把它埋葬掉。你不能想到這一點挫折，得到同情之後會變得十倍於那個份量的安慰同快樂。燕梅，你不能斷章取義地解釋我從前苛刻的論調。你明白我現在的用心。」

這話已經說得太露骨了。藺燕梅不能再忍受。她便發怒了。她說：「我完全聽不明白這話裏是什麼意思！我不明白你何以有權利來對我說這種話。我心裏有什麼事，你何必費心費力來猜？你不能這麼纏我。我一定要快點躲開你了！」她說著便走快了。

余孟勤便默然陪了她走。快到南院時，他說：「燕梅。我一點也不怪你斥責我。我斥責別人慣了的，我明白那種心境。我也明白這種口氣不是你素日溫和的氣質可能有的。你是需要休息了，我不能性急，我明天再來看你。你答應嗎？」

藺燕梅幾時這樣暴怒過？她快走到南院時自己已感覺到可恥。她覺得太不應當了。余孟勤這末尾幾句話又寬恕了她，她不覺熱淚盈眶了。她只沉默地點了點頭，淚珠兒更忍不住直落下來。她一言不發轉身進去了。余孟勤也不禁黯然。他忽然恨造物何以不仁？硬在人生中起風波。

藺燕梅低頭急走，她盼望屋裏沒有人，好容她痛哭一場，把滿心酸楚哭個痛快。她到了屋門口，看見鎖開著，推門進去，卻沒有人，她便伏在枕上哀哀地痛哭起來了。

她從昨晚起始，嚐到了一點愛情的甜味，得到了一點心上的溫暖，這是她有生以來，十九年了，僅有的一個經驗，雖然她還不知道那就是戀愛。但是她嚐得出那滋味；那麼細膩，那麼纏綿，那麼可留戀，於是令她在一種逃避心理下忘掉了余孟勤這方向她的情思債。她如果能夠不碰上這債主，她的美夢還可維持得長久些。她一旦碰上了，她便祇有打起精神，堅定意志來清算一下。清算一下誠然痛苦，誠然是把酸辛事一件件又溫習過，但是祇要她受得住，慢慢地再把創痕養好，她是還有資格來戀愛的。她不該想逃債，她於是措手不及被余孟勤著實地刑罰了一場！她怎麼能忽視自己過去這一年多種在心上的情思？

她不見得是有心要躲避，但是朝了抵抗力最低的路走是人之常情。她不想見余孟勤是因為見了便不免有麻煩，有痛苦。如果他不原諒她和范寬湖的事固然會使她傷心，他原諒了她，更令她負疚難過。她是一事心灰萬事心灰了。她躲避他，是怕見他。她不知道這是終久躲不過的。她完全沒有想。

她到現在還沒有想清楚，她祇是痛哭。她並不希望哭清楚這道理，祇希望從哭中求解脫。

她此刻祇覺得自己不幸，她彷彿永遠被不幸包圍著。她不但為不幸所包圍，她簡直是不幸的化身；她已經把不幸加於范寬湖身上，她又要把不幸籠罩住余孟勤了。這兩個人都是多麼高貴的角色！而她的犧牲者偏要是不凡的人物纔有資格做似的。

她又想到小童，她戰慄了。小童是個好孩子。小童是山林中一隻快樂的飛鳥。小童是水池裏一條自在的游魚。這條小魚也許偶然到水面上吐個泡兒，這隻鳥也許高興由空中翻個身落下來。但是她決不得用她這有黑魔法咒過的手去招他。她將不免又戕害了一個美麗的生命。

她不是又沾惹到小童了嗎？她害怕起來了。她已經覺得到如果她和小童親近下去，必將拖累了他。她決不忍這樣。

她彷彿在幻夢中看見她自己落生的時候，有光明的天使祝福她，令她聰明美麗，又有一個猙獰的女巫也在祝告，她令她愁苦不幸，並令她體內循環了一種毒液。這毒液使她嬌媚，又使所有為她垂青的人遭罹災殃。

她害了范寬湖連累上范寬怡，周體予，也間接害了她的好朋友梁崇槐。現在余孟勤又已是躲不過去，要遭遇不幸的了。將來便是小童！她不敢想了。

在大宴那次開會中他們是僥倖得到了勝利，如果變化得不如意豈不是將要連累了所有的好朋友，甚至先生們？

她想到這些，便覺得自己力量真是渺小，在不幸的魔手下，完全無法抵抗，簡直是一個不足考慮的力量。她便覺得無限冤苦。她又要問上帝生下她來是作什麼的了。

她當然想到中毒再深的人，在聖水裏也可以洗淨。遭際更不幸的人，在上帝的光裏也可得平安。只有上帝是能容受得下一切的。何況她又始終未曾放棄作修女的念頭。

不過她此刻心上似乎有一點更動了。這一點更動剛剛在心底發軔，尚未翻騰上來。她已隱隱約約覺得有點聲息。但是這更動此刻太微弱，還救不了她，徒令她更害怕。她經不起再多的變化。同時她又怕以後大余一天一天地去建造羅馬。她想快跑，快點躲開，所以這抉擇之困難，便緊緊地抓住了她哭昏了的神智。

人生裏有甘旨在招她，可是也有面前這段艱苦的路要走。寺院裏有無邊的淒清歲月，但是也有馬上可以到手的寧靜。慢慢地她那躲開學校的意念又在心中佔了上風了。她可以和修道士們結伴去滇南，披了道袍，面幕，編字典。在一個生疏的地方，那裏沒有人知道她是誰。而且，小童不是也贊成她去麼？

那一件修女的長袍下罩了多少聰明秀美的女兒啊！西洋文學中那些令人神往的故事不談，眼前她的阿姨便多麼聖潔值得嚮往啊！她今日一切空虛的歡笑同難忍的酸辛，是一件也侵犯不到阿姨那樣的女兒身上啊！她自己也祇宜於那樣生涯，她早走一天，便少給別人一點不幸。

她哭得疲倦了，剛要睡，聽見腳步響，梁家姐妹回來了。她哭得太傷心，所以也沒有心思拭去淚痕，於是令她們一進門便發現了。

「又是什麼事了？燕梅！」梁崇槐忙跑過來偎在她身邊哄她：「早上高高興興地出去，下午就哭著回來了？小童氣你了？」

「你們都是些害人的東西。」梁崇榕用另一種方法來叫她止哭。她們三個人反正是輪流哭的，她便連她的妹妹也罵在一起說：「你上次哭一場就哭走了范寬湖一家三口兒。現在這個又不知道該害誰了。喏，藺小姐又有倒霉的多情人寫信來啦。看看解解悶罷！」說著便遞過幾封信來，又加上一句：「有什麼人欺負你了，看完信告訴我這個大姐姐一聲，大家想個妥當主意，別又隨便牽扯上個名字，害了人！」

藺燕梅聽了，正打在心事上，便不說話。梁崇槐替她接過信來說：「一，二，三，三封。剛才聽說來信了，我們兩個趕了去，倒是替你跑了一趟。還是我念給你聽罷？」

「完全是那種信？」她問。

「我看錯不了。」梁崇榕在一邊說：「你除了家信外，還有什麼別的信？這些都是本市的，又都沒有發信人姓名地址。」

藺燕梅從前收到了不相識者的信件，多半是放在一邊不看的。梁家姐妹的作風便不同。常常一看就看幾遍。雖然一封也不回，卻時常挑出好的來收存著。她們看不過藺燕梅的習慣，便往往要來看。當然這種要別人信看的話，不大好出口，又怕藺燕梅不願洩露發信人名字，便想出一個辦法來，說是念給她聽，一來二去的，成了慣例了。

但是今天藺燕梅心境不同。她忽然覺得她有毒的生命豈止害了這幾個著目的同學，她無心中更不知害苦了多少蟲蟻。她的罪業是很深沉的了。她便說：「算了罷。今天不念了。」說完，自己又想：「放在一邊算了，索性連信封都不拆，替發信的人做點好事。真的，這些熱情的孩子們哪裏知道情戀的火之可怕，他們只見火焰美麗，在燒著玩呢！」

「你這種心就太狠。」梁崇槐拿了那三封信不捨得放。

「我怎麼心狠？」她問。

「人家費了多少心血，寫了一封自己以為是傑作的信，竟得不到你一看，這還不是心狠嗎？」她說。

「你念完了，老是對外邊講。」蘭燕梅說。

「不講就是了。」她一邊說，便一邊「嗤！」地一聲扯開了一個信封。這封信寫得長得要命，字體全向一邊倒，雖是中文，卻像英文那樣斜著，又都擠在一堆。梁崇槐蹙著眉頭念了幾行，實在個個字都難認。便說：「這封信我沒有辦法念。」順手便拆開第二封信來看。梁崇榕把這封她丟下的撿起來看了看，也皺了眉頭，說了聲：「紙倒不錯。」

「聽著！」梁崇槐說：「這兒有一個膽大的了！」

「有什麼奇怪？」她姐姐說：「一個學校三千多學生哪能不出幾個膽大的？」

「你看！」蘭燕梅便坐起身來，一把把信搶過來說：「剛說光念信，不亂講，就又高興起來忘了。我不敢保你不對外人說，不給你念了，謝謝罷！」

梁崇槐手裏沒了信，也沒辦法念了，她就笑著去搶著拆第三封。蘭燕梅眼快也去搶，一下子給撕成兩半。信紙扯破，落在地下，一看上面濃墨大筆地只幾行字。兩個人一個拿了一半信封笑。

梁崇榕在一邊正弄頭髮，她便用手中梳子指了說：「這封不像情書，情書哪有只幾行的？」

「也許是一首詩呢？」她妹妹說：「讓我慈悲一下，給湊起來看看。燕梅，把你那一半給我。」

兩個人就到桌上把信湊攏了來看。

「危赫瀾神甫寫得一筆好中國字呢！」梁崇槐喊。

梁崇榕聽了奇怪便也過來看了，她說：「他告訴你明天有人去文山這是什麼意思？要你轉告誰？文山是在什麼地方？」

藺燕梅看了信一直沒有說話。她本來正哭得傷心，已經下了個狠主意，未想到這個機會馬上來了。她便如在這緊要關頭受到旁人一推，順勢就直走下去不考慮了。她只淡淡地說：「文山在滇南。」一面又拿起信封細看。沒有郵票。知道是今早自己沒有去做禮拜，所以危赫瀾神甫特地派人送來的。

「他告訴你有人去滇南幹什麼？他要你告訴誰？」梁崇槐問。

「我也不清楚。」她說。

兩姐妹看她不願意說，就不再問了。

她拿了信，又倒在床上出了半天神，忽然問：「你們看我這會兒去找教務長找到找不到？」

「有什麼事？」梁崇槐說。

「沒有什麼事。」她說：「問一聲兒。」

「要找就可以到他家裏試試。」梁崇榕說：「有什麼事，明天禮拜一到辦公室去找多好。」

「我也不想找他。」她說。

藺燕梅看看她們聽見自己說並不想去見教務長之後，不那麼用眼打量她了，便在床上多躺了一會兒。又等了許久，她想：「這事若是歸系主任辦多好！他對我特別關切，我都不妨先斬後奏。走了再說！」一想著便高興自己主意之堅決就若無其事地坐到桌子前去寫信。寫了幾封放在那裏，忽然又想都撕掉。但是怕令梁家姐妹起疑，便放在一本書裏夾著。她考慮是發這些信還是不發。時間很緊迫了。她行動容易，而考慮這些事卻難。

等了一會兒，凌希慧同喬倩垠來了。大家在一起閒談，她想著自己的主意，又不能說出口，便不覺心酸起來，祇顧用眼睛多注意看這些好同學幾眼，她要記住這些好同學的音容笑貌，也要記住這間屋子、這學校以便來日回憶時可以清楚些。

凌希慧她們是來找她們去喫點東西的。她想想一上午，早點之外，祇喫了點餅，便不覺也餓了。三個人便收拾了一下，同她倆一起出來。她就把那本夾了信的書順手帶走。

她們本來打算去喫點甜食的，她提議去喫米線大王，她是想再看一看米線大王一家人。她們到了那裏坐下吃東西，米線大王的母親正好有事走出來，看見是蘭燕梅，便過來招呼。蘭燕梅也特別親熱地起來招呼，並且堅要老太太一起坐。

這位老太太自從蘭燕梅初來那一年，送了她那個大荷蘭鼠蛋糕之後幾天見到了蘭燕梅，便把她疼愛得不得了。今天蘭燕梅更是特別地在她面前柔順，體貼。大家都替這老太太歡喜。老太太當然更是高興。她說：「你們這些小姐們，多標緻的人品兒，一個個兒地在這兒上什麼學呀！難道就不要作人家了麼？」

她們五個女孩子聽了便只有笑，沒法子說話兒。

老太太又說：「你們幾個都好。也有那些在我們這兒喫東西的，自己找了主兒，親熱成那個神氣，我就看不慣！女孩兒家地，就要人家給說媒才好。」說著就用眼打量著蘭燕梅，又用手去摩索她頭髮，把她羞得抬不起頭來。

凌希慧就湊趣說：「老太太喜歡她就給她作個媒，多好！」

「我這副神氣哪裏像！」她說著又笑起來：「哪裏輪得到我來掙這個面子！可是話又說回來了，先生們，我是說你們的同學，常在我們這兒喫東西的，倒都看得起我。我倒要給留留神！那些規矩的先生們只和男朋友一起來，他們也要等媒人呢！」幾句話說得連旁的桌上的人都大笑起來了。

蘭燕梅愛這老太太，愛這裏一切的空氣，便不覺更沒心緒，她想：「拿定了主意便快做！不能再留戀！」於是提議回宿舍。她們就告別了老太太一同走出來。蘭燕梅又說她要晚回來一步，去發信。於是那四個就先回宿舍了。

蘭燕梅的信是一封給大余，一封給伍寶笙同史宣文，還有一封給小童的。至於家信，她想以後再寫。但是這三封她也不想發了。上次想做修女未成，已鬧得滿城風雨。這次再來就要做得爽利，快當。決不可又弄成笑話。

明天就有人走！多麼大的引誘！根本不給她時間料理任何事情。她正好一切都不料理。如果料理起來，夜長夢多且不談，又哪裏料理得完！所以信也可以不必發。何況明天一早便走的好處最重要的便是免得再碰上大余。

「那麼小童呢？」她看了手中小童的那一封信，她想：「也是不發。」其實她也真是怕見小童。小童是多麼敏捷爽快地就鑽進她心坎兒裏來了啊！她真不敢想，再和小童在一起幾天會令她心境變成什麼樣子！她也許又在躲債了。但是無論如何她有一種很強地，為了小童好的念頭，她不能再給小童帶來不幸！她必須離開他！

她一路想著，便把三封信都撕了。她本是藉口發信事實上是去教務長家裏的。她把撕碎了的信順便丟在路邊上垃圾箱裏。

走到教務長家，正好教務長沒有出去。她便求見，說明了情形，告訴教務長她願意擔負滇南區的一個字典的編製，又說她和天主堂有關係此去有許多方便。最後說，明天就要走，她的消息也得的晚，所以以後進行時的指示，請學校方面用書面轉達。

教務長曉得她在語音學，及印歐語系語文研究兩門課上的成績的，知道她定可勝任，便問了問她其餘的事料理好了沒有？何以早也未聽說。

她笑了一笑：「有什麼可料理的呢？我在此地也沒有家。走到哪裏也是一樣。」

教務長看也沒有什麼可說的了，便答應了她。又叮囑她一路上，及到了那邊之後一切自己當心，並且常和學校中同學通信，不要一人在外失了連絡。她一一應了。教務長便取出一張紙來，讓她寫了個志願書。看她寫好。收了，說：「那些表格都在辦公室裏，我們替你填罷。再有你留一個圖章在同學那兒，每個月給你領津貼，替你寄，這工作還有點報酬的。」

她又笑了笑，點頭答應，說：「我知道的。這還是我第一次掙錢呢！」說著便興辭出來。教務長起身送她，她辭謝不過，便一同走出來。教務長說：「你在這裏兩年多的確改變不少了，長進不少了。初來時氣派另是一樣，現在什麼都習慣得來，一切跟大家同學一樣了。此去又是自己維持自己生活，這都是進步！」

她聽了心上又是一陣說不出的難過，惟怕眼圈紅了被教務長看見便低了頭。教務長又說：「前兩天朱石樵去西藏也是一切都決定了才來見我。你們這些年輕人作風倒一樣！有趣得很！有趣得很！」

說著走到門口，教務長再叮囑她珍重，說她父母都在國外，不要令老人家不放心。她鞠躬謝了，請教務長回去。自己便向學校走回來。

這已經一切決定了！她想想早上還同小童在鐵峯庵山背後釣魚呢，此刻已變化到這樣！「你們這些年輕人作風倒一樣！」她多得意！把她同朱石樵比，多光榮啊！她聽了教務長誇她進步的話，她想想自己確是進步了。夠得上西南聯大學生的傳統了！她一直想著心事，也不知道什麼時候已經又走回南院來了。

她見已走到南院，心上便忙著打算下一步應當怎麼辦。她心上要想的事當然很多，但是她因為已經有了決定，反倒一點也不亂。她想：「有什麼不了的事，留在一路火車上去想，先走了再說！」

她走到自己屋門口，見門鎖著。一邊掏鑰匙開門，一邊側耳聽聽。梁家姐妹們都在對面樓上凌希慧屋裏說笑呢。她想：「正好，趁空兒，收拾一下就走！」

她進屋，先看了一下。隨手把盥洗用具，裝在提包裏。又帶了幾件平常穿的衣裳，又裝了幾本書，字典。又把掛著的合家歡相片也裝進去。

等了一下，她又想：「鋪蓋帶不帶呢？留下的東西要不要整理一下呢？圖書館的書也要還，今天又是禮拜天。還有裁縫店那件大衣也沒有改好呢！……。」不覺越想事情越多了。她便坐在床上想。隨手又拿起一枝鉛筆來打算把想到的事記下來留給梁家姐妹，同伍寶笙代她辦。

她想了半天，更覺得事情多，更覺得沒法子託人辦。於是無法下筆。

忽然，她自己笑了。對自己說：「走罷，燕梅。再想便走不脫了。這些衣服還用得著麼？已經帶得太多了。」她便猛然站起來，反把提包中的衣服都給掏了出來，扔在床上。在屋內四處看了一下。反鎖了門，竟自走了。

小童自從硬叫藺燕梅陪大余談話後，自己拿了釣竿送回屋去，看見桌上有一個字條兒，是陸先生找他的，他便忙忙到陸先生住處去問是什麼事。到了那裏陸先生他們幾位教授正在喫飯，看見他來了，問他喫過飯沒有，他說玩了一上午還沒有喫。陸先生便留他一起喫飯。

飯桌上，陸先生說：「下個星期，我把你調到大普吉研究所裏去作一個星期的實驗，也和你的畢業論文有關係。你喫過飯我再和你慢慢講。」他聽了又是新鮮事，又可以加入那邊設備完善的試驗室，哪裏會不高興！便快快把飯喫完，坐在一邊等。

陸先生喫完了。便邀他到自己屋中詳細給他解釋實驗的內容，又說：「有關係的記錄，都在南區辦公室裏。你明天早上去那裏先看一下，若是覺得有必要，就抄一點要緊的。明天下午就可以走了。」他聽完了恨不得馬上就去。陸先生偏留了他談了許多話。直過了兩個多鐘頭他纔得一個機會告辭出來。

他一出了門就跑，一氣跑到伍寶笙的屋子，把她喊出來，夥著她取了生物系辦公室的鑰匙，一同去找記錄看。

伍寶笙取了鑰匙同他走，一邊說：「我今天倒是訪客不少，大余方纔飯後來找我。他說燕梅變了態度，對他很冷淡，他難過得不得了，你說是怎麼回事？」

小童說：「燕梅這個學期到今天為止，是第一次跟大余說話，你信不信？」

「我本來不會相信的，」她說：「若不是方纔大余也是這麼告訴我。」

「我覺得她這個脾氣做事都有點不近人情了，今天還是我給大余找的一個機會。」小童便把早上回來後的情形說了一下：「他們的交情，哪能這樣硬斷得了？」

「我也覺得不會。」她說：「不過看大余那個垂頭喪氣的神氣，就像是全無希望了的樣子。我對他說：『你的自信力哪兒去了？燕梅現在是傷心過度，慢慢地憑你那三寸不爛之舌，什麼女孩子不被你說得回心轉意？』你猜他說什麼，他說：『方纔我跟燕梅說話的時候，我還是自信心很強的。後來忽然覺得不對了。覺得她一旦有了新看法，我在她心上的地位就會突然改變。這不只是她的性情，也因為我們的友誼是一種中魔似的，催眠狀態的。她當初到我身邊來便是如醉如癡，猝然來的。今天魔法似乎忽然煙消雲散了。我再去試，不僅是徒然，而且有悖天理。』你說這話怪不怪？」

小童聽了，半晌不出聲，自己在想。這時他們走到生物系辦公室了，伍寶笙便開門把那一大堆記錄找給小童，又在一邊幫他找重要的，找了半天，小童卻看不下去。他說：「我要問你一句話；你說大余的話中是不是很有點真理？」

「可是我沒有資格說。」她回答。她的心也不在這些記錄上：「凡是對她心意的推斷我都沒有資格評論，因為我有成見。我知道燕梅的秘密。這個當然誰也不能告訴，不過可以說，她是非常愛大余的。」

「她愛大余不愛，我不知道。」小童說：「從她對我說的話裏看來，似乎是完全相反的意思。當然她在這時候所說的話，我也不去相信。總之，至少在她心上大余有重要的影響。這個也許是愛情，也許不是。大余那一句話說得很對。催眠狀態之下的一切是靠不住的。他如果要燕梅愛他愛得紮實，他必須冒險先令她恢復自由神智，再重新建築情感。我贊成大余認清這個道理，把他們的友誼先改成正常的再說。我看大余對燕梅的了解某些地方不及你，另一些地方又不及我。」

話說到這裏，似乎繼續不下去了。伍寶笙有伍寶笙的想法。小童也有小童的新認識。大凡人的思想，在起初總是很渾沌的。直到他有個機會一流露，便不覺忽然成了系統。雖然是從自己口中，筆下出來，也能令自己覺得新穎。這時就需要一點時間回味一下，凝固一下，來捉牢這一縱即逝的靈感。

他們兩個人對這件事各有見地，但是有一點是相同的。便是大余同藺燕梅的關係，現在很不正常而他們又慫恿不得，那樣必沒有好結果。

小童是一向贊成順了自然走的，他給自然取個名字叫「上帝」。所以他很後悔自己何以也是那麼庸俗，不經心地硬給大余一個機會來同藺燕梅談話？這種揠苗助長的撮合是只有害事的，平時笑別人不懂心理，今天自己也犯了。這件事以後只有聽其自然。凡事皆有他成熟的時機，早不得也晚不得。他和蘭燕梅談大余的事，是多餘的舉動。以後決不多事。他想著就定下心來抄那些數目字去了。

伍寶笙還在一邊想她的心事。她想小童的話恐怕很有道理。她本來以為大余同蘭燕梅彼此的了解當然要勝過任何別人，那自然是鼓勵大余不要灰心。現在大余自己已經失去信仰了。於是她的判斷也就錯誤了。看去真了解她的恐怕還是小童。因為小童的話很中肯近情。說得也簡捷了當，不似大余方纔那麼混亂。

她本來想，如果大余灰心了，她似乎可以不顧對蘭燕梅的諾言，而把她的夢，及夢醒時一句話告訴大余，讓他明白一下。但是現在想法不同了。她忽然記起她從天主堂裏把蘭燕梅接出來時，蘭燕梅說過，她就是不願意大余知道這夢。

當然，她那時也許是怕大余會不原諒她，那麼徒然把這女孩子的心事洩露出來是很難為情的。而現在她已經由大余那裏知道他一切都同情她了，何以她仍舊給他一個釘子碰呢？這時候如果再鼓勵大余，不是故意給蘭燕梅添麻煩嗎？所以她仍得代蘭燕梅保守這點秘密，及她對鏡子所許的願，而不能說出口。

她自從把蘭燕梅接回來之後，一切態度皆有一個前提；就是認為蘭燕梅和余孟勤的感情一定要因此親密起來。沒想到完全是另外一回事。那麼蘭燕梅心中便有了一部份是她不能了解的了。「可怕！」她想：「這孩子的心事我沒有看到。她恐怕是還有那個傻主意在心裏。她的阿姨到底見得深些。她若不是心上想去做修女，一了百了，她再不會捨下大余的！她從前那麼愛他！」

她想到這裏便猝然問小童道：「我昨天讓你觀察她想做修女的事，你跟她玩了一天，看出什麼沒有？」

小童抬起頭來說：「倒看不出來。她現在心上一點也不糊塗了。很有主意的樣子，不過在你告訴我留神這件事以前，我們倒可巧談到她做修女的這個問題，因為我忍不住要問。」

「她怎麼說呢？」她忙問。

「她不肯解釋。」小童說。

「你早不說！」她大吃了一驚：「我看她又打主意要離開我們了。這就是她不理大余的緣故。這麼說她這個心一直未死？她當初是認真那麼想的？」

「我的看法又不一樣。」小童說：「我也說不出來。她不一定那麼想做修女。她對我說過她的心事不是宗教的，是人生的。」

「你的話我也摸不清頭腦。我反正是忽然不放心了。」她說。

「我自己也需要多想想。」小童說：「方纔我決定以後多用腦，少開口。她的事，需要時間的因素。一切忙不得。我正好有機會離開學校去大普吉一個禮拜，很可以給我多想想。這樣好不好。你這兩天多陪陪她？她的阿姨既然托付了你，咱們不能空研究，也要觀察一下。」

「你什麼時候去大普吉？」她說：「要不要咱們現在一塊兒先去看看她？」

「我想這就走。」他說：「你去看她罷。我一見到她就不免多嘴。你告訴她說我去大普吉了。回來給她帶點那邊園子裏的花。」

「你跑了一上午的路了，下午又要走這一趟？」她說。她因為很懷疑自己的見解，頗希望小童幫忙。

「還是那句我的口頭禪：這一點點路算什麼。」小童說。不久他把要抄的數目字抄完了。兩個人就走出辦公室來。伍寶笙鎖了門，看小童走了，自己一路想著，一路走回屋去。

她回到屋裏想了一陣子，覺著固然是對蘭燕梅放心不下，可是也沒有什麼理由去盤問人家心事。既不能說是替大余討口風，也不能冒冒失失地又問她做修女的事。她既然一直未再提這話，那麼除了小童那種脾氣，誰也沒法開口問。

她只覺得對蘭燕梅有一種無法排解的關懷。自從她一入學，自己便擔負起了這個照拂的責任。而為了余孟勤，她又沒來由地去奔走。余孟勤現在那個沮喪的樣子固然可憐，但是他當初何以那麼欺凌人家？當初他完全不顧蘭燕梅有這麼一位姐姐。今天為什麼跑來向她訴苦？她決定不管余孟勤這一部份案子。

她在屋內悶坐了一會兒，看了幾頁書。忽然，又感覺一陣不寧。她似乎有去探視她妹妹一下的必要。「看余孟勤煩擾成那副神氣，燕梅一定也很遇了一點困難。」她想。

過了一會兒，她心緒更紊亂起來了。她索性看不下書去了。她奇怪為什麼一天到晚淨是這種多煩憂的戀愛故事？連這麼兩個出眾的角色也不例外？

她又想自己是個局外人，尚且不快如此。燕梅更不知道多麼排解不開了。「就去和她傾心談談余孟勤的事有什麼要緊？」她想：「我們姐妹倆談談，不會被余孟勤知道。省得他以為我在為他出力。」

她看看天色已經黑下來了，可以去找燕梅一同喫晚飯。如果得到機會，她決定要把這個問題問個清楚。

她走出屋來，覺得這晚上要變天。在院裏站了一會兒，便又回去取了雨衣。她的雨衣還是那件乳白色敞領大衣式樣的。不下雨也可以擋擋寒。她便拿來披在肩上，然後走出院來。

她看了看這件白衣服披在自己肩上，忽然又想到蘭燕梅要做學習修女的事。「這種白的長衣服披在身上是怪美的。」她想：「這個孩子做起事來，也許就是為了這種奇奇妙妙的理由。她為了文學史上一兩件美麗的傳說便可以做修女。她見了那位可愛的阿姨，也可以做修女。這種事發生在她身上一點也不奇怪。」

「那麼小童恐怕未見到這一步。」她又恐慌了：「這個孩子的事沒定準兒！她阿姨的話，不可不小心。她真要把我難纏死了！我今天找到她便再也不放她。一件件跟她問個清白！有什麼話不能問的？」

她想著，已經走進南院。雨也稀稀落落有幾點下來了。到了藺燕梅屋門口，見門鎖著。她看天已黑了，大概她們都喫飯去了。自己不如去喫過飯再來。於是又翻身出來到文林街上去喫飯。她看看兩三家小館子，都沒有梁家姐妹同藺燕梅的影子，便只得自己把飯喫了。

飯喫過了，外面雨也大了起來。她想是就回去了明天再看燕梅來呢，還是現在再去一趟。她站在飯館子門口一陣陣被風吹過來的小雨珠撲在臉上涼颼颼兒地，簷下滴水也從石階上濺起來，打濕了鞋襪。

她想了想：「既然來了，就去找她。萬一她們還沒有回來，就在她屋門口等她一會兒。今天不知道為什麼這麼想見她，若是空回去也是無法排遣這個心緒。晚上也沒法子睡覺！」主意一定，便邁步走出來，大雨傾在身上。她急忙又跑回南院去了。

門仍是鎖著。幸喜等得時間還不長，梁家姐妹一塊兒回來了。

「怎麼，燕梅沒在家？讓你久等了？」梁崇榕一邊開門一邊說。

「怎麼？燕梅沒有跟你們一塊兒出去？」她也驚奇地問：「我在這兒等她一會兒了。今天不知道怎麼這麼想見她。」

她們三個人進了屋，開了電燈，一邊脫雨衣，一邊抖去頭髮上的水。梁崇榕就又說：「奇怪，她會到什麼地方去了，崇槐。是不是喫過米線以後一直沒看見她？對了，她說是發信去的。」

「發信哪發得了這麼久？」她妹妹說：「她今天有點怪。寶笙，今天她早上高高興興換了衣服，一大早就找小童釣魚去了。下午我們回來，卻看見她一個人在床上哭。」

「她哭來著？」伍寶笙說：「我就是為這件事來找她。那時候是不是下午兩三點鐘的樣子？」

「你知道的？」梁崇槐說：「小童跟她吵嘴了？」

「沒有跟小童吵嘴。」伍寶笙說。她不願意把話岔開講大余的事。她說：「我光是忽然心上惦記她，忍不住要來看看她。你們說說她的情形，她哭的時候說了些什麼來著？」

「崇槐。」梁崇榕說：「你覺得怎麼樣？我看寶笙比我們知道得多些。告訴告訴她看？」

「對。」她妹妹就對伍寶笙說：「我們也是一天到晚留心她，可是總看不出個道理來。她近來說話有頭沒尾的也不止一天了。她心裏一定有事，不過我們一點也尋思不出來。」

「她今天還有一件事奇怪。」梁崇榕說：「平政街天主堂的危赫瀾神甫給她來了一封信。我們問她什麼緣故，她說不知道。」

伍寶笙這一驚不小，她忙說：「信呢？你們知道是什麼信不知道？可不得了！」

「真的嗎？」她說：「崇槐，你快找找！信我們都看了。只幾句話，說明天一早教會裏有人去文山，特為通知她，叫她去告訴人。」

梁崇槐已經把信找到。伍寶笙手都抖了，接過來看。她說：「真的！這可要命了！信紙怎麼撕成兩半了？她不願意看？」

「不是。」梁崇榕說：「那是崇槐以為又是那些男同學的信，兩個人一搶，就扯了。」

「她願意看得很呢！」崇槐說：「她倒在床上又翻來覆去看了半天。崇榕，她後來問了一句什麼話來著？對了，她問那會兒如果要去見教務長，到什麼地方去找。」

「夠了！夠了！」伍寶笙說：「還是小童料得對！告訴你們，燕梅一定是去平政街了！她明天一定去文山了！去文山編那個教育部的字典了。」

「怎麼能？」梁崇榕說：「沒聽見她說這個？再說也不能鋪蓋衣裳都不帶？」

伍寶笙便看了看她床上，一切整齊如常，不過多著一疊兒衣裳。心上也奇怪，隨手把衣裳翻翻，那件綠綢雨衣也在。聽聽外面雨勢正大。便抽出雨衣在手，心上想想她此刻到底在什麼地方。又猛見雨衣領上還有已經紫了未洗退的血跡，想起小童描述的她在車上痛哭的情景。這個女兒竟自如此不幸，如此自苦，不覺心酸，直要落淚。

她又忽然想到一件事，便抬頭去牆上探望那張合家歡照相中藺燕梅遠在國外的父母。呀！相片取下了！

「燕梅走了！燕梅走了！她真走了！」她驚叫起來，用手直往牆上指點。她又看見桌上一枝鉛筆壓了一張白紙。心上更想到她走時心意堅決之可怕。她覺得渾身都抖了。梁家姐妹也慌了起來。看了牆上平時掛相片的地方，心上同那牆一樣空了一片。

她們忙去搜看藺燕梅的東西。提包不見了！伍寶笙心跳都停了。再看，盥洗用具，字典，也全不見了。

「她只帶這一點點東西！」伍寶笙說：「好心狠的孩子！」

「衣服也不夠呀。」梁崇榕說。

「衣服？」伍寶笙說著，忙衝到她床前，把床下箱子抽出來一看。一切衣服全疊得好好地滿滿一箱子。她如突然瘋了似的，眼光也散了，她連著說：「完了，完了，這可不得了了！」

她一面披雨衣，一面說：「她那個傻主意又回來了！這些衣服她用不著了呀！大余這個沒福氣的東西！單單在這時候逼了她一下！我告訴你們，現在她是不是已經進了修道院都說不定！我今天要去拚一下，再耽誤不得了。崇槐，把她那件雨衣遞給我。我不管，我要把她硬拖回來！」她說著便往外走。

門一開，「嘩！嘩！」的雨聲馬上大起來。一陣急風夾了驟雨迎面吹來，三個人都機伶伶打了個寒噤。

「雨呀！寶笙！」梁崇槐喊。但是伍寶笙已經衝下樓梯去了。耳中只聽見她下到院子中第一步便踏在泥上一個水坑裏，拍！的一聲水響。大雨聲裏，濃密的樹葉下，也聽不見她的聲音，也看不見她的人影了！

伍寶笙還沒有走出南院操場頭髮已被水濕透，雨便順了頸子往脊背上流。她只有裹緊了領口，仍是趕著走。腳下的水順了衣裾濕上來，絆著了腿很是走不快。

她到了文林街上，只能看見路燈遠遠的，一盞一盞在街心裏明亮，街上全沒有一個行路人。店舖的門口雖冷清清的有些燈光卻空自照在店窗外急淌的簷溜上。地上的石板沖洗得白慘慘的，雨點落在街面上的流水中打起水花，激起小水泡沫。

一路上全沒有一處可以躲了雨走，她便只得沿了街邊的牆，不管腳下都踏在什麼垃圾上，往前一步高一步低地搶。

文林街快到小吉坡的地方，路燈特別亮，照見小吉坡弄堂裏還潔淨些，她便半滑半跑地順了小吉坡一口氣衝到玉龍堆。

這裏地勢低了，水不但是自每一個坡上流下來，並且還從石板縫裏冒上來，她兩腳都沒在水裏，每一步踏下去都把水濺起來冰涼涼地打到膝蓋那麼高。她等於是淌河那樣到了青雲街同丁字坡口。

青雲街地勢更低，一眼看過去，洶洶湧湧，竟起了波濤，她便在大雨中不覺怔住了。呆了一下，她看只有決定不走青雲街，就忙忙趕上了丁字坡，這坡口上完全沒有燈，路又陡，她一步跨大了，便再也踏不穩，直滑下來，手中抱了藺燕梅的雨衣，又不能放，便撲地倒了。磕得膝蓋腿脛生疼。可憐！她哪有心顧到自己，又敏捷地站起來再走，沒想到坡邊的土崩了一大塊，橫在路上，她緊跟著又被倒下來的零亂蔓草絆倒，弄得一手一臉的黃泥。

她再扶了地下站了起來，可不敢快走了，一步一步踏了泥土上去，拐過了彎，又有路燈了。逆了下山的水上去。心上恨不得能飛，腳下卻快不起來。兩個大跤跌得痛澈心脾，再加上著急，不覺熱淚直流。淚水，迎了暴急的大雨點，在臉上匯合起來往下淌，把臉上跌跤弄上的黃泥，沖成泥水，滴在雨衣前胸上，黃了一大片，再往下染。

她爬完丁字坡，到了北門街，這裏好走多了，就咬緊了牙，不顧身上多冷，多疼，極快地趕到了圓通街口。她到了圓通街，心上好過了一點，前面不遠便是平政街了。可是她那緊張已到了極點的神經卻又添了個疑團：「如果已經晚了呢？」她不禁祝告出聲來：「燕梅！燕梅！你等姐姐一步，你千萬等姐姐一步！你這個主意行不得喲！你不是那裏邊的人呀！」這時雷聲在天上隆隆滾滾，也不知道是允諾還是拒絕，她不覺又仰首向天祝禱。

迎面有一輛汽車，亮著兩隻耀眼的燈，輪上「沙！沙！」地濺著水響，飛馳過來。大雨映在車燈裏一片雪白，斜著一條條，疾刺下來，如銳利發光的無數小匕首尖刀。她被照得眼也花了，便只有躲一躲。她的白雨衣也照得發亮，被風吹得壓在胸前，身後的又吹得亂戰。她如花的，雪白的臉上，蒙了披散著的黑絲髮，髮上晶晶的是水珠。

車裏坐著兩位闊老，中間夾著一位濃妝艷抹的姨太太。三個人都看見伍寶笙。一位闊老說：「這是誰家的女孩子？」那一位說：「蠻年輕呢！」那位姨太太就撅著嘴說：「還漂亮得很呢！」兩位聽了就大笑起來。車子急馳而過，把路面的水直送到伍寶笙臉上。車中三個人雖然都不便再說什麼了，卻皆為方纔大雨裏車燈下，一瞥的女兒身影所喑啞，心上作悶，半晌沒有說話。

伍寶笙終於到了平政街了，一個落雷正打在街心，閃電裏現出天主堂那個金字黑木牌來，她便直奔過去。門是開著的，她便向裏走，閃電之後，一條街的電燈全熄了，她只見教堂那五彩玻璃的長長窗子裏，燭光十分明亮。

這正是晚禱的時候，修女們正循了教士的禱詞，一遞一句地和著。伍寶笙便向教堂跑，她想：「只要到了教堂，便可見到分曉。」她直撲過去，上了石階，裏面唱聖詩了。她站在大門中間，兩眼為金紫輝煌的神龕所眩迷，心靈被頌詞歌聲所攔阻，教堂中的一切，上面拱起的窗框、穹頂，地下跪成一行行的修女同她們的帔幕，皆強迫她走不進去，她呆在那裏了。

修女們的默禱如低喘，如嘆息。修女們衣服有如千斤重，把她們在地上壓成一片，抬不起頭來。她們衣飾上那苦十字像，那數珠，在跪下，起來，起來，跪下所發出的綷綷聲，都像是站在她與藺燕梅之間的障物，如石城，如防河，如碉堡，如弓矢，令她不能越過，而藺燕梅是包圍在那禁城之中了。

她既然意識到了這宗教的力量，她便忽然變成鬥敗了的武士。她方纔一度過分緊張的奔馳所致的困倦，便在此刻向她襲來。濕透了的衣衫，凍僵了的肢體，昏眩，疼痛的頭腦，一齊迸發，爆裂。她眼前的神龕，燭火，道袍，石柱，一切一切，開始不穩定，開始要動，要旋轉了。她想要閉上眼，其實她在尋到藺燕梅之前，是不肯閉上眼的。但是她實在很難再支持了。她倚了門柱，身子矮下來，往下溜。

這時，修女們都已就坐。上面披了白衣，身前身後繡了紅底金十字的主教正從講經台上走下來。她一眼看見教堂當中走道上出現了兩個行動的身影。兩個身影廝拼著走向前去。一個沒有穿道袍！「燕梅！」她想，她脫口喊出了。她掙扎起最後一點氣力，她像從血管中擠出最後一滴血那樣；從喉嚨中迸出她這一個最親愛的名字。她喊：「燕梅！燕梅你回來呀！」

她的生命，期望，熱誠，似乎都隨了這一聲喊飛出了她的軀殼奔向前去，追上她的燕梅，而把她的身體無足輕重地遺留在後面。於是她那倚在門框上的身肢，便如突然被抽去了骨骼，軟癱地滑在地上；無聲息，無生命的了。

教堂中的安靜當然受了打攪，但是由於她聲音之清越，聖潔，又令修女們，連主教在內，並不覺得陌生，而祇感到關懷。

她昏過去不知多久，才微微醒轉來，她是被燕梅的阿姨從身後抱著，還是坐在教堂門口地下，前面是藺燕梅滿臉淚水跪在地上看了她哭。她此刻覺得自己體氣是真虛弱到了極點了，這雨水，這寒冷，方纔來時一路上全然不顧的，現在真正征服了她。但是她心頭尚有一口氣，她一定要再進一步，然後才容自己昏厥過去，不打算再醒轉來。

她顫巍巍地舉起手中緊緊抓著的雨衣，對藺燕梅說：「雨衣！喏，燕梅，跟姐姐回去！燕梅，咱們回去！」說完真的又昏過去了。

身背後的阿姨悲愴得扶她不住，把臉伏在她肩上哭。四圍站著的修女也索性哭出聲來了，藺燕梅抓緊了她冰涼的兩手貼在自己臉上，哭倒在她懷裏，她如失去神志那樣哭喊：「帶來了雨衣！啊！

姐姐！我的好姐姐啊！」

站在這個眼淚圈兒外邊的丁主教，穩住了他那特別高大的身軀，閉上了那特別有深思的雙眼，心中默想：「這蘭燕梅還是一個血色鮮麗的人間兒女，不是將要從我手中接取學習修道的白色面幕的人啊！她的監誓保護人，也祇有這個招喚她回去的姐姐有資格做！」他想著便沒有說什麼，祇令幾位修女好好招呼著把伍寶笙送到寢室去安息。晚禱之後本該是蘭燕梅受幕的儀式的。現在就當然是散了。

外面的雨淅淅瀝瀝地下了一夜，在屋中，蘭燕梅同她的阿姨守著伍寶笙也絮絮輭輭地談了一夜。蘭燕梅打定主意做修女，去文山縣天主堂中一邊學習一邊作工作的心，本來如漸漸吹漲了的一個氣球，一下午，晚上已經漲到極點不由自已再想其他的事了。這時聽到了伍寶笙一聲「回來罷！」的呼喚，便如刺進了一枚尖銳的針，炸碎了。

她披心瀝膽地對她的好姐姐訴出心底蘊結不解的心事，她天明之後是一定要走的了，這眼前每一分鐘都要用來作向姐姐報答厚愛之用。她再沒有一句不能告訴姐姐的話。伍寶笙希望聽她談大余，她卻談小童。從她的話裏，很可聽出來，大余對她是驚羨，小童對她是親愛。她說：「你看，姐姐，我的事情他關懷得很，我的心境，他明白得到家，最叫我感動的是我幾次心情激動不能支持的時候，當時總得他寬解，事後他又都一樁樁地，清楚記在心上。他是個令人覺得可以親愛、瞭解的溫和角色，你說是不是？」

最後她說：「姐姐，人生實在甜蜜，又實在可怕！美麗的景物，常常令人心疼地就忽然幻滅了。小童真是個好孩子，我愛他，可是我不敢多見他，我要快走。我走了他當然想我，可是去作點可以傳得久遠的事，是他贊成的。他又說過，大家都會修養自己的話，分別了，相憶起來，也是含笑地。

讓他含笑地想著我罷，他又說過一切感情的事都需要時間的，讓我躲開，給他一點時間，等到他懂得我的情感時，姐姐，你叫他來找我。這一點點路在他不算什麼的。」這幾個「他」，她說得好親切，又好得意喲！

伍寶笙把她抱在胸前，聽她說。自己兩眼看了逐漸發白的窗口，天快亮了，雨快晴了。

藺燕梅又說：「昆明的情形太複雜了。姐姐，大余既去找過你，你當然知道了。現在，走到這一步，天明之後，昆明我更沒有法子待下去。一切的事託給你。姐姐放我走了罷？」

伍寶笙捧起她的臉來端詳了一陣，說：「姐姐過後把你的衣服給你寄去。你今天帶上這件雨衣走，就算是答應了姐姐不再起心改裝了。答應麼？」

藺燕梅感激得緊緊伏在伍寶笙的身上。她們慢慢地疲乏了起來，正想睡去，但是時候已經到了。阿姨便不准伍寶笙送她上車，只自己幫著藺燕梅整頓好，送了她同那些教堂中人去火車站。回來之後下午才把伍寶笙送回學校去。藺燕梅那時候在滇越路車上，順了紅河上游的峽谷南下，不知已經到多遠的地方了。

第十六章

這天是十一月底的一個早上。伍寶笙，大余，同小童正在文林街一家皮匠舖裏看皮匠為大余補個小提箱。皮匠手慢，大余心急，伍寶笙同小童好不費力地在勸解。

文林街上道邊的樹隨了旱季起始的無休無靜的燥風，正在搖曳，擺去它們今年的落葉。藺燕梅已經離開昆明兩個多月，將近三個月了。

幾天來，在協助大余整頓行裝及作一切遠行準備之時，伍寶笙心上一直有一種茫然的感覺。當然，這次偏偏該是大余代表學校到滇南痲栗坡去慰勞駐防國軍；同時她自己也確想有個人去那邊順便看望一下藺燕梅。因為雖說她常有信來，信中每次都敘及在那邊一切如何適意，工作進行如何順利，這個作姐姐的人，總願意有人去把真情看視一下才能放心。但是，在伍寶笙的心底，她不高興由余孟勤去作這件事。

這時候滇南吃緊，防軍雲集，昆明民氣激昂得很，學生們又整個兒把心放到滇南的時勢上去了。余孟勤一手組織了學校中的後援會，這次代表學校的勞軍大任當然也就落在他肩上。再說以他觀察力之敏銳，結納朋友態度之真烈，此去必能找到後援會工作之目標，回來必可給同學們一個工作上之指導。

但是伍寶笙怎麼能在這個滇南吃緊的時候不想她在滇南要衝文山縣作語言工作的妹妹？滇南語言工作此時當然是份外要緊，鑑於緬甸的失敗，滇西之被侵，感於那邊工作之不澈底，無準備，及現在滇南方面，亡羊補牢猶不為晚，這是小童的想法。伍寶笙自有她免不掉的女孩兒家心理。她希望能有一個人去把她妹妹帶回來。她既不能不這麼想，她就覺得余孟勤不是那個合適的人。

「曲終人不見，江上數峯青。」——錢起。

她正想得出神，大余又對皮匠發起脾氣來。她忙看時，這回原來怨不得大余，這個皮匠也是嚇昏了，眼看完功了，他把一隻鎖給釘倒了個兒。大余的箱子本來又破，他又是一向用東西不經心的人，箱子總是裝得太滿，每次上鎖時都是用大力壓上的。這隻鎖不知道已經重新裝過幾回了，現在四個釘子眼兒都撐得挺大，一下子給釘倒了，眼看又要重來，不由得大余不氣。伍寶笙被驚醒了，她就趕忙來勸。小童說：「沒有用，有大余在這兒，什麼毛病也出得來！」他就起身把大余推出門去。他說：「你先回屋去把要帶的東西檢出來堆在床上，然後到後援會講你的演去。等你回來，我們準把箱子給你送到屋裏，裝好！這有多大小的事？急成這樣！沒有箱子，打個小包袱也走了！」伍寶笙笑著看他把大余攆走。心上覺得小童很妙。再看小童來幫著皮匠起下鎖來在釘鎖處先加上一塊皮子，準備另釘鎖。皮匠工作果然順利起來。她就又想起她的心事來。

她想；大余這個脾氣，到了文山，見著藺燕梅，又不知道要出什麼亂子！「他去找她有什麼用呢？」她想：「他做什麼事都這麼能幹，單單對於女人心理這麼一竅不通！還是研究了這些年心理，又寫論文的人呢！事到臨頭，整個兒糊塗了！」

她當然知道大余同藺燕梅多麼不合適，但是她自己也是一個女孩子怎麼好開口！她當然看得清楚，但是大余人家本人還似乎熱心得很呢，她哪能插什麼嘴？

她想想大余那派嚴正不可輕侮的岸然氣象，心上暗暗地又笑了。她想：「女人眼裏的英雄都是不久長的。她們在前台看了你落淚，或者是在神壇前為你的說教所傾倒；那都是暫時的事。哪裏用得了幾時，還不就一下子鑽到你心坎兒裏去了！管你是大將軍，大學者，大聖賢，她只把你當做小綿羊，小黃鶯，小蜜蜂兒來愛。

「你想把她推到前台去欣賞你的藝術，你的演技嗎！那簡直可以說是做不到。她偏要戀在後台，看你化裝，看你念詞，等候你在掌聲裏退下來，向她訴說你多麼得意。她要做你的後台主任。

「在一個後台主任的地位，她容許你說最狂暴無恥的驕言。她相信你比一切別的演員高明，至少，相信你有獨到之處。自古以來，哪個大政客，大演說家在太太面前裝得住他的幌子？又哪個不在太太面前拚命吹牛，吹得跟一隻蛤蟆那麼膨脹了肚子？

「大余想把燕梅推到前台去永遠當聽眾。那怎麼成？那樣女孩子的特點和好處豈不都抹煞了？燕梅的情形怎麼樣，先不去說，一個柔柔輭輭的女孩子如果受到了這種冷酷的待遇，那一定前台也不待了！你英雄你的去，你聖賢你的去。你不愛我就一切都算完。不怨我嘍！你用不著我，我待著幹嘛！」

伍寶笙揣摹著藺燕梅的心情，也不覺依了她那種口吻，自己在那裏癡癡地想，想得又疼愛，又好笑起來。她想來想去不覺把一種自己從來沒有過的心情移植到心上來了。她覺得藺燕梅完全有道理。於是也似隨著執扭起來。她想：「本來是女孩子嘍！我們就是這個樣兒！你們愛愛不愛！」一句話拗了口，她就笑出聲兒來。

小童抬起頭問她獨自個兒笑什麼？一個不留神，扶著箱子的手挨了笨皮匠一錐，疼得「哎呀！」叫了起來。

「你這個孩子討了個老大便宜呢！」她仍是帶著笑在想：「挨一錐我還不想饒你。這麼個藺燕梅就會一下子伏伏貼貼依上你的心房！瞧你這份兒亂七八糟的神氣，衣服從沒穿體面過一天，頭髮永遠不曾梳好過！你這份兒手藝真是不差呀！怎麼偏打正著的就體貼上了她的心？」

藺燕梅臨走時在天主堂裏告訴她的一段機密話兒到此刻她尚未對小童說起過。她當然無從起頭兒，一面也是見小童那份兒不在乎，大模大樣兒不著急的神氣，她氣不過。再說，事情也還不到時候。不過她一見到小童就不免想起蘭燕梅臨走時說那句話的神氣。那天她聽蘭燕梅細細地講了去滇南工作的決心之後，她實在忍不住了，就問：「我不高興聽這一半兒心了。」她說著就用手指頭點了蘭燕梅的胸口：「我要聽聽那一半兒；你這個狠心是從哪兒下的？這麼大的一個學校，這麼些男同學，就沒有一個兒留得住你的人的麼？你這孩子就完全沒有一點兒戀愛？聽你口氣，竟似個事業心蓋過一切的樣子！你不先說明白這個謎兒，我再也不聽你講下去！」

蘭燕梅的回話也妙，她竟痛快得很，大有：「此心屬誰已定，不問他意下如何，我是打定了主意了。」的意思。她頑皮地挨上了姐姐的臉來說：「我當然有戀愛，我愛定了一個人，一個你也愛的人！」

伍寶笙想到這裏，那蘭燕梅的一副神氣就又活現在眼前了。那一對美麗的眼睛好不嬌媚，狡猾，又得意喲！她想羞她，又不忍得。她就說：「我又愛了誰來？我愛的還不是你這個傻孩子！」

「是『那』個傻孩子。」蘭燕梅說：「不是『這』個傻孩子！」

「這回我可羞她了！」伍寶笙現在想：「真是的，聽聽這口氣！這竟自認做是一對兒了呢！女孩兒大了，夠了年齡，哪裏還用人操心！可是小童也妙。他又偏和別人不同。看他那神氣，老大不客氣的，就似當作自己人了！

「蘭燕梅去了文山，學校裏就如同丟了一件寶貝似的。他呢，從大普吉帶了花兒回來，聽見這話，彷彿認為當然；如同她是去上課了一樣！果然如蘭燕梅所說，是個高高興興地想念她的人。人人聽了這件事纔去查地圖，找文山縣到底在什麼地方。他開口就說：『文山？好地方！開化三七，就是那一塊好風水！』就像他倆心心相印，商量就了的。」

她想到這裏就忍不住問小童一句：「小童，你看大余這回去麻栗坡能不能把燕梅接回來？」

「接回來？」他奇怪了：「才幾個月，半不拉了地接回來算是幹什麼？」一下子，他倒把伍寶笙弄得沒有話了。她搭訕著說：「大余想了她這許久，他見到她，不求她回來，還由她在那兒幹什麼？不對，我是說；你看大余求得轉她的心來不？」

「是這個意思喲！」小童嘆了口氣說：「事隔幾個月，她恐怕更想得透澈了！這個恐怕沒有希望了。」

「不過見了面，見了舊時人，到底又有不同呀！」

「我這麼說罷。」小童便放開了手下扶著的箱子：「燕梅彷彿是害了一場病，現在已經快健康了。大余此去，大概是最後一劑藥。服下這劑藥去，她就好全了。病就整個兒離開她了。我看大余心上也沒有十分信念。他自己大概還不明白。」

「可是他說起來時，那個見她的心念強得很呢！」

「人心還不都是這樣，」小童說：「『差一口，不丟手。』他哪能不走這末了兒一步呢。這也是大余的最後一劑藥。他也許吃下這藥，心眼兒上也開豁了，也許在別處成功。燕梅那邊的一段兒也就結束了！」

小童閒閒說來，卻正道中了伍寶笙心上一句話。她彷彿也早覺出這個結局。只是不及小童這句話來得明快。她心上當然頭緒有點繁擾不清，也難怪她一個女孩子如此。無論如何，她也明白，大余此行不似一個起頭兒，倒像是一個煞尾。

伍寶笙本想乘此就把藺燕梅臨走的一段話交待了的，繼而一想，到底還不是時候，大余又正待去看她，小童又像不用說也明白了似的，又祇得重新捺住了。她想只有任藺燕梅留在文山，但願那邊局勢穩定，令文化工作者可以從容工作。這時箱子既已釘好，他倆便去北院為大余理東西。看了大余的行裝自然又談到這個題目上去。她說：「我倒也同意你的話了。你看燕梅這個人生活中變化是不是真多！」

「不但多，而且快呢！」小童說。

「我也正要說！」她接著說：「快！簡直太快！」

「人有時候就是這樣。」小童說：「如同上一位講得快的教授的課一樣，上帝把許多人排在一班上。有人資質不夠，跟不上，就落下了。那資質好的，雖然趕得緊，倒也希望先生講得快，好在同一個學年裏，多學一點東西呢！」

「你說燕梅怎麼樣？」

「她天生是要經歷這許多的。」他說：「天分高本來是件苦差。你想，你比別人多從上帝那兒得了些能力，你不多做點事難道推給能力低的人做？她現在才算是考了個月考，將來事情還多得很呢！我們大家都應該又小心，又害怕，又快樂又興奮。誰也不要浪費一點天賦，死的那一天，由後人去結賬去。她明天是什麼樣子，誰知道！也許在學問，事業方面有成就，也許是留下一個動人的故事給後人做教訓。都不錯。如果祇是一個平常出風頭，聰明好看的女孩子，過了幾年，沒人知道了，那纔可惜，那纔叫做糟蹋材料呢！」說到這裏，再也沒得談了。兩個人想想大余此去，不覺黯然。

真的，他們倆不但替大余整理好行裝，簡直把大余此行中這一方面的命運也都排算定了！大余還去試什麼呢？但是大余到那邊終不免去試。第二天他們同許多同學送大余上了車，搬上去慰勞品，祝他一路順風，早日回來。學校中後援會自有人負責依了他留下的方針辦事。他行色好不壯觀！

伍寶笙看大余上了車，她心下忽然可憐起他來。她說不出個所以然來，她見車開了，不禁滴了幾滴同情之淚。她覺得大余真是個不幸的人。他不該受到這麼個不幸的結果。他沒有過失呀！可是陰錯陽差的就把他的幸福奪去了！他用情很專一，他為人正直可佩。他是個好男子，但是他在情愛上卻只得如此落魄！她真憐惜他。她希望能說得他明白轉來。但是大余此刻的心情下，她能說什麼呢？她只有淚眼盈盈地看他去接受這最後一劑苦藥！

她同大余同窗六年，她見到大余的苦功，她了解大余之為人，她敬佩大余之存心，志向。她知道大余永遠會是如此一個君子人，在學校為長兄來領導弟妹，在國家為柱石，為忠僕。她眼中未曾見大余有過錯。但是今日之事，誰又曾有過錯？

大余豈但沒有過錯！他是從來祇有辛勞，而沒有酬賞同快樂呵！

伍寶笙心裏熱烈地愛著這一校兄弟姐妹。她看個個兒都俊秀真誠而可愛。誰也沒有過錯。她心中又纏綿地憐惜這位校中功臣，因為她心上這一本歷史最長遠，最完全。祇是這赤心熱血的男兒遭遇偏太不公了，她不忍責怪任何人，卻又無從謝酹這忠心任事的兄長。

大余在眼前時，她無法勸說。大余既走，她也不能追了去。她心上忽忽不樂，隨了大家回到學校來，又幫忙小童為大余整理了一陣文件。只是漫無心緒地。

她回到屋裏，不知怎麼安排這顆心纔好。隨手拿起一枝筆來，一邊想著心事，一邊亂畫。也不知畫了多久，自己看了一眼，竟全是「余孟勤，孟勤」幾個字，大余的名字。

她忽然想到了一個主意。她想大余見到藺燕梅之後真不知要狼狽到什麼情狀。她心上不忍起來，便手下如風也似地寫了一封信去安慰大余。一古腦兒把想到的好話兒全灌到信中去了。寫完也不敢再看一遍，便貼了郵票封了信，寫上藺燕梅地址，由她轉交。她不知道自己都寫了些什麼。她祇想令此信在他將要走到的難關前解救他。大余如果去見藺燕梅，便必收到這信。她用心如此周到猶覺不足以盡勸慰大余的責任。她帶了信，便出來去發。

她精神恢復了，胸中積悶傾吐了；便步伐輕快地一直走到了文林街上，剛剛巧在郵筒前遇見了史宣文。史宣文一把將她攔住。說：「什麼事？我的孩子，這麼興沖沖地？」

「發封信呀！」她說：「也問！」

「也得看是什麼信！」她說。

這下子可把伍寶笙窘住了。她想：「史宣文怎麼能明白呢！」她便不肯把信拿出來。

史宣文說：「算了，不跟你為難，八成兒是那麼一回子事了！我閉上眼，你把信丟進郵筒去罷！發了信，咱們去玩兒。」說著真閉上了眼。

伍寶笙恨得牙癢癢地，沒奈何，只有把信發了再講。沒想到史宣文偷偷兒地把眼睛睒開了一條縫，見她真要發，便開話道：「真在我閉眼時候發？這倒有文章了！」

伍寶笙不服氣，就把信封給她看了，說：「說罷！這個尖嘴利舌的！有什麼犯罪的？」

「余孟勤？」她看了詫異地端詳伍寶笙的臉：「才送上車，信就追去了！這還了得！明天不怕人也追去呢！」

伍寶笙被她看得抬不起頭來。她當然可以謊說是一點余孟勤忘了的公事，但是她尊重自己一心純潔的情感，她不願說假話，她便說：「算了！我不發它，撕了完事！」說著便真要撕。

史宣文一把搶過信來，代她丟進郵筒去，看她羞成那副可憐神氣，倒也不忍說什麼玩笑話了。她祇說：「饒了姐姐這一遭兒了罷！真當了姐姐撕了這封信，還叫我以後怎麼做人……」伍寶笙心上感激她，嘴裏哪說得出話來，兩個人就廝併著走下去了。

余孟勤兩天之後到了開遠，本該是一天的路程的，無奈一路軍運繁忙，只有耽擱。他還是與軍部中人同行，那些普通客車沿路拋在小站上的更不知有多少。在開遠會見了駐防的長官，便得到優待，等不多兩天便有軍用汽車送他走新修好的軍用公路往麻栗坡去。

軍用公路近得多，但是也走不快，路上擠滿了各部份的車輛、部隊。他一路已開始了慰勞工作同講演，慢慢地過了馬者哨，平遠街，馬塘，一路全是在深山中走。雖然是冬月裏，滇南亞熱帶的風還是悶人得很。他工作很興奮，精神振作起來，很給人許多感動的印象。

馬塘之後，雖然還在山裏，但是地勢平坦了些。押車的軍官便命令駕駛兵更繞到一條輕便公路上去，這條支路是離開文山縣城直取麻栗坡的。路上車輛既少，沒用一天，到了。

他到了地方纔知道駐軍數目之龐大，分佈地區之寬廣，及許多因為軍事秘密關係從前不得清楚的情形。於是在勞軍例公之餘整夜在計劃以後切合需要的工作方針。在那邊不覺耽擱很久。回來的路上，他便不肯再搭軍車了。他步行回來，與運輸馱馬隊同行。一路多看看。足足走了一個星期，纔到了文山縣。

在文山縣，他算結束了此行任務，第一件事就是去天主堂找藺燕梅。他滿腦尚在回想麻栗坡之行，完全準備不出該說什麼話來。

文山縣天主教堂比昆明的還要高大，體面。灰色的磨石圍牆，矗高的鐘樓從牆外看見，大門裏寬大的一片草地，鋪滿了一個整齊的院落，把修道院同教堂分開。大余便進去問藺燕梅。門房到裏邊修道院的門口找出個中年婦人來。這女人再問清楚了大余的姓名，來歷，又打量了他半天，自己點著頭進去了。

大余站在院中等候，許久不見出來。他背了手在青草地上散步。這天是個極明朗可愛的日子。青天上的白雲照耀得人眼也花。白雲朵朵流放著銀色光澤，又彷彿透明，又彷彿是發光體。文山縣是個圍在山峯中間的縣治，他在這教堂院裏的草地中能由牆上看見環繞的群山，卻看不見牆外的文山縣。他來滇南這許多日子，這是第一次意識到身在天涯異地了。他不但覺出昆明是在千里雲山外，甚至覺得文山縣，麻栗坡，馬者哨……都不在眼前。這裏是個神仙去處，是個偶然機緣湊巧可以攔入的勝境，而不是個可以尋來的地方。想想看；遠在這天南的教寺裏竟藏著一位舊相識！

他心上雖說怡悅，卻又有點茫然，他覺得自己不是桃源中人，而且來得也如武陵漁夫，心上全無準備，也許終以俗客被逐。他完全不敢相信這一切是真境，又不敢把自己倉促想到的許多事；如接了蘭燕梅便一同回去等等，認為可能辦到。他心上同時也有點不寧。

那個中年婦人又若有所思地走出來了。看見她手中拿了一件信封也似的東西，他立刻知道見不到蘭燕梅了。他一顆心倒似落了地一樣反而平靜了，迎了上去，問個究竟。看看蘭燕梅交待些什麼話。

她手中拿的果然是一封信，他也不及思量，只見是昆明寄來的，字跡好不熟稔，順眼！他一時想不起是誰來，信封上也沒有落款，但他卻有一種見了親人似的那樣感覺。那個婦人說：「蘭小姐隨了幾位修道下鄉去了。臨走交待下你家來了，便把這封信轉給你家。」

大余半信半疑地問了一句：「她走了幾天了？信交給誰轉的？」

「信交給另外一位修道收著的。」她說：「走了好幾天了，也不知道什麼時候回來。」說著轉身走進去了。

大余聽了覺得自己纔問了兩句，她倒回答了三句。各人心上明白，他也不打算再問了，便慢慢拿了信踱出大門來。

這信封上的筆跡他認出來了！他忽然一陣覺得感激，更覺出自己是單身遠在滇南了，蘭燕梅既未見到，在這天涯與他為伴的只得這一封信了。於是他便緊緊地抓住這封信，把這信看得分外寶貴。

他想了一下。走回旅店去看罷，有點等不得。在路上走著看罷，不大像樣子。「何不就在這教堂前的一片草地上看了？」他忽然這樣想，便翻身又走進教堂前院落中來。

他立在那裏看完了信，不覺眼眶中滾出了熱淚。他怕被人看見，就忙著再走出來，一路上忍不住連著看了幾遍，完全兩眼不在路上，磕磕碰碰，撞回旅店來。他身材又高大，長衫又肥，引得一路上的人都駐足看他，他全然不覺。他一直走到自己屋子裏，倒在木板床上，又一氣讀了幾遍。

當然最令他感到慰安的是伍寶笙給了他幾年來之辛勞以最得體最公允的稱讚，使他第一次切實地知道自己不孤獨。令他如此感動的是伍寶笙之用心；她竟會為他預料到這心境最纖弱的危機，而趨來拯救。因為她如此見義勇為，乃令他深刻地了解這行動後面的出眾的仁慈，與絕大的勇氣。她的評論同鼓勵在他心上是有多麼大的力量喲！除了她，這個和自己同學最久，愛校心最契合的人，又有誰有資格，有熱忱，有思量會把這樣一封信預先寄到這裏來等候他！

在這所有的理解之外，他心底又湧出一脈甘美溫暖的泉流。他是想像力極強的人，他怎能不在腦中繪出伍寶笙寄這信時的神情！下面寫的日子又正是自己動身的那一天！

一個女孩兒的稱讚抵得多少歌功頌德的碑石呵！又何況是伍寶笙的！他一幕一幕地回想起伍寶笙來，他逐漸清楚地承認了今日一信絕非偶然！他暗自慶幸在伍寶笙面前未曾走錯一步，他更感激有她這麼個人兒用她的慧心妙目，留神，監督了自己這些年！他覺得伍寶笙真嫻靜，真聰明，真慈藹，她說的話真中肯，真溫和。換而言之，贊成伍寶笙等於嘉許自己；他覺得自己真值得領受這些好語句；自己是真不錯，真難得啦！

男人們如余孟勤這種，他們的心理也真怪。他的功績自有其客觀的評價，而他不重視，倒是伍寶笙一封信令他重新在心理上站穩了腳！

女孩子們用的字彙多特別！他們的口氣就會那麼和婉，襯托出的情意就那麼細緻，渲染出的風韻就那麼溫柔！

大余這顆失望的心，本來在見不到藺燕梅時已經冷卻將近瀕危，竟忽然被伍寶笙一封信暖和過來，而融化了。他一時心上充沛了對蒼天的感恩，不知如何是好！他一向是個剛愎的性子，對於上蒼也屈不下膝來，他乃手足無措。他想如果今天沒有伍寶笙這一封信這許多不測的變化皆為摧毀他的利兵；學校中的念死書運動，藺燕梅的去呈貢，馮新銜的書，及這次南下一行……。現在呢，陰霾散盡，噩夢清醒，上帝仍是慈悲的。一切曾令夢魂驚散的變化如今皆退為回憶中的珍寶了。他感激之際，心上猶有餘悸。但是晴好的天氣，終於又照臨他來了。他想這許多波折終於為他曲演盡致這麼一個好收場。

他舉首北望昆明，彷彿那裏有伍寶笙含笑立在雲端招他回去，回去在她這天使手中領受他應有的譴責，極溫和的譴責；和酬賞，最快意的酬賞！

他立刻收拾起行裝，一天也不想耽擱，快賦歸來。第二天便到了開遠。他身體如一個蒙赦的逐臣，他心靈如一個初痊的病者。他來尋藺燕梅時本如受罰來作一件將功折罪的事，而這事是他自量其力，做也做不好的。現在他想：「是誰來罰我如此呢？」可笑不？竟是他自己，他自己的天性！再也沒有別人來如此罰他！他本來認為已經走到這無可奈何之一步，眼前是山窮水盡絕無生理了。哪知生機便從此開始，慚愧！夙根低微，竟不能預見！

到了開遠，他便拍了一個電報，通知昆明他將回來了。他把電文擬好之時，自己猶豫了一下：是拍給誰呢？後援會？當初來時，同學們到車站相送是常情，現在難道還要大家來接不成？於是他那嚴峻的臉上不覺流露出一個極其溫和的笑來，他竟寫上了伍寶笙的名字，把電報發了出去。

車子北上一路無阻，只見沿路一列一列兵車等著南下。他數著沿途站名，心上快樂多得盛不下，臉上溢出笑來，心思和火車賽快，一天功夫，到了昆明了。

昆明鐵路進站有一個慢彎，一個彎才轉到一半，他早望見月台上亭亭玉立的伍寶笙在接他。更可喜的是她竟獨自一個人來接他！他下了車走近她身邊，她才發現，她輕輕喊出的一聲：「孟勤！」裏有多少歡悅呵！

她順手幫助他拿了幾件輕的東西。他呢，一手提了那個破皮箱，一手護了她從人叢裏走出車站來。兩個人一時都沒有適當的話說。等到走在街上了。他口氣帶著得意說：「車子現在很不準時的，寶笙，你怎麼就來接了？」

「接得巧不好嗎？」她聽出他如何得意，輕輕地說：「一次接不著，再來一次，就是了。」順手給他了個更大的得意！

他們兩個人就在金碧路的冠生園喫了晚飯，一同回學校來。大余幾天來心上已不知積了多少自己認為重要，或是有趣的話要待向伍寶笙傾吐，她卻似忽然羞澀了，變得很沉默又很閃躲。她和信中神情竟似兩樣，卻又和素日也兩樣。大余一片心情，直無個交待處。伍寶笙自己也理會不出來是一種什麼心意，她想難道是後悔寫了那一封信麼？她又明知道不是。這天她接了大余回校之後倒不及協助大余動身時那樣接近他了。

轉眼間，又到了學校放寒假的時候，這多事的一年在學期之末尾也逐漸顯出了終了時的沉寂。正像旱季末尾時的昆明的天氣，風馳雲捲之後，大氣又自緩緩地澄清了。對了這爽心悅目的氣象，有心人自會體驗到一種肅穆，安詳的快樂心境。

昆明旱季的天氣確實給人許多誤覺，比如說，近在城郊便是「五百里滇池」，而人們被乾裂皮膚的燥風一吹，竟自以為是置身沙漠之中！他們一方面忘了滇池一方面又眼看城中這個在雨季中那麼明淨的翠湖也會旱淺得見了泥底，怎麼能不悲哀呢？

旱季的風無休無止無地吹起來時，一切綠油油的野草便都先乾萎了，再灰蒙了。它穿山越嶺一路掠索而去，河水不流了，湖水蒸乾了，城市中的屋宇全成了乾柴的架子，隨時準備失火，四鄉裏行路的販夫馱馬永遠是疲憊的。

乾旱在亞熱帶之威炎是在酷熱之上啊！何必用熱？只是乾燥同強風便可以從世界上取走生命。

昆明四周是山，在旱季裏空氣中永遠不能靜落的揚塵，令人永遠不能看清山色的妍緻。鐵峯庵所居的長蟲山從北蜿蜒而來便伸到新校舍北邊，離得近了，山勢既勁拔，花紋，顏色又奪目，在旱季的燥風中人們不能看遠，便把整個兒的愛心都堆向它身上。等到紛擾困惑的局勢度過，人心逐漸沉靜下來，大氣也澄濾得清明了，纔慢慢看到天邊上原來遠遠地還有更雄厚俊秀的那麼一片，若隱若現，天青月白，煙薄雲淡的重疊山巒。這俏麗的鐵峯庵一片景致正是那一帶遠山懷抱中的笑靨睡嬰。而那莊淑靜雅的慈母平時正是不大顯現。

在這恬靜的結尾場面裏，風勢已經漸漸收煞，那些為燥風吹乾了的眸子，望了這溫柔低顧的遠山，便恢復了如露水的清明。那些堅苦掙扎度過這旱季的人心，便暫時得以鬆弛一下，準備迎接下一年將到的，復蘇的雨季。

余孟勤的快樂的心上感到了慰勞時，他也感覺到疲倦了。他罕有的懶洋洋的心境頗為他培養了一些柔和的情愫。這時暮春的陣雨便或早或晚地灑落下來，潤澤了龜裂的土地，灌滿了乾淺的溪流，也在他血液中增加了新鮮的生命力。伍寶笙是不是那新活力的來源，他自己既是那麼珍密不宣，誰也就都不便說破。

這年的暑假是他得碩士學位的時候了，他忙碌之餘，還要常常去赴師長們的請宴。因為校中先生們早已把他當作平輩來結交了。

五月末尾的一天，他在顧一白先生家裏接受一個非正式學術討論會的邀請，來作主講人。會後的聚餐上，他們有一席又快樂又激動的談話。

這天聚會的有金先生，陸先生，女生舍監趙先生，還有些別的教授們。那位在他們討論時為他們在廚下忙碌菜肴的顧太太，此時就一變而為談話中心人物。主婦們常有這種本領；不消什麼啟承轉合的體例，三兩句就把話題轉到兒女心情上。

雖說她的談話不大講求文筆章法，她那開頭的一句倒也回顧到多少回目以前，正如春雲出岫，舒展而來，令人不覺兀突。

她明知余孟勤和伍寶笙近來多麼親暱，卻依了婦人家一種愛探尋的心理，總要找個機會問問明白。今天大家談話興致既如此好，伍寶笙又不在場，這緣法豈可錯過！她第一話便這樣起頭兒：「你這個學問，孟勤，先生們早給你一百分了。可是這一百分又當不得飽，又解不得悶。你這個實施方面，依我說就不及格。」

幾位先生聽出話裏有話，又正待找些輕鬆的事情談一談，便都看了大余一齊笑了起來。

顧太太為大余夾了些菜放在他碗裏，就又說：「你若是強辯，認為哲學也當得了飽也解得了悶，我就得連你的老師也罵在一道兒。我斷不容你們這樣去害人。」

說到這裏，在座的老師們都沒有風頭了，更只得看了她笑。她呢，裝作不見，瞥了她丈夫一眼，放下筷子，輕輕掠了下鬢邊細髮，笑一笑說：「坐在這裏，你們讓我怎麼能不想起去年天天到我家來的藺燕梅！誰知道叫你這個書呆子三兩下給氣到天邊兒上當姑子去了！你們害人不害人罷，夜夜裏叫我夢見她就放心不下！

「有沒有這種木頭人兒似的男人呢？兩個人見了面就光談文學談哲理！你憑心說一句罷，眼看學問成就，學位到手，你身邊差這麼個人兒，是不是覺得不完全？」

聽的人心裏當然馬上都浮起了伍寶笙的影子，但是因為彼此間不曾談過這件事，就都且含笑不開口。余孟勤自己更是被一種快慰的回顧在胸腔體腹中迴腸盪氣地，鬧得好不開懷，嘴裏卻又說不出話來。

顧太太又追問了他一句。顧先生卻接過去代他回答說：「燕梅是個好孩子。可是我們這一位是打定了主意作學問的，他又不怕一輩子獨身；那有什麼辦法！」

余孟勤卻被這一句擠出真情話來了。他笑著說：「我才真怕獨身呢！可是不能叫女孩子們愛，又有什麼辦法呢！」

「罪過！」顧太太接口便說：「這一句護身法咒兒又不知道要去害什麼人了！哪個女孩子不愛惜你這個傻漢子！誰不在下死勁給你幫忙，人家伍寶笙幾乎把命送掉，半夜三更，冒著大雨，把藺燕梅從出家的邊邊兒上搶救下來不是為你，是為誰？哪裏想到你這個沒福的去到文山，連個確實消息也不等，就轉身回來了！」

余孟勤笑著說：「就是上西天，真佛不肯見，也只有空手回來呀！這件事沒辦好，燕梅的幾位保護人；陸先生就在這兒，連上全校的人，誰不把我罵了個臭死。我哪兒又願意！」

談到這裏，大家不覺靜默了一下。陸先生便看了看金先生說：「這個我也不明白，她為什麼不見孟勤？這是怎麼個心理？」

余孟勤便解釋道：「她也許是知道我要去文山了，先躲了出去，也許是人在那兒不想見我，到現在誰也不清楚。我本人可是一點兒也不怪她，想想我從前那個脾氣，那種說話的聲口，再加上給她找的那些麻煩，她怎麼敢再理我！她小小年紀，用心真叫我佩服，我感激她，她真有見識，替我想得周到；替我也免了一場難堪。我明知是接不回她來的；她何必多此一見！」

「這幾句話說得又情分挺重的了；」顧太太說：「聽著又叫人可憐，不知道伍寶笙去車站接她妹妹的，卻接了你單身一個人回來，心上恨你不恨？」

「多多討饒就是了！」金先生大笑起來說：「孟勤那頭兒得罪了燕梅，這頭兒也對不起她這位熱心的好姐姐。伍寶笙肯幫你這個忙，真是破格賞臉，你要算獨邀寵幸了！」

「黃花女兒作媒，自身……」顧先生一句話到了嘴邊，忽然又收回去了，大家也沒有聽清他的。

「我趁現在還不算晚的時候，警告你一句！」顧太太說：「既然提到了人家伍寶笙，我警告你，這位可是咱們這兒拔尖兒的人品了；你要是委屈了她，看我饒你！」

大余忙陪笑說：「不敢！我看從來沒有人站在我這邊兒說話，我只有處處陪小心，少說話，多磕頭了。」

「人家女孩子家要你厚著臉皮去磕頭！」她說：「你去給我告訴她，就說是我說的，這個書呆子說了什麼話叫她不趁心，做了什麼事叫她厭煩，讓她找到我這兒來哭，我給做主！」幾句話說得大家都笑了。

當晚余孟勤得了一場歡喜，眼見這件事人人站在自己這邊。興辭回來，一路上便想去見伍寶笙，單恨時間已經太晚，夜裏按捺不下的快活，嘴角上帶了笑睡著了。

這種快樂是傳染的。客人散了之後，顧一白先生頑皮涎臉地看了今天興致這麼高的太太說：「你知道麼？太太，今天飯桌上我一句話差點出口，又縮回來了！」

顧太太便停了手中收拾桌子的事，走過來問：「又是什麼話？」

「我想到『黃花女兒做媒，自身不保』這話了，你看……」他說。

顧太太嫌他涎臉，又帶不正經，便打斷他的話，不理他：「我想是什麼大事呢，就沒有好話說！」

「太太，太太，」他追過去：「這話裏有個道理呀；想那作媒的女兒必是看得起這個人，才肯出力。她在中間這麼左右一說合，耳朵裏裝滿了甜蜜的話，眼裏見了那份苦相思的神氣，怎麼能忍得住不把自己給送上了呢！」

顧太太心上氣他那個腔調，再看了他起勁的樣子，又不忍多斥責他。望望女兒小芸在裏間屋睡得好好兒地，房東家的人也都安歇了，料想不致被人看見，這才容許他靠近身來，並且賞了一個奪他魂魄的笑。

顧先生既然把這一個愉快的題目又提了出來，他便不許顧太太忙著收拾桌子。他七手八腳地隨便蓋上些碟子，防夜裏老鼠鬧，便要謝顧太太一日操勞。顧太太說：「瞧你弄得這些聲響！看把小芸鬧醒了，又不得清靜！」嘴裏雖這麼說，見他勢不肯叫自己今晚洗出這些碗碟了，也就祇得依順了他。

顧先生偏不住嘴，他又說：「蓋蓋菜碗，弄點聲響，卻比洗他們聲音小呢，再說又可以休息得早。」顧太太聽了，不說什麼，自己在心裏罵一聲：「這個性急的！」不覺忽然羞澀起來，彷彿今晚的一席話叫自己也很蕩漾，心上跳得那麼撲騰騰地。

第二天一早余孟勤帶了笑從夢中醒來，失魂落魄地找了伍寶笙一天，傍晚才在校園中水池畔看到她。她手中拿了三封信在看。他靠過去見三封信是桑蔭宅，蔡仲勉，薛令超的。伍寶笙快樂地對他說：「快一年了，一封信也不見，一點消息也沒有。軍郵通了，三封信就在一天齊齊收到！」

他心上有事。他當然高興看見伍寶笙這麼開懷地笑，但是話題不對，他接不上來，祇是不出聲兒也笑了看著她。隔了清洌的池水，對岸玫瑰花枝上，正妍妍地開了今春的玫瑰。

伍寶笙看他眼睛閃閃有光對了自己死釘著，「眼睛是心靈的窗戶」，她怎麼不明白這個人心裏在打主意！她有點害怕，就忙說閒話：「你看，孟勤。這三個孩子都隨軍到了印度卻彼此不知消息，一齊到我這兒來打聽，好玩不好玩？我像是他們的家，所以平安快樂的消息就先傳到我這兒來。他們彼此還惦念著呢！」

「你就是這些人的家。」余孟勤也隨著說了一句。他因此一句話又勾起了一個意念，不覺自己喃喃地道：「你是大家的伍寶笙，所以我不敢獨自多親近你。這是咱們這個學校的校風啊。你不見對岸那一叢玫瑰麼？」

伍寶笙怎麼會沒見這叢玫瑰！她坐在臨水的草地上，正看了對面岸上的花，身前水中的影。她覺得余孟勤挨在她身後也坐了下來，她便在水中自己影子的肩上看見了他。她聽見這話卻不回答只回頭一笑，襯了對岸的花枝直映入余孟勤的心裏。

余孟勤記得她許多如此美麗的影子；從前學校在北方的時候，他們入學初遇，後來到了昆明，她在這色澤特別富麗的山城中，為湖山的靈魂，為雲霞的良侶。比在北方時多了個悅目的背景，相得益彰。那年暑假赴夏令會，他和顧先生由山上走下來時所看見湖水中泳游的身型更是鮮明得永世也不能忘記。如今又背了花叢綠葉，近在身邊一笑，一下子把她這一串兒影子都牽動得復活了。

但是這個影子是不可侵犯的，是溫柔又莊嚴的。她是慈愛的牧羊人，這學校裏有如許可愛的小羊要仰求她的愛撫。她是聖潔的女神祇容俗人遠遠瞻仰的。他說的：「不敢獨自多親近」的話，是真實情形。

余孟勤坐在她身邊，心上胡思亂想，眼裏看了她嫻靜平和的樣子，自慚不如。但是昨天在顧家所體會到的意思，及一夜來所下的決心迫使他非開口不可。他想自己是一向修煉，苦行的人，尚且一度動情，難道伍寶笙竟天生地不受情思騷擾麼？於是他便問：「寶笙，我覺得你很可怪。你詫異不？」

「我奇怪？」她莫名其妙了：「我覺得我很正常。」

「就是說你正常。」他笑了：「正常得奇怪。」

「這是什麼話！」她笑了。

「我心上奇怪，你這個人的感情這麼平靜！」他說：「你從來不受任何心事干擾？你從來沒有動過情？」

「你怎麼能忽然問我這個？」她說：「我可以不回答你的。」

「你知道，」他說：「我在燕梅走後，很慚愧，我發過誓永遠不准再動情。現在真覺得我太不如你了！」

「這個話你也不用告訴我。我又沒問你。」她說著別轉了頭：「你根本不配動情。你就沒有資格談動情。」

「你生氣了！」他笑著說：「我可不怕你生氣。你知道麼，昨天在顧家，顧太太說，如果我把你惹生氣了，有她呢！所以我就不怕你！」

「你胡說！」她裝生氣，卻噗哧笑了出來：「她閒了沒事找話說也找不到我身上。」

「她不是閒得慌，她百忙之中找出時間來談的，完全談得是你。」

「你替我謝謝她。」

「她說你這個人不完全，她說學問當不得飽，解不了悶。說你差個戀愛，就不像個完全的女孩子。」

「我怎麼差個戀愛？」她說：「我愛我的小寶貝們。我愛他們大家，我愛我們年輕的詩人桑蔭宅，我愛樸實的薛令超、蔡仲勉，我還愛小童，他比你強得多，我的心更在這池水的那邊，玫瑰花叢裏，我要隨了這流水沿了橫斷山脈下到滇南文山縣去和我妹妹作伴。這些話你也懂？」她說著就吻了手中那三封信一下。

「我懂，我還知道得多一點。」他說。

「你若是懂，今天也不是這個樣子了。還是請顧太太多教你一點罷。大概她看你不成材，去年一年沒有教出來。說真話，你去文山縣就不是合適的人選。你是聖人，是怪物，你才是不完全的呢，我們這些平常人都有戀愛。我罵了你了，你去告訴顧太太罷！」

余孟勤看了她在眼前這個嬌癡的神氣，忍不得要愛。他們雖然近來很接近，但是他一來膽怯，二來伍寶笙的態度也難捉摸得很，他不敢造次。

「還差一點呢！」他說：「顧太太要等到鬧翻了才出頭收拾，現在你又沒有真氣，何況又是誤會。」

「誤會什麼？」她說。

「我也沒有說我是去文山的合適人選。」

「那你勞軍之後為什麼不一直回來呢？」

「我是去取一封信的呀！」他說著便從身旁取出那封信來，也吻了一下。

這封信的事，伍寶笙再也未敢提起過。她諱莫如深的。一下子看見了，臉上飛紅起來，雙頰燒得火熱，她伸手就搶，一下子被余孟勤把她的手捉住。

她輭了，手便抽不回來，余孟勤兩眼詢問似的看了她，把她看得低下頭去。他便吻在她手上。她抽回手來，余孟勤便偎上她圓滑的肩頭。

她便躲他了，她低得幾乎聽不出來那樣說：「這是什麼意思，我真生氣了！」

「真生氣了？」他也輕輕地說：「你說過，我憑三寸不爛之舌，什麼女孩子說不得她心轉？我要不要試試？」

「什麼時候學得這麼輕狂喲！這個人！」她說。她狠狠地瞪了他一眼。

「不是輕狂。」他試著用手攬了她：「是實心人，口笨。」

伍寶笙忙著閃躲，她斥責他：「你！你！瘋了！叫人看見！」

他早吻在鬢邊，聽見這話，就說：「沒有人。」便吻在唇上。

她就忽然整個兒癱瘓了。她緊閉了雙眼，漆黑的睫毛覆在如雪的雙頰上，她緊緊地靠在他的胸前，她悠悠地如同魂魄離了軀殼，她身體便顯得虛弱極了，輭綿綿地把臉貼在他的肩窩下。他用力把她壓在雙臂中。過了一會，他抬起感謝的眼光望了已經澄清了的昆明雨季蔚藍的天，低頭用顋頰來緩緩地揉擦伍寶笙的頭髮。

余孟勤本來沒有狐臭的。伍寶笙竟如在夢幻錯覺中忽然由他身上嗅到一陣體臭。她忽然醒來笑了，就如同逢遇舊友那樣，嗅著幻覺的狐臭一任自己留戀在他胸前。

池水映了他們的影子便閃爍著愉快的微波。一陣小風掠過了他們直昇上空際，這穹蒼，這大地，如同為他們而設的快樂舞台。對岸怒放的玫瑰便顯示出從來未有的嬌妍。今年該是一個歡樂無擾的年度了！伍寶笙同余孟勤這天在花前訂了婚。當年大考之後，學期結束，他們結婚了。

第十七章

「且縱歌聲穿山去，埋此心情青松底，常棲息。」——呂黛。

到了民國三十二年暑假畢業式之後，學校裏這些挺秀的角色們就差不多都快零散完了。雖然沒有了他們，可以減少許多驚險的場面，但是校園中也就平添了一種寂寞的空氣。

話說回來，人事那兒有這麼裁剪得整齊的！學校裏學生的數目逐年增多。英俊的人才隨處可見。春風桃李，正是人間一樂境，歌吹絃誦，又是建國的搖籃。隨便舉一個例，去年小童從宜良回來，在南院門口向凌、喬兩位敘述事變時，旁邊竊聽的那一位，現在不又是紅得發紫的角色了麼？正和校園中的玫瑰一樣，每年呈顯及時花朵，又何用我們來發什麼閒愁！

當然，這一時際會之中，人物是太軒昂不凡了，即如第二流的角色，傅信禪，周體予之輩，也都有他們不可磨滅的特色，宋捷軍，鄺晉元等亦作了些事業。站不住腳，半途他去的范寬湖、范寬怡兄妹，又何易多得！所以蓋住了後起的新綠，不能在校園中吐秀。

何況留在學校的史宣文，馮新銜正傳遞了往日的風範，散見在山城附近的宴取中，凌希慧，喬倩垠，梁崇榕，梁崇槐，沈蒹，沈葭，更令人時時回顧那些全盛時代的麗影。

這一筆賬，都清清楚楚地記在新校舍外火化院裏，幻蓮師父的心上。

這天西山華亭寺的履善和尚下山來找他閒談，兩人烹起一壺上好的十里香名茶，坐在柏樹蔭下，橫論這幾年校中風雲變幻。二人談到會心處，會相顧笑樂一陣。

幻蓮因為身離學校近了，又常和學生們往來，眼光便全在學校之中。履善遠居山上，看法自有不同。他說：「這個看來竟像個起頭，不像個結束。不見這些學生漸漸都畢業，分散到社會上去了麼？他們今日愛校，明日愛人，今日是盡心為校風，明日協力為國譽。我們祇消靜觀就是了。」

幻蓮聽了點頭。眼見庭院寂靜，日暖生煙，手掌大的厚樹葉，偶而團團轉著落下一兩片，階前的花，鮮紅艷紫迎了陽光，欣欣向榮，不覺心上怡悅，坐在那裏，竟睡著了。

這天伍寶笙家裏來了一位客人。正是生物系主任陸先生。伍寶笙婚後依然作著生物系的助教。余孟勤畢了業，校中講席之外，兼在哲學叢書編輯委員會中工作。兩夫婦高高興興地迎了陸先生到客廳坐下。

原來本年度發放邊區作生物採集研究的學生名單又要決定了。他特地到伍寶笙這裏來商量。伍寶笙當然也覺得留下童孝賢在系內做事很好。他們同班畢業的人以他成績最為出色。但是野外工作，誰又有他來得熟稔。便一力主張派他出去一年，再調回學校來。當下就如此決定了。陸先生走後，他們兩夫婦送客回來，伍寶笙便披衣準備出去。她笑著對她的丈夫說：「孟勤，我一年來一件心事，今天才有個交代！」

余孟勤想問，她用手輕輕掩了他的口，不准說話。不過答應回來講給他聽。她就獨自出得門來，穿過北院走向城牆缺口，直來尋小童。沒想就在城牆缺口外邊路旁竹籬笆下，見到小童正和小貞官兒在說話，手裏抱了一隻白母雞。這裏是小貞官兒外婆家。

她走近他們身邊，聽得小童說：「只管這一回，下回不管了。」

她笑了一笑，問：「小童，又是什麼事？」

原來小童幫她們用草棍兒給母雞穿鼻孔，為得免母雞抱蛋，瘦損了斤兩。小貞官兒外婆家沒有男丁，一個老嬤嬤捉那雞不住。小童卻說：「這一類的許多辦法都該打倒。母雞天生要孵蛋，這樣太缺德。」

伍寶笙含笑聽了，心中暗暗點頭。等他完了事，便邀他一同走走，兩個人就並肩沿了小路直走下圍城這個坡來。她在路上緩緩談起了去邊境作野外工作的事。那個工作的中心站大概設在車里，工作分區則一直向東伸到馬關。問他願不願意。

他說：「當然願意，是不是陸先生把名單給你看了？」

「豈止看了。」她說：「你這個美缺是我一力給要下來的。你知道馬關在什麼地方？」

「我的區域是馬關？」他說：「那不是正在文山下面？」

「怎麼樣？」她笑一笑說：「可是有條件的。去一年就回來，陸先生本待留下你在系裏的，我看你幾年只得些短程的機會，特地用這個條件放你去一趟。我們覺得那裏有幾種植物可以製橡皮，你去找點來看看。」

「你猜怎麼樣！」小童快樂地說：「陸先生不派，我自己也去了！大余上次回來就告訴了我一件秘密！」

「他說什麼？」伍寶笙奇怪起來：「你也真變了，居然能守秘密！」

「你知道，」他小聲說了幾句然後道：「所以，這是軍事秘密。我喜歡它的性質近看是戰爭的，遠看卻是和平的。我本來就該去。你知道我旅行的本領！這下子一舉兩得！我已經把我的兔子同鴿子都送給小貞官兒了。你就知道大余的話說過以後，我早打定了主意。」

「好！」伍寶笙發個狠說：「他也有事瞞我呢！待我回去問他！」說著又笑了。她問：「既然軍隊中也用得著你，你是不是要穿軍服了？要不要告訴陸先生一下？」

「還是不說好。」他說：「再說兩不妨礙。」

「小童！」她停了一下，這麼叫他一聲。

「什麼事？」

「一舉三得呢！」她說：「你知道不知道？」

他們這時已經走上小山。右邊看見火化院的廟牆同蓮花池一周的蒼柏，左邊是新校舍的外垣，兩個人找一塊輭輭的草地坐了下來。伍寶笙便把藺燕梅臨走的一段心事交待了。末尾她說：「還是你那句老話；這一點點路在你不算什麼。」

小童聽了之後，羞得低下頭去。看了自己兩隻腳在撥弄地上的小草。伍寶笙不知怎地，也十分羞澀。他們靜坐在那裏，聽了一陣遠處松林的風嘯，誰也沒有說話。

忽然伍寶笙看了小童破皮鞋中的一雙腳，仍是幾年來的老脾氣，光裸著沒有穿襪子。她笑了，拍一拍他的肩膀說：「看看你這一雙腳，不久也該學著穿穿襪子了！」

他笑了一笑，忽然心上覺出年齡陡然長了幾歲。自己不是小孩子了，兩肩上也有了那麼一種挑擔似的重量。這重量歇在肩上，又壓在心上，那麼體貼，那麼可愛，那麼擺脫不掉地誘導起一種責任感來。

他們仰看青天裏，風吹雲捲。四野泉水淙淙。正對面的鐵峯山上，去年藺燕梅談滇南好風光的地方，將將飄過一抹白雲，掛在山尖，拖成輕淡的一片霧。

尾聲

我的歌唱完了。我的心也閒了。我伸手舒紙打算給這本書綴上一個小小的尾巴，正像是為開篇一段絮語作個照應。

有一位朋友，看完了這本稿子，長長地吐了一口氣，伸了一個腰，那樣究詰帶笑地問了我一句：「你當初有的是一句什麼含了深意的話，沒有說出來，而寫了這麼一本書？」

他問得多麼親切，我一片歡喜，浮上心口，卻不好回答。他笑了一笑，我也笑了一笑。我試著用這麼一句話回答：「你能把人家一碗甜水喝完了，又來討當初那塊糖麼？」他竟然滿意了。

我們便撇開這個話題，閒閒地談起寫小說的心情。不論這心情多麼熱，而採取小說體裁時，其用意「豈非此傳成之無名，不成無損，一。心閒試弄，舒卷自誤，二。無賢無愚，無不能讀，三。文章得失，小不足悔，四也。」

沒想一篇話，有了破綻，他聽了笑道：「可是又來！你才說過，寫完了始得心閒！」

我祇有笑了，說：「毛病還不在這裏呢，歌名未央，我開口卻說：『我的歌唱完了。』正是『吹縐一池春水，干卿底事？』『你得好休便好休，其間何必苦追求』！」

鹿橋　三十四年初夏正值廿六歲生日

謝辭

這一篇謝辭在我個人看來，是全書最重要的一部份了。因為我在這本書中處處找機會描寫友情之可愛，而現在我得以沉醉於友愛之中。

卅三年春天，一個不湊巧，把我從匆忙的生活中，失閃出來，流落在重慶，落在一個沒有著落的空閒裏。我告訴以葸同瑞霖想藉此機會寫一本小說。

想到這裏，不覺又回到那當時的情景中去了！這本書的產生豈不是再也想不到的事？如果那天說說也就算了，哪裏會一氣累了我這些時！現在欣然擱筆，心上倒忽忽然，不知如何排遣，每晚伏案已成習慣，竟一時解不出自己來了！

那時我約有兩三個月的閒暇可以利用。也不過打算寫本十來萬字的小說，便祇請他們為我設法找來足以寫那些字的文具，紙張，筆尖，墨水。沒想到寫得高興，放開筆來，隨它而去，成了這麼一篇東西。我先寫的前奏曲所以那裏最後一句的字數，三番五次地改，這是後語，且不談它。

他們兩位聽了那天的話，就當了真，於是替我忙了起來，文具擺在眼前，我一陣心愛得要落淚——這是多麼可憐的事呵！一直不能練習寫作，為了紙張太貴！

啟瑜夫婦是這麼樣一對可愛的人，我初經瑞霖向他介紹，因為我看中了他家的一間屋子，便允許我住在那裏來工作。他們幾位催促我寫的人，為我照管了整個的日常生活瑣事，由我放心去作我的事。啟瑜家實在只有兩間屋子，我佔了一間，他們夫婦，帶了兩個小孩，筑筑同心心擠在裏間去。我竟夜開夜車，白天睡覺，他們也一任我隨便如此佔用了他們的客廳，兼書房，兼飯廳，又兼前門的通道。他們不但不嫌我，並且不許小孩在早上高作聲怕打擾我睡覺！

我從這時起，竟過了兩個月空前快樂的日子。我累了，有這邊的朋友想方法引我出去玩。這裏是重慶山洞。有湖水，有青山，我們還曾遠足去華嚴寺，也曾湊人比賽球戲。我不注意飲食，他們設法尋找有營養，易消化的東西給我吃。我深夜常犯饑餓，一犯便心慌手麻，他們留下飯菜，開水。我夢中常得心愛的句子，啟瑜容我隨手記在床邊的白粉牆上……。

他們嬌寵我如親手足，他們監督我的態度也如此。

啟瑜每天下辦公回來，從門外就喊著問我：「今天有幾張？」我現在想想也好玩，也許今天寫得如此之長，其中也要怨他這句話。哪裏有這種機械味兒的寫小說的人？但我竟這樣不思索地寫下去了。我每天都像小學生懼怕教師、父兄那樣，趕快地做我的功課。

我們的友誼增進很快。我又在這辦公處結識了許多好朋友。不久我們；啟瑜，以蒽，瑞霖，天爵，大閒，潤元，楷，和我，就組織了雕龍文藝社。他們的批評，他們的幫助，他們的感情，叫我無法在工作時鬆懈。

啟瑜夫人，每日不知道要作多少事；做飯，洗衣，招呼小孩，百忙之中抽出時間也作一個原稿的閱讀人。閱讀對於作者是多大的鼓勵喲！他們都這樣鼓勵我！啟瑜更同我約定來日他如果有了自己的房子，必經常為我留一間書房。我流浪到那裏便再住下來寫。那樣我又可以開夜車，又可以在牆上塗抹！不過那房子也許寬大了，便不能再聽見他們拍小孩睡覺的催眠曲了！哦，也許小孩們都長大可以讀我的稿子了呢！

兩個多月的光陰很快地過去了，我寫完了前十章。我留戀這生活，他們可惜這本稿子未完。我的習慣是寫完了收著玩兒，他們鼓勵我問世。

無忌師看了前六章，也給了嘉勉的批評，伏園先生更實際地幫助令我決心寫下去。從此這本稿子成了我的勾心債。但是這一段空閒的時間完了，我又忙起別的事來。

到了冬天，我得要出國了。瓊玖、震傑慨然答應為我在國內負責一切出版上那些頭痛的事，他們把這事當做自己的那樣熱心來辦，我更無法說退一步的話了。

他們兩個侍立伏園先生左右為左右手，來幫我的忙又像是告訴我說：「有六隻眼睛瞪著你呢！看你懶！」

出國之後，文具紙張，不成問題了。但是一顆心仍然丟在國內，於是什麼大文具店也不能找出令我中意的工具來。在印度又因為旅行了許多地方，佔用了不少時間。在船上，更是連個桌子都沒有。幾個月後到了美國，因為戰事及出入各國境檢查麻煩既未將原稿帶出，書中次要人物，及小穿插，伏線，都模糊了。

書寫不成有什麼要緊，這如山的友情怎樣報答？線索模糊了且由它去，國內友好的期望卻日甚一日地在逼迫我了。這樣我便一切事先不問，祇當仍在國內繼續工作，桌上擺起山洞友人贈我的合照，面對了他們勉力再寫起來，這時的工作便似寫長信的性質。心中祇認定了當初定下的大結構，其餘的都是隨手另造的了。

在新海紋白瑞弟先生家作客，他們也竟然容忍我這不良的生活習慣。我也更變本加厲，由開夜車進而為開通夜。他們也給我方便同鼓勵。直到後來，我生活失調，體重銳減。他們才擔心起來，買了一個磅稱，要我每天稱一下體重。在天氣晴好時，指導我去遊新海紋附近風景。他們著急我一人在外，不知珍攝，我欣喜他們對我的一片盛情。

最後關於天主教一部份材料，得杜尼來神甫，維幾尼亞修女及李威先生之幫助，也放在這裏一併道謝。美國方面還要感謝葛萊拉，她在許多零碎的地方給了我她的助力。

田意，岷源，同客新海紋，為閱在此寫成的後七章。在此期間他們及國內之瓊玖、震傑都不時給我獎許的批評，這些批評對我猶如新添的營養。因為我永遠是生活在友愛中。

現在又寫了兩個月整我已把稿子趕完了。瓊玖、震傑，幫助伏園先生便要起始為我修改，校閱忙碌了！若是由我的心意，我這謝辭便要一直寫下去，比本書還要長！不是麼？從起意，而動筆，到出版，完全是這些熱心慈愛的人所促成，有我的什麼力量在裏面呢？

再說這本小說的來源，我祈求同學們幫忙解釋；這故事完全是憑空撰來。我在前面已經說過，情節在小說中不過是個「藤蘿架子」。我一心戀愛我們學校的情意無法排解，我便把故事建在那裏。我要在這裏誠敬地向我們的師長，同學，及那邊一切的人致意。我特別感激宗嶺姊的愛護同教導，她整個兒影響了我這些年，也許她的善良同智慧將導引，維護我一生。我願用這一本書驕傲地把這友情的美麗顯示給我最慈愛的母親看，因為宗嶺姊的母親早故，我答應把母親分給她一半兒。我另要表示我對智周的感激，他是我十幾年來最忠直剛正的良侶。我要把他諫諍勸戒的功績告訴我辛勞殷注的父親知道。因為我一直單身在外，常年勞雙親惦念。再說智周的父親年前也亡故了。還有……，我的好同學們，你們知道我沒法在這裏一一道謝，但是你們看到這本書時，一定感覺得出你們的友情在我心上的份量。

雖然我還嫌它短，實在這謝辭已寫得長了，我不願說那句俗話：「禮多人不怪。」卻希望令我感激的人明白「語短情長」。

鹿橋

一九七七年六月二十三日丑時

重校竟於延陵乙園

出版後記

十四年前，未央歌完稿後不久就是戰後復原大遷動的時候，原定的出版計劃未能實現。但是多虧朋友們的愛護原稿得以保全沒有散失，輾轉又回到我手中來。我那時覺得沒有出版也好，可以等有空時慢慢修改一下再說。

十四年來我的生活裏像前奏曲中所說的那種「詩篇」的成分越來越少，而「論文」的成分日益增多，在不同的心境下向了不同的目標年年忙碌，一直未曾稍停下來再從事文藝寫作。不但未央歌成了這些年來惟一的長篇，連所想的修改，出版種種都未得積極進行過。

一年一年過去，師長，同學，朋友們看過未央歌的人常常鼓勵我出版。讀過原稿不止一遍的朋友中，特別是顧獻樑同學告訴我說，未央歌出版時應該保存本來面貌，我們在許多年後實在無理由也無資格來修改當年作品。他的話一下打通了多少年出版上的一個心理故障，今日未央歌出版不在遠了，不覺體會到五年前他那一句話的深意。現在印出的未央歌除卻少數筆誤之類改過以外可以說保存了原稿面目。

從有決心出版到成書中間還有一大段路。這次可以順利出書完全因為得到了人生社的王道先生及夫人沈醒園女士一片熱忱的幫助。我在一九五八年底因為研究工作道經香港得以在那裏和他們兩位會見。談話不及半日，竟似相識半生。校對，編排，有了他們本色當行來偏勞，我已馬上覺得肩上輕鬆了許多。人生社經理陳質仁先生又慨然接過去所有出版印刷事務上的責任，駕輕就熟更不用我這外行來多事了。所以除了旅途中校看一些清樣，通信商量些細節外簡直沒有我的事可作。特別令我心喜的是未央歌這一本從少年友愛得到啟示而完成的稿子終於由中年的友情之鼓勵和協助將要成書了。

動筆寫這篇後記時，除了要在這裏向所有贊助我出版這書的師友申謝外，原來還想借機會也點明一些書中埋藏的多少暗比，隱喻的。現在想想這種對於文藝作品分析，探索的態度又是太「論文」式而不「詩篇」性了，所以就此結束這篇後記，放未央歌自去這生、化轉變的大千世界裏浮浮沉沉罷。

鹿橋

一九五九年四月卅日

旅居日本京都

散民舞曲

女高音獨唱
提琴或鋼琴伴奏

等你等到河水乾
終生不來等到死
不信你心會改變

且莫背地言人短
亦莫說我有成約
今年不來等明年

散民舞曲

男女聲齊唱
高音笛伴奏

Allegro（116～120）

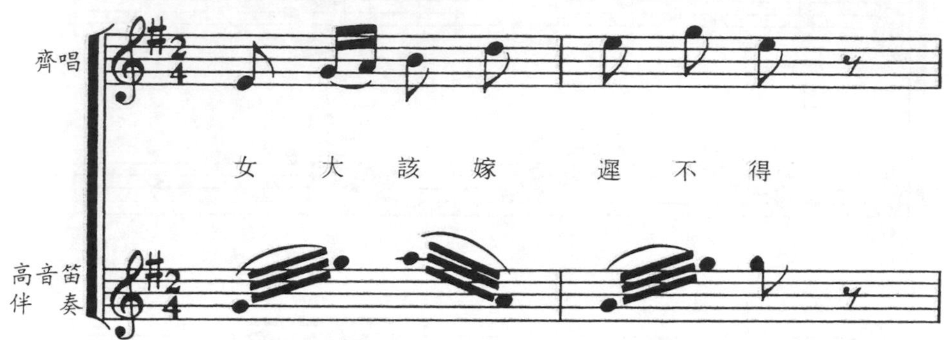
齊唱
女 大 該 嫁 遲 不 得
高音笛
伴 奏

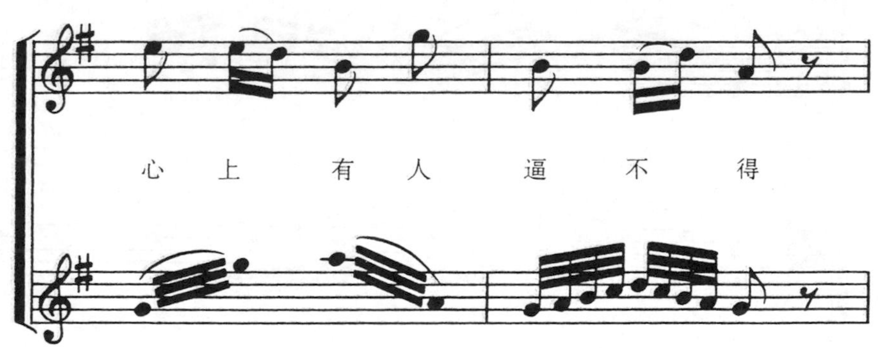
心 上 有 人 逼 不 得

管他求婚人多少
啊 啊 啊 啊
她照鏡時心想我
啊 啊 啊

今 秋 娶她 莫 再 拖
啊 啊 啊
梁 王 山 前 種 青 稞
啊 啊 啊 啊
梁 王 山 後 好 夢 多
啊 啊 啊

散民舞曲

男女混聲唱
女高音伴唱
Moderato（80～96）
男女混聲
伴唱
梁王山前種青稞
啊 啊 啊 啊
p
梁王山後好夢多
啊 啊 啊
想她今年該十幾
啊 啊 啊 啊

f
f
一 旦 高 樓 平 地 起
啊 啊 啊 啊
滿 腹 心 算 有 誰 知
啊 啊 啊 啊
牛 郎 也 要 瞞 織 女
f
啊 啊 啊 啊

辛 苦 年 年 城 裡 走
啊 啊
屋 內 用 具 件 件 有
啊 啊 啊
p
貧 漢 潦 倒 有 誰 理
啊 啊 啊 啊

f
秋 後 積 有 雪 花 銀
又 買 青 松 又 買 瓦
主唱
青 松 作 柱 能 經 久
伴唱
啊 啊 啊 啊 啊
瓦 屋 修 成 雨 不 愁
啊 啊 啊 啊 啊

散民舞曲

高揚清麗轉
低柔平實
女聲齊唱
口琴、鼓
小銅鑼
伴奏
Andantino (♩=66~76)
p
東 風 吹 過 百 花 殘
夏 雲 如 雪 堆 山 前
f
看 他 車 水 如 潮 湧
好 水 也 要 灌 好 田
人 説 他 傻 他 不 傻
赤 日 高 燒 汗 滿 把

有人送來百畝田，
良田金帛空無用，
1.
愛情哪能因錢送？
2.
rit.
f
愛情哪能因錢送？

散民舞曲

男中音獨唱　　　　　　　　　　　　　　鹿　橋詞
生動活潑　　　　　　　　　　　　　　　陸國民曲

Moderato (♩=80~96)

梁　王　山　上　種　青　稞，

梁　王　山　下　散　民　多。

散　民　村　裡　有　美　女，

相　求　人　多　如　螞　蟻。

有　人　捧　來　金　項　鍊，

以高音笛，32 分音符高速而明快的奏出，像颳起大風一般，打擊樂器熱烈的配合。每拍後半拍加入整齊掌聲，鼓勵欣賞者加入歌舞同樂，使熱情沸騰到顛峯，最後全樂曲交給一個升高八度自由延長的音符去平衡下來。曲首可視場合加入適當之「即興前奏」。

第五樂曲：女高音獨唱，是清澈優美的徐緩抒情調。盡情發揮聲樂美感。最好能以小提琴或鋼琴伴以正規之和弦伴奏，給全曲作一個完美的總結。

陸國民

民國六十二年一月十四日

散民舞曲簡介

本曲係五首歌曲連貫而成，適於團體野營遊藝活動，全體舞蹈唱遊，或大小型康樂表演用。歌舞一體形式自由。為符合原詞作者「不拘形式」之旨意，原譜伴奏現已刪除，任由演奏者就「伴奏條件」即興伴奏，僅示以原則於各段簡介中供作參考。

第一樂曲：描寫散民對婚姻與愛情的態度是自由而重情感的，採男中音獨唱（女高音亦可，須升高八度），表達出生動、有力、活潑、負責的意味。注意節奏分明，以配合舞蹈「力」的表現。凡由「♩」音符組成之各拍，除應唱出應有之活力外，要注意表達出散民青年特有之諧趣。由「♫」組成之音符表達平實認真之感情，全段重複一遍，第二遍速度加快，以強化舞與曲之生動。伴奏原則用口琴或手風琴，及弦樂器，可伴以適當活潑之和弦。

第二樂曲：原詞作者藉描寫散民青年籌備娶親的過程，勉勵青年人凡事應自力更生、勤奮樂觀、腳踏實地，明白「有耕耘才有收穫」的理則，在任何民族裏都同樣被重視，是全曲的精神所在。採用女高音清麗的音色，整齊平實的敘述，讚美好男兒的本事。以平穩速度給人穩健之感。樂句先揚後柔，從第十七小節轉調開始，主唱音節漸低，加入女高音伴唱，伴奏時，低音部重於穩健之節奏。

第三樂曲：為主題之強調，男女混聲倒置，使產生奇異之散民風格，中速進行，莊嚴有力。女高音伴唱，注意音調優揚，伴唱旋律與第五樂曲同，以暗示有作為有自信的青年，就會有完美的好結果。

 第四樂曲：是掀起全曲高潮的重心，配合舞蹈狂熱進行。節奏明快熱情，伴

散民舞曲

鹿橋全集

未央歌

臺灣商務 70 週年典藏紀念版

作　　者—鹿橋
發 行 人—王春申
總 編 輯—李進文
主　　編—王育涵
封面設計—吳郁婷
校　　對—趙蓓芬

業務組長—何思頓
行銷組長—張家舜
出版發行—臺灣商務印書館股份有限公司
23141 新北市新店區民權路 108-3 號 5 樓（同門市地址）
電話：(02)8667-3712　傳真：(02)8667-3709
讀者服務專線：0800056196
郵撥：0000165-1
E-mail：ecptw@cptw.com.tw
網路書店網址：www.cptw.com.tw
Facebook：facebook.com.tw/ecptw

局版北市業字第 993 號
一九五九年六月美國康州且溪延陵乙園初版：1959 年 6 月
臺灣一版：1967 年 12 月
臺灣二版：1995 年　8 月
臺灣三版：2007 年　5 月
臺灣四版：2014 年 11 月
臺灣五版：2017 年　2 月
臺灣五版三刷：2021 年 4 月
印刷：沈氏藝術印刷股份有限公司
定價：新台幣 550 元
法律顧問：何一芃律師事務所

未央歌：臺灣商務70週年典藏紀念版
鹿橋著.
臺灣五版. -- 新北市：臺灣商務出版發行
2017.02
面； 公分. --（鹿橋全集）
ISBN 978-957-05-3070-4

857.7
106000131